U0559559

碰撞与融合
——跨文化笔谈（上卷）

Collision and Blending

陆建非 著

上海文化出版社
上海咬文嚼字文化传播有限公司

目录（上卷）

目录（上卷）

目录（上卷）

277 采光撷影

目录（上卷）

写在前面

1991年我从美国纽约大学留学归来后就开始为一些报纸杂志撰稿，多为随笔形式。内容涉及：异域所见所闻，所思所悟；西方的礼仪习俗，风土人情；英语词语的来龙去脉，寓意表征；英汉双语及双文化的异同体察，比照联想等。长则三五千字，短则寥寥数语。

我曾分管高校外事工作十余年，参与大量对外交流与合作活动，出访过40多个国家和地区，对大学外事工作的特征及内涵认识深刻，对文化外交如何服务于国家发展战略颇具心得，故本文集也收入了一些言之有物的序言、演讲、访谈等。

我之所以能长年累月、持之以恒地写，或者为了讲或做而写，一是因为，读者们（学生和外事工作者居多）不断地发问、求索、互动，而且急切、真切、热切，令我不敢有丝毫懈怠；二是因为，40多年的外语研习、30多年的英语教学以及对文化和跨文化交际的探索，使我亟待与读者分享体验和成果的冲动始终不减。

高新科技的魔力使地球变得越来越小，“地球村”居民间的交往越发频繁，更为便捷。因此，学会一门外语（尤其是英语）的重要性无论怎么强调也不为过。然而，“语言是文化的载体”这一虽属正确但过于简单的结论还不足以充分反映语言和文化之间的内在关联，或者说是一种说不清、道不明的天然缘分。无数的实践和案例表明：跨语言交流的最终目的是实现跨文化交际。从广义上讲，跨文化交际的视域和范畴可以大到洲际、国际、族际，小到亚文化之间的区际、群际直至人际，每个人都被包裹在一个特定的“文化王国”内。每时每刻，不管身处何方，都会发生跨文化交际或被跨文化交际。而语言沟通的最大障碍就是文化障碍和误解（cultural barriers and misunderstanding），症状表现为“文化碰撞”（cultural conflicts），甚至“文化休克”（cultural shock），于是，语言国情学（Linguistic Ethnology）、跨文化交际学（Intercultural Communication）、文化语言学（Cultural Linguistics）等宏观语言学范畴内的新兴交叉学科便应运而生，多维、多元、多样，精彩纷呈，目不暇接。

降生直至老去，母语和母文化就像血液一般，永远流淌在我们身上。随着全球化的加速，母语和母文化的弱化已是一种世界现象，对此我们必须警醒。对任何一个现代中国人而言，首先应该学好母语，汉字可以“思通万里之外，意结千载之前”；更要无比虔诚地忠于母文化，传承、弘扬、丰富中华文明，这是我们民族的DNA。唯此，才有可能真正形成双语双文化（bilingual & bicultural）的优势，顺畅、得体、愉悦、有效地实现跨文化交际。

毋庸置疑，了解、理解，进而善解异域文化已成为公认的现代人在国际交往中的必备素养和能耐，一旦遭遇“文化碰撞”，我们就能设身处地，见怪不怪，正确对待那些与母文化不同的行为、习俗、现象等，进而谅解、包容，直至交融。实践还告诉我们，以外语为工具，探究和比较域外文化便可较快深谙其精髓，领悟其真谛。本文集把对文化及文化现象的认识和盘托出，把母语与目的语以及它们的特定文化背景进行不同视角、不同层面的剖析和对比，读者必定获益匪浅，而且其乐无穷。

咬文嚼字

闲话商标名称的翻译

以重金向社会征集进口货的商标译名已是眼下的一种时尚。瑞士Tag Heuer专业运动表在华经销者特设万元大奖以求此表的汉语芳名。不出所料，反应热烈空前。在一万多个应征译名中经“精心”挑选，“豪华表”一名最终问鼎，“一字”何止“千金”？！

平心而论，此名虽有气派，但毕竟太熟且略俗了一点。漫步街头，浏览报刊，“豪华”接二连三地蹿入你的眼帘：从店名、别墅名到品名直至人名。有些落选者不服气，是有道理的。

喝雪碧时，你是否留意印在瓶子和纸杯上的英语原名“Sprite”，若将它直译成中文，畅饮者感受到的绝非“一片清凉世界”，而是一身鸡皮疙瘩，“Sprite”意为“妖精”！

因此，中外商标品名的互译不只是一个单纯的文字翻译问题，而是一种以命名促销售的艺术再创作，这里必定要考虑产销两国或两地民众的文化、思维、心理、习俗、信仰等因素。美国人把某一种饮料取名为“妖精”符合美利坚民族崇尚怪谲、追逐新奇的消费心理。他们并不忌讳妖精之类，出售鬼怪、畸形动物甚至骷髅的仿真品商店和小摊在美国随处可见。“雪碧”命名者不落谐音窠臼，不拘原名寓意，独辟蹊径，力求迎合国人的消费心态与文化习俗。

“Coca-Cola”（可口可乐）与“Pepsi-Cola”（百事可乐）则是音意巧连、神形兼备的翻译和命名的佳作，这已是众口皆碑（杯）的了。

七喜的英文原名为“Seven-up”，指的是一种由两人或数人玩的七分牌戏，每人发得六张牌，在四种规定的情形下可得一分，以获七分成局。以牌戏名称为某种饮料定名，颇具情趣。如用普通话读“七喜”倒也悦耳，再说“七”也是个吉祥的数字。若以沪语念之，易招“缺兮”之嫌，这是地域文化在“作怪”。

由美国儿童室内玩具公司推出的“变形金刚”曾风靡大陆及港澳台市场，它的原名为“Transformer”（变换或变化的人或物），将-er转译为属于华夏文化的“金刚”，在中国孩童的心灵世界中树起了一个强悍、变幻、必胜和熟识的形象。“变形金刚”创造的巨额利润与它巧妙、传神的译名不无关系。

同样，中国产品要跻身国际市场，汉语品名的英译问题也不容忽视，要舍得下功夫和花本钱进行命名再创作，否则价廉物美的东西会因“名声不佳”而遭洋人冷遇。国外一些命名公司为何生意红火，原因就在于此。

将国产白象牌电池直译为“White Elephant”，英美人肯定难以接受，因白象在英美等国是“无用而累赘之物”的象征。

据外商反映，国产山羊牌闹钟在英国市场上不受主妇的欢迎，并非钟不准，而是名不顺，“goat”除了解释“山羊”之外，兼有“色鬼”一义。

外销的芳芳牌儿童化妆品的商标上写着汉语拼音“Fang Fang”，碰巧与一英语单词同形，意为“狼、狗等的尖齿，毒蛇的毒牙”。怪不得一外国记者撰文说：“将带有此商标名称的爽身粉撒在小孩身上，会使人毛骨悚然。”

“索尼”的故事

“索尼”（SONY）品牌无人不知，它在世界各地满天飞，但几乎没人会刻意去弄懂它的涵义。

此名的专利者为日本原东京通信工业株式会社。20世纪50年代有一种小型录音机研制成功，为了给它取名，厂商冥思苦想，费尽心机。其间，他们还专门研究了美国许多电器产品的名称，想取个得体的名字来打开西方市场。厂商最后决定以英文单词“sonny”来命名，此词意为“小弟弟、小家伙”，这倒与小巧玲珑的日产录音机很匹配。遗憾的是这个英文单词的读音在日语中听起来有点儿像“sohnne”（“吃亏”的意思），这下可犯了商家之大忌！

为了重新取名，会社上上下下又折腾了一阵子，却又想不出更妙的。出于无奈，会社负责人盛田昭夫当机立断，把“sonny”中的两个“n”去掉一个，变为“sony”，由此获得一个既无意义又避晦气的品名，简洁易记。再说，盛田昭夫像大多数日本男子一样，没有做“小弟弟”的习惯。

不久，东京通信工业株式会社飞黄腾达了，1958年就干脆更名为“索尼公司”，它所生产的各类电器产品统统被纳入“SONY”大家族，盛田昭夫便也成了“索尼公司”的创建人。他的胃口特别大，竟想买下美国的哥伦比亚广播公司，以扩大“索尼”的版图。此君有一梦想：将硬件和软件统一在“索尼公司”内。在日本经济腾飞的关键时刻，盛田昭夫想创立一个整齐划一的电器王国的胆略打破了日本人惯于仿制西方产品的老传统，日本被刺激了，经济大幅振兴。怪不得盛田昭夫也被西班牙《趣味》杂志选为改变20世纪人类经济生活的25位关键人物之一。

“冷面孔”与“冷肩膀”

我们要是对一个人冷淡，用的是“冷面孔”；瞧不起别人，用的是“白眼”；而喜爱或看重某人，用的是“青眼”，青者，黑也，黑色的眼珠正着看。

然而，英语民族在表示冷淡、讨厌或疏远某人时，用的是“cold shoulder”（冷肩膀）。也许有人会误解为人的肩膀，因为西方人在表示冷淡、怀疑、蔑视、无奈、不满等情感时习惯于耸耸肩膀。其实，此处的“冷肩膀”指的是“羊肩膀”（即羊的前肢与躯体的相连处）。

据说，从前的英国社会有一礼俗：贵宾登门造访时，主人爱用烤得热乎乎的羊腿肉款待客人。而对那些讨厌的不速之客或呆得太久而不再受欢迎的客人，则以冷冰冰的羊肩膀肉敷衍一下。因此，“give a / the cold shoulder to somebody”（给某人冷肩膀）就成了英语中“冷落或讨厌某人”的一条俚语，其实，它最早是源于维多利亚时代的俚语“give the cold shoulder of mutton”，此处的“mutton”就是“羊肉”的意思。

“您辛苦了”

中国人有一句用途广泛的问候语或慰问语，叫作：“您辛苦了！”上级慰问下级时可用；感谢别人的帮忙少不了这话；迎接远道而来的宾客也可如此说上一句。在对外交际中，倘若照实翻译，而不是根据场景的变化作灵活处理的话，或许会译成“You've gone through a lot of hardships.”或者是“You've had a hard time.”毫无疑问，英美人会感到莫名其妙，甚至滑稽可笑。因为“hard”“hardship”之类指的是“引起不快、不适或痛苦的，或难以忍受的（东西）”。

我们的文化意识和思维定势告诉我们，别人为我们直接或间接地吃苦，我们应感到不安。别人吃了一分苦，把它夸大为“十二分”准没错，这是“体贴”和“谦恭”的表示。但这恰恰有悖于英美人的“言不过其实”的问候习俗。

若对一个完成了艰难任务或工作的下级说声：“您辛苦了！”英美人则常说：“Well done!”“Good job!”（干得好！）或：“That was a tough / hard job.”（那是件艰难的工作。）

如某人不辞辛劳地帮了你大忙，汉语中常说：“你辛苦了，真不好意思。”英语应说：“You really helped me a lot. I couldn't thank you any more.”（你确实帮了我不少忙，万分感谢。）

对风尘仆仆、远道而来的客人，我们常说：“你路上辛苦了。”相应的英语是：“Did you have a good / nice trip?”（旅途可好？）或：“You must have had a tiring journey.”（你旅途一定很累了吧。）

中华人民共和国成立六十周年大阅兵后，出了一个DVD光盘，封面写着中英文双语解说，汉语解说和英语基本是同步的，但到胡锦涛主席从天安门城楼下来坐上敞篷阅兵车，驶过各种不同的兵种面前，通过扩音器说："同志们好！"战士回答："首长好！"主席说："同志们辛苦了！"战士回答："为人民服务！"这时，英语的翻译中断了，没有对应的英语句子。这过程一直持续到阅兵结束，胡主席回到天安门城楼上，英语同步翻译才又开始。问题是这些中国特色的上下级官兵之间的问候语如何英译。其形成有着深刻的历史背景，甚至可追溯至红军建立初期。首长到基层看望战士们，问候战士们："你们辛苦了！"而战士也报以同样的问候："首长辛苦了！"或者"为人民服务！"建国后，在邓小平阅兵之前，好像并没有中央领导同志阅兵时说过类似的问候语。毛主席在西苑阅兵时也是只敬礼不说话的。

诚然，"为人民服务"是有固定译法的，"Serve the people"，而其他13个字"同志们好""首长好""同志们辛苦了"，难倒不少专家和学者。难题之一，英语中没有相对应的"首长"一词。汉语词典的"首长"为：政府各部门中的最高领导人或部队中较高级的领导人[（of government departments）leading cardre；（of an army）senior officer]。所以，"首长好"中的首长用leading cardre或senior officer，均不合适，而且非常可笑，会影响当时严肃的气氛。难题之二，"同志们辛苦了"中的"辛苦"如何翻译。《现代汉语词典》中的"辛苦"释义：1.身心劳苦（hard，strenuos，toilsome，laborious）。2.客套话，用于求人做事（ask sb. to do sth.）。根据词典的解释，"同志们辛苦了"该怎么译呢。无从下手。

百度、谷歌等平台上的答案可谓五花八门，且每种翻译都说自己是最佳答案，有些甚至很雷！试举几例：

例1. May I salute you!/Salute to everyone!

Hail to the Chief!

Thanks for your hardwork!

It's to serve the people!

例2. Hi, Comrades!

Hi, Sir!

Working hard, Comrades!

Serve the people!

例3. Greetings, comrades!

Greetings, leader!

It's very nice of you!

Serving the people!

例4. Comrades, how do you do?

Leader, how do you do?

Comrades, you've been working hard!

Serve the people!

例5. Morning, everyone!

Morning, president Hu!

It's very nice of you!

Serving the people!

例6. Hail to you, my comerades.

Hail to you, Chief.

You have done well to serve our people.

To serve our people is our great honour.

例7. Hello, my fellow citizen.

Hello, general officer.

Thanks for your hard work!

Serve the people.

例8. 来自新华网的译文：

Greetings，comrades.

Greetings，leader.

Comrades，you are working hard.

We serve the people.

英国有家报纸的新闻是这样写的：

President Hu opened the proceedings in traditional fashion by reviewing the troopsand tanks lined up along the Avenue of Eternal Peace that bisects Beijing. Standing in an open-top bespoke,domestically made Red Flag limousine, he shouted to the pride of the PLA：

"Hello Comrades"and,"Comrades，you have worked hard!"

They yelled back："Hello Chairman"and,"Serve the People."

其实，英语国家的元首或将军阅兵时根本不会说"你们辛苦了"之类的话，他们的礼仪习惯是只敬礼，不讲话，

那么，这几句话到底应该怎样翻译呢？中国翻译协会在2007年6月发表的《坚持外宣三贴近原则处理外宣翻译难点问题》的文章中，对上述礼仪话语的翻译曾下如此结论：经过讨论，大家认为，西方国家首长检阅部队时，只敬礼，不讲话，官兵也不喊口号。换句话说，英文中根本不存在相对应的词汇。我们于是决定，不应该用直接引语的方式翻译这几句话，而宜用间接引语的方式说："军委主席向部队官兵问候，官兵向他们的首长敬礼。"所以不翻译这几句话才是标准答案！

从西方人的角度看，如果直译反而会引起文化意义上的误解，不翻译而改成用间接引语的方式略加解释，难题就迎刃而解。

慎用俚语

英语俚语用得好，有时很讨巧。若用得不妥，尤其是不分场合，不辨英国俚语与美国俚语之异，那肯定会引起误解，甚至招惹是非。

有位美国老妇来中国玩，她希望次日早晨6点钟有人唤醒她，陪同翻译连忙热情地对她说：“0K, I'll knock you up.”不料，对方顿时语塞，非常恼火。原来“knock up”解“唤醒”时主要用于英国，而在美国英语中，此俚语是“使怀孕”的意思！

又如，不少中国人在介绍自己的上司时，惯于添上一句中国式的谦语：“This is my boss (or director). I work under him (or her).”译为：这是我的老板（或主任），我在他（她）手下工作。“under”确有“（职位、权势等）低于；在……之下”之意，但在美国英语中，“work under”也可指“做爱”。当上司是女性时，这类俚语显得不够得体，易生歧义。

“queer”这个词也是如此，它既可指“（脾气、性格等）古怪的，不正常的”，又常被英语国家的人用来指“搞同性恋的”，或直接用来指“搞同性恋关系的男子”。

因此，慎用俚语！

英语中的“上海”

不像北京（Peking，Beijing）、广东（Canton，Kwangchow）等地名，上海的英语译名历来只有一个：Shanghai，且与汉语拼音一模一样。

有趣的是Shanghai还被洋人添加了一些新意，譬如，开首字母小写时，shanghai可作动词，原指19世纪时的西方殖民主义者在上海滩以烈酒、麻醉品、木棒等将男人弄昏或击倒，然后拐骗到即将远航的轮船上，强迫他们当苦力水手，或指以同样的手段在海外裹挟男人远征东方，尤其是到上海。现在此词可泛指“拐骗，胁迫”。从一城市的译名变迁便可略见西方列强当年在上海滩的斑斑劣迹。

英美人有时在某些城市的名称后加-er，用来指该市的居民，如Londoner（伦敦人），New Yorker（纽约人）等。若以此类推，把“上海人”说成“Shanghaier”，那定会产生可怕的误会，因它的意思是“拐骗者，胁迫者”。

那该怎么说呢？在口语中，英美人似乎亦会接受“Shanghainese”的说法，类似于Chinese（中国人）、Japanese（日本人）等。

不过，还有一说法：Shanghailander，这儿的“lander”是“登陆者”的意思，这与上海滩的早期移民不畏艰险、背井离乡、迁移开拓有点关联。

令人惊讶的是英语民族惯于以开首字母大写的“Shanghai”来指“浦东鸡”，上海地区这一普通家禽在西方食客的心目中的品位不言而喻。然而，《韦伯斯特英语语言大百科全书》却与其他同类辞书不一样，它把“Shanghai”，含糊地释义为“来自亚洲的长脚鸡”。浦东鸡向来是以“矮脚”而著称的，阿拉上海人一看到脚长长的鸡，立刻会摇头说“不鲜”！

“我们被骗了”

借洋地名来哄抬身价已成了一些商家最拿手的招数，且自我感觉极好。于是乎，“曼哈顿”“艾菲尔”“维多利亚”“华尔街”“威尼斯”“西西里”“百慕大”“滑铁卢”等一夜之间变为命名市场的抢手货，甚至在本国本市还冒出了个令人莫名其妙的“唐人街大酒店”。

君不知，大多数洋地名有根有源，它们不一定适宜中国传统文化的土壤及国人的消费心理。毫不夸张，“拿来主义”的做法有时会傻得让人啼笑皆非。

就以“曼哈顿”为例，这个位于美国东部哈得逊河口的岩岛是纽约市的中心，也是当今全球的金融中心，它的得名源于一笔极不光彩的殖民交易。

17世纪初的曼哈顿是一块不毛之地。岛上约270名印第安人过着茹毛饮血、刀耕火种的原始生活。1626年两艘荷兰探险船闯入这一小岛，荷兰人拿出一些西餐刀叉、玩具、小饰品等，未见过世面的印第安人顿时着了迷，探险者连哄带骗，终以价值24美元的小玩意换取了这个小岛，并开始向那里大批移民。

印第安人后来发觉上了当，懊悔不已，但为时过晚。于是，他们称此小岛为“曼哈顿”（Manhattan），印第安语的意思是“我们被骗了”。

“拍马屁”与“擦苹果”

旧时人们骑马代步，轻轻拍打马屁股会令“马大哥”舒适无比。骑手和饲养员往往以拍打马屁股的妙法来使性子暴躁的烈马安稳驯服。还有一些人是边拍拍他人马匹的屁股，边啧啧赞道：“好马！好马！”久而久之，这一民间的客套话竟成了趋炎附势者用来阿谀奉承、溜须拍马，旨在日后捞取好处的手法，俗称“拍马屁”。

美国有一异曲同工的说法，叫作“擦苹果”（apple-polishing）。从前，有些美国小学生常把苹果擦得红光发亮、鲜艳夺目，搁在老师的书桌上，供其享用。起初仅是为了表表敬意而已，后来有些聪明的孩童却做过了头，当着老师的面用力猛擦苹果，近似于擦皮鞋那般，借此博得师长的欢心，以便获取更多的“关照”。于是乎，“擦苹果”就渐渐成了美式“马屁”。

从1925年开始，美国人的口语中出现了“apple-polisher”（拍马屁者）这一俚语式的说法。之后，从“apple-polisher”又逆生出复合动词“to apple-polish”，并又逐渐衍生出成语“to polish the apple”。

不过，窃以为“拍马屁”还是略胜“擦苹果”一筹，因为马屁如拍得不当，骑手会被不领情的畜生掀翻在地，甚至还会挨上一蹄，寓意辛辣尖刻，耐人寻味。苹果倘若擦得不净，则似乎无伤大雅，好像不会得到如此幽默且意外的回报。

让乔治做吧

中国人取个洋名（当然，有时是为了对外交际之需）已成一种时尚。不少男子看中“乔治”（George）一名，一是洋人中叫乔治的特多，二是此名易记上口。

君不知，其实洋人中最吃力不讨好的当属乔治。此处的乔治指的是法国国王路易十二信赖的一个大臣，他十分能干，全名为卡迪纳尔·乔治。

路易十二整天沉湎于吃喝玩乐，遇上棘手的政事时他会习惯地说：“让乔治做吧。”（Let George do it.）

久而久之，谁曾想到，国王的这句不经意的口头禅竟会堂而皇之地迈入英语词典，成为妇孺皆知的俚语，释义“想居功却又把自己的工作推给他人”。于是，可怜的乔治便成了劳碌无比而又没法领功的人。

“英尺”来自女王的脚

在英国历史上曾有一段时期，度量衡制度是不统一的。于是，有人别出心裁地建议以女王的一只脚的前后长度为一法定长度单位，并在全国强制推行。

按理说，这个主意怪得很，属于很“马屁”却又很“雷”的那种想法。不料，“领情”的女王很快首肯，并让大臣们仔仔细细地量下了她的脚的尺寸，标在一个合金制成的长方形框子里，刻出了一枚空心脚印，昭示天下，一个统一的新长度单位诞生了。

不久，英语单词“foot”（脚）便又有了一个新的意思：英尺。

“小道新闻”和“葡萄藤”

我们把官方未证实过的道听途说俗称为“小道新闻”。在英文中有一相应表达法，不过有点儿怪，叫作“葡萄藤”。为何？

1844年美国科学家摩尔斯（Morse）发明了电报。起初，这一装置十分简陋，美国许多地方还拉着曲曲折折、歪歪扭扭的电报线。人们戏言这些怪模怪样的东西活像盘根错节的葡萄藤。

1861年美国南北战争爆发，大量来历不明的小道新闻犹如电报一样迅速传开，民众说这些真真假假的消息是从“葡萄藤”上来的。于是英文单词“grapevine”就成了“小道新闻”的代名词。譬如：

A:How do you know she has got remarried?（你怎么知道她又结婚了？）

B:By the grapevine.（小道消息。）

可怜的荷兰人

众人上馆子，完了之后各人自付账单，在沪语中叫作“劈硬柴”（尚未考证为何如此说），用普通话说就是“自掏腰包”，时髦的表达法是“AA制”。但英美人却把这类各自付款的聚餐或娱乐活动称为“a Dutch treat”或“go Dutch”。Dutch，荷兰人也，也可指荷兰语。为何这小气之名一定要加在荷兰人的头上呢？

17世纪时，荷兰常与英国为争夺海外殖民地的利益不惜兵戎相见，历史怨仇甚深。据说英国人曾刻意造出了大量侮辱或诋毁荷兰人的词语，以解心头之恨。流传至今的还有不少，比方说：

beat the Dutch　空前出众（直译“击败荷兰”）

double Dutch　莫名其妙的话

in Dutch　得罪上司，失宠，失欢

Dutch act　自杀

Dutch bargain　饮酒时的交易（常指不牢靠或不公平的买卖）

Dutch courage　酒后余勇；一时逞能或虚勇

Dutch uncle　唠里唠叨训斥他人者

Dutch comfort　只能聊以自慰的宽解

Dutch nightingale　叫声异常难听的青蛙

Dutch widow　妓女

就连赌咒或发誓时，英美人也常说“I'm a Dutchman, if. . . !”意为：“如果……，我就不是人。”

弄巧成拙的镀金百合

主观上想施用某一巧妙的手段，结果反而坏了事，如画蛇添足便是一例，是典型的“弄巧成拙”。

西方当然亦有此类聪明的笨伯，他们的行为用英语来说就是“gild/paint the lily”（给百合镀金或上色）。

这一说法源于莎士比亚的历史剧《约翰王》（King John）：

To gild refined gold;

给纯金镀金箔；

To paint the lily.

给百合上色彩。

依据基督教的观念，百合花是“纯净洁白”的象征，比如法国王室独独选中百合为王室的花徽。在一些以“天使报喜”（the Annunciation）为主题的西洋画中，天使加百利（Gabiel）手执百合花枝向玛利亚预告耶稣的降生。还有些油画中出现跪着祈祷的圣母玛利亚，她的面前绘有一只精致的花瓶，里面插的也是洁白的百合花。

给百合花镀金或上色有必要吗？这反而弄巧成拙，使清白变成了庸俗。

汉英对应成语中的数词对照

在漫长的语言发展过程中，成语与数词结下了“不解之缘”。不少汉语成语在英语中可找到相同、相似或对应的成语或习惯表达法（equivalent），有趣的是，有时它们使用的是同一数词，包括英语的不定冠词a（n），而有时所含的数词却大相径庭。实际上，这也反映了语言（尤其是成语、习语之类）的约定俗成的特性。笔者拟通过例句作一介绍，以飨读者。

一、汉英成语共用同一数词

一箭之遥　It is only a stone's throw here to my house. 从这儿到我家仅一箭之遥。

一见钟情/一见倾心　Tom met Mary at a party, and they fell in love at first sight. 汤姆与玛丽在晚会上相遇，他们一见钟情。

一文不值　That faked painting is not worth a damn/farthing.那幅赝品绘画一文不值。

一箭双雕/一举两得　The teacher told us that making an outline kills two birds with one stone; it makes us study the lesson till we understand it, and it gives us notes to review before the test.老师告诉我们写梗概能一举两得，它使人们研读课文直到弄懂为止，它给我们提供考试前用以复习的笔记。

一丘之貉　I'm not surprised these two are such friends: they're birds of a feather. 他们俩是如此的朋友，我并不惊讶：他们是一丘之貉。

一气呵成　He completed the long poem at a stretch.他一气呵成写

了这首长诗。

一丝不挂　The kid walked out of the bathroom without a stitch on. 这小孩一丝不挂地走出浴室。

一言以蔽之　John is smart, polite, and well-behaved; in a word, he is admirable. 约翰聪颖，有礼貌，品行端正；一言以蔽之，他令人佩服。

一劳永逸　He would put an end to that sort of thing once and for all(forever). 他要彻底了结那类事，一劳永逸。

一臂之力　You can count on me to lend you a helping hand in case of difficulty. 假如有困难，你可依赖我助你一臂之力。

一波未平，一波又起　I could expect that one trouble follows another unless you go to court for justice. 我认为除非你诉诸法律以求公正，否则会一波未平，一波又起。

一蹴而就　It's really hard; we can not accomplish our aim in one move.这事确实难办；我们不可能一蹴而就地实现我们的目标。

一回生，二回熟　Please feel at home; difficult the first time,easy the second. 请不要拘束，一回生，二回熟。

一刻千金　Every minute is precious.

一蟹不如一蟹　Every one is worse than the last(one).

一叶知秋　It is a straw in the wind.

吃一堑，长一智　A fail into the pit,a gain in your wit.

孤注一掷　If a gambler puts all his eggs in one basket, he can not gamble any more. 如果一个赌徒把他所有的蛋放在一个篮子里（即孤注一掷），他就再也赌不下去了。

沧海一粟　The strength of an individual, as compared with that of the masses, is but a drop in the ocean/bucket（或a mite on an elephant）. 个人的力量与集体的力量相比，仅是沧海一粟（或大象身上的一虱）。

有朝一日　There will be a day. 或You'll get yourself into a mess one of these days, I can see. 你有朝一日会陷入困境，我敢料定。

两头落空　You're bound to fall between two stools if you keep in touch with two girls. 如果你和两个姑娘保持关系，你肯定会两头落空。

模棱两可　His argument swims between two waters.他的论点模棱两可。

三三两两　After class the students walked out of the classroom in twos and threes. 下课后，学生们三三两两地走出教室。

两个和尚担水喝，三个和尚没水喝　Two's company,three's none.

十有八九　In eight or nine cases(times)out of ten, there is some misunderstanding on his part. 十有八九，在他这方面有些误会。

二、汉英成语使用不同数词

一目了然　You can see with half an eye that he and his wife are unhappy together. 一目了然，他和他妻子在一起并不快活。

一模一样　John and his younger brother look as like as two peas. 约翰和他的弟弟看上去一模一样。

一不做，二不休　Now that we've gone as far as this, we must be in for a penny,in for a pound! 我们既然已经走到这一步，必须一不做，二不休！

一日之计在于晨　An hour in the morning is worth two in the evening.

一个巴掌拍不响　It takes two to make a quarrel.

三心两意　I'm still in two minds whether to take the house or not.

是否买下这房子，我依然三心两意。

三个臭皮匠，胜过诸葛亮　Two heads are better than one.

三言两语　This can't be made clear in one or two words. 这事三言两语说不明白。This point cannot be clarified with half a word. 这一点三言两语澄清不了。

两面三刀　They resorted to double-face/dealing tactics of saying one thing and doing another. 他们采取言行不一的两面三刀的策略。

不三不四　These strangers look neither one thing nor the other. 这些陌生人看上去不三不四。

七颠八倒/七零八落/乱七八糟　On the day before the wedding, the whole house was at sixes and sevens. 婚礼前一天，整个房子乱七八糟。

半斤八两　It is six of one and half-a-dozen of the other.

千方百计　We must save the life of the wounded soldier in a hundred/thousand and one ways. 我们必须千方百计地挽救这位受伤战士的生命。

千载难逢　Coin collecting is interesting, but you find a valuable coin only once in a blue moon. 收藏硬币很有趣，但觅到一枚有价值的硬币的机会几乎千载难逢。

失之毫厘，谬以千里　A miss is as good as a mile.

“粉领”与“铁领”

西方人用“白领”（white collar）指受雇于人而领取薪水的非体力劳动者；而“蓝领”（blue collar）说的是以体力劳动为主的工资收入者，这两种俗称为国人所熟识并时常被借用。

其实，在英语国度内还流行“粉领”（pink collar）与“铁领”（iron collar）两种说法。

前者通常是指女性从事的职业以及从事这类职业的女职工，如秘书、护士、高级保姆、打字员、售货员、幼儿园和中小学教员等。“粉领”中的“粉”代表女性色泽艳丽的服饰。

“铁领”统指现在或未来取代血肉之躯的工人从事各类繁重、危险、乏味或精细劳动的机器人，它们是一批身着“铁领”衣衫的新劳族，繁衍的速度十分惊人。

“一打”等于“十三”

说来也怪，英语民族视面包为一种炉焗或烘烤出来的面制食用“物质”，而非一个个的，故“面包”（bread）这词须与量词连用方可成数。一条像枕头模样的面包英语称之为“a loaf of bread”；淡味的叫“磅包”，因是按磅出售的；略带甜味的叫“维他包”。

按英国旧时习俗，一条面包应重12磅，可等分为12个重一磅的面包，刚巧一打。1266年英国议会曾颁布过一项法令，规定了面包的重量及价格，这是妇孺皆知的“面包法规”。短斤缺两者不仅丢失颜面还要遭受处罚，因面包是“圣食”，容不得虚假。

为避免制作过程中可能出现的闪失，面包师在揉面时每条面包一般多添一个（即多加一磅面团），出炉后切成十二个，分量必多不少。也有的是在出售一打面包时附带奉送一个。于是，在面包师的眼中，“一打”（baker's dozen）就成了“十三”，这便是始于13世纪的“一打加一”的传统做法。

还有一种说法是，在英国旧时，批发面包的小贩享有优惠价，以一打之价购得13个面包，额外的一个称为“vantage bread”，因为是作为赢利而外加的。过去出版商在出售印刷品时也采取类似的做法，所以，英美人时而也会戏言“十三”为“a printer's dozen”。

Bob是你的伯父

旧时中国有句俗语“朝中有人好当官”，含义是：台上若有人作靠山，庸才也能弄个什么头儿当当。更有讽刺辛辣的说法，“一人得道，鸡犬升天”。

无独有偶，英语民族亦有这类俗语，只是表达方式不同而已——“鲍勃是你的伯父。”（Bob's your uncle.）

1887年英国首相罗伯特·塞西尔指派他的侄儿阿瑟·贝尔福任爱尔兰事务大臣。贝尔福才智平庸，口碑较差。首相任人唯亲，引起朝野人士的不满与嘲讽，街头巷尾随处可闻民众的议论：只要有Bob（Robert的简称或昵称）这样的伯父，什么事儿办不成？！

现在，这一英语俗语又引申为“一切如意”。Bob的力道和法道可想而知。

“上西天”

汉语中喻指“死亡”的委婉语不胜枚举，最形象且常用的当数“上西天”。佛经中的西天说的是阿弥陀佛居住的地方，即“极乐世界”，那儿清净，没有人间的烦恼。

碰巧，西方人也有类似的说法，譬如英语中就有“go west”，即上西（天）的委婉语。然而，他们不信佛教，或许这源于日落于西这一亘古不变的自然现象。

“go west”最早可追溯到1515年一名叫格雷（Grey）的苏格兰诗人的作品中：

女人和钱财终将消失，

如同风水西逝一般。

16世纪时，被押往伦敦伯恩刑场上绞架的死囚，也往往用“go west”这一说法喻指自己生命旅程的最终去向。

“go west”真正成为流行语是在第一次世界大战期间。当时西线战事异常激烈，大批伤员以及来不及掩埋的阵亡将士的尸体源源不断地从西线向西发运，英国士兵触景生情，自嘲“go west”。现在这个委婉语甚至还可用来指东西的损坏或不复存在。

有趣的是，19世纪中期，在美国英语中“go west”却被赋予迥然不同的含义。当时，到西部去淘金的狂潮犹如磁铁，吸引着梦想一夜变富的大批青年男女，他们不约而同地喊道“go west”，于是它又成了追求新生活、实现新希望的口号式的誓言。

喻体各异的动物寓意对应的成语

成语是人类普遍智慧的结晶。有大量成语借喻各种动物并逐渐形成某种固定的说法，如运用得当，定会产生鲜明生动的表达效果。我们有时碰巧看到一些借用同一动物为喻体，且寓意相同或相似的中英对等成语，这给翻译或写作带来便利，譬如：一箭双雕——to kill two birds with one stone；投鼠忌器——Burn not your house to rid it of the mouse；狗嘴不吐象牙——What can you except from a dog but a bark；披着羊皮的狼——a wolf in a sheep's skin（clothing）等。

然而，上述成语为数甚少。中英语言在思维模式、文化习俗、历史背景等方面存在较大差异，各自的成语源于不同的典故。汉英民族对各种动物的联想（如褒贬、美丑、善恶等）亦不尽相同，会引进特定的动物为某一成语的喻体。庆幸的是人类对客观世界的认知和日常生活的经验基本一致，这就必然会产生许多寓意对应的成语。若平日留心积累、辨析、探究，在翻译或写作时便可信手拈来，运用自如，以避免艰涩生硬的“直译”或拐弯抹角的“意译”。

笔者拟作一简介，以引起读者对借喻不同动物但寓意对应的中英成语的注意。

狗急跳墙——Tread on a worm and it will turn.

狐假虎威——an ass in a lion's skin

养虎遗患——towarm（cherish）a snake in one's bosom

虎头蛇尾——In like a lion，out like a lamb.

瓮中之鳖——like a rat in a hole

非驴非马——neither fish nor flesh

老马识途——The devil knows many things，because he is old.

害群之马——the black sheep of the family

牝鸡司晨——The gray mare is the better horse.

杀鸡取卵——Kill the goose that lays golden eggs.

宁为鸡头，毋为牛后——Better be the head of a dog than the tail of a lion. 或Better be the head of an ass than the tail of a horse.

湿如落汤鸡——as wet as a drowned rat

对牛弹琴——to cast pearls before swine

杀鸡用牛刀——to break a butterfly(fly) on(upon) the wheel

开怀牛饮——to drink like a fish

老牛不喝水，不可强按头——You can take(bring) a horse(an ass) to the water but you cannot make him drink.

打草惊蛇——to wake a sleeping wolf

切勿打草惊蛇——Let sleeping dogs(a sleeping dog) lie.

一丘之貉——birds of a feather

缘木求鱼——to milk the bull(ram)或to seek a hare in a hen's nest

猫哭老鼠假慈悲——to shed crocodile tears

胆小如鼠——as timid as a hare

爱屋及乌——Love me，love my dog.

狼狈不堪——like a drowned mouse

狼吞虎咽——to eat like a wolf(horse)或to make a pig of oneself

挂羊头卖狗肉——to sell a pig in a poke

亡羊补牢——to lock the stable door after the horse is stolen

热锅上的蚂蚁——like a cat on hot bricks

鹬蚌相争，渔翁得利——Two dogs fight for a bone, a third runs away with it. 或If the shepherds quarrel, the wolf has a running game.

树倒猢狲散——Rats desert(forsake) a sinking ship.

惊弓之鸟——The scalded cat (dog) fears cold water.

狡兔三窟——A smart mouse has more than one hole.

手痒

我们说某人“手痒”是暗示他（她）极想动手做一件事，含“跃跃欲试”之意。当然，有时我们也以“手痒”的说法来批评那些随心所欲且毫无明确目的地乱碰瞎摸什么东西的人。大人们则会把小孩的“手痒”与“多动症”连在一块儿。

然而，英语民族的“手痒”全无以上这些意思，他们的“手痒”（to have an itching palm）指的是“贪财，贪钱，想收贿赂，想要赏钱”。还有些西方人认为手掌发痒是有钱到手或想钱到手的预兆。怪不得，莎士比亚在《朱利阿斯·凯撒》（Julius Caesar）一剧中曾借勃鲁托斯之口以“手痒”这一成语来斥责凯西阿斯的贪得无厌。勃鲁托斯与凯西阿斯合谋杀害了凯撒。

之后，勃鲁托斯有一仆人因受贿被主人惩罚。凯西阿斯认为在那时候不宜这样做，便为仆人向勃鲁托斯说情，勃置之不理。于是两人就激烈争吵起来。勃对凯说：

Let me tell you, Cassius, you yourself
Are much condemned to have an itching palm;
To sell and mart your offices for gold
To undeservers.

（凯西阿斯，让我告诉你，
很多人都斥责你贪财；
常为贪图黄金的缘故，

把官爵出卖给无功无能之辈。)

在现代英语中，我们依旧可见这一古老说法的烙印，譬如“itch for”表示“非常想要”。

He seems to be itching for a fight. 看来他很想打一架。

I'm itching for them to go. 我很希望他们走。

北东西南即“新闻”

“NEWS”是“新闻”的意思，以通俗词源学家之见，此词有点来头，它是由north（北）、east（东）、west（西）、south（南）的开首字母组成的。

相传，在报纸问世之前，英国人爱把每天发生的新鲜事儿写在纸上，然后张贴在公共场所的专栏里。它一般设有四个栏目，顶端分别标明N、E、W、S，表示北、东、西、南，后便逐渐形成“news”一词。

这一说法确切与否，鄙人无十分把握，但真正的新闻确实是，也应该是来自四方的。

英语谚语中“吃”的学问

都说中国的老百姓很重视吃，“民以食为天”，就连咱们的日常问候语也忘不了说：“您吃过了吗？”其实，英美人何尝不讲究吃，别的不说，单说他们的谚语，就有不少津津乐道于“吃”的，个中的寓意及情趣值得玩味，不信请看：

Salt seasons all things. 一盐调百味。

Water is the king of food. 水为食之王。

Bread is the staff of life. 面包乃生命支柱。

Half a loaf is better than no bread. 半块面包聊胜于无。

An apple a day can keep the doctor away. 每日一苹果，与医生绝缘。

The first dish pleases the all. 头道菜，人人爱。

Old fish and young flesh do feed men best. 老鱼幼畜口福之最。

The nearer the bone, the sweeter the flesh. 贴骨头越近的肉越香。

One shoulder of mutton draws down another. 羊肉一上口，一腿连一腿。

Of wine the middle, of oil the top, of honey the bottom, is the best. 最好的酒居于中；最好的油浮于面；最好的蜜沉于底。

New meat begets new appetite. 新食物吊起新胃口。

Hungry bellies have no ears. 饥腹者不长耳朵。

Hunger makes hard beans sweet. 腹空嚼得硬豆香。

The eye is bigger than the belly. 肚饱有限，眼馋无边。

If it were not for the belly, the back might wear gold. 若不为了

肚子饱，背上早披大金袍。

Diet cures more than pills. 食疗胜过药疗。

Better bid the cooks than the mediciners. 请医师不如请厨师。

Back may trust, but belly won't. 无衣可忍耐，无食不可挨。

Feed a cold and starve a fever. 伤风时宜吃，发烧时宜饿。

A growing youth has a wolf in his belly. 长身体的小伙子肚里揣着一头狼。

Quick at meat, quick at work. 吃得快者干得快。

Weak food best fits weak stomachs. 弱食最合弱胃口。

A clean fast is better than a dirty breakfast. 清净斋戒胜过油腻早点。

Often and little eating makes a man fat. 少食多餐催人胖。

When the belly is full, the bones would be at rest. 酒餍饭饱催人眠。

Sweet things are bad for the teeth. 甜食乃牙齿天敌。

Food saves, food destroys; there is no enemy like food. 食物救命亦送命；食物为敌最厉害。

Many dishes, many diseases. 菜肴多，病痛多。

Gluttony kills more than sword. 暴食杀人胜于刀剑。

He who eats when he is full, does his grave with his teeth. 饱了还要吃，牙齿掘坟墓。

The table robs more than a thief. 餐桌劫人甚于盗贼。

He who feeds like an emperor, is apt to die like a beggar.吃得像皇帝，死得像乞丐。

Wine has drowned more men than the sea. 酒淹鬼多于水淹鬼。

Temperance and fasting cure more diseases. 戒酒节食，灵丹妙药。

He was a bold man that first ate an oyster. 第一个吃蚝的人是个勇敢者。

Don't quarrel with your bread and butter. 切不可与你自己的面包和黄油闹翻（即不可自砸饭碗）。

Spread the table, and contention will cease. 筵席铺开争论息。

The way to an Englishman's heart is through his stomach.通向英国人的心坎之路是经过他的肚子（即以请客吃饭的方法来通路子）。

"把手举高，老兄！"

英文的"highjack"或"hijack"意为"劫持"。这个词儿近来在新闻媒体中的使用频率日长夜高，而且呈海、陆、空"立体式"劫持之趋势，形成了现代国际社会一道独特的风景线。这个词儿的拼法有点怪，来历也有些不明不白。最近，几位词源学者提出了一个似乎合情合理的说法，为它验明正身。

1920年至1933年美国实行禁酒政策，可是仍有些胆大妄为者频频用私车偷运倒卖私酒。黑道上是黑吃黑，偷运私酒者碰上拦路抢劫是常有的事儿。奇怪，强盗们的截车口令几乎是规范划一的："Stick'em up high, Jack!"意思是"把手举高，老兄！""stick'em"为"stick them"的缩写，此处的"them"是代词，指"双手"。"Jack"（杰克）是一个普通得不能再普通的英文男子名，常用来呼唤素不相识的男人，功能有点类似中文的"老兄，伙计"之类。

过了不久，上面这句原本用来拦路截酒的吆喝声竟演变成一个单词"highjack"，解"劫持；抢劫；勒索"。可作动词，亦可作名词。譬如：

The terrorists highjacked a bus full of passengers. 恐怖分子劫持了一辆满载乘客的公共汽车。

A lorry driver was killed and his load of cigarettes hijacked. 卡车司机被害，一车香烟被劫走。

于是，"highjacker"就成了"拦路抢劫者；劫持者"，而"highjackee"则成了"被抢劫者、被劫持者"。

有些词的生成就是这么绝，来得随意，也极偶然。当然，神韵也在于此。

“地铁”的误解

有位朋友到英国去，问街上的英国人地铁在哪儿，“Where is the subway, please? ”那个英国人指了指不远处的一个通道口，朋友顺着他指的方向，走到入口处沿阶而下。不多时，朋友钻出道口发现自己来到了刚才所停留的街道的对面。他很生气，以为英国人在捉弄他。后来才明白，英国人称“地下跨街通道”为“subway”，而将“地铁”叫作“underground”或“tube”。

“tube”原意为“试管，管道”，因为伦敦地下铁路的涵洞均开凿成拱形，天井与洞壁呈半圆形，故得此名。

而美国人叫“地铁”为“subway”，称“地下跨街通道”为“underpass”。

英美人都说英语，但不时也会生出误会。

“乱七八糟”与“乱六七糟”

我们爱用“乱七八糟”来形容混乱不堪的状态或乱糟糟的样子。有趣的是英语民族也有一类似的说法，不过，两个数字必须各减去一，即“at sixes and sevens”（直译“乱六七糟”）。

在中世纪，伦敦有两大同业公会，即皮货商同业公会（the Skinners）和定制服装裁缝同业公会（the Merchant Taylors），时常为复活节游行队伍的次序排列而争吵不休。这两个公会均于1327年注册成立，游行时，哪个排第六，哪个排第七，经过150多年的争论也毫无结果。其间不乏流血者和送命者。

到了1484年4月10日，伦敦市长比尔斯登爵士最终裁定：两个公会的次序隔年一换。为表示友好姿态，双方须每年轮流作东宴请对方，这才平息了这场乱哄哄的跨世纪纷争。

英语成语“乱六七糟”就此诞生。

踢吊桶

俗语在漫长的生命旅程中无处不用，就连终点站：死亡，也是如此。比方，“两腿长伸”；沪语的“翘辫子”和“睡排门板”亦是。当然，这些俗语是很俗很俗的，近似于咒骂。较雅一点的也有，如“上西天”“入天国”。

无独有偶，英美人有关死亡的俗语中有一条用得很频繁：踢吊桶（kick the bucket）。

有关此语的来源，有两种说法。一是说站在吊桶上欲悬梁自尽者准备良久之后，一脚踢翻吊桶，便一命呜呼了。

另一种说法是，旧时人们杀猪，先刺猪喉放血，随即用滑轮将它倒吊起来，挂在横梁上。由于把猪倒吊的过程有点像用吊桶（bucket）打水，所以挂猪的横梁被戏言为“bucket”，倒悬的猪垂死挣扎，其后脚难免踢到横梁，这样就产生了象征死亡的俗语：kick the bucket。

这一俗语虽不宜用在较严肃或较正规的场合，但在说英语的国度内十分流行。例如：

The old lady kicked the bucket before she was sent to hospital.还没来得及送医院，这个老妇人就两腿长伸了。

“一丝不挂”的事实

我们在引证某一事实时，常爱用“无可辩驳的”“确凿无疑的”“众所周知的”等词语来强化语气的力度与事实的可信度，偶尔亦会戏言之——秃子头上的虱子，明摆着！

在西方语言中，有一异曲同工的表达法：naked truth，直译“一丝不挂的事实”，即“赤裸裸的事实”。拉丁文为nudaverias，它甚至可追溯至古罗马诗人贺拉斯的作品。

其实，此说法原本出自一古老的罗马寓言：一日，“真实”（Truth）与“虚假”（Falsehood）同在一小溪里沐浴。“虚假”洗好澡之后，神不知鬼不觉地穿走了“真实”的衣服，而将自己的衣服留在溪边。待“真实”上岸发觉此事时已晚了，他无可奈何，但又不愿穿上“虚假”的衣服，于是“真实”便赤条条地离开了。

掌上明珠

对那些自己钟爱的人或珍爱的东西，我们有一个很雅的说法：掌上明珠。现在的独生子女不就是被家长们视若掌上明珠吗？

在操英语的国家里有一类似的说法：the apple of one's eye，不明白其中的词义奥秘，很可能被误解为“眼睛里的苹果”。

这一西洋成语源于《圣经·申命记》第32章第10节：He kept him as the apple of his eye. 经文说上帝慈爱人类，他（指上帝）保护他（指人类）就像保护自己眼里的瞳仁一样。因为瞳仁的形状极似苹果，逐演变出此成语。“the apple of one's eye”实际上就是“眼睛里的瞳仁”的意思，即西式“掌上明珠”。例如：

The baby is the apple of his mother's eye. 那婴儿是他母亲的掌上明珠。

“你妈妈知道你出门了吗？”

中国人极重孝道并绝对敬老，小辈出门前习惯于向长辈打个招呼，尤其是出远门时，一般都会郑重其事地禀报父母，以免他们担心。

孔子曰：“父母在，不远游，游必有方。”以古人遗训为座右铭，清心寡欲地在家侍奉老人，特别是对那些体弱多病的长者，这在中国是常有的事。

当然，“儿行千里母担忧”，这在长辈方面常常亦是如此。

西方人的观念可不一样，他们认为尽孝固然重要，但个人的独立更为重要且宝贵。如果连进出家门或外出一游都得如实告知父母，这未免显得有点幼稚可笑了。故在英语中有一句常说的话：“Does your mother know you are out?”（你妈妈知道你出门了吗？）这是嘲笑那些孩子气重、大事小事均禀明母亲大人的人。

这种人如是男子的话，也可称为“Mother's boy”（妈妈的男儿），即事事依赖母亲，无独立主见无男子气概的人。

最好的东西

我们说到自己的东西最好或自己的东西最顶用、最管用时，常会遭旁人戏言“王婆卖瓜自卖自夸”或“瘌痢头儿子自家的好”等。英美人若遇此场合则会脱口而出：“最好的东西莫过于皮革。”（There is nothing like leather.）

从前，有一座城镇被敌人围困，形势危急。市政当局召集全体市民共商防御大计，人们纷纷出谋献策。一个石匠建议垒起一道坚固的石墙拒敌入侵；一个木匠则以为修建一道木头城墙是上策；而一个皮匠却迫不及待地跳出来嚷道：“最好的东西莫过于皮革。”

倾盆大雨与下猫下狗

中国人见到从天而降的大雨马上会脱口而出“倾盆大雨”或“瓢泼大雨”。英美人身临这一情景的第一联想恐怕是“rain cats and dogs”（雨大得像下猫下狗）。那么“倾盆大雨”与猫狗之类有何关系？

根据北欧的传说，猫有左右天气的特异功能，女巫骑着狂风暴雨凌空飞越天空时，常常化身为猫。狗则是暴风雨之神欧丁（Odin，亦被视作掌管文化、艺术、战争、死亡的最高之神）的随从，它是风雨的象征。

还有一种说法是，猫狗素来不和，它们一相遇就要打架，猫嘶狗吠，闹得不可开交，于是人们就用它们的打闹声来形象地比喻滂沱大雨的声音。

从以上两种说法来看，“雨大得像下猫下狗”就不足为奇了。书写时得留神，猫在前，狗居后，而且一定是复数。

“把铲子称作铲子”

中央电视台有档节目《实话实说》，据说收视率很高。这个名儿取得特好，简单易记，名副其实。“实话实说”就是：是啥说啥，有啥说啥，用成语表达即“直言不讳”。

这个名称使我想起了英语中的一个对应习语“call a spade a spade”（把铲子称作铲子）。此语乍一听，并无奥妙可言，明白得不能再明白了，但它在英语国度广为流传，经久不衰，这与英国维多利亚时代的社会风气多少有点关联。在那时的上流社会中，许多普通的事物都不能直呼其名，而代之以不计其数的委婉语。

“把铲子称作铲子”一说，实际上是源于古希腊的一条谚语“把无花果称作无花果，把桶称作桶”（call figs figs and a tub a tub）。荷兰人文主义学者伊拉斯默在《格言集》中把上述古希腊谚语中的“桶”随意译成了拉丁文的“铲子”（ligo），这就变成了“把无花果称作无花果，把铲子称作铲子”。苏格兰宗教改革家和史学家诺克斯又将此习语从拉丁文译成英文，他曾说：“我只知称邪恶为邪恶，称无花果为无花果，称铲子为铲子。”之后人们在引用它时为求言简意赅之效果，常省略前半部分，遂成“把铲子称作铲子”。

世上的语言成百上千，但是要人们说真话的习惯用语（成语也好，谚语也好）恐怕在每一种语言中都会有的。

“不要太潇洒”还是“不要太聪明”

1995年5月13日《新民晚报》第10版载文《引进还是巧合》，鄙人对作者的“不要太潇洒”的中英文比照持有异议。

就汉语语法而言，沪语的“不要太……”的说法是非规范的，但在上海地区已流行到难以割舍的程度。它的奇特之处是正话反说，表述的是强势性肯定。“不要太潇洒”实际上就是“十分潇洒”（潇洒到无以复加的境地）的意思。这一说法需有语境且受地域性限制，若对用其他方言或语言的人说，他们无疑会把它理解为否定的意思，不会引发“歪打正着”的妙趣。

作者说：“英语中亦有一句英语‘Don't be too smart.’”它与“不要太潇洒”“丝毫不差”，是引进还是巧合，他吃不准。

这是一个误解。“Don't be too smart.”不是英语成语，而是使用频繁的口语，呈祈使句否定形式，告诫对方“不要太聪明”，即“不要聪明过头”。“smart”是一多义词，这里应理解为“聪明，精明”。作者引用了《英汉大词典》中的例句“You look smart in the new suit.”（你穿那套新西服看上去挺潇洒。）但这并不等于说此句中的“smart”与“Don't be too smart.”中的“smart”同义。

再者，“Don't be too smart.”并没有否定形式的沪语“不要太……”所含有的肯定涵义，而是一个明明白白的否定，尽管中英文文字碰巧等同。假如将沪语“不要太潇洒”译成英语，则应直截了当地说“Very smart!”，否则外国人会百思而不得其解。

“蛋糕”和“茶”的妙用

翻译根植于不同文化土壤中的俚语是件很累的事。直译或意译总觉得很别扭，最好是能在母语或目的语中寻得一现成的对等、对应或相似的说法，既达意又传神。

即使是英语初学者，恐怕也不会不知道“a piece of cake”是“一块蛋糕”的意思。但在口语中它可转喻为“容易或轻松的事”，相当于汉语中的“小菜一碟”，沪语中的“三只手指捏一只田螺”。如说：“This job is just a piece of cake.”那便是“这份差事只是小菜一碟”，即“很轻松”的意思。

中国人的“鱼和熊掌不可兼得”一说如直译或意译的话，外国人在理解过程中可能很费劲，若把它与英语中一对应表达法联系起来，那就到位了：“You can't eat your cake and have it, too.”（你不能吃了那块蛋糕，又要留住那块蛋糕。）

还有“tea”这个词，学英语者无人不知，其实它源于闽南语的“茶”，有时在俚语中指“喜欢做的事或拿手的事”或“合意的人”。譬如：

Football is just his cup of tea. 足球正是他的爱好。

He's not her cup of tea. 他不合她的心意。或者用流行的说法：他不是她的菜。

“tea”有时亦可指特定的事或人。例如：

That's another cup of tea. 那是另外一码事。

Jack is very unpleasant cup of tea. 杰克是一个很讨厌的家伙。

“麻烦”引起的麻烦

按照中文的解释去记忆或套用某些英文单词不失为学习语言的良法之一，但并非处处奏效。有位外宾要求他的中国接待人员安排买票、订房、购物、参观等事宜，那位陪同觉得短时间内要办这么多事有些困难，便随口说了一句：“It's troublesome.”（他的本意是说“这有些麻烦”。）那老外顿时面露不快，搞得双方十分尴尬，但都不明白到底哪儿出了毛病。事后，说了troublesome的那位陪同倍感委屈：“我没说什么呀，不就是说了句‘有些麻烦’吗?！”

确实如此，不少词典将汉语的“麻烦”与英语的“troublesome”或“trouble”相提并论，若不求甚解，极易误用。英语词典对“troublesome”的释义为“causing trouble or annoying”（制造麻烦或令人讨厌；烦人）。当中国人说太麻烦或有些麻烦时，听者也许稍觉失望或略有不满，而英美人体验到的近似于一种侮辱。

两种文化背景中的人对有些词的理解和反应截然不同。在上述场景中对外宾不妨说：“It's a little bit complicated.”（这事儿稍微有些难办。）

从“搭档”到“团队”

任何人在任何时候、任何地方做任何工作都渴望有个好的合作伙伴，俗称“好搭档”或“黄金搭档”。上海人把长期合作得默契的人叫作“老搭子”。香港人把最佳搭档称为“拍硬档”，这一说法大概是受到了英语单词partner（合作伙伴）的谐音影响。“拍硬挡”实际上是一种动宾结构，无独有偶，partner亦可用作动词，释义“做伙伴，合伙”。

不过，眼下英语世界里较为流行的说法是teamwork，直译“团队工作”，实为“协力，合作”之意。team是“队”的意思，笔者最早接触此词是在20世纪70年代初跟广播电台学英语的时候，当时此词常和“造反队”“工宣队”“生产队”等用在一起，就连“互助组”的“组”字也被译成team。现在我经常在英文的体育报道中看到或听到这个词，譬如足球队、游泳队、桥牌队等。

较之partner，team更注意集体意识。两人的合作固然重要，但现代人的业绩或成就，无论大小，更多的是体现在众人的齐心协力之中。不少诺贝尔单项奖金要么被几个科学家“瓜分”，要么领奖的科学家身后有一支庞大的科研梯队支撑着他。表示一个团队内热爱并忠于这个团队的感情，在英语民族的眼中是一种team spirit（团队精神），由此看来，“团队精神”是一种西洋的说法。所幸的是，team和partner一样也可用作动词，故运用时十分灵便。

从partner到team，不难看出，在当今社会中，人际关系绝非仅仅是甲方乙方，而是周围一大群活生生的人。

不折腾

2008年12月18日，北京人民大会堂举行大会纪念改革开放30周年，时任总书记胡锦涛在讲话中的一句北方方言“不折腾”，难倒了国内外媒体界的双语精英。在表明中国走社会主义道路的坚定不移决心时，他连续用了三个“不”：“只要我们不动摇、不懈怠、不折腾，坚定不移地推进改革开放，坚定不移地走中国特色社会主义道路，就一定能够胜利实现这一宏伟蓝图和奋斗目标。”当时，“不折腾”三个字刚落音，人民大会堂观众席随即发出会心的笑声。在正式场合宣示重大发展方向时，一贯严肃的胡锦涛突然冒出一句很普通的口语，显然让大家觉得十分亲切。笑声也说明观众是听懂了“折腾”二字的所指，也听懂了“不折腾”的含义。如今，将过去的曲折、错误一律以“折腾”称之，表明中国不再做与经济发展无关的、内耗的路线辩论或政治斗争，“不折腾”的确有现实针对性，而且微妙贴切。问题是对于希望了解中国想法的国际媒体来说，“不折腾”三个字如何翻译呢？即刻网上出现了五花八门的译法，像“翻来倒去”（don't flip flop），“别走岔路”（don't get sidetracked），“别误入歧途”（don't go astray），“别反复”（don't sway back and forth），不踌躇（no dithering），还有翻译成“没有重大变化”（no major changes）的，等等。这些译法总觉得不够精彩，没把“折腾”中含有的“混乱不堪”“自我消耗”“翻来覆去的无用功”等涵义彰显出来。

有趣的是，在12月30日国务院新闻办的发布会上，当有记者问到与“不折腾”相关问题时，现场翻译干脆用汉语拼音念出“bu zheteng”

三个字，顿时引起全场一片笑声。事后，中国媒体在报道中赞扬一番，说“bu zheteng”或将成为英语中的专属名词。其实，现代中国人为英语增加词汇早有先例。如“宇航员”这个新词，美国人叫“astronaut”，当时的苏联人叫“cosmonaut”。2003年之后，航天词库又新增了“taikonaut”（源自“太空”的汉语拼音taikong），指的是中国宇航员。一个国家国力强大了，或受关注的程度提升了，就有机会和理由为外语词库添砖加瓦。这些年新增的两万个英语单词中，20%来自中式英语，对英语词库的贡献率不可小觑，成为一道风景：shuanggui（双规）、chengguan（城管）、don’train（动车）、jiujielity（纠结）、geilivable（给力）、Chimerica（中美国）。以及：We two who and who?（咱俩谁跟谁？）Go and look!（走着瞧！）No money no talk!（没钱免谈！）

为了报道中国大妈带动金价上涨，《华尔街日报》特地创造了“dama”（大妈）这一来自汉语拼音的英语单词，足以表明中国制造的英语单词，正不知不觉、越来越多地融入国际生活的方方面面。

同时，取自汉语拼音的英语单词近年也频频亮相海外媒体。10多年前，外国人就对“guanxi”（关系）一词津津乐道。不同于英语中的“relationship”，“guanxi”特用来描绘中国社会独特而复杂的关系文化。后来，此词甚至被收录进英美国家的商学院教材“Rules and Networks”中。又如，英国《经济学人》把中国未婚男士译成“guanggun”（光棍），《纽约客》把中国激进年轻人译为“fenqing”（愤青），央视英语网站将在海外的中国消费者译成“chinsumer”……

部分外国人对中式英语还情有独钟呢。在中国呆久之后，初次听到“people mountain people sea”（人山人海）时，一下便领略到其中的文化内涵。还有一句时髦的说法“Good good study, day day up”（好好学习，天天向上），已变成许多老外学生的顺口溜了。全球语言监测机构（Global Language Monitor）从全球视野和英语语言发展的角度给予了

中式英语高度评价，认为中式英语是一种“可喜的混合体”。

语言贡献彰显国力，英语中大多数词汇原本就出自其他语言，如拉丁语、德语、法语、意大利语等，而如今轮到中文了。“文明程度越高、社会越发达、对其他语言社团成员吸引力越强的语言，往往影响力更大更深：如罗马时代的拉丁语、秦汉之际的汉语以及第二次世界大战之后的英语。”北京外国语大学汉语文化学院孟德宏教授的这番解释，很有道理。

不少专家认为，语言从来都不是孤立存在的。中式英语走向全球，表层原因是反映当代中国社会文化现象的词汇在英语里是无法对译的，即缺乏等量价值的表达形式。从深层次看，则反映了中外语言文化交流的加速，反映了中国正在融入全球化进程。对此，我们应当乐于接受，静观其变，因为语言永远是在变化之中的。然而，针对“bu zheteng”，代表官方的权威解释依然缺席，似乎是预留出模糊空间让各家解读。最近，我又看到一流行的“折腾”新版本：“zig-turn”，“zig”来自“zigzag”（之字形、Z字形、曲折的）的前半段，这个新词别致且形象。

网络上，有文章大赞“不折腾”表现了中共的智慧，也有人说：“老百姓只想平平安安地过日子，从来都不想出什么劳什子。”不折腾是今天的中国人由上到下的普遍愿望。

躲不掉的“秀”

有一个英语单词披上了谐音汉字的外套在国人的视觉世界里横冲直撞，频频亮相，它的出现为我们的文字王国脱胎出一个杂交的畸形儿，同时，这个汉字似乎有必要增添一新的诠释，此字乃“秀”（show）也。

随意翻翻手头上的《新民周刊》和《新民晚报》便可看到什么“频道秀——老男人的集会”（一个模仿电视节目的随笔栏目的名称）、“故事秀帮你成为剧作家”（此处的“故事秀”是由上海中路影视公司投资建成的国内首家影视文学互动网站，www. storyshow. net）、“阅兵‘选秀’条件苛刻”（此句中的“选秀”就是挑选接受检阅的仪仗兵）、“上海女人夏天‘秀’”（此题中的“秀”是指袒露或展露，示众以美，取悦于人，满足于己，属双关语）、“张艺谋京城论‘秀’”（这儿说的“秀”是指通过媒体来公开挑选演员，老谋子为影片《幸福时光》曾在网上试过，想“秀”的姑娘成百上千，最终选定董洁饰演盲姑娘）。池莉在《小说月报》2000年第10期上发表了一篇中篇小说《生活秀》，讲的是武汉闹市区一条小吃街上底层人的故事，“秀”得有声有色，妙趣横生，使人忍俊不禁。

英语中的“show”是个不起眼的常用词，简而言之，就是“给你看”。作名词解释为“展览会、展览物、竞赛会、景观、景物等”，也可指“马戏、戏剧、广播、电视等的表演或公众娱乐”。作动词的意思是“出示、展示、表明、带引、告知、上演、放映、显露等”（恕我仅罗列部分最常见的汉语解释）。如此普通的英语单词，又有那么多与汉语相匹配的词语，可人们独钟“秀”字。其实，汉字的“秀”意为“清秀”或

“优秀”，与英文的“show”并无直接关联。稍作盘点，得知汉语中读作“xiu”的字不下30多个，唯有“秀”字给人一种视觉冲击力和心灵吸引力。再说，够得上给公众亮相的总不外乎是那些值得一“秀”的事物或人物，大概是鉴于这样一种自圆其说的联想，于是，人们就造出了“黄金首饰最新款式大秀”“中秋赏月秀”“家用电器直销秀”什么的。一清早就被塞进信箱的花花绿绿的广告纸传递着各色各样有关“秀”的信息：“汽车秀”“电脑秀”“运动器械秀”“家具秀”“文具秀”“玩具秀”“皮包秀”“欧珀莱新品秀”“流行女装特卖秀”“文胸内裤超值组合秀”“蓝豹超低价大型周末秀”。广告好似开屏的孔雀，把最漂亮的一面展现给准顾客，不管您喜欢不喜欢或在意不在意，商家们伸长着脖子耐心等待“上帝们”动心的那一刻。

说穿了，令人眼花缭乱的五花八门的“秀”与旧时的庙会或古镇的集市在本质上并无多大区别。那些经过深奥的现代经营理念点拨后闪亮登场的种种促销谋略，其实与十字街头小贩们声嘶力竭，此起彼伏的阵阵吆喝，动机是一样的。要说差异的话，都市里的人无非把小事搞大，把简单的东西美化强化复杂化，旨在形成一股股川流不息的人流、物流、信息流。

这个“秀”字有时还用得很灵巧，“作秀”便是一例，意为展示或演示或演出什么的，有时含有摆摆花架子的意思，如“市大学生创业计划大赛决赛项目技术含量高，作秀遭淘汰，实用受青睐”（《文汇报》2000年10月23日）。汉字“作”的后面可跟的字或词多得很，尤其是些贬义的搭配，如作案、作对、作假、作孽、作乱、作祟、作呕、作俑、作弊、作古、作怪、作壁上观、作鸟兽散、作困兽斗等。现在外来语也来凑热闹，令人耳目一新。

“脱口秀”也是近几年颇为流行的外来语，源于英语的“talk show”，主要用在美国，指电视、无线电广播中的访谈节目。这类节目往往围绕某一热点话题请几位嘉宾聊、侃、评，气氛轻松自然，时效性和针对性特强，制作成本又不高。不少快嘴、利嘴、铁嘴、名嘴、神嘴由此而生，并在公众的心目中定格，人们冠之以“脱口秀”雅号，原意转嫁，谐音讨巧，形象鲜活。

当今世界的开放度和透明度越来越高，“秀”是一个再好不过的载体。当然，眼下人们的表现欲也越来越强，尤其是那些少男少女，这是与时代吻合的优点。“秀”字不会寂寞，很多人还求之不得。

会标译法一例

小陈：

有关会标的英译问题，答复如下：

1. 上海建设具有全球影响力的科技创新中心

这是当下反复提及的官方固定式话语，当然也有现成的官方英语版本，参阅英文版的*China Daily*（《中国日报》）和*Shanghai Daily*（《上海日报》）等。我的译法如下：

Building Shanghai into a Science & Technology Innovation Center with Global Influence

——Strategic High-technologies & Supporting Policies

副标题以复数为好，因为上海市欧美同学会这个年度品牌论坛涉及多项高科技与具体的扶持政策。

2. “build...into...”是英语一固定的动词结构，意为“建成”，即“作为什么定位或目标来建设”，您提供了其他的译例，但其中的“build...as...”显然带有中文思维痕迹，况且英语中无此结构，只有“build...as part of...”，意为“作为某一部分来建设”。

3. 会标之类的英译越简单越好，即词（字）越少越好，因此“and”可用“&”替代。

4. 会标的大小写需十分规范，虚词一般全小写，如介词、冠词等，而实词的开首字母须大写，如名词、动词等。

以上意见仅供参考。

陆建非

2016年5月6日

“抗日战争”、《反国家分裂法》精准译法

2015年恰好是中国人民抗日战争暨世界反法西斯战争胜利70周年，全国各地及国际社会举办多种形式的活动来纪念这个重要历史事件。“抗日”便成了各类对外宣传和纪念活动中的关键词，如何更为准确地将这个词翻译成为英文，体现出中国人民反抗日本军国主义侵略的正义性，直接影响到对外传播的效果。中央编译局在翻译中央马克思主义理论研究和建设工程重点成果《中国抗日战争史简明读本》一书的时候，对不同的译法进行了比较研究，提出了翻译方案，我觉得很有道理。

除在特殊语境，“抗日”不宜译成“anti-Japanese”。首先，英文“anti-Japanese”是“反对日本”“反对日本人”的意思，并不包含“侵略”等信息。如果将“抗日”译为“anti-Japanese”，国外读者自然就会把所有与此相关的表述都理解为“反对日本人”，而不是反抗日本侵略者，此译法显然会引起误会，如“抗日民族统一战线”“抗日根据地”“抗日救亡运动”等，都会被理解为“反对日本人”，而不是正义的“反抗侵略”的活动。

其次，英文前缀“anti-”（即“反”）后面加上民族或人民构成的复合词（如“anti-American”“anti-Chinese”等），经常与非理性的、情绪化的事件或行为搭配，如“anti-Japanese protest”（反日游行）、“anti-Japanese flag burning”（反日焚烧日本国旗）等。

因此，专家们建议，“抗日”可以采用两种译法：resistance against Japanese aggression或者counter-Japanese。

译法1: resistance against Japanese aggression或者resistance

与“anti-Japanese”不同，“resistance”（反抗）包含着较为正面的内涵，一看便知指的是“反抗侵略”。例如，“中国人民抗日战争”，翻译为“the Chinese People's War of Resistance against Japanese Aggression”，国外读者可以很清楚地看到何方为侵略者，何方是受害者。而在世界反法西斯战争期间，其他同盟国开展的各种反法西斯、反纳粹活动，英语的表述也经常用“resistance”。因此，将“抗日”一词译为“resistance”，与其他同盟国的术语相同，有利于加强外国读者眼中，中国作为同盟国重要成员，维护世界正义力量的形象。

译法2: counter-Japanese

与“resistance”相似，“counter-Japanese”一词也意味着对方的行为发生在先，己方行为是应对性质的，如“counter-attack”（反攻）。因而此译法能够表明抗击的对象是侵略行为，而不是日本民族。另外，这一译法较之“resistance against Japanese aggression”更简短，故在部分语境中比前者更显灵便，如“counter-Japanese guerrilla force”（抗日游击队）等。

政治领域内的翻译容不得半点差错，不然会导致理解上的偏差，甚至引发政治事故。当然，有时借用某些特定词语，巧妙组合，也会产生极佳效果，例如，怎么翻译《反国家分裂法》这部法律的名称就大有讲究，《反分裂国家法》已由中华人民共和国第十届全国人民代表大会第三次会议于2005年3月14日通过。“分裂国家”一词，英文采用“secession”，这是极具意味的。英语中表示“分裂”的单词有不少，如separation, division, split, abruption等。然而，“secede”和“secession”的意思是“正式退出或脱离一个组织或国家”（withdraw from membership of an organization, state, etc.）。

台湾是中国不可分割的一部分。现在，台独分子搞分裂活动，企图将台湾从中国分裂出去。因此，“分裂国家”用“secession”是十分妥帖的。“separate”or“split”均可用，但作为法律，“secede”和“secession”是正式用词（a formal word）。

历史上、国际上在这方面均不乏先例。比如加拿大的魁北克企图脱离加拿大而独立，但全民投票公投，始终未能成功。新闻中有一句：“The Quebecois may have a majority of secessionists, and then Canada will be split into English- and French-speaking regions.”（魁北克人中大多数可能是分离主义者，这样加拿大就将被分成英语区和法语区。）

特别是“secede”和“secession”在美国历史上曾作为专用词语，美国南方11个州为反对林肯解放黑奴政策相继企图脱离联邦，从而导致南北战争。（The American civil war arose out of the attempt of 11 of the Southern States to “secede” from the United States of America.）“secession”一词与美国当年南北战争时颁布的《反脱离联邦法》完全一样。美国南北战争表面上是为了废除南方的奴隶制，但实质上却是林肯总统及共和党政府针对南方11州要脱离联邦宣布“独立”而发动的“反独”战争。既解放了南方的奴隶，彻底废除了奴隶制，又维护了联邦的统一，将闹分裂的南方11个州重新收归联邦之内。“Anti-secession law”凸显了中国的《反分裂国家法》与美国史上出现的《反脱离联邦法》同是正义之剑，使美国无法公开反对，不然就是否定了美国自己的历史。更何况，林肯也是共和党人。从这个意义上说，用secession可谓“一箭双雕”。

师大网刊的英译切磋

佳华、万瑾及团委有关同仁：

谢谢你们给我发来每期《我校大学生本周十大教育热点话题》，持续不断，受益匪浅，直接了解到学生在某个时段内的兴趣点和关注点，对我的管理及研究工作颇具借鉴作用。

与你们商榷的是这一网刊名称的汉译英问题，现名为“Weekly Campus Hot Educational Topic”，似有中式英语之嫌，可改为“Weekly Campus Topics on Education”。

汉译英不能等同于一字一词的对等转译，应有增有减有变。一周的话题五花八门，“topic”须为复数。翻译的原则是“信、雅、达”，以期符合目的语（即英语）的表达规范与习惯。

以上意见仅供参考。

陆建非

2015年4月20日

佳华、万瑾及团委同仁：

《师大网事》每期必看，编得很好。如有个英语刊名更佳，可与《我校大学生第X周十大教育热点话题》配套成为系列，试译如下：

Weekly Online: Highlighted News for SHNU Students

供参考。

陆建非

2015年4月20日

“事业单位”怎么翻译

开峰：

我反复斟酌，“中共上海市委统战部事业管理中心”的完整英译名提供如下：

The Public Institutions Management Center,

The United Front Work Department of the Shanghai Municipal Committee of the Chinese Communist Party

说明：

1.中国共产党有两种译法the Chinese Communist Party（缩写：CCP）或the Communist Party of China（缩写：CPC）。为了更简略，取第一种译法。

2.center是美国英语，centre是英国英语。国内官方一般用美国英语的译法，即center。

3.the Public Institutions以复数为妥，指该中心拥有若干个事业单位。所谓事业单位是指非营利单位，区别于企业单位（enterprise），也区别于政府部门（government sectors）。

4.正式译文中，定冠词the不能漏了。

5.中国共产党上海市委员会，也可缩写为：the Shanghai Municipal Committee of CCP.名片上通常用缩写居多。

供参考。

陆建非

2016年5月24日

佳灵诗文共译

佳灵：

收悉你的中文诗作及英语初译稿，大有进步，甚是高兴。稍作修改，以期更为通顺达意，见下。

还需要多久

天亮以后，那个初识时的悸动是否还会归来

天亮以后，我们是否还会回到从前

天亮以后，那些久违的诺言是否会再度实现

天亮以后，你是否还会记起我

How long

When the day breaks, I wonder if the heart-throbbing moment of our first meeting will return

When the day breaks, I wonder if time will bring us back to the past days

When the day breaks, I wonder if the much-awaited promises will be fulfilled

When the day breaks, I wonder if you will remember me still

一个人的房间

一个人编织着梦想

一个人写着博客日志
一个人做着很多不想做的事
许许多多的一个人……还需要多久？你才会改变你对我的判决

A room of my own
A dream of my own
To write Blog diaries by myself
To do things I have to by myself...
So many "my own" and "by myself"...How long do I have to wait before you change your decision

似乎，已没人记得我
所有人把我遗忘
只有沙漏里面的白色细沙，能看见我眼角的泪痕从未干过
风吹在眼角上，是那么刺痛，生疼生疼的
可是，有一种痛却是无法用眼泪抹去的
也是时间无法去磨灭的……

It seems no one has remembered me
They have forgotten my existence
Only the silver sand in the hourglass
Sees the tear stains that remain wet on the corner of my eyes
As wind blows across, I feel so much pain ...
There is a kind of pain that cannot be wiped out with tears
And will not perish as time goes by...

每当想起关于我们的回忆，嘴角总是那么不经意地上扬

想你的时候既幸福，又心痛

幸福的是，我还有想念你的资格

心痛的是你在不该放手的时候或者说关键的时候放手了

你认为你是对的，可是你却错了，错得离谱，错得莫名

有时候想哭的我，却忘记了该如何去流泪

唯一能感觉到的是，那份心中的执着，那份喜欢你的执着，那份想念你的执着，那份关注你的执着，那份等待你再次出现的执着……

Whenever I recall the time we spent together, an unconscious smile appears on my lips

I feel both happy and painful to miss you

I am happy because I am not deprived of the right to miss you

I am painful because you should not have given up on an untimely occasion or at a crucial moment

You thought you were right, but you were wrong, so wrong and so baffling

Sometimes I am too sad to shed tears

What's deeply buried in my heart is the obsession of liking you, missing you, caring about you, and waiting for your reappearance…

当"失去"出现在眼前

当一切消失在眼底，当幸福从指尖划走，我才知道一些东西的珍贵

我叹息自己的不够坚强，无奈于自己的摇摆不定，让一切的一切就这样忽然消失在生命中

难道注定失去吗

我无从知晓吧，或者说无从定义这一切……

When one has to “Lose”

Not until everything disappeared and happiness slipped through my figures did I realize their preciousness

I sighed for my weakness and hesitation that let go of everything all of a sudden

Am I destined to lose

I never know, or never be able to define...

命运的齿轮还在旋转，就像游乐场的旋转木马一样，轮回着，旋转着

那么我的幸福还会再次被幸福摩天轮转回来吗

还需要多久呢？我还会等待多久？一切都在未知中进行着……

对于省略号的偏爱，已经记不清是从何时开始的了

唯一放在心上并且记得的是——省略号代表着未完结……

Gears of destiny, like carrousels in amusement parks, is turning and circulating

I wonder if my happiness will be rotated back by the wheels of fortune

How long? How long do I have to wait? Everything goes unknown

I don’t remember the time I started my preference for ellipsis points

But always kept it in mind that they meant “to be continued”...

幸福也许真的就是那么简单……

午后的阳光很温暖

玩游戏的你
很疯狂
睡眼蒙眬地睁开眼
被忽视的我
很不爽

Perhaps HAPPINESS is really this simple…
The afternoon sunshine is warm and cozy
Playing video games, you seem crazy
When I open my drowsy eyes from the afternoon nap
And find myself neglected
I feel unhappy

奶茶的醇厚
豆腐的麻辣
混合着我们的爱情

The mellowness of milk tea
And spicy-hotness of bean curd
Are mixed with our love

幸福是什么
幸福就是猫吃鱼
狗吃肉
奥特曼打小怪兽

What is real happiness

For cats, it means fish

For dogs, meat

For Ultraman, small monsters to beat

而每个成功的奥特曼背后都有一个默默挨打的小怪兽

而每个幸福的背后

只需要一点点的爱

幸福也许真的就是那么简单……

Behind every successful Ultraman, there hides a small monster silently enduring his fists

And behind every little happiness, there needs a little bit love

Perhaps happiness is really this simple...

下次，就我们俩哦

暖暖的阳光，

咸咸的海风，

金色的沙滩，

不知天高地厚在那里玩耍的我们，用尽全力将痕迹点点滴滴地刻在沙滩上

Next time, only two of us!

Warm sunshine

Salty sea wind

On the golden beach

Not knowing the complexities of the world
We were playing and enjoying to our hearts'content
Engraving every trace of existence onto the beach

你的怪招
我的倔强
和一浪高过一浪的大海“搏斗”着
终于，我们心满意足地在那里站着，
任凭海风吹拂，任凭海浪将我们的脚丫慢慢埋入沙土中
紧紧地缠着你的手臂，似乎害怕你的消失一样

The two of us, in a strange and stubborn manner
"fight" with the sea waves surging higher and higher
Finally, we stood there satisfied
Letting the wind blow and waves bury our feet in the sand
I hold your arm tight, fearing you might disappear from my sight

一阵巨浪，一阵比我们想象中厉害的大浪
快将我冲倒
一瞬间
你用尽全力拽住了我的手臂

A surge of waves more powerful than we have expected
Almost swept me down
One moment in time
You pulled my arm with all might

可惜
平衡的差异
我的右边
还是顺着海浪
倾倒在沙地上

So pitiful
That I could not keep balance
My right side fell to the beach
Together with the waves

一身沙子，一身海水，一身泥泞
在那里惊魂未定的我们
还在傻笑

Covered all over with sand, water and mud
Still suffering from the sudden "attack"
We laughed a foolish laugh

就在大海即将将我的拖鞋吞入口中的瞬间
你
气喘吁吁
"勇敢"地捡回了它

But just before the sea engulfed my slippers
You

"Bravely" grabbed them back, breathlessly

心里
真的很温暖
你的大力，让我知道
你有多么在乎我
你有多么喜欢我

At the bottom of my heart
Warmth prevails
Your "brevity" let me know
How much you care for me
And how much you like me

校歌《青春的盛典》英译改稿

编辑先生：

您好。

收悉校歌英译初稿，修改如下并请参阅脚注，谢谢信任。

即颂编祺。

陆建非

2014年9月8日

原译稿：

你在那月亮的湖边 By the Moon Lake I am gazing
眺望最美丽的彼岸 Into a beautiful land of dreams
我在这学思的湖畔 By the Xuesi Lake I am waiting
等待最动人的明天 For a most brilliant tomorrow

我们用青春来见证 Let our youth be the proof
梦想每天都在实现 That we are making our dreams come true
我们用青春去创造 With prime youth we are striving
人生将辉煌到永远 For a future of permanent glory

青春的盛典看那星光如此灿烂 In blooming youth, the stars are so glittering

青春的盛典让那生命更加精彩 In blooming youth, we are living a life of splendor

青春的盛典就让我们相互祝愿 In blooming youth, let us give each other blessings

青春的盛典让我们为你喝彩 Blooming youth, we are greeting you with cheerings

修改稿：

你在那月亮的湖边 By the Moon Lake you're overlooking
眺望最美丽的彼岸 A beautiful land on the other side
我在这学思的湖畔 By the Xuesi Lake I am awaiting
等待最动人的明天 A brilliant tomorrow of dreams

我们用青春来见证 Let our youth be the proof
梦想每天都在实现 That we make our dreams come true
我们用青春去创造 With our youth we make things happen
人生将辉煌到永远 A life full of glory for ever

青春的盛典看那星光如此灿烂 In blooming youth, the stars are so glittering

青春的盛典让那生命更加精彩 In blooming youth, let life be more splendid

青春的盛典就让我们相互祝愿 In blooming youth, we bless each other

青春的盛典让我们为你喝彩 Blooming youth, we greet you with cheers

注：

1. 原文第一段“gaze into”是“凝视，注目”之意，而非“眺望“，故用“overlook”。

鉴于overlook是及物动词，故下句“等待”也得选用及物动词“await”，以求对称。

2. “彼岸”还是要译出，因为你在月亮湖畔眺望的是“远岸、彼岸”。

3. 中文原文中用的人称是“你”和“我”，且在湖泊的两岸，遥望呼应，英语译文也以“你我”为佳。

4. 第二段的“创造”一词，可译成很口语化的“make things happen”，以求与上句的“make dreams come true”在结构上和风格上相吻合。

5. 最后一段的“祝福”和“喝彩”均可用相应的动词 (bless) 和名词复数(cheers)，简洁明快，琅琅上口。

"一带一路"等的英译名及简称

"一带一路"眼下特别火爆，刚开始有人翻译成"One Belt, One Road"或"Belt and the Road""The Belt and Road"，借助网络翻译，得到的结果常常使人哭笑不得，谷歌的翻译还有更多版本，电脑的能耐只能如此。

后来，官方发布正式的英语译文，在对外公文中，中文全称的"丝绸之路经济带和21世纪海上丝绸之路"译为"the Silk Road Economic Belt and the 21st-Century Maritime Silk Road"，简称译为"the Belt and Road"，其实官方英文翻译还有一个版本就是"the Belt and Road Initiatives"，缩写"B&R"。一般较长的专用名称须配上缩写，易记易写。就像美国主导的跨太平洋伙伴关系协议（Trans-Pacific Partnership Agreement），自本轮金融危机以来，美国对出口的重视程度显著提升，经贸政策的"进攻性"明显增强，其中跨太平洋伙伴关系协议就是例证，简称TPP。还有一个叫TTIP，全称为"跨大西洋贸易和投资伙伴关系"，是TPP之外美国与欧洲国家正在谈判的另一重要贸易投资协定，它的英译名全称为Transatlantic Trade and Investment Partnership。

我们平时说的最多的应该是PPT，即Power Point的简称。Power Point是微软公司出品的office软件系列重要组件之一。PPT、TPP、TTIP等放在一起，有时真的会混在一起而常常讲错，总统等大人物也不例外。

英式拼写日渐式微

相比今天的美式英语，英式英语出现得更早，而且给人一种宫廷语言的感觉，然而，如今美式英语的拼写更受欢迎。19世纪80年代以来的出版物主要使用美式拼写，例如，以“center”取代“centre”。数据显示，一战时期这一趋势越发明显并加快，连英国人自己也以美式拼法取代一些单词的英式拼法。我们可从“grey”“flavor”等词的变化看出，美式英语的使用日趋广泛，出版物更为青睐“gray”和“flavor”。之后，美式英语逐渐走强，1890年前后，“liter”超过“litre”。1913年，“center”就比“centre”更受欢迎。就“center”的拼法而言，1913年标志着英式拼写使用的转折点，因为美式拼写在文学中出现的频率开始大幅提升。1913年距第一次世界大战开始仅一年，许多人认为，这是美国崛起成为超级大国的关键时期。

但奇怪的是，有一个单词属于例外，那就是“gaol”，既没有被美式英语也没有被英式英语改变。“gaol”是“jail”（监狱）的早期形式，以往200年间，“gaol”的使用日渐减少，现在几乎不用了。倘若说有一个单词没有跨越大西洋的话，那就是“gaol”。自19世纪中叶以来，“gaol”渐渐被人遗忘，即便在不列颠群岛，人们也逐渐拒绝使用这种拼法。

这里提供一些英式英语和美式英语单词拼写的若干规则，这可给学习者记忆和拼写单词带来极大的便利，主要有9条规则：

1.英国英语单词中不发音的词尾-me、-ue，在美国英语拼写中被删除。如kilogramme/kilogram（公斤）、programme/program（方案）、catalogue/catalog（目录）等。

2. 英国英语中的以-our结尾的单词，在美国英语中删去不发音的字母u。如behaviour/behavior（举止、行为）、discolour/discolor（褪色）、labour/labor（劳动）等。

3. 英国英语拼写字母ae或oe，在美国英语中仅保留发音元音e。如anaemia/anemia（贫血症）、aeon/eon（永世）、aesthetic/esthetic（美学的）等。

4. 英国英语拼写字母-ll-， 在美国英语只写一个-l-。如chilli/chili（干辣椒）、dialling/dialing（电话拨码）、leveller/leveler（水平测量员）等。但是，也有一些相反的例子，如美国英语中的appall、instill、distill、installment、willful等在英国英语中往往只单写l。而distillery、installation、propeller等词的拼法则在英国英语和美国英语中是相同的。

5. 英国英语词尾是辅音字母加-e，而美国英语词尾是辅音字母，如axe/ax（斧）、blonde/blond（亚麻色的）等。

6. 英国英语用-eable、-ement，美国英语用-able、-ment。如likeable/likable（讨人喜欢的）、loveable/lovable（可爱的）、judgement/judgment（审判）、acknowledgement/acknowledgment（承认）等。

7. 英国英语中以xion结尾的词，美国英语常以ction结尾，如complexion/complection（面色）、connexion/connection（连接）、flexion/flection（弯曲）等。

8. 英国英语中以-ise、-yse、-s-结尾的词，美国英语常以-ize、-yze、-z-结尾，如activise/activize（激起）、advertise/advertize（为……做广告）等。

9. 一些英国英语以-re结尾的词，美国英语拼写的顺序正好相反。如calibre/caliber（口径）、centre/center（中心）、fibre/fiber（纤维）等。

盘点2002关键词

“发展”的显现频度高得出奇，据说在党的十六大报告中出现过238次。邓小平有一句名言“发展是硬道理”。在一次上海的市级大学生英语竞赛中，我请学生把这句话译成英语，他们为如何解读“硬道理”这三个字而犯难。有人甚至想到了“hard”（硬的）、“reason”（理由，道理），用直译法肯定会越译越“硬”。小平讲话的特点是直率、通俗、深刻。我的理解是“Development is a basic principle.”（转译为“发展是一个基本的原理。”）凑巧，这个译法与官方外事口的版本一字不差。从“发展”又衍生出许许多多的“发展”，如“全面发展”（integrative development），“阶段性发展”（staged development），“可持续发展”（sustainable development）。划分国家也以“发展”为准，于是就有了“developed countries”（发展了的国家，即发达国家），“developing countries”（正在发展的国家，即发展中国家），“underdeveloped countries”（发展不充分的国家，即不发达国家）。国家要发展综合国力，大大小小的单位都要发展市场竞争力，个人却要发展个性和特长。中国人对发展的感悟从未像今天这么透彻，对发展的希冀从未像今天这么急迫，对发展的参与从未像今天这么自觉。“雪龙”闯进极地，“神舟”遨游太空，祖国有今天，靠的是发展，祖国想赢得明天，还得靠发展。大发展，小困难；小发展，大困难；不发展，最困难。

“创新”（innovation）这个词眼下锋头正健，人人大谈创新，家家都说正在创新。它是个既古老又鲜活的词，人类发展至今，本身就是一部创新史。创新与其说是一种行为，倒不如说是一种思维：求异思维，

逆向思维，发散性思维，甚至是破坏性创新（destructive innovation）思维。不破旧，何以立新？而破旧，尤其是体制和机制的破旧需要理论和实践的双重勇气和胆略，有时甚至是痛苦的。创新者追求的是原创的灵感，独创的路径，突破原先知识结构和传统思维定势，实现人类社会的跨越式发展。2002年的科技创新令人眼花缭乱："自主魔力"燃料电池、水稻基因测序、"哈勃"为宇宙重定年龄、"磁浮"御风如飞、"地球模拟器"运算速度已达每秒35.86万亿次等等。最使人看不懂的是"芯片人"和"克隆儿"的驾到？！

2002年国际舞台上最出挑的词儿是"反恐"（anti-terrorism）。"反恐"事实上已演化成第三次世界大战，但这是一场无国界、不正式宣战、无期限、不知道敌人在哪儿的不对称战争。可怕的是其中一方的撒手锏为"人肉炸弹"，更可怕的是恐怖分子的武器也迅速前卫起来，导弹打民航飞机，炭疽杀平民百姓。巴厘岛和蒙巴萨的爆炸使快乐的旅游不再快乐，并再次全面激活保险行当。莫斯科解救剧院人质的奇招令麻醉医学界既兴奋又震惊。恐怖主义确实是当今国际社会面临的重大问题，但这并非唯一问题，南北差距、霸权主义、强权政治更是问题中的问题。是采用尼布尔"以恶对恶"的现实主义政策，还是标本兼治，消除恐怖主义根源，大力发展全球生产力，使各国各阶层民众在全球化进程中共同得到实惠？这是一个大问号，又是一个大抉择。

"申博"是2002年上海的兴奋点，国人的聚焦点。"申"碰巧是上海的别称，一"搏"即成，关键在于中国的崛起，上海的腾飞。人类进步最显著的特征就是城市化进程加快，而在经济一体化过程中，文明的冲突以及日趋严重的各类"城市病"正困扰着世人。"城市，让生活更美好"——申博主题是回应世纪难题的智慧答辩，与希腊先哲亚里士多德的诠释一脉相传："人们来到城市是为了生活，人们居住在城市是为了生活得更好。"巧妙贴切的立意深深打动了足够多的投票国的心。上海为世博会的选址绝顶聪明：卢浦大桥与南浦大桥之间540公顷的黄浦江滨水区——老城厢，新外滩，陆家嘴——申城发展史尽收眼底。海派文化的灵魂尽展风采：古今承继，东西交融，多元碰撞，有容乃大。

2002年上师大的关键词应是“内涵”。城乡结合的多校区办学模式使众多大学一夜之间变得“地大物博”起来，洋洋得意之余，人们冷静地意识到，大学不仅需要大楼和绿地，更需要大师和名家领衔的师资梯队，还有教学质量、管理水平、科研实力、学科建设、就业前景、经济效益等均属“内涵”之列。我们的书记和校长逢会必讲内涵，带领师生员工扎扎实实，点点滴滴地提升内涵。奉贤校区那台戏唱得有声有色，增强了跨校区办学的综合竞争实力，打造出上师大品牌，为社会和市场认可。师大今非昔比，令人刮目相看。

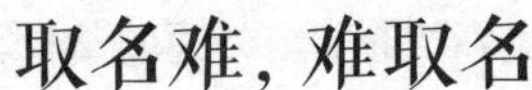

取名难，难取名

从前，山沟沟里目不识丁的爹娘常把孩子唤作“大狗”“小毛”“二崽”“四花”什么的，虽土犹贵，因为孩子是自个儿生的，爱怎么叫就怎么叫，血缘亲情重于泰山。若把山里娃唤成“道格拉斯”“安德鲁”“伊丽莎白”“珍妮”，倒反而失去了土味和野味，因而也就毫无山里人的情味。然而，给产品（哪怕是最简单的日用品）取名就没有那么简单了，这是令商家劳民伤财的事。

西方人对产品的名称历来十分讲究，名儿的优劣就是口碑的好坏，这会直接影响买家的胃口，即购物欲。“奔腾”（Pentium）一名今天已红得发紫，如雷贯耳。它是由美国加州索萨利托的一家不起眼的小公司“莱克西肯品牌公司”首创的，当时它曾向英特尔提供了400多个名称供选择，除了“Pentium”，还有不少被采用，如“Razar”“ProChip”“Intellect”等。起先英特尔的一些经理对“Pentium”一名并无十足的好感，只是后来以举手表决的方式，勉强通过了此名。莱克西肯公司的创立者、首席执行官戴维·普拉切克因此而获得4.5万美元的取名费。“Pentium”令中国顾客如痴如醉，除了产品是顶尖级的之外，还得益于响当当的“奔腾”大名，不过，那位把“Pentium”变成方块字“奔腾”的译林高手恐怕连一个子儿也没拿到。

莱克西肯公司的名称“产量”不菲，一年130个左右，这些集体智慧的结晶聚敛了约莫550万美元。不少芳名一上市就不胫而走、家喻户晓，如夏普公司的打印机DeskJet，苹果电脑公司的笔记本电脑Powerbook，库尔斯酿酒公司的含酒精饮料Zima，斯特劳斯公司的休闲裤Slates，奥斯莫比牌汽车的新款车Alero等。

当然，并不是每个名字都走运。40多年前，福特汽车公司邀请当时享誉美国诗坛的玛丽安娜·穆尔为该公司一种绝密的试验车取名。穆尔以她厚实的文化底蕴和超凡的语言技巧，苦思冥想遂生成个“银剑”（一种山草名），但福特公司那帮生意人却无法领悟诗人的雅兴和意境，一口予以否决，最终决定采用该公司的开山鼻祖亨利·福特的儿子的名字“埃兹尔”。后来这辆试验车命运乖蹇，“埃兹尔”也便成了为汽车取名失败的同义词。

40年后的今天，取名游戏更为艰难，因为当代人的文化鉴赏力越来越高，时政敏感性越来越强。默丘利汽车公司在为一种新型的小货车取名时，大多数人提议为“哥伦比亚”，因这名使人联想起哥伦比亚航天飞机（美国的骄傲），但最终他们还是忍痛割爱，因这名同时也使人想起臭名昭著的哥伦比亚毒品走私，后来只得以“村民”一名而代之。

忌讳心理在顾客对某一商品名称的认同时起着极大的作用。美国通用汽车公司产的“诺瓦”牌汽车在拉美一些国家畅销不开，原因就是“诺瓦”在西班牙语中的意思为“不走”。日本的“铃木”（Susuki）跑遍世界各地，但在新加坡却少见，为何？因为新加坡人念“Susuki”时，听起来如同闽南话“输输去”。美国奥尔兹莫比尔汽车公司的顾客，有一个时期纷纷“叛变”而购买其他公司的汽车，理由是该公司的“Oldsmobile”一名总使人眼前晃着一个步履蹒跚、行走不便的老人。公司总裁咬咬牙，欲改掉这个已有百年历史的公司名称，但最终还是下不了狠心。

西方人给产品取名的程序是严密而又复杂的。首先得深入基层与客户攀谈，摸透消费者的心理倾向与品位特征，然后召集产品设计者、工程师、广告企划人、咨询公司顾问等一起研讨。若意见无法统一，有时这些人还被随意分成若干小组，从众多的品名中经过几轮抽签和筛

选，最终定夺，常常是从100多个名字中仅选出3～4个。许多公司还要以高薪聘请语言学家试听，听听被选中的名称是否顺耳并有新意，会不会产生歧义，不惜工本的目的是要找到一个简明扼要、恰如其分、琅琅上口，不冒犯别人而又不被他人所拥有的名称。登记注册和设计商标也是少不了的两件事。斯特劳斯公司给一种休闲裤定名为“Slates”，前后共花了8个多月的时间。不少汽车公司为一辆新型车取名的总费用在20万美元以上。

而改名也不是一件容易的事儿，据说，“福建兴业银行”改名为“兴业银行”曾付出了8000多万元人民币的昂贵代价。首先，银行改名须总行审批，还要报国务院审定，最后还得在工商部门注册方被认可。由于福建兴业银行为全国性银行，已在北京、上海、湖南、广东等地设有300多家分支机构，改名将涉及一大批标识、办公用具、广告等撤换，通知境外账户行、代理行……这些工作需耗费大量的人力、物力和财力，而仅仅是为了去掉“福建”二字，何止一字千金！

还有，定下的名字最后得由律师们来审视一番，他们须睁大眼睛查一下入围的名称是否与某个业已存在的商标名称重复，以免引起无谓的冠名官司。美国专利与商标局目前所有的待定、注册和废弃的商标名称总数已超过36.5万个，而堂堂的《牛津英语辞典》收录的词目也只不过61.51万个。

原装外来缩略语

任何一种语言在眼下躁动多变的地球村里要保持“操守”“贞节”“纯净”什么的几乎不可能，外来语一茬接着一茬东征北伐，来势汹汹，锐不可挡。汉语也不例外。若要问这些外来语究竟何时来咱们这儿安的家，是谁请它们来的，恐怕很少有人说得清。说它们是“悄然渗透”，也许更为确切。

外来语的汉字假面具不是音译就是意译，或是音意合译，浑然一体。不过，无论采用什么“整容”技法，正身难以隐瞒，破绽和遗憾终究难免。翻译一向被视作费神伤脑的艺术再创作，要得“佳品”“精品”谈何容易。

信息时代的人图快、想省力，加上爱赶时髦的禀性，于是，原产原装原味的外来缩略词被活生生地“剽”来就用，流传口头，见诸报刊，西洋字母开始在方方正正、四平八稳的汉字家族里东窜西跳，不亦乐乎。尤其在高科技行业（如计算机），这类词语风头日健。

随手记下一些平时见到或听到的外来缩略语，以开首字母排列为序，个中滋味是好是劣，谁说得准？！请君评判。

AA制（各自付账），ABC（在美国出生的中国人），BP机（拷机），BIOS（计算机基本输入输出系统），CT（计算机化X线体层照相术），CD（光盘），DVD（数字只读光盘），DNA（脱氧核糖核酸），Email（电子邮件），IQ（智商），EQ（情商），F2F（计算机上虚拟面对面互访），FAX（传真），GDP（国民总产值），GG（代沟），H（宅电，名片用语），HT含量（高科技含量），IT时代（信息时代），Internet（国际互

联网络），JV（合资企业），KTV包房，LD（激光视盘），MTV（音乐电视），MBA（工商管理学硕士），NATO（北约），OK（行），PC机（个人电脑），QA法（问答法），3R's（读写算），SIM（用户识别卡），SOS（求救信号），TDK磁带，T-恤衫，UFO（不明飞行物），Unix（计算机操作系统，商标名），VIP（非常重要的人物），VCD（影碟），WTO（世界贸易组织），X光透视，Y2K（千年虫），Yahoo（雅虎，网站名），ZIP（邮政编码），ZZZ（漫画中表示鼾声的符号）……

自生自灭的外来语

说实话，要把纷至沓来的外来语疏理一番，并以学究的眼光总结出什么规律性的条条纲纲是徒劳的。多数外来语是一时性起的“灵感产品”，极少数是刻意精雕细凿的。其中具有顽强生命力的往往是那些老少咸宜（如“可口可乐”）、男女认同（“伊妹儿”已遭女权主义者的唾弃）、东西买账（如“幽默”“基因”）的词儿，它们的特点可用八个字来概括：新奇，简洁，上口，达意。

由香港转口传入内地的“巴士”（bus）一词已堂而皇之地登记注册为一些公司的名称，如“上海巴士实业股份有限公司”“上海巴士长途快捷客运有限公司”，这是纯粹的谐音译名。汉语中读作“ba”音的词不下有20多个，念成“shi”音的词大概有100个出头，选中“巴士”二字既保留了洋味，又上口顺耳，总共才7个笔画。至于后来繁衍出的什么“小巴”“中巴”“大巴”的说法，不免有点牵强附会。这是懒人的粗活儿。

又如“的士”一词不仅风靡南方，而且南风北上，连地道的北京人也用不绝口。尽管它与英语原词“taxi”的发音相比，有些走调，但这两个字选得巧妙，熟而不俗，颇具听觉和视觉的新奇感。“的”亦可作“箭”解，隐含“疾驶”之意。“巴士”“的士”构成一族，令人耳目一新。没多时，又有人将小型面包车称为“面的”，把小型货车叫作“货的”，“乘坐的士”简称“打的”，开出租车的男人被唤作“的哥”，女驾驶员则成了“的姐”。现代都市人的词汇就是来得那么轻松自如，中西融会，无拘无束，叫你无可奈何地接受，莫名其妙地爱上。语言学家是很难与他们论理的。可不是，“酒吧”（bar或barroom）一词在国人眼

里已毫不见外，近来又冒出了什么“陶吧”“氧吧”“网吧”“琴吧”“书吧”“咖吧”等，虽有拾人牙慧之嫌，不过，叫多了叫久了也就听顺了听惯了。研究者们称之为“外来文化本地化”。有没有吧台、吧凳之类无关紧要，玩的就是新奇，时间一长，别扭感逐渐消释。流行没商量。这就是外来语的魔力和魅力！

把外来语引进后，消化改用时得讲究贴切和得体。笔者确实见过有人新开了什么“面吧”“茶吧”，说真的，坐在“面吧”里吃阳春面，坐在“茶吧”里喝龙井茶，肯定会有一种文化时空错乱的感觉，而“面馆”“茶坊”的叫法（虽然有点土）却让人感到踏实和亲近。

眼下有不少商品喜欢取些怪里怪气的洋名以迎合一些消费者的崇洋、求新、猎奇的心理，于是乎，晦涩拗口的纯粹音译的外来语纷纷闪亮登场，尤其在南方，如“克力架”（cracker，薄而脆的饼干）、“士多啤梨”（strawberry，草莓饮料）、“云哩拿”（vanilla，香草饮料）、“忌士”（cheese，干酪）、“呼拉胡”（Hula-hoop，健身圈）等。这些外来语只传音，不表意，汉字又选得不讨巧，要它们在大众的口里流行起来是很难的，因此只能自行消亡。

洋文要有洋腔才不会出洋相

公共场所的提示语、标志语等时常引起我的关注，这是一种“专业强迫症”（Professional obsession），如公厕墙上写着“来也匆匆，去也冲冲”，旁边居然还配有英语译文“Easy come，east go”，简直不知所云；有时也见体现正能量的话语“上前一小步，文明一大步”等。笔者甚至好几次看到WC的标志，其实这是“water closet”（抽水马桶）的缩写，国外很少用，不太雅。有人将W理解为women，所以“男厕所”就自然成了“MC”，叫人哭笑不得。还有“Toilet”这个词，如果中间的t掉了（国内外我均看到过），那就成了“To let”，意为“待租”。社区指示牌上，“小卖部”变成了“Small buy”；外宾楼被直译成“Foreign Guest Building”；在银行业务窗口，“对公业务专窗”赫然写着“To male business”……近来，国内公共场所错用、滥用外文现象司空见惯，令人啼笑皆非的“神翻译”赚足眼球的同时，也暴露出当前公共场所外文使用管理的短板。

“面对洋文出洋相，我们能做的，不止是围观和吐槽。”很多外语专业的学生自愿组成监督纠错志愿者队伍，名曰“啄木鸟”。

公共场所洋相百出，甚至不堪卒读的“神来之笔”，不仅给不懂外文的市民造成了识别障碍，也使一些外籍人士产生误解。错用外文标识，给城市的国际形象也造成硬伤。这里不仅有翻译失准、拼写失误、体例失范等常见问题，还有单独使用外文、外文使用突出于中文等诸多顽疾。

上海是一座闻名遐迩的国际大都市，营造多语并存繁荣的语言环

境是符合国际化趋势的，但要保持城市自身的文化特色和品位，应当坚持国家通用语言文字的主体地位，公共场所应根据实际需要，正确地使用外文，而不是泛用、滥用、错用。

然而，《中华人民共和国国家通用语言文字法》只对公共场所外文使用作了原则性规定，目前，尚无专门规范公共场所外文使用的法律、法规或规章。而从2012年起制定、2014年9月通过的《上海市公共场所外国文字使用规定》，是国内首次以政府规章的形式，给外文使用立了规矩。在这之前，有关部门业已关注此问题，从2003年起，上海就尝试对公共场所外文使用加以监督、管理和服务，特别在2010年上海世博会的举办过程中，“语委统筹、行业协同、社会参与”的公共场所外文使用管理体制正逐渐形成。

所谓的规矩，它的核心内容是两条，一是外文使用要符合外文使用习惯，二是公共场所禁止单独使用外文。按照《规定》，上海公共场所的外文使用有三方面的具体要求：1.公共场所的招牌、告示牌等禁止单独使用外文，因对外服务需要使用外文时，要同时使用规范汉字，汉字应显示清晰、位置适当；2.公共场所使用的外文应与同时使用的规范汉字意思一致，符合国家和上海颁布的外文译写规范，尊重公序良俗；3.标牌或广告应当以规范汉字为主、外国文字为辅，应当符合外国文字的使用习惯和国际惯例。

除语委外，工商、民政、旅游等多部门都有管理和监督的职责。上海不少区县已开始制定公共场所外文使用管理和监管办法，落实中外文使用监管的责任主体。同时，上海还设立了外国文字译写专家委员会，为有需求的单位提供外国文字译写的专家意见。这一点很重要，专家如是外国人，那就更好，毕竟我们用的是老外的母语。就拿上面提及的“来也匆匆，去也冲冲”“上前一小步，文明一大步”这两个在中国文化语境中生成的话语来说，既对仗，又清晰，无论你怎么捣鼓，翻来译去，总不如以下这句英语精妙传神：

We aim to please; you aim too, please.

“We Aim to Please”是戴夫•弗雷歇尔导演的一部美国喜剧电影，借用这部著名影片的名称，后半句将“to”改为“too”且中间加个逗号，主语变为“you”，人们一下子就明白“aim”的意思了。

“外宾楼”的正确表达也很简单，就一个单词“Guesthouse”；“小卖部”如果也卖吃的，那可用“Canteen”或者“Ten-cent Store”或者“Small Grocery”；对公业务专窗便可译成“Public Business”或者“Business Service”，对应“个人业务”（Individual/Personal Service）。

至于厕所之类，我觉得完全可用简单图式，如大沿男帽、烟斗、高跟鞋、裙子等。

公共场所常见的警示语或提示语也很有讲究，如：“Take care of the sewer.”（小心阴沟）应改为“Caution, sewer.”或者“Watch your step.”。“Look after your head.”（小心碰头）应改为“Caution Overhead.”或者“Watch your head.”。

说外语或写外语一定要“洋腔十足”，不然，洋相毕露。

习惯表达没得商量

有些词语的表达源于约定俗成，就是这么说的，没得商量。如“铅笔刀”，按国人的思路，应是“pencil knife”，但英语的表达却是“penknife”，当然也可说“sharpener”。中文的某些表达，老外也纳闷，譬如“老头晒太阳”，老外总觉得，明明是“太阳晒老头”。“您去哪儿？”“我去方便一下。”“您方便的时候，我请您吃个饭。”以及“方便面”等说法，也常常令域外来者不知所云。

口语中的习惯用法（idiomatic usage）更是难以把握，如“不许动！”，按中式思维应是“Don't move！”而英文影视片中我们常常听到的是“Freeze！”

汉语中我们习惯不耐烦地说“你又来了”，即“你又来那一套了”，英语如何表达呢？那就是“There you go again.”例如：

There you go again, blaming your parents for ever. （你又来了，把什么事都怪在你父母头上。）

Uh-oh. There you go again，talking cinematic. Yeah，you! （呃哦。你又来了，念着影片中的台词。耶，你啊！）

I don't“always” put you down. There you go again，generalizing.（我没有“总是”跟你对着干，你看，你又用这个词来概括我了。）

还有一句习惯用语，使用频率相当高：“Here we go.”这要依据语境或者上下文关联，方可确定它的意思。基本用法有两种：

1. 鼓舞型：比如你和朋友为去一个地方准备了很久，当你们准备出发时，可以感叹“Here we go！”

2.泄气型：比如你刚刚坐过山车，坐得头晕眼花，你朋友一定要你陪他再坐一次，你可以叹道："Here we go again..."

如果在第一句语境中是你朋友帮你发动的车，他可以说："There you go!"直译当然是"让我们走吧，出发，开始（干）"。

"Here we go."甚至是"今天嫁给我好吗？"的意思，当然，背景应是伴随着这首歌的旋律，无数对新人来到婚纱摄影地方拍结婚照。

汉语中我们常常说到或听到"朋友，帮帮忙啊"，英语中也有一个对应的习惯说法（equivalent）："Come on, man."当然，语气应是恳切的。随着语气和声调的变化，此句也可译为"嘛，别那样了！"或者"来呗，伙计！"又如：

And he would always laugh, and say, "Come on, man, we'll make it out."（他总是笑笑说："来吧，伙计，我们会出去的。"）

The poor man starts crying. The truck driver says, "Come on man, I was just joking."（那可怜的家伙竟哭了起来，卡车司机说："哎，伙计，别这样，只是开开玩笑。"）

如果在比赛场上为鼓劲而齐声大喊的话，那就是："Come on! Come on!"（加油！加油！）

跨文化聊鸡年

今年是鸡年，于是大家就非常关注平日不太起眼的“鸡族”。有些人赶时髦，喜欢用英语写贺卡来传播中国的生肖文化，那么问题就来了，中文的“鸡”，在英语中至少有四个选项：cock，chicken，hen，rooster。

上世纪70年代初，我收听广播自学英语，记得有一篇题为“The Cock Crows at Midnight”（《半夜鸡叫》）的课文，是根据高玉宝的小说改写的，讲的是地主周扒皮每天半夜里学鸡叫，引得全村的公鸡纷纷跟着啼叫，他就把刚刚入睡的长工们喊起来下地干活。后来这个秘密被小长工小宝发现，大伙儿非常气愤，不甘受此戏弄，于是想出个对付周扒皮的办法：一天半夜，正当周扒皮在鸡窝前学鸡叫的时候，躲在暗处的小宝喊了声：“捉贼！”早已准备就绪的长工全部出动，对着周扒皮一阵乱打。这个故事后来便成为讲述地主如何剥削农民，农民如何抗争的经典之作。打那以后，我便对“cock”（公鸡）这词少有好感。再说，cock源于美国英语，可用来指人体性器官，是一个高度敏感的词。无奈的是，说到“鸡尾酒”时，就又得借用cock的尾巴，才能酝酿美味，即cocktail。

说来也巧，在英语文化视域下，cock常带贬义，如cocky（趾高气扬的），cockeyed（斜的、愚蠢的），cocksure（狂妄自负的），cock-and-bull story（无稽之谈）等。又如：He speaks a broad cockney.（他说话一口伦敦腔。）此处的cockney起源于14世纪，最初的含义是“the cock's eggs”（公鸡的蛋），之后用来指代城镇居民，有轻蔑之意，现在专指伦敦居民。不过，在伦敦和英格兰北部，男子之间常用cock来称呼同辈人，以示友好。

至于hen（母鸡），有点像“很、狠、恨”的汉语拼音，容易记住。在苏格兰很多地区，妇女被称为hen，如：How are you then，hen?（妇人，你好吗？）old hen常指中老年妇女，通常是在说话者认为女性并不优越的时候用这个词。而mother hen意为“过分宠溺孩子、过分担忧孩子的妈妈”。

还有，chicken则为公鸡和母鸡的总称，是个集合名词。初学英语时，常和kitchen（厨房）混淆，要花好长时间才能将它们掰开。菜名中多用此词，如roast chicken（烤油鸡），fried chicken（炸鸡），braised chicken（焖鸡）。最著名的一道菜就是作家杰克·坎菲尔将“心灵慰藉”喻为“心灵鸡汤”（Chicken Soup），现在广泛流传。此外，chicken还有“胆小、因害怕而放弃做某事”的意思，如chicken hawk，译成“胆小的主战派”或“主张战争却不参战的人”。又如spring chicken（乳臭未干的毛头小孩），as timid as chicken（像小鸡一般易于驯服）。

应该说rooster在英语文化中较受欢迎，此词来自美式英语。很多产品或机构以此冠名，如英国有一种化肥，名曰Rooster；美国有个产品叫Iron Rooster Bell；美国北卡州有个公司取名The Blue Rooster Company。所以，鸡年应译成the Year of the Rooster。金鸡牌闹钟原先译成Golden Chicken，显然不妥，后换成Golden Rooster。电影金鸡奖的英译名是Golden Rooster Award。

在西方世界，鸡含有深刻的宗教寓意。公元9世纪，教皇尼古拉斯曾颁布敕令，要求所有教堂的屋顶须安放一个公鸡的形象。迄今许多教堂还保留着这一公鸡模样的风向标，象征希望、光明与复活。法国人对雄鸡钟爱有加，他们叫作高卢雄鸡，是法兰西共和国的象征，在一些历经沧桑的古堡，破旧大门上依稀可见雄鸡图案。1998年法国举办世界杯足球赛，吉祥物选定大公鸡，以至于有人感叹：巴黎是花都，法国

是鸡棚。

还有一种鸡美国人特别喜爱，那就是火鸡（turkey），常和土耳其（Turkey）国名混为一谈，后者开首字母需大写。在美国总统富兰克林心中，美国的象征应该是火鸡，而不是老鹰（eagle）。火鸡是感恩节传统主菜，但按照习俗，每年感恩节前一天美国总统要在白宫赦免一只火鸡，使其免于成为感恩节大餐。这一传统仪式的起源不甚明朗，有的说始于杜鲁门时代，也有说始于老布什时代。最近几届美国总统都把赦免火鸡作为向美国人民祝福节日的机会。殊不知，被赦免的火鸡早在出生时就被选定了，此后就开始享受听音乐、精心调养等特殊待遇，同时还被训练习惯相机的闪光灯和噪声，以便在总统赦免仪式上"表现镇定"。赦免后的火鸡通常被送往三个地方：弗吉尼亚、迪士尼乐园或乔治·华盛顿庄园。

记得当年在大学学英语时，老师叫我们大量背诵含有动物的习语，既可从跨文化的角度理解某一动物的寓意，又可在翻译时恰当引用蕴意大体相同的配对词（即equivalent或counterpart）。有的中文习语带"鸡"，但译成英语时变成其他动物了；有时英语习语中的"鸡"译成中文时，"鸡"又得换成别的动物。印象特别深刻的至今还记得几个，如："宁为鸡首，不为牛后。"（Better be the head of a dog than the tail of a lion.）英语出现的却是"狗头"和"狮尾"。"杀鸡儆猴"（Beat the dog before the lion.），"鸡""猴"变成了"狗""狮"。"热锅上的蚂蚁"（like a hen on a hot girdle），"蚂蚁"在英语里换成了"母鸡"。"有其父必有其子"（爹懒儿好闲）转译成英语，最好的选择就是："As the old cock crows, so doth the young."中文的"妻管严"用英语表达，那就是"hen-pecked husband"，惟妙惟肖，十分传神。"缘木求鱼"在英语中也有一个类似的表达"seek a hare in a hen's nest"（在鸡窝里找兔子）。"地头蛇"在英语中对应词也许就是"a cock of the loft (dunghill)"。

现在实行“二孩”政策，有人说还是一个孩子省心，英语有一说法很有道理：“One chick keeps a hen busy.”（一雏足以扰其母），意为一个孩子也照样让娘不省心。在翻译“A cock is bold/valiant on his own dunghill.”（原意是公鸡总是在自己的粪堆上称雄）时，中文的选项就比较多，如“夜郎自大”“窝里横”“狗是百步王，只在门前狠”等。

美国第31任总统赫伯特·克拉克·胡佛的竞选口号打的就是鸡招牌。养鸡业在美国的突破，肇于第一次世界大战。此前养鸡仅是自给自足的家庭手工业，一战时担任美国食品局局长的胡佛，决定搜购全国猪牛羊肉，运往欧洲供美国大兵进食补充体力。为了改变美国人在本土“食无肉”的困境，他鼓励养鸡商业化。1918年邮局开始以快邮形式“寄鸡”（喔喔叫的鸡可邮递，现在听来仍不可思议），没多久养鸡业在全美各地生根，实现食鸡普及化。1928年，胡佛竞逐总统，其政纲之一为“人人有鸡吃”（A Chicken for Every Pot），在经济衰退期之初致力改善民生，这是他顺利当选美国总统的重要原因之一。第一次世界大战后市面兴旺的时代由此被称为“Chicken-in-the-pot Era”（人人有鸡吃时代）。

最后说句俏皮话，史学界最难解开的谜题也与鸡相关，那就是：“Which came first, the chicken or the egg? ”（先有鸡，还是先有蛋？）若得到答案，那就成了“hen's teeth”（母鸡的牙齿，即绝无仅有之事）！

说礼道俗

不同习俗话称呼

由于各国各地区的风俗习惯不同，人们互相之间的称呼也就有了差别。在东方一些国度，青年人时常称兄道弟，以示亲热或信赖。但在墨西哥，若你随便以“兄弟”之称叫人，对方会立刻翻脸，认为你在故意占他的便宜，把他的父亲移作你的父亲。不过，兄弟姐妹之类的称呼在一些宗教团体和行业帮会中却用得十分普遍。

在中国，小孩（有时包括成人）称男性警察为“警察叔叔”，叫女性售货员“营业员阿姨”，把上了年纪的门卫呼为“看门老伯伯”。这些攀亲式的礼貌称呼在西方人听来会觉得怪怪的，挺别扭的，只因他们听惯了等式般的称呼：男的即先生；女的不是女士就是小姐。

我们的长者或老手不会随便称青年人或新手为“儿子”，否则易招“倚老卖老”之嫌。然而，在英美一些地区或在某些特殊部门中（如铁路、军队、行会等），经常会听到“儿子”（son）这一叫法，其实就是“小弟弟”“孩子”的意思。

在不少国家中，人们惯于把已婚的年轻女子称作“姑娘”或“小姐”。在美国，即便你把已婚的中年妇女叫作“小姐”，对方也会乐意接受，因为那儿崇尚的就是年轻。可是在新西兰一些地区，假使你如此称呼一个已婚女子，她会误认为你居心不良。在意大利某些地区，妇女婚后若依然被人称为“小姐”，她会疑心你在诅咒她的丈夫，原因是那儿的女人只能在其丈夫死后方可改称“小姐”，以待另嫁。

使用“姑娘”一称须格外小心，在有些西方国家，“姑娘”是“妓女”的别称。漫不经心地呼之，说不定会惹出法律上的麻烦。

此外，切莫把英美人的“old girl”望词生意为中国人的“老姑娘”，它仅是一种对所爱女子或妻子的爱称，意为“老伴儿”或“老太婆”。

在有些场合，英语国家的中老年妇女称青年人为“我的乖乖”或“我的宝贝”（my baby, my honey），异域人乍一听顿觉全身“肉麻”。事实上，这仅是一种很随意的亲切呼语。

西方的夫妻之间常以“亲爱的”互称。在美国有些地区，老夫老妻也常跟着孩子的叫法互称“Pop”或“Mom”，这倒有点像中国北方地区拐弯式的称呼“孩子他（她）爹”“孩子他（她）娘”。

据笔者观察，在美国，男子之间使用频率极高的一个称呼是“Man”或“Guy”，意为“老兄，家伙，伙计”，也可视它为“朋友”的俗称。

恋人之间的爱称可谓五花八门，无奇不有。譬如，英美人称恋人为“蜜糖”，德国人叫心上人“小卷心菜”，塞尔维亚人把爱人叫作“小蟋蟀”，阿拉伯人把情人呼为“黄瓜”，甚至波兰人的“饼干”、立陶宛人的“啤酒”等词也可信手拈来，呼唤自己的意中人。

“他全是大拇指”

说某人不灵活、呆板，我们常会联想起四肢，于是便有了“笨手笨脚”“碍手碍脚”“缩手缩脚”“手足无措”等，可见“手足之情”，难以分割。

英语民族倘若讲某人行动笨拙，恐怕会把焦点一古脑儿地全聚在大拇指上。500多年前，有一位英国作家曾留下一句妙言：“怎么搞的，今天每个手指都像是大拇指一样了。”不久，一个新的成语诞生了——“他全是大拇指。”（He's all thumbs.）即“他的每个手指都是大拇指”。每只手只能有一个大拇指，多了或换了（哪怕一个），必定乱套。当然，没有大拇指的悲哀也是可以想象的。

其实，英美人的大拇指也有不少显露风光的时刻。赞扬他人要跷大拇指，这似乎已是国际通用手势。作“OK手势”表示“好极了”或“一切正常”时，纤纤食指非得“卑躬屈膝”勾着大拇指，方成“O”字。对着迎面驰来的汽车，只要伸出一只跷起大拇指的拳头，司机就知道你想搭便车。

大拇指还可代表民意。古罗马的奴隶主为了取乐，让奴隶彼此角斗或与野兽搏击。在竞技场上，获胜的勇士被赏以棕榈枝。而被击败的斗士的命运则取决于观众的手势，若大多数观众将大拇指朝上，就饶他一命；若大多数观众把大拇指朝下，败者就被当场杀死。现在西方人握拳后竖起大拇指表示“同意”或“接受”；握拳后垂下大拇指则表示相反的意思，这两个手势就是源于古罗马竞技场。

在某人的支配或控制之下，用英语也可以说成“under sb's thumb”（在某人的大拇指之下），大拇指又成了权势的象征。

在五指中，大拇指的地位与功能是不可替代的，尽管它很“笨”。

英语手势20例

英美人在语言交际中常借助手势传递某种信息或信号。有些手势与我们使用的手势相同或相似，但它们却表述不同的语义；而有些手势语则是英美人特有的。现举20例如下：

1. 高举右手或双手，伸出张开着的食指和中指构成英语“victory”（胜利）的第一个字母“V”。这一手势最早见于第二次世界大战的同盟军中，用来预祝或庆贺胜利。但须注意，应把手心对着观众，如手背对着观众做这一手势，则被视为下流的动作。

2. 食指与拇指构成圆圈，表示“好极了”或“一切正常”。这一手势称为“OK手势”。

3. 握拳后竖起大拇指表示“同意”“接受”或“很好”。垂下大拇指则表示“反对”“拒绝”或“不好”。

4. 对着迎面驰来的汽车，伸出跷起大拇指的拳头，这是发出请求搭车的信号。

5. 用大拇指顶着鼻尖，其他四指弯着一起扇动，表示轻蔑、鄙视、嘲弄、揶揄等情感。

6. 两只手交叉在一起，两只大拇指不停地互相绕转，此手势常见于闲极无聊之时。

7. 捻拇指，即用大拇指摩擦中指发出响声，以引起某人的注意，如在饭店叫唤侍者（但不太礼貌）。因一时想不起某事，英美人也常常不停地捻拇指。而在说“啊，我终于想起来了”时，可用一个响亮的捻拇指以示欢快心情。

8. 把手伸向被唤者，手心朝上，握拳并伸出食指前后摆动，意为叫对方过来。

9. 把左掌心放在胸前，身体略前倾，以示真诚。

10. 一只手放在喉头，手心向下，手指伸开，意为“我吃饱了”。

11. 左右摆动伸出的食指，其他四指收拢，警告或规劝对方不要做某事（常为错事）。

12. 手心向下，伸出两只手的食指，用一个食指擦另一个食指的背面，这是“丢人”“没羞”（半开玩笑）的表示。

13. 把一只手的中指叠在另一只手的食指上交叉着，暗中企盼或祈祷上帝保佑自己正在做的事成功。

14. 举起双手，互相拍打对方的掌心，表露取胜或完成某件难事后的极度兴奋或一定要成功的决心。或者互相碰撞胸部或肩部，同样表示这类心情，常见于赛场上。

15. 坐着说话时，双手交叉放在脖子后面，身体略后倾，显示一种“优越”或“悠闲”的感觉。

16. 用手指轻轻频敲桌子，表示不耐烦。

17. 双臂交叉放在胸前，以示旁观或不想介入的姿态。

18. 在有思想负担或不知所措或焦虑不安时，有些英美人（尤其是年轻人）爱不停地咂指甲。

19. 把食指垂直放在嘴唇前，示意对方或观众不要说话或放低声音。

20. 紧握双手，举过头顶放在空中前后摇晃，这是拳击手打败对方后表示胜利的姿态。这一手势也常见于一些公众集会场合，以显示“团结”“力量”或表示接受和回报众人的欢呼等。

欧美人怎样用手势表示数字

在与外国人交谈时，我们常借助手势表示数字，但不能机械地照搬中国人的习惯，否则极易引起误会。比如，我们伸出前屈的食指表示“9”，而在英美等国，弯动几下食指是招呼对方过来的信号。又如我们伸展大拇指与食指可当作“8”字，欧美人会把这一手势很自然地联想为“手枪”“枪毙”“射击”之类，或者就是“2”的意思。

一般说来，欧美人伸出大拇指表示“1”；伸出大拇指和食指示意“2”；并依次伸出中指、无名指、小拇指分别加上大拇指表示“3”“4”“5”。

我们用一只手的五个指头完全可以表明6至10的数字，然而，欧美人表示6至10的时候，须用双手。如展开一只手的五指，再加上另一只手的食指则是“6”的意思，并以此类推。这是很麻烦的，远远不如中国人的数字手势语那么便捷。

捉摸不定的“九”字手势

伸出食指，稍加弯曲，在中国是“九”的意思。

在英美等国，略微弯动几下食指，意思是招呼对方过来。

在泰国、菲律宾等国，这一手势指的是钥匙或上锁。

墨西哥人以“九”字手势表示钱，或问价格，或问数量。

韩国人则常以弯曲的食指示意有误或指某人气量小。

在印度尼西亚这一指形象征坏心眼或吝啬。而印度人则用它表示不复杂或不够直。

斯里兰卡人若弯下食指，意为只要一半，或仅有一半。

在突尼斯，这一手指动作代表鸟嘴。

日本人用“九”字手势指代小偷，尤其是那些行窃商店的家伙。

在新加坡和马来西亚，弯曲伸出的食指是“上西天”的表示，使用时须谨慎再谨慎。

“凝视”中的文化差异

有个刚到美国的香港留学生被一嬉皮士模样的大汉用刀捅成重伤，起因是他乘地铁时老盯着这位装束奇特的男子看。这不是唬人的故事，而是笔者亲眼所见。

凝视的形式确实体现出某种文化差异。就英语民族而言，陌生人之间通常避免目光接触（eye contact）。尤其当双方处于近距离时，偶尔目光不期而遇，随即便转移到其他景物上去，以维护和尊重对方的独处权（privacy）。当然，也有人在相距不足一尺距离内仍进行眼色交流，那不是恋人便是仇人。

更不能以好奇的眼光瞧着伤残者、长相不一般者、穿着或举止古怪者、年轻女郎等，这是极不礼貌的。在日常生活中，被陌生人无端凝视会引起心理反感。有时外国人在中国受到围观，他们震惊不已，因这违背了西方人的凝视习惯，故他们称之为最严重的“文化休克”（cultural shock）之一。

当然，例外的情况也是有的，如在法国，盯视并欣赏女人的体态是件很普通的事。在东方人看来，十有八九被认定是不怀好意。

中国人和英语国家的人察看他人属物的习惯有点不同，其原因倒并不是眼睛转动的方式不一样，而是财产占据观念有别。英语国家中人的个体空间与临时领地的范畴要比中国人的大，因此，他们对个人用品与物主的关系看得比中国人要重，随便翻看或观察别人放在自己身边的物品（如小包、帽子、眼镜、书报杂志等）被认为是对他人的侵犯。甚至不经意多看了几下邻座正在阅读的陌生人打开着的书报杂志，也会引

起对方的不安。

然而，按英美人习惯，在交谈时双方都应直视对方的眼睛或脸（据专家观察，阿拉伯、拉美、南欧等地区的人亦是如此），并时而发出诸如“Yes”“Yea”“Hmm”等同意或赞许的声音。不然会引起误解，被当作是害怕或轻视对方，甚至被认为是内疚、自卑、厌烦、腼腆、缺乏诚意或心不在焉的表示。有英语格言佐证：Don't trust anyone who won't look you in the eye.（不要相信不敢直视你的人。）

在中国，交际时缺乏目光交流则常被理解为服从、尊敬、恭谦的信号，有时似乎也是羞怯的表征。

日本人在面对面的交谈中，目光通常落在对方的颈部，使对方的脸与眼映入自己眼帘的外缘。他们认为眼对眼直视是一种失礼的行为。西方人常常误认为日本人向下看的举动或闭着眼睛的神态是不同意、不关注或不感兴趣的表示，但恰恰相反，这正是同意或关注的信号。

因此，有些东方人要铭记在心的是，英语国度的人将谈话时的目光交流的价值看得极高，将其与真诚、信任、专注、率直、自尊等品德视为一样可贵。而英语民族须牢记的是，有些东方民族对于眼神交流的使用就如同其他行为举止一样，遵从的规范不是态度的自负，而是毫无架子的谦逊，他们的眼神常含点羞怯的味道，实际宗旨是既尊敬对方又留神不给对方以侵扰。

据观察，两个素不相识的英语国家的人相遇，若要仔细打量一下对方，通常是一人瞧瞧对方，而对方则立刻目视他方，让其打量。当对方回看他（她）时，他（她）也同样避开对视，让其打量。所以，两人之间是对等交换观察，而不会相互对视不动，否则双方就会避而不看对方，以示对他人独处的尊重。

对某人凝视不止，就是把被看的对象“非人格化”，这种盯着看的眼神有时是允许的。例如，在剧场、演讲厅、课堂等处，演员、演说者、教师在表演、演说、授课时尽量使自己失去“自我感”，而让观众、听众、学生把自己当作抽象的人去观察。同样，被凝视的人切莫“看”本宣读，而应与近距离的或远距离的观者不时地进行目光交流，以期获得效果：反应与共鸣。这是说话者的最大快乐。

眨眼也是一种凝视方式。眨眼超过1秒钟，表示不耐烦、无兴趣或意为自己优越于对方。1秒钟内接连眨眼数次，表示对某事物尤感兴趣，有时则是情懦或羞涩的象征。英美等国人也常会眨一下左眼或右眼，请不要误会，这仅是发出会意、赞许或鼓励的信号。

非洲安哥拉的基姆崩杜族人的眨眼表达的是一种礼仪。宾客登门时，主人眨左眼表示欢迎，客人眨右眼还以谢意；客人辞别时，主人眨右眼意为“欢迎再来”，客人眨左眼暗示“敬请留步”。左、右眼千万不能眨错，不然，就乱套了。

人们在交际中的每一个眼神都在密切地起着配合作用，发出千差万别的信号。赫斯在他的《会说话的眼睛》一书中指出：“眼睛能显示出人类最明显、最准确的交际信号。”西班牙哲学家何塞·加西特在他的《人与种族》一书中，把人们发出的视线称作“像射击子弹一样准确无误”。他认为，有着眼睑、眼窝、虹膜和瞳仁的眼睛可以与一个“有着舞台和演员的整场戏”相媲美。各种富有文化差异的微妙深奥的思想情绪都可以从眼神中透露出来。

洋名无忌讳

1996年9月14日《新民晚报》"夜光杯"载周劭先生《也谈避讳》一文，说的是中国古代命名和取名的忌讳。文中提到西方人在这方面不懂什么叫"讳"，现接过话头，为读者提供一些实例。

在不少西方国度，人们不认为儿辈沿用父辈之名是一种犯忌。美国第32届总统富兰克林·罗斯福，还有石油大王洛克菲勒就分别为自己的儿子取了个同名。当然，称呼那些与上辈同名的人，必须冠以"小"字，便于区分，即使小的上了年纪后也是如此。

中国人恐怕不会把祖上的职业名称融入姓氏，尤其是那些在旧时被人瞧不起的活儿，唤人为"修鞋的""打铁的"，多少有点不尊。而在英语姓氏中却遗存着一大摞"干什么的"姓氏，如Fisher（渔夫），Goldsmith（金匠），Hunter（猎人），Carpenter（木匠），Forester（护林员），Miller（磨坊主），Taylor（即tailor裁缝）等等。窥视这类奇特姓氏，便可略知某人祖辈的谋生之道。

为孩子取与历史名人相同的名字在众多西方国家里是一种时髦。譬如美国的乔治·华盛顿、亚伯拉罕·林肯、本杰明·富兰克林等人的名字吃香无比。像威廉·奥古斯丁、查尔斯、伊丽莎白等带有贵族味道的名字也一而再，再而三地为人们袭用。这与我国的传统观念截然相悖。从前，山沟沟里目不识丁的爹娘宁可把孩子叫作"大狗""小毛""二崽""四花"什么的，也决不会做出这等犯忌又犯傻的事儿。

在不少欧美国家，各色人种混居杂处，文化渊源盘根错节，因此繁衍出离奇古怪、五花八门的姓氏名字。有叫"苹果"（Apple）、"橘子”（Orange）、“玉米”（Corn）、“大米”（Rice）、“甜菜”（Beet）、“土豆”（Potato）等水果或粮食、蔬菜类的。连“鸡”（Cock）、“鸭”（Duck）、“鱼”（Fish）、“猪”（Pig）、“羊”（Sheep）、“牛”（Bull）等畜生的名儿也各有归属。有些姓名令人心寒：“疯狂”（Mad）、“棺材”（Coffin）、“地狱”（Hell）、“囚犯”（Jailor）、“强奸犯”（Raper）等。还有姓名实在看不出其中的奥妙，比如“扫帚”（Broom）、“拖把”（Mop）、“玻璃”（Glass）、“灰尘”（Dust）什么的。

洋人取名的猎奇心态是出了格的。德国汉堡市一男子出生时父母给他取的姓名由740个字母组成，后移居美国，姓名缩短成公式般的Wofle+590 Senior。夏威夷有对夫妻给“千金”取94个字母的名字，大意为“群山深谷中鲜花竞艳的香气开始弥漫在整个夏威夷的上空”。布鲁塞尔的电话簿中发现有13个人自称“0”。在英国现有人名中，两个字母的姓氏有2个：By和On。旧金山有一人把姓名改为Zachary Zzzzra，旨在击败一名为Zeke Zzzypt的人，从而占领电话簿的末位。英国电话簿的领衔人是赫尔城的M. Aab，压阵者为赫禄郡的F. Zzarino。

其实，西方人更多的是把姓名视作一种表征或符号，较少琢磨内涵、外延、寄托、联想、谐音、巧缀、韵律等命名或取名的技巧。笔者曾在美国教过书，当点名念到有点离奇的姓名时，我这个不领世面的域外人常会忍俊不禁或大惊小怪。而美国的学生却习以为常，无动于衷。在中国的课堂上，当老师叫到一个听起来怪怪的名字或念错了某人的姓名时，全班准会骚动一阵或哄堂大笑。名字的分量也就在此！

当然，意想不到的奇名有时也会闹出笑话。美国得克萨斯州立大学的一个学生到图书馆申请打工，馆长问他：“贵姓？”答曰：“你猜。”馆长大人当时正忙得不可开交，恼火地说：“实在对不起，我没时间来猜你的姓。”可怜的学子被拒绝后悻悻离去。其实此人的姓名就叫“威廉·你猜”（William Yo-gess），此姓氏音似“You guess”。

英美人的禁忌与偏爱

英美人的禁忌可谓五花八门，且与我们的观念大相径庭。比方说，我们认为不管黑猫白猫，逮住耗子就是好猫。但在西方，黑猫被视作不祥之物，若它从你面前跃过，预示将有大难临头。白象被喻为“无用而累赘的东西”，故送西方人玩具或工艺品时，应避开这些忌讳之物。

蜗牛是吉祥的标志，英美人常以玻璃或其他材料制成的蜗牛馈赠亲朋好友。马蹄铁与鸡心的形态分别是幸运与爱慕的象征，这些形状的工艺品或装饰图案特受英美人青睐。据说耶稣是降生在马槽内的，所以把马蹄铁悬吊门上，或者哪天你在什么地方突然发现陈旧的马蹄铁，都预示着会给你带来好运。拥有兔子的后腿或四叶苜蓿具有同样的招福功能。

在餐桌上忌讳打翻盐瓶，盐倒向谁，谁将倒霉。但有一解救妙法，即把倒出的盐从左肩往后扔，如此做定会辟邪。

在梯子下通过是不吉利的行为。在屋内撑伞同样也会背运（中国民间认为人会变矮）。向左转头遥望新月是一大忌讳。行走时踏上路面的裂痕亦为一个禁忌。有人走路惯于拖泥带水，噼啪作响，这等于在咒骂他（她）的老娘。

许多美国人爱在没有“R”字母的月份（即5月至8月）里大吃牡蛎，为的是消灾祛邪。传统的英美人认为在5月里结婚欠妥，因为古罗马人5月间不成婚，这是一个献给纯洁女神的月份。

西方的赛马手认为，在出发前马鞭失手落地，凶多吉少；不少演员相信在化妆间里随意吹口哨定会招惹麻烦。这一迷信说法据称与昔时江湖铁匠锻打钉死耶稣的铁钉时，有些女人在一旁肆无忌惮地吹口哨有关。

对新娘该怎么道喜

恭贺亲朋好友的喜事时，国人常说“恭喜，恭喜！”或“祝贺您……”，英语中的对应词就是congratulate，它的名词形式为congratulation。例如：

Congratulate on your new job!（恭喜您找到了新工作！）

He congratulated me on winning the game.（他祝贺我赢了比赛。）

It's your birthday? Congratulations!（今天是您的生日？恭贺您！）

A：I've been promoted to general manager.（甲：我被提升为总经理了。）

B：Really? Congratulations!（乙：真的吗？祝贺您！）

但若将上述这些说法套用到英美人的婚礼上，或许会惹出麻烦。当然，你完全有理由对新郎说：“Congratulations！”他肯定会高兴地对你说：“Thank you！”可你千万不能对新娘说：“Congratulations！”她会感到无所适从，误认为你是在说她“骗到了一个好丈夫”。昔日的男娶女嫁多少有点“征服”和“被征服”的意味，婚姻恭贺语上的这一禁忌可谓旧时观念的遗迹。

那么，对新娘该怎么说呢？很简单：“I wish you every happiness！”（祝您一生幸福！）

谦恭未必讨好

清朝大臣李鸿章出访美国时曾在当地一家餐馆设宴款待各方官员。他在祝酒词的开头部分是这么说的："我们略备粗馔，请各位光临，聊表心意。"次日，他的祝酒词被译成英文登上报纸后，那家餐馆的老板大为恼火，他责怪李鸿章把佳肴说成"粗馔"，严重影响了餐馆的声誉，执意要李赔偿由此造成的经济损失。

以上的"祝酒词"如在中国念，人们会觉得顺理成章，因谦逊是不朽的美德。而在对外交往中，由于受这一东方式"客套"的影响（自觉或不自觉的），极易引起误会，甚至使西方人感到不悦或困惑。如别人称赞你的某一种能力或欣赏你的穿着等，我们惯于自谦地说："No, not at all."或"It's no better than you expected."（没你说得好。）而外国人则理解为你对他（她）的鉴赏能力表示否定，这很不礼貌。

有些西方男子爱赞美别人的妻子或女儿是如何的漂亮，在这种语境中，我们常常不知所措，甚至怀疑对方的用心。其实，在聆听这类溢美之词后，只需落落大方地说："Thank you."有时也可说："It's very nice of you to say so."

中国人把客人送出门时，常会说"您慢走""您走好""当心点噢"等客套话，有时还会添上一句"外面天冷，多穿点衣服"或"过马路当心点"，以示关心，而在西方人的脑袋瓜里，这类关心很可能被误解为对他（她）基本生活能力的怀疑！

有个中国学生请一位美国教师修改作文，外国人花了很长时间修改完毕，那中国学生在取作文本时真诚地说："浪费了您那么多宝贵的时间，真不好意思。”老外一脸的不高兴——难道我辛勤劳作只是在浪费时间?！其实，那学生只要按照他们的习惯说上一句：“I really appreciate your work / time.”（我真要谢谢您的工作/您所花的时间。）那肯定会博得美国教师的欢心。

服务员或公务人员为外宾做了什么事，人家说：“Thank you”之后，有些人会发自内心地回答：“这是我应该做的。”或“这是我的职责。”英语是“It's my duty.”这话容易引起西方人的误解——那事本来他（她）不愿干，只是出于职责才不得不做。尽管你做了好事，外国人还是感到失望，可谓“吃力不讨好”。此时的得体（符合西方的习俗）回答是：“I'm glad to help you. /I'm glad to be of help. /It's a pleasure. /With pleasure.”（我很乐意为您效劳。）

美国人的点烟习惯

香烟在美国无“敲门砖”或“润滑剂”之类的功能，故美国人一般无互相敬烟的“礼节”。不过，三五人聚在一起聊天时，偶尔也会彼此递递烟，甚至还有主动讨烟过瘾者。不少美国人至今还保持着用火柴（多为卖烟者奉送的大号简装火柴）点烟的习惯，而不用名牌打火机以示“高档”或“气派”。点烟时他们有个规矩，即点到第三个人须将火柴熄灭，重新划燃一根继续点，否则据称第三个人会遭厄运。

这一点烟习惯可追溯到19世纪末。1899年英国与荷兰为争夺南非殖民地这块肥肉而大动干戈。夜幕降临后，许多士兵便蹲在战壕内抽烟解闷，燃着的烟头在黑暗中像星星一样闪闪烁烁。当时主要的武器是步枪，所以那些能百步穿杨的狙击手就大显神威，烟鬼们顿时成了对方的活靶子。据目击者说，死者大都是在点第三支烟时被击毙的。也许枪手们在扣动扳机前对借烟消愁的欧洲同胞们动了恻隐之心，犹豫了好一阵子还下不了手。

从此，西方许多国家逐渐形成了一个忌讳：点烟至第三个人，须另擦一根火柴。这一说法可靠与否，笔者尚未考证探究过。但为数不少的美国人已将这一迷信做法纳入交际场合中的礼仪规范，即便用打火机点烟时也是如此，关灭后再点燃。

美国人的“无礼”习俗

在美国吃洋面包、喝洋墨水期间，我爱细细地看美国人做些什么，怎么做；静静地听他们说些什么，怎么说。我一直觉得，他们的有些言行是“反常的”；也就是说，若以中国人的礼仪规范来评判，美国人的这些举止谈吐当属“无礼”一类。

1. 美国人没有互相敬烟的习惯。各抽各的烟，不必担心会被人鄙视为小气鬼。有趣的是，在公共场所偶尔会遇上伸手讨烟的陌生人，如有可能，一般应满足他（她）想过过烟瘾的“无礼”要求。

2. 美国人（尤其是青少年）在接受礼物时，常会当着馈赠者的面，迫不及待地撕开精美的包装纸看个究竟。当然，免不了要说上许多赞赏的话，使用频率最高的是“Great”一词，切莫误解为“伟大的”的意思，实际上，这仅是个溢美口头禅。

3. 与美国人分手时，常听他们脱口而出：“I will call you.”（我会打电话给你的。）如你“痴情”，常是空等，因这话仅是“Good-bye”的一种变体而已。

4. 碰到久违的美国朋友，你真诚地说上一两句类似“你发福了”或“你比以前胖多了”等寒暄话，他（她）回报你的准是一张拉长的脸，因为老美最不喜欢的“增长”，除了年岁之外，就数体重了。

5. 有时你问候或关心美国人并不一定会博得他们的欢心，如路上不期而遇时问“您上哪儿去啊？”（Where are you going?）或“近来您在忙些什么啊？”（What have you been doing these days?）等。他们准以为你闲得无聊，或怀疑你是否有窥探他人隐私之癖。

6. 美国人（包括男士）常会当着你的面，夸你妻子或女儿是如何的漂亮，千万不要见怪，这仅是他们偏爱的话题，得体的反应是开心地说一声："Thank you."

7. 孩子直呼长辈之名，学生直呼老师之名，这在日常生活中并非少见，这一"无礼"之举恰恰表明双方亲近随意的关系。

8. 在公共汽车和地铁里，极少见到有人会给长者恭敬让座。美国人遵循的准则是"先到者先坐"，礼多反而怪。

9. 如想租借美国人（包括一些同化了的华裔）的房子，他们或许会莫名其妙地问你是否经常炒菜，是否有baby（婴儿），为何？因为他们讨厌油烟与啼哭。

10. 请美国人吃饭，如无特殊情况，他们会爽快答应，决不含糊。但千万不要指望他们会拎上大包小包的东西送你，以示礼尚往来，"互相抵销"。餐桌上更少见他们互相频繁夹菜的殷勤。

11. 与同事、同学或朋友（有时包括未婚异性朋友）等一起上馆子吃饭，完毕时常是各买各的单，大可不必抢先一步，或推推拉拉，以显慷慨气度。

12. 美国人常在公共场所埋头看书或读报，若你有意无意地凑上一瞥，定会遭人白眼，甚至抗议。这绝非大惊小怪，因为他们不愿让人知道在读什么，这也算是一种隐私。

13. 在音乐厅、剧场的休息室或候车厅、教室等处，常见有人不作自我介绍就"闯入"别人的讨论圈。因为美国人信奉"沉默不是金子，而是无礼"。

14. 上课迟到者常是一声不吭地径直走向一个空位，然后从容坐下，从不细说或澄清迟到的原委，为何？他们认为，打断谈兴正浓的教授反而无礼。

15. 老师生病，学生不必争先恐后地前去问安，最能使师长宽慰的莫过于一张由全班同学签名的上面印有“祝你康复”的卡片。

16. 不少美国教师在课堂上的举止令东方学生愕然，他们爱边喝咖啡或饮料，边授业传道。他们感到热时，会当众扒下外套或毛衣，时而还会把脱下的衣服围扎在腰间，像个游客！他们在教室里走来走去，拍拍这个的肩膀，摸摸那个的额头，好自在，好亲热！

17. 假如你向美国同学借阅听课笔记，以弥补因请假而拉下的课程，他们定会微笑地断然拒绝。

18. 你会发现办公室工作人员接电话时，爱把双腿搁在写字台上或暖气片上。课间休息时，你会发现许多男女学生在走廊里、操场上席地而坐，甚至朝天仰卧（不铺垫任何东西）。千万别介意，这是美国人自我感觉良好或自我放松时的常见姿态。

左边还是右边

按西方人的礼俗，以右为尊。譬如，在宴席上，主人的右座为最高宾客的位子（在中国，以主人的左座为上座）。

美国的《国旗法》规定：国旗与另一面旗帜同举时，应位于右侧；会场内的国旗应放在第一排的右端；讲坛上的国旗应置于发言者的右边。其实，以右为尊的习俗可追溯到早年的战争中，例如，军舰的右舷甲板是军官列队的地方，左舷甲板则为水手站立的位置。

那么勋章之类为什么须佩带左胸前呢？据传这与古代士兵上阵时右手执剑，左手持盾有关，心脏在左，为盾所护。此外，士兵们常在左胸前挂些装饰性的十字架之类的护身符，多少也起了些保护心脏的作用。后来就逐渐演变成左胸前佩带勋章的习惯和一些欧美公民在升旗时的礼仪：着便装的戴帽者须用右手将帽子摘下，平举在左胸前。

不过，美国的《国旗法》中有一条是“破例”的，那就是：国旗与另一面旗帜交叉摆放时，应位于左侧，旗杆在前。

不同文化话左右

在欧美人的眼里西边就是左边。夕阳西沉，预示衰老或败落，故传统守旧的西方人往往以右为尊，如宴请客人时，主人的右座为上座。再说，“右”（right）在英语中还有“正确”一义。我们说“左右”，而英美人却说“右左”（right and left）。

英国有句老话“踏出最好的那只脚”（put one's best foot forward），那只脚指的是右脚。出门远行或踏进家门应以右脚为先，据称会带来好运。为图吉利，刻板的人穿鞋时会故意先着右脚。英美人常把做了不宜之事比作“在不妥当的一侧起床”（get out of bed on the wrong side/get up on the wrong side of the bed），这里说的不妥之侧就是左侧。为避免发脾气或避开不顺利的事，清晨起床从右侧下地便成了不少洋人的习惯。

世上90%的人惯用右手，强加给左撇子的道德压力在英语国度要大于在中国。英语民族常把左撇子（left-handed）贬为“笨拙的”“不善交际的”人，甚至是“不诚恳的”人、“邪恶阴险”之辈。他们视右为正，左为误。不仅如此，他们还把被保护者置于上帝的右侧，该诅咒者则从上帝的左侧坠入地狱。因为上帝的右手是仁慈的，而左手是可怕的。这倒也正好与一些信奉伊斯兰教的人的习俗相吻合，他们严禁以左手传递物品，尤其是在社交场所。

不过，细细想来，我们的前人也是以右为尊的。由于人类长期习惯于使用右手，故形成了古人特有的尊卑观。唐朝的孔颖达说过：“右便而左不便，故以所助者为右，不助者为左。”蔺相如完璧归赵，维护了

赵国的尊严，赵王委以重任，“拜为上卿，位在廉颇之右”。而“左”在汉语中则意为“偏，邪，不正常”。“左道旁门”就是指那些不正派的宗教或学术派别。“无事闭门非左计”意为淡泊养志也不是一件坏（左）事。口语“想左了”或“说左了”中的“左”是“错”的意思。唱歌不分高低音者俗称“左嗓子”。古人说的“左迁”释义“降职”。“无出其右”是“无人能胜过他”的意思。

可有时并非完全如此，譬如我们请人吃饭，常以主人的左座为上座，非佳宾莫属。这其实是我国古代“坐北朝南”之习俗所致，坐北朝南时左是东，右即西，东为尊就成了左为尊。顾炎武在《日知录》中说得很清楚：“古人之座位以东向为尊，故宗庙之际，太祖之位东向。”怪不得项羽宴请刘邦时，自己毫不客气地“东向坐”（即坐左侧），足见他那傲慢专横的态势。

人们在敬礼、宣誓、致意等时，惯用的是右手，但西方人在宣誓或在法庭上提供证词时，却将左手安放在《圣经》上面，据说这与心脏长于躯体左侧有关，虔诚之心溢于“手”表。

辅助要人的“左右手”在国人看来，“左手”必是第一帮手，似乎略优于“右手”。可是在英语中，“右手”（right hand）被喻为“得力助手”，“左手”却帮不上什么忙。

说左道右的时候，还得提一下男左女右的传统观念。我国古代哲学家认为，宇宙中通贯物质与人事的两大对立面就是“阴阳”。阳者为刚强，男子属阳于左；阴者为柔弱，女子属阴于右。譬如中医诊脉，男子取气分脉于左手，女子取血分脉于右手。小儿患病察看手纹，也取“男左女右”。这一观念及习俗早在两千多年前的战国时期就已盛行，至今还在“左右”着我们日常生活中的某些方面。中国人一男一女合影时，几乎总是让女的站在男的右侧；英语民族在这方面的讲究却不那么明显。

前人在服装设计上都不约而同地将女子当作左撇子，她们上衣的纽扣，均从左向右扣，男人的则相反。美国一位从事中英非语言交际对比研究的专家曾一针见血地指出："这也许正是男性为尊、右手为尊的两种文化中巧妙地贬低女性的又一表现。"

不过，也有人不同意这种观点，说是纽扣刚发明时昂贵无比，有钱的贵族才享用得起。贵妇人扣扣子是由面对着她的仆人来操作的，纽扣虽缀左，但对仆人而言仍在右边，易于上扣。这便是这一差别保留至今的原委。

算命先生不管是国人还是洋人，都忠实地遵循男的看左手、女的看右手的既定方针。然而，中国的手相师时而要"研读"双手，从一只手检验受赐之相，从另一只手测定修炼之相。他们的"辩证法"比洋人要学得好。

英语民族的“奇特”思维

由于受到思维定势、礼仪风俗、表述习惯等的影响，英语民族的某些次序观念与我们是不同的。

一、思维次序

记得第一次在纽约的一个“超市”打工时，洋经理在夸我口语不错的同时，直言不讳地说我的思维模式有些反常，为何给顾客找钱时，老是先递纸币（大钞），后给硬币（小钱）。他执意要我“倒”着做，可我总觉得挺别扭。再说，如有什么闪失，易招“赖大钱”之嫌。

其实，这是英语民族从小到大的思维次序：从一件特定的小事推理到普遍的大事。在日常生活中也有诸多体现，如写通信地址是从门牌号码开始，然后是路或街、区、市、州、邮政编号、国家。介绍所在单位时，先讲具体的小部门，再延伸到子公司直至总公司之类。说日期时，月、日在年份之前。报钟点时，常把秒数和分钟数置于钟点数之前。念分数时，分子先于分母。列举事物时，先从最小最少的开始。从小到大的思维次序在填写履历时又演变为从近到远，先写眼下的情况，再依次倒叙回去。

二、礼仪次序

有一回应邀参加一个美国人举办的晚会，有个“小丑”模样的学生为活跃气氛，即席说了许多笑话，第一句是“Gentlemen and Ladies”，在场的美国人大笑不止，而我们几个来自中国、日本、韩国的学生却无动于衷。众所周知，正确的说法应是“Ladies and Gentlemen”，这个百年不变的称呼语次序在英语民族看来是神圣不可颠倒的。

随着交际场合及对象的不同，礼仪上的某些次序也跟着变化。如把年少的先介绍给年长的；把男士先介绍给女士（除非男的是长者）；把级别低的先介绍给级别高的。女士先上（下）车；先进（出）门；先入座，后起座。乘小车时，女士坐前座。男女同行或过马路时，男士走在外侧。车让人更是天经地义、妇孺皆知的交通礼仪。下课时，学生先走，教师后走（学生是“上帝”）。打电话时，常是接电话者先开口自我介绍是何人、在何处或报上接话者的电话号码。人称的排列次序为你（们）、他（们）、我（们）。颁奖时，名次的公布及授奖顺序是从最后一名至第一名（我们现在也仿效这一做法，以前是从第一名依次报到最后一名）。

三、表达次序

有一次上课时，洋教授提了个极其简单的问题：每周的第一天是星期几？中国学生的回答是星期一，而美国学生则说是星期日。为何？谁也讲不清，反正许多挂历与台历是把红色的星期日置于头列的。

由此可见，英语民族的有些表达次序是约定俗成的（多为历史习俗使然），乍一听来，我们会感到不顺耳。如他们的方向次序为“north, south, east, west”（北、南、东、西）。“东南”是“south-east”，“东北”为“north-east”，“西北”为“north-west”，“西南”是“south-west”，“左右”应颠倒为“right and left”。类似的倒装次序还有“back and forth”（进退），“sooner or later”（迟早），“old and new”（新旧），“rich and poor”（贫富），“eat and drink”（饮食）等。书写几美元或几英镑时，符号先于数字，如$5或£5，念的时候又须倒过来。叙述某事时，地点置于时间之前。“倒数第二（三）”英语为“last but one (two)”，令人费解。

英国人的“ground floor”指的是楼房底层，二楼却说“the first floor”，三楼是“the second floor”。与其他国家不同，英国（包括某些

英联邦国家）的汽车是靠左行驶的。英美等国交叉路口传递信号的三色交通灯是横着装的。

名在前、姓居后以及先说职称（务）、后道姓或姓名的习惯与我们的也相反。发信人及收信人的姓名先于地址，而发信人的姓名及地址又得高居信封左上角的格式，常令英语初学者非常不适。

跨文化的象征及寓意

在对外交往中千万不能忽视某些东西的跨文化象征及寓意，否则会引起双方的误会或不悦。以下是一些常见的例证。

阿拉伯国家忌讳六角星、十字架等图形。捷克人眼里的“红三角”是“有毒”的标记。土耳其以绿三角表示“免费样品”（在国际上，三角形是警告性标志）。意大利人不喜欢十字花图案。

法兰西民族视核桃为不祥之物。出污泥而不染的花中君子——荷花在日本不受欢迎。欧洲及拉美一些国家把菊花当作妖花。

英国不许用人像作装潢。利比亚禁止女性人体或仕女画像上广告。美洲及中东有些民族的人看到虾、蟹、鳖等生猛海鲜的怪异图像会局促不安。

英美人把大象作为无用而累赘的象征，而在中国、印度和泰国它是吉祥的动物。英国、瑞士等国视猫头鹰为不祥之兆，不过，美国人很喜欢它。中国人常把乌鸦与倒霉连在一起，然而，在瑞典和斯里兰卡乌鸦是宝鸟。美丽无比的孔雀是印度的国鸟，可是在英国、法国、委内瑞拉，它被视为淫鸟和祸鸟。日本人讨厌狐狸和獾的形象，美国人却偏爱它们的模样。乌龟在中国常为骂人的代词，但在日本它有寿比南山的寓意而极受偏爱。蝙蝠令人想起一个“福”字，西方人却把它说成是凶神恶煞。西方的宠物之神——狗，在北非一些国家被禁止作为商标图案。

我们也许不会料到山羊在英国是色鬼的代称。杜鹃鸟在苏格兰是呆子的象征。法国人把蠢汉与淫妇比作仙鹤。

握手

握手是各式礼仪中最普通、最频繁的一种。在人类还处于刀耕火种的石器时代就有了“握手礼”。狩猎和战争使我们的祖先随时随地会遭受危险，因此，陌生人相遇时常伸出双手，手心朝前，或让对方摸摸掌心，表明未携带石头、小刀、棍棒之类的武器。这是一种友好的表示，沿袭至今，演变为见面常礼。

还有一种说法是，握手的原型是拉手。在古罗马，拉手是相互守约的表征，这一首要功能足足持续了两百多年，之后才逐渐出现了握手这一表示亲善的大动作。

人际交往，见面和辞行时习惯相互握手。握手是人们交往中最常见的一种礼节。而外交握手既是一种礼节，也是一门艺术，具有政治涵义。我国实行握手礼节差不多也有一百多年的历史。辛亥革命后，由于孙中山先生大力提倡，握手礼很快流行起来。

东方盛行握手礼，而欧美熟人相见时，拥抱或接吻是家常便饭，他们的握手仅限于新相识之间或较正规的场合。握手时必出右手，这在信奉伊斯兰教的国度内更是如此。若伸左手，便是一个明明白白的侮辱信号（如同拒绝握手，而非仅仅是一种疏忽）。

当然，左手并非老是闲着，握右手时用左手托着对方右手或右胳膊的前端下侧常被视作一种格外亲热或敬重的姿态。在西方国家也被称之为“政治家的握手”。再升温一点，双方会情不自禁地四手紧握。西方的政治家，如美国总统小布什在握手时，常常用左手拍拍对方的肩部或肩部与腰部之间的部位，以示亲热。媒体颇有微词，说这是人类未彻底进化的遗迹，因为猿类和猴类经常互相拍打肩部示好。

有些不谙社交礼仪的人与他人握手时漫不经心地伸出几个手指一捏了之。这近似于蔑视或轻视对方，同时也不言而喻地暴露自己是个“礼盲”。

谁先伸出手，也很有讲究，同时伸出，意味着更对等一些；一方早早伸出手掌，表示尊重或期待已久等意思。主人一般站在原地不动，客人通常走上前去握手。握手时眼睛要集中看着对方，千万不能一边握手，一边看着其他方向，这是很不礼貌的举止。

当然，故意不握手，或不握对方已伸出的手，这在外交场合也时有所见。美国前国务卿基辛格在《白宫岁月》一书中写道：“这历史性的一刻，到达北京，事先也经过周详策划。尼克松决定，当电视拍摄他首次和周恩来总理相会，镜头中除他之外，应该没有别的美国人员。尼克松已看过我在7月间访华后所呈交的报告，知道在1954年国务卿杜勒斯曾拒绝和周恩来握手，周对这件无礼之事颇为耿耿于怀。总统决定，当他来纠正这件怠慢举动的错误时，不能让其他美国人员在电视镜头中出现而分散观众的注意。罗杰斯和我要留在飞机上，直至握手告成。海德曼做事万无一失。”尼克松也在回忆录中写道：“当我走完梯级时，决心伸出我的手，一边向他走去。当我们的手相握时，一个时代结束了，另一个时代开始了。”他还写道：“我作为美国总统于1972年2月访华时，毛泽东主席于我抵京后的当天下午接见了我。接见时，他（指毛主席）伸出手来，我也伸出手去，他握住我的手约一分钟之久。这次外交握手显得非同寻常，重至‘一握千钧’。”

2016年8月中日钓鱼岛风波突然升级。日本5天23次抗议并未阻止中国海警船继续在钓鱼岛海域巡航。为此，日方精心上演一场“无礼外交”羞辱中国大使表达不满。据路透社日文版披露，9日上午约10时，程永华大使进入日本外务省接待室，岸田没有出来迎接，且晚了近10分钟

才到，造成“让中国大使等待”的局面。有日本媒体称，岸田没有为迟到道歉，也不正眼目视中国大使，故意不握手，而是直接提出抗议，这是日方精心上演的一场“无礼外交”。

各国首脑的握手常常为媒体高度关注，并从中解读出国与国之间关系的敏感信息。2017年2月10日，日本首相安倍晋三带着大礼前往华盛顿与美国新总统唐纳德·特朗普会面，以弥补美国总统选举“押宝”希拉里之失算，同时期待特朗普亲口确认日美同盟的“不可动摇性”。白宫会谈后他们共同召开记者会，特朗普首先讲话，讲了不到4分钟，安倍戴上耳机，显出认真倾听的样子。特朗普讲完后，轮到安倍用日语发言。安倍讲话过程中，特朗普多数时候面视前方，表情严肃，看似听得很认真。他还不时点头，与安倍对视，咧嘴微笑。但是，眼尖的媒体记者发现，不懂日语的特朗普根本没有戴上同声传译的耳机！在白宫椭圆形办公室的媒体拍照时刻，两人“热情”握手，不过被媒体描述为“尴尬”的19秒。安倍与特朗普并排而坐。起初，两人并没有互动，表情略显严肃地各自看着镜头，直到日本记者请求两人握手，他们才伸出双手。美国有线电视新闻网说，特朗普主动拉住安倍的手、靠近自己，还拍了几拍。当19秒的握手结束后，特朗普收回手，安倍“作出遗憾的面部表情”。《洛杉矶时报》说，相比安倍与特朗普会谈的内容，两人的这次“尴尬握手”却成为社交媒体上最热门的话题。这家报纸如此描述当时的场面：“特朗普总统抓住安倍晋三首相的手，然后，他们握手，握手，接着握手……当他们终于松手后，安倍坐回椅子里，转了一下眼珠，出了一口气，可能是松了一口气，也可能是一个玩笑。”特朗普似乎有些“用力过猛”，还使劲把安倍的手拉向自己，使几度欲抽手的安倍表情颇不自然，而没有察觉的特朗普则标志性地举大拇指称赞安倍有一双“有力的手”。特朗普的过热、作秀之风格以及安倍的别扭、忐忑之心态一览无遗。

肢体语言专家莉莉安·格拉斯事后是这样评论的，特朗普是“非常深情”的人，美国民众对他有误解。她解释说，如果特朗普与安倍之间有什么不适的话，那是文化问题，因为日本人的握手“非常非常弱”。所以安倍在遇到总统的握手时“不习惯，但这是美国方式”。

得体的握手是完全伸开手掌，握住对方的手掌，既不太使劲，也不太轻柔，一般上下略微摆动几下即可，使人感到平易近人，乐于交往。大幅度、高频率的摆动易被视作失态。诚然，在某些例外场景中也会出现，如感激涕零或受宠若惊之时。

不同于东方，在西方社交场合中通常由长者、主人、上级、要人、女子先伸手。倘若女子不主动伸手，男人可微微欠身一躬即可。假如女子先出右手，男子以轻轻握一下她的手指上端部分为宜，且时间不可太长。在欧洲一些国家，女子见到有身份的男士要行屈膝礼，还要主动伸出右手让对方握并吻。男人们握手时一定要脱去手套；戴装饰性薄手套的女士可不必受此限制。

英国女王伊丽莎白二世与人握手时，她的手并不完全伸出来，同时明显地将大拇指向下弯曲，旨在不让对方实实在在地握住她的手，这象征着什么？无非两字——“权力”。

信邪的人还定有握手的戒律，比如，数人彼此握手时不可四者交叉。又如，一脚站在门内，一脚立在门外的握手会招来霉运。

有些民族的握手程序十分繁琐且奇特。坦桑尼亚不少部落的人见面时，先拍拍自己的肚子，然后鼓掌，再行握手礼。日本的虾夷人先双手合十，接着男子拍胡子，女人拍嘴唇，最后握手致意。有些尼日利亚人握手前要用左手大拇指先在右手轻弹几下，接着才握手。而赞比亚男人常用手掌绕着对方的大拇指紧握两三下就算行了握手礼。

要数大洋洲一些岛民的握手礼最为简便，双方中指一勾即了事。

与阿尔及利亚人握手时不可有气无力，最友好的表示就是将对方

的手握得麻痛为止。

中非一些黑人行握手礼时并不触碰对方的手，而是用自己的左手握自己的右手，挥动几下就代替握手了。人们告别亲朋好友，登上飞机、轮船或火车等后，回首伫立片刻，使用的也常是这个来自中非的动作，但这时表示的是分别前的握手。

美国总统西奥多·罗斯福在1907年的元旦招待会上创下了和8513位宾客握手的纪录。20世纪80年代，22岁的瑞典人斯文·拉尔欣有意打破这一纪录，他在斯德哥尔摩一车站门口停留了整整16个小时，与来往行人握手达11220次！

漫谈“交际距离”

在研究信息传递的非语言载体时，“人与人之间的距离”（Interpersonal Distance）已为人们日益重视。日常交际不可避免地要涉及“距离”这个看似抽象实为具体的概念。国外的所谓“空间的使用”（Use of Space）、“环境的维数”（Environmental Dimensions）、“界域学”（Studies on Territory）、“空间学”（Space Studies）等研究的就是什么是交际距离以及怎样以“距离”向他人传递信息。西方不少学者探索了人类对周围空间的天然欲望和它在现代文明社会中的表现及态势，提出了“自身界域”（Territories of the Self）、“个人空间的规范”（Personal Space Norms）等见解。总之，Space speaks.（空间会说话。）

“交际距离”（Communicative Distance），即一方与另一方实现信息交换过程中的身体间隔会随着话题、语境、音量、体势语、情绪、彼此关系等因素的变化而有所不同。如杰克与女友在他那柔软的汽车后座上亲昵地谈论如何欢度暑假的计划时，和他在教授办公室内怒气冲冲地为期末考试的分数而争吵时，他对距离的把握是有差异的：在前一场景中，男女双方的距离至多约为40厘米；而在后一场景中，师生之间相隔至少要有1.5米。

根据“保护理论”（the Protection Theory）的说法，距离是一个用于护卫的“身体缓冲区”（the Body-buffer Zone）。当一个人受到外来威胁时，他（她）与对方之间的距离就会扩大。威胁可能是物质的，也可能是情绪或感情之类的。据美国的研究人员观察，某个男子站着时，离监狱看守约240厘米，距老板约120厘米，离母亲60厘米左右，距女友30

厘米左右。理由是监狱看守对他的潜在威胁最大，而女友对他的潜在威胁最小。

交际距离还与非语言交际的其他要素互相作用，如人们对交际距离的感觉定势和维系习惯：人们是站着，坐着，还是躺着；是面对面，还是侧身转向一旁；能有或确实已有多少触摸；互相能看见对方的程度；说话音量的大小；能否闻到对方的体味或感觉到对方的体温等等。譬如玛丽距保罗有180厘米之远，可她还觉得离他“太近”，因为保罗身上散发出一种令人不快的烟味，或是她被保罗的眼睛盯得心里直发慌。而约翰和菲尔都不觉得彼此靠得太近，哪怕两人之间仅为20厘米，只因他们俩是背对背地坐着，互相看不见，彼此说话也听不清。

身体的吸引力也会影响个人交际距离。有人做过一个实验：在墙上挂些男女模特儿的照片，有美的，也有丑的，要求被测试者向相片走去。女性被测试者对漂亮的男女模特儿均凑得很近，对其貌不扬的模特儿则离得远一些。男性被测试者只靠近标致的女模特儿。接着，研究人员又让相貌美的和丑的被测试者都上街与行人随意搭话，以观察他们的相貌对交际距离所产生的影响。奇怪的是，行人对不等距离的选择并不受对话者的相貌左右。实际生活中的实验与使用照片的结果并不相同。

地位对交际距离也有作用。级别较高者比级别较低者所占的空间要大。研究人员通过562次实验性的访谈，观察了不同级别的人对交际距离所持的态度。和想象的一样，下级走向上级时，他们给上司留有较多的空间余地；而当上级走近下级时，他们与对方所保持的距离与头衔并无明显的关系。

病态者与反常者（如精神病患者、囚犯、有前科者、爱捣乱者等）对空间的渴望欲或占有欲要比健全者与正常者要强烈得多。研究人员曾对30名爱捣乱的和30名守规矩的高中生分别实施“止步距离法”的测试与比较，结论是前者比后者渴望拥有更大的距离。

尽管人人都有自己的近身空间，但其标准则因生活环境和人文背景的不同而有很大的差异。一个生长在农场并与最近的邻居相距20公里远的澳大利亚人的近身空间，要比一个同7个兄弟姐妹及父母生活在同一地区的东方人的近身空间小得多。拉美人常是不管亲密程度如何，一见面就拥抱问候，这使得惯于保持近身空间的英国绅士非常不舒服。

两个跨文化或跨国度的人交谈时，双方的距离观念及习惯有着明显的区别，他（她）常与对方维持着不等的距离，欧美人称之为“自在区域”（Comfort Zone）。体面适度的距离是使交际得以顺利自然延续的重要条件之一。

一般说来，地中海东岸、南美、阿拉伯等地的人在交谈时，通常离对方很近。越谈得热乎，双方的脸靠得越近。而北美、澳洲、西欧、北欧等地的人觉得近距离的会话十分别扭且尴尬，甚至不可容忍。如果一个美国人同一个中东人闲聊，当中东人只保持少于25厘米的距离时，美国人就会因相隔太近而后退一步，于是那位中东人便会觉得似乎遭到对方的厌弃。一个日本学生同一个英国学生交谈时，日本人本能地向前移动，将距离缩小到25厘米，而英国人则习惯地向后撤，以调整间距。若把这一过程用快镜头放出来的话，就会出现犹如日本人带着英国人跳舞的滑稽场面。另外，同是欧洲人，西欧人保持的距离是一臂之远，而东欧人小到一手之隔。

按西方的礼仪习俗，交际距离分为4类。

1. 亲密距离（Intimate Distance）。双方间隔约为40～60厘米，这一交际距离常见于异性之间的谈情说爱。如两个认识不久的男子处于这样的距离中，极易引起不安，而彼此不太了解的一男一女凑得过近，双方会感到尴尬或产生误会。

2. 个人距离（Personal Distance）。它包括近距离人身空间与远距离人身空间。前者间隔约为60～90厘米，是与朋友、熟人、亲戚等交谈时的合适距离，或是在私人酒会或聚会上最令人舒畅自如的人身间隔。后者距离约为1～1.5米，保持这一间隔的交谈通常不属于私人交往性质的。

3. 社交距离（Social Distance）。它也有近距离与远距离之分。前者约为1.5～2.5米，常见于洽谈生意、会晤来访者、营业员接待顾客等场合。后者约为2～4米，常适用于十分正式的社交、商务、外交等活动中。

4. 公众距离（Public Distance）。它约为4～8米，譬如教师给学生上课、牧师给教徒布道、领导人或政坛人物给公众演讲等。

有些心理学家和行为学家把上述4种距离比作一个洋葱的4个层面，从里到外，第1层为知心层，第2层为私人层，第3层为社交层，第4层为公众层。

其实，这些“交际距离”也会有意或无意地被人们运用到日常生活的各种场合中去，例如在超市购物、上餐馆吃饭、参观展览会以及在自动存取款机前排队、候车、乘地铁等。任何冒犯他人“自在区域”的行为举止（Violation of 0thers' Comfort Zone），如挤推、争先、插队、凑前窥视、前胸贴后背、碰撞等，势必会遭人白眼、讥笑或蔑视。

在撰写本文时，恰巧读到作家王蒙写的题为《接触与碰撞》的短文，其中的一个例子令人哭笑不得且发人深思，顺手摘录于下，作为拙文的结尾。

“最近收看中央电视台播送的奥运健儿报告会实况录像节目，深受感动鼓舞，这是无需说明的。但一位可爱的金牌得主介绍自己在赛前过体重时故意碰了对手（一个拉美国家的运动员）一下，以试虚实；我们的金牌女将说：‘是我碰了她，她反而立即向我道歉，我知道了，她怕我……’这时人民大会堂全场掌声雷动，笑声欢快，气氛极为活跃，大概是以为大长了自己的志气吧。

我颇怀疑，这是不是对于人家文明习惯的误解。……”

海外餐桌上的“讲究”

欧美人在餐桌上的规矩与举止十分讲究，有些基本内容应引起出国人员的足够重视。

1. 主人的右座为上座，是最重要宾客的位子（在中国，主人的左座为上座）；主人的左座是第二宾客座；第三宾客座又移至右边，并以此类推。

2. 主人一般会毫不掩饰地叙说菜肴等是如何精心准备的，这并非自夸，而是想表明对客人们的诚意。

3. 坐姿须端正自然，不要跷腿、伸腿或过于前倾，也不要将双臂老是横放在餐桌上。

4. 可用餐巾的一小角擦嘴或手，但绝不可用餐巾揩拭餐具（应用餐纸），也不能用餐巾轰赶苍蝇之类或当作扇子扇风。

5. 洋人斟酒不满上，也无热情过度的劝酒与互相频繁夹菜的习惯。

6. 欧洲人一般是右手持刀，左手拿叉，刀叉并用；而不少美国人却惯于只用右手，左手常搁在膝上，故右手特别忙。

7. 刀是用来切割鱼肉之类的，切忌用刀挑东西吃。

8. 取面包用手不用叉，面包不用刀切，而用手掰成小块食用。取黄油之类涂面包应用公用黄油刀，不可用个人的刀子。切不可将面包掰成小块浸泡在汤或饮料内再食用。

9. 用餐时若想暂时放下刀叉，应将刀叉呈“八”字形放在盘上。如把刀叉并拢搁下，则意味着进餐完毕。

10. 水果、干果、干点心、炸薯条（片）或玉米之类可直接用手拿着吃。

11. 喝汤时应用左手轻扶汤碗，右手拿匙，以匙的一侧（而不是匙头）从里往外舀。切不可把汤碗端起来直接用嘴喝，也不可用嘴去把热汤吹凉。

12. 用餐时一般不喝水。如需饮料之类，主人或侍者会问你是否要加冰块，即使是在寒冬腊月。

13. 欧洲人常在餐后喝咖啡，而不少美国人则喜欢在用餐时喝咖啡。喝咖啡要手持杯把就着杯子喝，不能用咖啡匙舀着喝。

14. 餐桌上不可吸烟，除非得到主人及邻座的允许。

15. 进餐时不要发出吸吮、嚼动或餐具碰撞之类的响声。如要打喷嚏或饱嗝，应用餐巾或手帕捂住口，侧脸小声打，完了要向邻座致歉。如要剔牙也应用餐巾或手掌捂住嘴。

16. 骨头、果皮之类应放在空盘上，不可丢在桌上或地上。

17. 不小心打碎玻璃或瓷器餐具或弄翻菜、汤之类，不必惊慌失措，可叫侍者帮助处理；如是家宴，应立即自己动手收拾好，并别忘了向主人及邻座致歉和暗示赔偿损失（尽管主人会毫不介意）。

18. 席间应尽量设法与邻座攀谈，沉默是不礼貌的。说话时切忌拿着刀叉等作手势。

19. 想吃什么，或要添些什么，不必吞吞吐吐，可直接向主人或侍者讲明。

20. 用餐期间如要暂时离开，应向主人和邻座说：“Excuse me.”若吃完后想先退席，应对各位说：“Take your time.”相当于中文的“请慢用”。

21. 如在饭馆会餐，主人不可当着客人的面计算费用。

22. 可送些小礼品给主人以示谢意，如酒、巧克力、鲜花或书籍等。也可隔天向主人发一封感谢信，并向主人表明应邀赴宴是如何的快乐。

当西方男士和女士在一起时

对女子表示恭谦礼让一直是西方人引以为豪的传统，这类源于“法式殷勤”的礼仪随着现代社会的发展虽有些变化，但它的基本准则始终为西方男子自觉或不自觉地遵循。

1.如男女双方欲一起进入或走出房间、大厅等时，男子须替女士开门，然后闪在一旁，让女士先行。

2.为防止跌倒、失足等意外情况的发生，上楼梯时让女子走前，男子跟后；下楼梯时，男子则应在前，女子随后。

3.若在狭窄通道或楼梯等处与女士相遇，男士通常避让一侧，让女士先过。假如通道或楼梯能容两人同时并行，则应让女士靠栏杆或扶手一侧走。倘若男士有急事要先行，常要表示歉意。

4.乘电梯或公交车时，男士一般应礼让女士先上或先下。

5.男女一起行走在街上时，男士应位于外侧，即让女士沿着里侧走。过马路时，男士几乎总是走在女子身旁靠车行方向的一边。如一位男士同两位女士同行，他应走在两位女子之间，以免冷落其中一人。但有时男士也会让女士们并行于街道内侧，尤其是当街上车辆拥挤时。

6.乘小轿车时，男士通常打开人行道一侧的车门，让女士先进去，或者从车内打开这一侧的车门让女子上下车。如有必要，男子应用手背遮挡一下车门上楣，以免女士不小心碰撞门楣。

7.乘出租车时，男士一般先上车并尽量坐在里面的位子，免得女士绕过车尾从另一侧上车。

8.几个人同乘一辆小车时，一般认为与驾驶员成对角线的座位应

让女士坐。坐车时如要开窗、吸烟或开收音机，应先得到女士的允许。

9. 在影剧院、餐馆、公共汽车、地铁等处，男士应尽量避免让同行的女士与陌生男子邻座。

10. 男女在餐馆约会，一般男士应先到，让女士选择餐桌和点菜。叫菜、添饮料、与侍者打交道之类的事由男士承担。若是男士请女士吃饭，自然由男的结账，但是偶尔也可两人分摊（如女士提出的话）。如经常一同会餐，可轮流作东，男士不必坚持全付，这也是为了尊重女方的意愿。餐毕，男士应帮助女士提携东西、穿大衣等。

11. 在较正规的宴会或聚会开始时，如主人引进的是女宾客，厅内的男士一般起立，以示敬意。若女主人带进的是一位男客人，刚巧女主人的女儿也在场，女主人应将男客人给她的女儿作介绍。

12. 通常是把男士先介绍给女士，除非男士为长者或地位较高者。不管进入客厅的是男士还是女士，在场就座的女士一般不必起身致礼。宴会开始时，男士们应帮助女士们拉开椅子，使她们平稳入座。

13. 男士与女士握手时，往往只是轻握一下女士的手指上端部分。有时也可不必握手，只要点头微笑一下即可。女士若是戴着薄丝网等装饰性手套，一般不必脱手套再握手。有些西方民族至今还保持着男士行吻手礼的习惯，即轻吻一下女士的手背最上端部分，也可轻吻一下女士的面颊，以示敬意。

14. 男士如何得体地称呼女士很有讲究。可称年轻的为Miss（小姐），称年长的或已结婚的为Madam或Lady（较为正规），两者均意为“太太，夫人”。以上三种称呼有时可单独使用，即不必在它们之后加姓氏之类。“Ms.”加女子本人的姓氏或姓名已为越来越多的女子所青睐，尤其是对那些有文化、有地位或不愿、不便表明是否已婚的女子。如遇十分熟悉的已婚女子，有时也可用“Mrs”加其夫姓。有时直呼其名也无妨。

名片礼仪

社交场合中应如何递出自己的名片，又该怎样接受别人的名片，这在国外是有讲究的。其中有些“礼仪”与我们的通常做法有差异。

1. 名片代表一个人的身份与地位，如对方仅是“点头朋友”，再次见面的机会极少，一般不递出名片。在未确定对方的来历之前轻易递上名片也是有失庄重的。同样，在西方的社交中，人们通常尽量不主动向他人索取名片。

2. 晚辈或地位较低者先向长辈或地位较高者递送名片，若看不出年龄大小或职位高低时，一般先和自己对面左侧的人开始交换名片。

3. 一个男子拜访某个家庭时，应分别向男女主人各赠一张名片，再给家中超过18岁的女子一张。如一个女子去别人家作客，须给这家人中超过18岁的妇女各一张名片，但一般不给男子名片。

4. 如你事先未约好你想拜访的人，但你想略表敬意或试探对方有无会面的意愿，不妨可将名片交第三者转送或请开门者转交主人。

5. 递送名片应用双手的拇指与食指轻握名片的前端，即让名片上字样的正面朝着对方，便于他（她）一眼就看明白。

6. 在递送名片时，欧美国家的人常说“见到你很高兴”。间或也可报上你的名字和单位，一是为了加深对方对你的印象，二是使对方了解你名片上可能出现的不识或不易读的字。

7. 名片的接受者切莫将名片随意放在桌上，或漫不经心地拎在手中，应认真“拜读”，及时弄清对方的来历。

8. 倘若名片临时未带或分发完了，别忘了向对方致歉，并留下字条代替，下次见面时补上，或及时邮寄对方一张名片，以表诚意。

9. 不少欧美国家的名片是用手写印刷体印制的。按欧美习惯，已婚男子的名片上一般不印住宅地址，因为他的名片往往和他夫人的名片一起递交，而夫人的名片上通常注有住宅地址。夫人的名片尺寸较小。亦有夫妇俩同印一张名片的。

10. 名片亦可与鲜花、礼品、介绍信、致谢信、祝贺信、邀请信（请柬）或慰问信等附在一起送上。偶尔，有人在名片上留下简短附言。

11. 外国人的名片上有时会出现一些手写的或打印的法文单词的开首字母，例如：

p. p. 意为介绍。当你收到一位朋友送来左下角写有此缩略字母的名片和一位陌生人的名片时，那就是为你介绍一个新朋友，你最好立即给新朋友打个电话或回赠一张名片。

p. f. 意为敬贺。常用于节日或其他传统的纪念日。

p. c. 意为吊唁。表示对重要人物逝世的哀悼与慰问。

p. r. 意为致谢。一般用于收到礼物、贺卡或贺信，或受到款待之后表示谢意。有时也可用作对p. f. 或p. c. 名片的回复。

p. p. c. 意为辞行。用于分手之时。

p. f. n. a. 意为恭贺新禧。

n. b. 意为请注意，提醒对方留意名片上的附言。

打电话须知

电话（或手机）是现代生活中最便捷有效的通信工具之一。由于各国文化背景，思维方式，礼仪习俗等的差异，加之电话交谈无法借助手势和表情，故在海外打电话时须十分留意，有时还得“入乡随俗”，以免引起误会与不快。

1. 切忌在清晨、深夜或对方不便时（如用餐、午休、看电视新闻、洗澡等）打电话。

2. 拨通电话后应是接电话者先报“家门”。如是公务电话，则要报出本公司、本部门的名称或电话号码，便于对方确认是否拨对号码。若是私交电话则可说：“某某人在这儿。”（如：John's here. ）“某某人在说话。”（如：John's speaking. ）尽量少用或不用“Hello”之类的呼语。

3. 打电话前先要想好说些什么或列出要点（尤其是公务电话），寒暄要简短，随即转入正题。

4. 家中有人来访时。不要接了电话便聊个没完，这样会冷落客人，可直截了当地告诉对方过一会儿再打回电。

5. 如是涉及你个人私事需再次通话，一般不应叫对方给你回电，而应主动回电，且最好约定再次通话的时间。

6. 有意识地控制与调节你通话时的音量、语调及语速，以“悦耳”为宜，这也是一种涵养与素质的体现。

7. 在录音电话中留言时语速要放慢，发音要清晰。别忘了留下回电号码和“您好吗”“再见”或“晚安”之类的客套话。

8. 如某人此刻不在或不便接电话，则应主动说“很抱歉，他（她）

不在，您能否留个口信？”[I'm very sorry he (she)'s not in at the moment. Can you leave a message?]千万不要不耐烦地说声“他(她)不在”便“咔嚓”挂断电话。

9. 如对方“滔滔不绝”，而你又不想“奉陪”，最好以一种委婉体面的方式缩短通话或给予某种暗示，譬如“明天我还要起个大早去办事”或“有人在按门铃了”或“厨房里的水可能开了”等。美国人常会发出诸如“oK”“Well”“All right”等电话告辞“信号”。

10. 在与长者、上司、女士通话结束时，最好是后于对方挂断电话，这也可谓是一种“礼节”。

11. 在朋友、邻居等处借打长途电话后，应主动留下日期、拨打的号码、时限，以便日后照单付账，尽管朋友、邻居会满不在乎地说“没关系”。

12. 打自动公用电话(pay phone)前须备足分币，切莫在位于偏僻处的电话亭内打开皮夹，翻找分币，这可能会给抢劫者有机可趁。

13. 在有些大城市的公用电话亭四周常见乞丐徘徊，你一拨通号码，他(她)便上前索讨。一般以施舍些零钱为妙，免得他(她)干扰通话，或弄出些意想不到的事情。

14. 打自动公用电话越简短越好，特别是旁边有人等着用电话。等候者须与打电话者保持一段距离，以侧身静候为妥。

15. 到达某国后须先了解一下当地电话和手机通信的种类及收费标准，巧妙利用价格规律，避开通信高峰，这样可节省开支。

16. 查阅电话簿十分必要，切莫冒冒失失地拨打“吃不准”的电话号码。空闲时浏览电话簿不失为快速了解当地概况的捷径。如美国有两种电话簿：一种称为“常用电话簿”(The Regular Directory)，它是按字母顺序载有装电话者的姓名及号码。另一种名为“分类电话簿”(The Classified Directory)，俗称“黄面电话簿”(The Yellow

Pages)，内有各地区、各行业的电话号码，其中包括一些特殊项目的电话号码，如天气预报、报时、交通信息、报警、救护、抢修等。“分类电话簿”每年要修改与更新，因此要“研究”最新的版本。

17. 有些名为“娱乐”“咨询”“猜奖”等的电话号码时常赫然出现在广告、报刊、信件等上面，其实是在向电话用户兜售色情、算命、宗教、恶作剧等内容。这些号码的组合规律异于当地的普通电话号码。若为好奇而动心，必会欲罢不能，既干扰了你的正常生活，又要为此付出昂贵的通话费用。

向木头求好运

世人祈盼好运的法子可谓形形色色，应有尽有。其中要数英美人的做法最为便捷且别致。英国人是用手摸摸木头（touch wood），美国人是用手敲敲木头（knock on wood）。他们认为橡树、榛树等树木中栖身着一些乐善好施的精灵，抚摸或敲击木头就意味着向神灵打招呼，祈求保佑。若刚巧周围无树木，他们便会随意找些木制的东西，如桌椅之类，摸摸或敲敲。如一时找不出木制的东西，他们往往滑稽地以头代木。有人推断，这一用手摸头或敲头的手势是基督教诞生之前的宗教动作在西北欧的重新复活。

此外，有些传统保守的英美人在不当心讲了自满的话或夸说好运之后，亦会习惯成自然地摸摸或敲敲木头之类，据说如此做可缓和“报应女神”宁美西斯（Nemesis）的愤怒，以免祸从天降或良机溜走。

其实，人类自诞生之日起就与树木结下了不解之缘。在原始社会中，人们的衣、食、住、行等都离不开树木。树木自然就成了人类的崇拜对象，它们甚至被认为是有意志、感觉和人格的，“奉树为神”在许多民族的文化中都有所体现。

据斯堪的纳维亚人的神话说，有三个神瞧见海岸边长有桧木和榆木，便把它们化为最早的人。

有的氏族的图腾特意以某一树木命名，他们认为本族人就是由这一树木繁衍的。

孟加拉国的樵夫进森林伐木时，必携一神巫同行，以便举行仪式，请求树神保佑。

英国民间禁烧一种名为“接骨木”的树，他们以为接骨木被砍时会出血。英国人爱用山桧枝条制作的鞭子驱赶牛马，据称山桧极富魔力，能刺激牛马肥壮。英国人不用长不成大树的金雀枝或凋谢过早的柳枝抽打孩童，否则他们永远也长不大。

马来人说椰树是长眼睛的，所以椰子极少砸在人的头上。

我国民间向来认为桃枝具有神性，高悬门首，可以祛邪驱鬼。

“奉树为神”的观念甚至渗入佛教。据说，最早的佛教经典是用梵文书于贝叶棕树叶之上的。佛祖释伽牟尼是在菩提树下坐化成佛的。于是，贝叶棕树与菩提树神名大振，令人敬畏。

西方人的“逢凶化吉”

在与西方人接触和交谈中，有时你会碰到这样的事，有人在大庭广众无意说了一句不吉利的话，在场的人立即会本能地用手指轻轻地敲敲桌子，或伸出手把中指压在食指上。据称这样可以驱邪避灾，逢凶化吉。

西方人把打破镜子视作运气变坏的征兆。不过，他们有一解救妙法，即当月圆时分，偷偷地把预先放入兜里的硬币翻一个个儿便万事大吉了。

有人打了个喷嚏，不管是否认识他（她），旁人会不约而同地说：“God bless you!”（上帝保佑你！）因为依照西方的迷信观念，喷嚏乃头脑中发生的小爆炸，它传递了上帝的某种旨意，预示或好或坏，此刻说上一声“上帝保佑你！”着实十分适宜和必要。

若按中国人的习惯，我们会戏谑地说常打喷嚏者长命百岁，或说亲人在惦念着你或说有人在背后咒骂你什么的。当然，英美等国人肯定会感到莫名其妙。

试为“马槽书店”释义

王方在《上海师大报》第307期副刊上一篇题为《马槽书店》的文章中说，对学校旁边的小书店为何取名“马槽”感到奇怪、困惑。

据我所知，西方流行一说法，耶稣基督当年是降生在一马槽内的。于是，马槽在西方文化中便蒙上了神圣且神秘的色彩（中国人眼里的马槽却是另外一码事），它被视作基督的摇篮。

此外，与马沾边的其他东西也借了光，如马蹄铁在欧美是一种具有神奇力量的象征。制造商利用人们这一信仰，时常搞出各类马蹄形状的工艺品，生意从未清淡过。洋人还认为偶然在路边拾得一块废旧的马蹄铁，日后必交大好运。

以上所述也许会消释王方的“马槽怎么会有其想的书”的疑念。王方“不敢去问书店主人”，我想还是不问为妥，在西方忌讳问人信什么教及怎么个信法。尽管店主人是中国人（是个老太太），但她信的是洋教。我想大概没错。

一种色彩异样情

有家日本厂商向美国出口钢笔，以紫色天鹅绒作包装盒的垫衬，无意中引起了对方的不悦，因为在传统的美洲大陆人眼里，紫色为禁忌色。这说明色彩的联想或象征因民族文化的不同而各异。

西方人对汉语的“红白喜事”一说倍感费解，白色是“纯洁”的代名词，欧美新娘的婚服非白色莫属，而我们常以白色哀悼亡灵！当然，白色在有些国家的象征意义很独特，如在旧时俄国，白色世界（white world）意为“广大”与“宏伟”，故当时沙皇被称为“White Czar of All the Russians”（直译为全俄罗斯的白色沙皇）；而法国人或德国人的“white night”指的是“不眠之夜”。

黑色在许多国家象征死亡，有些西方人甚至把路遇黑猫也视作不祥之兆。当然亦有例外的，非洲有些民族（如埃塞俄比亚等）穿黄色丧服参加葬礼。此外，黑色还有一些引申涵义，“阴郁、邪恶、非法、悲哀”等，如black list（黑名单），black heart（黑良心），black market（黑市）等。俄国人竟把体力劳动称为“黑色工作”；而英美人把体力活儿统称为blue-collar work（蓝领工作）。

由于地域因素，沙漠地区的阿拉伯民族偏爱绿色，它象征希望与繁荣。可英国人的裹尸布常是绿色的。意大利的green carpet是指赌桌，因赌桌上的桌布是绿的。美国的green backs说的是美钞，因此green power就是“金钱的力量”。Green Thursday在法国和德国指濯足节：复活节前的星期四，是给穷人发救济金的日子。中国人用“眼红”或“害了红眼病”比喻嫉妒心理，英语民族则以绿色暗示嫉妒，譬如

greeneyed（嫉妒的）。

有些颜色的含义十分独特，有时民族之间的理解还有冲突。比如在日本，橙色表示危险，绿色代表救护，黄色提请注意，蓝色意为小心，白色告示行人道路在整修之中。在美国、韩国等国家，邮筒都被漆成红色。加拿大人钟爱深红色，这受他们的国树——枫树的影响。墨西哥人却把红色与咒符相连。伊拉克人以红色作为客运行业色，警车则涂上灰色。

蓝色在中国口碑颇佳，但在英语中意为“情绪低落、精神忧郁”，故有人把星期一戏称为a blue Monday，周末玩得过了头，星期一人们觉得浑身不对劲；同时，星期一也是主妇大清洗、职员大忙乱之日。叙利亚人以蓝色来祛邪，而比利时人认为蓝色会招致厄运。我们说“黄色电影或书刊”，英语民族却用蓝色指代淫秽之类。

黄色在委内瑞拉仅为医务标志色。英美的yellow paper或yellow journalism与黄颜色本身毫不相关，它们指的是不择手段地夸张、渲染以吸引读者的报纸或新闻编辑的作风；而yellow book也无下流之意，乃政府的报告书。

对有些色彩搭配的偏爱或忌讳也值得探究。阿尔及利亚人常把白蓝黄配在一起，据称白色能反光避热，蓝色能消除虫害，黄色则是沙漠之色。芬兰人偏爱蓝白组合，蓝色象征“千湖之国”，白色代表冰雪（该国四分之一地区在北极圈内）。红白绿很受意大利人欢迎，据说这与拿破仑的意大利军团的三色旗有关。出于政治原因，爱尔兰人不喜欢象征英国国旗的红白蓝三色，而他们爱把绿色（代表天主教民众）和橙色（代表新教派）放在一起，常以白色（象征和平）居中。

色彩甚至还影响人们的饮食观念，在美国有一说法“喝浅色的酒比喝深色的酒更有益健康”。不少美国人爱挑浅白色的鸡蛋买（这与国人的做法不一样）。浅色似乎是一种永恒的流行色，大多数欧美人是这

么认为的。

在很多大革命、大运动中，颜色也是一种语言的表述，象征主义的始作俑者是戴着可怕红帽子的法国大革命时期的革命者，红色意味着政治文化的颠覆。1974年葡萄牙的“康乃馨革命”、1989年捷克斯洛伐克的“天鹅绒革命”也是属于“颜色革命”或“花朵革命”一类。21世纪初期在东欧独联体国家和中亚地区也发生了许多以颜色命名、以和平和非暴力方式进行的政权变更运动，此起彼伏，动荡不止，参与者们通常采用一种特别的颜色或者花朵来作为他们的标志。例如，2003年格鲁吉亚的“玫瑰革命”，2004年乌克兰的“橙色革命”，2005年黎巴嫩的“雪松革命”，2005年吉尔吉斯斯坦的“郁金香革命”或称“黄色革命”“柠檬革命”。由此可见，颜色的力量不可小觑。

花的语言

欧美人的生活与鲜花有着不解之缘，其中一个很重要的原因就是他们视花为一种载体或媒介，以花代言，借花抒情，尤其是表达各种难以启口的微妙细腻的情感。

象征炽热爱情的花族中当首推红玫瑰，其次是红蔷薇、红鸡冠花等。在欧美国家，男子向女子求爱，仅送一枝上述的花就足矣。

欧美女性特爱情人献上的红玫瑰，她们常说：“我恨不能长两个鼻子来闻您送的玫瑰花！”

在那些初恋者的手中则常可见到红郁金香、紫丁香或报春花。

白丁香和四叶丁香表白的是“您永远属于我”“我永远记住您”之类的山盟海誓。

杏花的功能是试探：“您呢？”或“可以吗？”

黄郁金香发出的是失恋者的悲哀。

红康乃馨饱含受挫者的伤感；条纹康乃馨想说的是“忘掉我吧！”——委婉的拒绝；黄康乃馨则是轻蔑的信号。

一看到兰花，就可领悟到赠者的虔诚之意。

白色百合花或秋海棠是向亲戚朋友问好的友谊使者。

水仙花一般不能送人，因它“冷酷无情”。但在中国，它象征清纯的情感。

欧美人无赏菊之雅兴。在有些欧美国度，菊花被视为“妖花”；不少欧美人又惯于以菊花来祭灵，有趣的是雏菊在法兰西却有一特定的含义：“我只想见到您，亲爱的！”男士常雇人将此花送到他心上人的府上。

鲜花的搭配也很有讲究。譬如，在西欧，母亲送子女的花束通常由苕（即凌霄花）、僧鞋菊、樱草、金钱花和冬青组成，因为它们分别是“母爱”“保护”“青春”“天真”和“喜悦”的象征。与人离别时，常献上以杉枝（分别）、香罗勒（祝福）和胭脂花（勿忘我）配成的花束。探望病人时多用表示安慰的红罂粟加上战胜病魔、幸福重归的野百合花。

差不多每个国家甚至很多城市都有自己的“国花”或“市花”，其中有些花的涵义很独特。如西班牙的国花为石榴花，它象征富贵、吉祥（或许是石榴籽像宝石的缘故）。荷兰的国花是郁金香，它标志初恋，怪不得荷兰像情窦初开的少女，特别诱人。秘鲁的国花是向日葵，因为南美洲的西北部据称是葵花的原产地，秘鲁人又把此花视为“太阳的子孙”，因它一直朝着太阳。

送花是件美好的事儿，但如不入乡随俗，准会闹出乱子。在法国，康乃馨被当作不祥之兆，若你稀里糊涂地送大把的康乃馨给法国人，他们一定会吹胡子瞪眼。与东方人的习俗不一样，送花给德国女主人最好成单数，以五朵或七朵为宜。赠花给巴西人时务必避开紫色，因紫色在巴西是死亡的象征。

欧美人对鲜花一往情深，哪怕是“落花”，公园里常可见到有人（尤其是上了年岁的老太）常将地上的花瓣拾起，裹以手绢，回家制成标本，可永远留住鲜花的美貌。

唯独阿根廷人对鲜花的“糟蹋”可谓毫无顾忌。在元旦之日，阿根廷人将整篮整箩的花瓣撒在江河水面上，人们争先恐后地跃入落英缤纷的“花海”，用花代皂，搓揉周身，据说可洗掉旧岁的霉气和污垢，以换得新年的安顺与富贵。

帽子发出的信号

帽子除了御寒、遮雨、防晒和装饰之外，还有一些特别的用途与涵义。

我国有一成语“冠冕堂皇”，其中的“冠”指的就是帽子，但古时的冠并不像今日的帽子将头部全部盖住，它仅有狭窄的冠梁，遮覆头顶的一部分，两旁缝有丝带，交叉在衣领之下打结固定。古代男子20岁开始戴冠，并要举行“冠礼”，以示成年的开始；而冕则是前低后高，象征恭敬。前面用丝线垂面，为了目不斜视。两侧以丝线遮耳，意为不听谗言。冕的专用权仅为帝王一人享用，皇子继承皇位，方能“加冕”。

脱帽礼用得十分普遍，据说这个礼节源于冷兵器时代。当时的战士头顶沉甸甸的头盔，到了安全地带，才卸盔小憩，脱帽意味着没有敌情或敌意。到了友人府上，脱盔是礼节和善意的表征，流传至今，遂成脱帽礼。

欧美男子常以戴帽的高低来表示不同的礼俗，见到朋友或熟人，将帽子稍稍抬起，点头招呼对方，展示绅士般的友好风度。但在意大利的格瑟兹诺一带，巧遇相识时，男士须把帽子拉低，才算表示敬意。他们觉得对尊者不该举目注视，只能低帽遮眉，方显恭谦之态。

在伦敦的地铁里，常见男士们压低大礼帽，埋头于书报，即便附近坐着的是似曾相识的邻居。帽子成了委婉退避，保持适度距离的工具。

巴西的拿坚斯地，女子的帽子若戴得偏右，表明已为人妻；如偏左，则暗示尚未出嫁；假如把帽子推向额前，就意味着有伤心事儿缠着她。

古巴圣热娜河流域一带，男女老少一般不戴帽子，除非死了人才加冠报丧。

在墨西哥的奴雪谷地区，来人进屋就脱帽的话，准是发出寻衅报复的信号。

英国议会有个老传统，开会一律不准戴帽。但旧时却订了一条规矩：发言者必须戴上墙上挂着的专用公帽，谁说话谁戴，依次相传。争论白热化时，帽子简直成了众人拼抢的手球。

有些“帽子现象”具有共性。欣喜若狂的球迷和凯旋而归的士兵本能地把帽子抛向天空，帽子成了宣泄激情的工具。军人和警察的帽子与生命共存，而当他们手托帽子缓步行进时，一定是有什么神圣的或不幸的事情发生了。

在毕业典礼上，学生依次上台接受拨穗礼，即由校级领导或系主任把毕业生头上学位帽的流苏从右边换到左边的动作，称为“拨苏正冠”或“拨穗正冠”，再授予毕业证书，此举的寓意是稻穗或麦穗成熟了，正好比毕业生已学有所成，可以展翅高飞。毕业典礼的高潮往往是成百上千的毕业生一起往空中高抛学位帽，场景壮观，一生难忘。

中国话里有几顶“帽子”的涵义令外国人费解。譬如说某人丢了“乌纱帽”就是说他丢了官职。从隋唐起，上自天子、百官，下至士庶，都戴乌纱帽。明代皇帝朱元璋把乌纱帽定为文武百官的礼帽。当有人被革职，那他就得交出乌纱帽。说某君被戴了“绿帽”，即拐弯抹角地说他的老婆有了外遇。

乞讨者常常拿着帽子来接纳行人施舍的小钱，以示尊重。

我们常用“帽子戏法”一词语来指代那些变来变去、掩人耳目的骗子手法。

讲英语的人若突然叫了声“我的帽子！”（My hat！），肯定是发生了什么离奇的事儿，因这是一个与帽子毫不相关的感叹语。中国北方地区常说的“盖了帽儿了！”这恐怕与头上戴的“玩意儿”没什么关系，实际上就是“好极了！”的意思。

蓝色法律

“圣经十戒”的第四戒规定每周须有一个安息日，即礼拜日。这天，西方人大都去教堂做礼拜，禁止营业、饮酗、售烟、娱乐等世俗活动。

英国曾为此制定了一套法律。据说，关于安息日的报道最早是印在一种蓝色纸张上的，故这套法律俗称“蓝色法律”（Blue Laws）。因此，英语中的“蓝色”一词亦相应增添了“清教徒的；禁律严的”等新义。

“蓝色法律”条目繁琐且有趣，如星期日不准吃炸鱼，不许嚼炸土豆条（片）等。在安息日那天，一个男子和妻子接吻也被认为是非法的！

“蓝色法律”后来又传到了美国，星期日的禁品又扩展到汽酒、可口可乐之类，更不用说烈性酒了。美国独立战争后，绝大部分州终止或部分终止执行“蓝色法律”，而英国直到1994年8月27日才正式宣布在英格兰和威尔士废除名存实亡的“蓝色法律”。

然而，为数不少的善男信女的“蓝色法律”意识却有增无减。而且，时至今日，有些州依然不准许商店和戏院在星期日开门营业。

外国人迎新年

德国人在元旦前夜爱把鲤鱼鳞片放入钱包，以祈求新年财源茂盛。

匈牙利人过年时必须吃大蒜加蜜，忌食飞禽游鱼，不然好运会飞去溜走。

俄国人的迎新餐桌上酒瓶林立，有几条汉子，就得放几瓶伏特加。

美国人在岁末12点钟声响后，立刻互相问道："新年你决定做哪件（些）事？"

英国人喜欢在岁末深夜带上糕点与美酒拜访亲友，并将蛋清倒入水中，以其自然形态卜算凶吉。苏格兰和威尔士地区的人们在瞬息即逝的旧年最后一分钟，敞开所有大门，以期辞旧迎新。

法国人在新年来到前一定要把家中剩酒喝个精光，因余酒预示厄运。

瑞士人过年时从屋外取些白雪撒在地上压尘，白雪象征吉祥。

加拿大人新年时会尽量把雪挪到自己屋舍的四周，雪墙可镇妖祛邪。

西班牙人在旧岁午夜12点钟声敲响第一下时争吃葡萄，若与12下钟声同步吃完12颗葡萄，就预告来年月月如意。

意大利人到旧年最后一个午夜时惯于往窗外扔些破旧的坛坛罐罐，意为摈弃烦恼与坏运。

保加利亚人吃年夜饭时，主人要把一头牲畜送给第一个打喷嚏者，是他（她）招来了新年的快乐。12点一过，家家熄灯，每个人高兴跟谁接吻就跟谁接吻，时限3分钟。

南非族长在族民们的欢快歌舞声中把一个熟透的大南瓜摔在地上，表示新年开始。

日本人在旧岁钟声过后立即上床睡觉，如梦见飞鸟，来年如意；若梦见富士山，新年幸福。

新年初一黎明，朝鲜人把一些钱塞入事先扎好的稻草人身中，弃之于十字路口，这是驱邪接福的表示。

哥伦比亚的每条大街上都要做一个代表旧年的大玩偶，岁末午夜时分，玩偶被炸得分崩离析，以示辞旧。

澳大利亚人以伐木比赛来欢度新年。伐木不用锯而用斧，木头有横放与竖放之别，看谁能以最快的速度将木头砍断。

印度尼西亚人在新年时要作一番诚恳无比的自我批评，并请诸位多多原谅往年的过失。

过年时，印度有些地区的人们相拥大哭，以宣泄“岁月易逝，人生短暂”的内心感慨。

外国人放风筝

风筝是中国人发明的，这无可非议。它的历史可以追溯到两千多年前。据传战国时代的公输盘就曾将竹子削成鹊形，放飞天空。汉朝初年韩信也“割篾扎架，糊纸引线，乘风飞空”。风筝始称“纸鸢”。

风筝后来传到国外，还在日本、美国、加拿大等国进行载人实验，均取得成功。世界上第一架飞机的制造者莱特兄弟就是在风筝的启示下造出了飞机。

柬埔寨的风筝节原是佛教节日。到了近代，各乡村借放风筝祈求风调雨顺，五谷丰登。一种叫作“夜行灯”的风筝浪漫奇特，沾上油的布条被巧妙地拴在呈长方体或圆柱体的风筝肚内，放飞前点燃灯芯，远眺好似璀璨繁星。柬埔寨人有斗风筝的习俗，有两种斗法：一是在线上粘些碎玻璃，使出各类招数将自己的风筝线挂住对方的风筝线，巧施角力，线被割断者败北。另一斗法，在风筝顶端装个尖竹嘴，用它去啄破对方风筝上的纸翼。

泰国的风筝节在三四月间，每年要在曼谷大王宫边的王家田广场举行风筝比赛。他们国家的风筝造型除了传统的飞禽爬虫，如蝶、鹏、龙、蛇等，还见“红男绿女”在空中翩翩起舞，甚至还把“坦克”开上了天。一些形态丑陋无比的风筝横冲直撞，以博一粲。其中最为精彩的要数“朱拉”斗“巴宝”。“朱拉”呈五角星形，由4根竹子制成，高约2米。“巴宝”个子小些，由两根竹子制成，菱形的白布尾巴比筝身宽7～10倍。在震耳欲聋的鼓乐声助威下，上演一场“武士”斗“少女”的风筝戏。

中美洲危地马拉的玛雅人把风筝节定在11月1日。他们比试的标准很简单：飞得高，不相撞，降落时筝翼完好无损。放风筝是玛雅人表达情感的传媒，他们常在墓区放飞风筝，以寄托对亡灵的哀思。受清规戒律的束缚，玛雅男女平时不得随意交往，唯独风筝节那天破例，风筝便成了“月下老人”。

新西兰的毛利人放风筝不是为了娱乐，而是一种向四周邻里通报平安的手段。倘若风筝断线失踪，村里人立即会郑重其事地派遣“远征队”，千方百计要寻回丢失的风筝，以图吉利。

国外的生肖说法

中国古代以12种动物作为生肖计年，日本和朝鲜亦有与我国大致相同的生肖计年方法。越南人的12生肖动物中是以猫代兔的。印度人的12生肖动物为鼠、牛、狮、兔、龙、蛇、马、羊、猴、金翅鸟、狗、猪。据佛教典籍《阿婆缚纱》载：有12位神将各驾一兽，驰骋乾坤。

希腊、埃及等国的生肖碰巧亦是12种，它们是牡牛、山羊、狮子、驴、蟹、蛇、犬、鼠（埃及为猫）、鳄、红鹤、猿、鹰。

欧洲大多数国家的12生肖取之于星宿，12星座的名称分别为摩羯、宝瓶、双鱼、白羊、金牛、双子、巨蟹、狮子、室女、天秤、天蝎、人马。

缅甸人的生肖很独特，他们按出生日是星期几来决定自己的属相，而星期几的名称与星相很有关系。例如星期天叫日曜日，星期一叫月曜日……特别之处在于星期三，缅甸人把星期三分成上下两个半天，上午叫“水曜日”，下午则叫“罗睺曜日”。其中“罗睺”是古印度传说中的恶魔，抢夺太阳和月亮的光辉，制造出日、月食。正因为有了这8个“星相日”，才对应产生出缅甸的8种属相，它们分别是：星期一属虎，星期二属狮，星期三上午属象，星期三下午属无牙象，星期四属鼠，星期五属天竺鼠，星期六属龙，星期天属妙翅鸟。因此也就有了8个生肖。

入乡随俗的Don’t

在埃及，下午3点之后，商人就停止卖针，人们也不会上店买针。即便有人出大价钱，店主也丝毫不会动心。

在意大利买东西后，店主常常不找零钱，取而代之的是些小物品，如电话代用券、邮票、小相册、导游图等。

在希腊不能大摇大摆地设立三角架来尽情拍摄沿街景观，否则警察会找你麻烦。立三角架拍照须获得官署的准许。

给法国人赠花要慎重，千万不能选康乃馨，不然会挨骂，运气不好的还会挨揍。

冰岛人一般不收小费，他们视小费为一种“侮辱”。

在重要场合，英国人爱穿三件套式的西装，但不系有条纹图案的领带，因这会使人想起旧时军团或老式学校的制服领带。

到苏丹人家里参加晚宴时切记给主人带份礼物，但千万不能给主人的太太送礼物。

在秘鲁等一些南美国度，约会或做客不必受预定时间的束缚（除了看斗牛），迟到半小时在他们看来是极平常的事。

在南亚及中东一些国家不准用左手传递东西，除了上厕所。左手被认为是肮脏的。

在印度与泰国不允许用手抚摸小孩的头，否则小孩或家长就会翻脸的。在印度切忌把小孩放入浴盆洗澡，因盆水不流动，是“死水”。

在印度尼西亚夜出时绝不可吹口哨，当地居民认为口哨会引来四

处游荡的幽灵。

在欧美国家不要随便用手折断随风飘拂的柳枝，西方人认为这将要承受失恋的痛苦。

在赞比亚旅游时，不要随意把相机镜头对准女子或小孩，他们把陌生人的摄影看作是一种“耻辱”，甚至还会把你请进警察局。

拜年还是贺卡好

2003年临近岁末，校报编辑如以往几年一样，要我写些文字，以应时节。说实话，我觉得今年雅兴不足，因人不在“状态”，就像英语所说的：“I'm not quite myself.”写什么呢？于是想到这几天陆续给我想念的人发贺卡，也不断收到牵挂我的人寄来的贺卡，就贺卡随便聊聊吧。

现在的贺卡越印越精致，硬版、重彩、烫金、镂刻、凹凸，甚至还悬挂大红丝织小挂件，或夹带一张百元纪念大钞，但里面的贺词却是百年的套话、千年的陈词，诸如“新年快乐”“身体健康”“心想事成”“万事如意”“事业有成”“岁岁平安”“天天开心”。也有一些略显世俗，但很实惠，“恭喜发财”“生意兴隆”“财运亨通”等等。有的贺词似乎不愿多说话，三个字：“新年好”，一切尽显“好”字中。有一个朋友呈递的贺卡仅有五香豆腐干那么大小，全文如下：

Lu,

Hi!

Xiao X

12-03

惜墨如金，好像在发密电码。

有一张上级部门发来的贺卡有签名，无呼语，当然不能怪他，因为信封上已明明白白写了“××× 先生收”。再说，此君的祝福不薄，几个闪闪发光的斗大的烫金大字，签名是亲自的，不是秘书抽斗里的签名章。

更有甚者，一张弹眼落睛的大红烫金凹凸版贺卡，赫然挺着一幢

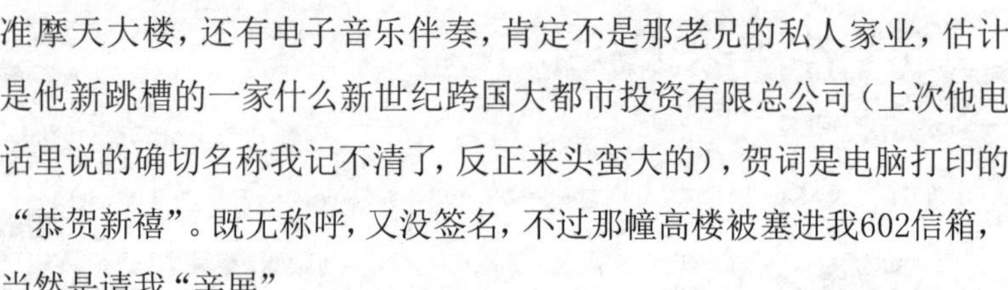

准摩天大楼，还有电子音乐伴奏，肯定不是那老兄的私人家业，估计是他新跳槽的一家什么新世纪跨国大都市投资有限总公司（上次他电话里说的确切名称我记不清了，反正来头蛮大的），贺词是电脑打印的"恭贺新禧"。既无称呼，又没签名，不过那幢高楼被塞进我602信箱，当然是请我"亲展"。

中国邮政贺年有奖明信片是贺卡百花园里的一朵奇葩，轻巧又便捷，边上一串阿拉伯数字老是吊着你的胃口，直到开奖。人有时"贪"得可爱，只要中奖，哪怕是一把牙刷或一块香皂，也会乐得哈哈大笑，富得滴油的腕儿们同样如此。因为中奖俗称"中彩"，这预示着福气或好运会来敲你家的门。鄙人每年也收到不少此类贺片，偶尔中过几回四方联生肖邮票（注：末等奖），从来没有中过一张像样一点的RMB，于是一年比一年更坚信"劳动致富"的真理。

今年的贺卡不如前几年多，以后会越来越少，因为祝福的方式已趋向无纸化。先是电话，从装电话无须托人走后门开始，除夕夜的贺年电话常常打爆。电话拜年略显急促、呆板、机械。有时还听不清，屋外的爆竹声震得小区里的狗儿们跟着乱叫，此刻你还必须马上冷静地回复几句类似的祝福语，像在对口令。如此语境，倒是英语方便得多，只要说"You too"。后来又时兴BP机拜年，拷台小姐因为大年夜的大忙特忙，常常被评为先进工作者。

今年的拜年进一步数字化或叫"手指化"，发E-mail或手机短信，这正合绿色环保主义者的胃口。无纸化通信方式使地球秃发的速度或许慢一些，但"五指化"贺年样式总好像少了点什么，比方开启信封的一阵欣喜，飘逸入鼻的一股墨香，触摸卡纸的一种手感，特别是亲书贺词的一团温暖，直冲心窝，尤其是精彩的、得体的或正中下怀的祝福。

"心想事成"固然是个大好的祝愿，但现实生活中像孙猴儿这般功夫的人有吗？"恭喜发财"听上去很悦耳，不过，股票套牢，彩券水漂，房贷催交（当然，今年工资加了不少），发财尚未实现，同志仍需努力。给新婚朋友许愿“早得贵子”，可人家的兴趣是吃哈根达斯、练瑜伽功，游黄金海岸，白领小两口是铁了心的丁克族。贺词实在难写，既要原创，又要因人而异，还要与时俱进。

即使在高科技时代，最讨巧的还是亲手绘制的贺卡，外国人最看重它。贺卡的由来可追溯至19世纪，那时的英国儿童在圣诞前常在洁白的小卡片上写些文字（包括新年的祝愿），加以美化装饰，以一种富有童趣的方式汇报学习成绩（包括字迹），以后便逐渐演变成现代意义的圣诞贺卡。其实，外国人的新年贺词也翻不出什么大花头，“Merry Christmas and Happy New Year!”似乎已成了一句顺口溜。不过，手绘的贺卡一直被人格外珍视，祝福者特别刻意用心，红红绿绿的色彩是要花时间一笔一笔抹上去的。眼下，个个都说忙，人人在喊累，朋友多，交际广，拜年如果不是粗放型，数字化，公文式，那肯定抵挡不住。

说来说去，拜年还是寄贺卡的好。我从小喜欢收藏小玩意，年复一年，各类贺卡大概也有近千封。等到变成老头时，坐在书房里，晚霞映照在布满皱纹的脸上，眯着老花眼，拨弄着这些时光的碎片，想必蛮有意思的。

创造更美好的城市公共空间

核心观点

这几年上海投入巨资，极大改善了公共设施的条件，公共空间的舒适度和便捷度明显提升。倘若人们在公共空间的行为更“规矩”一点，更少一些无约束的“自我”，从严治理各类乱象，充分体现尊重他人即尊重自己的“使所有人利益最大化”的原则，那城市生活一定会更美好。

空间语言在潜移默化中“习得”

谈到城市建设与管理离不开城市公共空间（public space）这一概念。上世纪50年代，英国社会学家查尔斯·马奇和美国政治哲学家汉娜·阿伦特分别在《私人和公共空间》和《人的条件》著述中将其作为特定专用词提出。城市公共空间的概念是特定社会政治、经济、文化背景下的产物。二战后，以美国为首的西方国家城市空间出现了深刻而快速的重构：一方面，由于大规模基础设施建设和城市中产阶层居住“郊区化”，城市呈现前所未有的空间膨胀和离散化趋势；另一方面，庞大的城市人口外迁以及不同阶层空间隔离的加剧引发了日益严重的社会分化和城市中心区域的衰败。在此背景下，城市公共空间成为市政机构及相关学科探讨城市问题乃至构筑环境与社会关系的平台。60年代初，这一概念逐渐渗入城市规划及设计学领域。70年代，“公共空间”被普遍接受并成为学术界探讨的对象。

1959年，美国人类学家霍尔的《无声的语言》出版，引起世界关注。他提出“空间行为学”（proxemics）的概念，定义为：“关于人们如何无意识地构造微观空间的研究，包括人们在处理日常事务时所保持的距离、房屋建筑的空间组织以至城镇的布局设计等。”“空间会说话”（Space speaks）的理念深刻影响着西方城市文明建设以及跨文化交际能力建设。人们的空间关系和领地要求在不同文化中有其特有的规矩和程序，空间语言是文化深层结构的一部分，它影响人们对外界的感知，左右他们的判断，决定他们的行为方式；反过来，一定的行为又反映一定的空间语言，传递关于空间语言的某种信息。空间语言未必借助有意识的“学习”而获得，而是在潜移默化中不知不觉地“习得”。因此，家庭、族群和社区的作用不容小觑。

公共空间具有人员流动性和交互性大的特征。当互不相识甚至毫无关联的群体活动于某一特定空间时，必然要有规则来管束彼此行为，旨在维持“公共秩序”。所谓的规则，即“行为规范”，在现实公共空间中，一种是显性的，如法律、条规、制度等，如公共场所禁止吸烟；另一种则是隐性的，被人们默默遵守，俗称“心灵契约”，如女士优先、行车礼让行人等。

基于此，公共空间是指城市承载和支持市民社会生活和活动的均衡共享空间，对享用者的权益有保障作用，对享用者的行为也有规约作用。它不仅仅局限于城市规划设计学所界定的建筑物之间的外部空间，还包括诸如商厦、影剧院、医院、办公楼、办公室、公园直至地铁、高铁、航空器、候车室、停车场、电梯等有公共行为发生的内部空间。城市生活的有序性和适宜性与市民在公共空间的行为方式密切相关。

提高公共空间的舒适度和便捷度

市民在公共空间所展示的文明素养，是城市形象的窗口。许多不文明行为会给城市形象抹黑，如公共场所大声喧哗、公共交通工具内抢座或进食、公共场所吸烟、乱闯红灯、抢占紧急通道、乱搭建、随意张贴小广告、广场舞过于喧闹等等。这几年上海投入巨资，极大改善了公共设施的条件，公共空间的舒适度和便捷度明显提升。倘若人们在公共空间的

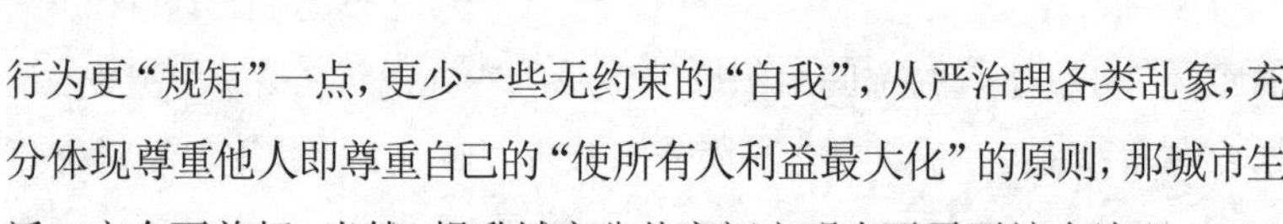

行为更“规矩”一点，更少一些无约束的“自我”，从严治理各类乱象，充分体现尊重他人即尊重自己的“使所有人利益最大化”的原则，那城市生活一定会更美好。当然，提升城市公共空间文明水平需要综合治理：

需要对市民进行长期而有针对性的宣传教育。在公共环境、公共秩序、公共交往、公共道德、公益活动等方面制定具体指标体系，定期对城市公共空间的文化行为和文明水平实施考评，即时监管，及时整改。

提升市民的“公共空间意识”。在考驾驶证、办房产证、入职入校教育、成人仪式、节事宣传等公共活动环节中强化此类教育，增设培训课程。从小事做起、从今天做起、从我做起。

在公共空间规划设计中遵循“典雅、得体、人性”的原则，提升愉悦感与亲和力。配置足量均衡的公厕、垃圾箱、哺乳室、儿童专区/专座、候车亭/室、自行车棚、残障设施等，在具象设计、制造工艺、材料、形状、色彩等方面体现水准和品位。

强化公共信息承载职能，提升城市环境亲和力与吸引力。在气象预报时增加各类涉及生活、生产的相关信息，如紫外线指数、出行指数、洗晒指数、水质水文状况、污染指数等，为人们提供便捷可靠、趋利避害的参考信息。

大力整治流动摊位，美化报亭、书摊、休息服务区等。精致、足量、均衡的小微公共服务布点不仅支撑和辅助快捷便利的城市生活，而且能大幅提升城市美誉度和吸引力,使其成为一道流动的风景线。

加大对公共空间行为学及管理科学的研究投入。尤其要对动态、静态、高峰态的人群密度以及人群密度的计算方式、密度的风险级别、高峰限流措施等进行考量和研究，对标国际参数与范例，推进科技管理方法，如用红外线、手机热点等实时监测现场人数人流状况，以“大喇叭大广播”+微信微博即时提示风险。

（载于《文汇报·文汇时评》2016年2月19日）

重塑公共空间规范

2014年12月31日23时35分许，游客市民聚集上海外滩迎接新年，黄浦区外滩陈毅广场进入和退出的人流对冲，致使有人摔倒，发生踩踏事件。如从公共空间行为的规约及管理的角度去审视此悲惨事件，不难看出上海作为国际大都市在空间文化行为方面显露出明显的短板：缺失如何识别可能出现的踩踏，从而避免危险的专题教育与培训（尤其是针对青少年学生）；没有通过组织者、公安人员（尤其是视野更高远的骑警）、障碍物或标志、扬声器等在现场及时发布可能发生踩踏事件的最早信息；此外，没有充分研究人流密度在静态、动态及超大客流量时的标准参数，以及节庆会场/现场的平均值等；缺乏最合理标准参数与管理调适的有效手段；更缺失人群密度的计算方法、密度的风险级别及预报机制等（有媒体称，据2009年外滩扩建的总工程师表示，外滩最多可以容纳30万人）。

城市公共空间乱象丛生

上海市民在公共空间所展示的文明素养，是上海城市形象的窗口，而市民的文明素养正是通过很多非语言交际的行为体现出来的。上海要建成全球城市，必须提升城市公共文明水平，许多不文明行为会给城市形象蒙上阴影，使域外来客产生不适感，而不得体的非语言交际行为和方式会降低城市的吸引力，如在公共场所大声喧哗，公共交通工具内抢座或进食，不按次序上下公交、地铁、电梯等，公共区域无适度体距感，公共场所吸烟、乱丢垃圾、随地吐痰、不按规矩排队、随意拍照、衣冠不整，车不让人、抢占行驶紧急通道、乱鸣喇叭、向车外扔物、无

遮盖运输车扬尘、乱停车，乱搭建、乱堆放、高空抛物、随意张贴“牛皮癣”小广告、随意晾晒衣被，广场舞过于喧闹等。

对市民进行长期而有针对性的宣传教育

上海要提高城市公共空间的文明水平和管理水准，需要对全体市民进行长期而有针对性的宣传教育，增强广大市民建设全球城市的责任感，使他们积极参与到世界城市和城市公共文明建设的各项活动中来。政府可以从公共环境、公共秩序、公共交往、公共道德、公益活动等方面制定具体指标体系，定期对城市公共空间的文化行为和文明水平实施考评，即时监管，及时整改。

提升市民的“公共空间意识”上海的“公共空间”更应具有面向多民族、多文化的开放性，成为兼容不同文化的公共空间。充分体现尊重他人即尊重自己的“使所有人利益最大化”的原则，以此来提高城市整体跨文化交际能力，在考驾驶证、办房产证、入职入校教育、成人仪式、节事宣传等环节中强化此类教育，增设培训课程。从小事做起、从今天做起、从我做起。

预留足量空间用作社区文娱活动空间

开发商为追求商业利润，在尽量提高容积率，实现更多可售商品房面积的同时，以景观式假山、喷泉等来营造社区，导致社区景观效果良好，但居民文娱活动空间不足，此类做法应受到制约。另一方面，开发商按照社区规划要求建设的社区文娱活动专有空间——小区会所或健身房在移交物业公司后，普遍出现商业性取代公益性的现象，被侵占的空间也应及时退还。

公共空间规划设计须提升宜居性与亲和性

在公共区域配置足量均衡的公厕、垃圾箱、哺乳室、儿童专区/专座、候车亭/室、自行车棚、残障设施等，在具象设计、制造工艺、材料、形状、色彩等方面体现出高水准、高品位。

改善噪声污染，营造“干净”“安静”的宜居环境，这是公共空间的重要质量指标。《广州市公园条例（草案）》（简称《草案修改稿》）对于在公园内开展健身、娱乐活动产生的噪声作出明确规定，噪声值超过80分贝的应立即采取措施减小音量，或停止使用扬声设备、乐器。事实上，城市的噪声污染不仅仅是广场舞造成的，乱鸣喇叭、在公共场所大声喧哗等都是噪声的来源。

完善相关信息沟通机制

传统意义的气象预报应进一步完善各类涉及生活和生产的相关预报，如紫外线指数、出行指数、旅游指数、洗晒指数、水质水文状况、污染指数等，依托大数据平台，以更系统更真实的方式，为人们提供便捷可靠、趋利避害的服务。

大力整治流动摊位，美化报亭、书摊、休息服务区

在纽约等大都市，小摊位均由相关机构统一设计布点。小摊之类是城市公共设施的重要组成部分，而高速公路休息服务区则对人们现代的快捷生活有着重要的支撑和辅助作用。包容多元文化，典雅美观的报亭、书摊，再加上足量均衡的小微公共服务布点能大幅提升城市跨文化交际的美誉度和吸引力，使其成为一道流动的风景线，极大地美化城市形象。

加快对公共空间行为及管理规范的建章立制进度

要对动态、静态、高峰态等时段的人群密度及其计算方式、密度风险级别、高峰限流的手段等进行科学研究，并设定国际通行的参数与标准。运用科技化、信息化手段，有效实施动态管理，如用红外线、手机热点等方法实时监测现场人数人流状况，以“大喇叭大广播”+微信微博及时提示风险。

（载于《社会科学报》2015年7月29日）

多余

清晨，小芳起床，刷牙，洗脸，梳头。其间，往脸、颈、头等感光地带抹点什么膏啊霜啊乳啊露啊。如此一番，心里踏实几分，抹上去的是美丽和自信。

大镜子旁的玻璃搁板上总是整整齐齐摆着高高矮矮、大大小小、胖胖瘦瘦、花花绿绿的瓶子，里面装着青春。有点儿像18世纪凡尔赛宫前五颜六色的列兵，星移斗转，他们齐刷刷的，纹丝不动。有太太或小姐的人家，少不了这些玻璃玩意儿。其实，大多数瓶子难得打开，不少瓶子从未打开。从曹杨新村挪到玫瑰苑再搬到梦多丽纳别墅，一个不落，尽管是多余的。

昂首跨进金碧辉煌的酒店，门前躺着一块大红地毯，上面赫然绣着“欢迎光临”。任凭千万双铁蹄日夜践踏直至磨平，它坚信它不多余，依旧，欢迎，欢迎，热烈欢迎。大堂小姐走上，“欢迎光临。几位？”语气机械，表情疲惫。那厮有点不耐烦，指指紧贴着他的胖太太说：“这不明摆着，两个。多问的。”……酒足，饭饱，茶空，烟飘。掏钱埋单。一账房先生模样的小姐轻声问道：“发票要吗？”那男的立刻回应：“多问的！我还等着中奖呢。”

小时候，常常因为忘记把衬衣塞进长裤而遭父母数落，玩伴讥笑。如今，内衣刻意长于外衣，见怪不怪，这余出的一段约等于一代。长长的牛仔裤卷起一道两寸的边，爷爷奶奶说别扭，不顺眼。新生代把这多余的卷边（有些上面还耷拉着“胡须”）诠释为时尚，尽管米兰时装发布会并未正式确认这一标识。瞬间，一传十，十传百，蔓延开来。流行不需要事先商量。

一本薄薄的算术课本必须搭上许多辅助教材（行文至此，突发奇想，这有点像阿拉伯的酋长必须配有许多妃子，这才光芒四射），诸如什么《一课一练》《同步课课练》《一周自测题》《期末冲刺题》《毕业预测题》《名校联考题》。于是，这门课变得至关重要，任课老师手握大棒，家长这才放心、开心。书包超重确保小胖无须节食吃药而瘦身成功。前小胖考进大学后，第一件要做的事就是把多余的书尽快清理掉。收旧货的阿毛发现很多书墨香依旧，甚至从未开启。他笑了，又把这些“妃子”悉数许配给了他的儿子，胖小。

赵老在正式发言前爱说一大堆他认为是必要的话，国际研讨会上也不例外。里面夹杂着“孤陋寡闻”“才疏学浅”“一孔之见”“一家之言”“不成熟”“不全面”等尽说自己差劲的话，目的是“抛砖引玉”。翻译直译为“cast a brick to attract jade”。见识多一点的翻译或许会借用英语中的一句“throw out a minnow to catch a whale”（用小鲦鱼钓大鲸鱼）。山姆大叔听了，眨眨蓝眼睛，说：“Very smart.”（够精明的。）

赵老写书，无论是巨著还是教参，总要在前言结尾处落下几笔“由于时间紧迫，水平有限，错误、疏漏或不当之处在所难免，恳请读者和同行不吝赐教”之类的客套话，它们无法走向国际。“时间紧迫”，那为什么要急着出版呢？“水平有限”，怎么吸引读者的眼球，吊起他们的胃口？“……在所难免”一类的话易被误为“遁辞”。

话得说回来，外国人讲话或写书时，多余的东西也不少。最令人难忘的是廉价的口惠“Thank you”，奥斯卡式的“谢谢”堪称典型。获奖演员上台领那小铜偶，满嘴的谢谢。老板最大，先要谢他。接着谢同事（包括编的、导的、拍的、剪的、画的、唱的、奏的、扛的、挑的，还有跑龙套的……）。没少了谢爸、妈、夫、妻、儿、女直至诸位亲朋好友。当然不能漏谢上帝，是他赐予运气。最要大声道谢的是捧场的观众，票房是

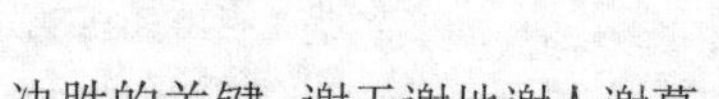

决胜的关键。谢天谢地谢人谢幕。

老外写书先要想好献给谁，并不是一心为了应付科研考核。献给爹或娘抑或爹和娘。献给身边的或心中的darling。献给儿子或闺女，直至还未投世的肚里宝贝疙瘩。

现代社会似有返璞归真，追寻人生真谛之趋势，崇尚简洁、简便、简约、简简单单，然而，多余的东西还在顽强挣扎（如过度包装、超常治疗、重复建设、多头管理）。中国人对“多余”嗤笑为“画蛇添足”，外国人讥讽为“gild the lily”（给百合花镀金）。

不过，仔细想想，“多余”的存在，即便仅是“多此一举”或“多此一句”，总有它的道理。有些是文化使然，有些是国情所迫，有些是思维定势，有些是秉性左右，还有些是被生意经逼出来的。比方，朋友给病中的我送上一篮精装什锦水果，购自医院小卖部，其中三个红色蛇果特别出挑，上面贴有五毛硬币大小的镀金黏纸，赫然印着“U.S.A.”。砰然心动，哇塞，美国的！一一剥开黏纸，只见两个洞，一个疤。亮丽的花花纸虽然多余，但又是必需或必然的。你实在奈何不得，只能Let it be.（让它去。）

歧视裁量进入“微时代”

2015年11月9日，美国密苏里大学校长提姆·乌尔夫在特别委员会会上表示将辞去校长一职，校董会对此表示同意。据了解，此次校长乌尔夫辞职是受密苏里大学种族矛盾的影响，并非本意。我对这条新闻非常敏感，因为我校与密苏里大学在2011年4月8日合作建立了孔子学院，李进校长率团赴美参加揭牌仪式，我时任副校长，参加了所有的庆典活动。记得当时还有师大的民乐团随行助兴献演，仪式当天上午，我校音乐学院民乐队代表与密苏里大学音乐学院代表联合举办了专场音乐会。我校民乐队优美纯真的中国民乐、高超美妙的演奏技巧，特别是那个唢呐的表演征服了现场的所有观众，在当地引起极大轰动。

风波起于9月12日。非洲裔的学生会主席佩顿·黑德在社交网站发帖，说自己多次在校园内遭白人学生侮辱。密苏里大学种族矛盾激化并非偶然，自2015年夏天以来，该校发生多起种族歧视事件，在学生中引发了不安情绪和零星示威。示威中，据称一位“明显醉酒”的白人学生闯入集会场地，使用种族歧视语言辱骂示威者，而学校负责安全的人员没有果断采取行动制止。8月，有白人学生涂抹象征纳粹的十字标记，引发非洲裔和犹太裔学生社团不满。10月10日，抗议学生扰乱庆祝秋季返校的庆典，并阻拦校长的汽车，乌尔夫并没有下车与学生交流，开车撞倒学生，学生指责乌尔夫麻木不仁，对其的不满不断增加。随后，乌尔夫道歉，承认“密苏里大学校园确实存在种族主义，令人不能接受”。但非洲裔学生对此并不买账，要求“采取更多行动”，随后学生的抗议持续了数周。后来非洲裔运动员的加入得到了教练和众多队友的支持。

学校体育部发表声明，支持学生运动员就当前紧迫议题采取行动的权利。8日晚，两个校园组织表示将在9日和10日罢课、罢工，支持学生的诉求。

11月7日，约30名非洲裔运动员在社交网络上发表声明，对校方处理种族歧视问题的方式不满，要求校长辞职。8日，乌尔夫发表声明，称校方正在考虑学生的要求，承诺明年4月之前出台方案，改善学校的多元化和包容氛围，但他本人拒绝辞职。

学生指责校长面对种族主义言行不作为，并举行各种抗议活动，要求他下台。不少学生在校园内静坐，一名学生甚至绝食抗议。学生还一度围堵乌尔夫的座驾。

乌尔夫现年57岁，2011年受聘为密苏里大学校长。他先前在软件公司任高管，并没有管理教育机构的经验。他的父亲曾在密苏里大学任教。

在这之前，乌尔夫几乎没有就应对校园内种族歧视言行发表声明或采取措施。即使当座驾被学生围堵时，他也拒绝下车与学生对话，直到由警察解围。

最终，乌尔夫9日宣布辞职。在电视直播的新闻发布会上，他说："我就这次（学生暴发的）不满承担全部责任，就面对所发生的事不作为承担全部责任。""变革不应该以这种方式到来，我们没有互相倾听。"沃尔夫说。他呼吁学生及教职工以他的辞职为契机，消除种族仇视。

乌尔夫宣布辞职后，学生爆发欢呼，校橄榄球队宣布恢复训练和比赛，那名绝食学生停止绝食。同一天，密苏里大学管理层开会并宣布，学校主校区哥伦比亚校区主管鲍恩·洛夫廷辞职，转任学校科研部门主管。校方还就"迟缓应对一系列不可接受的冒犯性事件"道歉，同时许诺3个月内重新商讨学生和教职工行为守则，并将设立"多元化、包容和平等"事务主管职位。

11月14日是该校橄榄球队与杨百翰大学的比赛，抗议活动给密苏里大学造成了很大影响。校长表示，根据相关协议，如果不参加14日的比赛，该校将向杨百翰大学赔偿100万美元损失，同时还将影响到门票收入，一些运动员的奖学金是由门票收入支付的。校园有传言说，校方可能将取消抗议学生的奖学金。密苏里大学是密西西比河以西第一所公立大学，该校的橄榄球队享有盛名，被称为“密苏里之虎”，1908年，全世界第一所新闻学院在密苏里大学落成。

这次抗议事件在密苏里引起很大关注，密苏里州州长杰伊·尼克松敦促校方解决校园中的种族关系紧张，支持校方与学生“共同应对”。大学所在地哥伦比亚市的一家报纸评论道：“在各个阶段，乌尔夫都有机会采取行动，改变校园文化，但是他都没有做到。”

从更大的社会背景来看，这反映了学生对大学校园中长期存在的种族歧视的不满，今年密苏里大学发生的多起种族歧视事件并非个例，在亚利桑那大学等其他学校也都发生过，此次抗议学生要求校方在接到种族歧视言论与行为的报告之后，更加迅速地回应。《纽约时报》早前评论说：“在年轻人中，种族关系紧张以一种新的方式存在着。”

近日翻阅报刊，看到美国加州大学举办了2014至2015学年教师领导培训课程，该培训由校长珍妮特·纳波利塔诺发起，旨在教老师们如何避免冒犯学生和同事们，以及更多样化地聘请教职员工。校长建议教师不要使用一些可能构成“微冒犯”（microaggression）的话语或行为，比如说“你英语说得很好”“你数学真棒”“世界上只有一个种族，那就是人类”“我觉得最有能力的人应该得到这份工作”等，因为这些可能构成“微冒犯”的用语，被认为是潜意识里“种族歧视”的例子。

“微冒犯”一词产生于1970年代，由当时哈佛大学心理学系教授切斯特·皮尔斯糅合micro和aggression两词而成，指在日常语言、肢体语言，或者其他环境中对特定对象存在有意或者无意的轻视、怠慢、诋毁和侮辱等负面影响。和普通的歧视行为不同的是，“微冒犯”没有很明显的攻击意味，大多是日常中的习惯用语或行为。很可能有时我们并没有意识到我们的言语和行为对别人造成了怎样的影响。

在培训中，受训者被建议要小心使用或不使用诸如“美国是一片充满机遇的土地”之类的说法，甚至不要设置只有“男”“女”两个选项的表格，“微冒犯”负面清单上的用语还有：

“只要努力，每个人都可以在这个社会中取得成功。”（理由：抹杀种族、性别的差异）

“你是哪里人或者你在哪里出生？”（理由：暗示“你不是真正的美国人”）

“当我看着你，我看不出你的肤色。”（理由：刻意忽略肤色和种族）

此外，最好不要对亚洲人说：“你的数学一定很好。”或是对有色皮肤的女性说：“真不敢相信你是一位科学家。”一些细微的动作也在此列，比如在街上看到黑人下意识地抓紧钱包，当有色皮肤的客人进商店购物，商店主人会跟随他们等等，因为这些都在某种程度上体现了种族或性别上的歧视。

施训者认为，这些用语或行为的使用具有针对性，它们可能会促进“精英的神话”，或者代表了一种认为“种族或性别对于在生活中取得成功并没有重要作用”的论调，还有一些用语则显示了对肤色的刻意忽略，白人刻意忽略种族之间的差别、强调平等，他们说“世界上只有一个种族，那就是人类”“美国是一个大熔炉”，这其实是另一种形式的种族歧视，因为他们眼中的“世界”其实只是他们自己，认为只有自己的生活方式才是正常和正确的。

培训材料另一个亮点在于一个奇怪的抉择：在密歇根州一项支持禁止大学招生中的种族偏好的投票决议中，最高法院却对此提出异议。这个事件在某种意义上表明，最高法院可能认为公开地支持种族中立的招生政策，其实也会构成一种微冒犯。在此我们可以看到一个奇怪的矛盾，一方面是捍卫人权、反对种族和性别歧视，另一方面则涉及言论自由的界限问题。“微冒犯”的提出似乎更多地考虑了不同人种、性别的情况，希望创造一个更为包容开放的环境，但是这样小心翼翼、字斟句酌地说话，又很难让我们联想起那个宣扬言论自由的美国。

校园里，从“政治正确”（politically correct）发展到如此精细的“微冒犯”理论，让很多教师感到不适。最近美国一位高校教师化名在新闻网站Vox上发表一篇长文大吐苦水，引起许多共鸣与争论。这位老师说，对于课堂上的一些敏感政治议题，一些“自由主义”学生强调教学材料带来“感情”上的伤害，而放弃积极参与课堂讨论。教师则害怕因此丢了教职，不得不更换教学材料。

针对身份的歧视是一个敏感的话题，但无意识的“微冒犯”是否有其合理性呢？在校园讨论中，如何“从心所欲不逾矩”，而非小心翼翼、生怕踩到言论雷区，仍然是个难题。

前几日我刚从美国密苏里大学讲学回来，那儿的中国老朋友说，在称呼黑人时，近几年连negro也不能用了。记得1978年上大学时，英语老师告诉我们“nigger”千万不能用，而“negro”是个中性词，无大碍。朋友说，现在甚至连“black people”“colored people”也要慎用，最保险的说法是“African American（非洲裔美国人）”。

怪不得奥马巴当总统后，媒体一改以前随意调侃总统的做派，哪怕是善意地来幽默一下，更不敢拿他的肤色或长相说事，生怕一不小心被指控“种族歧视”。

国内可没那么敏感、那么精致，在公交车上，常见“给老、弱、病、残、孕者让座”的提示语。给某一群体，特别是弱势群体标签化（labeling），看似出于礼貌，实际上也是一种“微冒犯”。在一次研讨会上，笔者提出了这个问题，引起有关方面的重视，后来改了，与国际接轨，说成：“给需求者让座。”（Offer seats to those who need help.）地铁、公

交车上设有专座，叫作“爱心专座”（Courtesy Seats）。在英语中，在使用“老、弱、病、残、孕”等词时，需格外小心，因其既涉及个人隐私，又影响他人尊严。以“残疾人”为例，他们很少用“the disabled/deformed people”，而用“the handicapped people”，甚至用更委婉的说法“the physically challenged/disadvantaged people”（体能上遇到挑战的人，体能上处于不利者）。

其他几个典型的词语，如：

the elderly people/the aged people（老年人），避用old

the relationship-challenged（孤独者），避用lonely

the financially challenged（经济不佳者），避用poor

a difficult woman（难于对付的女人），避用primadonna

a horizontally-challenged person（胖子），避用fat

a vertically challenged person（腿脚不便者）避用瘸子

a Domestic Incarceration Survivor（家庭妇女），避用housewife

the visually challenged（视觉受到挑战的人，即视障者）

这些用语超越障碍，立意积极，从20世纪80年代开始就流传开来，使“-challenged”一词成为表示残障人的PC（politically correct）用词。

我时常纳闷，汉语源远流长，博大精深，难道就想不出一些委婉的说法来称呼这类群体，使得他们活得更自在，更有尊严？

龙年谈龙

春节时，我收到康健街道党委书记赠送的一套龙年邮票，别具一格，堪称大礼。那天夜晚，上网碰巧看到一幕：

联合国掌门人潘基文破天荒在联合国网站的视频中，用清晰的中文说“恭贺新禧”，然后用英语说：“春节是亲朋好友欢聚的时刻，是万象更新的季节。龙年启示人们，我们拥有进行变革的活力和能量，让我们本着这种精神，在新的一年里扶危济贫，促进和平，构建我们企盼的未来。为了这个生机勃勃的龙年，我向你们致以最美好的祝愿！”贺词不长，几次提及“龙”。潘先生摸透了“龙的传人”的文化心理，龙腾盛世，吉祥无比。

当然，2012年的中国龙到底如何飞舞？媒体关注，全球瞩目。“龙抬头”“软着陆”是一些媒体的乐观预测。俄罗斯“新大陆”网站有篇文章的题目甚是来劲且露骨：“龙年与人民币腾飞”。韩国《东亚日报》称2012年是中国黑龙之年，据说生于此年的娃娃必定大富大贵。韩国人深谙中国生肖文化，原来龙的品种也是有讲究的。美国的媒体一向喜欢争辩，惯于标新立异，《大西洋月刊》网站总结2011年的中国为“始于虎妈，终于动车案件调查”。虎妈是美国人，但她的故事立刻让美国人更担心考试文化激发出的中国竞争力的威胁，他们揣测龙爷的2012比虎妈的2011更厉害。

从目前的资料看，传统春节兴于虞舜，至今已有4000多年。生肖文化一直为世人津津乐道，2012年更热，新版龙年邮票一问世，议论纷纷，莫衷一是。乍一瞅，此龙“张牙舞爪，凶猛威严”。不少人担忧是否

向世界传达了一个专横的中国形象，外国媒体不乏负面炒作，为“中国威胁论”推波助澜。其实，外形恒定不变的龙的形象已超过6500年！确实，我们在上中西文化比较课时，常引用龙（dragon）在西方神话中的描述：一只巨大的蜥蜴，长有翅膀，身上盖鳞，拖着长长的蛇尾，巨嘴喷火。在中世纪，“dragon”是罪恶的象征。圣经故事里同上帝作对的恶魔撒旦（Satan）被称为“the great dragon”。英语国家的人常把飞扬跋扈的女人叫作“dragon lady”，有点类似于汉语中里的“雌老虎”。因此，在翻译经济腾飞的亚洲“四小龙”时，很伤脑筋，于是转译成“four Asian tigers”（四只亚洲虎），规避文化误解，确立趋同认知。还有，东方卫视的“东方新闻”原先译为“Dragon News”，在好几次研讨会上，我建议纠正，这个英文名称听上去真是怪怪的，好像在现代国际大都市的媒体头上戴了一顶不得体的帽子，尽管心愿是“很民族”的。2011年终于改了，重新定名为“Primetime News”，直译是“黄金时段新闻”。假如直译成“Oriental News”，显然区域相对狭窄，不够大气。

龙是中国最具代表性的形象遗产，曹操说：“龙能大能小，能升能隐；大则兴云吞雾，小则隐介藏形；升则飞腾于宇宙之间，隐则潜伏于波涛之内。”一语道出了龙能屈能伸，纵横四海的外形和特质。这正是中华民族传统的视觉传达和内涵表征。

也有一些学者认为中国的龙不同于西方的龙，所以建议译成“long”或“loong”，硬性造一个字出来。其实大可不必，“dragon”在西方的概念是“想象中会飞的爬行动物”，足以涵盖中国龙了。问题是在不少人眼里，龙还是王权、皇族的特征，表示威严和力量。太硬朗，欠亲和。

然而，风水轮流转，最近几十年，龙在西方的口碑渐入佳境。德国畅销小说《骑龙士》中的火龙就是主人公的忠实战友。美国电影《骑龙高手》中的龙亲善可人。美国电影《花木兰》中的中国龙更是女主角的亲密伙伴。值得一提的是，热播15年之久的动画片《龙的故事》扎扎实实培养出两代中西方的“龙之友”。

美国的秃鹰，澳大利亚的袋鼠和鸸鹋，俄罗斯的双头鹰和北极熊，英国的狮子和约翰牛，法国的高卢雄鸡，日本的丹顶鹤和乌龟，还有以前奥匈帝国的多头鹰都被确定为国家或该国文化的象征，丝毫不会考量它们的长相到底如何，只要自己喜欢就行。

对龙文化的自省、自信和自觉决定了我们对龙的态度。宁可被人敬畏，不要被人怜爱，做人也好，立国也罢，古往今来，概莫如此。

生活不能马马虎虎

2014年为马年，而且是甲午马年，简称“午马年”，农历一甲子中的一个，60年一周期，六十甲子在我国夏代已有，十分难得。

甲午年纳音为砂中金命，统称“砂中金”，这是一种特别的意象，即2014年、2015年甲午乙未皆是，持续两个年份。若单论砂中金，必是两年的共同取象，故需刻意关注共象，即关联性，甚至因果关系。如以命理名著《三命通会》与《渊海子平》之类来解释，越听越糊涂。简而言之，“砂中金”，是一个期待提炼的金子，它遇火即开始提炼，但提炼时辰少许太过，恐有消融危机产生；同时，又有“置于死地而后生”的意象，所幸有未来之土替它挡火（通关用神）解救，泄火之气而生金。换言之，“砂中金”显示的是一个“去浊存清，虚惊而后成，先灾后福”的过程。

自古以来，国人对历法，尤其是特殊年份的探究和精算甚是费心耗神，但充满睿智和哲理，其实也是对世界和世道的理性触摸与感性交互。

无论如何，“甲午”一词总会勾起华人沉睡记忆中的1894海战，120年后的今天，依旧刻骨铭心，百感交集，然而，今非昔比，噩梦不再。

一般认为马年是个好年头。一朋友2月4日清晨发我短信说，“祝好梦‘马’上兑现”，并说那天立春，农历24节气之首，真正的马年就在此刻开始。言下之意，他的祝福最正宗：6点零3分15秒。奇怪，就他一位如此贺年。后来电视台播报某家产科医院此时降生一婴，号称“马年第一娃”，暗示初一至初四的马宝宝统统作废。马年何时起算，说法还不一呢。

此外，2月4日仅是岁首春，其实2014年还有一个立春：2015年2月4日11点59分27秒，仍在甲午年！为“年尾春”。

中国有较真者，外国人也没歇着。虽然人类一直认为自己是世上智力最为卓越的物种，但有时我们又会相信动物拥有人类全无的某些神奇力量，比如预报地震、天气等。美国有一古老传统，每年2月2日大批“崇拜者”集聚宾夕法尼亚的旁苏托尼小镇，目睹土拨鼠“菲尔”（Phil）的报春风采。冬眠苏醒的菲尔出洞看到自己的影子，就意味着冬天还将持续6个星期，如它在洞穴四周玩耍片刻，那表明春天的脚步越来越近。专家说土拨鼠“报春”准确率能达到39%。

此传统源自德国，每年2月2日为“圣烛节”，天主教徒在这天点燃蜡烛。若整天明媚晴好，预示冬天还要继续。如是云雨天气，则表明冬季即将收尾。德国移民定居宾州后，将这个传统带到美国，“报春”差事便移交美国“原住民”土拨鼠，鼠辈们恪尽职守已有126个年头。

加拿大也沿袭此传统，定在2月2日。但加拿大位于美国以北，纬度更高，所以春回大地时，必然先光顾美国再光临加拿大。

驱动于经济利益，“土拨鼠报春”眼下已沦为北美的热门旅游节目。美国不乏钻牛角尖的好事之徒，一些地方法院时常接到起诉菲尔报春失误失信的案子。我想，菲尔无辜，它是被绑架干这差事的，心里肯定嘀咕，“信我？你们还不如自己抛硬币！”

看好马年的理由多少还与我们话语体系中的“马词马语”搭界，绝大多数是好听的。亿万短信拜年，“万马”奔腾啊，刷刷刷，应有尽有，让“移动”“联通”的大佬们笑弯了腰；复制、粘贴、群发，无称呼语的马族贺词化作金圆，鼓起了原创段子操刀手的腰包。真是别出心裁，“马上发”替代了“恭喜发财”，“马上红”意味着“官运亨通”，“马上好”居然成了医生新年查房的口头禅，巧借谐音，简洁明了，正中下怀。

人类对节气天象的诠释，蕴含着一种对宇宙的理解，而人们辞旧

迎新的方式，代表着一种生活的态度。生活不仅仅是活着，在别人不经意中坚守梦想，敬畏规律，没想变成龙与凤，只想活在幸福中。真正的生活一定是追寻和体验生命真谛的过程，完整的生活理应包含灾难和挫折。相比时间长河，个体生命极其短暂。阿拉上海人将“日子”说成“日脚”，蛮有道理，“日”是长着脚的，跑得老快。王铮亮在元宵晚会与大萌子合作的那首歌《时间都去哪儿了》，唱得观众眼泪嗒嗒滴，感受正能量：珍重亲情，珍惜光阴。

宋代京城那个画家，随心所欲，画好虎头又添马身。非虎非马，他把那幅“马马虎虎”的画挂在厅堂，好生糊涂啊！不久，大儿子野外狩猎，把人家的马当虎射死，赔了大钱。小儿子外出遇虎，以为是马想去骑，被虎咬死。画家悲痛欲绝，烧了画作，赋诗自责：“马虎图，马虎图，似马又似虎，长子依图射死马，次子依图喂了虎。草堂焚毁马虎图，奉劝诸君莫学吾。”

当代人对生活越来越讲究，渴望高品质、有期待的好生活，而且喜欢攀比，然而，比的不是谁家的车豪华，谁家的房气派，而是比谁家的河水清，谁家的空气新。有感于此，我给朋友的新年祝愿是：生活不能马马虎虎。

羊年的争议

令人愕然的是“抢红包”居然搅乱了羊年的主题，从“小众试水”到“亿人狂欢”，除夕微信红包收发量是去年同期的210倍！年三十，微信红包收发总量达10.1亿次，QQ红包收发6.37亿个，1.54亿人参与争抢；支付宝红包收发总量达2.4亿个，总金额飙升到40亿元。手机死死地绑住了人们的手脚脑，埋头机屏，互不搭理，抢丢了“三阳（羊）开泰，祥（羊）和团圆”——这一羊年最大的年味。更令人伤心的是，在孩子们看来，抢来的红包比长辈们给的更带劲。

倒是老外对中国羊年的兴趣变得越发浓烈，足见中华文化挺进世界的步伐。英国首相卡梅伦2月23日晚在首相府举办招待会，邀请200多名当地华人共度中国农历新年。大年初一，查尔斯王储偕夫人来到唐人街，与华人共迎羊年到来。女王的长孙威廉王子还通过视频发表贺词，“大家好”，以中文开头，结尾又用中文说：“祝你们春节快乐，羊年大吉。”英国媒体称，这让中国人感到亲切，顿时轰动社交网。初四，伦敦地标性场所——特拉法加广场，人头攒动，50万人参加春节盛大庆典。花车巡游，舞龙舞狮，歌舞献演……好不热闹。羊年来临，英国皇家铸币厂动足脑筋，发行具有中国元素和英伦特色的纪念币，一面是约克郡黑面羊，另一面为女王伊丽莎白二世的标准头像，设计巧妙，夺人眼球。面值最小的2英镑银币售价为82.5英镑，面值500英镑的金币售价高达7500英镑。

身为亚洲人的联合国秘书长潘基文更能体会春节对中国人的重要性，每年都会提前录制视频贺辞并不忘展示自己的中文能力。加拿大

总理哈珀在视频开始时竟以不太流利的粤语道贺“恭喜发财”。美国总统奥巴马在贺词中说：“我一直记得，在夏威夷长大时看到的农历新年游行和烟火。”法国总统奥朗德强调，农历新年在法国的影响力不断增强，庆祝春节已成为法国文化传统的一部分。

中国人过“羊”年时，根本不会考虑这头“羊”是指绵羊还是山羊。然而，这个问题却让老外伤透脑筋。不少英美媒体说，实在搞不清楚中国的羊年，是公羊年（ram），还是绵羊年（sheep），或是山羊年（goat），甚至还是羚羊年（gazelle）？英国曼彻斯特有人写了一篇文章“Chinese New Year Manchester's:Is it the Year of the Ram /Sheep or Goat?”（《曼彻斯特的中国春节：哪一种羊的年？》）这类疑问在伯明翰（Birmingham）也出现了。问题不囿于英国，美国CNN网站同样抛出这个问题。后来，《华尔街日报》（The Wall Street Journal）认定是goat，但是《今日美国》（USA Today）却不买账，觉得应该是sheep。

对于这个问题，威廉王子有自己的见解，他的羊年祝福，就用sheep。奥巴马总统比较圆通，在给全球华人拜年时说：“不管你是过公羊年、山羊年还是绵羊年，愿我们都尽一己之力向前迈进。祝大家新年快乐。”

新西兰是“羊的国度”，春节前夕，南半球的奥连特湾让山羊和绵羊一起登场，故意回避这道“世界难题”。

打破砂锅问到底，不少外国人开始研究起来。有人说，既可能是绵羊，也可能是山羊，但汉族人养山羊的更多一些，所以是山羊。也有人讲，生肖源于中国古代的祭祀行为，不过古书里本来就没区分绵羊和山羊。

有老外探究了中国的地域分布，结论是北方草原的绵羊为多，所以北方的生肖应是绵羊；南方多见山羊，因此，南方的生肖该是山羊。这至少排除了有角大公羊ram。自恃更“古董”一点的人说，瞅一眼圆明园的兽首，明摆着是山羊。当然，不少老外点赞绵羊，它代表着温顺，中国人就这种性格。

众说纷纭，莫衷一是，《纽约时报》(New York Times)采用一个自以为聪明的译法“ruminants horned animal”——有角反刍动物。中国网友讥讽，别人只是分不清“羊”，堂堂的《纽约时报》连“羊”和“牛”都搞不清了。

我有个朋友批评英语本身在造词上出现了失误：“为什么国外的羊没有一个统称呢？比如dog（狗）是所有种类狗的统称。”其实他有所不知，sheep还有一个用法，就是统称“羊”，而且是个“集合名词”，没有复数，如a flock of sheep（一群羊）。外国人关于“狗”的词也有许多，很讲究的，母狗就叫“bitch”。汉语中的“雌老虎”有时意指“泼妇”，翻成英语，必须调包为bitch，不然，英美人会不知所云。

到底是否值得探究羊年为何“羊”？有人爱较真；有人认为无厘头，不是吗，狗年是京巴狗还是拉萨犬？牛年是水牛还是黄牛？虎年是东北虎还是华南虎？

遗憾的是，极少有老外考证羊年的“羊”字，他们玩的只是表层的东西。文字是文化的载体，了解并认同中华文化，脱离汉字，不得要义。

按照《说文解字》的讲法，“羊”，祥也。此字象征和表达的是像羊的头、角、足、尾的形状。孔子曾曰：“牛羊之字以形举也。”历史上很长一段时间内，“羊”与“祥”相通，乃“吉祥”之义。古人祭祀往往把羊放置神位之旁，寓意鬼神赐予的吉祥之物。在“祥”字出现之前，“羊”字含义有两个，既表示一种牲畜，又意为鬼神所赐之“吉祥”。于是有大量汉字以“羊”做偏旁，且并非完全脱离“羊”字的原本内涵，大多含双重意蕴，即美味和道德。比如“美”字，“美，甘也。从羊从大，羊在六畜主给膳也”。也就是说，后人认为“美”字之所以用“羊”和“大”组合成字，主要是因为在先古时羊表示“味美”。为什么要再加个“大”字呢？依照《说文解字注》所释，古人认为，“羊大则肥美”。

同样道理，汉字“羞”表示用手拿着羊，进献美味佳肴的动作。无论“美”，还是“羞”，先民正是源于对羊的美味之感，才在造字过程中，把“羊”拿捏得恰到好处。再看看“善”字，“羊”也是崇高人格的象征。在众多寓意为“美”的字中，“羊”为核心所在。

我总觉得，汉英对话与携手，一些传译难题便可迎刃而解。如中国的小孩常会问“这是好人还是坏人”之类的问题，在英语中，就可借助绵羊与山羊，前者为“好人”，后者为“坏人”，这一划分最初来自《圣经》中的最后审判：世界末日降临之际，上帝把万民分成两群，犹如牧羊人从山羊中把绵羊分出来一样，绵羊赶向右边，山羊驱往左面。右边的人将得到上帝的祝福往永生而去，左面的人将遭受狱火的焚烧朝永刑而走。

在《圣经》里上帝把他的臣民称为绵羊，耶稣是牧人，教诲信徒，牧人找到一只迷途的羔羊（a lost lamb）所得到的欢喜比他拥有那些没有迷路的九十九头羊的欢喜还要大。lost lamb就是我们常说的“迷茫的孩子和疏忽的大人”中的前者。

还有，上帝为了考验信徒亚伯拉罕的忠诚，叫他杀死长子祭奠，亚伯拉罕毫不犹豫举刀就要砍，上帝派天使予以制止，让他用一头山羊代替，这就是历史上第一头“替罪羊”（scapegoat）。

说来也冤，goat还背负着另一恶名“色鬼”，这就是国产的“山羊牌”闹钟在西方市场遭遇冷落的原因，它不符合当地消费者，尤其是女性顾客的文化心理。

猴年断想

在中国传统文化中，生肖是很出彩的民俗文化符号。我们除了有身份证表明生于何时，籍贯指向祖宗来自何方，每位国人还有一个动物作为形象化代表，外国人很是诧异和羡慕。

据说，猴子与老虎是邻居，互相称兄道弟，虎王外出时，猴子便代行镇山之令。一次老虎不幸落入猎人套网，是猴子帮忙解围的。后来玉帝选生肖，百兽之王当选毫无悬念。猴子也想入围，虎欠猴情，只好倾力向玉帝推荐，猴子方才入列。下午3—5时（即“申时”），猴儿们叫得最欢，声长音亮，故命猴子掌管申时。

猴子有很多故事和传说，但有一桩奇事是真真切切的。1980年（庚申年）2月15日我国发行的第一套生肖邮票的首张猴票居然成了发财奇货。图案是由著名画家黄永玉绘制的金丝猴，采用影写版与雕刻版混合套印的方式印制，尺寸为26毫米×31毫米，齿孔11.5度，一版80张（8×10），实际发行量仅为320万至360万枚。当年黄老答应绘制仅是为了纪念刚刚逝去的爱宠小猴，有谁料到，这枚小小的猴票却开启了不可思议的邮票神话，令邮市风生水起，让邮迷神魂颠倒。如今单枚成交价超过万元，大版票估值高达150万元。我有一个朋友，手头握有数目不详的四方联首轮猴票，在房价畸形膨胀时，他忍痛换成现金，从容应对，方显悟空之本色。

2016年1月5日第四轮生肖邮票的开篇之作，“丙申年”猴票正式发售，这也是黄永玉时隔36年再度执笔。一套两枚，第一图，猴子手托寿桃，笑容可掬，活泼可爱，生动传神。据知情人透露，初稿上的猴掌画反了，是后来纠正的。人猴相通，这才看得如此细致。第二图，一只金猴抱着两只橘色小猴，寓意阖家团圆、亲情珍贵。起初中国邮政建议画一只大猴抱着一只小猴，黄老说现在二孩政策放开了，于是就画了一只母猴双拥二子，落实中央政策毫无含糊。生肖邮票是邮政界的一大奇葩，除中国外，还有70多个国家在春节期间发行生肖邮票，以此祝福中国新年。

康健社区党工委书记张学富一如既往，自掏腰包，给我们社区每位人大代表送了一套今年的猴票，说是要大家学习孙悟空百折不挠、奋勇向前的精神，做好各项工作。猴票传递的鼓励听上去很有文化，心里暖洋洋的。

猴子身手不凡，我打小就爱看猴子把戏。中国历史上耍猴杂技很早就出现了。

猴子作为人类近亲，为我们做出重大牺牲。本世纪初SARS肆虐全球，为研制抗病毒疫苗，猴兄猴弟慷慨献身，中国医学科学院实验动物研究所为此特立一块慰灵碑，以示纪念。

“猴”字也讨好口彩，原本即“候”，也同“侯”。“候”原义为“伺望，观察”，是猴性机敏的表现。古人曰，猴，候也；见人设食伏机，则凭高四望，善于候者也。《韩诗》释义：“侯，美也。”转引为古代贵族爵位之二等，“公、侯、伯、子、男”中的“侯爵”，秦汉时代，封侯拜将。于是，就出现猴子攀爬枫树挂印的图景，取“封侯挂印”之意；若一只猴子跨骑马背，便得“马上封侯”之意；两只猴子同坐一棵松树，或一只猴子骑在另一只猴的背上，寓意“辈辈封侯”。

小时候，我特别喜欢明代文学家吴承恩创作的《西游记》中齐天大圣孙悟空这一形象：天地造化、叛逆反抗，火眼金睛、识别真伪，驱魔除怪，无所不能。一代伟人毛泽东据此吟出了“金猴奋起千钧棒，玉宇澄清万里埃”的名句。在猴文化的形成与发展中，成语、谚语、歇后语甚多，如成语“朝三暮四”“沐猴而冠”“心猿意马”等；谚语“杀鸡给猴看”“山中无老虎，猴子称大王”等；歇后语“猴子爬树——拿手戏”“猴子看果园——越看越少”等。西方人对猴子的看法与我们差不多，但偏向于它的缺点，如to monkey around（鬼混，胡闹）；monkey business（胡闹，骗人的把戏，恶作剧）；to make a monkey out of someone[（口语）使某人出丑，耍弄（或愚弄，戏弄，嘲弄）某人]。

人猴到底什么关系？小孩、大人都感兴趣。在美国，40%的人不相信进化论，而坚持认为上帝造万物。英国生物学家、科学哲学家理查德·道金斯2013年推出力作《地球上最伟大的表演：进化的证据》，向怀疑者发起“知识的进攻”。有人质问道金斯：“你老说什么进化是一个事实，可事实在哪儿？如果一只猴子能够生出一个人类婴儿，我就相信进化论。”还有人质疑，如果人是从黑猩猩进化来的，那自然界为何还存在着黑猩猩这个物种，而不是消失殆尽？道金斯的回答是：人不是起源于猴子，我们只是和猴子有着共同的祖先。而我们和任何其他一个物种都有一个共同的祖先。我们与猴子的共祖恰好看上去更像猴子，而不像人。如果在2500万年前见到它，我们确实可能会叫它“猴子”。

有学者从跨文化交际学关注的身势语出发，发现人有不少动作类似猴子，如挠痒、相拥等。特别有不少人，尤其是西方政治家，如小布什，在和人握手之后，喜欢拍拍对方的臂膀，特像猴子的习惯动作。还有，在2007年的圣彼得堡八国峰会上，美国总统布什突然走到德国总理默克尔身后，把双手放在她的双肩上按摩。毫无心理准备的默克尔肩膀一缩，举起双手意图挣脱，布什方才讪讪走开，满脸尴尬。这段5秒钟的视频顿时在网上炸开了锅，有媒体也将这一举动与进化不彻底挂上了钩。

猴年断断续续想到这些，最后分享一个我的梦想，以前在申迪公司的研讨会上曾说过。生肖中的猴子令人瞩目，但悟空文化的开发不尽如

人意，基本停留在460年前小说中，或止步于影视和舞台。而美国人却把唐老鸭和米老鼠，还有什么狮子王整成一个恢宏壮观、人见人爱、长盛不衰的迪士尼大杂烩文化，甚至还推销到我们家门口。齐天大圣沦为配角在迪士尼乐园陪着玩？！我们期待孙悟空唱主角的乐园有朝一日开张，甚至走出国门。在迪士尼收益中，60%源于园内的二次消费，如酒店、餐饮、礼品等。如何启动游客一次消费，由此带动二次消费，以致回头再消费，关键是在消费者内心建立文化认同感和亲切感，感受到虚拟人物的现实存在，这可要靠真本事，下大功夫的。光有剧本还远远不够，绘制至关重要，像《狮子王》这样让画师在非洲耗时数年的案例比比皆是，追求的是人兽融合，自然逼真。无论是迪士尼还是梦工厂，从故事草稿到终稿，再到灯光、皮毛感设计等，迪士尼画师们为了一个镜头可能要折腾出一堆草图，一组镜头的样稿或许堆满几个房间。所以，对拟人化乐园的投资就是一个天文数字。

刨根问底

肥皂剧

久违的电视连续剧《成长的烦恼》的续集又在上海电视台八频道晚间黄金时段播出。

此剧以诙谐夸张的手法活脱脱地展现了一个典型的美国中产阶级家庭的生活。没完没了却又似乎合情合理的节外生枝、充满美利坚情趣的黑色幽默、恰到好处的插科打诨不时地撩拨着观众的"笑神经"。在会意的笑声中，人们领略的是当今美国人生活中的甜酸苦辣及种种社会问题。

美国人称此类剧目为"肥皂剧"（soap opera），亦有人戏谑地叫它"肥皂泡"（suds）。其实并非剧中的笑料不堪一"吹"，而是这类戏最先是由肥皂商的广告赞助的，遂生此名。

在美国，肥皂剧总是在每天下午（非黄金时段）的商业节目中穿插播出，每周五次。剧情的展开大都以某一家庭为中心，不是刻意描绘人物的性格或追求剧情的逻辑性与连贯性，而是以情节的奇异和发噱来吸引观众，且一般都以惩恶扬善为其结局。品位不属上乘，收视率却颇高。

其实，肥皂剧并非电视最先所有，早在无线电收音机发明后不久，美国就出现了由肥皂商们赞助的广播剧。20世纪30年代中期，美国电台就曾播出过40多部肥皂广播剧。其中有一部名曰《珀金斯妈妈》的广播剧从30年代一直播到60年代，最后收尾之时离"三十大寿"只差一丁点儿。

肥皂电视剧始于20世纪40年代末，不多时即演变为"多年生"剧种。春夏秋冬，四季常青。其中不乏脍炙人口的“肥皂泡”，它们折射出大千世界的斑斓色彩，如《指路明灯》《听其自然》《只活一次》《别样的世界》《医生们》《我们的日子》等。

随着时事与时尚的变迁，冗长的肥皂剧须不断地更新和补充，因此常常是现编现演或边演边编，说的是今天的事，打动的是当代的人。剧中人与观众在笑声中一起长大或变老。

“灰狗”的来历

美国的长途公共汽车为何好好的名儿不取，却偏偏俗称为“灰狗”。

1914年一个叫卡尔·魏克曼的瑞典人在美国明尼苏达州创办了长途汽车客运业务，行程仅4公里，一次载客限7人，接送的是从希宾到艾利斯的上下班矿工。

1915年运输线延伸至该州的德卡思，行程为90公里。因乘客骤增，魏克曼只得将车身加长。为减少路面飞扬尘土对车子外壳的影响，他索性把车身漆成灰色。一小客栈老板讥笑这种怪模怪样的客车为“飞奔的灵狗”（俗称“灰狗”，Greyhound），魏克曼闻后不但不生气，反而突发灵感，在车身的一侧写下“请乘灰狗”的字样，在车身的另一侧画上一条躯体精瘦、四腿修长、目光犀利的飞奔灰狗。他的公司也随之更名为“灰狗汽车公司”（Greyhound Bus Service），生意逐渐红火起来。

今天，灰狗长途汽车网络遍布全美各州，快捷、灵活、便宜、舒适的客运服务令各国旅游者赞叹不已。上世纪80年代末，在美国留学期间，我和妻子及女儿曾乘坐灰狗去美国东部游览，车身上画着的那条栩栩如生的灰狗至今还印刻在脑海中。

将错就错的“跳蚤市场”

“跳蚤市场”（flea market）是舶来语，究其来源，实际上与跳蚤毫无关联。

在荷兰殖民时期，美国纽约市曼哈顿的少女巷（Maiden Lane）有一远近闻名的露天市场，专营旧货，尤其是那些廉价古玩，名曰Vallie（Valley） Market，或许是由于该市场位于那条巷子的低凹处而得此名。不知怎么的，这一名称渐渐被人误读成Vile（无价值的）Market，最后竟又演化成Flea Market。将错就错的“跳蚤市场”却使跳蚤上了招牌，名声从此大振。这也迎合了美国人的一个习惯，将家里不需要的零星什物拿到跳蚤市场上去出售，当然价格不贵，意在分享多余的宝贝，而非真正的生意经。有的卖主等了好长时间，也没做成一笔生意，好像也是一种消磨时间（kill the time）的活法。

得救于钟声

上海人常戏谑地把那些疯疯颠颠或不明事理的人叫作“13点”。据说，这一数码式的诨号是有所依据的，因为自鸣钟至多敲12下，不可能在13点敲13下，除非钟本身出了什么毛病。不过，在英国历史上，有一尊大钟确确实实是敲过13下的。

17世纪末，英国温莎城堡的一个警卫被控某日上夜岗时偷偷睡觉，但他矢口否认，并称那天半夜光景听到伦敦圣保罗大教堂的自鸣大钟打过13下。军事法庭怎么会轻信这等奇闻。再者，温莎堡离伦敦约摸20英里，钟声不大可能传到那么远。贪睡的警卫犯了渎职罪又加造谣罪，被判死刑。

不料，此犯在押等待行刑期间，有不少伦敦市民挺身而出，作证那日的夜半钟声真是响过13下。警卫因此捡回了一条性命。

打那以后，英语又添一新俗语：“Saved by the bell.”（得救于钟声。）“bell”又解“铃声”。这一说法用在某些特定场境中十分讨巧，如教师提问，被叫的学生卡壳，正好此时下课钟（铃）响起，张口结舌的学子合法地闻“声”而逃。

又如拳击赛中，就在跌跌撞撞的甲方即将领教乙方那致命一拳的节骨眼上，结束一个回合的钟（铃）刚巧打响！

“盐”外之意

在古时，盐是珍稀之物，打翻盐罐或其他装盐的器皿，被视作极其倒霉的“事故”。

除了调味与防腐，犹太人、希腊人、罗马人等还用盐来祭祀，因为盐是圣洁的象征，如罗马天主教徒将盐放入圣水中，作洗礼之用。搬迁新居前，人们常把盐撒在门槛上。还有人把盐撒进棺柩内或放在举行过葬仪的地面上，祛魔避邪。在希伯来人的祭献仪式上，所有的祭品都要用盐调和，以示神圣。

由于盐是“友谊、好客”的表征，大家在一起吃一点盐，就表示联络感情、“情同手足”的意思，像分享面包一样。在古希腊，欢迎客人的方法常是在他（她）的右手掌上放一小把盐。这些古老的习俗至今还依稀可见，在有些国家迎接嘉宾时，主人向客人递上面包和盐，客人会掰下一小块面包，蘸一点儿盐吃下。

盐还象征说话算数，没有东西能“破坏”它的味道。怪不得在一些东方国家里，人们当着陌生人的面拿出一小把盐，以示友善的或保证的姿态。

英国的王公贵族及富裕人家把盐装在一个十分精致美观的银质罐内，按当时的宴礼，盐罐置于长方桌中央。所谓的“上席”是指离盐罐最近的位子，在主人的旁边，即坐在盐罐的上首（above the salt）。而普通客人及主人的眷属则坐在距盐罐较远处，即盐罐的下首（below the salt），我们叫“下席”。

中国人的工资俗称“薪水”。据说，因从前无煤气、自来水之类，不少人家花钱雇人打柴汲水，故得此名。英美人把工资叫作“salary”，其实，此词源于拉丁文。古罗马时的盐异常稀罕，王室特向士兵和官员发一笔津贴，用于购盐，这钱称“salarium”。

中国人在卖老时，常会蹦出一句“我吃的盐比你吃的饭还要多呢！”此处的“盐”大概指的是一种不平凡的生活经历。

在西方人的眼里，盐的价值还不止这些，盐甚至还可用来指“社会中坚”（the salt of the earth），直译“世上的盐”。据传，此说法出自耶稣在山上对其门徒的训导——“你们是‘世上的盐’，盐若失了味，怎能叫它再咸呢？”后来，“the salt of the earth”就变成了国际性成语，在喻指“最优秀的人”“最高尚的人”“精英”等时，诸多的西方语言都会不约而同地引用这一盐的特殊表达法。若贬低或轻视一个人，英语国家的人会说：“He's not worth his salt.”意为：“他这人不值得付他那种报酬。”即“酬”高于了他的“劳”或“能”。

领带源于战场

畅销中国的《新概念英语》中有一句话："男人的领带永远不会嫌多。"（A man can never have too many ties.）由此可见男士们对领带图案及色彩的追逐心态：喜新不厌旧，多多益善。

领带的雏形可追溯到公元1660年为法兰西国王路易十四服役的克罗地亚雇佣军普遍使用的一种红布披肩，其肩幅宽阔，缀有花边，系在胸前打结。当时人们称之为"克罗瓦达"，后来又改叫"克尔巴达"。

1692年，法国军队与荷兰军队交战时将它的肩幅缩为窄长状，且做得硬挺，戴在脖子上作为辨别敌我的标志。

没多久，英国军队又把原始的领带与军礼服配套。之后，达官显贵、名流大亨们开始把领带当作装饰物与西装相配，并以此作为区别地位高低的标志和社交礼仪的象征。

父亲节

1909年5月的一天，位于华盛顿州西部的斯波坎市教堂里正在举行一年一度的母亲节庆典，但一位来自农村的姑娘（即后来的约翰·布鲁斯·多德夫人）的脑海里不时浮现出她父亲的慈祥笑容。原来姑娘的母亲早年谢世，是父亲含辛茹苦将她及5个弟弟抚养成人。对大海般深沉的父爱的报恩之心激励着她四处奔波，呼吁公众设立父亲节。

经过一年的不懈努力，在当地牧师协会与青年基督教协会的支持下，1910年6月19日（接近她父亲生日的一个星期天）斯波坎市首次举行父亲节庆典。州长与市长签署公文，规定每年6月的第三个星期天为华盛顿州的父亲节。这位姑娘还提议给父亲们送节日贺卡、礼物和红玫瑰，而那些父亲已过世的后辈们则佩戴白玫瑰，以示怀念。

受华盛顿州的影响，有些州也设立了自己的父亲节，但日期各不相同。有些地方用蒲公英作为父亲节的标志；有些地方则以衬有一片绿叶的白丁香作为父亲节的象征。

1924年第30届总统卡尔文·柯立芝建议设立全国统一的父亲节。1972年第37届总统理查德·尼克松签署了国会两院的提案，正式规定每年6月的第三个星期天为全国统一的父亲节。每年这一天纽约市都要举行授奖仪式，宣布当年的“美国父亲”，并表彰一批在社会工作、文化教育、家庭生活方面表现出色的“楷模父亲”。

有些爱抽烟的父亲（包括已离婚的）在这天常会意外地收到子女们赠送的雪茄烟。

源于美国的父亲节现已遍及世界许多国家和地区。

圣诞树的传说

圣诞树是圣诞节的象征。1950年在华盛顿的西雅图商业中心设置的那棵圣诞树至今仍为世界之最，它的高度是67米。关于圣诞树的来历有许多美好的传说。

譬如，在一个飞扬着鹅毛般大雪的圣诞之夜，有个饥寒交迫的男孩露宿荒野时巧遇心地善良的农夫，被带回家，在融融炉火旁度过了一个愉悦的圣诞夜。为感激农夫，孩子临行前折了一根杉树枝插在地上，顷刻它就变成一株小杉树。男孩向农夫祝福道："从今后，每年此夜礼物将挂满枝头。留下此树，报答您的善心。"

还有一种说法是圣诞树源于德国，在美国独立战争期间由雇佣兵引进了美洲大陆。据传，一天夜晚，宗教改革家马丁·路德穿越森林回家时，仰望苍穹，顿感璀璨群星似乎与茫茫树林融为一体，他联想起当上帝的天使出现在伯利恒山坡上的牧羊人面前，就是这么个夜晚。为和家人分享这一美景，他砍了一棵小冷杉树，把它安放在客厅里并插上许多蜡烛代表星星。

圣诞树原本是信仰的化身和自然美的再现，但时至今日它也被"工业化"了。为保护自然绿化，西方有80%的圣诞树是人造的，逼真有趣，很受大众的欢迎。一是价格低廉；二是观赏周期长；三是可根据居室大小及个人喜好限时定做。例如有一种圣诞树，一按电钮，它的松针便纷纷落下。有些圣诞树被染上斑斑白色，犹如挺立在皑皑白雪之中。

人们常在圣诞树上挂些小礼物，如玩具、木偶、薄荷味的红白条纹相间的拐杖糖、装在小凹槽杯内的巧克力等，做蒙面游戏时由家人轮流

“摸彩”。在一些老式的圣诞树上常可见到一串串爆玉米花、染上明亮色彩的核桃、五光十色的纸链、好几码长的银线及薄纱裹翅的小天使等。兴致高涨时，一家人会情不自禁地围绕着圣诞树跳舞。

具有娓娓动听的宗教传说的小饰品也被请上了圣诞树，如圣母玛丽亚、圣约瑟、圣婴、东方三王、牧羊人及羊群等小型塑像。树顶装有一颗大星，代表耶稣降生后将三位东方贤士指引到伯利恒的那颗辰星。羊倌双手捧着送给刚刚降生的耶稣的礼物，其中有必不可少的火鸡。

不过，明眼人会发现这是个有趣的历史错误。因为火鸡是一种栖息于美洲的飞禽，当时在伯利恒是很难见到的。

圣诞老人是谁?

据一项民意调查得知，有70%的欧美儿童把圣诞老人(Santa Claus)列入他们“最欢迎的老人”。每年，许多国家的邮政机构要处理难以计数的写给圣诞老人的信，寄往的地址大都为“北极”，十有八九的信是提醒老人家不要忘了给他们捎上圣诞礼物。

据说，圣诞老人的原型实为4世纪小亚细亚吕底亚王朝的米拉城(今土耳其安塔利亚省代姆莱镇)的一位主教，名为圣·尼古拉斯。他虔诚热情，乐善好施。有个穷汉的三个女儿，因无体面的嫁妆而成“搁浅”千金。一日。她们突然发现屋内有三袋金银，其中有个袋子恰巧套在壁炉旁的一只长统袜子里。后来明白这是尼古拉斯从烟囱口投入屋内的。老人恳请她们切莫张扬。圣诞前夕，大人们将礼物悄悄塞进长统袜子(stocking)，放在熟睡的小孩枕边的习俗便由此而生。

公元383年12月6日尼古拉斯谢世，安葬在米拉。1087年他的遗体被运到意大利，进了圣·尼古拉斯大教堂。土耳其出资在教堂前建了一座公园，公园的中央铸了一尊圣·尼古拉斯的全身塑像，三个儿童偎依在他的身边，老人手上拿着一只鼓鼓的布袋。经过朝拜者的口口相传，各国有了不同版本的“圣诞老人”。土耳其政府从1981年起，每年12月初要在米拉城举行“圣·尼古拉斯国际研讨会和联欢会”。

圣·尼古拉斯最早是被荷兰儿童奉为保护神的。家长们在讲完他的故事时，都不约而同地告诫道：“尼古拉斯老人只给乖孩子送礼物！”圣诞老人“送”礼物的习俗于17世纪由荷兰移民传入美国，约100多年前又从美国传入英国。起初圣诞老人被荷兰人称为“Sante Klass”，英国人

统治美洲殖民地时，他的名字被英化为“Santa Claus”，通常译作“圣诞老人”。

圣诞老人的形象在欧文的画笔下是一个和善的胖乎乎的老头；穆尔却把他绘成一个乐呵呵的老顽皮；漫画家托马斯在1860年把圣诞老人勾勒为如今我们见到的尊容。摩尔博士在《圣·尼古拉斯的来访》一诗中以文字塑造出圣诞老人的形象：身着红衣红裤，头戴红帽，银发白须，乘着8只驯鹿拉着的雪橇，从北极拉普兰千里迢迢来给孩子们送圣诞礼物。

圣诞老人的踪迹神秘莫测，他进屋时从不走正门，而是趁着浓重的夜幕，顺着烟囱管道悄然“闯入私宅”，为的是给孩子们一个意外的惊喜（a happy surprise）。于是，驯鹿、雪橇、银色或铜色的响铃、壁炉、单只长统袜、带烟囱的小木屋什么的便成了圣诞贺卡上的永恒景物。

可怕可悲的事终于发生了，圣诞老人被现代社会染上了铜臭：他的形象被扭曲被商化，变成了推销的鼓吹者、募捐的乞讨者，且不分四季地忙得不亦乐乎。欧洲不少国家开始行动起来，要净化圣诞老人。其中要数崇尚“国粹”的荷兰人最来劲。1995年的圣诞前，荷兰爆发了一场驱逐“外籍”圣诞老人的战斗。不少地方政府早早地就颁布政令，在本地圣诞老人“降临”之前，禁止英式、美式或其他形形色色的圣诞老人入境。圣诞老人委员会主席奥赛先生说得很坚决很明确：“我们当然要恢复我们自己的圣诞老人，从1996年起，我们还要进一步禁止外国圣诞老人的装饰品和颂歌，我们不希望在12月前就早早听到了圣诞老人所坐的雪橇的铃声。”

杰克灯笼

每年10月31日的万圣节前夕（Halloween）是西方青年和孩童纵情玩闹的夜晚，在“不赏赐便报复”（Trick or Treat）的传统口号的鼓动之下，乔装蒙面的“小精灵”们挨家挨户“乞讨”。是夜，各种各样令人难以想象的恶作剧应有尽有。但在美国留学期间给我印象最深的是万圣节前夕的象征物“杰克灯笼”（Jack-o'-lantern），它最早源于爱尔兰。

据传，一个名曰杰克的人因吝啬死后未能升入天堂，之后又由于捉弄死神而被逐出地狱。最终上帝罚他手提灯笼照路，并永远行走在地面上，真可谓“上不上，下不下”。

在爱尔兰，杰克灯笼最初是由掏空的大土豆或萝卜制成的，里面点燃忽明忽暗的五彩小蜡烛。其实，“不赏赐便报复”的“恶作剧”传统也是出自以幽默著称的爱尔兰人，孩子们以爱尔兰牧师古神马克•奥拉的名义走家串户为村子里万圣节前夕活动索取食物。后来，戴着面具的英国小孩在万圣节前夕手提杰克灯笼，挨家乞讨“灵魂饼”的做法就是沿袭了这一古老的习俗。爱尔兰人的幽默爱与“死”沾边，如年迈的乞丐拦住路人常问：“Would you give an old man some money to bury himself?”（您能否给一个老人一点钱使他入土？）

到了近代美国，杰克灯笼改为南瓜制成。硕大的金黄色南瓜被一点点掏空，雕出一双圆溜溜的眼睛，刻出一张大大的嘴。有的还被涂抹成鬼脸，里面点上蜡烛，烛光从眼洞和鼻孔中闪烁可见。人们把它搁在窗前或柜上，在漆黑的夜晚，无论从哪个角度望去，“杰克”总是咧着嘴在笑，似人似鬼，迷迷糊糊。再说，掏出的南瓜肉还是做美国人爱吃

的南瓜馅饼的上乘原料。南瓜简直成了万圣节前夕美国人青睐的“供品”，几乎每家超市都可看到成堆成堆的又圆又大的南瓜。

笔者留美时曾注意到，金秋时分，许多学生社团就是通过卖南瓜来集资或募捐的。堆成小山似的南瓜顷刻就被抢购一空。一个小南瓜约卖1.5～2美元。

难怪美国民间有一传说：万圣节前夕，所有的南瓜都得离开瓜藤，像鬼魂般的越过田野，在人间翩翩起舞。

“愚人节”的“杜鹃”

4月1日的“愚人节”是西方一些国家的共同节日。说穿了，就是一个可以肆无忌惮地愚弄人，放心大胆地吹大牛的特殊日子。对被捉弄的对象的称呼大同小异，无非是“笨蛋”“呆子”“白痴”“傻瓜”“蠢驴”等。然而，在英国的苏格兰地区，“愚人”们被冠以“杜鹃”之雅号。

此处的“杜鹃”是指杜鹃鸟。它四月前后开始露面，日夜啼叫不休，在苏格兰是“呆人”的象征。有一苏格兰顺口溜的中文大意为：“今天是四月第一日，捉杜鹃者再跑一里。”捕杜鹃着实是一件出大力、收小益的苦事、累事，在苏格兰人看来，为抓一只区区小鸟而不惜撒腿乱跑、费尽心机的人自然被当作可戏弄的“愚人”。

万圣节前夜的两个美国民俗游戏

每年10月31日的夜晚是西方的一个传统节日：万圣节前夜（Halloween）。经过历史长河的涨落与推进，时至今日，它已消除了原先浓重的中世纪宗教色彩而成为人们，特别是青年和儿童纵情玩闹的“魔鬼之夜”。在美国民间还流传着两个富有民俗情趣的游戏。

一是用鞋子算命，这一游戏体现了人们以幽默的方式卜算和顺从命运的心态。参加游戏的人都要轮流脱下自己的鞋子，将鞋口朝上拿在手里，口中念念有词：

我抛至空中的鞋子，
你们要我倒霉，还是要我顺利？
我的前途是什么？
我祈祷你们明示，
以鞋底的翻转或鞋尖的指向为准！

接着把鞋子往上抛，让它们随意落下。

当两只鞋底朝上而互不挨着时，此人将成为一个伟大的旅行家，但却没有一个安定的家。

当右脚鞋底朝上时，此人未来的伴侣是个易怒自私的人。

当两只鞋子都是鞋口朝上而互不挨着时，此人将走上舞台成为演员。

当左脚鞋底朝上时，此人未来的伴侣将是一个无私善良的人。

当两只鞋子交叉时，此人必定早婚。

当两只鞋子的鞋尖朝相反方向时，预示夫妻不和。

当两只鞋子的鞋尖指着同一方向时，夫妻俩志趣相投。

当鞋底交叉，一只鞋落在另一只鞋上面时，此人将会拥有一座金矿！

二是咬苹果比赛。人们乔装打扮成形形色色的鬼怪或海盗，在朦胧的橘黄色灯光下开展这一游戏。参赛者们把苹果漂浮在装满水的盆里或系在线上让它们来回晃动。然后对手们在不用手的条件下用嘴去咬苹果，谁先咬着，谁就获胜。苹果象征丰收的硕果，用嘴追逐苹果时的百般怪态及由此引发的琅琅笑声表达了人们在金秋时节的喜悦心情。

最具美国风情的“独立日”

每年7月4日的“独立日”是美国最重要的法定纪念日之一。1776年7月4日由托马斯·杰佛逊起草的《独立宣言》经大陆会议专门委员会的修改，在费城递交大陆会议主席约翰·汉考克签字后正式生效。这标志着美利坚合众国脱离英国而独立，这一天也就成为美国的国庆节。

两百多年来，“独立日”的纪念形式经历了很大的变化，从早期的集会演说逐渐发展成一个集游行、演出、娱乐、运动、野餐、篝火晚会等于一体的综合性庆典，并折射出浓重的民俗、宗教与商业色彩。官方与民众对这一节日倾注了极大的热情和巨额的资金，难怪人们普遍认为7月4日是集中展现美利坚风情的一天。

此日率先敲响的是费城的自由钟，接着全美各地的教堂钟声齐鸣。当年就是这口“自由钟”发出了震撼山河的钟声，将人们召唤到国会大厦前聆听《独立宣言》。至今钟面上仍清晰可见当年镌刻的文字：“就此宣告全国国土上的所有居民自由了！”

大多数城镇都要自发举行景观壮丽的游行。浩浩荡荡的人群簇拥着红、白、蓝三色（美国国旗的颜色）彩车及形形色色的模型车、杂技车和玩具车等，其中最引人注目的是扮成旧时牧师的骑马者、端坐在老式马车上的“贵族小姐”及象征开拓先锋的西部“牛仔”。

游行一结束，人们便成群结队地在公园、广场或郊外空旷处席地而坐，饱食野餐。最惹人喜爱的是为佳节特制的小吃，如涂上奶油或糖浆的爆玉米花、烤豆子、烤肉串等。饮料一般都不含酒精。令人捧腹的吃馅饼大赛把野餐推向高潮，参赛者须将手臂交叉在身后，低头用嘴去啃或咬放在小折叠桌上的大馅饼。粗俗的吃相不时博得阵阵喝彩与掌声。

午餐后，很多人纷纷涌向棒球场逐一高下。棒球在美国有着神圣的地位，它是三大“国球”之一（还有橄榄球和篮球），全家人一起观看棒球赛遂成时尚。此外，赛船、赛马、三条腿比赛（每组两人，一个人的左腿与另一人的右腿绑缚在一起）、掷马蹄铁比赛（相传基督降生于马槽内，故马蹄铁被视为吉祥物）、吃西瓜赛跑等娱乐竞技活动也颇为流行。

有些庆典活动极富地方特色，如在亚利桑那州的富拉各斯塔夫，印地安人要作三天祈祷，并开展牧人骑技角逐与部落舞蹈表演。宾夕法尼亚洲的利特兹地区的烛光晚会神圣壮观，如入仙境一般。

入夜，余兴未尽的狂欢者们围着篝火做民俗游戏或翩翩起舞。燃放爆竹和烟花一度也十分盛行，但到了20世纪后被禁令取消，以防事故的发生。

成千上万家商店在这天都竞相减价促销，小贩们在人群中穿插不息，吆喝着兜售五光十色的纪念品；政界人士则抓住良机，慷慨陈词，发表竞选演说；各慈善机构也趁人们兴致高涨之时，大搞募捐活动。所有这些又为“独立日”平添几分奇特的情趣。

复活节的象征物：彩蛋与小兔

每年春分（3月21日或22日）月圆后的第一个星期日是基督教国度的重大祭日——复活节（Easter）。据《约翰福音》解释，复活节是纪念耶酥被钉死在十字架上，静卧坟墓3日之后又复活，以此兑现了他的诺言：以复活作为永生的证明。

这一纪念日最早源于古代北欧居民的“春太阳节”，当时庆贺的是寒冬的结束及春光的复苏。碰巧这亦是犹太教“逾越节”的日子。后来，复活节便逐渐代替了“春太阳节”与“逾越节”。

世界各地复活节的象征物五花八门，但流传最广最久的当首推彩蛋和白兔。在古代波斯人和希腊人眼里，蛋是繁衍、新生、丰饶的象征，新春来临之际，他们惯于交换鸡蛋，以示祝愿。到了基督教时代，蛋被视作耶稣复活之地的标志——坟墓。西方人爱把蛋染上一些色彩，黄色代表回归的太阳，红色表示新生的欢欣，也有人把红色看作是耶稣罹难时流出的鲜血。

有一种在山坡上滚熟彩蛋的古老习俗流传至今。谁的蛋壳最后破，谁就赢得所有的彩蛋。这一活动由美国第四届总统詹姆斯·麦迪逊的夫人多莉·麦迪逊首创，白宫每年都要举行由第一夫人和来自各地上千名儿童参加的滚彩蛋游戏，毛茸茸的绿草坪取代了昔日杂草丛生的小山坡。

由于兔子的繁殖力极强，所以西方人把它当作新生命的代表。有一传说颇为新奇：一位德国老太因买不起馈赠孩童的复活节礼物，就将彩蛋藏在用草与树枝搭成的鸡窠内，让孩子们去找。他们正在苦苦寻觅时，一只野兔突然从草窝里跳出，其中有一男孩喊道，“兔子给我们生下了彩蛋”。这一传说后来竟成了大人们讲述复活节故事的重要情节：野兔会下彩蛋！有些地方也就形成了复活节的新习俗，大人们将彩蛋藏于草堆或木丛中，然后发动孩子们去找。

在现代社会中，神圣吉祥的复活节象征物也难逃商业化的“厄运”，巧克力或糖粉做成的各类彩蛋充斥市场，有的里面还裹有坚果、水果之类。以人造长绒毛制成的小白兔是复活节的抢手货。商家甚至还推出了甜苦参半的巧克力小兔，孩童们龇牙咧嘴使劲咀嚼巧克力小兔时，恐怕不会细细回味这一复活节象征物的古老美好的寓意。

情人卡上的爱兰特邮戳

每年2月14日情人节（Valentine’s Day）的前几周，美国有一所不起眼的小邮局格外忙碌，它就是科罗拉多州的爱兰特（Loveland，意译“爱的土地”，俗称“情人城”）邮局。这个位于风景如画的洛矶山脉前段山谷内的小邮局是以铁路开拓者W·A·H·爱兰特的名字命名的。由于这一地名的美丽浪漫的寓意使得成千上万的情人不约而同地把这一邮政机构与情人节联想在一起。

每年约有几十万张五彩缤纷的情人卡寄达爱兰特邮局，然后再转寄到分散在美国各地乃至境外的心上人的手中。绕道投寄的目的就是为了能在情人卡上加盖一方深红色的爱兰特纪念邮戳，增添几分浪漫和别致的情调。倘若在转寄时卡纸上无什么特殊要求，此项服务一律免费。

爱兰特邮戳每年略有变化，以满足收藏者的需求。不过邮戳图案上的主人翁非丘比特莫属，只是这位爱神的穿戴每年有异：有时的丘比特脚蹬长靴，身着牛仔服，瞄准着心形靶子奋力张弓；有时的丘比特头戴沉甸甸的头盔，肩挎双枪或手执长矛，背景是洛矶山脉，借此证明即使玛尔斯战神也承认爱情是高于一切的。

邮戳上的文字多为一些精短隽永的诗句，如：

爱神丘比特不偏爱
他的箭矢飞往各地
就让你的心为靶
与所爱之人分享

爱兰特邮局实际上已成为美国人心目中的丘比特爱神总部。

美国星条旗的演变

美国的国旗称为“星条旗”，英语有两种说法：the Stars and Stripes或the Star-Spangled Banner。每年6月14日是星条旗的生日，即“美国国旗制定纪念日”，英语称Flag Day。这天不管你走到哪儿，随处可见迎风招展的星条旗。美国各地还要举行各种隆重庄严的纪念活动，以示对国旗的敬仰和对美利坚的热爱。

星条旗从诞生到形成目前的图案，经历了漫长的演变阶段，其本身就是美国历史的一个重要而鲜明的见证。1775年美国独立战争爆发之前，北美13个殖民地使用的是英国国旗（即米字旗）。1776年1月1日，华盛顿统帅的大陆军宣告成立，此时美国第一面国旗——大联盟旗在马萨诸塞州索默维尔大陆军司令部冉冉升起。它的左上角以蓝色长方形为底，衬出一个红色米字，因当时美国尚未正式独立，蓝色区域之外是13道红白相隔的狭长条纹，代表13个殖民地。

1776年6月14日，大陆会议正式规定美利坚合众国的国旗左上角蓝色区域内设置13颗排成圈形的红色五角星，象征13块殖民地的团结与平等，星区外仍是13道红白相间的狭长条纹。

对旗帜颜色的释义有两种：有的说红色象征英国，白色表明美国的独立。有的人则认为红、白、蓝分别象征勇气、自由、正义。之后，每年6月14日便逐渐成为民众自发纪念国旗诞生的特殊日子。

1794年1月由于佛蒙特州与肯塔基州先后加入联邦，国会便决定在国旗上再添两颗星和两道条纹。至1818年，美利坚合众国已拥有20个州，于是国会在1818年4月18日又通过新的国旗法，规定国旗左上角蓝

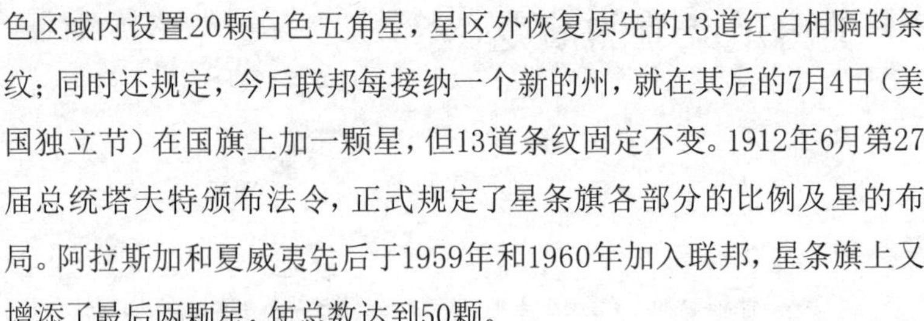

色区域内设置20颗白色五角星，星区外恢复原先的13道红白相隔的条纹；同时还规定，今后联邦每接纳一个新的州，就在其后的7月4日（美国独立节）在国旗上加一颗星，但13道条纹固定不变。1912年6月第27届总统塔夫特颁布法令，正式规定了星条旗各部分的比例及星的布局。阿拉斯加和夏威夷先后于1959年和1960年加入联邦，星条旗上又增添了最后两颗星，使总数达到50颗。

第一次最大规模的国旗纪念活动于1876年建国100周年时举行。进入20世纪后，美国国旗协会持续不断地发起各类纪念活动。为响应民众的倡议，国会1949年正式立法，确定每年6月14日为“美国国旗制定纪念日”，并对挂放国旗的方法及国民在升旗时的礼仪等作了详细而又严格的规定。如着便装的戴帽者，须用右手摘帽并举在左胸前；未戴帽者应原地立正对国旗行注目礼；向国旗宣誓时，应立正并把右手放在左胸前等。

当然，6月14日这一天，人们不会忘记一位平凡的女子对美国国旗诞生的重要贡献，她就是第一面星条旗的制作者罗斯夫人。1777年5月华盛顿亲临罗斯夫人家请她按照设计图案缝制一面国旗，当时也是她建议将原设计的六角星改为五角星，罗斯夫人为此名声大噪。她谢世后，每年有成千上万的游客前往她的家乡——费城，瞻仰罗斯夫人纪念馆。

美国“阵亡将士纪念日”的由来

每年5月30日为美国大多数州的法定纪念日，英语叫Memorial Day，不少中外出版的词典对这一值得铭记的日子的翻译或解释各不相同，如“南方联邦阵亡将士纪念日”“内战阵亡将士纪念日”“阵亡将士纪念日”等。追本溯源，这一纪念日经历了由狭义至广义的演变过程。

1861年4月12日，代表南方种植园主利益的邦联叛军向守卫南卡罗来纳州萨姆特要塞的联邦军发动攻击，标志着南北内战的开始。1865年4月9日里士满被攻陷，南方军的李将军投降，历时4年的内战以北方获胜而告结束。痛苦的争端分裂了国家，成千上万的南北将士在战火中献出了生命。尽管内战双方当时尚未消除敌意，但都一致承认所有阵亡将士都是为国捐躯的。詹姆士·杰佛瑞·沙克在《葛底斯堡》一诗中说：

胜利者佩戴的每一个花环

被征服者也想得到一半；

每座纪念碑都宣布了

共同的骄傲与声誉。

由于政见不同，第一次纪念仪式分别在南方和北方各个不同的地点和不同的日子里举行。1863年7月1日，对峙两军转折性的血战是在葛底斯堡打响的，所以在离它不远的宾夕法尼亚州的伯茨堡有一“阵亡将士纪念日之诞生地”的横幅。据当地人说，早在内战尚未结束之前，两位观点不同的妇女在为各自的战士墓碑献花时，偶然相遇，并约定来年再来扫墓。另一件事则为密西西比州带来盛誉，当心地善良的南方妇女在为南方军牺牲者祭墓时，也毫无偏见地为北方军阵亡将士献了

花。这一传统于1868年得到了官方的认可。

地区性的纪念活动的差异随着时间的流逝而逐渐消失，开始时仅为悼念北方或南方阵亡将士的仪式现已扩展到为所有在战争中牺牲的将士祭灵，不管他们是为谁的利益战死疆场的。纪念日的名称最终也定为“阵亡将士纪念日”，以表示它的真正含义。1873年纽约市宣布每年5月30日为法定纪念日，其他多数州纷纷仿效。当然至今还有几个南部的州仍在不同的日子里纪念阵亡将士。

在世界各地，只要那里掩埋着美国将士的忠骨，当地的美国人必在此日以各种形式缅怀在战争中献身者的事迹与精神，如波多黎哥、荷兰、卢森堡、法国、比利时、意大利、菲律宾及许多南太平洋岛屿等。此外，美国还在国外建立了14个纪念墓地。

笔者在美国留学期间曾目睹一些纪念活动，其悲壮隆重的场面催人泪下。军人、市民和一些社会团体在军乐声中缓步来到墓地，人们把无数的国旗、军旗、鲜花、热泪和亲吻献给安息的勇士。礼拜堂内回荡着风琴声。深沉的鼓声和低空飞掠的银色战机不时打破墓地的寂静。海军在水面上放着插满鲜花的小船，以告慰葬身洋底的灵骨。阿灵顿国家陵园的无名战士墓前，云集着包括总统在内的各界知名人士，在赞美勇士的同时，人们虔诚地祈祷着和平。他们还重新回味林肯总统于1863年11月19日在葛底斯堡国家阵亡墓园落成仪式上闻名遐迩的两分钟演讲词，他的“民有、民治、民享”的名言在这一天被反复吟诵。

随着美国在各类大小战争中死亡将士的增多，5月30日的纪念范畴不断延伸。一些反战组织和颇有见地的观察家们不时提出发人深省的问题。如威廉斯在他的《我听到了鼓声》一诗中发问：

在所有战争应该停止之前

人类必须学会的真理是什么？

"黑马"

意外获胜的人(运动员、总统候选人等)常被称作"黑马"。

"黑"在此处转意为"不为人知的",而非真正的颜色。当然,旧时也不乏有将马易色令人无法识别其实力的伎俩。

"黑马"的说法其实源于英语的"dark horse",始见于英国政治家兼小说家迪斯累里在1831年出版的小说《年轻的公爵》。书中有一段描写赛马的文字——"本来呼声最高的两匹马落到了后面,而一匹素不引人注目的黑马却风驰电掣般地冲过看台,取得了胜利。"

"dark horse"漂洋过海,到了美国,作为政治术语首次出现在1844年民主党全国代表大会上,当时指后来当选为第11届总统的詹姆斯·波尔克,因为他的竞选成功大大出乎公众的预料。

林肯也曾被人叫作"黑马"候选人,他在1860年出席共和党全国代表大会时还是个无名之辈,党内两派意见龃龉之时,他被提名为折衷候选人,并上了台,这使许多人猝不及防。

英语的“身世”

16世纪末，莎士比亚活着时讲英语的人还不足500万，当今把英语作为母语的人约有4亿，在英语被承认为官方语言的国家内居住着16亿人左右。

从17世纪20年代起，在美洲新大陆上，欧洲各国语言经过150年的角逐，英语最终被确立为大西洋沿岸的主要语言。

全世界约有三分之一的人经常观看用英语播出的电视节目；输入全球计算机网络的经贸信息有80%是以英语显示的。

欧洲自由贸易协会最终决定以英语为其工作语言，尽管它的6个成员国无一把英语当作本国官方语言。

以肤色为特征的英语仅“黑人英语”（Black English）一种，在17世纪至19世纪的黑奴买卖中形成。

1828年，律师兼教师的韦伯斯特编写了第一部美国英语词典。但直到1960年，英国语言学家们才不得不承认英国英语与美国英语有着许多根本性的差别。英国《牛津大辞典》总编辑伯奇菲尔德博士预言：“两百年后，英美两国人相遇时可能难以交谈。”

对英语扩张势头最为反感的是法国。法国国民议会曾经通过一项保护法语纯洁性的法令，将3500个渗透力极强的英语单词列入禁用“黑名单”，违者坐牢或罚款，最高达3500美元。

政治动乱有时源于语言纷争。如在加拿大，讲英语的人与讲法语的人时有摩擦。笔者曾访问过加拿大魁北克地区，那儿的公共标识语中法语总是位于上方，英语在下，且比法语小一号。在法语区的大学考察时，我讲英语，该校的翻译译成法语，接着对方大学校长用法语回答，翻译再译成英语给我听。尽管校长大人完全懂英语，还得绕来绕去，母语的尊严不容含糊。南非的欧洲人曾试图强迫大多数黑人使用英语，结果酿成了震撼世界的1976年6月的“索韦托骚乱”。

定居于美国的5岁以上人口中的13.8%，即约3180万人在家里或在私下场合不说或不愿说英语，其中1730万人有语言障碍，即不会说或不太会说英语。

美国国会于1992年对选举法作了修正，规定一个地区的少数族裔选民若超过1万人，选举中的工作语言必须同时使用英语与该少数族裔的语言。英语在美国的“皇位”，首次受到“合法”冲击。

由于飞行员听不懂空中交通管制人员的英语指令（国际航空界的通用语言），造成了一系列事故，欧洲率先禁止由不会讲英语的飞行员驾驶的飞机在欧洲上空飞行。

英语正在被切割成数百类快餐式的“特殊用途英语”（English for Special Purposes，即ESP），便于咀嚼，易于消化。其中最实用的当首推日本人写的“防身英语”（English for Self-protection），全书仅40个短句，如：“不要动！”（Don't move！）“举起手！”（Hands up！）“退后！”（Move back！）“跪下！”（Kneel down！）“混蛋！”（Beat it！）此前，一日本留学生误入美国人私宅，因听不懂“不要动”的命令而惨遭枪杀。

经过近30年的潜心研究，中国学者刘志一教授提出了震惊海内外的见解：英文“爷爷”是中国古彝文，因为被西方学者公认是西方表音文字直接源头的西亚的苏美尔线形文字比古彝文还要晚3500年。

关于小费的起源

1993年8月2日《新民晚报》“夜光杯”载金一朵先生《小议小费》一文，鄙人赞同作者对小费作用的看法，但对“小费原产地在美国”的讲法却不敢苟同。

据《美国大百科全书》所述，付小费的习俗至远可追溯到古罗马时期，或者也可以说硬币与小费几乎是同时出现的。

此外，一些历史学家和语言学家通过对英语单词“tip”（小费）的考证，得出两个不同而有趣的结论。一是“tip”源于拉丁语单词“stips”（礼物），它们的拼法和发音均相似，故小费是在某一拉丁语系的国度内最早出现。另一说法是，18世纪初，在英国伦敦一些咖啡馆的桌旁设有几个小木箱，上面的标签上写着“To Insure Promptness”（确保快速）。如顾客有急事，只需朝箱内扔一枚硬币，即刻就会被优先伺候，咖啡与点心之类要比平时上得快。久而久之，人们就养成了以小额硬币换取优先或优质服务的习惯。伦敦人把箱子标签上三个单词的开首字母合并成一个缩略词：tip，用它来称呼这类不列入买单的“小钱”。

在1776年美国《独立宣言》颁布后的十几年之内，美国民众出于对某些英国传统习俗的鄙视以及对新生合众国的爱心，曾一度抵制小费，将收付小费斥责为“非民主的和卑贱的习俗”。

然而，小费最终还是势不可挡地在全美乃至世界上许多国家和地区流行开了，并逐渐演变成一种义务性的社会行为规范。在一些场合，如不付小费或没付足小费，定会遭人白眼或非议。究其缘故，主要是小费为一些服务行业工作者的重要生活来源。小费流行的场合和支付的数额都已经有了新的约定俗成。

不过，也有一些例外，如冰岛人一般不收小费，他们视小费为一种“侮辱”；而在北非一些国家里不付小费简直寸步难行，在那儿，小费收得太多太滥了。在欧美，小费的多少与顾客对服务的满意程度挂钩，一般为总费用的10%～20%。据估计，美国每年小费的总额在50亿美元以上，而且美国等国家的税务部门把小费也纳入征收个人所得税的范围。当然，报多报少全由个人决定，因小费是无正式记录的收入。

中国的服务性行业一般没有收小费的习惯，但近来在一些较为高级的餐厅，也开始收服务费了，但是是按一定比例包含在最后结账单里了，这种收法好像失去了“小费”的原本味道。

纯属偶然的“剪彩”

为告示某一工程的正式启用或宣布某个参展会的隆重揭幕，世人采用的差不多是同一模式：剪彩。为剪彩仪式所耗费的精力与财力常令主办者头疼心痛，但又不得已而为之。其实，剪彩的面世纯属偶然。有两种说法。

一是说剪彩源于造船业历史悠久的西欧。那儿的国家每逢新船下水，都有成千上万的人前去观看。为防不测，工人们把新船与围观人群用一根绳索隔开，等一切准备就绪，才用剪子将绳索剪断。此时，参观者就能安全地接近新船体。这一本为预防事故发生的措施后来逐渐演变为现代意义的剪彩仪式。

而美国人却坚持说剪彩始于他们的国家。20世纪初，在美国一小城镇有家商店即将开业，新老板随便扯了根布带拦在门口，以阻止顾客在正式营业前抢先入店购买便宜货。正当人们踮足翘首之时，老板的“千金”牵着的一条摇头摆尾的哈巴狗突然从里面跑出，不慎碰落了布带，霎时，人群蜂拥而入。说来凑巧，开业日的生意出乎意料地红火，于是，老板执着地认定是狗儿碰落了布带才给他招来如此财运。之后，在开其他连锁店时，他也如法炮制。这一原始的“剪彩”从此便在全美及世界各地流行开了。

当然，“剪彩”的变化也不小。先是由人牵着狗儿来故意碰落布带，接着又改换孩童单独“撞线”（有点儿像赛跑时的冲刺），后又以高价请“美人儿”来完成这个极其简单的高规格动作。没多久，当年的粗布绳带之类被换成了柔软闪光的大红缎带，并系上彩球什么的以渲染喜庆氛围。所以“剪彩仪式”在英语中的表达就是ribbon-cutting ceremonies或ribbon cutting ceremony，甚至还有“剪彩师”这行当，即“ribbon cutter”。

为显示气派，主人会恭请当地的名人、贵人或官人用剪子“毫不手软”地一刀两断。为图吉利，剪彩者须戴上超薄洁白的礼仪手套。剪子要新的，由礼仪小姐和盘托上。

剪彩人的地位越高，名声越响，开销也就越大。当然，“被剪者”的脸上也越有光彩。这就是为何有些用于剪彩的剪子是用金子铸成的！

外国贺卡的起源

《新民晚报》1994年5月12日“夜光杯”载文《流行贺卡》，其中的“外国贺卡最先问世于1843年”一说似乎不太准确。

外国贺卡的产生源远流长。早在公元前6世纪，古埃及人在互赠新年礼物时就有了吟颂贺辞表达美好祝愿的习惯。至公元2世纪，古罗马流行一种纪念章，上面刻着“罗马元老院与全体臣民祝愿国父阿德里安·奥古斯都新年愉快”的字样，有些西方历史学家和考古学家认为这就是贺卡的前身。

中世纪时期，在许多国家相继出现了形形色色的贺卡，即问候卡[greeting(s) card]。最引人注目的是中欧地区的木制贺卡，即把贺辞镌刻在光洁圆润的木头上，时而还将它涂成五颜六色。

最接近现代样式的外国贺卡通常认为最先出现在历史悠久的“情人节”上，不过，贺卡的传递方式十分奇特。在古罗马时代，每逢2月15日的“牧神节”，姑娘们怀着羞涩与喜悦的心情把蕴藏在心底的爱情祝愿写在小卡片上，放入一空瓶内，由小伙子们轮流抽签，抽中哪位姑娘的爱情贺卡，他就有权向那位姑娘大胆求爱。

基督教兴起后，教会的领袖希望把“牧神节”和基督教联系在一起，于是就以死于273年2月14日的基督殉教者圣瓦伦丁的名字为此节日重新命名，即“Valentine's Day”，并将它定在每年的2月14日。

外国的贺卡种类繁多，功能明确，如专门祝愿舅舅生日愉快的卡片、恭喜朋友喜添家丁的卡片、期盼孩子考试成功的卡片等，应有尽有。

当然，最为流行的当首推圣诞贺卡。它的由来可追溯至19世纪。那时的英国儿童在圣诞前夕惯于在一张洁白的小卡片上写些文字（包括新年的祝愿），并刻意加以美化装饰，以一种富有童趣的方式来汇报他们的学习成绩（包括字迹）。不少“作品”还被展列在教堂内，一些富人常会掏钱选购，以示对孩子们的鼓励。这类儿童的手绘“杰作”便逐渐演变成现代意义的圣诞贺卡。

印制圣诞卡的出售始于1843年的英国，继而遍及全欧（最早是德国）。英国画家、皇家学院院士约翰·考尔科特·霍斯利首次设计的圣诞卡的印数为1000张，全是手工印制和着色的。画面是在家庭舞会上，一位长者举杯祝愿圣诞快乐。

1860年起，英国出现了生产圣诞卡的专业公司，画面大多为风景、儿童、花鸟鱼虫等。后来，美国波士顿的路易斯·普兰格也投入了这个行业，画面上宗教的景象增多了。普兰格被誉为“美国圣诞卡之父”，他能以各种色彩印卡，有时多达20多种，并能精确复制油画。至1881年，他印制了近500万张圣诞卡。

不过，到了今日，人们最看重的还是手绘的贺卡，并逐渐走俏，因为它最直接地体现与传达了赠卡人的各种情感，哪怕他（她）是个笨拙的画手。

关于一周的第一天之争

源于国外的“星期”计日到底以星期日还是星期一作为一周的第一天，外国人至今尚未达成“共识”。

有一种说法是，7天为一星期的作息制度产生于公元前7世纪至公元前6世纪亚述帝国和新巴比伦王国时期，当时把1个月分为4周，每周有7天。古巴比伦有祭祀星神的建筑，共7层，称为7星坛，从上至下依次为日、月、火、水、木、金、土7个星神，他们轮流值日，主管一天。以7星神之称分别命名的7天为一周，一周自然始于星期日。所以，绝大多数挂历将红色的星期日列在一周之首。有些英语词典对“Sunday”（星期日）的释义是“first day of the week”（一周的第一天）。

当然，一周首日为星期一的说法也是有所根据的。《圣经》称：上帝创造世界万物。第一天把光明与黑暗分开，有了昼夜之分；第二天划天地，有了上下之别；第三天创植物，大地披上了绿装；第四天定日月星辰，分出了年月与四季；第五天变出了游鱼和飞禽，海空充满生机；第六天造出牲畜、昆虫与野兽，最后又造出男人与女人；造物完毕，第七天便休息。此日称为“圣日”或“安息日”。当然，犹太教把星期六定为“安息日”。有些上教堂的人也把它叫作“礼拜日”。在他们眼里，一周的第一天为星期一。

现代人不安分地将“圣日”随意延长，用了一个含糊的说法：周末。《牛津现代高级英语词典》把星期六和星期日两天划为周末。《新韦氏国际词典》把周末延长为“自星期五傍晚至星期一早晨之休假日”。有些西方国家的企业和公司最近又实行了4天工作制，“圣日”似乎在逐渐“长大”。

美国人的玉米情

1621年，移民们在美国普利茅斯殖民地举行了第一个感恩节庆典，有位名叫奎得昆纳的印第安客人津津有味地嚼着一种白色的小花朵，白人们惊奇不已。奎得昆纳像是看出了他们的困惑，他不紧不慢地从身边的鹿皮袋里掏出了一些种子模样的东西，放在火塘旁的热石块上。静候了片刻，突然这些籽儿开始活蹦乱跳，并发出“砰砰砰”的爆裂声。印地安人笑着俯身捡起散落一地的毛茸茸的白色小花朵，白人们品尝之后，失声惊呼：“这真是魔术！”移民们第一次从土著人那儿领教了爆玉米花（pop-corn）的技艺，奎得昆纳称得上是当今风靡全球的膨化谷类食品的鼻祖。

玉米虽是粗粮，但营养不俗。现代研究表明，玉米所含的玉米油是胆固醇吸收的抑制剂，有利于胆固醇和脂肪的正常代谢，长期食用有明显的补益作用。当年，印地安人就是用玉米使万千欧洲移民免遭“饿死鬼”的厄运，玉米成了民族情结的历史见证与不能忘本的传统食品。美国人常把糖浆和奶酪涂在爆玉米花上当作早餐。在感恩节的舞会上，他们会像印第安人那样把一串串染色的爆玉米花当作珠子戴在脖子上或套在头顶上。

玉米在现代美国人的饮食中占有重要一席，吃牛排时，他们爱在盘里配上一两支金灿灿的玉米棒子。煮羹熬汤时总忘不了放入些玉米粒。有一种蘸玉米面糊食用的玉米热狗，人见人爱。炸玉米片（corn chip）、玉米面包（corn bread）、玉米烤饼（corn cake）、玉米团子（corndodger）、玉米热狗（corndog）等新食品名称在美国英语中纷纷

应运而生。美国人还刻意培育出一种小手指般大小的微型玉米（baby-corn），以罐装出售，是配菜佐食的好搭档。

在美国，有一种古老的玉米游戏十分流行，旨在“忆苦思甜”。据说当年粮食匮乏时，每人有时仅分得5支玉米，故游戏开始时先把5支玉米藏在屋里，接着大家分头去找，先找到玉米的5个人有资格进入下一轮剥玉米粒比赛。最后由未参赛者猜一猜剥落了多少玉米粒，报出的数最接近实数者被奖给一大盒爆玉米花，相当于我们“安慰赛”中的“鼓励奖”。

洋文中也有“肥缺”

1996年12月25日“夜光杯”载荆中棘一文《肥缺大全》。文中说“有本名叫《肥缺大全》的书在美国很盛行”，荆认为“肥缺”一词译得很好（此书英文名原意为“美国政府政策及相关职位”），“温文尔雅，一点看不出它的丑态的实质，说明中国文字的奥妙”。作者并且说：“那么外国也有‘肥缺’之词，洋文也这么含蓄和婉转？非也。”以鄙人之见，洋文中理应有相似或相应的“肥缺”表达法，至少英语中就有，那就是“plum”（原意为“李子”），它的“奥”“雅”与“肥缺”相比毫不逊色。

1525年，随着政治与宗教改革的深入，英国政府决定将全国寺院的财产收归公有。萨姆西特郡有一个寺院的院长名曰格拉斯·顿巴里，他的地产与家产的数额在当地首屈一指。为尽量保住一些财产，他断然决定向国王行贿。顿巴里将占自己财产一小部分的13张地契悄悄封入一块烤熟的李子饼，吩咐手下的少年约翰·赫纳给国王送去。

谁知这小孩在途中无意用手碰触了饼中的李子，只见饼的表面露出两个小小的纸角，拽出一看，分别是梅尔兹和巴克两块领地的地契。赫纳顿时惊慌万状，但若把地契重新塞入李子饼内，恢复原样已不可能，他只得将饼的外表稍加“梳理”后给了国王。那两张地契便被他藏匿起来。行贿似乎就是一种“天知，地知”的事，院长与国王压根儿不知道其中有两张地契已落入第三者手中。

这两个小纸团后来竟成了约翰·赫纳以公卿的地位跻身于贵族阶层的资本，它们当时价值十万英镑！赫纳还修建了著名的梅尔兹公馆。

英语中从此也有了“肥缺”“美差”之类的表达法：plum或a plum job。

“空中小姐”的前身

商业性的航空客运始于20世纪20年代末，当时机上一般无膳食供应，仅备一两名男性服务员看管行李之类，英语叫“steward”。有些航班上琐碎的乘务工作则干脆由副驾驶员兼任。

1930年6月的一天，在美国旧金山一家医院内，波音航空公司驻旧金山董事史蒂夫·斯廷柏生和护士埃伦·丘奇小姐在聊天。闲谈中，护士小姐得知繁忙的航班乘务工作常使航空公司十分头疼，可是挑剔的乘客还是牢骚满腹，意见不断，这已成为一个全球性的难题。护士小姐突然插话道：“先生，难道您不能雇用一些女乘务员吗？我的体会是，姑娘的天性是完全可以胜任‘空中小姐’这一工作的呀！”

“空中小姐”这一新鲜的词使董事先生茅塞顿开。10天之后，埃伦·丘奇小姐与其他7名女护士就走上了美国民航客机。

护士小姐当时说的“空中小姐”无非是按英语语法规则在“steward”之后补缀“ess”，以示女性空中服务员——stewardess。

不过，在古英语中，“steward”写作“stigweard”，意为“负责养猪的人”！其实也不奇怪，随着时代的发展，旧时猪倌的“管辖”范围在不断更新与延伸，所以，现在称轮船、火车上的服务员时也用此词，甚至连掌管学校、俱乐部、舞会、赛马的膳宿等杂务的人也可如此被称呼。

简单而伟大的商标

商标传递的是某一产品的核心思想以及生产者的愿景追求，不是越复杂越好，而是越简约越好。一是易记，过目不忘；二是聚焦最为核心的理念。

耐克就是成功的一例。耐克标志“swoosh”的本意极其简单，就是“嗖”的一声。1971年28岁的平面设计专业学生卡罗琳·戴维森设计了这个标志，原意是代表希腊神话中胜利女神奈基的翅膀。其实更像“打勾”（tick），人们尤其是学生特爱这个标志，意味着“right”（对的，正确的，得分的）、“OK”（好的，可以的，没问题的）。这个标志定位时稍微向上，正好吻合奥林匹克的精神，即“更快、更强、更高”的自我挑战精神。现在，耐克标志甚至已经成为设计行业术语：这样的弧形线条代表着动感和速度。而卡罗琳·戴维森当时仅得到35美元报酬。但笔者估计，在国内此类竞标评比中，如此简单的设计构思恐怕连海选入围的资格也不一定有。

谷歌公司的标志则更为人们熟识了，它使用简单的字母拼写作为公司标志。这一标志博人眼球之处在于颜色的运用和色彩的变换。商标设计者、斯坦福大学教授露丝·凯达尔选择彩虹色作为字母的底色。前三个字母的颜色顺序是蓝色、红色和黄色，但之后的字母L使用了绿色，而非黄色。这一“意外改变”的目的是要给人们这样一种感觉，即在谷歌一切皆有可能发生——公司不会墨守成规。

麦当劳公司的“金色M”早已成为与众不同的标志。但最初这个“M”其实根本不存在：20世纪60年代，这家汉堡快餐店的所有分店

都长得一模一样，犹如克隆版：门前都有两个金黄色拱形。据公司两位创始人说，直到有一次他们从另一个角度观察入口的拱形并恰巧意外地觉得它们像字母“M”后，两人才萌发了将拱形作为公司标志的想法。1962年他们最终委托工程师和设计师吉姆·申德勒将“M”设计成公司标志，并在没有大幅改动的情况下沿用至今。小孩看到这个标志就想到“快吃”“好吃”。

“奔驰”（Benz）不仅是汉语译名讨巧且达意，谐音也很到位。它的三叉星标志被认为是世界最知名商标之一。三个尖角分别象征水、陆、空的机械化。这也是戴姆勒-奔驰（德国戴姆勒—奔驰公司，Daimler-Benz）追求的目标：为汽车、船舶和飞机制造发动机，梦想“动力”创造“宏伟”。唯一的缺憾是，过去几乎所有梅赛德斯车型的引擎盖上都立有这一可折叠的标志。而如今，只有少数豪华轿车和旅行车仍保留三叉星，因为它们经常会被人折断。

那个被咬掉一小口的苹果

平面设计师罗布·亚诺夫显然很容易就找到了设计灵感。他于1977年为刚刚成立的苹果公司设计了一个堪称经典的商标。

但为什么这家电脑公司取名为苹果，至今没有官方解释。流传的说法有两种：第一种认为麦金塔电脑的共同开发者杰夫·拉斯金最喜欢的苹果品种是麦金塔。他不仅用它命名了所开发的电脑，也将其用于公司名称。第二种说法是，史蒂夫·乔布斯在苹果公司成立前是果食主义者，即只吃水果。当时为新公司起名已经拖延了3个月，因此，乔布斯威胁说，如果当天没人能给出好建议，公司干脆就起名为“苹果”。显然，能为众人接受的好主意最终也没出现，公司被命名为“苹果”（Apple）。

对商标上的苹果为什么被“咬掉”一小口的解释很明确：设计师只是为了避免人们将苹果和樱桃混淆。此外还有微妙的文字游戏：“咬”的英语说法为“bite”，与计算机术语中的单位“Byte”（字节）发音相同。

还有一种讲法涉及艾伦·麦席森·图灵（Alan Mathison Turing，生于1912年6月23日，卒于1954年6月7日），英国数学家、逻辑学家，被称为计算机之父，人工智能之父。1931年图灵进入剑桥大学国王学院，毕业后到美国普林斯顿大学攻读博士学位，二战爆发后回到剑桥，后曾协助军方破解德国的著名密码系统Enigma，帮助盟军取得了二战的胜利。2013年12月24日，在英国司法部长克里斯·格雷灵（Chris Grayling）的要求下，英国女王向图灵颁发了皇家赦免。英国司法部长宣布：“图灵的晚年生活因为其同性取向而被迫蒙上了一层阴影，我们认为当时的判决是不公的，这种歧视现象现在也已经遭到了废除。为此，女王决

定为这位伟人送上赦免，以此向其致敬。”图灵对于人工智能的发展有诸多贡献，提出了一种用于判定机器是否具有智能的试验方法，即图灵试验，至今，每年都有这类试验的比赛。此外，图灵提出的著名的图灵机模型为现代计算机的逻辑工作方式奠定了基础。

1954年6月7日，图灵被发现死于家中的床上，床头还放着一个被咬了一小口的苹果。警方勘查后发现苹果上沾有剧毒的氰化物，调查结论为自杀。是年图灵41岁。

乔布斯十分钦佩图灵，将他作为偶像，在创立电脑品牌时自然而然就联想到那个被咬掉一小口的苹果。

其实人类的文化史总是和苹果纠缠不清，世界上有三个最著名的苹果。第一个苹果，诱惑了夏娃，人类自此繁衍开来。第二个苹果，冷不丁砸中了牛顿，人类步入工业时代。第三个苹果，被咬了一小口，从此，手机成为一代神话。

白道出身的“黑客”

“黑客”一词的出镜率居高不下，此词源于英语的“hacker”。黑客们捅下的乱子令你咬牙切齿，却又不敢声张。坦白说，目前还没人敢公开向他们宣战，你在明处，他们在暗处。再说，在黑客的眼里，你总是气短技庸！从1983年美国联邦调查局捉拿6名少年黑客（俗称“414黑客”，因这些孩子的住宅区密尔沃基的电话区号为414）到2000年2月美国数家顶级互联网站雅虎、亚马逊、电子港湾、CNN等被几个“黑手党男孩”攻陷，黑客造孽史的跨度已有17年。眼下毫无收敛且不说，那些新生代黑客伴随着嘻嘻笑声的稚嫩叫嚣，令人惊愕之余，不免毛骨悚然：我是黑客我怕谁，爱怎么黑你就怎么黑你，黑你没商量！

黑客原本并不黑。“hack”一词早在莎士比亚时代就有之，作动词解“劈、砍”，“hacker”则意为“劈者、砍者”或指那些有韧劲但技艺平平的演奏员或运动员。到了信息时代的前期，“hack”在美国俚语中可用来说计算机操作，而“hacker”作俚语时，指代电脑玩家或编制程序的专家。后来接二连三发生了“黑色事变”（Black Incidents），不少新版和新编的辞书又赶忙为“hacker”增添了一些新意，如《英汉多功能词典》：非法入侵电脑者、利用电脑来犯罪的人。《牛津英语词典》：利用自己在计算机方面的技术设法在未授权的情况下访问计算机文件或网络的人。1989年首版的《英汉大词典》内不见“黑客”一解，10年后的《英汉大词典补编》收录了“黑客”，释义“非法闯入他人计算机网络者”。

摘抄两个来自外刊的例句：“黑客说我们的计算机表面上是一层脆皮，而内部却又松软又有嚼头……随着黑客程序的进步，非法入侵已

变得更简单，更快捷。”“计算机匪徒正在诈骗寡妇，设计证券骗局，盗取贷款，非法破解政府和工业机密来取乐或谋利。”

其实，美国是网络进攻的始作俑者。20世纪70年代初，美国一些大公司和实验室招募技艺高超的电脑玩家，按照合同授权他们攻击一些网站，得手后向雇主提供某网站的弱点或漏洞并提出改进或修补的建议，因此，黑客原本是白道出身（good-natured），只是后来经不住经济利益的诱惑或寻乐欲膨胀或技痒难忍才频频作恶的，在恬静的虚拟空间呼风唤雨，播撒病毒！但他们有一条不成文的行规，不找弱小网站的麻烦，专攻受特殊保护的大户或钉子户，于是，白宫、国会、五角大楼、中央情报局、联邦调查局等均被纳入黑客们的点射范围。

据《国际先驱论坛报》报道，一执法人员曾勾勒出一名未到案的黑客：年龄在16—25岁之间，右耳戴耳环，胡子两天未刮，对女孩无兴趣。母亲总是唠唠叨叨让他整理自个儿的房间，父亲老是嚷着要他把头发剪短，晚上11点以前必须回家。他的用车请求屡遭拒绝。此君心中充满怨恨，发誓要报复。父母为了让他做点有益的事，买了台电脑。于是他的计算机天赋便像喷泉般地涌动：烧断俄勒冈电话公司的保险丝，让尼亚加拉瀑布向上流动，在哈佛、耶鲁和普林斯顿大学的考试成绩单里植入一种病毒，等等。这一描述或许有点夸张离奇，然而，这位电脑小玩家变“黑”却是源于憎恨和复仇心理。

陆续到案的黑客大都是些高智商、低年龄的男孩，表面看来极斯文极平静，内心深处却不时地翻滚着强烈的表现欲、攻击欲和征服欲，他们的能量及破坏力远远超过那些五大三粗、横眉立目的江洋大盗。有个叫莫兰的嫌疑犯，家住新罕布什尔，3岁起开始玩电脑，平均每天上网16小时，曾成功入侵100个网站。父亲夸他是个乖孩子，从不给任何人添麻烦，他仅是要向人们表明“你们最好管好自己的计算机系统，看看我在这里所能做到的事情。”

黑客已不仅仅满足个体型的宣泄行为，他们似乎要组成什么联合阵线并着力改善公众形象。黑客每年要聚会，2000年3月30日全球黑客代表大会在以色列召开！黑客们在大嚼比萨饼，狂饮苏打水之余，又在电脑前悄没声儿地筹划着什么新方略。这些家伙下一步到底要干什么，人们只能眼巴巴地等着……

据说有些国家的政府在招募黑客，或者说将他们“招安”吧（accept amnesty and surrender），组成“网军”（cyber-army），为国家利益服务。眼下，国际黑客事件时有发生，政府间互相指责对方在干这“下三流”活儿，攻克频发，报复不断，越演越烈。尤其是电信诈骗已成国际公害。

一个国家可以立法禁止个人拥有枪支（to ban firearms），却不能禁止个人拥有黑客技术（hacking techniques）。至少目前是如此。

鼻子

在一张脸上，鼻子的地位是显赫的，居中且突出，怪不得许多民族把它视作尊严和斗志的象征。鼻子功能的重要性妇孺皆知，生命离不开息息相关的呼与吸，嗅觉的世界同样精彩。西方女子在接受馈赠的玫瑰花时常会发出诗人般的感慨："我恨不能长两个鼻子！"当然，这仅是说说而已，若一张脸上果真冒出两个鼻子，定会震撼环球。法国哲学家布赖斯·帕斯卡尔曾说过："克娄巴特（埃及女王，凯撒的情妇）的鼻子要是长得矮一点，整个儿世界的面貌就会不一样了。"鼻子是"定做"了"专用"的。

鼻子的高傲与自负在英语中尤为明显，咱中国人常用"翘尾巴"啦，"眼睛长到额头上"啦等来形容那些目中无人的人，而英语民族却说他们是"昂起鼻子"或"翘起鼻子"（hold/stick one's nose in the air）。鼻子也有"蔑视"的表情，我们和英美人在这一说法上不谋而合，那就是"嗤之以鼻"（make a long nose at）。鼻子有一股贵族气。

相反，任人摆布或受人操纵时，鼻子总是先遭殃，因这家伙像抓手似的好使唤，于是便"牵着某人的鼻子走"，无独有偶，英语中的说法与汉语一字不差：lead sb. by the nose。

爱打听旁人闲事的人俗称"包打听"，听与耳朵有关。但英美人的说法与鼻子搭界，"nose about"（到处伸鼻子），如同狗似的东闻西嗅。这一戏谑的表达法曾给西班牙著名作家塞万提斯带来灵感，他说过诗一般的话：

我从来不把鼻子伸到别人的粥里去

那不是我的面包和黄油

让每个人都为自己

上帝为我们大家吧

英美人眼里的鼻子的价值可以从一些俗语得到佐证:“用鼻子偿还”一说颇为奇特,意思是为某物或某事付出过高的代价。“割下鼻子来伤害脸”意思是为报复他人而不惜伤害自己的脸,代价极高!集合时我们要点人头(即点名),而英语的通俗说法是“点鼻子”(count noses),“鼻子”即“人”。

说什么事一清二楚,我们有一幽默的说法,“秃子头上的虱子——明摆着”,英美人在此语境中首先想到的是鼻子,“像你脸上长着鼻子一样清楚”(as plain as the nose in/on your face)。

在西方人眼里,鼻子的形象确实令人捉摸不定,它既高傲又顺从,既珍奇又坦露。此外,它还常常背上一个爱管闲事的恶名。

上一代人眼里的下一代

在辅导学生英语时碰到一个句子——“My point is that the frequent complaint of one generation about the one immediately after it is inevitable.”学生对其中的两个代词“one”和“it”的指代意义不甚明白，译成中文就清楚了：“我的观点是：一代人对下一代人常常进行抱怨，这是难免的。”确实如此，上一代人对下一代的所作所为爱发一通议论，不管是宏旨高论还是闲言碎语，下一代人很少听得进去，“烦死了”是他们本能的第一反应，但上一代还是在唠叨，这也是本能上的回应。这两种本能代代相传，周而复始。一代人看不惯另一代人，或按九斤老太的说法，叫作“一代不如一代”。为何会有这种顽固的世俗眼光呢？欧美有一较为流行的诠释：“Generation Gap”(代沟)。

上一代人喜欢给下一代人戴帽子，这是世界性的现象。20世纪七八十年代，西方就曾有过“Me Generation”（以我为中心的一代）和“Rotten Generation”（垮掉的一代）的说法。

如今，西方的爹娘们抱怨他们的孩子是“@一代”，或是“按鼠标的一代”。这一代人善于同时做几件事情，左手按着鼠标，右手抓着可乐，肩上扛着电话筒，嘴里嚼着口香糖，一切似乎都在有条不紊、轻松自如地进行着：上网求购、求学、求职、求医、求偶，上网查询、阅读、聊天、博彩、算命……应有尽有，大概就差上网做礼拜了。在虚拟世界里执着地爬行着，日以继夜编织经纬网络，大块大块的光阴在此销蚀。有点像蜘蛛。这是“@一代”存在的方式：足不出户，鼠标一统天下，大千世界尽收网底。

信息技术打造的这一代过多过重地考虑处理个人事务的自由空间，绝对蔑视森严的社会等级制度。对电脑的溺爱使他们把同龄人视作路人，冷漠、孤傲、自私。人是具有社会性的动物，是以点的形式通过人际交往或人情交融形成的各种关系网而存在的。这种关系网不表现为物质的形式，但它确确实实存在，并以此使个体的“人”转变为集体的“人类”，相互维系、支撑、推进。然而，潮水般涌入和泄出的电子邮件却使“按鼠标的一代”的人际接触和交流日益趋向机械化、程式化、数码化。他们的特征越发明显：肢体语言在退化，脸部表情在简化，手指功能在进化，大脑细胞在异化。德国慕尼黑的大脑专家说，多任务或多信息处理从人的生理角度看，根本是不可能同时准确处理或应对许多刺激的，相反，人的集中注意力的能力会长期受到损害。

在西方，又有人把年幼一代称为“XXL一代”（特大号的一代），这已不仅仅是一种警示，而是一个不争的事实。就拿美国来说，大约有600万心肝宝贝胖到足以危害健康的程度，另外还有500万正处于“临界”状态，每三个小孩中就有一个进入特大号行列。胖墩们不得不到特体柜台买衣服。美国洛杉矶的儿科内分泌学家内奥米·诺伊费尔德指出：“与1990年到我们这里寻求帮助的儿童相比，今天的孩子体重增加了30%。”科罗拉多大学的儿科医师南希·克雷布斯发出警告，超重孩子正在因为出现脂肪肝和阻塞性睡眠呼吸暂停等疾病而引起人们的严重关注。血压和胆固醇含量偏高的迹象已在3～4岁的超重儿童身上显露。甚至连II型糖尿病——以前一直被认为是成人的疾病——现在也已经开始在肥胖儿童中出现。除非对II型糖尿病患者进行及时医治和精心护理，否则这种与肥胖有关的疾病在10年之内就会对小孩的血管造成损害，从而使肾衰竭、失明、心脏病、中风等病症的出现成为可能，危急的时候甚至还需要做截肢手术！

追根寻源，快餐是祸根，而汉堡包是罪魁祸首。在非洲被饥荒折

腾得奄奄一息的同时，西方的家长们却为如何抵挡汉堡包而犯愁。这玩意的设计者狠命地给它垒了三层，里面夹肥厚鲜美的煎肉饼，饰有一些亮丽的蔬菜，灌注了大量的奶酪，一个标准汉堡包至少含有1600～1800大卡热量，外加孩童无比依恋的高糖可口可乐，热量又添几百大卡，幼体不被催（吹）胖才怪呢。美国死了一个名叫里奥斯的男孩，引起社会震动。他吃了10个年头的汉堡包，体重超过300公斤！

不管上一代对下一代抱怨些什么，什么都在变，是巨变，是裂变，来得突然，很难预料，常常使我们措手不及，甚至有点恐慌，急着想找点法子。被抱怨的那一代人则全然不顾，我行我素，在抱怨声中成长成熟。

语言文化何来高低贵贱之分?

英汉两语都在走强

英语成为当下世界通用语言，究其原因有很多，如历史上英国的殖民主义扩张与语言辐射历来是同步的；英美国家经济、科技实力猛进，由此生发的文化影响力不容小觑，几股力量将英语置于国际通用语言的地位；英美国家对国际事务的干预欲望和影响程度与英语的支配地位不无关联。

还有一点值得关注，英语纵向继承英语民族主流文化，横向拓展其他族裔多元文化，它的生命张力源于其巨大的包容和巧妙的融合，英语涵盖的各种信息早已突破它的发源地。经过1500多年的演化，词汇爆破式递增，突破100万个，与包括中文在内的60多种语言结缘，形成中国式英语、西班牙式英语、日式英语、印度式英语、新加坡式英语等。而且，这些语言和英语呈同步发展态势。

随着中国国力不断增强，经由互联网推波助澜，汉语实际上也变成外国语言的加盟语。据统计，1994年以来，进入英语词汇库的中国式英语的贡献率至少在15%到20%。也就是说，在最近新增的2万个英语单词中，20%来自中式英语。我们在说“幽默”“基因”“沙发”的时候，会想到它们来自英语吗？总以为这就是中文，其实它们早已落地融化到汉语中了。同样，老外在说“dimsum”（点心）、“kungfu”（功夫）、gelivable（给力）时，他们也用习惯了，不会发问来自何方。

因此，在讲英语时，我们不必刻意认为这就是西方的东西，这就是美国人、英国人的东西。英语仅仅就是一门世界通用语言而已，任何人都可以去学习、使用，乃至发展。在全球化进程中，学习和掌握世界通用语与国家发展、劳动力素质提高、争取国际和个人资源等均有积极的相关性。

100年前，世人认为汉语是人类的“婴儿语”，而今，世界语言学家公认汉语是成熟的先进语言。它是世界上使用人数最多的语言，约13～14亿人说着汉语。其实，目前全球有1/2的网络使用者在线使用非英语。《2014年全球社交、数字和移动》报告显示，中国有13.5亿人口，城市人口比例为51%，其中网民比例为44%，达5.9亿人；QQ空间活跃用户达6.23亿，中国手机设备持有量超12亿台。汉语事实上超过英语而成为全球互联网使用者最广的语言。汉语在东亚和东南亚地区影响深远，推进政治、经济、文化的融合发展。

韩国法令一度禁止公开使用汉字，但在20世纪80年代后，韩国要求高中生学习1000多个汉字，90年代后增至3000多个。没有汉字，韩国便无法了解和继承自己的儒家文明传统，沦为“失根”的文化，“威仪共秉周公礼，学问同遵孔氏书”的价值观念，也只能徒托空言。

日本要求小学生就得学习汉字。日本专家认为两国文字本来就是一样的，只是在明治维新后实施了汉字的简化，中国在1949年后也进行了汉字改革和简化，这才形成一定差异。

在美国NBA球队休斯敦火箭队的主场，经常爆发观众整齐划一的呐喊声：“要命，要命，偷懒，偷懒！”随着中国巨人姚明的到来，带动新一轮“汉语热”。如今在美国，讲汉语的人数已超过讲德语或法语的人数。汉语已成为美国学生选修的主要外语之一，即便“孔子学院风波”也未改变这一基本走势。

法国街头有一条广告发人深省：“学汉语吧，那意味着你未来几十年的机会和财富。”大连万达集团董事长王健林建议和他做生意的老外快学汉语，理由是机会将更多。

中华文化需植根于大文化格局中

“汉语热”使有些人乐观地宣称汉语已成为强势语言，其实不然。现在互联网上的信息85%是英语；在联合国各种场合的交际语言，95%也是英语，汉语的使用率只占到百分之零点几。海外的国际会议基本不使用汉语。汉语要进一步走强，面临着不少挑战：全球化背景下外来语的影响和冲击；信息化条件下，语言研究水平亟待提高；国内众多方言使汉语缺乏内部的一致性；文字尚不够规范等。

在自然科学领域中，英语把持着主导话语权，这与英美等国在这一领域中延续性的实力相匹配，因此也就形成难以打破的自然科学术语的“英语化”格局。实话实说，这也是历史发展的必然，需顺应和适应，争得一席之地，乃为上策。而在社会科学领域中，我们有许多不同凡响的历史典籍和理论成果，由于是汉语表达，难以为他国了解和认同。倘若拒绝英语，或者忽视培养“汉译英”人才，那么如何实现“中国智慧”“世界表达”，“民族故事”“全球传播”呢？莫言获得诺贝尔奖，除了文学功底厚实，还要感谢那些把高密黄土地作品译成英语和欧洲一些国家语言的译者，他们把莫言推向了世界。

世界是平的，在全球化背景下，英语已不仅仅是一门交流语言，更成为世界经济、文化与科学的重要载体。只有将中华文化植根于大文化格局中，我们才能坚实地迈出国门，分享到人类的文明精髓和文化成果。

文化在全球化大趋势下必然多元化，因此，文化（其中包括语言）没有高低贵贱之分，任何一种语言都有与生俱来的优点和弱点，理解、传播、交融是跨文化交际能力的三个核心要素。共存共荣，既关照现实合理性，也顺应历史必然性。假如说“得英语者得天下”，或者拿英语开刀，来证明一种文化自信，这两种观点都是很极端的，均不可取。“得英语者得天下”，显然夸大了事实，英语只不过很多人能说、在说、容易说而已，或者说拿英语开刀来证明一种文化自信，实为“夜郎自大”思

想作祟。换言之，即便你不学国际通用语，其实世界也不可阻挡地朝着这个方向发展，过一段时间，你会感到落后。

150年的历程和教训

英语教育在中国的发展离不开政治、经济、社会、文化的大背景，与时代的变迁息息相关，不可能独善其身。英语的起落沉浮，也是中国风社会风云变迁的缩影。

1862年，清政府成立京师同文馆，开始培养英语翻译人才，标志着英语正式跨入国门。1922年，民国政府颁布“壬戌学制”，把学年制改为学分制，英语的学分在当时与国文并列。那段时间，教会学校蓬勃兴起，研习英语的氛围很浓。

新中国成立后，中苏迎来蜜月期，俄语力压英语，成为当时唯一的外国语。其间的两次全国高校院系大调整，使得英语教学点高校从最初的50所变为9所，英语遭遇冷落。之后中苏交恶，俄语教育开始收缩，且我国同西方各国交往增多，英语赢得短暂喘息。1962年，它成为高考科目，两年后又被教育部列为第一外语。然而，好景不长，“文革”废除高考制度，英语又一次被打入冷宫。我国英语教育的历史跌宕起伏，磕磕碰碰走过了150年。1977年高考制度的恢复是最重要的转折点，此后英语教育越来越受到重视。1983年它首次成为中考科目；1984年成为高考主科；1987年，大学英语四级开考；1989年，大学英语六级开考；1992年，英语从必考科目陡升为三大高考主科之一。21世纪到来，我国开始申奥、加入WTO、鼓励出国访问留学，大踏步迈向世界，英语教育持续升温，“新东方”的俞敏洪和“疯狂英语”的李阳一度成为英语学习的偶像。

前一阵关于“英语是否退出高考”的大辩论促使相关决策更具眼光和定力。2017年，上海高考将增设听说测试，回归学习外语的本源。中国英语教育的成本相当昂贵，历史教训更加刻骨铭心。语言教学方法和手段的改革从未停息，“跨语言交流旨在跨文化交际”的理念日渐清晰。更难能可贵的是，越来越多的学者和教师摒弃“母语外语冲突论”的狭隘观念，认同了“汉语与外语对话与携手”的大语言观。让英语教学从单纯的语言学习转向国际视野和交际能力的培养，真正实现顺畅、得体、有效、愉悦的跨文化交际。

英国著名语言学家大卫·葛来多（David Graddol）1996年在《英语的未来》一书中预测2050年后英语普及率不及中文、印度—乌尔都语和阿拉伯语，语言王国中中文第一。

汉英两大重要语言被用作我国“双语教学”的主要语言，这既是巧合，也是天赐良机。汉英文化分别位于东西文化差异坐标的两极，是东西文化最典型的代表。汉语属汉藏语系，英语属印欧语系，如能交叉融合发展，可谓珠联璧合，相得益彰。

（载于2015年2月27日《文汇报》）

中国人教了老外哪些英语？

中国学生初到国外留学，总是或多或少会把“Chinglish”（中式英语）带出国门，令人啼笑皆非。然而，英语大师陆谷孙对中式英语不但不拒绝，而且还兴致勃勃地研究并加以改造，他曾经推荐《你必须知道的27个才华横溢的Chinglish Words》。他说：“都说我们中国人缺乏创新力，看了下面这张词表，你不能不佩服构词者的创新力。我敢说，‘达人’们对下面列出的词，都已熟悉，说不定有些还是他们首创的。造出这些词的人，英文造诣肯定相当不凡。但我还是擅自改动了几处中文释义，有的加了简单评语，并以我的主观判断，给可能在英文里‘存活’的几项——要是不断被人使用于语篇中的话，打了个钩子。”我记得有八九个词语被他打过钩子，如Smilence（笑而不语）、Propoorty（房地产）、Sexretary（女秘书）、Gunvernment（枪杆子政权）、Z-turn（折腾）等。

中国人教老外英语很起劲，老外接受中式英语也很谦虚，于是就有了诸如“you can you up”等的一连串畸形英语，这些中式诙谐英语传入海外后，网上一直很走红。

“you can you up”的流传度特广，这一“中国制造”英语的出处如今已无从考证，据说最早出自几个NBA球队的贴吧，意为“你行你上啊！”，后面往往还要紧跟一句“no can no BB！”才更显力度。BB=BIBI，是中文音译，东北地区的土话，BIBI是带有侮辱意味的词语。“no can no BB”的意思是“不行就别瞎嚷嚷”。此句话已被收录到美国在线俚语词典“Urban Dictionary”。例如：

A.That person does not deserve the award.（那个人不应该得奖的。）

B.You can you up，no can no BB.（你行你上啊！不行就别瞎嚷嚷。）

还有一句也挺火爆的，“no zuo no die”。此句直接来自“不作死就不会死”，它的原意是“没事找事、自找不快、自寻死路”。很快就有不少人还给这句英文创作了若干类似的对联，比如“no try no high”“you zuo you die”“why you try”等等。“no zuo no die”也被正式收录进美国在线俚语词典。2013年，网络热词“no zuo no die”（不作死就不会死）红极一时，几乎成了一个人人都在说的口头禅。

在一个语言体系中，面对外来语的“入侵”到底该如何保持母语的纯洁性，一直是个备受瞩目的难题。“入侵”这词太张扬，其实就是语言学中的“借词”（emprunt lexical），又称“外来语”，指从外国语言或本国其他民族语言中连音带义吸收的词语。如法语，它是拉丁语的一个变种，从历史上看，法语和意大利语、西班牙语等都源于拉丁语，同时有相当一部分词受古希腊语影响。从17世纪开始，法语逐渐取代拉丁语成为国际外交舞台中最常用的语言。当时的法语是一种非常强势的语言，1635年建立的法兰西学院专门负责对法语的语法、词汇问题给出权威性解释。该学院成立后，很快以“界定、诠释、修正法语使用”为宗旨，发动一场自上而下的“统一法语，净化法语”的文化运动。1975年法国通过《维护法语纯粹性》法案，规定如果使用明令禁止的英语词会被罚款。1994年法国又规定所有政府正式出版物、商业合同以及广告、工作场所和公立学校等场合都必须使用法语。但是，当今对法语影响最大的外来语，很显然是英语。法国政府甚至规定不能用email这个词来表示电子邮件，结果当然不可能成功，但是法国对于保护本国语言纯洁性确实做了许多工作。

即便如此，还是有许多诸如“hashtag”（标签）、“cloud computing”（云计算）、“tramway”（有轨电车）、“club”（俱乐部）、“marketing”

（营销学）、“management”（管理）等外来词汇出现在法国人的口语中。甚至汉语也被借入，如“yin”（阴）、“yang”（阳）、“longan”（龙眼）、“china”（中国瓷器）、“wushu”（武术）等。面对互联网时代语言融合的趋势，法国国内也不断出现反思保守语言政策的声音。法国文化部长芙乐尔·佩勒兰有一次公开表态说：“法国不应再惧怕外来语，应打破过去的故步自封，正视并感谢英语为法语慷慨提供的千百个新词汇。”此话一出，外界哗然。因为法国从17世纪就开始努力保持法语的纯洁性，抵制英语等其他语言对法语的渗透，历时400年。

1919年一战结束后签订的《凡尔赛条约》，首次出现英语和法语两个版本，这被认为是法语影响力输给英语的标志性事件。二战后，美国的影响力遍及全球，英语也随之取代了法语成为国际外交的主要语言。而且，从英语发展的历史来看，它一直展示自由开放的姿态，广泛地向世界上许多语言直接或间接地借用了大量外来词，百分之七八十的词汇来自拉丁语、法语、希腊语等非日耳曼语族的语言，吸纳交融，为己所用，与时俱进，生生不息。“英语是古典语言的蓄水池”，这在世界语言中也是一种罕见现象。

毫不夸张，中式英语确实丰富了英语词库，英语经过1500多年的演化，将迎来一个重要的时刻，第一百万个单词的诞生。词汇爆破式的递增得益于中式英语和其他60多种将英语和民族语言相结合的语言（如西班牙式英语、日式英语、印度式英语、新加坡式英语等）得到越来越广泛地应用，尤其是通过互联网的传播，英语词汇即将超过百万，最近新增的两万个单词中，20%来自中式英语。

2013年，黄金价格大幅波动，中国大妈疯狂投资黄金甚至震动了华尔街，但没想到随后黄金市场持续低迷，不少中国大妈都被套牢。而“dama”也顺势成功登上了《华尔街日报》，被称为“影响全球黄金市场的主力军”。“dama”这个新生英文词语演化成“热情但冲动、精力充沛但经常盲从、擅长利益计算但缺乏能力和眼光的群体”。

“tuhao”（土豪）风头丝毫不逊色于“dama”，英国广播公司专门做了一期“tuhao”的节目，介绍这个词语的来龙去脉、词义和风靡一时的原因。牛津大学出版社甚至考虑将诸如“dama”“tuhao”“hukou”（户口）这些有中国特色的词语收入牛津词典。一名牛津大学出版社的工作人员表示：“这些词语还没有正式加入牛津词典，不过其流行程度令人印象深刻。”《牛津英语词典》中大约包含120个具有中文渊源的词，例如“Chinglish”（中式英语）、“dimsum”（点心）。其实，不少老外在交流中，已经习惯地将“guanxi”（关系）、“mianzi”（面子）等反映中国文化特征的词语当作英语单词了。

“people mountain people sea”（人山人海），这句话也是英文直译，而且在中国国情视阈下，域外来客一看就懂。

在吸收外来语时，人们还特别注重尽量契合英语构词规则，使其本土化，即英语化，如“gelivable”（给力的）。例句：“The company's year-end awards is so gelivable.”（公司年终奖太给力了！）

还有一词值得玩味，“niubility”，即“牛逼”的意思，又写作“牛B、NB、牛掰、牛X、流弊”，可视作生活习语，形容某人在行为上或认识上的一种状态，多指出语者发自内心的感叹，赞赏对方很厉害、很彪悍的意思，例如：“You are full of niubility！”（你牛逼死了！）

顺势而为，即刻就出现了“zhuangbility”和“shability”，前者意为“装逼”，例如：“Back up! He is going to play zhuangbility！”（后退！他要开始装逼了！）后者是“傻逼”的意思，例如：“The power of your shability can destroy everything！”（你傻逼得无敌了！）

其实，这也不是什么新鲜事，刚改革开放时，就曾经盛行过“long time no see”（好久不见）之类的中式英语，如今也已成为标准的英文词组。《阿凡达》热映，该片1小时40分左右的时候，主人公就说出了一

句字正腔圆的“long time no see”。还有一些司空见惯的中式英语正被世界接受，成功“转正”。比如毛泽东的名言“好好学习，天天向上”在中国可谓是老幼皆知。早些年，有人将其翻译为：“Good good study, day day up.”曾经登顶“十大最搞笑中式英语”的榜首，传为笑谈。2011年7月11日，南京公布的2014年青奥会的6句候选口号中，“天天向上”的英语翻译正是“day day up”。当然，正式场合我们会译成：“Study well（hard）and make progress every day.”

中式英语作为一种特别的语言现象发生在现实生活中，刚开始时或许会造成一些小尴尬，但往往十分诙谐，令人会意一笑，往往会达到意想不到的效果。记得有一次我请外宾吃饭，吃到皮蛋，便聊起这玩意的英语译法，相当有趣且传神，我们可以直接用汉语拼音“pidan”或者英语“preserved egg”，但更好的译法是“century egg”或“thousand-year egg”。大多数老外不习惯皮蛋的滋味，他们会说：“It's very strong.”回答也很传神。在另一次有外宾参与的饭局上，我点了一个无锡茭白，可不知道英语怎么说，或许英语中有个正统的学名，我就即兴编出了一个“water bamboo shots”（水生竹笋）的词语，老外居然还能听懂！

据“全球语言监测机构”的监测表示，平均每98分钟就有一个英语新词问世，平均每天有一个中式英语杀入“标准英语”家族。曾被诟病的“中式英语”也开始逐渐被外国人认可，可以预见的是，随着中国文化在世界上的影响越来越大，会有更多的中式英语进入正规的英语词典，并散发出独特的魅力。

“师范大学”英译名的由来

中国的师范学校特多，各省市、各地区都有，现在有些师范大学的前身是师专或师院，在高校转型升级的浪潮中，系科变为学院、学院变成大学，师范类高校也是如此。不然，就要被“OUT”。刚开始，译成英语为Teachers' College/University，当然也有一些学校的英译名不加所有格（apostrophe）撇号的，如Teachers College/University。后来用normal 的逐渐增多，避开了一个比较直白的职业名称teacher。

其实，normal一词最早来源于拉丁语，1794年巴黎高等师范学校建校时由画法几何大师孟日（Morge，拿破仑的老师）和数学家拉普拉斯等人联合起名：Ecole Normale Superieure de Paris，译成英文后就是Super Normal School of Paris。请注意，他们用的是school，而非我们梦寐以求的university，而且一直沿用至今，矢志不移。

“normal”最早被译为日文，用的是中文字符“师范”。虽然今天“师范学校”在日本已不存在，但作为一种从西方引进的学校类型，其汉语名称是由日本人创立的。北京师范大学是第一个把Normal与University连在一起用的中国高等学府，从此之后，我国其他师范院校纷纷跟风，借用此名。英文词normal在画法几何中是“法线”的意思，很专业的术语，在数学统计分析中有“正态分布”的意思，是很完美、很规范的曲线。这是个美妙的词语，我把它理解为“规而不拘”，这不正是我们应该追求的大学精神和学人气质吗？

“normal”在数学范畴内，还有“正交的，垂直的；法线的；正态的；（矩阵）正规的”等意思；在化学范畴内有“规度的，当量（浓度）

的；正（链）的，简正的”等意思；在心理学、医学领域中，含有“精神（或智力、身体等）正常的”等意思。一般意义上就是“正规的，规范的；标准的；平常的，通常的；自然的，健全的”的意思。

至于是谁把“师范”一词引入国门的呢，现在难以考证了，不过梁启超在中国师范教育诞生之前就曾作文论师范。1896年他在《论师范》一文中说：“善矣哉!日人之兴学也。明治八年国中普设大学校，而三年之前，为师范学校以先之。师范学校与小学校并立，小学校之教司，即师范学校之生徒也。”1897年林乐知也曾作文《师范说》。梁启超《论师范》一文发表的第二年，上海南洋公学设师范院，中国师范教育自此发端。或许可以据此推测梁启超在引进“师范教育”这个概念的过程里是有所作为的。

而事实上，“师范”一词在中国可以说古已有之。《辞海》指证，汉代人扬雄《法言·学行》说：“师者，人之模范也”。《魏书·卷五十八·列传第四十六》有“恭德慎行，为世师范”。可以看出，“师范”一词在汉语中原本是存在的，但其本义为“学校的榜样”或“效法”，没有把“师范”作为“学校”的限定词来指称诸如北师大、南师大、上师大这样的以培养教师为己任的学校。

至于现在国内普遍将“师范大学”英译为“normal university”，实际上有点误译，中文的“师范”和英文的“normal”并不能简单对应，但两者又确实有一种渊源的关系。

据英国人德·朗特里编《西方教育词典》对“normal school/college”的解释，它是指“美国十九世纪发展起来的师资培训（teacher training）机构（名称来源于法国的ecole mormale）”。法文词含义又来源于拉丁文norma，原意为木工的“规矩”“标尺”“图样”“模型”。“normal”若直译或许只能译为“规范”“标准”。但如果这样翻译，既不好理解，也难以反映“normal school/college”的准确涵义。有一种美国人的解释是，“normal school”叫作“常规学校”，之所以这样命名，是因为未来的教师必须按照常规的方法进行教学。

北京师大的校训围绕“师范”二字的蕴意而得“学为人师，行为世范”，后来又有了“学高为师，身正为范”的说法，还有“为人师表，为人模范，为人表率”的提法，这与中国传统的训诫“言传身教”“身教重于言教”“率先垂范”等相关联，打仗的时候就更应“身先士卒”。

2002年7月22日至30日在中国北京举行的中外大学校长论坛期间，法国巴黎高等师范学校校长加伯利埃尔·于杰在媒体访谈节目中有一番意味深长的话，主持人在访谈将要结束时问于杰，巴黎高师为什么不改名。于杰说“normal”在拉丁语中有“标准”的意思，我们为未来确立“标准”，为什么要改掉它呢？可见这个词本身就有价值的含义，只是此处的“标准”是对学生而言的。融进了东方理念，尤其是中国文化理念的“师范”，则是要求教师要成为学生学习的模范，是对教师而言的，所以“师范教育”不能简单地用“teacher education”来对应。

综上所述说，normal真是个了不得的词，含金量很高，沉甸甸的。

为何国外开车须避让行人

2010年第41届世界博览会（EXPO 2010）于2010年5月1日至10月31日在中国上海市举行。此次世博会也是由中国举办的首届世界博览会。在筹办之前，上海曾开过好几次有关如何树立上海城市形象的研讨会，国人接待异域来客是非常讲究面子的，尤其是碰到这样的大场面。我应邀参加了一次研讨会，那天堵车很厉害，迟到了，好些专家已发表了真知灼见，其中不乏宏旨阔论。因为晚到许久，无颜再说许多话，我就讲了两条，作为衡量大都市文明程度的基本标尺：一是车让人，二是公厕有手纸。我说，上海如能做到这两条，那就是一流的国际都市。即兴发言仅仅两分钟，不料引起全场广泛共鸣和热烈掌声，大家说很实在很实用。

由于长期分管学校外事工作，跑过不少闻名遐迩的国际大都市以及形形色色的其他城市，我总是从这两个角度来考量城市和都市人。当然，其他高大上的标准也很重要，但是这两条最基本的倘若做不到，这座城市的内涵还得好好修炼。

在西方发达国家旅游或出差时，我们总是很羡慕当地市民会很自觉地遵守交通规则，而且我们将这类行为划入公德之类，譬如说，外国人过马路不闯红灯。其实，这是一种误解。闯不闯红灯还要看是车还是人，无论何时汽车绝对不可闯红灯，但行人却有闯红灯的“绝对自由”，比如，我在纽约、巴黎、伦敦等大都市，也曾看到乱闯红灯的“急死鬼”。不过，总体而言，这是极少数现象。究其原因，一是大多数人都开车，除了在Downtown，行人本来就不多。二是大多数非闹市区车道都是为车设计的，车速极快，如果行人要闯红灯，小命堪虞，这个险实在不敢冒。三是不论是开车者，还是徒步者，都很看重自己合法的“路权”：应在哪条道上开，开几个miles；应在哪儿停车，停多少minutes；应该在什么道上行走是安全可靠的，等等。他们把这些看作是规则，其实也体现了他们的某种“路权”。只要在许可范围内，人人均可享用。不然的话，风险指数陡增。

但中国人却常爱冒险。有个冷笑话，一个中国人在美国过马路时闯红灯，被美国女友蹬了，说你连红灯都敢闯，还有什么不敢干的？接受教训后，回到中国，又因为过马路时不敢闯红灯，被中国女友蹬了，说你连红灯都不敢闯，还能干什么？

从某种意义上看，闯不闯红灯只是风险认识问题，与公德无关。所谓的风险认识，只是一个经济层面的理性取舍问题。同样是闯红灯，在中美的结果是不同的。在美国，行人闯红灯，司机们怕，只要人车相遇，不管谁有理，车都是无理的，因此，车让人就习以为常了。中国不少司机往往在快撞到人时，忽然来个急刹车，然后探出头来破口大骂，甚至还有“宝马”车连撞数人的事发生。

在绝大多数国外城市中，“车让人”司空见惯，无需大惊小怪。而且要早早地停车，让行人坦然前行，这是行人的“路权”。说实话，有的司机还害怕“碰瓷”的倒霉事落到他头上，用这种鬼把戏骗取保险的人偶尔也会出现。这就是“风险意识”在起作用，而非“美德”。

还有一个重要原因是对生命的理性判断存在差异。许多中国人常以物质化的东西衡量生命的轻重。按他们的理解，有车一族好歹有两个钱，坐在车里总有点莫名的优越感，就不该让路上那些车都买不起的行人挡着我的道。但在美国，穷人也买得起车，富人也可能走路。然而，一旦驾驶汽车，那便“铁甲裹身”，成了“强势群体”，而且还占有更多的公共空间，一辆普通轿车，起码占地8-10平方米。一个行人的双脚

占地仅为0.034平方米，且无任何保护装置，脆弱无力，极易受到伤害（vulnerable），是“弱势群体”。“以人为本”理念使然，车让人，人先过，理所当然，天经地义。

美国这种打破以物质为衡量生命标准的努力很早就开始了。《亨利·福特自传》中说，一百多年前，美国汽车大王福特曾承诺，要让每一个人买得起车，为此，他努力生产为普通人设计的国民车。这使得美国中产阶级日益壮大，带动了内需和良性经济循环。这种价值观和国民车的概念形成了所谓的“汽车文化”，在很多国家都得到推广，比如德国的大众、意大利的菲亚特等。而我们很多地方仍在推行歧视小排量汽车的政策，在客观上造成了只有富人才能充分享受汽车的状况。因而，车仍然标志着我们阶层的划分，而不同阶层间，对生命的价值就有不同认识。在美国交通事故里出一条人命，法律后果是非常严重的，而在中国，很多交通事故里，医疗费比死亡赔偿金高出许多。所以，司机这行里有句残忍的话：“撞残不如撞死。”

诚然，东西方对生命衡量标准的不同，并不能说明文明的优劣。《菊与刀》的作者、美国著名人类学家鲁斯·本尼迪克特曾惊讶于日本人宁可付出生命也要夺取胜利的价值观，认为这是东方文化中精神重于物质的传统。也正是这种原因，东方国家在诸多战争中，通常都能以“敢死”的牺牲精神获得胜利。在和平年代，对于精神、荣誉和名位的追求，也常常使东方人勤奋刻苦。当然，东方人“过劳死”的比例远远高于西方。

在城市公共空间中，我们最能看出市民的行为特征，这里既涉及“修养与礼貌”，也涉及“风险与生命”。比如德国有些地方的人上下电梯的次序很独特，上电梯时，遵守“先来后到”之次序；而下电梯时，里面的人先下，外面的人后下，因为里面的人上电梯时是先来的，理应继续“领先”，尤其是在转乘其他交通工具时或者是前往观看展览之类时。日本人乘自动扶梯时，东京是左立右行，大阪是右立左行，很少有人会站立中间，大家自觉留出空间让有急事的人用。日本人过横马路时，一般也自觉地排成几个纵列，不会朝前挤成一堆。

在一次研讨会上，我曾说，一座城市的地位并非以汽车保有量争高低，成熟的汽车文化杜绝“路怒症”。2015年5月3日，网上疯传的一段成都男司机将一女司机逼停后当街殴打的视频引起热议，35秒内男子多次踢中女司机脸部，导致女司机全身多处受伤。这段视频点击量在2小时内上升至数十万，一时对该事件众说纷纭。经成都锦江公安初步调查，男司机张某的行为已涉嫌寻衅滋事罪，被警方刑事拘留。审讯中，张某对自己的行为感到非常后悔，称是一时冲动造成了对卢某及家人的伤害。斗车犹如斗鸡，伤及双方，还有可能伤及路人。

成都男子暴打“乱并线”女子，上演一场没有赢家的街头争霸战。这是一些国人缺乏行车礼仪的表现，也是车与车之间沟通不畅的结果。在德国、俄罗斯、英国等较早进入汽车文明的国家，则形成了包括灯语在内的一整套行车礼仪。正是这些礼仪，维系着每天千万辆车的文明行驶。

德国司机路上交流靠灯语。在“汽车大国”德国，司机们习惯用汽车灯语交流。这种无声的语言帮助司机们在道路上形成默契，并成为一种约定俗成的行车文化。德国“道路交通管理条例”规定，两种情况下应使用灯语：一是在城外开车时，后车要超车时可用灯光提醒前车；另一种是在可能出现危险时作为危险信号使用。正确使用刹车灯、雾灯、转向灯等，也是德国司机必须掌握的基本功。路上看到最多的是相互礼让，比如白天在十字路口，男士遇到女士开车经过，会闪灯提示女士先行。而这时，女士们会半举左手，表示“感谢”，或闪一下大灯。在中国会车时使用双闪信号的车辆，往往表达的是先行的要求，而在德国，使用双闪则是请对方先行。遇到并道或者车辆交替通行路段，变道车首先会提前打开转向灯，在车流交汇处稍等。后车要是同意就放慢车速，并闪一下大灯；如果不方便，就连闪几下大灯表示拒绝。

英国人开车礼貌成习惯。在英国居民区常见的街巷里，通常由于两旁道路的门前都会停满居民用车，所以基本上无法实现道路双向通车。在这样的地方没有红绿灯指引，谁先谁后完全是司机们自己来协调。眼看着迎面对开而来的两车徐徐接近，这时总会有一名司机用握着方向盘的手做出手势示意，通常司机会尽量竖起食指前后摆动，表示请对方先过。而对面的司机也会领情地竖起右手的拇指，表示感谢。在城市里开车，车辆间不小心剐蹭在所难免。这种情况下，双方司机常常会打亮双闪警示灯，将车依次开到道路旁可以停车的地方，带着各自的驾驶证件和保险单，友好地商量事故责任和处理方式，而不会大声争执。在英国空空荡荡的路口上，经常看到有车停在那里，安静地等绿灯；在拥挤的下班时间，公路上整整齐齐排列着长车队，没有车辆乱插队。

俄罗斯司机打双闪说谢谢。俄罗斯交规和中国一样，规定如果汽车在路上抛锚、临时停车、车队通过等几种情况，需要使用尾灯双闪以提示后面的司机。但还有一种情况，这就是表示谢谢。在路上，如果别人给你主动让道或者有其他什么示好的动作时，你要点一下双闪表示感谢。这种情况经常发生在并线、过没有红绿灯的十字路口时。在既无红绿灯，又无主辅路标志时，谁先通过是个问题。这时候，俄罗斯人又想出了灯语——大灯闪一下，表示请你先过；闪两下灯表示“你先行，快点”；闪三下灯表示“还不快走，等啥”。如果你再不走，战斗民族就要轰起油门，绝尘而去。

外国人笔下的“洪荒之力”

傅园慧一夜蹿红确实始料不及，她是一个游泳选手，并未拿到奥运冠军，但以爆棚喜剧感的表情和另类段子手的特征，不仅让国人的网络被刷屏，就连海外网民和记者统统被圈粉。她的经典之作就是接受记者采访时的那段话。当记者告诉她成绩是58秒95时，她很吃惊：“58秒95？啊？我以为是59秒。我有这么快？我很满意！”在记者追问半决赛是否有所保留时，她气喘吁吁地直摇头，“没有保留，我已经……我已经……用了洪荒之力了！”“我用了三个月做了这样的恢复，鬼知道我经历了什么，真的太辛苦了，有的时候感觉我已经要死了，奥运会训练真的生不如死。”顿时“洪荒之力”传遍五洲四海。

讲到“洪荒之力”，人们联想到的是开天辟地、造人构物的上帝之力，然而此处的洪荒之力只是现代人的杜撰之作——流行玄幻电视剧《花千骨》中出现的一种邪恶的、毁天灭地的可怕力量，一旦拥有这种力量，所向披靡，征服天下。同名网络小说中，这种力量谓之“妖神之力”，可能编剧认为这一名称不够雅观、不够出挑，在电视剧中就改成了“洪荒之力”。随着电视剧的流行，这一说法也渐渐走红，但没有火爆到如今的程度，以致《咬文嚼字》将它列为2016年十大流行语之首。傅园慧作为一个90后女孩也许看过这部电视剧，在采访中脱口蹦出这个词，不足为奇。但她不会料到，随口说说，竟成网红，让人们再次领略到“洪荒之力”的魅力和魔力。从《千字文》开篇第一句“天地玄黄，宇宙洪荒”演变成今天的“洪荒之力”，给人一种天荒地老、时空交错的沧桑感。

问题是外国记者如何将它译成英语，既不失剧中原意，又传递出

“洪荒少女”那种特有的语气和表情。这是一道不可逾越的五星级难题，不信请看下列例证：

英国《每日邮报》（The Daily Mail）采用了意译的方法，去掉了原古文化色彩浓重的“洪荒”一词。“I have played my full potential, used all my strength!”这一译文只是表达出该词所含的普通意义，并未传达出傅园慧在使用该词时折射出的那种自嘲、戏谑、夸张的语气，英语读者会纳闷，如此一句普通的话语为何能在媒体和公众中引起火爆的反响。

美国综艺周刊和网站（Variety）则译成“prehistoric energy”，并配以解释，说它类似《星球大战》电影中的The Force（原力），这是“直译”加“类比”，有那么一点点效果，多少传递了那种原始和宏达的感觉，契合傅园慧的“逗”和“萌”，但还是无法保留原汁原味的神韵。

英国《卫报》（The Guardian）、《太阳报》（The Sun）等媒体把“洪荒之力”翻作“mystic energy”（神秘的能量），毕竟外国人没有中文底蕴，对这个词组自然不会产生震撼的感觉。

同样是英国媒体，BBC就将其翻为“powers strong enough to change the universe”（强大到能颠覆宇宙的力量），冗长且绕口，虽凸显了力量的强大，但未交代时间，过于直白，失之拖沓，要想紧扣“天地玄黄，宇宙洪荒”的典故出处，若没有一点中文功底，怎么能拿捏到位？也许意识到了这一点，BBC在之后的报道中改译为“prehistoric powers”，意为“史前力量”。该译法简洁有余，而“力度”不足，只说明了时间之早。澳大利亚的《News.com新闻》也采用这一译法。

美国《华尔街日报》的译法则是“primordial power”。“primordial”意为“原始的、原生的”，与BBC的译法雷同，缺憾也类似。

中国香港《英文虎报》（English Standard）相对BBC要简单一点，译为“power of the universe”（宇宙之力）。这么一说，小傅有点像造物神一样的存在，有悖原意。

中国官媒央视英语频道、新华网英语频道和《中国日报》(China Daily)均统一译为"prehistoric power"(史前力量),由此生成一个"中国英语"(China English)的单词。老外也跟着学,却不知暗藏玄机,都被"洪荒之力"搞懵。

其他五花八门的试笔者之作也不少,如Ultimate Universe Power(缩写UUP,大宇宙力量)、Almightypower(全能的力量,大能)、big-bang-energy(宇宙大爆炸之能)、superpower(超级力量)、Power of Titan(泰坦之力)、biblical might(圣经之能)、mythological power(神话的力量)、the power of Nature(大自然之力)、the mystical powers that can change the universe(改变宇宙的神力)等等。

最偷懒的莫过于澳大利亚《悉尼先驱晨报》(The Sydney Morning Herald),直接用拼音"hong huang zhi li",如同以前处理"面子"(mianzi)、"关系"(guanxi)、"户口"(hukou)、"不折腾"(bu zheteng)一样。有些外刊来了个折中译法,Honghuang power。

借用虚拟语气来表达,倒也未尝不可,如:"If I can ever move heaven and earth, I've done it."(如果我能撼动天地的话,那我已经做到了。)

当然,英语中要表达"极尽全力"的意思,选项相当多,如:

I've swum out of my super power.

I have given my full play.

I've done my utmost to swim.

I've endeavored to do the best.

最为简单的还有一句:

I've tried my best.

当然,也就平淡无奇,通俗无力了。

美式道歉的真相

2001年4月1日，美国EP-3侦察机在中国海南岛附近海域上空高空侦察，中国海军航空兵派出2架歼-8II战斗机进行监视和拦截，其中一架僚机在中国海南岛东南70海里的中国专属经济区上空与美军飞机发生碰撞，中国战斗机坠毁，飞行员王伟跳伞下落不明，后被确认牺牲。而美国军机则未经允许迫降海南岛陵水机场。中美撞机事件中所引出的所谓“道歉”激起媒体和公众热议。由于责任在美方，根据国际法和中国法律有关规定，中方完全有权对这一事件进行全面调查。在中方允许美方机组人员离境之后，中美双方还将继续就此事件及其相关问题进行谈判。

撞机事件后，中国政府一直坚持要美国政府做出道歉，美国政府一度拒绝道歉，使事件的解决陷入僵局，而“道歉”则陡然成了问题的一个焦点。4月11日，美国通过全权代表、驻华大使普理赫向中国递交了致歉信，使双方的争执告一段落。

其实，中国对撞机事件的处置，一直相当理性和节制。毕竟与美国交恶，不符合国家利益和长远发展。倘若再细细分析中国要求美国所谓的“道歉”，不难发现，已经为美国预留了后退的空间。道歉的适用范围非常广泛，国际法经典著作《奥本海国际法》指出：“不法行为者方面的正式道歉通常是必要的。”道歉可以用口头表达，也可用书面方式表达，还可以采取其他方式表示，如派专使到受害国表示道歉，或者由国家领导人或政府发表声明或致函表示，或者向受害国的国旗、国徽敬礼，或者惩办肇事人员，保证不再发生类似行为或事件等。首先，道歉采取何种形式在国际法上不是明确划一的，而是根据具体情况采取一种或多种形式；其次，就用语而言，也没有规定必须用哪些词汇，不能用哪些词汇；再次，所有这些形式、包括用语的背后，都有一种主观的认识作为支撑，那就是有关当事人认为自己是在承担一种法律的责任，而不是其他。

中美军机相撞事件僵持了11天之后，终于在美国“深表歉意”的情况下，出现重大转机。美国24名机组人员在完成必要手续后，顺利回国。中美双方举行谈判，讨论造成这一事件的原因、美国停止在中国沿海侦察等问题。

美国“深表歉意”，中国接受美国的“very sorry”。这是双方密集而灵活的外交运作，化险为夷，使中美关系不至交恶的结果。虽然在紧张磋商谈判的同时，双方又不断地公开向媒体放话，表达各自强硬的立场。布什、切尼、鲍威尔等轮番上电视发表看法，坚称美国不会道歉。而中国除防长迟浩田外，军委副主席张万年10日在新西兰发表态度强硬的“四点”谈话，要求美国道歉。

如今中美在语言上找到了一个双方均能接受的表达“道歉”的词语。鲍威尔8日访谈中说“我们对于有人丧生感到遗憾（we are sorry that a life is lost）”，就所用的sorry一词来看，美国那时已在试图用一个比regret更进一步的表达来让中方能够接受。最后出现的是“very sorry”。耐人寻味的是，在事件发生的初始阶段，美方在坚持不道歉的同时，在对有关事件的表态中使用了“遗憾”“抱歉”等多种近似词语。在国际法辞典中，英文的道歉是“apology”“apologize”，表示歉意、认错、谢罪等，例如：

She apologized for accusing him falsely.她为错误地咒骂他而道歉。

And I apologize to everyone who has to go through this. 还有，我向所有不得不承受这一切的人认错道歉。

而美国人用的是“sorry”“regret”。sorry是形容词，意为“遗憾

的；对不起的；抱歉的；难过的；同情的；惋惜的”，是个常用而平淡的词。例如：

Sorry, I left my credit card at home.对不起，我把信用卡落在家里了。

Sorry, she isn't in. Please call back later.对不起，她不在。请过一会儿再来电话。

I'm sorry to say your explanation confuses me a lot.真遗憾，你的解释更令我如坠入五里雾中。

此处的regret是个动词，语气比sorry略重一点，意为“遗憾；抱歉；后悔；惋惜；哀悼”，例如：

I regret that I cannot come.我来不了，很抱歉。

I regret to tell you that Mr White has departed from the world for ever.我遗憾地告诉您怀特先生与世长辞了。

《纽约时报》载文说：“专家们对美国读者解释说：中国人要求的不是一般意义上的表示歉意，而是上个世纪中国清朝宫廷词汇里面的‘道歉’二字。鲍威尔和布什的‘sorry’一词在中国媒体上被译作‘遗憾’，而‘遗憾’二字所包含的发自内心的悔过程度是不够的。然而，在中文里面‘道歉’是各种各样的。如果北京想让一让步，北京就能同意使用温和的说法——‘抱歉’，以取代先前所说的‘道歉’二字。”这完全是一种语辞分析。

美参议院外交事务委员会新任主席、共和党保守派核心人物亨利·海德认为中国人是很“敏感”的。似乎中国要求美国道歉仅仅是出于顾及颜面的需要。还有报道说，美国官员一直在挖空心思寻找与道歉蕴意相似的词，以满足中方的要求，同时不伤自己国家的面子。好像美国政府在极力为自己的国家多争些颜面，超级大国的霸权作风和傲慢态度彰显无遗。

从历史上看，道歉作为法律责任的形式在国际法上久已有之。在1935年英美仲裁委员会裁决的“孤独号”案中，美国税务船开炮将一只加拿大船只击沉。仲裁委员会裁定美国的沉船行为是非法行为，美国应当正式承认其行为的非法性，并向加拿大政府赔礼道歉。在“彩虹号”案件中，法国特工持伪造瑞士护照进入新西兰炸毁了“彩虹号”，事后，仲裁庭要求法国向新西兰做出“正式和无保留的道歉”。《奥本海国际法》中引用了美国的另一个案例，耐人寻味。在1968年美国“普伯洛号”艇被朝鲜扣押获得释放时，美国政府签署过一份文件，为文件所述的有关行为“郑重道歉”，但美国政府同时又发表声明，宣称该文件与实际情况不符。

美国在给中国的致歉信中说，布什总统和鲍威尔国务卿对中方飞行员失踪和飞机坠毁都表示了真诚的遗憾（sincere regret）。他谨代表美国政府向中国人民和王伟的家属深表歉意（very sorry），并就美方飞机未经许可而进入中国领空和降落中方机场向中方深表歉意（very sorry）。中方则表示，鉴于美国政府已向中国人民致歉，出于人道主义考虑，决定允许上述人员在履行必要手续后离境，中美双方还将继续就此事件及其相关问题进行谈判。

可是在12日早晨，美国国务卿鲍威尔在美国机员离境后重申，就中美军机相撞事件，美国没有什么好道歉的（言下之意，他并没有用apologize这个词）。他说，如果美国向中国道歉，即是表示美国做错了事情，并愿意承担因犯错而要负的责任。他的新表态令人惊讶，表面上看老美出尔反尔，不守信誉，实质上，他们在玩弄文字游戏。

值得关注的另一个方面是道歉对象，而这也是双方步下台阶的最佳选择。对中国政府、中国人民还是向飞行员王伟家庭的道歉，也是双方解决此事件的决策考虑因素之一。如今，美国选择的是向王伟家庭进行“伯仁式”的道歉。

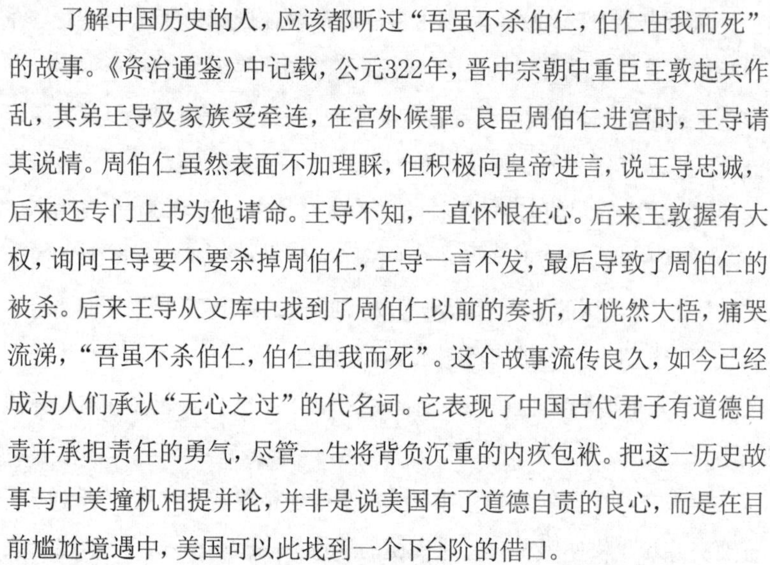

了解中国历史的人，应该都听过“吾虽不杀伯仁，伯仁由我而死”的故事。《资治通鉴》中记载，公元322年，晋中宗朝中重臣王敦起兵作乱，其弟王导及家族受牵连，在宫外候罪。良臣周伯仁进宫时，王导请其说情。周伯仁虽然表面不加理睬，但积极向皇帝进言，说王导忠诚，后来还专门上书为他请命。王导不知，一直怀恨在心。后来王敦握有大权，询问王导要不要杀掉周伯仁，王导一言不发，最后导致了周伯仁的被杀。后来王导从文库中找到了周伯仁以前的奏折，才恍然大悟，痛哭流涕，“吾虽不杀伯仁，伯仁由我而死”。这个故事流传良久，如今已经成为人们承认“无心之过”的代名词。它表现了中国古代君子有道德自责并承担责任的勇气，尽管一生将背负沉重的内疚包袱。把这一历史故事与中美撞机相提并论，并非是说美国有了道德自责的良心，而是在目前尴尬境遇中，美国可以此找到一个下台阶的借口。

然而，现在侦察出了问题，对中国的人和物都造成了损失。美国对中国不断的抵近侦察正是祸源。王伟妻子写信给布什，指责他“懦弱得连道歉都不说”，并最后祝布什“家庭美满幸福”，此信掷地有声，振聋发聩。在布什总统8日给王伟妻子的回信中，据称是“美国的方式，以人道之心回复一个痛苦的遗孀”，鲍威尔也随后讲出了sorry。再到美国官方致中国的“致歉信”，道歉的对象都是王伟的家人（未经许可降落也是道歉内容之一，但还有所保留）。种种迹象表明，美国用“伯仁式”的道歉方式暂时化解了危机。

由此看来，要真正拿捏好regret、sorry、apologize这几个词的含义和用法，尤其在外交场合，并不是一件容易的事。而把它们译成中文时，选择什么中文词语，也大有讲究。

采光撷影

纽约街头的“鼓”手

电视剧《北京人在纽约》中时现时隐一黑人鼓手伫立街头、尽兴表演的身影。鼓点似秋夜疾雨，抑扬顿挫，耐人寻味。这是纽约一个常见的特有街景。孤独者能从鼓中觅到刺激感官的力量；落魄者能从鼓声中找回直面人生的勇气；深夜赶路或候车的人们闻鼓而壮胆。据警方称，卖艺人经常出没的偏僻处，抢劫案极少，艺术遏抑了邪恶，他们是“编外警力”。

击鼓是非洲的传统艺术。纽约街头这类极具天赋的野路子鼓手也多为黑人，偶尔也可见到裸露上身的小男孩，只有十来岁。有用小棒敲的；也有徒手拍的。有两人对打一鼓；也有一人同击三鼓。

有一次，笔者在曼哈顿一朋友家过夜，随着临街的鼓声进入梦乡。清晨却又被急促的鼓声唤醒，我惊呆了，那鼓手彻夜未休！我冲下楼去，往地上的一破帽内破例地放进了5美元，以示我这穷留学生的敬意。那鼓手紧锁双目，埋头鼓声，无暇也无神顾及路人是否施舍或施舍多少，他好似不在卖艺，而是在发疯般地追逐那无休止的远去的鼓点。

纽约是全美街头艺人最集中的大都市，各类乐器的表演者应有尽有。但最令我折服的还是那奇妙无比的鼓声，那“鼓”的平凡来历更使我惊愕不已，它原本是美国各调味品公司用来装运酱油的标准白色塑料桶。许多餐馆用完酱油便将它们丢弃路边。有人捡来装垃圾；也有人将它们当作铅桶，盛水洗涤；不少花店伙计用它们来蓄水养花；唯独黑人使这些“出身低微”的废桶发出了震撼人心的声音。

“饼干”教授

在美国很少有不干活的全日制研究生，所以纽约大学的研究生课程大多安排在傍晚五点之后。他们为生计操劳了一天，时常是啃些面包、饼干之类，安慰一下辘辘饥肠，又赶去上课。唯独上吉恩教授的“语言测试理论及实践”课，我是空着肚子去的，因为每次登堂开课时，她总要捎上两盒包装精致的什锦饼干，在学生中传递品尝。盒子兜不上三圈就见底了。“饼干”教授的雅号不胫而走。

“饼干”教授约四十出头，身材匀称，容貌漂亮，嗓音富有乐感，十分动人。她的事业搞得很红火，开了两家咨询测试公司，在纽约小有名气。她说她从小在贫民窟长大，能有今天，除了拼搏，就是从没为自己是波多黎各后裔而自卑过。

她的课为何受欢迎？除了饼干的味道好极了，我想，主要得益于她那颇具特色的“动态”教学法。她很少固定在讲台上，总是不停地在学生中来回走动，有时甚至半蹲在学生面前辅导答疑。讲课时更是眉飞色舞，伴以恰到好处的手势，使人心醉。时而连珠炮式的发问使你的脑子不断“公转”，开小差的“自转”者常被“罚歌”。

教授布置的作业也极富动感。记得有一次她对全班说，在当今世界上挪动任何一步，就得测试别人或被别人测试。测试形式和内容的基本要求是“公正”，它取材于日常生活，不幸的是，我们的社会充满了偏见甚至是歧视性的语言或图像语言。大家不妨回去搜寻一番，来源及种类多多益善，这对自觉避免语言测试题设计中的偏见和歧视大有裨益。

这个作业着实使我们“动”了好一阵子。“战利品”来源各不相同，如书报杂志、广告、图片、说明书、明信片等。有人竟然在不起眼的商标上也挑出了毛病。偏见或歧视的类别应有尽有：国度、种族、宗教、文化、工种、年龄、性别等等。

有位黑人学生指着一张广告画，忿忿不平地说："为什么把黑人布娃娃们安顿在玩具火车的尾部座位上，而车头的几排位子全让白人布娃娃占据着？！"

一个中国台湾女生出示了初级英语课文中的一段句型操练：

A：Something is wrong again with my umbrella.（我的伞又坏了。）

B：Where is it made?（哪儿造的？）

A：It's made in Taiwan.（台湾造的。）

教授接着要求大家将所有的材料归类剪贴在大白纸上，用粗大的彩笔注上评语，并饰以花边之类。教室挺大，我们便趴在地板上忙乱起来。

其间，她将两个男孩、两个女孩领进课堂，小孩们作了自我介绍后，我们才知道这些是教授的子女。他们居然也加入我们的行列干了起来！小孩天生就喜欢剪剪贴贴、涂涂画画。没多久，一个五彩缤纷的"偏见展览"揭幕了，大家还推举了几位讲解员，其中包括她的两个孩子。听美国小孩讲天真甜美的英语是一种享受，况且孩童是最少有偏见的。

期末大考，教授出了一道实践性很强的难题：走出课堂，两人一组，设计一套适合某国某一水准的"托福"英语试卷。公布成绩后，看到试卷扉页上一个大大的"A"，我半开玩笑地对教授说："多亏吃了你不少饼干，真不好意思！"然而，"饼干"教授的回答令我终身难忘："别忘了，我的报酬是从你们学费中提取的。"说完，还亲吻了一下我的前额，以示对学生——老师的衣食父母的谢意。

在我回国前，从一同学处获悉，这位已有四个孩子的母亲正在和丈夫闹离婚，这大概是她教学观上的动态意识在其婚姻观上的"共振现象"？！

此推断未必有理，不过，好"动"求"新"确实是美国人的一个明显特点。

没被抢反倒成了“新闻”

纽约的绰号是“大苹果”（Big Apple），此美称常使刚涉足这座繁华神奇大都市的宾客陶醉。

然而，纽约大学留学生顾问Smith先生的忠告令我惊愕，“纽约的生活有时是血腥的（bloody），外出带大钱的话，最好塞在鞋子里，甚至袜子里！”朋友们的经验之谈又使我困惑：“别忘了，出门一定要在口袋里放些零钱，至少15到20美元，这是买路钱！”房东太太反复叮嘱我：“如遇强盗抢钱.让他伸手来掏你的口袋，千万不要自己主动伸手去把钱掏出。不然，强盗会误认为你不服帖，而想要掏出刀啊或枪啊什么的，他定会先下手为强的。”

从此，无论春夏秋冬更换何种服饰，20美元的“买路专款”一直静卧在我的上衣口袋里，以备“专用”。

顾问、朋友及房东太太的告诫并非危言耸听。不是吗？新闻媒体几乎每天都有各类抢劫案的报道，以致“狼来了”在纽约已是老生常谈，无“新”之“闻”。

我的朋友，朋友的朋友遭掠被抢的消息不时地传来：

留学生小刘在曼哈顿34街的电话亭打电话时，一壮实的黑人突然将手插入他的裤袋，刚发的打工薪水化为乌有。由于用力过猛，小刘的牛仔裤连同内裤全被撕破。

宁波籍的房东二女儿在光天化日之下被一南美少女拉去了项链，“发光的未必是金子”，不过。华裔姑娘颈上挂的十有八九是24K的真家伙。

新移民小朱骑车为食客送夜宵，3个月内5次奇遇守株待兔的“马路天

使”，不仅美味佳肴被掠食，有两回还被劫贼打得车翻人仰、鼻青眼肿。

老唐的挎包在地铁里被抢，他居然不顾死活，奋力从歹徒手中夺回，因包里装着用心血写成的博士论文初稿……

最惨的莫过于1989年圣诞前夜电视画面上的一幕，一白人老太被人夺包时，不慎跌在飞驰的车轮底下！

没多久，皮包商们便推出了遭抢时外层皮革会自动脱落的“安全包”，这闪亮登场的新玩意或许能增加些安全系数，但它却丝毫干扰不了纽约犯罪的主旋律：抢劫。据官方统计，仅报案的抢劫案每年竟达十几万起，并逐年上升，为全美之最。

在到纽约的头一年中，我暗自庆幸上帝老是偏爱着我、护卫着我，尽管不时还得走些夜路，总算福星高照，没事。

终于，在公元1989年最后一个夜晚，我的遭抢零纪录被打破。两个亚裔模样的少年，一个拿刀，一个握枪，在Queens（皇后区）我租房处的前两个block（街区）的拐角上恭候着。刀是真的，它在繁星满天的夜色中闪烁寒光。那支枪可说不准，西方的玩具手枪不也常能以假乱真吗?！

在这史无前例的生死关头，鄙人不敢存留丝毫的幻想。为的是爹，为的是娘，更为的是留守上海的妻子和女儿，我迅速实施Smith先生教我的美利坚“惯例”：破财保命，不作无谓牺牲。乖乖就范后，任凭那两个大男孩悉数掏出久违的“买路专款”。随后，我便像野兔似地落荒而逃……

不怕出丑的美国学生

通过了汉学家莫斯教授的面试之后，他拍拍我的肩膀说："学生好比顾客，是学校的上帝，一定要设法把他们'逮住'。"这话虽带有些商业味，却说得实实在在，因纽约大学是靠学费养活的私立大学。

我受聘执教的中文班的"上帝"们大多是"ABC"，这是双关缩略语：1. American Born Chinese（在美国出生的华裔）。他们已经美国化了，但对龙的语言怀有血缘般的情感。2. 初学者。说实话，这些学汉语的大学生的基础不比咿呀学语的小孩好多少。还有些是欧美血统的学生，对方块字组合成的华夏文化和语言犹如信教般地崇仰。

我没有怯场，哪怕是第一次登上美国高等学府的殿堂，因为传授祖国语言的自豪感支撑着我的自信心。学生们也没有冷场，尽管他们的中文说得结结巴巴，甚至有点儿语无伦次，可美国学生胆大、活跃、好问。最难能可贵的是不怕出丑，即便是提了"愚蠢"的问题，或是犯了"低级"的错误。

记得上第一堂课时，有学生问什么是"中文"？"天哪！"我心里正纳闷，"怎么提出如此的问题？"可就在这时，教室里中文夹着英语的各种回答此起彼伏：汉语、普通话、官话（欧美人指的Mandarin）、北京话、国语。还有的学生说中文就是广东话（Cantonese），因唐人街上的华人都说这话。不错，此类议题在正宗国人看来，不免可笑，可在"ABC"们的眼里，名目如此繁多，确实感到眼花缭乱。为替中华母语正名，我便小题大作，直讲到他们弄明白为止。

洋人学中文有两大难关：书写和四声。他们练得很勤，也很苦，刚

学书写时，汉字不是缺条腿，就是少个胳膊，但他们毫不畏缩，纷纷举手，要求上黑板“献丑”。四声是汉语的“专利”，为获取它，学生们的舌头折腾和痛苦了好一阵子，稍不留神，铸成大错，甚至闹出笑话。有位男生在练对话时把“我想问问你，好吗？”念成了“我想吻吻你，好吗？”待我把错误曝光后，全班哄堂大笑。和他搭档练对话的女同学连脖子都涨红了。

为激起他们练发音的兴趣，我还外销了一些国产绕口令，如“西施死时四十四”“画上荷花和尚画”“上海自来水来自海上”等。在绕舌中他们感悟到中国语言的无穷魅力。

听说是任何语言教学的根本所在，大量的听说训练使学生的交际能力大有提高。考口语时，他们自编的对话真实有趣，有男女朋友到中餐馆约会的；有逛唐人街购物的；有去中国人家作客的，等等。

约翰与戴维的会话更富戏剧性，话题是“警察抓小偷”。其间，扮警察的约翰忘了台词，他突发奇想，佯装打“小偷”一个巴掌，可一失手，把戴维的金丝边眼镜打落在地，顿时激起一阵笑浪。

超短广告语

在纽约大学留学时，每周要去学校三四次，半个多小时的地铁旅程不算长，但偶尔也觉得无聊，因没街景可赏。于是，细细品味车厢内形形色色的广告便成了打发时间的消遣。回国后，大多数广告的内容都淡忘了，唯独两条短得出奇的眼镜广告还深深地印在我的脑子里。

一是“OIC”。此条广告语仅以3个字母巧妙借用了英语日常用语“Oh, I see.”（噢，我明白了。）的发音，且丝毫不差。这儿“see”既可释义“明白”，亦可表示“看见”，看似信手拈来，其实颇具匠心。即便英语初学者，也会过目不忘。

二是“SOS”。此缩略语为无线电求救信号，常被解释为：“Save our souls.”（拯救我们的灵魂。）著名英国作家斯威夫特曾说过：“眼为灵魂之窗。”（The eye is the mirror of the soul.）故作为眼镜广告语的“SOS”，可谓触目惊心，眼疾患者岂敢怠慢？！事实上，在摩尔斯电码信号中：S的代号为三点，即三短；O的代号为三划，即三长。三短三长三短构成了“紧急求救”的国际通用无线电信号，根本不是“拯救我们的灵魂”之意（也非另一误释“Save our ship.”——救救我们的船）。然而，广告设计者这一以讹传讹的手法倒也恰到好处，宣传效应是“国际性”的。

自相矛盾出效应

国外有些广告的哲理很奇特，它们旨在创造自相矛盾的双重社会效应，耐人寻味。

譬如，荷兰的广告法规定：任何电视台在为糖果或甜食之类做广告时，屏幕上必须空出十分之一的画面，不断闪烁显示一把大牙刷，以告诫观众过多食用糖果或甜食的害处，不要忘了刷牙。

美国国会曾通过一项法案：在每包（盒）香烟的外壳上必须印有以下文字——医学部门已确定吸烟有害您的健康。

在韩国出售的各种酒类都必须附上“过量饮酒会引起肝癌或肝硬化并可能增加车祸的危险性”的警告语。

欧美有些国家的高速公路旁竖有名酒广告牌，巨大的酒瓶色彩晶莹，琼浆欲滴。紧挨着酒瓶却画有一副左右交叉的白骨，其上搁着一个骷髅头，到底是在为名酒吆喝呢。还是向人们展示酒后驾车的恶果?

意大利薄饼就是意大利馅饼

1993年5月2日《新民晚报》“夜光杯”刊载《意大利馅饼》一文，作者对是否确有“意大利馅饼”似乎吃不准。尽管他查阅了一些参考书，但均未发现意大利馅饼的踪迹。

其实，该文讲到的意大利薄饼就是意大利馅饼，它的英文名称“pizza”，也是从意大利引进的。然而，各类英汉和汉英辞书中有关这一风靡世界的小吃的中译名是五花八门，给人造成“此饼非彼饼”的错觉。如“皮杂饼”（《英汉大词典》）、“意式烘馅饼”（《新英汉词典》）、“意大利薄饼”（《朗文现代英汉双解词典》）、“意大利馅饼”（《实用汉英商业手册》）、“意大利肉饼”（《最新实用英汉辞典》）等。还有一些人干脆顺着谐音译为“比萨饼”。

笔者在留美期间时常光顾由意大利人经营的pizza店，此类饼店在美国已形成了星罗棋布的连锁店。制作过程是：点心师先将面团摊平并擀薄，再揉成直径为两尺大小的圆状，并不时用手将生面饼托起加以旋转（像演“二人转”似的），使面饼更具韧性。接着，把各类荤素馅子平铺在生面上（而非包在其内）。荤馅是一些枣子般大小的牛肉或猪肉丸子。素馅是切成丝或片的洋葱、黄瓜、番茄、大蒜、蘑菇等。荤素馅饼都得加上干酪。最后用木铲将馅饼送入大型电烤箱（早期是用铁铲送入烧木柴的壁炉内烘制的）。烤熟后，用刀分割成扇形小块，搁在标有“pizza”字样的特制纸盘上出售。每小块约1.25～1.75美元。番茄酱和芥末酱则作为调味品由顾客选择佐食。

此外还有一种无馅薄饼，仅在面团夹层内涂些特制的黏性乳酪，食用时颇具情趣.因咬饼后会看到“藕断丝连”的现象。

在中国苏杭一带，有一种名曰“叫化鸡”的民间名菜，据说它出自一个不谙烹饪的乞丐之手。因苦于无锅灶与作料等，他只得将活鸡宰杀后裹上泥巴扔入火堆，烧烤片刻后取出，将泥巴连同鸡毛一起剥掉，鸡肉鲜美无比。相传意大利馅饼也是几百年前由那不勒斯城的一个叫化子发明的。他用路人施舍的一点儿面粉和了水后，揉成薄饼若干，放在树枝上烧烤，不多时即得又香又酥、别有风味的“原始”且“正宗”的比萨饼。

今天，你可在世界各地找到比萨饼的踪迹。美国密歇根州两个爱尔兰兄弟不惜倾家荡产从意大利人手里买下达美乐比萨饼屋，并以此在美利坚掀起了一场餐饮业革命。现在他们拥有5000家比萨饼连锁店，年收入50亿美元。法国最大的比萨饼屋已膨胀到拥有1000辆送货车。

吃比萨饼已成了西方人注重效率的象征。因它呼之即来，只要拨通电话，饼屋的伙计在20分钟内即可送上热气腾腾的比萨饼。欧洲人平均每人每年消费4个比萨饼。美国人更厉害，人均每月要啃掉7个！可谓名副其实的“比萨族”。

陌生路人的“提问”

在美国一些大城市的公共场所，常会有陌生路人上前向你“提问”，尤其当你看上去像境外来客时。他们用的英语极其简单，不过，若你按照字面的意思去理解和判断，准会产生误会，甚至招惹麻烦。

如在广场、公园、街角等处，有人会神秘兮兮地问你：“Do you smoke?”（原意“你抽烟吗?”）他不是在推销“外烟”，而是以暗语问你是否要“尝尝”白粉之类！在“红灯区”附近常有徘徊者缠着你问道：“Do you want fun?”（原意“你想乐乐吗?”）这是“皮条客”们招揽生意的惯用委婉语。在一些火车站、长途汽车终点站或电话亭旁，有些探头探脑的男子会拦路“打扰”你，急促地问：“Do you want a number?”（字面意思“你要号码吗?”）乍一听，莫名其妙。其实他们是在以低价向你兜售已泄密但在数日或数小时内仍有效的打长途电话的信用卡号码。这三种“买卖”均为“黑道生意”，最好的应付办法是，微笑地说声：“No, thank you.”并毫不犹豫地向前走去。

在十字路口或人行道上，偶尔会有上了年岁的人“恭敬”地问你（特别是年轻人）：“Do you want some change?”（原意“你要零花钱吗?”）有人白送钱?！不，这是年迈者求助的信号，或要你搀扶他（她）过马路，或请你帮忙提携重物，小费当然是会有的。

深夜赶路或在偏僻的地区行走，冷不防有人拦道“诚恳”地问：“Do you have the time?”或“What does your watch say?”（意为“你的表几点了?”）千万当心，这很可能是歹徒行劫前的一个花招，旨在分散你的注意力。鄙人在纽约第二次遭抢前的一瞬间，“马路天使”们就是这样问我的。

伦敦的大钟靠不住

英国人向来以严谨和守时而为世人称道。然而，伦敦公共场所的一些大钟却“吊儿郎当”，要么欠准，要么歇脚。譬如，维多利亚车站大楼上的钟的指针经常颠三倒四，赶车或约会的人要是信任它，准会把事情弄糟。

不久前，就连赫赫有名的“大笨钟”（Big Ben）也走了神。法新社记者出示了一张同一时刻拍摄的“大笨钟”的两面照，它的一面为12：00，另一面却是1：30。

奇怪的是伦敦人对此丝毫不觉得窘迫，他们说：“我们对公共大钟的信任就像对政府的信任一样，我们更信赖自己手腕上的小玩意儿。”还有人打趣地说：“我们报的是格林威治时间，还怕你不信？”

拐弯抹角的“方便”用语

有个学生告诉我，一次在电影院门口有位美国人问他：“Where is the restroom, please? ”（请问休息室在哪儿？）他指了指备有许多椅子的电影院休息厅，说：“Over there.”（在那儿。）可老外睁大双眼，耸了耸肩表示不解和不满。

这是个令人啼笑皆非的误会，因外国人此时是以“休息室”指厕所，restroom在美国英语中也有“厕所”一解。英美人在涉及“方便”之类时常用委婉语，而大多数英语教科书却不介绍这一实用性很强的内容，念了几年英语，出国后还会陷入“方便”之时不方便的尴尬境地。一是英美等国的公共厕所极少，且十分难找，因公厕附近通常不设指引标志，于是借用餐馆、超市、商店、影剧院、图书馆、博物馆等处的厕所便成了一种习惯；二是打听厕所在哪儿的问法有时很含蓄。

几十年前，美国人常在自家浴室中放一台称体重的小磅秤，客人要上厕所，会拐弯抹角地问主人“磅秤在哪儿？”或说：“我想称称自己有多重。”（I want to weigh myself. ）女性则可婉转地问：“哪儿可以补点（化妆）粉？”（Where can I add some powder? ）

不少英美人还爱说：“哪儿可以洗洗手？”（Where can I wash my hands? ）或“我要到某个地方去。”（I'm going some where. ）

在用餐、开会、上课、交谈等过程中，要上厕所时则常用：“能谅解我离开一会儿吗？”（Can I be excused? ）

此外，浴室（bathroom）、盥洗室（lavatory）或Men's Room、Ladies' Room等亦被视作厕所的雅称。

W. C指厕所人人皆知，虽简洁上口，不过，在英美人眼里略嫌粗俗，因它同时也是抽水马桶（water-closet）的缩写，故他们极少使用。

有时使用英语的人用左手的手背对着你，大拇指与食指弯成一个“C”，其他三个手指分开成“W”形，这一手势就表示他要上一下厕所。当然，它易于与“OK”手势混淆。

有些爽朗的美国人甚至以俚语发问：“朋友，约翰在哪儿？”[Buddy, where is john（须小写）?]乍一听，还以为他要找人，其实他是在寻厕所。

值得一提的是，西方不少厕所门上的标记十分含蓄幽默，如画上一位老式打扮的姑娘，或贴上一个戴礼帽、叼烟斗的人像剪影，或绘上一只引吭高歌的大公鸡，使人一看就明白。

走俏美国校园的“文脸”

在美国留学期间，笔者看到，每逢新学期注册时，五花八门的学生社团和组织便四处设摊，招兵买马。其中“文脸俱乐部”格外引人注目，老会员们当众作“文脸”操作示范。与文身（tattoo）不同，“文脸”的图案是用化妆油彩绘制的，这和平常的面容化妆（makeup）有点相似，脸部无永恒的印记，图案可用肥皂和清水洗去。而“文身”的图案却使人想起“刻骨铭心”“入木三分”“永不磨灭”等字眼。

“文脸”的脸谱可自选，也可由“文脸”师根据脸型代劳设计。据笔者观察，大部分学生偏爱鬼相，也有些人喜欢印第安人、外星人或某些动物的模样。南美和非洲裔学生则请“文脸”师在脸蛋上涂抹些类似“图腾”的花样，据称可消灾辟邪；有些华裔学生在脸颊两侧各绘一条小青龙，以示龙的传人。

“文脸”使我想起中国古老的京剧脸谱。不过，“文脸”既出格又杂乱，简直无“谱”可循。此外，京剧演员下台后是要卸妆的，而美国学生却绷着各种奇貌怪相招摇过市，如入无人之境：照旧去注册、买书、会见新老朋友。这一张张流动的怪脸犹如给新学期的校园景象抹上了点点斑斓色彩，同时又极大地满足了“文脸”者图新猎奇和自我满足的强烈欲望，不是吗？许多行人驻足观望，欣赏的有，好奇的也有，摇头的更多。

“文脸”也可谓“节前试妆”，因10月31日的“万圣节前夕”即将来临。此节源于古代爱尔兰人的“烟火节”，是日，人们点燃篝火，祛除鬼怪，以图吉利。爱尔兰移民传入美国的这一习俗现已大大走样了。人们

（尤其是青年人）爱扮成各种怪相，在大街上“兴风作浪”。入夜，在曼哈顿的华盛顿广场和时代广场周围会出现“群魔乱舞”大游行。谁打扮得越离奇、越丑恶、越可怕，谁就越受欢迎。我曾三度光临观摩，又喜又惊，喜的是大饱眼福，领略了地狱的风光；惊的是遭到了鸡蛋的袭击，弄得狼狈不堪，但只能一笑了之，因这是万圣节前夕允许的“胡闹”。“鬼文化”凸显的是美国人既敬畏神灵又戏弄鬼怪的人生态度，这与中国传统文化中谈鬼色变、“敬鬼神而远之”的态度大相径庭。这也可谓是一种生命哲学的境界。在这种文化熏陶下，美国人从幼童起就不怕妖魔鬼怪，对一切魑魅魍魉等闲视之，进而，对大千世界苍穹宇宙间万物本质的发现与探究，也益生兴趣。

别忘了，正宗的“文脸魔鬼”决不会坐失良机，他们乔装打扮后纷纷出笼，以“脸”试法，只因人们难识“庐山真面目”。万圣节前夕过后仅几小时，你便可看到抢劫、行暴、凶杀后的电视画面，什么最新最高的犯罪纪录也由此诞生。

难怪纽约的防暴警察说：“‘万圣节前夕’是一年中最忙最迷人最可怕的夜晚。”

在陆地上“冲浪”

美国职业滑板队在沪的两场表演既精彩又惊险，令人大饱眼福。

“滑板”的英语名称为“skateboard”，这是个新发明的词，由“skate”（滑冰、溜冰）加“board”（木板）而构成。“滑板”作为一种游戏首创于1961年。据说，当时在加利福尼亚州的海滨有一群冲浪高手要进行几场系列大赛，但因海潮时涨时退，比赛中断好几次。间隙时他们百般无聊，突发奇想便创制了一种带轮子的狭长滑浪式的陆地滑板，这样，在休闲时也能过过“滑瘾”。

“滑板”的许多动作既像滑冰和溜冰，又像冲浪，所以它又得一英语别名“skurfing”，由“skating”（滑冰、溜冰）和“surfing”（冲浪）混合而成。

自20世纪70年代初开始，滑板游戏便在美国及其他一些国家和地区广泛流行。成群结队的学生以“板”代车去上学；大街上时常可见“滑板报童”；有些公司雇佣滑板好手在交通高峰时沿街散发广告。

不久，“滑板”又发展成一个体育竞赛项目，难度也越来越大，譬如倒立滑、双人滑、飞跃汽车、冲斜坡等。美国有不少城镇还修建了专门的滑板运动场地，并给它取了个英语名称“skatepark”，以区别于滑冰场和溜冰场（skatingrink）。

梧桐树下的证券交易

华尔街是条不起眼的狭窄的旧街，在纽约大学读书时曾去过那儿几次。那条街的出名是因为街上有个“纽约证券交易所”（New York Stock Exchange）。

1792年5月17日，24个美国人在纽约曼哈顿岛南端一棵壮实的梧桐树下首次进行室外“开盘”交易，买卖的是美利坚合众国各州政府发行的证券，并签署了一项有关经纪人收取固定佣金及坚持公平交易的协议，称之为“梧桐树协议”。这是美洲大陆最早的涉及证券交易的协议。

谁也没料到，200多年后的今天，在曼哈顿的华尔街上，当年梧桐树下的民间交易“俱乐部”已发展为“纽约证券交易所”。每天平均有3000多人次在交易大厅里手舞足蹈，如痴如醉地工作。场内的上市股票达3400多种，与交易所计算机联网的场外上市股票有10000多种，每年交易额高达数万亿美元。几千公里外任何一位客户发出的指令能在30秒内得到确认并予以执行。纽约证券交易所的一举一动既影响着5100万美国股民（占美国成年人口约四分之一）的利益，又事关全球数以千万计投资者的得失。

用左手签名

在国外许多场合中，只有亲笔签名（而非私章）才具有法律效力。为防他人假冒，不少外国人在支票、文件、契约、专用卡等上面签名时，故意用左手写，这类假左撇子（left-handed）的笔迹有一种难以模仿的“定势”和“韵味”。有的简直就是“涂鸦”（doodle），或仅是一个象征性的“符号”（symbol）。至于尊姓大名的确切写法与含义，只有签名者本人心中明白。

出国诸君注意，不管你用右手签名还是用左手签名，不管以何种文字签名，一旦“定形”，须始终如一，否则会引起风波。譬如公证处、移民局、税务部门、海关、银行、保险公司等机构会因你前后签名有异（哪怕是一丁点儿）而来找你麻烦，甚至还会正儿八经地请出笔迹专家或借助电脑来进行一番考究甄别。当然，这全是为了保护你的个人利益。

填表时须分清“是非”

出国前后要填写为数不少的各类表格，在填写用外文（尤其是英语）印制的表格时，会碰到许多“是非”之类的项目，即“Yes or No”。

按国外的习惯，应在你选定的Yes或No上，或在留出的空格内打个叉（间或亦可打个钩），英语称作Check或Tick。若是用打字机填表的话，应用字母X，而这在国内易被误认为“错”或“不要”的符号，故须十分小心，不要“是非颠倒”。

另外，也不要随意用横线、斜线、圆圈等符号来表示你的选择，因这不符合国外填表格的惯例。

上厕所下厨房

有一回，在和一个学中文的外国学生聊天时，我无意中说起西方人对厕所的装潢及卫生的讲究程度令人叹服，那老外打断我的话头，说："中国人不也十分注重厕所嘛，其程度甚至超过厨房！"

"何以见得？"我不解。

外国学生笑曰："不然，中文老师为什么教我们说'上厕所'而'下厨房'呢？！"

洋人话“狗”

都说洋人爱狗，一点不错。中国有句成语“爱屋及乌”，英语里有一相似的说法“爱我及狗”（Love me, love my dog.），狗的地位也够高的了。英语民族的人说话时常常人狗不分，如“上了岁数的人”或“老手”可称之为“old dog”。“聪明伶俐的人”“鲁莽的家伙”“脾气粗暴的老兄”等，均用相关的形容词加“狗”便可了之。就连“偷鸡摸狗者”也能笼统地称为“a sly dog”。因此，对洋人的“凡狗（人）皆有得意日”（Every dog has his day.）的说法便无可非议了。

不过，偶尔在辨别时会遇上麻烦，譬如“a yellow dog”不是指“黄狗”，而是“杂种狗”或“卑鄙可耻的小人、胆小鬼”的意思。“a big dog”说的不是“大狗”，而是“看门狗”或“保镖、要人”。有人交了好运，我们常说：“你真是个幸运儿！”老外却说：“You're a lucky dog!”（你真是条幸运的狗儿！）

不知怎的，洋人特爱与狗沾边且丝毫不觉“贱”。别的不说，单说吃的，风靡全球的小面包棍夹香肠被称为“热狗”（hot dog）。（上海人就是由此而引发灵感，将解渴的圆冰棍叫作“冷狗”。）一种啤酒与杜松子酒的混合酒，他们戏谑地称它为“狗鼻子”（dog nose）。那些葡萄卷饼或卷布丁之类又被形象地说成“毯子裹狗”（a dog in a blanket）。在英国军队里，当兵的把饼干加干酪称为“狗加蛆”（dog and maggot），令人震惊且不可思议。最有意思的是上馆子用餐的外国人酒足饭饱后将一丁点儿残食倒入一种“狗袋”（doggie bag）拎回家。然而，并非与狗分享，而是隔日放入微波炉转转后再续食。绝无“贱食”之嫌。

在西方文化中，狗是“忠实、卖力、辛劳”的化身，这便有了诸如“像狗一般的忠诚”（as faithful as a dog）、“像狗一样的累”（dog-tired）之类的说法。不时惊醒的睡眠自然被联想到劳碌无比的狗身上（dog sleep）。甚至连上夜班亦被打趣地称为“狗值班”（dog watch）。读书之类的雅事按理说与狗一毛钱关系也没有，可洋人却将读得卷了边的书戏言为“像卷起的狗耳朵似的书”（dog-eared books）。

但是狗并非老是得宠，有时它的名声也够惨的。中文里有“近朱者赤，近墨者黑”一成语，英美人的类似说法却不那么好听了——“与狗同床者必有跳蚤。”（He that lies down with dogs must rise up with flea.）

西方人论功行赏时常说：“好狗应有好骨头。”（A good dog deserves a good bone.）他们容不得那些“占着马槽（不拉屎）的狗”（a dog in the manger）。

其实，洋人对狗还是留一手的，尤其是那些不爱叫的狗。英语中有句古话“提防不吠的狗，小心平静的水”。于是乎，那些终日不声不响的人便成了“沉默的狗”（dumb dogs）。狗不叫不好，叫也未必总能博得主人（尤其是名人）的欢心，故老外又说：“好妒忌的狗见名人就吠。”（The dog of envy barks at a celebrity.）这倒使我想起中国的说法“名之所在，谤之所归”。关键是要叫得得法，否则就像英语中所说：“狗对月亮叫，只会一场空。”（The dog barks in vain at the moon.）

汉英两种语言中涉及“狗”的成语、谚语或俗语有很多，但寓意对应且一字不差的可谓凤毛麟角，就连常用的“走狗”一词与英语的对应词“running dog”亦有差异，前者是“走”（当然，古汉语中有时也释义“跑”），后者为“跑”。

你若留意，还会发现一有趣现象，原版电影中的洋人诅咒某人（尤其是女性）时不用“dog”，而用“bitch”（母狗）。我们骂街时偶尔也会提及“狗”，但不讲究它的性别。

为猪抱不平

狗年是跟着鸡年的，“叽苟叽苟”，上海话的意思是常为鸡毛蒜皮的小事儿啰里啰唆。狗年带出猪年，“足够，足够”，满满的，富裕也。站在狗年望猪年，自然对猪就有太多的期盼和评说。

猪，哺乳动物，头大而沉，鼻子略翘朝天，眼睛小，口吻长，耳朵似扇，脚短，体肥。肉供食用，西方人归之“红肉”。皮可制革，鬃能做刷子等。反正浑身是宝，故雅号“金猪”，昵称“猪宝宝”。此外，戏名“猪八戒”，俗名“猪猡”。

猪难免使人想起贪食、愚钝、懒惰甚至打鼾等弱点，其实这并无十足的科学道理，或者说至少是不公的。

西方人常说“像猪一样大汗淋漓”，最新的科学实验表明，猪根本不会出汗。猪既无羊那般厚实的“绝缘型”体毛，又不能像人那样自如地排汗，只得借助于外界潮湿的东西散热。当没有清新的水坑供其打滚戏耍时，在自个儿的尿里翻来覆去便成了防暑降温的紧急措施。

世上对猪爱得真切的大有人在。他们对猪的爱不仅体现于平日的精心饲养，而且在重要的时刻想起它，崇拜它。太平洋瓦利斯群岛的居民视猪为高贵吉祥的生灵，每逢远行、迎客、分娩等大事必杀猪求安。邻里间若有纠纷，当事者各抬上一口肥猪请酋长评判，谁家猪重谁家赢理。缅甸伯当族为卜算姻缘圆满与否，须杀猪取胆，看看它是否完整无损。

在巴布亚新几内亚一些部族的眼里，猪就是权威的化身，只有酋长才有资格在自己的鼻子上挖个洞，将猪爪尖嵌入，或把猪睾丸串起戴在腕上。

中国饮食文化对猪耳朵特别偏爱，美食家视之为珍品，而且拥有蒲扇般猪耳朵的人常被预示福如东海、寿比南山。不谋而合，英语中也有类似的说法“on the pig's ear”，意为“走运、幸福至极、扬扬得意”。

猪最终被宰杀食用，这是它的命。但任何一头猪的生前日子始终是好过的，不然英语民族怎么会说“live like pigs in clover”，释义“生活优裕，养尊处优”。甚至，期盼走运也可求助猪君，不然，洋人怎么又会戏言“please the pigs”，直译“只要猪开心”。

确实，文明的欧美人对猪的看法改变极快。他们设计的儿童储蓄器具与国人的不谋而合，独独钟情于肥猪模样。西方宠物业今日又添新族：袖珍香猪，它小巧玲珑，皮毛柔滑，性情温顺，酷爱清洁，且人畜共患的疾病大大少于猫狗之类。

有个呆在虹桥的老美好奇地购得一头价格不菲的香猪，期盼和这小宝贝共同陶冶情操。不料，这家伙食欲惊人，日长夜大，而且逐渐显现生猪本色：毛发粗硬，东拱西啃，其味难忍，主人实在宠不起来，将它四脚紧捆，丢弃垃圾箱旁。这头假冒香猪，体态肥肥，叫声嗷嗷，向围观者伸冤：咱是一堆可上餐桌的平民猪肉啊！

昔日的英文谚语“教猪吹笛”（teach a pig to play on a flute，常喻荒诞之举或无稽之谈）现在也不管用了。经测定，猪的智商并没有人们想象得那么低，凡狗能做的技巧，猪都能做。它的嗅觉也很灵敏，可嗅到40米外的野禽，亦能闻到黑松露的所在地。南太平洋托克劳群岛上有一种猪能在浅海中集体畅游，捕捉鱼虾。

笔友凌耀忠当过猪倌，他说猪的灵性难以置信。有头母猪下了一窝猪崽后，竟与邻村的公猪私奔进山，一年半后才返回，模样变得与野猪无异，长出狠狠的獠牙。这母猪白天不露面，半夜偷偷跑来私会自家小崽，享尽天伦之乐。村支书闻讯大怒，命令民兵伏击，结果母猪温暖地死在一群小崽的簇拥之中。

怪不得，美国有些马戏团特意请出肚缠花布兜儿的多情猪小姐来表演各式特技，借此证明猪不仅是可以“教育”好的，而且情商也不低。

改变老鼠形象的人

鼠年将到，免不了要谈鼠。不像有些生肖动物（如鸡、狗等）在国人与洋人的眼里是有差异的，鼠辈的名声里外一向不好。我们以“落汤鸡”来状狼狈相，以“落水狗”来指失势的坏人，而英美人想到的却是“落水鼠”（a drowned mouse）。他们要说什么人“鬼鬼祟祟”“悄没声儿”或“胆小怯懦”，那也非得把他（她）比作鼠不可。

西方有些信邪的人甚至说，只要给耗子吃上一小块面包，即可将鼠祸转嫁邻里！

我国民间认为富宅鼠肥；英语有句民谚：像教堂里的耗子一样穷（as poor as a church mouse），寓意对应，异曲同工。

20世纪20年代，美国有一个叫沃特·迪士尼的青年画师扭转了世人对鼠辈的传统看法。迪士尼1901年生于芝加哥，当过报童。他酷爱漫画与摄影，后进芝加哥美术学院学习。一日，他坐在汽车工场里作画，思路梗塞，望着空白的画板发呆。倏忽，几只耗子窜出，大胆地爬上画板，像是觅食，像是戏耍。迪士尼索性找了些面包屑逗它们，鼠儿们亲昵地依偎着他的手指，美美地饱食了一顿，快活得直跳，很是“领情”。

灵感出现了！不多时，一只神气活现的漫画小鼠跃然纸上。他与妻子商定取名为“Mickey”。

之后，迪士尼创作了以米老鼠为主角的系列动画片。他又不失时机地应用了刚问世的配音技法，当米老鼠在屏幕上开口说话时，万千男女老少的心都被征服了。1932年迪士尼动画片荣获奥斯卡金像奖。

20世纪50年代中期，迪士尼在加州着手创建“迪士尼幻境”。后在佛罗里达州的奥兰多又出现了个“迪士尼乐园”，米老鼠简直成了美式娱乐文化的象征。

报刊时有披露，不少身患绝症的孩童以能与米老鼠相会为告别玫瑰色世界前的最后一愿。

米老鼠的动画故事在不断延伸，若它做错了什么事，提出异议或抗议的信件便像潮水般地涌向迪士尼。迪士尼苦苦思索，终于创作出普路托狗和唐老鸭等，它们的天职就是不断地做蠢事坏事无赖事，以此来维护米奇的公众形象。

其实，迪士尼的本意并非在此，他向世俗偏见——“肮脏环境中孕育出的不洁之物的禀性很难改变”——提出了挑战。

外国人眼里的牛

外国人眼里的牛是不寻常的，它地位高，且与这种或那种文化有缘分。

在印度文化中，牛是繁衍的象征。母牛是“圣牛”，不准宰杀。当母牛衰老而无力自己觅食时，便被请入“圣牛养老院”，供奉至终。牛在印度大街上，或恣意横行，或躺卧路口，行人退避，汽车绕道，这简直成了印度街市景观之一。

“后找老婆先找牛”，苏丹南方丁卡族人对牛的地位作了精辟的概括。牛是他们谈情说爱、订亲嫁娶的先决条件。讨个媳妇，以15头母牛、5头公牛为基价。富裕人家得牵上几百头。婚后生子，取的名儿也离不开牛头牛尾什么的。

博茨瓦纳的人没有牛多，人均5头牛。高悬的国徽正中赫然铸有一公牛头像。大大小小的钱币上也是“牛头挤挤”。上至总统，下到庶民，家家养牛。最被人瞧得起的就是技术高超的“牛倌”。

乌干达的卡拉莫贾人忌讳邻舍问他有多少牛，更不能容忍有人数牛或用手指指点点小牛，“数牛会丢牛，指牛要中邪”。

讲西班牙文化，离不开斗牛。杀牛祭神的宗教活动在13世纪的西班牙演变为赛牛表演，真正的斗牛出现在16世纪。仅有50万平方公里的西班牙，斗牛场就有300多个，而斗牛士学校居然与高等学府平起平坐。

上阵前的烈牛被关在漆黑一团的小屋内养精蓄锐，突然被放出后，牛气冲天，力大无比，经验不足的斗牛士常会受伤，甚至毙命，而胜出的斗牛士的最高奖赏是一副牛耳。若在三次机会中不能将牛刺死，斗牛士便名誉扫地，终身禁赛。受伤的牛“光荣退役”，被供养起来。

其实，对牛最有感情的莫过于英国人。他们自称“约翰牛”（John Bull）。这个雅号出自一个叫阿巴斯诺特的英国宫廷医生。从1712年开始，他先后写了5本关于约翰牛与他的邻居的讽刺寓言小说，后汇集成书，名曰《约翰牛的历史》。这本书以18世纪初欧洲各国关系为背景，分别刻画代表英、法、荷兰等国的人物形象。其中英国人的化身是一个诚实、直爽、冒失、易怒的棉布商人，叫约翰牛。之后，约翰牛频频出现在漫画栏上。到了19世纪中叶，约翰牛又变成了一个农场主，身穿骑士上衣和马裤，脚蹬长靴，头戴高帽，手执皮棍。约翰牛成了妇孺皆知的英国及英国人的代名词。

“迷你”的困惑

有时人对某些字眼的痴情简直到了不能自拔的境地。就拿“迷你”一词来说吧，逛街看招牌，读报见广告，成群结队的“迷你”迎面扑来：迷你泳装、迷你太阳帽、迷你香水、迷你童车、迷你八宝饭、迷你发廊、迷你歌厅、迷你茶馆、迷你山庄……有一科研所培育出袖珍型供玩赏的猪，取名“迷你香猪”！迷你族还在无节制地繁衍，似呈连锁百业之势。

“迷你”一词原是英语单词“mini”的音译，意为“同类中的极小者”，亦可用作构词的前缀，释义“小型的”，譬如“minibus”（小型公共汽车）、“minicam”（小型照相机）等。

笔者钦佩第一个把“mini”译成“迷你”的人，这着实是一音义巧连且天衣无缝的上乘译作。不过，你用他用我用大家用也就用滥了，甚至用歪了。

太多的“迷你”常会给翻译招致烦恼，怎么给外国人“倒译”过去？若老是“转译”为“吸引人的”“使你着迷的”或“妩媚婀娜”之类，老外准会笑咱们取的名儿没灵气。如还其英语真面目，恐又名不副其实。

不是吗？有家规模不小的超级市场，取名“迷你超市”。店主唯恐还不够洋派，在汉语“芳名”之下作了洋文“注脚”——mini supermarket，结果弄得外国顾客百思不得其解，笑曰：“偌大的超市还mini（袖珍），这老板也够谦恭的！”

股市术语中的动物

股市术语多而杂，其中不乏形象生动的行话，尤其是那些“涉足股市”的动物的名称常被人们津津乐道。如把交易活跃、行情看涨、前景乐观的股市称为“牛市”；而把交易寥寥、行情见落、前景暗淡的股市叫作“熊市”。

论体魄与力气，熊不在牛之下，但为何两者的寓意截然相反？因为“牛市”与“熊市”都是从英语中引进的，这就必然包含着洋人对这两种“力量型”动物的认识与联想。

“牛市”的英语为“bull market”。“bull”是公牛，眼睛惯于往上看，外界稍有刺激，它便兴奋不已。面对身怀十八般武艺的斗牛士，它招架的唯一战术就是用一对朝天弯角把对手往上拱，且牛劲十足，酷似股市上扬的气势。

英语中的“熊市”叫“bear　market”。英语民族对熊颇多微词，如“粗鲁”“倔强”“笨拙”“迟缓”等。耷拉着眼皮的熊眼老是向下看。搏击时，它总爱用前掌将对手朝下方推。熊掌的力量在动物王国中向来无与伦比，由它“操纵”股市，股价不滑落谷底才怪呢。

此外，洋人把那些以低价大量吃进，待股价被哄（拱）抬起来后再抛出的投机股民也叫作“bull”，俗称“多头”。而那些以高价卖空，等行情下跌时再以低价捞回的投资者则被称为“bear”，俗称“空头”。英语中有句谚语：“熊未到手先卖皮。”（Sell the bear’s skin before one has caught the bear.）

无投资诚意的认股者也有个英语浑号“stag”。这些人只是为

了在得到贴水后就可将所获配额抛出，以此赚取利润。“stag”意为“未驯服的小公马”或“阉割过的雄畜”，暗示他们的投资行动不规范、不正常。

至于那些频频出击却屡屡上当的外行证券投机者，英美人则冠以“lamb”（小羊羔）之雅号。小羊羔易于迷途，而且常被当作用来赎罪的替身，俗称“替罪羊”，这在《圣经》中早有提及，并常为我们所引用。

得宠的“Q”

当代人偏爱商数，于是英语字母Q（=Quotient商）忙得不亦乐乎，与Q配对的新词儿纷至沓来，不胫而走。

IQ（智商）尤为人们熟识和敬畏。总部设在英国的智商协会的成员（均是高智商者）遍及全球100多个国家。其中要数新加坡人最多，有1100人。该国智商协会会长得出了满意的结论：世上最重视智商的莫过于新加坡。家长期盼孩子长智商的心情和长身高的心情一样热切，补脑健智的什么“液”啦“精”啦自然不愁没买家。然而，教育家们却又搬出了一尊尊中外历史上的名人偶像，以证明不少伟人小时侯的脑袋瓜儿并不灵，后来都成了大气候。霍金就是一例。

最近又冒出了一个EQ（Emotion Quotient情感商数），它是由美国耶鲁大学的彼得·萨洛韦与新罕布什尔大学的约翰·迈耶共同创立的。有关EQ的书在中国台湾2000多万人口中竟卖出了40多万本，一时成为“显学”。此书称智商仅占成功因素的20%，另外80%靠的是情感商数。具体说来，就是如何在生活与工作中善于赢得他人的好感，准确理解自己以及对自己实际感觉的满足程度，这里涉及性格、气质、个性、相融性、自控力等因素。亚里士多德曾说过：“谁都可能和人吵架，但要与合适的人在恰当的时间以妥帖的方法吵架并不是一件容易的事。”

继IQ、EQ之后，又有人提出了两个CQ。一为创造力商数（Creation Quotient），创造力对人生前途的影响不亚于其他的Q。另一为魅力商数（Charisma Quotient），此Q的依据是任何一个社会都摆脱不了“以貌取人”的惯性，“貌”除了爹娘给的，更多的是可以靠后天塑造的，如衣

着打扮、谈吐举止等。在成功的概率中，这两个CQ的比重委实不小。

IQ不高而EQ又不佳的人，只要LQ（Love Quotient爱商）和SQ（Smile Quotient笑商）上乘，同样能在某个领域内占有一席之地，这是西方研究人员隆重推出LQ与SQ的初衷。爱商是指爱周围的人、爱自然、爱创作、爱本职的一种热情、一种执着。笑商的要素包括乐观豁达、善解人意、笑口常开。再说，笑的本身对人对己均可称得上是一帖千金补药。

Q的家族似乎还在繁衍。

尴尬的“欧元”

经过一番讨价还价，欧盟终于决定于1999年1月1日起实行统一货币。第一步先在德国法兰克福建立欧洲中央银行，并将于2002年正式发行“欧元”，届时令人眼花缭乱的各国货币，如法朗、马克、克郎、盾、比塞塔、里拉、埃斯库多、德拉克马什么的，恐怕都要变成博物馆和收藏家的追逐对象了。

然而，新生儿“欧元”（euro）从在欧洲各国语言中诞生之日起便陷入一种尴尬的境况，因为就此词的语言形式而言，有些国家并未爽爽快快地承认和使用它。euro截自于英文Europe（欧洲）的前四个字母，由此产生了这个新货币名称的第一个字母是否要大写的问题，西方各国的报纸首先就无法统一：有的全大写，有的全小写，有的开首字母大写。不少编辑和记者提出，如果将“欧元”视作一个新发明的词儿，开首字母以大写为宜。但反复使用后，它就变得像dollar（元）、pound（镑）等一样普通，若再大写，便易招歧视其他货币之嫌。

其次，euro的复数形式是什么？许多国家的语言与英语一样，在可数名词之后加个“s”便可生成复数概念，可是德语、荷兰语等中的单数与复数相同。这个难点同样令人头疼。最使人发噱的争执是，虽然Europe（欧洲）这词源于古希腊神话，但希腊人对euro显然不适，他们抱怨euro与希腊文的ouro太相似了，后者意为“尿”。丹麦人也不满euro的发音与拼写很容易让他们想起母语中的“附属物”一词。钱虽是身外之物，但真的把它当作一种附属物，倒也不太情愿。

争执还在继续，异议不会立刻消失，但欧洲统一货币已是大势所趋。

赶外来语浪潮

悄悄溜进汉语的舶来语越来越多，譬如，吃的有“汉堡”、喝的有“可乐”、玩的有“保龄”、乐的有“派对”、穿的有“夹克”、行的有“巴士”。见面说“哈哎”，分手喊“拜拜”。访谈节目中主持人不时地从鼻腔中发出声声正宗洋味的“嗯哼”。再瞧“OK”那势头，和咱们祖传的方块字并起并坐在不少报刊上。口语中的“OK”更是毫不见外，脱口而出。

漂洋过海的外来语要数名词来得最猛，因为它们大都为洋玩意的名儿，以汉语谐音呼唤，省力且顺耳。都市人气量大，应变快，加上爱赶时髦，外来的东西容易博得他们的认同感。诚然，适时得体地用用一两个“OK”“Hi”之类，倒也别有情趣，如同吃薯条要蘸点番茄“沙司”，而非盐巴。

然而，有些广告语中的洋腔叫人捉摸不透。请听一则播音广告：“旺旺水果冻，QQ清凉，QQ滑爽，QQ快乐，QQ健康，好Q！好Q！”再读一条报载广告：“彩色进取型BB机配万岱牌电子宠物，够酷，够炫！”我想，“炫”一般可用来指强烈光线晃人眼目，如“光彩炫目”；有时也可指夸耀，不过多为贬义！“Q”和“酷”这两个外来形容词的谐音令人费解，“考证”了半天，使我勉强地联想起“cute”和“cool”，前者意为“逗人喜爱的”，后者仅出现在美国人的俚语中，是“妙极了”的意思。汉语中诸如此类的形容词不计其数，为何偏要拾洋人之牙慧，好怪好怪，够玄够累！消费舶来语不必加税，但是，再字正腔圆的谐音词（尤其是形容词），若大多数人（尤其是小孩）听不懂，又有什么魅力或噱头呢？！

烤鸭店老板用wonderful的中文谐音“稳得福”来打招牌，堪称音义巧缀的译名佳作，可明眼人知道“稳得福”与“wonderful”毕竟是有明显差异的。

“13”并不讨厌

“13”不吉利是西洋的迷信，可眼下不少东方人除了爱过洋节，还忌讳起“13”来了。

有人说耶稣基督与12个门徒共进晚餐时，坐在第13位的是出卖耶稣的犹大，于是“13”就成了倒霉的数字。

较可靠的说法是这迷信最早源于北欧神话。据传在一个祭悼阵亡将士的天国宴会上有12人在座，突然来了一个不速之客，凑成13人，在场的最高之神奥丁的儿子鲍尔德光神因此罹难。

英国文学家艾迪生曾写过一件他经历过的趣事：一次聚会，众人兴致勃勃，笑语喧哗。忽然，一老妇人说她发现聚会者刚巧13个人。此语一出，人们惊恐万状，有几位女士随即打算离席。当时艾迪生一朋友情急生智，他宣布女客中有一位大腹便便的孕妇，这才逢凶化吉，巧度危机。否则，请狗猫之类入席充数以避凶兆的怪事在西洋列国也不是没有发生过。

其实，“13”并不那么讨厌，自然界与日常生活中有许多与“13”相关的事物。如人类主食之一的小麦，一生中只长出13片叶子，且第13片叶——旗叶为小麦提供总积累50%的有机物。中国古代视“13”为吉利之数：皇帝的金带有13个金环；行政或组织机构一般设13个，如汉代的“十三郡”、元明的“十三省”、明代太医院的“十三科”、清代广州商业的“十三行”。古籍篇目拼凑为13的亦不少，如儒家经典有“十三经”、《孙子兵法》共13篇、李贺的诗作有《南园十三首》。佛教的宝塔最高为13层。

说来有趣，有些美国人觉得“13”与他们的国家有着不解之缘。譬如从1607年起，英国人花了一个多世纪在大西洋沿岸建立了13块殖民地，后来的《独立宣言》把它们变成了13个州，这便是美利坚合众国的前身。升起第一面星条旗的海军英雄叫John Paul Jones，他的名字正好13个字母。国歌《灿烂的星条旗》的创作始于1814年9月13日。1865年美国通过了宪法第13条修正案，彻底废除了奴隶制。

由于上述原因，象征国家权威的旗帜与徽章与“13”结缘：美国国旗红白相间13条横杠；国徽有13枚五星；盾牌有13条横道；秃鹰胸部有13条饰物，左爪握着13支利箭，右爪握着13片橄榄叶；国防部和空军的印章上亦各刻有13条横杠；国会大厦东西两侧各有一条13街。若细细寻觅，还有不少，实在看不出“13”的不吉所在。

在美国，不买“13”账的人会故意挑13日签订契约或举行婚礼，以显示一种反叛的时髦。有些生在13号的人感到很风光，自发组织什么“生日13俱乐部”，其会员证的吃香程度不亚于高尔夫会员证。

老美的叛逆精神还感染了奔放的南美人。1994年，在美国举行的世界杯足球赛上巴西队重新捧杯，巴西人认定这是“13”带来的运气！因“美国”一词在葡萄牙文中有13个字母；（四届）冠军“championships”的英文字母不多不少也是13个。1958年巴西队首次夺魁，5+8=13；1994年又获胜，9+4=13。贝贝托以致命的一球淘汰了“黑马”美国队，此球恰好是1994年世界杯赛的第113个进球。

迷恋“13”的人甚至从公奉的《圣经》中找到了自圆其说的理论根据：“13”是摩西的“十诫”与“三位一体”相加之和，因而“13”是神圣且吉祥的。

大喜大悲的星期五

英语中的“星期五”一词“Friday”源于古代斯堪的纳维亚女神的芳名“Frigg（a）”。1719年英国作家笛福在不朽之作《鲁滨逊飘流记》中又将此美称赐于鲁滨逊的仆人，从此，“Friday”在英语辞书中又添一新意——“忠仆”。

然而，西方人，尤其是美国人对“清丽质朴”的星期五历来持有一种传统的恐惧心态，因为据传耶稣是在复活节前的星期五被钉上十字架而罹难的。当然，还有“最后的晚餐”的那天恰逢星期五。无独有偶，亚当与夏娃也是在星期五被逐出伊甸园的，罪名是偷食禁果。

在最近一百多年中，星期五的神秘“魔力”在美国总统林肯和肯尼迪身上再度显灵。前者于1865年4月14日星期五在福特剧场遇刺身亡；后者于1963年11月22日在达拉斯城饮弹西归，是日正好为星期五！

眼下我们有了电脑，很顺手，很得意。可随之又闯来了电脑病毒。奇怪的是不少电脑病毒也老爱在星期五发作，如斯马克病毒和三种不同类型的耶路撒冷病毒等。要是星期五又撞上了13号，那就更热闹了。据统计，“RAM”“杂种”“星期五13”等7种病毒在这天会肆行劫掠电脑世界后再“逍遥法外”。

怪不得洋人常把星期五称为“Black Friday”（黑色星期五）。黑色在西洋文化中象征“邪恶”“倒霉”“死亡”。自然，好多西方人在选择黄道吉日时尽量设法与星期五不沾边，譬如婚礼、奠基、开业、乔迁、首航、船体下水、出发远征等。星期五这天若发生了不幸的或不顺的事儿，老外怪罪的也是星期五本身。

一到星期五，不少西方人变得胆怯、谨慎、虔诚。驾车外出者格外小心；善男信女们把星期五定为“Non-meat Day”（忌肉日）；忏悔者大都在这天向上帝倾吐心声；若是星期五加13号的话，欧美有些信邪的人甚至会整天赖在床上不动，以避灾祸！

不过，说来奇怪，在美国历史上诸多具有划时代意义的幸运事件偏偏也发生在星期五。比如1492年8月3日星期五哥伦布率领120人分乘3条船从西班牙港出发，开始了举世闻名的远航。同年10月12日星期五他们首次发现并登上美洲新大陆。

1620年11月10日星期五第一批英格兰清教徒乘坐“五月花”号船历经艰险，安抵北美海岸。一个多月后的12月22日也是星期五，他们终于在弗吉尼亚以北的科得角安营扎寨，建立起对当代美利坚合众国具有深远影响的著名移民点——普利茅斯。

一个多世纪后的又一个星期五——1732年2月22日美利坚合众国的开国元勋、第一届总统乔治·华盛顿在弗吉尼亚呱呱落地……

由此看来，星期五还是一个普普通通的日子，任何大喜大悲的事情都可能发生在这一天。

“多利”与“潘朵拉魔盒”

1997年临近岁末时，世界各大新闻媒体按惯例评出各自认为的“本年度国际十大新闻”。真巧，他们无一漏掉一条爆炸性科技新闻：英国苏格兰爱丁堡罗斯林研究所由伊思·维尔穆特和基思·坎贝尔领导的实验小组以无性繁殖方法“复制”成功芬兰绵羊“多利”。

无独有偶，美国俄勒冈地区灵长类动物研究中心以唐·沃尔夫为首的研究小组借《华盛顿邮报》之口向外披露，他们应用与英国科学家类似但又不完全相同的方法无性繁殖成功两只恒河猴，这是以克隆技术繁殖成功的与人类最接近的动物。

舆论哗然，有喜的，有惊的，有叹的，更有悲的。国外报纸杂志的笔杆子们几乎都不约而同地提到“潘朵拉魔盒”，英文叫“Pandora's Box”。

潘朵拉何许人也？她手上的盒子又是什么玩意儿？据希腊神话称，潘朵拉是主神宙斯（Zeus）命令火神用黏土制成的人类第一位女性。宙斯见人类从天神普罗米修斯（Prometheus）那儿搞到了火种，甚为不悦，就将丽人潘朵拉下嫁人间。潘朵拉由于好奇，不顾禁令，把宙斯送她丈夫的一个盒子揭开，不料，藏匿其中的“疾病”“灾祸”“罪恶”“疯狂”等一古脑儿地飞了出来。她急忙关盒，为时已晚，只留下“希望”在盒里。

从此，人间便有了种种灾祸和无尽的苦恼。“潘朵拉魔盒”在西方便成了“始料不及的灾祸”的代名词。

“多利”咩咩落地，恒河猴复制成功，确实是人类在生物高科技领域内的一座跨世纪里程碑，但是否真会因此而揭开了潘朵拉魔盒？！人们的担忧与恐惧不无道理，因为挑战了人的伦理。

《高考·1977》——前奏曲·圆梦曲

我参加过许许多多考试，如赴美留学考试、应聘教授二外考试、晋升校级干部考试，可谓身经百战，百战不殆，在考试中成长，渐渐地，亢奋消减，功利淡然。然而，30年前的高考刻骨铭心，永志不忘。

那场惊心动魄、家喻户晓的高考突破了考试的本身意义，它是共和国百废待兴、拨乱反正的前奏曲，是万千知青朝思暮想、突如其来的圆梦曲。

高考回来了，是真的吗？动乱不止的年代，人们时常怀疑自己的耳朵。

我离开中学在家蛰伏几年，后来在街道工厂当了工人师傅，不久调到街道宣传部门工作，为领导写稿子，有时也到基层为婆婆阿姨们宣讲时政和革命导师的光辉思想。当时我还入不了党，政审关很严，处于长期考验的中期。领导对我不薄，特意把党外知青的我送到崇明五七干校大熔炉锤炼。

搞宣传的最大好处就是有时间有动力看书，那年头闹书荒，但开卷有益，只要能找得到的书都拿来读，一头埋下，不能自已，如高尔基所说，像饿汉扑在面包上。

另一个嗜好就是坚持八年之久的自学外语，跟着上海人民广播电台从咿呀学语入门。第一句学会的洋话是祈使句，纺织女工出身的工农兵大学生孟老师通过无线电波传递的“Long live Chairman Mao!”练了数十遍，这才既标准又响亮，而且满怀深情。而后英语日语双语齐攻，一日播音三次，不敢怠慢一次。马克思的一句话始终牢记心头：“外国语是人生斗争的一种武器。”(A foreign language is a weapon in the struggle of life.)

不久，开始与电台老师通信，这意味着我的英语进入可持续发展阶段，有想法，有深度了。光听不说则哑，于是经常自言自语，旁若无人。时常跑人民公园英语角，寻觅对手，修炼口语。当年上海滩老外不多，只要碰上，那些英语迷的“阿拉们”一拥而上，山姆大叔顿时成了唇枪舌剑的练习靶子。一旦发现老外听懂我的只言片语，同时我也听清他的洋腔词句，犹如地下党对上暗号，激动不已，更可贵的是动力不竭。

其间，有一件事对我打击不小，大概是1975至1976年间，上面下拨一个读大学名额到街道，是上外的。我自恃英语功夫不浅，厚着脸皮找组织上要，领导有点吃惊，那年头不兴开口要什么，螺丝钉拧在哪儿就在哪儿闪闪发光。没批准，意料之中，因为选拔标准不是看英语水平，而是查祖宗三代。据说那名额是培养外交官的。

1978年机会来了，我就摩拳擦掌，备战高考，语文、数学、外语、政治、地理、历史、再加外语口试。很可怜，书都是借来的，书生买不起书，自我戏谑“卖肉哥哥啃骨头，裁缝老婆光屁股”。

备考仓促且煎熬，白天上班，挑灯夜战，不思茶饭，不觉冷暖，念啊、背啊、写啊、想啊，费心琢磨1977年高考题，包括那篇命题论说文《知识越多越反动吗？》。自作聪明，押宝考题，昏天黑地，走火入魔。数学最差，但不敢放弃，“哥德巴哈猜想精神”好比强心针。外语必须考好，考外语专业者，数学不计总分，多了一条生路。其他科目务必多捞分，增加保险系数。把地理书上外国首都名称悉数塞进脑袋，最不听使唤的就是阿根廷的布宜诺斯艾利斯。啃中国历史书，犹如坠入银河，天上星星数不清，“人物”辈出，“事件”迭出。

为了赶进度，白天在办公桌上“偷习”笔记，上面压着一本《红旗》杂志。职工进修，单位给学费，一周还有几个半天可堂而皇之地离岗进教室。

上海图书馆是我每周朝觐圣地，三五成群，人头攒动，高考消息互相传递，复习火候彼此检验，有点像“文革”时人民广场自发辩论和眼下证券公司门前切磋股经的场景。

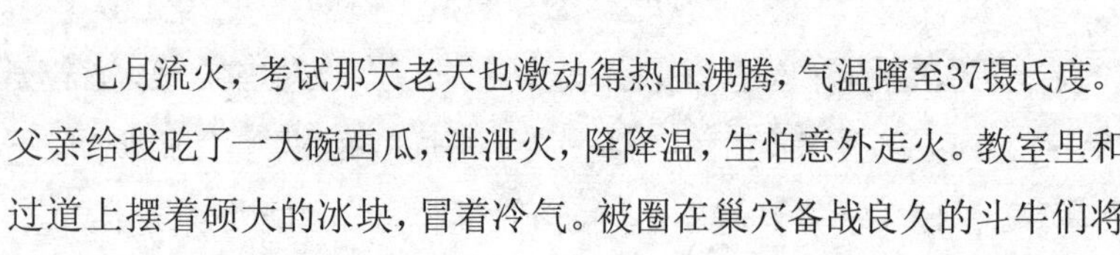

七月流火，考试那天老天也激动得热血沸腾，气温蹿至37摄氏度。父亲给我吃了一大碗西瓜，泄泄火，降降温，生怕意外走火。教室里和过道上摆着硕大的冰块，冒着冷气。被圈在巢穴备战良久的斗牛们将在搏击中实现命运的转世……

通知书来了，落选第一志愿：华师大中文系，儿时开始编织的作家美梦破灭了。取而代之，第二志愿：上师大外语系，西谚："Opportunities favor those prepared minds."（机会偏爱那些有准备的头脑。）外语没白学。

政治考得最好，分数捞足，谢谢五七干校。数学最差，但忽略不计，得益外语专业绿色通道。

单位党支书和团支书领着一帮人，敲锣打鼓上门祝贺，在我家大门上张贴大红喜报，母亲以大白兔奶糖答谢。考上大学终于和参军、上山下乡，还有退休一样光荣了！

领导找我谈话，郑重而热情，临别时问我需要组织上帮什么忙，我说没什么。后来叫人送了几张棉花券，钱还得自己出，买了条5斤半的棉花胎，打点行装进校门。

人生路漫漫，数不清的步履，迈不完的坎儿，高考是节骨眼上的一步，它赐予我一个立身之本的职业：英语教师。"学高为师，身正为范"从此成为我的座右铭。

高考使我第一次尝到成功的滋味，如果没有高考，我们或许还会继续麻木，误认为这就是生活，比较体验，分出了甜和苦，从心底拜谢苦难的生活，它教会我们珍惜和感恩。

高考更使我明白一个道理，个人和家庭的命运与国家的命运紧密相连。小平同志恢复高考的决定，看似石破天惊，其实顺应规律，一个国家的生存和发展靠的是人才，人才的力量来自知识和精神。

（此文原载于《高考1977·EXAM1977——一个值得中国人永恒记忆的片段》，后载《大江南北》2009年第8期）

岁末断想

已到了年底，可我还清晰地记得，元旦早晨起床，一瞥日历，感觉有点儿奇怪，21世纪，2001年1月1号星期一，哇塞！难得有五个“1”凑到一块儿了。年底盘算一下，果然，2001年是吃大餐、尝时鲜的年份，咱们经历了好几个够味的“第一”。

中国男子足球向来是国人牵肠挂肚的心病。回顾中国观球史，骂的也有，哭的也有，捶胸跺脚后扔彩电的也有，气急败坏时跳楼的也有。但观众依旧厮守，依旧痴迷，依旧煎熬，盼星星，盼月亮，盼着足球得解放。其实，那些球迷的要求并不算高，堂堂世界大国的国脚，哪怕就在亚洲门外捣一下也就得了。塞尔维亚老头米卢是年度最幸运，当然，也是最得宠的国际主义战士。他不远万里，来得是时候，为了中国人民的足球事业，鞠躬尽瘁，死而后已。米卢确实是个识货的老猎头，他为人事部门留下了理念上的财富：把合适的人在恰当的时间放到适宜的位置上。米卢大概没有教育学、心理学之类的学位或证书什么的，他却为教育界上了一堂示范课：快乐足球。他的理论简单得不能再简单，人在开心和放松的时候，学习效果最好！中国教育缺的不是有多少论文或论著的理论家，而是米卢式的实践者。庆贺男足首次冲出亚洲的“10·7”狂欢之夜，球迷的帖子蜂拥而至，几度爆满，有一条小囡的帖子至今未忘，“米卢、米卢、我爱你，就像老鼠爱大米”。

申奥一直是我们心中的一块痒，8年前中国申奥未果，大家胸口堵得慌。之后几年间，这块痒越发不能自已，挠痒之余，明白一个道理，申奥不仅仅是一个响亮的口号或一个善良的愿望，申奥是一个韬光养晦、

修炼内功的过程，一个国力日积月累的过程，一个世人解读中国的过程。申奥是一门学问，对“申奥学”的大彻大悟，终于在2001年7月13日10点10分结出硕果。说实话，从年初开始，大家就有一种预感，中国准赢，只是不想说出来而已。在宣布第二轮投票结果时，我心中默念的那个词和沙翁读出的那个词几乎同步：BEIJING！申奥成功使我们再一次明白，大中华要得，强中国更要得。国际俱乐部的规则和俗人的眼光差不多，向火不向灯，实力说了算。

2001年还有一件喜事让阿拉上海人面孔上争了不少光，那就是APEC会议在黄浦江畔圆满成功。这可以说是对当代上海的一次国际检阅，整个儿城市都豁出去了，上到市长，下到市民，每个人都为之亢奋，一切尽可能尽善尽美，衣食住行什么都得让老外满意，咱们的好客劲儿和迎宾技巧真是绝了、神了。直到拍照前才亮相的绝版唐装让世人领略了中国传统服饰的文化底蕴。集色、香、味、形、名于一体的一道道美味佳肴着实让外宾不忍进口，这是艺术精品。宴席上21个主宾餐盘上的盖子是用南瓜雕制的，21个南瓜是从20卡车南瓜中挑出来的，形状、尺码和色彩如同克隆一般。用来冰镇拼盘水果的冰块均作抽氧处理，无一气泡，晶莹剔透，比水晶还水晶。住的安排让首脑们也没得话说了。尤其是布什总统，他的要求有点特别，既要体现家的味道，又具有反恐前沿指挥部的功能。贵宾们的出行排表均以分秒计算，使他们再次领教中国人数学的应用才能。外国人眼里的上海犹如一枚万花筒，五彩缤纷，有条不紊。

据说，卡迈勒主席在多哈为中国入世定音的那把小锤已被中国革命博物馆收藏。1949年中国人民在地球上站立起来了，政治上翻身得解放。加入WTO之后，中国将更全面、更深入地融入世界经济大家庭，入世通常被看作是取得“经济绿卡”。为了这一经济革命的成功，中国努力并等待了15年。15年确实长了一点，但入世谈判的过程也是中国改革开放的过程。中国抓住入世这一千载难逢的良机，把国家实力往上提升；同时，世界经济也多安装了一个大功力马达。这叫“双赢”。入世对普通人家而言，最大的好处是增加许多更优质、更实惠的选择。对商家来说，最大的难处是换脑子，改家法，逐步适应国际经济规则。对国家的考验无非是如何运用新法则，当一名不吹黑哨的裁判。

上师大2001年干得最漂亮的事有两件，一是成全了6000多个家庭的大学梦；二是终于有了一级学科博士点，二级学科博士点升至10个，硕士点升至51个。我们的学校不仅在长大长高，而且在长结实。

2000年本人最重大的战略决策是贷款买房，终结了既无外债，又无内债的光荣历史，向充满生机的明天透支，背债进入21世纪。

2001年最大的遗憾是没有亲眼目睹百年一遇的“11·18”狮子座流星雨和“12·14”双子座流星雨。此生无望了。

年度最可怕的数字是“9·11”。双子楼的倒塌改写了导弹的定义，并衍生出一个战争新品种——“反恐怖战争”。文化的碰撞、宗教的冲突、贫富的争斗、强弱的倾轧、魔鬼与天使的搏杀将使“人类文明史”再添新章。

当然，本年度最大的国际悬案应是：托拉博拉山区已经攻陷，拉登，你在哪儿?

年底的忙碌

天天很忙，年末更忙。

思维的惯性使国人还是以开会的形式为公元2005年（农历乙酉年）画上句号。

茶话会较为放松，围桌而坐，热气腾腾。茶：汤碧、香高、汁浓、味醇。话：交流也，主题宽泛，无话不谈，客套话开场，诸如“同志们辛苦了”，还有感谢和祝愿。接着是好话、真话、实话，其间穿插一些街头听来的闲话、晚报看到的笑话，还有，在正经八百会上不宜发泄的几句牢骚话。其实，绝大多数人的心里话不约而同：但愿来年过得更好！

考核会比较紧张，一人照稿宣读，众人埋头打钩，ABCD各有归宿。“优”为少数，得之窃喜、失之不气，谋事在人、成事在天。多数得“良”，与“优”为邻，相安无事。再说，“良”就是“好”，不然，词典怎会收罗“良好”（释义“令人满意”）一词。小结读读容易，写写费劲。躺在床上回顾盘点，伏在案头归纳提炼，必要时还得翻出或点击猴年小结，套路不变，内容更新，稍作一点技术处理，“搜索”“剪切”或“复制”再加“粘贴”。先谈“认识”一二三，再摆“成绩”ABC，最后还要找出几寸“差距”：“思路不够宽，步子不够大，力度不够强，工作不够细……”态度诚恳，语气委婉。结句相对好写，“再接再厉，争取更大进步”，或者献上不朽诗句“欲穷千里目，更上一层楼”。

当然，还有不少会搞得开心、舒心，令人兴奋不已，有实质性进账的表彰会，奖品面前人人平等、中彩机会人人均等的迎新会，生命不息、干杯不止的聚餐会等等。生命在于运动，“组织”一定要有活动。

到了年底，当老板的，做领导的，格外操心分外忙。夏天送的是“清凉”，冬天还要送“温暖”。大袋小包，走街穿巷。下岗的、住院的、卖力的、离退的、党内加上党外的，还有那些说不清道不明，但确确实实有功的，一个不能少。百姓满意，群众高兴，实惠首要。

到了年底，各大旅行社人欢马叫，一片繁忙景象。以前小囡过年，必到“外婆”家拜年，眼下全家倾巢而出，逛的是“外地”和“外国”。除了南极和北极，角角落落均见三五成群的“你好”族。寒假旅游已是城里人，尤其是小康白领的一种“活法”，或可谓“时尚”也。在三亚吃年夜饭，穿的是短裤汗衫。在埃及辞旧迎新，并不忌讳探望木乃伊。在比萨斜塔下寄出跨年首日封。在科隆大教堂许下“一汪百旺”的狗年心愿。时空错位，不亦乐乎。

到了年底，还有一个大问题必须忙着考虑，如何拜年？一年下来，进步不小，点点滴滴，众人帮忙。不仅感恩命运，还要感谢生你的老爸和老妈，家里那位的爹和娘，一碗水须端平。师长和师傅不能忘，开明的领导要记牢。对了，还有那个一年到头忙里忙外的钟点工。礼尚往来，人之常情。滴水之恩，涌泉相报。不过，吃的东西不能多送，小康以后，不怕物价高，只怕血糖、血脂、血压高。再说，全球化使地球越来越小，人们的胆子也越变越小。看到奶制品，想到疯牛病；吃到鸡鸭鹅，想到禽流感。民以食为天，礼以食为主，这是中国的传统和习惯，现在却要狠心打破，谈何容易。可否向老外讨教经验呢？一支圆珠笔，或两块巧克力，或三张明信片，或四什么的。价廉物美，情趣盎然。想来想去，难下决心。因此，怎么拜年，送些什么，绞尽脑汁，煞费苦心。

到了年底，无论东南西北，不管贵人庶民，总在忙活着什么。

布什突然说要对情报依据不准的伊拉克战争担负全责。三万生灵一命呜呼，两千山姆上路不归。老基督教徒圣诞前夕的表白是否有点忏悔之意？

英国女子凯瑟琳抽取自身细胞忙着“补脸”，法国女子伊荷贝尔紧随其后，世界首例“换脸”成功，双双旧貌换新颜。

韩国“克隆先锋”黄禹锡却被耻骂“不要脸”，赶在年底撤回《科学》杂志论文：11个胚胎干细胞，9个造假！民族英雄的他不愿把晦气带到新年。

WTO成员在香港讨价还价，唾沫四溅，口干舌燥，终于进入“滴答滴答”倒计时；欧盟25国在布鲁塞尔围绕“中期预算”抓紧把气出完，把架吵完。

《千里走单骑》让丽江全城提前过年；《无极》贺岁首演，单价1888元，将“粉丝”兜里最后几块大洋悉数掏空。

女足忙着换教练；男足早早回归弱者本色。案例一：投了几千万还不知道辽足老板是谁，本山大叔伤心至极，决意在年底前离开这个肮脏而又昂贵的黑白世界。

中央台在炉火通红的灶台上手忙脚乱烹制全球华人除夕大菜。

讨债的催加紧，菜不隔夜，债不过年。欠债的求留情，虱多不痒，债大不愁。

民工兄弟姐妹们打点行装，归心似箭。

各国老记们阵阵忙乱，七嘴八舌，遴选各行各业“十大新闻”，定夺十条全年流行词语。

阎王老爷也没闲着，火灾、地震、车祸、海难、空难、令人不可思议的印度踩踏和中国矿难，接二连三。

……

瞧，通体透红的新年朝阳挂在了天边。张李王赵，彼得玛丽，男女老少，怀揣希望和祝福，摩肩接踵，匆匆挤上末班车，将烦恼、郁闷、怨恨和倒霉统统一脚踢开，无缝接轨2006头班幸运车！

2008牵手2009

都说2008好年头，因为有个阿拉伯的8。一个0骑上另一个0，想象中又多了一个8。

2是双数，8也是双数，成双成对的使人满足，哪怕连体一次性筷子，掰开若有残缺，也会成为沮丧的理由。

2加8等于10，十全十美，乃超级褒奖，亦至善至美者之追求。

后来发现，要说这是个好年头，数字可以玩花头。同时发觉，要说某年触霉头，数字也可搞噱头。确实，阿拉伯数字真滑头。

2008刻骨铭心，永志难忘。2008像过山车，起伏跌宕，心惊肉跳。天公感冒，冰河冻原；地神打嗝，山崩地裂。

人类渺小无奈，然而，认知水准大有改善。灾难是人类社会前行的坎儿，不可绕过，绕而不过。灾难使一个民族更成熟，灾难是凝心聚力的黏合剂。灾难让人性一览无余：乘火打劫的不法奸商，救人一命的服刑囚犯。莽汉变得斯文，弱女变得坚强。九死一生的人们，敬畏自然，感恩生命，珍视亲情，热衷慈善。曾经的凌云壮志顿时化为平实和快乐：微笑的多了，骂街的少了；跑娘家的多了，去法院的少了；看直播的多了，搓麻将的少了。

若说天灾不可避免，那么人祸有点自作自受。金融海啸是人祸，迟早会来，但吃不准何时会来，犹如预测地震，少有显性迹象。要命的是最坏时刻是否已过？谁也说不准。

倘若最坏时刻还未到，那等待的时刻最揪心：夜深人静，楼上的那双靴子，砰！一只落地已作响，另一只何时着陆？哈欠连连，困顿房东只能干等。其实，最坏的时刻就是骗子捣鼓出累计股票期权、衍生工具和

产品，还有什么杠杆之时。华尔街除了骗子麦道夫是真的，其他难说。金融海啸源于阴森森的黑洞。

“劳动创造了人类”“劳动最光荣”“劳动致富”，革命导师的教诲，平时不易入耳，现在听来，亲切无比。

说2008像过山车，那就是只要不绊倒在地，腾起又是一个高潮。北京奥运会——百年梦想成真的体育盛会将奥林匹克博大深邃的精神以中国人的思维、语言和实力诠释得淋漓尽致，美轮美奂，留下历史丰碑和世人口碑。“鸟巢”而非“凤巢”，“水立方”而非“龙王宫”，简约而别致，碰撞交融出东西文明的品牌，华语表达的变化是世界眼光透视过滤的结果。不失民族特性，跨步国际舞台。

神舟七号在太空演绎绝顶刺激和精彩。“发展是硬道理”，不发展没道理，发展要讲道理。科学发展观统领，“两弹一星”和“载人航天”精神永存，和平开发利用太空，全球权力天平瞬间微妙摆动。

2008啊，有的在变好，有的在变坏，有的可以选，有的没得挑。

2009阳光透窗，祈愿悄悄孕育。

一盼风调雨顺。河水更清，天空更蓝。鸟儿愿在屋顶筑窝，草儿能在树底伸腰。洗晒指数不断攀升，出行天数继续增多。靠天吃饭，看天脸色，农耕文明，天人合一。

二盼放心吃喝。太湖银鱼不再增白，虫子鸡蛋个头不一，草莓瘦身，橘子畅销，吃草的奶牛挤出来的是奶。国以民为本，民以食为天，食以信为准，诚信的基点是良心。

三盼国泰民安。更多的民工有活儿干，更多的毕业生找到好老板。股市苏醒，房市康复。五谷丰登，六畜兴旺。各安其位，各尽其能，各得其所，各享其乐。

四盼天下太平。加沙熄火，泰国歇脚。奥巴马讲话算数，潘基文一觉睡到天亮……

过好2010，推迟《2012》

2009年元旦我曾撰文《2008牵手2009》，祈求一个好年头，大家都被金融危机吓破了胆，眼下，最坏的时刻似乎已过。夜深人静，楼上那双靴子，砰！一只重重坠地作响，另一只不久也“软着陆”。哈欠连连、睡意阵阵的房东终于看到东方露出鱼肚白。应对国际金融危机的“中国答卷”体现国家意志和能力，见微知著，力大无比，惊心动魄，难以置信。国际媒体感慨“中国方舟拯救了世界经济”，“中国缺席的谈判没有任何意义”。数百年历史，China从未抵达如此位置！泼墨异彩，书写出由“中国制造”转为“中国创造”的2009华章。

2009大半年担忧的是金融危机黑洞到底有多深？熬到2010，话锋突然转向：地球到底还能撑多久？连爱吃哈根达斯的小朋友都津津乐道哥本哈根，各国头头脑脑蜂拥而至，“热会”讨论怎么给地球“降温”。各种预言不胫而走，各类八卦趁虚而入，灾难大片推波助澜，《2012》上映首周，票房6500万美元。迄今，全球进账突破5亿美元。

巨大太阳耀斑辐射出的微中子生成微波，引起地核温度急剧攀升，没完没了的灾难，地震连绵、火山爆发、海啸肆虐，“肯尼迪”航母随波冲进白宫，总统以身殉职，副总统跟着丧命，白宫发言人蒸发人间，安海斯自己任命为代总统……“世界末日”恐惧症死死拴住善男信女的心灵。

在美罗城从墨镜中透视另一轰轰隆隆的巨片3D/IMAX《阿凡达》，162分钟后走出影院，发现手心沁出汗珠，双眼发花，两腿发软，旁边的小女孩冲着老妈叫嚷：“我要做维纳族好人，那就不要留在地

球上了！”这部卡梅隆耗时4年半制作而成、斥资5亿美元打造的《阿凡达》不仅开辟了电影3D技术新天地，视听的享受也是划时代的。它将一度被家庭投影和蓝光高清DVD狠狠冲击的电影院重新拉回了影迷视线的焦点，一个电影史的新纪元就此开启。不仅如此，“原住民反拆迁斗争”的主题更是火辣辣：人类怎么啦？疯了！为了开采地下昂贵的“不可得”矿，砍伐殆尽成片原始森林，恼怒天公和树神，领受了不折不扣的报应：好人移居潘多拉，坏蛋留在地球上。《阿凡达》卡通化地传递了对人类摧残地球暴行的辛辣讥讽和无情鞭挞。

气候畸变绝非简单环境问题，它更是人类经济社会发展模式以及生存生活方式的问题，不可重走发达国家人均耗碳10吨之路。哥本哈根会议不是看谁输谁赢，而是地球村男女老少是否愿意妥协。富人最怕穷人破罐子破摔，穷人抗争“球难”当头，人人平等。828米迪拜塔楼与加尔各答平民窟、妻妾成群的酋长与形影相吊的光棍、富得冒油的房地产大亨与房贷套牢一辈子的屋奴，在地球遭难之际，命运不二！

我们给后代留些什么？留钱？富不过三代。留房？以法而论，70年后地皮不属于你，皮之不存，毛将焉附。留一个山青水绿的地球给子孙后代，这应是全人类乃至任何生灵本能而崇高的使命和理想。

我们确信，人类总有尽头，或早或晚。然而，太平盛世，人人觉得倒霉的事最好不要落在自己的头上。推迟预言的应验，必须自我拯救，不光“从大处着眼”，更要“从小处着手”，想来想去，打算如下：1.推迟买车，哪怕牌照免费。2.一天洗澡不超过一次，即便三伏酷暑。3.提高工作效率，不轻易加班加点，避免“过劳死”，并为老板节省水电煤。4.垃圾送出之前，必须甲乙丙丁分门别类。5.复印文本，纸张正反两用。6.周末之夜点蜡烛66分钟，不是拜佛，亦非浪漫，警示自省：地球只有一个！

巴西之行速记(1)

2007年3月15日北京时间凌晨0点30分

汉莎航空公司的飞机在滂沱大雨的洗礼中准时起飞，噪声震耳，像嘶叫的大鹏拖着沉重的翅膀挣扎上扬。飞机将在12小时后抵达慕尼黑机场，逗留枯燥的6小时，再续飞8小时到圣保罗。漫长而劳累的蓝天长征对体力和毅力是个挑战和考验。

头等舱内除了几个亚洲人外，都是德国人，他们使我想起牧羊犬，金毛，粗尾，高挑，傲慢，冷漠，严谨，守规矩，甚至讲礼貌。

此时品尝香槟，浏览晚报，较悠闲。虽然时常公差出国，这次远行仍有刺激，南美梦游持续好多年，今天实现，有点坐不住的亢奋。想到了足球、烤肉、桑巴、探戈、绿宝石、食人鱼，还有令人神往的亚马逊热带雨林。

足球之王贝利是巴西骄傲的名片，方方黑黑的脸，不高不矮的身材，普通平和，透射出刚毅、厚实、力量。

吸大麻，爱说话，惹是生非，片刻不宁，一身肥肉，浑圆墩实，上帝宠儿马拉多纳和阿根廷这个国度连在一起。

南美人的豪放、热情、乐观、悠闲、散漫，使我明白生活原来还可以这么过，再怎么着，天是不会塌下来，地也不会陷下去。魔从心出，阳光可以想出来。

此行任务还不轻：参加中国巴西大学校长论坛，做20分钟演讲，参加中国阿根廷大学校长圆桌会议，参加两场中国大型国际教育展，旨在介绍中国高等教育，开拓南美留学生市场。南美也是我校留学生市场的

一个空白点，机会难得，争取突破。

现在供应餐饮，半夜大吃美酒佳肴，不习惯，有点时空错乱的感觉。我一点胃口也没有，空中跋涉少吃或不吃，感觉反而舒服，这是我的习惯。看到老外挥舞刀叉，左右开弓，狼吞虎咽，真是吃惊和嫉妒，这是他们一身肥膘的主要原因。

德国空姐有点男相男腔，刻板有余，温柔不足，英语生硬，动作机械，倒一杯橙汁，差一点溢出，干事麻利，柔性略差。没有韩国空姐的阴柔之美。

座位设计蛮新颖，坐椅可变躺椅，睡觉时我的双脚放在前排乘客的躺椅底下，也就是说我的脚托着他的屁股，他的屁股悬在我的脚上。很怪但有趣。

2007年3月15日北京时间中午11点30分

已经飞了11个小时，肚子在捣鼓，脑袋瓜有点涨，耳朵轰鸣，浑身软软的。在空中感到时间的存在，它好像是有形的，时而延长，时而收缩。窗外一片漆黑，上海正是艳阳正午。

地球变小，感觉她在转；人很渺小，忙碌而可怜，从球的这一头赶往那一头，理由听上去充分而神圣。

现在供应早餐，要了一份热的，老外都是吃冷的。放在小台板上，很好看，绿叶蔬菜，方形蛋卷，土豆圆饼，金黄面包，蓝莓果酱，什锦水果，咖啡牛奶。胃口不太好，看在头等舱的面子，硬塞了下去。

飞机正在降落慕尼黑，想起曾光顾的那个有名的啤酒店，我又回来了！希特勒的造反演说就是从那店开始的。

2007年3月15日北京时间下午2点15分

慕尼黑是早晨7点15分，偌大的机场空空荡荡，冷冷清清，除了中国教育代表团人员，很少有外国人。从凌晨5点要等到约中午11点，再登机飞往圣保罗。时间一下子变得冗长、空洞，甚至不值钱。有的打盹，有的看报，有的玩电脑，有的发短信，有的盯着远方发呆，这些人没有声音，还有几拨人谋杀时间的方法是很中国的：打牌。不时发出叫声和叹声，坐姿各异，手脚忙乱，神情专注，锱铢计较，好像回到了国内的茶馆。等待的形式是多种多样的，有趣或无趣。

又登机了……已经飞了8个小时，还有3小时半路程。中午吃得较多，生金枪鱼片、蔬菜色拉、蛋炒饭配蒸鱼、蛋糕、水果、饮料等。睡睡醒醒，吃吃拉拉，浑身零部件始终不对劲。

邻座是个德国人，在跨国公司供职，德—巴间来回出差，很喜欢和我讲英语，向我介绍如何喝各种高级葡萄酒，还硬要我品赏他杯子里的酒，并不忌讳卫生之类的问题，头一遭遇上。

2007年3月15日巴西时间凌晨0点40分，北京时间16日上午11点40分

终于安抵圣保罗机场，庞大而陈旧，比虹桥机场还差。厕所里的设备也老化，抽水马桶上的坐板残缺不齐。入境手续冗长缓慢，效率低下。马老师行李箱里的一小块冰箱贴引起海关注意，开箱检查，因冰箱贴有磁性，X光射线有反应。从机场可见巴西确实是个发展中国家。

时值夏末，天气较热，30摄氏度左右。圣保罗地处300多米的丘陵上，23点5度南纬线穿过该市，故天气较爽。

中国使馆特别重视，租了好几辆大型豪华巴士接我们。旅馆是4星的，但比国内的低半星，设备尚可，干净简洁。不开空调，赤膊很舒服。

使馆官员、随车向导等反复强调安全问题，钱要分开放，最好放一些在鞋里；贵重东西随身带，不要放在旅馆里；遇到持械抢劫，乖乖就范，不作无谓牺牲等等，耸人听闻。听说全巴西小偷和强盗云集圣保罗，等着来自中国高校携带大笔现款的肥鱼大虾们，形势是真的紧张，还是被说得紧张，谁也吃不准。我已经捏紧了拳头，挺起胸膛，在16号生日之际接受党的再次考验，做一个无愧于教育部和上师大的国际共产主义战士。

巴西之行速记(2)

2007年3月17日巴西时间凌晨4点50分

昨天上午我们第四分团参观了圣保罗联邦大学医学院。该院有关印第安人生活和医疗展览会很有历史真实感，土著人的生活非常原始，白人移民给了他们不少帮助，珍贵史料鲜为人知。

院长接待我们，看了DVD介绍，影像虽短，但很有视觉冲击力，颜色别致，框架新颖，审美观确实与东方人不一样。

该院最著名的是睡眠研究诊疗中心，在世界上是排得上号的，有2000多人员，设备上乘，医技一流。私人基金会经营，效率极高。同时也是全巴西最大最具权威的人体各类指标检测中心。睡觉占据人类生命历程的三分之一，睡眠有问题的人越来越多，因素多样复杂，涉及生理、心理、社会等原因。大开眼界，增加不少知识。

三名保安形影不离，一边陪同参观，一边东瞧西望，好像强盗随时出现。东道主很客气，请我们吃点心，三样东西印象较深，微型奶酪面包球、无花果，还有甜得牙齿讨饶的特浓巧克力饮料。

去中国餐馆用午餐，一天不吃中国餐好像掉魂，牙齿痒痒的。味道不错，大盆大碗端上的，吃桌头饭浪费不少，还有中国餐馆喧闹分贝极高，胃填饱了，耳朵也灌满了。侍者语言不太规范：“你们是要饭还是要面？”

昨天下午的中国巴西大学校长论坛1点半开幕，群贤毕至，高朋满座，全巴西主要大学的校长均出席，大厅坐不下，中国大学校长只能带一名随从，其余人员安排外出参观。

教育部副部长吴启迪专程赶来致辞。开幕前她会见了我和外事处工作人员由杨，她原是同济大学校长，亲切随和，还拍了照。

我是上海唯一的演讲者，排在中间茶叙（coffee break）后的第三个发言，20分钟，正点结束，反响很好，因为其他演讲者都超时，另有一位只讲了十分钟就下台，好像准备不足。

论坛演讲结束后，互动提问，好像巴西人对中国的教育知之甚少，要全部回答清楚费时费劲，主持人只得宣布闭幕，且听下回有空分解。

论坛耗时5个半小时，对我而言，史无前例。看来南美人和部分东方人不如欧美人守时守则，喜欢讲必要的废话和不必要的长话，组织者时间观念不强，太拖沓。

演讲时卯足精神，讲完坐下，时差缘故，哈欠连连，睡意阵阵，真要我的命。现场《中国教育报》记者采访了我，就中巴高等教育的语言、经费、形式等问题，谈了几个观点，他还要了我的发言稿，准备发专题报道。

中午12点用餐，直到晚上9点晚餐才有着落，又累又饿，北京的那拨组织者太差劲，效率低下，不少校长纷纷抱怨，叫他们9小时不进食，有点残忍。我是睡意压倒食欲，出国看上去很风光，但有时真的是饥寒交迫。金窝银窝不如家里的草窝。

巴西之行速记(3)

2007年3月18日巴西时间下午4点50分

踏上南美第一次睡了午觉，战友们照顾我，看我困得可怜。他们有的外出购物，有的坚守展会。

一小时半的充电，精神好多了。把昨天的活动回忆一下：

昨天上午布展，这是一个规模空前的巴西国际教育展，国内50多所高校，加上其他几十所外国高校和培训机构，摊位星罗棋布，五彩缤纷，各具民族和地区特色。中国区域大红为主色，红灯笼、中国结、五星旗，还有各高校自己的标志，如校徽、校旗、小礼品等。新疆大学还牵来了绒毛骆驼和牛羊之类。各类宣传印刷品也很出彩。上师大的也不错，简洁典雅，唯一不足的是，缺了一些外国留学生在校园学习或生活的特写大照片，最好再配上他们中英文的精彩自白，因为有一块展位的墙面空着，一个小摊位要交4万元人民币，寸土如金。

我收集了许多纪念品，心里甜极了，尤其是各国各校的圆珠笔和徽章等。

下午1点半开幕，巴西来了好几位教育界头目，我国教育部副部长吴启迪、中国驻巴西大使等出席开幕式。记者来了一大帮，荧光闪闪，济济一堂，场面热烈，情绪高涨，巴西是第一次遇此国际高教盛展。直到晚上七点收摊。学生和家长络绎不断，咨询交流，他们英语不行、汉语不懂，我们葡语不懂、英语不全行，各摊位宣传品倒很吸引人，消耗极快。我们带去大批印有上师大标志的冰箱贴，巴西等国观众拿去不少。看来巴西人对我校的经济、艺术、语言、旅游、教育等专业感兴趣，问题是我们能不能用英语或葡萄牙语授课，他们对古老、复杂、神秘的方块字有点敬畏却步。我校的双语课程要花大力气抓，少数语种也要多配一些，唯此，才能吸引更多的留学生来，深感压力山大啊！因为这些想法我早就提出，但并不是所有校院领导都意识到这点。

展览间隙，部分人员参观了拉美议会大厦、国家图书馆、英雄纪念碑、美术馆、民俗艺术馆等，建筑形态属现代派，大气、简洁、线条明快，抽象派和象征主义的雕塑点缀得恰到好处，颜色比较沉闷低调，有些就是水泥本色，裸露或故意斑斑驳驳，欧美眼下非常时兴这种风格。

民俗艺术馆内的展品，原始、古朴、荒诞、夸张、离奇、神秘，甚至血腥、恐怖，别出心裁、想象丰富，南美人的艺术情趣和审美倾向确实与东方人尤其中国人大相径庭，他们既有欧美的典雅高贵，又融入拉美的奔放火辣，多元杂色，交相辉映，使人惊愕难忘。

导游设法带我们去特定的商店购物，这是他们的职业本能，也是养家糊口的来源。他们喋喋不休地介绍巴西的宝石如何好，如何便宜，不买似乎白来南美，特别推荐了祖母绿、帝王玉和海蓝宝，还有红木大嘴鸭、蓝蝴蝶标本等。种种迹象表明，这是黑店，除了钱是真的，货大多数是假的，但大包小包买的人还是不少，看得出，导游很兴奋。参观景点，他老是催促要快，购物时，他变得很有耐心，很有风度，好像到了家似的，又是倒茶，又是递烟，又是让座，不把你们兜里的钱花掉，他心里痒痒的，牙齿格格响。

后来我建议到超市去逛逛，他有点不开心，因那不是他的窝，但大伙儿赞成。巴西超市规模大得吓人，尤其是各类水果，颜色鲜艳，形状各异，堆成一座座小山。我们买了一些咖啡豆，这玩意肯定是真的，就像在东北买大豆一样。

今天早餐后去参观圣保罗大教堂，外形气派非凡，但不敢下车细看，教堂周围站满了来自各地的乞丐、游民、小偷和无赖，白天强行讨

钱，晚上喝酒闹事。据说，有些组织趁着夜色，整车整车地把这些社会不稳定分子从各地运往圣保罗，给政府造成巨大压力。

东方移民商业区的王宫与罗浮宫和凡尔赛宫不能相比，但宫史奇特。葡萄牙王子与国王闹翻，意欲独立当摄政王，宫殿还未造完，他就被当地一些庄园主推翻。国王没当成，王宫也就造了一半，实际上，现在成了一个大型历史文物博物馆。巴西独立纪念群雕的构思和张力令人震撼。巴西的独立在此地宣布。

烤肉是导游这几天讲得最多的一个词，大伙儿的胃口被吊了好一阵子。今晚去了最大最贵的一家，里面人群如织，热气腾腾，实际上是个庞大的自助餐厅。烤得焦黄发香的、滋滋冒油的牛肉、猪肉、羊肉、鸡肉等由高大英俊的男侍者轮流奉上，一手拿着长长的串着烤肉的铁钎，一手握着铮亮锋利的尖刀，殷勤而得体地为你切割上盘。30多巴币一位。味道不错，调料一般，与其说吃烤肉，倒不如说感受现场气氛。

教育展顺利结束，明天中午乘机去里约热内卢，那是个美女云集、小偷遍地的奇特城市，导游反复告诫我们提高警惕，丝毫不能有一点松懈，情况到底如何，且听下回分解。

巴西之行速记(4)

2007年3月20日巴西时间晚上10点15分

昨天没动笔，实在太累，尤其是瞌睡虫满脑乱爬，折磨得好痛苦，8点半就睡，果然精神好多了，今早4点半起床洗衣服。

昨晚半夜曾惊醒，被蚊子骚扰。巴西蚊子不太大，不知是中国人的鲜血不对胃口，还是不太贪婪，浅尝辄止，然后躲到了看不见的一隅。我又呼呼大睡。

昨天上午安排我们逛商场，又叫我们去家乐福，实在无聊又好笑。在上海我懒得去这些地方，可是现在身不由己。巴西的超市10点才开门，那儿的东西上海都有，只是南美物品的布展，特别是广告的创意令人印象深刻，确有一种美感的享受。

午餐还是到指定的中国餐馆用，大虾和一些蔬菜不错，鸡肉、猪肉和牛肉之类大盘地递上，整盘地扔掉。这些中国菜都已走调变味，正宗中国菜走向世界，任重而道远，这些仅是填饱肚子而已。

下午包机去里约热内卢，这个长而难念的名字，据导游说是二月河流的意思，欧洲殖民者登陆此地，时值二月，最先看到的是一条河。

有时乘飞机不如搭巴士，飞行时间只有50分钟，登机手续繁琐而冗长，好不容易办完，还要等近2小时，国内主办方的预算和策划能力不敢恭维，效率与南美人差不多。

这是架小型飞机，由拖拉机牵引，陈旧作响，油漆剥落，好些座椅破损。座位间距非常小，一旦落座，丝毫动弹不得，有点像坐单人牢房的感觉。

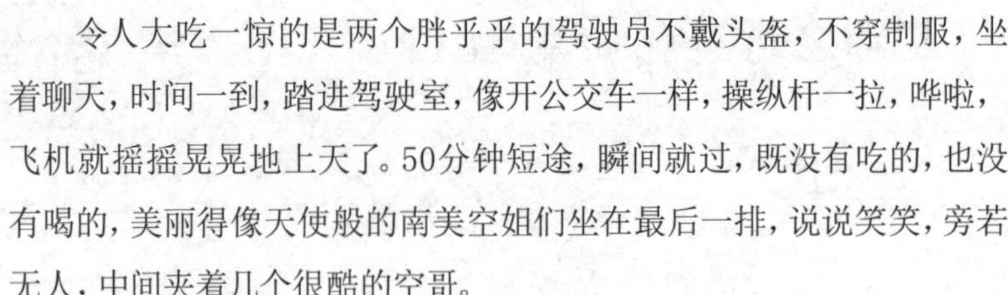

令人大吃一惊的是两个胖乎乎的驾驶员不戴头盔，不穿制服，坐着聊天，时间一到，踏进驾驶室，像开公交车一样，操纵杆一拉，哗啦，飞机就摇摇晃晃地上天了。50分钟短途，瞬间就过，既没有吃的，也没有喝的，美丽得像天使般的南美空姐们坐在最后一排，说说笑笑，旁若无人，中间夹着几个很酷的空哥。

下机后的晚餐令人难忘，也是在中餐馆，中国元素浸润其中：大红灯笼、飞龙仙鹤、松竹翠柏、荷花金鱼等，还有高悬正厅上方张嘴大笑的菩萨，烟雾缠绕。奇怪的是中餐馆雇的全是巴西人，极少中国人。他们人高马大，彬彬有礼，尤其是他们的棕黑服色与中国文化元素碰撞，顿时生发出不伦不类的感觉，令人有种时空交错的感觉。

大盘大碗端上的中国菜都少不了放洋葱，外国的洋葱个儿大，不如国内的辛辣而黏臭，但量很大，容易占位（胃），不多时就打饱嗝了，臭臭的，大家差不多同时打，谁也不怪谁。

飞了50分钟，却花了差不多一个大白天围绕这超短飞行转来转去。先进的飞行器并不一定带来速度，规则很耗时的，越先进的行进手段越需要规则。步行不一样，抬腿就走；公交车，买票就开。

大家建议是否乘大巴士到里约，省力而且沿途可欣赏南美风光，但据说包机比大巴要便宜得多，巴西是发展中国家，但航空业出奇地发达，乘飞机家常便饭，这大概也是包机的一个缘故。经常出国，坐包机是第一回。

2007年3月21日巴西时间下午2点

3月21日下午乘包机飞行约1小时50分钟抵达伊瓜苏，它位于巴西、巴拉圭和阿根廷交界处，温度有30摄氏度以上，不过晚上还凉快，不开空调也能入睡。除了参观三国交界岭、水上议事亭、巴西巴拉圭交界友谊桥之外，最令人震撼的是世界最大最壮观的伊瓜苏瀑布群，在巴西一侧看得更全面更真切，位于美国和加拿大交界处的尼加拉瓜大瀑布也是如此，在加拿大一侧视觉更好。尼加拉瓜大瀑布以落差大、气势猛而著称。而伊瓜苏瀑布群以瀑布众多、层次叠加而闻名，是世界上最宽的瀑布，确切位置是巴西与阿根廷边界上伊瓜苏河与巴拉那河合流点上游23公里处，为马蹄形瀑布，高82米，宽4000米，平均落差75米，1984年被联合国教科文组织列为世界自然遗产。

刚进入山间小道远眺时，瀑布并不起眼，越发深入，瀑布越多越密越大越猛，落差也越大，层层相叠，群群相连，直泻谷底，浪花飞溅，水声隆隆，气势非凡。远看像无数块大大小小的白色绸布紧贴着绿色的大山不断地朝下滚，接近谷底飞扬起无数形状各异的破碎小白布。到了曲径的尽头，漫天弥漫着蒙蒙细雨，浑身湿透，无比凉快，拍照变得艰难，生怕镜头打湿，但游客全然不顾，摆出各种pose，与瀑布亲密接触。

晚上去了一家自助餐馆，西餐为主，空间庞大，座位密密麻麻，设计风格还是典型的南美味，颜色绚丽，红黄蓝绿白黑，有点像儿童乐园。除了烤肉，全是自助。戴着白色高帽的侍者一字排开，站在齐腰的大型圆砧木前，为食客切割各种烤肉，有的烤得焦黄，有的烤得半生，众口难调，各取所需。

南美综合秀9点开演，主持人插科打诨，演员观众互动，现场气氛热烈，近似疯狂，呼叫、喝彩、吹口哨、手舞足蹈、捶胸跺脚，男女老少都是这样，连内向的中国游客也被感染，跟着学样。

2007年3月22日巴西时间上午11点

午饭前闲着没事，继续速记前天的参观考察概况。

前天上午参观里约市的耶稣山，乘缆车上去，没赶上定时缆车，足足等了一个多小时才上车，组织工作又一次显现漏洞。时间对南美人来说，不是什么值钱的东西，当地的华人导游可能近朱者赤，近墨者黑，也没有精算和效率意识。

巨大的耶稣石像高耸山顶，表情忧郁，略垂脑袋，挺直胸膛，伸展

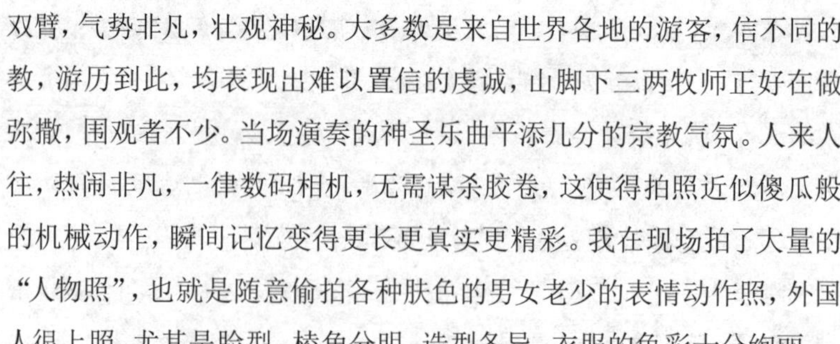

双臂，气势非凡，壮观神秘。大多数是来自世界各地的游客，信不同的教，游历到此，均表现出难以置信的虔诚，山脚下三两牧师正好在做弥撒，围观者不少。当场演奏的神圣乐曲平添几分的宗教气氛。人来人往，热闹非凡，一律数码相机，无需谋杀胶卷，这使得拍照近似傻瓜般的机械动作，瞬间记忆变得更长更真实更精彩。我在现场拍了大量的“人物照”，也就是随意偷拍各种肤色的男女老少的表情动作照，外国人很上照，尤其是脸型，棱角分明，造型各异，衣服的色彩十分绚丽。

中午用自助餐，有烤肉、生鱼片、寿司、生菜和其他杂七杂八的欧式食物。胃口不错。餐馆不大，环境恬静，比圣保罗那家烤肉店好，尽管那家排场大，名气响，但人头攒动，人声鼎沸，喧闹得有点烦心。

一头赤裸裸的牛显赫地印在一张大大的桌纸上，每个部位标上了阿拉伯数字，像解剖图，也像人体针灸穴位图，要吃牛的哪个部位，只需填写号码，阿拉伯数字看来世界普及率最高。侍者一手拿着长长的铁钎，一手握着锃亮的尖刀，在手指间来回轮转，像玩杂耍似的，吆喝着为食客切割烤熟的各种牛肉、猪肉、鸡肉、香肠等，先上的差一些，越受欢迎的越迟到，这也是生意经。一般的饮料免费，最后还给了冰激凌，很好吃，有黏性韧劲，少见。

下午参观考察里约热内卢州立大学。巴西大学有私立大学、社区大学、市立大学、州立大学、联邦大学。大家聚在梯形礼堂内，校长先寒暄几句，接着看DVD，介绍该校。注册学生2万多，有本科、硕士、博士等Programmes，是个综合性大学，与我校情况差不多。看完碟片，双方互动，提问回答。碟片中介绍了老年课程，如艺术、家政等，我想到了上师大的老年大学，问校长是否收费，回答免费，并向全社会开放。有点吃惊。

该校建筑大气、简约、实用，墙面水泥裸露，水电管道也暴露在外，有点像巴黎蓬皮杜艺术馆的风格。

离别前，与校长等交谈片刻，表示建交意向，因为我们两校属同类综合性大学，他们很感兴趣。

参观里约足球场时，大家一下子情绪激奋。在此真正体验巴西文化和民族精神的精髓：足球的魅力和魔力。椭圆形的露天足球场建于1952年，当时大多数人是站着看比赛的，可容纳20万人。现在改造成标准座位，容纳12万观众，是世界上最大的足球场。巴西小学生正好也在参观，看到我们，以为是日本人，纷纷招手，连声说“阿里阿到高杂以马斯”。他们和我们一样，兴奋得不得了。有一球员躺在地上表演，用身体各个部位垫球，技艺高超，又幽默可笑。给些小钱作为回报。

里约市的天主教堂外形独特，呈梯形，有无数小方洞，远看像个巨型马蜂窝，内部金碧辉煌，空旷高深，气度非凡，有一种进入时空隧道的感觉。旁边的教堂钟楼取吊塔形态，简洁甚至有些简陋，水泥裸露，不上任何涂料。巴西设计师的胆量和想象力远远大于我们的设计师。你瞧，在教堂左侧的石油公司大楼外观像深海石油钻井平台，令人难忘。我们搞出的东西往往四平八稳，面面俱到，无个性，无遐想，无张力。

南美之行点滴记录

1500年葡萄牙人发现南美洲，当时印第安人200万，现存30万。

南美人做事拖沓，没有时间观念，计划性很差。阿根廷总统皮隆的第二夫人爱娃的纪念石像造到一半，资金不足，就此停工，等有钱了，继续再干。

为什么总统府是粉红色，原来是两派妥协的产物，一派象征色是白色，另一派是红色。

布宜诺斯艾利斯的一条河属阿根廷和巴拉圭共有，由海军警卫队管辖，故沿河都是海军战士。

高耸入云的解放纪念塔曾一度被预防艾滋病宣传机构诙谐地利用，套上了一个大大的避孕套，令世人震惊无比。后来几经交涉，才剥了下来。

阿根廷属禁赌不禁娼的国度，但又无法抵挡赌博的快乐和巨大商机的诱惑，所以在公海上停泊几艘邮轮供赌客娱乐，政府也从中赚取不少钱财。

阿根廷有23个省份，布宜诺斯艾利斯是唯一的直辖市。布市的含义是“遍地白银”，“阿根廷”的含义是好空气，是最早的发现者起的名。1815年独立，1816年7月9日正式宣布独立。

阿根廷四季更替是有固定月日的。

银行上午10点开门，下午3点就关门。

阿根廷人认为他们是南美最白的人种，有小欧洲之称。西班牙、法国、意大利先后殖民于此地。

衣衫褴褛的各地游民随处可见，他们乞讨零钱，白天睡觉，晚上喝酒。200万贫民，600多个贫民窟。贫富悬殊惊人，犯罪率居高不下，无死刑，监狱紧缺，犯人关不下，站着睡觉，关了一阵子，连杀人犯也只得放出来。

平均寿命男人67岁，女人73岁。

在贫民窟住5年，该地块就算他的。贷款盖房，盖到哪儿算哪儿，钱不够歇工，等有钱了再盖，故从外表看，有很多像烂尾楼。

阿根廷治安很糟糕，警察追坏蛋追到贫民窟就止步了。铁路沿线贫民窟连成一片。

380巴比为巴西最低收入保障线，平均收入680巴比，1500～2000巴比为中产阶级。一打香蕉（12个）一巴比，相当人民币2角5分。

南美人大都不吃鸭鹅，鹅用来看家。他们吃蚂蚁。食肉厉害，主要是牛肉。最多的动物是牛，因此牛屁熏天，大量牛尿，氨酸特多。由于食肉过多，人体多呈酸性，容易生女孩，男女比例失调。

有一家中餐馆味道不错，尽管外表灰色，陈旧，斑驳。吃了鱼香茄子、生菜、虾、鱼、蔬菜汤、白米饭。米饭是日本移民带入的。

葡萄牙人、西班牙人先后入侵，黑奴随之贩入。德国人进来后造了不少房子。

巴西宝石著称于世，海蓝宝、帝王玉、祖母绿最吸引人。

圣保罗海拔760米，温度21～31摄氏度，微出汗，较凉爽。

涂鸦文化盛行，涂鸦高手有严格等级之分，颜色、图形、范围、摸高度等不同。有时胆大于艺，尤其是在一些政府部门、教堂、公共设施的大楼外墙，常见稀奇古怪的涂鸦。

从甘蔗提炼糖再制成酒精，即乙醇，可当燃料。但争议纷起。这意味着使用肥沃的土地、水、工业技术、机械与肥料，生产出不是给人们食用的东西，而是给富人们开车用的燃料，甘蔗、玉米变成乙醇燃料。

巴西全国有14家最有名的正规桑巴舞学校，表演赛定期举行，每个代表团表演60到90分钟，裁判围绕主题打分，决胜负。

遗憾的是没有下车参观博卡球队驻地、彩色铁皮屋、探戈发源地、旧港口。

伊瓜苏水电站1973年开始建设，1991年完工，24个城市被淹（巴西8个，巴拉圭16个），4000人动迁。供应巴西25%的电，供应巴拉圭95%的电，巴拉圭再卖一半给巴西。以巴西专家为主，德、法、中专家也参与。落差110米。

以色列之行速记(1)

2009年3月2日

刚吃晚饭，去的是当地有名的餐馆。牛排是用大蒜、蜂蜜和橄榄油烹制的，鲜润，微甜，入味，蒜香扑鼻，盆碟抢眼。

进餐馆前，在门口保安也要用手和探测器对食客一一仔细搜身，平生第一遭。

耶路撒冷老城的房子全是灰褐色石头砌成的，纵横交错，左右叠加，坚实而古朴，镌刻着中世纪的叙说，透析出犹太教的悲情。窗户狭小，私密深藏，外形依稀略见古城堡的幻影。

蜿蜒崎岖、坎坷不平的石板小路像毛细血管、似神经肌理镶嵌在迷宫般的沙地里。若无导游指点，肯定蒸发或失踪。

犹太人和阿拉伯人的地盘是分开的。小店星罗棋布，饰品琳琅满目，每样物什泣述着圣经或古兰经的片语。到了阿拉伯人的地盘，卫生状况较差。

市政府还是犹太人统领。两类文化，两种信仰，两个民族，经纬分明，却拥挤在一个屋檐下。

正统派犹太成年男子头戴无毡圆形便帽，英语叫kippa。不少宗教色彩更浓的绅士身着黑色长礼服，头戴黑色高礼帽，英语称kovo。礼服左右下摆还露白色或黄色的丝丝线条，像麦穗，据说以此时刻提醒自己记住上帝及上帝的恩泽。这些男人大都留着密集大胡子，几块白色皮肤隐约其间，勾勒出欧洲人脸庞的棱角。

女人几乎都身着黑色服饰，衬衣和内衣几乎都是白色，黑白是以色

列人的至爱。以色列的女人透露出一股冷艳的韵味，脸型狭长，鼻挺，眼大，眶凹，身材高挑，文静典雅，但直爽干练。

绅士在公开场合一般不和女人携手同行，公交车上男女分坐。

耶路撒冷笼罩着一股阴沉、悲壮、神秘、苦难的气氛。游人如织，神情虔诚。哭墙前在举办成人仪式，13岁成人，18岁可婚。欧洲、非洲来了成群结队的朝圣者，人们跪拜，哭泣，自语，叹息，为今世的罪孽忏悔，为来世的幸福祈祷。我跟同事说，我们搞的是民主生活，批评与自我批评，宗旨差不多，告诫人们常常反思反省，做善人，做好事。

参观纳粹罪行馆，毛骨悚然，恐怖异常，实物、照片、档案、影像，丰富多样，真实客观。死者留下的各种鞋子、发辫、遗物，几百万犹太人的灵魂在鸣冤嚎哭，实在惨不忍睹！

以色列人的三种意识令人难忘：安全意识、生意意识、环保意识。

她被敌人包围着，与狼共舞，必要时一定比狼更狠！

以色列之行速记(2)

2009年3月3日

回到特拉维夫，问了导游，方知犯错，以色列首都是耶路撒冷，而非特拉维夫。

特拉维夫浸染着欧洲古典都城的风味，坐落地中海边，海风拂面，光照充足，气候适宜，心旷神怡。我把高领羊毛衫和棉毛裤都扒了。中国人讲究保暖，出远门，家里人常常叮嘱多穿一点。可大街上的当地人呢，上身体恤衫，下面沙滩裤。男人露出石头般的肌肉，女人露出白净的低胸。

街上老房子形状各异，很耐看。奇怪，有些房子的模样像上海的老式公房，外墙斑斑点点，窗外晾着衣裤，很土，浓浓的居家生活气息。与西欧的明快典雅尚有距离。

明天起早多拍点街景，这是精明而苦难的犹太人老据点。

晚餐在渔夫街吃海鲜，小餐馆临街散落，灯光幽暗，摆饰灵巧，小资情调，食客从容，似上海衡山路一带僻处什么私家菜坊。

主菜一大盆，各色海鲜，配有钳子之类工具。我们是海派老吃客，用双爪和利牙就搞定螃蟹。喝了一杯白葡萄酒，是佐食配海鲜的。付账前，老板还奉送鸡尾酒，喝得脚有点飘，头涨脸红，回旅店倒头就睡。

上午参观了古城遗迹国家公园，在悬崖峭壁上，飞沙走石，环境萧杀，是古罗马人与犹太人拼命的战场。原始古朴，蔚为壮观，难以置信的是深山老林居然建有桑拿浴池，纵横密布的水渠和错落有致的蓄雨坑，水贵于油，自古如此。看到了从古罗马运来的马赛克瓷砖的遗迹。柱子和大理石是冒牌货，柱子内心是圆木，外面用石膏涂上，再绘制富

丽堂皇、金碧辉煌的色彩。所谓的大理石，其实表面也是用石膏仿制的，敲开石膏，里面露出当地的石头。弄虚作假，古人不输给我们。

在山顶远眺，死海一览无遗。30年前考大学时就刻意记住了死海，它是地球上最低的海洋。备考总不外乎记住“最”之类的景观、人物和事件。想不到这辈子还果真来到了死海边。

中午在死海边的休息区啃个面包，吃个冰激凌，凑活着算顿午餐。

本来准备下死海游泳，泳裤也带来了，不料同事们兴趣不大，一个人赤条条在熟悉人面前示众，不好意思，于是就作罢，尽管技痒难忍。

一帮俄罗斯来的大汉和大妈在死海里玩得欢快，从头到脚涂满黑色海泥，活像一群乌贼鱼。他们在相机前大摆pose，很自信，特欢快。

外事处的陆红玉老师鼓励大家下海，后来我和她，还有法政学院院长商红日把裤子卷至膝盖，赤脚在海里自我折腾了一阵子，算是与死海亲密接触吧。水里32%是盐，很稠，手指沾水舔了一口，咸得发苦，要命。上岸后脚气好像突然治愈！

既到死海，务必走进死海，拥抱死海，不然，抱憾终身。

死海对面是约旦，一半海水属于它。海水变成财源：世界各地游客络绎不绝；食盐取之不尽；海泥开发的各种化妆品，诱惑爱美男女……导游说她老婆就是坚持用海泥化妆品，肌肤滋润，美貌动人。

明天与巴伊兰大学会谈，他们说派车接我们。

以色列之行速记(3)

2009年3月4日

上午访问特拉维夫的巴伊兰大学，这是所研究型综合大学。生命科学、纳米技术、癌症研究、宗教学等特别强，与上师大不是一个等量级。

主管科研的副校长接待我们，具体落实李校长他们2008年访问备忘录中的项目。相当于校办主任的一个外貌强悍、动作麻利的女人安排我们会见了许多科学家和学科带头人。外宾来，她也接待，这时的角色变成外办主任。国外很多大学不设专门的外事处，要么校长办公室兼管，要么由资深并有经验的教师轮流参与。

犹太人很实在，甚至不拘小节，没穿正装，没有隆重欢迎仪式，没有领导的长篇讲话，没有礼品馈赠(我们倒是准备了不少别致的小礼物给他们)。他们用DVD和PPT介绍学校的基本概况和研究业绩。版块简洁，构图别致，色彩明快，极具动感，富有艺术。当时我就用上海话向同事们抱怨，我们养了一大帮人，而且还是文科和艺术见长的综合性大学，怎么就是搞不出像样的影视介绍，还没开始做事，就谈要多少钱。

犹太人不满足于口头承诺，副校长反复叮嘱我们回国后将交流合作设想写成文字发给他们，尽量要具体、实在、可行。犹太人办事风格正合我意。

在贝京，萨达特研究所接待我们的是一位老资格的中东及宗教问题的专家，曾去过许多国家。论点鲜明犀利，论据丰富有力。

会谈结束后，乘电瓶车参观校园，开车的居然是那位能干的女主任。他们用人成本很讲究，电瓶车又很环保。几年前我曾建议在奉贤校

区搞几辆电瓶车供参观者使用，但无人领会，遗憾！我又用上海话告诉陆红玉他们，前年我曾接待过海法大学校长，是以色列驻上海领馆介绍的，因为2005年10月我校图书馆举办的“爱因斯坦在中国——纪念相对论发表100周年图片展”给以色列使领馆留下极其深刻的印象。那位犹太校长只身独访，他是打的来的，提了个不起眼的办公包，外貌朴实得像个水电工，简简单单地讲了一些交流合作的意向就走了。我要派车送他，他婉拒，到校门口，叫了一辆出租车。

以色列很多民房甚至办公楼外表朴实无华，甚至不上涂料，褐色水泥裸露，像光着身子。很少有尖顶建筑，几乎全是平顶，我们这儿搞“平改坡”工程，图的仅是外观。

宾馆里无豪华家具，不备牙刷、牙膏、拖鞋。老式电视机，简约得不可想象，但水电设备良好。

中午，主人款待我们犹太西餐，主食是烤三文鱼，还有五六小碟腌制的素菜，色彩斑斓，诱人开胃。上了一大盆罗宋汤，特别可口，我喝了一大碗。最后以巧克力收场。

犹太人追求稳定、有序、公平、殷实的生活。

出租车司机热情勤快，即便不打计程器，收费也公道，很可靠。君子爱财，取之有道。

傍晚去地中海边散步观景，欣赏日落，感觉人在画中，画在眼中。吃南美烤肉、意大利面条、蔬菜色拉，喝红酒等。大家喝啤酒，点了一大杯，那杯子足有一臂之长，圆形直筒，难得享受地中海白人的生活情趣。

明晨打算起个大早，看地中海日出。然后去巴哈依空中花园（而非巴格达空中花园，日程表上是笔误）。下午访问海法大学。海法，是这次以色列之行心情最为放松的地方。相比其他地方的剑拔弩张，海法不同民族的和睦相处，真的给人一种世界大同的感觉。

很疲惫，但充实而兴奋，长了不少见识。

以色列之行速记(4)

2009年3月5日

睡到3点半就醒了，进入梦乡约3个小时就返回人间，要看地中海的日出，生怕错过良机。简单漱洗，看一会书，5点半下楼，总台说5点45分至6点太阳起床。他们有把握，说明这已成旅馆的一个告知服务。下楼后发现同事们还未集合。

打的到海边，拾级而上，登到较高的平台。打开相机，果然太阳开始露脸，先是头顶心，接着两脸颊，没多久，鲜红通透的整个儿脸盘悬挂在地平线上。在挣脱湛蓝海水为背景的五彩云团，努力攀上的过程中，可拍摄到太阳脸庞的各个部位。日出和日落都很快，快得有点仓促，感觉好似童年到暮年的时光，弹指一挥间。

被视为巴格达空中花园（世界七大奇观之一）之再现的大同教（巴哈伊）圣殿及花园（Bahai Shtine）不如想象的那么宏伟壮观，有点仿制欧洲的。但它坐落在海边，增色不少，空灵，辽阔，空气特别清新。巴哈伊教我不太熟悉，似乎各宗教的元素都可在神殿里找到。这使我想起波兰人沙门霍夫发明的世界语，也是个大杂烩。然而，世界语最终还是流行不起来，信奉巴哈伊教的人却越来越多。花园里类似宝塔松的树被修剪得整齐精细，齐刷刷地排列成行，像卫兵，看到了法国凡尔赛宫的园艺特征。

海法大学来接我们时，才发现他们没有公车，的哥很壮实，帮着搬好行李就上路了，速度极快。

希伯来大学在以色列是头块牌子，特拉维夫大学和特拉维夫理工

大学属于第二方阵，这些大学都是犹太人居多。巴伊拉大学和海法大学略逊色于它们，但是海法大学是个新生代大学，多元，包容，阿拉伯学生也不少，鲜有偏见，各族学生和睦相处，人际环境宽松自由，宗教色彩略淡，有朝气活力，西方色彩明显。

主人安排的活动紧凑而丰富。第一站是亚洲研究系，那些教授和专家的研究方向很杂，中国和以色列关系、中国和中东关系、以色列与中东关系、中东各国关系，甚至研究中国军事问题、民族问题、文化问题、宗教问题等。不少人的汉语水平令人吃惊，大都在北京、上海等高校学习过，会谈的重点是教师、学生的互派交流和进修，合作举办研讨会，互派访问学者和讲课教师，高层领导互访等。谈到一半，他们还叫来一些以色列学汉语的学生与我们见面交流，有些学生的汉语会话能力不错。没去过中国的学生很想去中国留学。系主任还特意讲了二战期间上海成了流离失所的犹太人庇护地的一些往事，对那段历史情结永志不忘，他十分感慨地说，如再不多讲讲那些故事，孩子们对那个历史片段就一无所知。

日程表说款待我们圆桌便餐（round table light meal），桌子倒是圆的，所谓便餐就是一些面包、蛋糕、生菜、黄瓜、饮料等，仅此而已。饥肠辘辘的我们，不敢有奢望，但也没料到如此简便的用餐。

副校长在办公室接待我们，空间之小，摆饰之简约，又没料到。他没穿外套，外着毛衣，四方脸，刚毅，强悍，但又有些腼腆，说话时略低头，没看我们，是地理专家，德国后裔。还有一位东南亚人模样的副校长和阿拉伯后裔的人文学院院长作陪，英语都说得很好，没语言障碍，以色列尤其是高校的双语环境和水平比我们好得多。稍作寒暄，就直奔主题，海法大学特别想尽快实现学生短期互派。犹太人对操作细节和具体条件问得很仔细，讲究对等互惠，我们的学生在海法大学的住宿费不能免掉，因为海法的经费中没设这一项，西方大学的预算相当规范严谨，一旦定了就是法律，任何人无权改变。

在亚洲研究系圆桌上的便餐被秘书们又搬到了校长办公室的长桌上，校长说我们可以继续吃，他带头拿了个面包，边啃边聊，随意得令我意外。犹太人真是实在，讲究高效。我们送了一些中国传统礼物，如剪纸、刺绣、手绢、丝巾，他们说他们没准备礼物，请我们谅解。

亚洲研究系主任请我们到学生食堂吃饭，拿个盘子，点一些喜欢吃的东西，颜色好看，味道一般，玉米汤不错。食堂是承租给外面公司的。吃午饭时已是下午2点半了，以色列人吃午饭较随意，不定时，那时饭厅里人还不少。系主任不知何故，不吃，看着我们享用。

饭毕，我们拜访了法学院的领导和教授，出面的均是女人。一看便知是欧洲后裔。我们的学生去海法大学实习考察似乎双方都觉得可行，且有裨益。但是搞2+2之类的项目不切实际，因为西方的法学和我们的差异很大，不仅在体系体制上，而且在观念和理念上相差甚远。送给两位女士印有上海博物馆图案的手绢，她们感到意外，很喜欢。

最后去了国际交流学院。院长又是女的，干这一行已22年了。运行体系与我校完全不同，留学生的注册全在该学院，课程无论是语言类的，还是拿学分的短班，均由该学院操作。学分可转到其他院系或国外某个高校。所有外国学生的事务他们都管，学校直接拨款，他们请校内外老师。没有外事处之类的行政机构。国外有不少高校都把教师参与国际交流和合作看作他们分内的事，有能力和资格的教师均可参与。

海法大学的留学生公寓是新建的，前面的广场宽阔，宿舍整齐明亮。参观了一套女生宿舍，窗明几净，共有的饭厅很大，里面布置得很有艺术感。

离开海法大学时，天已暗了。国际交流学院院长把我们送到出租车旁，我们打的开回特拉维夫。

难别虎年

星转斗移，白驹过隙，谈笑之间，虎年将别。

虎为百兽之王，万物之灵的人也难免谈虎色变。武松打虎的成功并非这厮力大无比，应归功于货真价实的18碗烧酒，工商免检。

虎并非最可怕的，不说别的，单“苛政”就“猛于虎也”。此外，有“人言可畏”一说，虎“啸”震山，但不敌流言蜚语。

威武、勇猛、雄健、生气勃勃是虎在中国生肖文化中的象征。虎诚然威风凛凛，却忌将其首与蛇尾凑在一起。

对中国人而言，虎年的最大的亮点非世博会莫属。百年期盼，10年准备，184天呈现。地球缩小，舞台变大，5.28平方公里的人间舞台，五洲四海，246个国家、组织、企业集聚，2万展方人员，16万工作人员，焚膏继晷，不亦乐乎。7000万观众跨肤色、跨地域、跨文化交流相融，体味不同文明，感受共通心灵。2万场演艺将人类精神真谛和繁衍脉络原味诠释。人气冲天，盖过暑气，30元“世博护照”炒至100元，盖齐200枚展馆大印的护照吆喝高达5000元。商机千载难逢，商家眉开眼笑，光世博特许商品多达18000余款，几百亿元滚滚入账。微笑如同阳光的人性服务，进园即到家，事无巨细，体贴入微，就连30座公厕、8000个厕位也精心设计，合理配置。

世博的导向和影响是多重的，而数百个论坛聚焦的话题高度一致——“城市，让生活更美好”。这句话如需加一个标点符号，作何选择？“城市，让生活更美好”是完成式？进行式？还是将来式？人创造了城市，城中人与城市息息相关，唇齿相依。人、城市和地球环环相连。

城市的孕育是人类文明的象征，不幸的是，随着城市化进程的加速，“城市病”肆虐，城市甚至被认为“万恶之源”，人们想“逃离”城市，寻觅“城外桃源”，尤其在高度城市化的西方。

家喻户晓、妇孺皆知的世博主题“城市，让生活更美好”其实并非国人原创，它源于古希腊先哲亚里士多德的观点，他曾经说过，人们来到城市是为了生活，人们居住在城市是为了生活得更好。

此君一生著述甚丰，首推《政治学》和《雅典政制》两大力作。《雅典政制》相当于雅典城邦政治制度史，是亚里士多德对158个城邦政治制度调查分析成果的一小板块。在《政治学》中，他将城邦作为政治学的研究对象。对城邦的考察和剖析是这位先哲的思想精髓，由此抛出一个著名命题：“人类自然是趋向于城邦生活的动物。”也就是说人按本性的要求必须过城邦生活，唯经城邦生活，人的本性才能实现。城邦是自然进化的产物，是人类社会组织由低级向高级，即由家庭——村社——部落——城邦逐步演进的结果。人天生是合群动物，须过共同生活。个人价值依赖城邦，离开城邦，无法完善自身。他甚至认为，城邦是“至高而广涵的社会团体”，人类生活可在城邦范围内得到完全自给自足，人的善业在城邦中得以完成。唯有成为城邦一员，人之本性方能在城邦生活中得以充分显现，才为真正之人。家庭和村社均以“善”为目的，而城邦目标是“至善”，是公民“优良的生活”！

世博及世博后的种种经历与经验，最发人深省的是特大城市如何管理和治理。一个人、一个家庭乃至一个群体如何在钢筋水泥、行人如织、你争我夺的大城堡中谋得一席之地，活得体面且滋润。车多，但不堵，路人不必惧怕市豹。楼高，但不晃，防震防水防火还防盗。人密，不管上海人、外地人，城里人、乡下人，都有尊严。各安其位，各尽其能，各得其所，各享其乐。蓝天白云，江河清澈；车水马龙，鸟语花香；夜不闭户，路不拾遗；楼市淡定，菜市平和。人们守序排队的耐心如同世博，

人们灿烂笑容的频度不低世博。这不就是《清明上河图》的现代版！？

亚里士多德认为组成城邦公民的本质决定了城邦的本质。

与我校合办孔子学院的日本福山大学理事长宫地尚先生想参观日本馆，却无力无暇等候长队，请求日本馆的日本志愿者开开后门，但遭婉拒，乡音的力量和权贵的威慑应该在任何地域的公信与秩序中消减。日本老板对我说，这次中国人动真格了。

如此说来，世博申办成功，获得世人支持，并不是简单的“城市让生活更美好”就够了，译成英语的话，和我们申博本身的口号是不一样的，“Better City, Betty Life”，“（只有）更好的城市，（才会有）更好的生活”。

辞旧钟声敲响，匆忙记下以上所想，世博“给力”，难别虎年。

由"中国梦"想起的

星转斗移，龙退蛇至，时光荏苒，人类淡定，2012与2013的对接注定是在惊涛骇浪、扑朔迷离之际完成。

恰在此时，中国人重新开始说着一个梦，做着一个梦，圆着一个梦，"中国梦"不是崛起，而是复兴。习总书记在不同场合反复强调要把"中华民族伟大复兴"的"中国梦"作为新政团队的主要目标。

尽管外国人总是说中国崛起（China's rise），而我们本能地把当下的成就和未来的发展称为"中华复兴"（China's rejuvenation），显而易见，我们不是白手起家的崛起，我们曾经拥有诸如大唐盛世般的辉煌，杜甫在《忆昔》中描绘了开元盛世景象：

忆昔开元全盛日，小邑犹藏万家室。稻米流脂粟米白，公私仓廪俱丰实。九州道路无豺虎，远行不劳吉日出。齐纨鲁缟车班班，男耕女桑不相失。

复兴的念头深深根植于华夏的历史经络和民族血脉之中，从第一次鸦片战争一直延续至1945年抗日战争结束的"百年民族屈辱"，在国人心头重重地投下一道无法磨灭的阴影。无数志士仁人为了中华民族的复兴前仆后继，义无反顾，为的就是重圆"中国梦"。

"中国梦"进入官方词库并迅速蹿红的理由在于，这个梦有一个共同的支点，一个梦想，十分付出，万千担当。13亿人期待富国强兵，生活改善，公平正义，民主法制，文化繁荣，科技创新，国家统一，世界和平。这个梦不是雾里看花，海市蜃楼，它沿循着东方文化的集体主义传统，梦想国家的强盛成为百姓福祉的保障，让每一个华人获得实惠。国

家好，民族好，大家无论在哪儿都会好。“中国梦”是中国社会乃至华人社会的“最大公约数”。

20世纪70年代读大学时，我也曾经听到过“美国梦”（American Dream），外国老师通俗的解释就是，有一对夫妻生几个小孩（nuclear family），住一幢小别墅（house），前面有个花园（garden），后面有个车库（garage），周末开着车去教堂做礼拜（go to church），逛超市买东西（do shopping at the supermarket），喜欢开派对（have a party）。听着听着，顿时飘飘然，有做梦的感觉。

相比“中国梦”，“美国梦”更强调个人奋斗、出人头地，酗酒成性的皮鞋推销商的儿子里根和嗜酒如命的汽车推销商的继子克林顿都能登上总统宝座，当然，更神的是一个为肯尼亚的黑人老爸所生、被单身白人老妈拉扯大、靠在社区打工起家的奥巴马拼搏奋进，杀出重围，连任两届美国总统！这被看作“美国梦”的经典注脚。

梦想成真的奥兄还不时地把他的梦传递给美国民众，尤其身处经济危机尖峰时刻，在2011年国情咨文演说中，他重提“美国梦”给人们打气：“我们可能有不同的见解，但我们都坚持一个共同的信念：在这个国家里，只要你努力尝试，你就有可能成功；我们可能来自不同背景，但我们抱有同一个梦想：在这个国家里，任何想法都可能成为现实，无论你是谁，也无论你来自何方。”

由此想到亚当斯在《美国史诗》中曾言：“财产是社会产物，从社会利益出发，没有理由不用更公平的方式加以管理和分配。”资本主义每天都在制造成功者和失败者，有些梦圆，有些梦碎，然而，结果均等和机会均等不是一码事。据山姆大叔说，后者是“美国梦”的核心所在。

较之目标与任务，“梦”更具画面感，用具象激起人们内心的憧憬与冲动，社会感应更为强烈。宗教信仰试图营造的是“彼岸的梦境”，冠以国家大名的梦境，执政者以此引导人们寻找活着的意义，整合不同价值，凝聚各种智慧，在现实世界中创造一个共同的梦。从注重个性发展和创造公平环境的角度来看，“美国梦”对“中国梦”具有启示意义；从强调和谐共赢、发掘集体力量的角度而言，“美国梦”应借鉴“中国梦”。

“梦”当选为2012年度汉字，投票者张三李四，王五赵六。亿万百姓，梦想迥异：涨工资、孩子考上大学、找到好工作、看病不难、房价能跌一点、养老有保障、女儿找到男朋友、有个好身体、活到100岁等等。当然，还有不少人期盼：天蓝水清、吃喝安全；公民规规矩矩、官员堂堂正正。甚至有人说爱吃来自钓鱼岛的鱼。“中国梦”承载着五颜六色、不胜枚举的具体而急迫的“百姓梦”。

世界语结缘上师大

2014年12月2日我收到一位1960届数学系老校友李思源的邮件。我不认识他，来信诉求却引起我的格外关注。他说世界语在中国很不景气，上海也不例外。上海市世界语协会的定期活动不足30人参加，而在东欧、非洲、拉美等地区学习世界语正在升温。一个迫在眉睫的难题是目前存放在上海社联的世界语资料所剩无几了，它们的归属成了本市世界语研习者的心病。

第45届国际世界语教师大会2012年7月20至26日在昆明举行。云南2015年5月承办"第67届国际轨道交通世界语大会"，不少公司摆出财大气粗的样子，想捐款争夺这些宝贝。2013年11月16日由中华全国世界语协会和枣庄学院共建的中国世界语博物馆在枣庄学院揭幕，该馆也极想收藏这些历史资料。但李思源校友和上海市世界语协会会长汪敏豪主张将这笔人文财富留在上海，最好是留在大学里，于是就想到了母校上海师大。

世界语我并不陌生，甚至可以说，世界语成全了我当教授的美梦。本世纪初，像我们这些英语科班出身的教师要晋升正高，必须考一门除英语之外的外国语，俗称"二外"。这可有点头疼。20世纪70年代初，我通过电台同时学习英语和日语，英语后来成了我的饭碗，日语成了读本科的"二外"，学得也不赖，晋升副教授时，考的"二外"就是日语。外语这玩意，一定要"拳不离手，曲不离口"，不然，即便是童子功，也会废掉。现在要考正教授了，教学、科研、思政均已达标，万事齐备，只欠"二外"，但日语却忘得差不多了，忧心忡忡，寝食不安。

在这节骨眼上，我的老朋友、上大外语学院的庄恩平教授出了个妙计，考世界语！理由是世界语容易上手，对掌握英语的人更是如此。他就是突击世界语，摘得正高桂冠的。我心动了，跃跃欲试。热心的恩平兄给我拿来魏原枢1984年主编的《世界语教程》、魏原枢和徐文琪1982年合编的《世界语语法》，这些书都已旧得有些发黄卷边，他还拿来配套的四盘卡式录音磁带。我又托人搞来一本1959年中华全国世界语协会编撰、商务印书馆出版的《世界语新词典》。离正式考试仅剩三个月，我和妻子约定，家中啥事都不管，一心攻克世界语。于是乎，整天看啊读啊听啊写啊背啊，说得好听一点，叫“心无旁骛”，说得贴切一点，可谓“走火入魔”。想起当年的流行语，我坚信“面包会有的，牛奶也会有的”，但“莫斯科不相信眼泪”。

三个月过去了，结果怎么样？那天情景至今未忘，号称“世界语”，却被划入“小语种”，考场单设。我前座的考生考的是泰语，我右座的考生考的是越南语。他们的考卷是复印的泰语和越南语的报刊摘编，译成中文即可。那年上海考世界语的人有三五个，安排散坐。统一命题，题型多样，如选择题、填空题、注音题、阅读题、翻译题等。我最喜欢的是阅读题，那大片大片的字母有点像英语的表兄和表妹，似曾相识。于是，连猜带蒙，长驱直入，手到擒来，我居然以92分通过“二外”。顿时幸福感涌向心头，世界语真好，她属于世界上任何一个人。

借助这段情分，我立马给李思源校友回复，约他12月8日到办公室面谈，还叫上了外国语学院院长李照国、院党委书记徐晓明，他们的理解和支持至关重要。会商顺利，很快达成意向。12月30日又在外国语学院约见了汪会长，他看上去很激动，反复感谢上师大，还说心中的石头落了地。双方很快就签了世界语中心建在外国语学院的协议。我建议腾出一小间办公室，既作研究室，又作特藏室，为近2000册世界语书籍、词典、教材等安个新家，这些资料的收集始于20世纪初，大部分来自海外，其中不乏孤本、珍本等，有些文本纸质泛黄，书皮变脆，亟待修缮。它们具有较高

收藏价值与学术研究价值，来之不易，弥足珍贵。

李院长和徐书记很给力，立刻到社科院现场勘查。陈晓虹副书记组织学生志愿者，整理修缮、编码登记、搬运上架，忙得不可开交，但又不亦乐乎，因为他们正急着续写人类语言史上一个渺小而又重要的片段。很多学生由此知晓什么叫世界语，它曾经在上海辉煌过，所以，国际世界语协会会长马克·费德思先生一口答应参加揭牌仪式。

1878年12月5日，即将毕业的柴门霍夫在波兰华沙渥利比街他父母住宅的底层，举行了一次家宴，庆祝他的“万国语”诞生。然而，父亲为了儿子的前途，又鉴于当时犹太人在沙俄铁蹄下的困境，极力干预，中断柴门霍夫推出“世界语”的梦想，把全部手稿和工具书扔进书橱，并加了锁。

柴门霍夫忍痛顺从了父亲，远赴莫斯科学医，两年后返回家乡。然而，刻骨铭心的愿望使他无法摆脱创造世界语的冲动。整整6年，强烈的事业心与责任感，驱使他默默无闻地为完善世界语而苦苦地耕耘着。

1880年，一个巴伐利亚牧师创造了一种语言，希望它能成为全球通用语。此语融合了法语、德语和英语中的词汇，牧师将它命名为沃拉普克语（Volapük），但它发音古怪，艰涩难用，充满各种变格词尾。沃拉普克语在几年内确实吸引了一些人的眼球，但没多久，随着另一个人工语言——世界语（Esperanto）的诞生而销声匿迹。

1887年7月26日，柴门霍夫在岳父资助下，以“希望者博士”的名义，自费出版了《第一书》，正式公布世界语方案，并宣布放弃全部著作权。世界语不仅名字比沃拉普克语响亮好记，而且易学，只有23个辅音、5个元音、16条语法、31个常用后缀、2600个基本词汇。次年他又声明自己不愿做新语言的创造者，只暂作一个发起人，把世界语交给民众，让它在实践中接受检验，持续发展。此后，他白天行医，夜间致力于世界语的译著和通讯工作，甚至把全部财产献给世界语发展及推广事业。历经18年千辛万苦，终于迎来1905年法国布洛涅“第一届国际世界语大会”的召开。打那以后，世界语便逐步在全世界传播开来。从1955年起，国际世界语的总部设在荷兰鹿特丹，目前有团体会员60多个，个人会员遍布120多个国家和地区。世界语科学院设在圣马力诺，哪些词汇可进入世界语，由这个机构定夺。

1964年12月中国国际广播电台世界语开播，至今已过知天命之年。中国世界语出版社1981年11月在北京成立。中国曾号称是世界语大国，上世纪80年代有40万人学习过世界语，目前还有相当一批人粗通世界语，至少数百人精通世界语。但这个数字比起中国的总人口，令人悲观。据华盛顿大学西德尼·S·卡伯特博士的研究报告称，有160万使用世界语的人达到了相当的水平。这就意味着世界人口中仅有约0.03%的人在使用这种语言，同样无法看好。

奇特的是，众多国际名人也与世界语结下情缘，包括毛泽东。1939年12月9日毛泽东特意为《延安世界语者》题词："我还是这一句话：如果以世界语为形式，而载之以真正国际主义之道，真正革命之道，那么，世界语是可以学的，是应该学的。"手书一气呵成，潇洒飘逸。

诚然，世界语降低了语言学习的门槛，但也无济于事，因为有一种语言已经势不可挡地成为国际交流通用语：英语。两千多年前，英语还是石器时代丹麦部落人口中不成文的发音；之后一千年，英语仍活在法语和讲法语的领主阴影之下，当时恐怕没人会料到英语后来的使用人数会超过20亿——地球上几乎三分之一人口在某种程度上都使用过英语。

老派科幻作品中常常幻想地球人只说一种语言，但在现实世界中，这势必会给其他语言和文化带来威胁。语言统一的代价是失去文化的多元性。对全球未来语言发展趋势的预测，圈内外人士研判各异，并乐此不疲。结果呢？失算的多于猜准的。然而，人类的"世界语美梦"一直会做下去……

（此文原载上海教育网2015年4月20日，编辑改题为《世界语成全了我的教授梦》）

“频道”效应

谁也无法否认或回避当今世道的一大特性：多样性。

回想20世纪六七十年代，娱乐样式极其单调，在家里看电视简直是“贵族的奢侈”。那时的私人电视机很少很少，于是单位里的电视机便成了“公共宠物”，如有好节目，一下班，大伙儿静静地围坐在这小魔箱旁边，目不转睛地盯着9寸小方块里发生的一切。

电视机匮乏，节目同样极少，尤其是耐看的。大多数情况下，有啥看啥，仅有两个频道，上海台，中央台，一般是地方服从中央。8个样板戏是经典的时尚、唯一的选择，于是男女老少一起看，百看不厌，如痴如醉。那年头，什么人都能像模像样地哼上几段《红灯记》或《沙家浜》或《智取威虎山》或其他什么戏的唱词。直到现在，有些段子还是中老年们在聚会时的保留节目，着实令新生代们耳目一新，嘿，这么长的“西皮”或“二黄”，弯弯饶饶，哼哼啊啊，竟然一字不拉，有板有眼地唱到了底。

说实话，现在那些新新代或什么先锋派创作的流行歌曲像蝗虫一样地涌来，铺天盖地，嗡嗡作响，过了一阵，销声匿迹。如想再次闪亮登场，在人们耳边弄点什么响声出来的话，那他（她）必须重新包装，以怪取胜，所谓“剑走偏锋”“独辟蹊径”。于是乎，那些绿眼红发、奇装异扮类在镭射的助威和烟雾的掩护下，又唱又跳，试图给人以新的视觉冲击。

不知怎的，真怪，大多数歌星居然跳得比唱得好。有学者说，肢体语言的发达是现代人类进化的一个明显特征，但有时又遗憾地表现出机器人和狂躁者的某些特点。说真的，大多数流行歌曲在我脑袋瓜里没留下什么印记，除了“爱”就是“恋”。但这类东西确实信守诺言，仅是“流行”而已，就像感冒，终会没的。

当年的电视节目还有一个历史性的大看点或大卖点：刚刚出笼的新电影。用小电视看大片子，氛围不如“袖珍厅”，情调不比“情侣座”，但它传递的信息量是等值的，况且还可省去车马费和夜宵钱。直到家家影院门可罗雀时，那些放电影的才想到了什么“Copy Right”（版权）。从此以后，“影”“视”两家分道扬镳，井水不犯河水，各自吆喝自己的生意经。我们的电影发疯似的追求豪华架势，砸的是钱，拼的是蛮力，效果是“轰隆一声，啥也没留下”。所以李安的东方内涵+西方技术，发掘人性本质的电影鹤立鸡群，屡屡得奖。我们的电视连续剧呢，越来越长，因片酬是按集数来算的，头牌明星“一剧暴富”，观众的晚间光阴不知不觉被一寸一寸蚕食殆尽，时常还得赔上大把眼泪，尤其是阿婆和阿姨。

电视的生存靠频道，频道越多越能吊住观众的胃口，而收视率是一根考核大棒。电视的经营之道有点像自助餐，品种越多越不会亏本，甜的咸的硬的软的炒的炸的，搁在那儿，你总得尝尝。你吃了这个，就不吃或少吃那个，你吃了那个，就不吃或少吃这个，每位客官的胃口有个基本衡量。当然，频道之间的竞争除了诱发“TV”迷们有主权的收视激情，还给想做广告的老板们更多的选择。有线台把一个个社区连成方阵，各种卫视纷纷落地，境外国外的各种频道攀附着屋顶那个圆锅盖玩意儿闯入平民百姓的眼帘，琳琅满目，眼花缭乱。很难想象没有频道的世界会是什么样的。

为了操纵暴增的电视频道，遥控器应运而生，发明这小东西的家伙绝顶聪明，他的高智商使我们大多数人变成愚笨而快乐的消费上帝，被动，无聊，依恋，闲散。我屋里那台“Sony”的各种手调旋钮由于长期不

用，统统“罢调”或失灵。这是遥控器的罪过。

当然，遥控器使选择变得轻松自如，使调谐变得唾手可得。有时人们甚至感到飘飘然，有一种征服的满足，尤其当我们握有指挥权的时候：陷在松软的沙发里，摆弄着黝黑的小匣子，弹弹手指，滚动人生万花筒，饱览环球大舞台。

渐渐地，遥控器使人们变得急躁起来，耐性慢慢消蚀，看到不顺眼的或不称心的画面，去你的，手指一摁，切换到另一个世界……怎么搞的？又是老掉牙的故事，再揿一下，开辟一个新天地……忙乱地选择，无休止地更替，其间，绝大多数是放弃，于是人间又生出一至理名言“学会放弃”。最后，好不容易定格在短暂的中意。遥控器让我们瞬息间获得无数次喜新厌旧的良机，而且成全了浅尝辄止的怪圈，使韧劲缺乏弹性，使坚持失去价值，使专注偏移焦点。

话得说回来，频道也确实给了我们一些恩惠，最值得一提就是指明了追猎便宜货的方向，这是广告的功劳。此外，在不绝于耳的声声广告语中娃娃的汉语在长进，思维被“铜化”，态度也变得倔强起来，“送礼只送脑白金”。

评说三国英语学习

日本、印度、中国都是了不得的国家，不仅在亚洲，而且在全球都是排得上号的。这三个国家还有一个相同但又矛盾的特点：极力维护本国语言的传统地位，同时，十分敬重西洋语言的工具价值。在这三个国度，学英语的人越来越多，学英语的人的年纪越来越小，学英语的课时越来越长，学英语的句子越来越短（主观上想偏重口语），但结果怎么样呢？最简练的概括是，日本人的聋子越来越多，印度人的软件越来越好，中国人的考试越来越繁/烦。

一、日本人的聋子越来越多

日本人对英语特膜拜，近似于敬畏图腾之类。日本的电器玩意儿确有磁性，但鄙人对东洋人的英语水平却不敢恭维。

在美国留学时，班上有几位日本同学，我留意他们学英语寸步都离不开假名，东洋式的英语发音是以假名为记忆基础的。事实上，日语中有大量用片假名代替的西洋单词，这就形成了他们对英语发音的独特感悟和理解，有点儿像不少国人把“toothbrush”强记作“兔子不拉屎”，把“education”强记成沪语的“阿舅开心”一样。

此外，日本人完全无视英语里许多不发音的字母，结果便出现了他们自己听得懂的英语。假使外国人到日本，怎么也听不懂日本人说的“McDonald”（麦当劳），此词中的元音只有三个，但日本人却念出了六个，他们老爱把英语里不发音的字母一股脑儿读出来，“d”念“do”，“l”念“lu”。老美到了日本也必须将“McDonald”读成六个音，否则“哈伊”族听不懂。即便听懂了，也要被纠正。

有一个从英国来日本学日语的小伙子说，在日本最受不了的事就是被日语学校的老师纠正英语发音，这是一种是非颠倒、令人哭笑不得的痛苦折磨。这个在伦敦长大的正宗Anglo-Saxon（盎格鲁撒克逊）的后裔十分钦佩中国人执着追求标准英、美发音的干劲和韧劲。与中国人相比，他觉得日本人学英语的态度非常傲慢，他们不但不反省自己的发音，反而与英、美人狡辩，怪西洋人的耳朵不行。不少日本人自告奋勇地与英、美人侃英语，结果不消三斧头，总是高鼻子蓝眼睛的先缴械。

据说时任日本首相的森喜郎在冲绳G8首脑会议期间闹了一个笑话。他主动向克林顿打招呼，把“How are you? ”（您好吗？）说成了“Who are you? ”（您是谁？）克老弟愣了片刻，诙谐地答道：“I am Hillary's husband.”（我是希拉里的丈夫。）森老兄接着说：“Me too.”（我也是。）克林顿即刻转过身去，没有人看得见他当时的表情，但应该想象得出！森喜郎的洋相似乎是由事先为首相大人设计好的与克林顿打招呼的计划而起，在说了：“How are you? ”之后，预计克氏回答：“I'm fine. Thank you, and you?”（我很好，谢谢，您好吗？）然后森氏就答：“Me too.”由于头炮发音不准，转眼就铸成了阴差阳错国际玩笑！外语发音不准的人，耳朵跟着也会变得不听使唤。

二、印度人的软件越来越好

印度人已不再是从前的“红头阿三”了。《亚洲周刊》说：“忘掉你过去了解的印度吧，它已一去不复返了。将它看作一个复活的、充满自信、追赶时髦的新国家，接受它所扮演的正在崛起的亚洲超级大国的角色吧。”

继“绿色革命”（改造农业）、“白色革命”（普及牛奶）、“蓝色革命”（打造航母，强化海洋技术）之后，趁“IT革命”之势，印度人搞出了一个石破天惊的班加罗尔——亚洲的硅谷，一跃爬上了软件王国的老二交椅，年出口额超过50亿美元。就在十几年前，中国与印度还难分仲伯，而今已拉开一大截距离。印度人甚至还想尝尝研制月球探测器的滋味！

有关印度为何一夜崛起的探讨十分闹猛，原因有各种各样，但有一点各路专家都不约而同地认定，那就是高效的英语教育是制胜法宝之一。

由于曾受到英国殖民统治，英语在印度不是外语（foreign language），而是一门第二官方语言（the second language）。学生从小就受到听、说、读、写的系统训练，因此也就无所谓什么“译”了，语言的自然属性——“交际”，不仅在教学中，而且在日常生活中得到了充分的体现和熏陶。印度人讲英语时的语音、语调不那么好听，但他们很喜欢讲，能滔滔不绝地讲，不怕结巴或语塞，没有心理障碍，语感较好。从电视中看到，最近大地震发生后，外国记者在现场采访时，就连那些警察和普通市民都能用英语和他们交流。而且，他们敢于因而也就逐渐善于用英语写东西。

英语是信息时代最具生命力的语言，因特网上80%是英语的市面，这使得印度人吸纳信息、开发软件的速度以及应变调整能力高人一筹。印度的小说和电影也因英语流畅和得体而较顺利地打入国际市场。

在伦敦举行的“世界小姐”选美活动中，来自印度的考普拉冠盖群芳，一举折桂。尽管在答题时犯了一个不小的错误，她把特里萨修女（诺贝尔和平奖得主，长期照顾麻风病人，早已去世）说成是她最崇拜的在世女性，但主考官还是被她出众的魅力和流利的英语所折服，考普拉赢得了10万美元。印度已经在6年里包揽了“世界小姐”及“环球小姐”的桂冠，英语确实帮了大忙。

三、中国人的考试越来越繁/烦

中国人学英语的韧劲是持久的：少儿学到博后；神情是虔诚的：母语甚至无关紧要；方法是简单的：单词+语法；规模是无双的：数以亿计（当然，读第一册的人次居多）；效果是凸显的：考试大王；目的是明确的：升学、晋级或出国。

20世纪70年代初，上海人民广播电台英语课程第一讲由工厂师傅出身的孟老师喊出了："Long live Chairman Mao!"从此，英语开始走红。

后来人们发现英语还是进口的好，原装的原汁原味，而且保证洋腔十足。英国舶来品林克风唱片使我们领略了宫廷式英语发音的韵味，大饱耳福。还有，若当时谁拥有一套原版进口的"Essential English"，扎足台型（脸上有光）。国内的"许国璋英语"着实被晾了好一阵子。

不久，老美推出的"English 900"又使成千上万的中国英语迷如痴如醉地听啊念啊背啊模仿啊，好像这就是英语！

"托福"和"GRE"一出现即被供奉为开启自由女神像的金钥匙，弄得不少出国迷们孤注一掷，神魂颠倒。逐渐隐退的"EPT"曾一度还被当作国产"托福"，专为公派生定做。

其实，锋头最健的要数"牛康"（New Concept English），不知是L.G.亚历山大的度量如海呢，还是这老兄是个十足的版权盲，盗版的"牛康"在神州大地到底发行了多少，你不知，我不知，天也不知！

始于1987年的CET4、6级考试再次营造了一道极其壮观的风景线：在960万平方公里土地上，数百万来自大学殿堂的莘莘学子一年两次在同一时刻听同一盘磁带，用同一型号的专用铅笔往同一样式的答题纸上涂抹着同一字号的ABCD。

全国硕士研究生英语入学考试堪称五星级难度的考试，它使多少自我感觉良好的考生"烤"干身上和兜里的油水，还是过不了关。

上海的中、小学生英语等级考试甚至动用国家电台来考听力，气势何等雄伟！

中国人学外语还有一个讲究，分公共外语和专业外语，因此也就有了专业英语的4、8级考试。有人把专业外语和公共外语简称为"专外"和"公外"，并分别译为"Special English"和"Public English"。老外会把前者误认为美国电台一档对外节目的名称，对于后者，他们会困惑地问:“难道还有私人英语(Private English)?”

至于全国职称外语考试的类别和等级,在下不花一两个小时是绝对说不清楚的。请多包涵!

上海人对英语有一种本能的爱恋,“市民通用英语考试”刚刚闪亮登场,大批大批的“阿拉”们亢奋不已,一试为快。

还有许多许多师出有名的、收费不菲的各类各级、国内国外的英语考试,限于篇幅,恕不啰唆,就此打住。

“一窝上,蜂拥至”,这是我们的特色之一。紧接着便衍生出另一个特色,叫作“协调”和“梳理”。隆重推出的“全国公共英语等级考试”试图将各种各样英语考试统统装入它这个大篮子,不管是青菜,还是萝卜,统统政府来管。但我看很难,因为英语考试已经率先实现了“四化”——等级化、标准化、行业化、产业化,环环相连,丝丝入扣,通通都由利益驱动。钱是个了不得的东西,但它又不是个东西,被它缠住后,想要挣脱,谈何容易。

学外语为了考试,在考试中学外语。外语试题垒起当今出版行当中的半壁江山,甚至卖得比外语课本还要疯得多。“托福”考试高分迭出,犹如百米短跑不断有刘易斯之类挑战零点零零几秒的生理极限,如此之多的600多分,连老外也看不懂啦。然而,在国内苦读20多年书可英语却开不了口的博士生不要太多噢。

结论:还语言的自然属性——跨语言交际为了跨文化交融,考试只是一种手段。

出路:双语教育,开口第一。

随便翻翻

大多数书是不值得精读的，所以我看书一向喜欢随便翻翻，也就是用读报纸、杂志的方法来看书，中文书、外文书都是如此。一目数行，信马由缰，中看就进，难看就停。说实话，书的“外貌”，还有名儿、目录、前言、副标题、后记对我的视觉冲击力较大，而作者的名气影响不大。

随便翻翻是迫不得已的。我曾十几次地痛下决心拟订了恢弘的读书规划，但老是以失败而告终，我的人生哲学“言必信，行必果”在实施读书规划时从未兑现，自己打了自己的耳光。因此也就开始随便翻翻，翻到哪本就哪本，翻到哪儿算哪儿。

随便翻翻在我看来是事半功倍的读书技巧。眼下，各类信息在呈加速度日夜疯长。据说，最近10年的资讯总量是以往100年的X倍，但真正为人所用的或能被人用的恐怕不足千分之一，甚至不到万分之一。IT时代必然会产生IT污染，这已被世人称为“另类公害”。一打开电脑和信箱，E-垃圾和Ad花花纸便迎面扑来，管你爱看不爱看，让你看没商量，真有点招架不住。如今，文人出书犹如AA鸡下蛋，一片兴旺景象。但是，耐读耐嚼的却凤毛麟角，绝大多数书充其量是“一次性”的消费品。一次性玩意儿（当今时代的特征之一）已不仅仅限于筷子、尿布之类。随便翻翻的习惯是被“一次性”生意经逼出来的，以便不要再陷得太深，动了真情。广而览之，但浅尝辄止，这也是处理“信息垃圾”的一种技术。

随便翻翻图的是一种心情，贪的是一种意境。看书有时好似休闲，背靠沙发，双腿跷起，香茗一杯，干果数枚。飘着墨香的书页从十指间沙沙滑过，如能借得斑斓的阳光涂抹在片片“书叶”上，那真是一种天堂鸟的感觉。更实在更通俗地说，是冰淇淋透心凉的甜，是青橄榄苦涩后的蜜。这在直面空壁、正襟危坐读书时根本无法体验得到的。高尔基说他小时候看书犹如一个饿汉扑在面包上，这大概是那年头闹书荒的缘故。记得我小时候就老盼望着剃头，只因剃头摊上的那几本卷了边的小人书是我心中永远的痒。“文革”中，那本流传到我手上的手抄本《第二次握手》就隐隐散发着一股手汗臭。眼下的世界，缺的不是书，缺的是星期天的好心情，还有安静和干净。

随便翻翻好似随便吃吃一样，不拘食具，不管内容，有啥吃啥，吃啥由啥。看书能达到随时随地随手随意的境界实在不易。这也是一种研习攻略，且唯此可见“杂”的功效。不要小看这个“杂”，杂粮能壮身，玉米棒子、地瓜熬羹之类都上了大宾馆的宴席。物竞天择，优胜劣汰，杂交的强于亲衍的，无论植物还是动物，这道理达尔文知道，老农也知道。读书何况不是如此？大千世界，无奇不有，丰富人生阅历，更新知识结构，永葆求知志趣，杂书能助你一臂之力。汪曾祺说他从法布尔的书里知道了蝉原来是个聋子，从吴其濬的书中了解了古诗里的葵就是湖南、四川人现在还在吃的冬苋菜，高兴得不得了。古人曰：“书犹药也，善读之可医愚。”知识贫乏或单一，以我看，是头号大愚。

“纸墨寿于金石”，这话没错，书的广泛和久远的媒介性固然珍贵，一本书就是一个朋友，但不是每个朋友都可以深交的，有些只是或只能是点点头而已，就像随便翻翻一样。

托爱因斯坦的福

以色列驻上海副总领事贝理亚先生造访上师大是为了参观我校图书馆举办的“爱因斯坦在中国——纪念相对论发表100周年图片展”。我校迄今已与20多个国家和地区140多所大学和教育机构签定合作交流协议，但还未与任何一所以色列的大学“建交”，贝理亚是为爱因斯坦而来的，而我们是打了爱因斯坦的牌才把这位纯种犹太外交官请来。

贝理亚是个小伙子，中等个，狭长脸，高颧骨，凹眼睛，白皮肤，微谢顶，英语特溜。他双手递我一张名片，用生硬的中文说“你好”，然后微笑。我回敬名片时，随便说了“Here is my business card.”他敏感地问：“怎么会有许多人喜欢把名片说成business card？”“Don’t you think running-a-school is a big business？”（你不认为办学是个大生意？）我答道。他听了哈哈大笑，“可不是。”接着我说：“犹太民族和生意从来没仇。”还没讲完，我们都大笑起来。

落座之后，我便代表学校欢迎领事先生的到来，托爱因斯坦的福，我们有幸能与第一位以色列官员相聚师大校园，商谈交流合作事宜。接着就按照接待外宾的惯用程式，介绍上海师大，这我已讲了无数次了，但他听得很入神，因为是第一次。当我引用一些数字时，他很吃惊，尤其是我校各类学生4万多！他说以色列是个移民国，不缺钱，但缺人，只要是犹太人，都可到以色列定居，他们甚至从苏联和一些非洲国家拉进了一大帮犹太移民。在以色列，注册生有1万的话，就是一个不得了的大学校了。他自豪地说以色列大学人不多，但按照交大的统计评估信息，以色列有8所大学进入世界前500强，其中4所跻身前100强。“我国的农业、医学、工业、军事、教育、文化等领域都有世界级的成果。”领事先生自豪地插话。

有关上师大的故事在贝理亚两次插话后终于讲完。于是，我们就切入主题：爱因斯坦。我说中国人很喜欢而且很熟悉爱因斯坦，尤其是大学生，有关他的故事很老很长很多，也很有趣。

概括而言，首先，爱因斯坦是个科学巨匠，物理界的伟大旗手。一生科研成果卓著，最震撼世人的是三项：用实验证实了原子的存在；发展了普朗克提出的的量子假说；最卓绝的成就是突破牛顿经典物理学框架，创立了适用于微观高速运动领域的相对论。他的发现和理论颠覆了人们对世界的看法，为现代物理学的发展奠定了坚实基础并开辟了广阔空间。

其次，爱因斯坦漂泊不定，一生坎坷。1913年当选为普鲁士科学院院士，登上顶峰。1932年受希特勒迫害离开心爱的德国，1933年定居陌生的美国。尤其值得一提是，二战进入胶着状态时，他生怕德国人先造出原子弹，于1939年8月急忙写信给罗斯福总统，建议美国抓紧研究原子弹，但当美国人试验成功，又毫不犹豫地把这两个“魔蛋”扔到广岛和长崎后，爱因斯坦极度不安和惊慌，他说如果知道德国人不可能造出原子弹，他决不会为“打开这个潘多拉魔盒做任何事情”。1955年，他又与罗素联名发表宣言，反对核武器，呼吁世界和平。麦卡锡年代，他被怀疑私通苏联，甚至被麦卡锡分子视为“美国第一敌人”，痛遭迫害。尽管世态炎凉，人心无常，但他桀骜不驯，终生搏击，从他的人生轨迹不就折射出犹太民族的命运和特性。

最后，我觉得这位科学大师从本质上说，是个普通人。甚至比普通人还要“土”！他不喜欢穿好衣服，怕系领带，甚至不爱穿袜子；不喜欢参加宴会，认为“这是把时间喂给动物园”，只要一碟意大利面条添一点什么酱就满足了；不喜欢高工资，普林斯顿高等科学研究所当年给

他1.6万美元的年薪，他却说："这么多钱，是否给我少一点，3000就够了。"他不喜欢炫耀，把包括诺贝尔奖在内的各种奖状、奖牌、奖杯等一股脑儿地胡乱塞进一个破旧箱子。然而，此君也有七情六欲，爱情细胞不比科学细胞少。有关他爱的故事，尤其是与苏联女郎玛加丽达的旷世之恋令人不仅惊叹，而且心醉。

我当时想，领事先生或许诧异，师大人怎么如此了解爱因斯坦。其实，有关这位老翁一生的底细，包括他从小木讷，三四岁还不开口，父母担心他是个哑巴等等，在中国大学英语课本里早有记载，不仅精读课本，而且泛读、速读和听力课本里都有。我已教了20多年了。

贝理亚在分手时跟我们说爱因斯坦是犹太民族的文化和科学的象征，是以色列的骄傲。我郑重地说还要补充一句："爱因斯坦同样也属于德国和美国。更确切地讲，他属于世界。"领事先生赶紧点点头。

忙于开会，不能分身，接着由国际交流处和图书馆的女士和先生陪同领事赶往奉贤校区参观爱因斯坦图片展。第二天就要撤展了！据华华处长说，贝理亚十分感慨和惊讶。感慨的是上师大居然能办出如此高质量的爱因斯坦图片展，有深度，有广度。惊讶的是，作为犹太同胞，他第一次从师大图书馆史料中才得知爱因斯坦当年访问日本途中两次停留上海的逸事以及旧上海媒体对此的各种报道，弥足珍贵。

托爱因斯坦的福，师大与犹太人的发祥地牵上了线，它的文化、宗教和民族的特性在多元世界中一向醒目。托爱因斯坦的福，他大方地将成功秘诀告诉一位美国记者，使世人，尤其是青年人得益非浅。他说："早在1901年，我还是22岁的青年时，就已发现了成功的公式：A=X+Y+Z！A是成功，X是努力工作，Y是懂得休息，Z是少讲废话！"

向加拿大道森学院枪击事件亡者致哀

道森学院坐落在加拿大魁北克省的西山，在蒙特利尔郡的西面。道森学院是加拿大魁北克省普通教育与职业教育系统中第一所采用英语教学的学院，这在法语占据主导地位的魁北克地区谈何容易。记得2006年3月30日，道森学院院长理查德·费利昂（Richard Filion）一行四人曾访问我校，洽谈合作举办海外孔子学院事宜。当年5月我率团回访了该校，印象最深刻的一个记忆就是图书馆建在校园的一所教堂内。2006年9月13日该校发生枪击事件，2人死亡，19人受伤，在加拿大发生校园枪击事件，实为罕见，震惊了世界。我在第一时间代表上海师大向北美合作伙伴发去唁电，表示哀悼与慰问，道森学院的领导层感动不已。尽管合办孔子学院愿望最终未能实现，但两校共同拓展了其他师生交流项目。向校园枪击事件受害者表示哀悼与慰问之类“唁电外交”在大学外事实践中鲜有所闻，抄录如下，以飨读者。

September 15, 2006

Richard Filion

Director General

Dawson College

3040 Sherbrooke Street West

Montreal, Quebec

Dear Mr. Filion,

We heard with shock the distressing news of the shooting on your campus two days ago which have caused many casualties.On behalf of ShanghaiNormalUniversity as well as in my own name, I would like to assure you of our deepest sympathy and solidarity at this sad time.Our hearts go out especially to the victims of this terrible atrocity and their families.

It is indeed a great tragedy. I can still recall the time our delegation spent on your campus which impressed us with its beauty and peace. Therefore, I was more than appalled when I read the report of such a senseless act of violence against your students. And at this moment, there are certainly a lot for you and your colleagues to attend to. Nevertheless, I believe that with the effort of all the students and faculty at DawsonCollege, any difficulty will be overcome. The college will regain its glory and the students will get back to their normal life and study.

Yours sincerely,

LU Jianfei
Vice President
Shanghai Normal University

致麦克·约翰逊家属的唁电

麦克·约翰逊是美国加利福尼亚州立大学北岭分校负责国际合作的副校长，在该校对外交流与合作过程中，他视野开阔，勤勉务实，业绩卓著，特别在与上海师范大学的合作中，我们共同创设了众多双赢的项目，两校师生获益匪浅。麦克·约翰逊博士的独特个性和敬业精神令人难忘。2012年6月的一天，他在办公室里突然离世，此时他正在工作！消息传来，我深感震惊和痛心，以下是我代表学校及个人的名义向他的夫人及家属发去的唁电，并附上该校中国研究中心主任、约翰逊的挚友苏志欣教授回我的邮件。我想让人们了解在大学国际交往中的另一侧面。

June 11, 2012

Dear Mrs.Johnson,

We were truly sorry to hear of the loss of Dr. Mack Johnson. Please allow us, on behalf of Shanghai Normal University and in my own name, to extend our deepest sympathies to you and your family as you struggle through this period of shock and grief.

Dr. Mack Johnson was one of the most important administers to the partnerships between California State University, Northridge and Shanghai Normal University. It was under his leadership and continuous support that most of our exchanges and collaborations were carried out including student and faculty exchanges, double degree programs, joint research projects, and many more. In addition, he oversaw the visiting scholars and exchanging students going to CSUN. Many of our returning students, teachers and staff members considered their visits to CSUN rewarding and pleasant, and most of them remembered how Dr. Johnson offered his generous help when they had difficulties on and off campus.

Dr. John had made official visits to Shanghai Normal University, during which time he had met with leaders of the university and relevant colleges as well as ordinary students and teachers. He had impressed everyone with his personal glamour as well as the dedication to his work. He had also shown his remarkable insights to the internationalization of universities.

Your husband was indeed a valuable asset to both CSUN and SHNU, and we mourn to the loss along with you.

We will always remember Dr. Johnson as a respectable friend of our university. You and your family are also in our thoughts and prayers. Please do not hesitate to contact us or anyone else at our university should you think of anything we could do to help. Lastly, we would welcome you and your family to visit us any time when it is convenient for you.

Sincerely,

Professor LU Jianfei

Chair of Shanghai Normal University Committee

June 12, 2012 14:37

Dear President Lu:

Thank you very much for your letter of condolences to Mrs.

Johnson. Of all our sister universities in China, Shanghai Normal University has developed the most productive collaboration programs with our university, including the most recently developed 3+1+1 program in music. Dr. Mack Johnson played critical leadership roles in developing and implementing all these programs and I know your university had always had a special place in his heart.

We are also getting very moving messages of condolences from your faculty/students, who are former scholars/students here at CSUN, and who had met Dr. Johnson on different occasions, and all were deeply impressed by his kindness, his gentle smile, and his tireless efforts in guiding the international scholars and students.

I'm forwarding this letter to Mrs. Johnson, with a copy to our Provost and Vice President for Academic Affairs, Dr. Harry Hellenbrand, our Vice President for Student Affairs, Dr. William Watkins, as well as Hedy Carpenter, Associate Director of our Graduate Programs. We have a new president here, Dr. Dianne Harrison, who just arrived at CSUN, and we will find time to share with her information about our excellent exchange programs with your univ. in the near future.

Best regards,

Justine

碰撞与融合

——跨文化笔谈（下卷）

Collision and Blending

陆建非 著

上海文化出版社
上海 咬文嚼字 文化传播有限公司

目录（下卷）

目录（下卷）

目录（下卷）

题序撰评

地球缩小，舞台变大

岁月不居，时节如流，壹零虎年，虎气生生，壹壹兔年，动似脱兔。力量加速度，必撞大运。

律回春晖渐，万象始更新，《海归学人》也不例外。20世纪80年代问世的上海市欧美同学会（SORSA）年刊《会刊》及双月刊《会讯》，越办越红火，成为留学归国人员的精神家园，人脉智库。2009年下半年两刊合二为一，季刊《海归学人》闪亮登场。新年伊始，华丽转身，又推出了双月刊。任何一本刊物的生命力依托于受众群体的感应，扩容增频，改头换面，既说明读者很在乎这本刊物，他们确实在读，很多人在用心地读，也顺应着转型年代的变化，与时俱进。

地球缩小，舞台变大。“地球村”（Global Village）是加拿大传播学家M·麦克卢汉1967年在《媒体即信息》一书中首次提出的概念。此词美妙、形象而精辟概括了弹丸之地的“地球村民”的生存方式及彼此关系：你来我往，我来你往，你中有我，我中有你，时空交错，东西相融，互为依存，共谋发展。

“地球村”中有一独特群体：留学归国人员，他们是伴随改革开放和社会发展而应运而生的一族。1872年，清政府选派幼童前往美国“师夷长技”，迈出了走向世界的重要一步，带回的种种知识和成果对当时社会的影响举足轻重。

1992年，邓小平同志关于扩大派遣留学生的指示下达后，留学规模空前，达到150年之最高潮，百万华夏留学生遍布100多个国家。他们一般具有视野国际化、专业高端化、理念现代化的优势和特征，他们的社团组织是一个无比宝贵的智力库和人脉矿，已成为推动中国社会和经济发展的一支重要力量，受到社会广泛重视。

生命在于运动，组织体现活动。一个社团组织的吸引力和感召力来自于形式多样、内涵丰富的活动。欧美同学会的各类活动层出不穷，质量日益提升。在智能饥渴、信息裂变的IT时代，资讯传播和人际互动是任何一个组织表明它的存在，诠释它有理由存在的必要手段。《海外学人》就是这样一种手段，但它更是欧美同学会多维立体推介系统中的一个重要平台：速递前沿信息，比较多元文化，拓展国际视野，历练思辨才干，抒发人生感怀，分享耕耘快乐。

读者是刊物赖以生存的基础，我们希望面目一新的《海归学人》能吸引更多的知音和知己。

作者是刊物灵魂表意与价值推崇的主角，我们企盼更多的海归同学、同仁，莫问来自何方，无论从事哪行，任凭职位高低，不分辈分座次，赐稿赐教，用你们的笔墨烹制出五光十色的文化大餐。

编者是刊物酝酿和运行的大厨和猎头，每期文图的设计、编排、润色、调味、发行等，全凭大厨的敏感、睿智和灵气。踏破铁鞋无处觅，好稿就在云雾里，质量上乘、不同凡响的稿子是等不来的，也不能只靠约，猎头的本事就是找、挖、诱。

《海归学人》成长、成熟和成功的每一步将在历史进程中烙下一行深深的脚印。

（此文为SORSA《海归学人》2011年首期刊首语）

如今我们已归，你们且看分晓

1872年8月11日，30名幼童由容闳率领，从上海坐船赴美。在轮船上蹦蹦跳跳的孩童此刻也许不会想到，他们稚嫩的肩上扛着寻求富国强兵之路的使命。之后，不少人成为近代中国史上的佼佼者，如著名铁路工程师詹天佑，矿冶工程师吴仰曾，民国政府第一任国务总理、复旦大学创办人唐绍仪，清华大学第一任校长唐国安等。

旧时国人多视留洋为畏途，尤其是美国，距乡土万里之遥。在当时国人看来，那可是“蛮夷之邦”，甚至谣传美国人会把华人的皮剥下，“安在狗身上”。况且，把十来岁幼童送出国，一别15年，还要家长签字画押，这让父母难以接受。留美幼童詹天佑的父亲詹作屏出具的保证书写道：“兹有子天佑，情愿送赴宪局带往花旗国肄业学习技艺，回来之日听从差遣，不得在国外逗留生理。倘有疾病，生死各安天命。”俨然一纸卖身文书。

为显示大清威仪，幼童上岸时一身中式打扮：瓜皮帽，蓝缎褂，黑布鞋，一溜齐刷刷的队伍踏上美利坚土地。特别是人人一条乌黑油亮的小辫子，引起洋人好奇，所到之处，观者如云。

刚登新大陆的小留学生首先遇到的是语言问题。住在美国友人家里，西洋生活方式更让他们摸不着头脑。有些美国女主人出于爱怜，一见面便抱起小留学生亲吻脸颊。这让异域的孩儿满脸通红，不知所措。好些人吃不惯西餐，饿肚子在所难免。据说带队的清朝官员自带一些腌黄瓜，没几天就被孩子们偷吃一空。每当小留学生上街，一群洋人小孩尾随围观，有的还指着他们的小辫子惊呼：“中国女孩子！”小留学生难堪不已，急得直哭。

数年之后，很多幼童渐对《四书》《五经》和儒学孔教失去兴趣，对烦琐的封建礼节也逐生倦意，而对个人权利、自由、民主等观念十分迷恋。个别幼童还和美国女孩暗暗约会。充满青春活力的幼童还与美国孩子一起参加各类体育活动，詹天佑等人组织了棒球队，在不少比赛中获得佳绩。在受美国文化熏陶的容闳眼里，孩子们的这些变化纯属自然。然而，在随行清朝守旧官僚看来，如此举动大逆不道。

1876年，清廷派吴子登出任留美幼童监督。他力挺洋务运动，也通晓英文，但思想不够开放，且官僚气重，对派遣幼童留洋常持异议，频频奏折清廷，还致函李鸿章，讲留美幼童如何“美国化”，讲容闳如何放纵幼童，如何目空一切等等。清廷上下对吴子登一面之词信以为真，连曾纪泽（时任驻英、法公使，曾国藩之子）如此开明的官员都认为留美幼童难以成才。1881年，吴子登请求清廷将幼童全部撤回，随即获批。8月21日起，除少数人抗拒不归，首批留美幼童分3组启程回归。

回眸历史，今非昔比，但远涉重洋，留学各洲者依然络绎不断，乐此不疲。中国历经三千年才有宏大格局之变，由“天下”步入“国家”（列文森语），由“中国之中国”进而被视为“亚洲之中国”“世界之中国”（梁启超语）。虽说中国经历的是“被动式现代化”，但一旦迈进“世界之中国”阶段，作为学者或学生，攻读论学就当有一种“比较”“批评”之视野。东西文化差异甚多，万万不能以“是非”“优劣”审视取舍，惟以平静的心态和平等的姿态，交流相融，互补借鉴，方可汲取人类文明的精髓。

胡适留学归国后在一次演说中，引用荷马诗句曰：“You shall see the difference now that we are back again.”（“如今我们已归，你们且看分晓。”）此后他终成新文化运动领军人物。以吾辈才学及留洋零星收获，是断然不敢说出如此壮语，惟愿更多学子满载而归，再次引吭高诵这一惊世佳句。

（此文为SORSA《海归学人》2011年第2期刊首语）

筷子刀叉孰优孰劣

筷子是闻名遐迩的中国饮食文化的重要组成部分，很难想象用其他器物品尝中华美味佳肴，除了汤，您可随心所欲，大快朵颐，席卷全桌。不少国人对老外的刀叉很不以为然，仅是吃个饭嘛，刀子、叉子、勺子一长溜，遇到大块的食物还得启动双手，实在麻烦。每每想到此处，心底油然升起一股自豪感。

筷子的起源可追溯至周代，远古祖先“茹毛饮血”，主要靠手抓吃食物，自从“人猿相揖别”，人们发现熟食更有滋味。据《礼记》记载，人原是用手把饭送入口内的，后因烧烤食物时，不能直接用手操作，需借助竹枝之类的工具来放置和翻动食物。在炊具中烧煮肉块和蔬菜的羹汤，也需用竹枝来取食。久而久之，聪明的先民逐渐学会用竹条来夹取，这便是筷子原始雏形。

古时称“筷”为“箸”，这可追溯至周代，《礼记》《荀子》《史记》都提及箸。《韩非子》中特别提到荒淫奢侈的纣王使用“象箸”进餐。东西方相继出现进食工具筷子和刀叉，这与环境相关，筷子必源于有竹之处。而东汉许慎的《说文解字》说“箸”字“从竹，者声”，恰好验证这一结论。

研究表明，大约到汉代之后筷子才逐渐普及。“箸”又演变为“筷”，这与古代江南水乡民俗讳言相关。民间行船时讳言“住”，而船家行舟在吃饭时又偏偏离不开箸，二者同音，索性改成“快”，后为别于常说的“快”，加了竹字头。

刀叉因适应欧洲人饮食习惯而问世，它们的出现比筷子晚很多，与筷子一样，深刻影响着西方的生活观念与方法。

欧洲古代游牧民族骑马奔波，随身带刀，便于割肉烧熟食用。定居城市后，刀叉进入家庭厨房，与筷子身份很是不同，功能多样，既可宰杀、解剖、切割肉类，又可兼作食用餐具。

15世纪前后，为改进进餐姿势，欧洲开始使用双尖叉，叉住肉块送进口时显得优雅些。叉才是严格意义上的餐具，刀叉并用，缺一不可，故得“一副刀叉”之称。17世纪末，英国上流社会开始使用三尖叉，18世纪出现四尖叉。刀叉仅为四五百年的历史。当然，也有刀叉折射出海洋文化特征的说法，渔夫用鱼叉射杀游弋在洋面上的鱼，用利刃当场切割后食用。

筷子与刀叉不仅表现出进食习惯的差异，而且还影响人们的生活观念。研究表明，刀叉必然孕育分食制，而筷子肯定与全家围坐桌边共同进餐的习惯相配。由分食制衍生出西方人讲究独立，成人后独闯世界的理念。合餐制则鼓励老少和谐合居的家庭单元，从而让东方人形成较为牢固的家庭观念。

虽不能将不同传统的形成和餐具差异简单对应，然而，它们适应和促成这种分化则是必然。华人去了欧美，还是用筷子，“筷子文化”根深蒂固，而老外在中国学会了用筷子，回到老家重拾刀叉。筷子刀叉究竟孰优孰劣，说法不一，其实，上天恩赐，各具智慧。

筷子“以不变应万变”，方的扁的，长的短的，硬的软的，统统可以一夹搞定，拿捏自如，神奇独特。不过，近有学者反思，从真正人类学发展的科学角度来看，筷子是一种极端原始的天然工具，多数人种在进化初期都懂得用树枝取代手夹起食物，不含任何复杂工艺技术。欧洲人却率先进化，从树枝到石刀进而发展到金属刀具，后又制出叉子，在此基础上演变出繁琐的西餐礼仪。刀叉正是欧洲人工业文明、理性精神的一种最直接反映，自己动手，独立性强，重推理与解析，更利于磨练思维。而拿筷子的华夏人则是吃现成的，不必思考，一点东西你推

我让，团团圆圆，模棱两可，凡事盛行模糊概念，故思维欠锐，未能产生工业革命云云。

这种声音确实有些让人振聋发聩，不过细细揣摩，所谓率先进化的观点有失科学，将刀叉推理为工业文明和理性精神的发端更是牵强附会。不过仍需肯定，同筷子的简单相比，刀叉种类较多，属专用工具，但由于这种“专”往往表现出“大巧若拙”而被国人忽视。回到餐桌上，也许应对炖得稀烂的黄豆猪蹄，筷子还能游刃有余，一旦碰上medium done（半生）牛排，筷子自惭形秽，刀叉的神勇特长顿时凸显。

仁者见仁，智者见智，不过，使用筷子更有利锻炼思维能力的说法确有科学依据：用筷进食，牵动人体三十多个关节和五十多条肌肉，刺激大脑神经系统，使人动作灵活、思维敏捷。筷子暗藏科学原理。

李政道博士在接受日本记者采访时有一精辟论述：“中华民族是个优秀民族，中国人早在春秋战国时期就使用了筷子。如此简单的两根东西，却是高妙绝伦地运用了物理学上的杠杆原理。筷子是人类手指的延伸，手指能做的事它几乎都能做，而且不怕高温与寒冷。真是高明极了！”

（此文为SORSA《海归学人》2011年第3期刊首语）

90年的秘笈：与时俱进，以我为主

90年前，一盏明灯在上海新业路石库门房内点亮，燃烧至今；一面鲜红的铁锤镰刀旗举起，飘扬至今。中国共产党依靠和团结全国各族人民，开天辟地，扭转乾坤。1921—1949—1956—1978—2011，经由如此历史节点的标示，呈现清晰脉络。建党伟业，薪火相传。

90年间，推翻“三座大山”，实现民族独立和人民解放，创建新中国；确立社会主义基本制度，在一穷二白的基础上构筑独立的比较完整的工业体系和国民经济体系；实行改革开放，开创中国特色社会主义道路。完成三件大事，从根本上改变了中国人民的命运，决定了中国历史的发展方向，在全世界产生深刻而广泛的影响。

国人在主义的丛林中摸索前行，历尽战乱、天灾和折腾，“意外地”攀上经济高地，奇迹般开启势不可逆的民族复兴之梦。中国从世界边缘重新走回舞台中心，看似“偶然”，其中孕育着“必然”。那个曾经岌岌可危的“工农政党”，从成立第一天起就致力于寻找中国的“时”与“势”，直到今天，它仍在苦苦寻觅地球上的“时”与“势”。今日之中国与90年前相比，绝非同日而语，不仅是这块热土日新月异，更有华夏民族的心气、眼界、力量以及愿景，令世人叹服不已。中华民族的命运出现了或许是千年意义上的大回转。

我党8000万党员的宏大规模，颠覆了政党在西方社会的普遍内涵，党的现代化与国家的现代化高度融合，齐头并进。大党、老党，更是日新日盛之党！外国人眼里“中国最红色节日”的到来，勾起世界对中国执政党的最新审视。因为，不懂中共，无法读懂中国。他们追问得最多的是：中国共产党为何能始终保持如此强大的生命力？理由各不相同，或许不止一条。然

而，有一点世人高度认同，那就是过去的90年，尤其是改革开放后的30年，中国敞开大门，大兴对外学习之风，阔步融入世界，力争扮演平等而有影响的寰球一员。在多数媒体眼里，中共永葆青春的秘笈在于与时俱进。韩国媒体甚至说，中共的DNA中都融入了学习。代代学人，在汲取西方文明精髓的同时，秉承并弘扬中华文化。中国人的学习态度越来越聪明，逐渐与教条主义、本本主义等决裂。共产党经历不止一次对困境的突破甚至突围，看似惊险绝伦，实际上那些石破天惊的大手笔，都是坚守理想和实事求是碰撞出的智慧火花。历史总是让真正忠于人民、忠于国家的政治力量走运，而且变得愈发聪明，特别能在历史拐点，峰回路转，出其不意。

《印度时报》说，尽管执政60余年，中共在中国仍广受欢迎，每年吸引两三百万人入党。巴基斯坦联合通讯社感慨，中共8000万党员的规模比法国总人口还多，“世界上没有多少政党的历史能达到90年，年届九十还能有如此活力就更加凤毛麟角了”。德国《日报》评说，中国全国有2700所党校和2000所行政学院，这些培养共产党干部的摇篮，构成共产党人力量的源泉。

法国《世界报》援引法国前总理拉法兰的话说，中共执政逻辑是“带有浓厚中国传统思想色彩的”，在中国传统中，绝对的黑与白、对与错并不存在。他还说，中国人虽然并非不愿吸收外来文化，但从古到今，这种吸收总是“以我为主”。因此，法国年轻政治家不能以绝对真理自居，更不要“居高临下教育中国”。

瑞士日内瓦研究中心研究员张维为说得精彩深刻：“西方认可中国经济成功，但不认同中国的政治制度，而常识告诉我们：巨大的经济成功不可能没有成功的政治制度来支撑。10—15年之后，如果中国经济规模超过美国，西方的史学家必然会重新评估1949年中国的革命，必然会重新评估中国共产党，否则他们就无法解释得通历史。中国不用急，我们的未来由我们把握，而我们的进步留给西方去琢磨。”

（此文为SORSA《海归学人》2011年第4期刊首语）

悲壮震颤的史诗巨剧

梁启超曾说："我想中国历史上有意义的革命，只有三回：第一回是周朝的革命，打破黄帝、尧舜以来部落政治的局面；第二回是汉朝的革命，打破三代以来贵族政治的局面；第三回就是我们今天所纪念的辛亥革命了。"作为中国历史上最具转折性的年份，辛亥年包含着晚清数十年的光阴，线索庞杂，脉络交错，矛盾纷繁，容量超常。各路人马登场亮相，其中的浮沉、悲喜、恩怨、离合，令人震颤，发人深省，堪称悲壮的史诗巨剧，关乎个人、民族、国家存亡兴替的抉择。

历史的起承转合，看似偶然，其实，必然的逻辑难以抗拒。大清帝国不是因为甲午海战才腐朽败落；欧洲列强决不会仅仅为了萨拉热窝那个冲动的中学生便发动第一次世界大战。辛亥革命的基础，是孙中山的执着、黄兴的冲刺、宋教仁的理想，是康有为的求索、梁启超的思量、谭嗣同的牺牲，是魏源的《海国图志》、严复的《天演论》、容闳的《西学东渐记》……

民众的愿景，简约且本能，通商以至富强，学习以求智识，要铁路以便流动，要电报以利资讯，要报馆、书局、学堂以彰思想。亚细亚、欧罗巴、公法、民权、华盛顿、西乡隆盛……渐渐成为一代青年，众多士大夫似通非通的口头禅，更是点点火种，隐匿心间。清廷越是处处修墙，百姓就越善于翻墙，"面壁十年图破壁"。这清晰醒目的历史，就是"翻墙者"对抗"修墙者"的历史，修墙者的心魔之墙高到一尺，翻墙者的攀越之道必然暴涨一丈！

19世纪中叶开始，中国及其百姓的千言万语，可归结浓缩为"宪

政”二字。国求宪法，固本兴邦，民盼宪政，维权谋生。辛亥革命是资产阶级领导的以反对君主专制、建立资产阶级共和国为目的的革命，是一次比较完全意义上的资产阶级民主革命。毛泽东曾说：“中国反帝反封建的资产阶级民主革命，正规地说起来，是从孙中山先生开始的。”在近代史上，辛亥革命是民众为救亡图存、振兴中华而奋起革命的一尊里程碑，它的伟业涵义刻骨铭心，千古不灭。

辛亥革命也促使社会经济、思想习惯和传统风俗等发生积极变化，为振兴实业，设立实业部，颁布一系列有利工商业发展的政策和措施，推动民族资本主义经济的发展，随后几年堪称资本主义发展的“黄金时代”。革命政府还提倡社会新风，扫除旧时代“风俗之害”，如以公元纪年改用公历，下级官吏见上级官吏不再行跪拜礼，男子以“先生”“君”的互称取代“老爷”，男子剪辫、女子放足。诸多变化不仅革新社会风气，更解脱民众精神枷锁。

毛泽东指出，辛亥革命“有它胜利的地方，也有它失败的地方。你们看，辛亥革命把皇帝赶跑，这不是胜利了吗？说它失败，是说辛亥革命只把一个皇帝赶跑，中国仍旧在帝国主义和封建主义的压迫之下，反帝反封建的革命任务并没有完成”。

殊不知，窃国大盗袁世凯复辟称帝，最终，帝王宝座轰然塌陷，郁愤病死。然而，帝制遗风未泯！

再者，西方列强并未金盆洗手，退出江湖。

英国没有用外交打开的大门，用战争打开了；清朝以不叩头为由拒绝的，用卑躬屈膝的方式接受了。时任美国总统的小亚当斯敏锐指出：“鸦片战争的真正起因，不是鸦片而是叩头。”“叩头”英语为“kotow”。从英文词典的这块“活化石”中，依稀可见近代中西两大文明冲撞后留下的条条裂痕和斑斑血迹。

（此文为SORSA《海归学人》2011年第5期刊首语）

“海归”回流的圆梦

交通工具的突飞猛进，通信技术的升级换代，地域距离缩短，心理更为贴近，你来我往，我来你往，你中有我，我中有你。地球变小，然而，世界舞台骤然变大。无论四肢的触点，还是思维的触角，延展直至无限。大舞台上，海归一族鲜活跃动，异常瞩目。海归就业和创业是颇受关注的社会热点。从最初“皇帝的女儿不愁嫁”到如今就业不再乐观，创业更是举步维艰。然而，往日的天之骄子依然屡挫屡战，斗志昂扬。

全球人口大流动始于200年前世界市场发育初期，二战后变为常态，尤其是信息技术革命的助推，生产、销售、服务、教育、生活、消费、休闲等行为在人间舞台上交叉、混合、延伸。人才作为劳动力要素之一，广泛而深刻地承载着全球化理念并推进这一人类文明的进程。

百年屈辱，催生“师夷长技以制夷”的念头和行动，开辟中国自强的必然之路，器物到制度再到文化。1847年容闳迈出国门，留学成为学习西方的重要管道。100多年来，中国沐浴在西方的“雨季”之中。留学生的作用几乎在中国每段发展历程中烙下深深印记：“洋务运动”“康梁新政”“辛亥革命”“五四运动”，直至新中国的“开天辟地”和改革开放的“东西交流”。

海归曾身处异乡，却心怀故土，拥有全球视野和域外经验，选择回国打拼。他们是执着而坚定的开拓者，是建设现代化中国的强劲力量，挺立在改革开放前沿，担当着强国富民使命。

挣脱海归与特殊待遇相联的老套，调整回国创业的期望值，从自

负到自信到自觉，海归不是一张特殊“通行证”，而是成就事业的催化剂。

事实证明，创新动力的最大来源还是中小型企业。如无强大资金后盾，只能不断自主创新，以求生存。相比保守而超重的大型企业和跨国公司，中小型企业负担轻、灵活性强，自主创新更为便捷。“张江”海归可为一例，从盲目跟风归国，到锁定创业目标；从简单涉足制造生产，到自主创新，重建产业结构；从创业领域分散，到聚焦高科技产业……他们逼近更加成熟而凝练的方向，完成一次次历史性蜕变。

独具眼光或身怀绝技的海归放弃稳如泰山的国企，瞄准自主创业。对于受西方文化熏陶、独立意识偏强的海归，创业固然承担风险，但可选择自己喜爱的方式将知识变成财富。

此外，一向坐“冷板凳”的民企和私企也渐进海归视野，印证中国民营资本的旺盛活力。对那些只有技术却无资金的海归而言，依托民资和个资抢占市场也不失为一种低投高产、优势互补的创业方式。

海归依旧扎堆热门城市，最佳为东南沿海中型城市。这些城府发展较早，硬件过硬，软件适宜回流，文化氛围与发达国家相似。东方底蕴交融西方新韵，城市魅力四射。

尤其是京津唐、沪宁杭及珠江三角洲海归云集，地灵人杰，资源丰厚，经济殷实，宜居颐养。中西部引力不足，除交通不便、气候欠佳，主因还是“思维保守”“创业环境落后”。然而，随着国家西部开发战略策动，中原急起直追，渐成大势。毕竟，挑战孕育机遇。

中国对创业人才的需求势头已到5000年之尖峰时刻。天助我也，中国崛起，无缝对接国际列车。再者，中国政府明智善政，坚忍不拔，大力挺进世界格局。

邓小平南方谈话至今约20载，海归纷纷回流创业，猛力推进新经济、新技术发展，同时带动传统产业革新。留学生创办和管理的企业，如亚信、U T斯达康、搜狐、新浪、网易、中星微电子、当当、携程、e龙、百度、盛大、空中网、物美、尚德集团、新东方等纷至沓来，欣欣向荣，逐渐汇成中国新经济和高科技的主流。

另有成群海归精英领跑第三产业，如职业经理、金融财务、咨询、法律、经纪代理、IT、网络、传媒、出版、公关、广告、旅游、会展、教育等。

大展拳脚，尽显海归本色。

（此文为SORSA《海归学人》2011年第6期刊首语）

城市：世纪的全球命题

城市的命题注定是今年乃至本世纪的全球命题，中国也绕不开。

农村包围城市，枪杆子里面出政权，进城后，敌人的糖衣炮弹没能撂倒我们，新中国成立66年后的今天，执政者为“城市病”而烦恼和困惑。

早在1949年3月西柏坡的中共七届二中全会就明确指出，党的工作重心由农村转向城市，必须用极大的努力学会管理城市和建设城市，描绘出新中国的愿景。1962年、1963年全国开过两次城市工作会议。当时有声音认为，城市是消费性的城市，农村是生产性的农村，此乃农业社会的典型特征。1978年国务院召开第三次城市工作会议，形成了加强城市建设的意见。37年过去了，首次以中央的名义召开了全国城市工作会议。始料不及，我国常住人口城镇化率由1978年的18%增至2014年的55%；城市人口从1.7亿蹿至7.5亿；城市数量从193个猛增到653个。每年城镇新增人口2100万，足足抵得上欧洲一个中等收入的国度。由此清晰可见一个农耕古国演绎成现代都市国家的跨越轨迹和精彩画面。

“城市，让生活更美好”，2002年上海提出了申办世博会的主题，英语为：“Better city, Better life.”其实，先是有了英语的创意，后来的中文翻译并未精准传递英语的原意。当今城市的本身无法使生活更美好，只有改善了的城市才能使生活更美好，所以，第一个“better”不是形容词的比较级，而是一个实实在在的动词，意为“改善、改进”，相当于“improve, perfect”。世博花落上海，原因诸多，英语主题词的力量不可低估，它回应了世界的诉求！城市问题火烧眉毛，刻不容缓。

亚里士多德曾说过：“人们来到城市是为了生活，人们居住在城市是为了生活得更好。”如今，城市病日趋严重：人口膨胀、交通拥堵、环境污染、资源短缺、治安恶化、疾病传染、贫富悬殊、人情淡漠、心理紧张……据英国Systra公司对发达国家大城市交通状况的分析，仅是交通拥塞使经济增长付出的代价约占国民生产总值的2%，交通事故的代价约占GDP的1.5%～2%，交通噪音污染的代价约占GDP的0.3%，汽车空气污染的代价约占GDP的0.4%，转移到其他地区的汽车空气污染的代价约占GDP的1%～10%。

2015年我国发生罕见的四个特大灾难，足见“城市病”累积发作所产生的破坏力，令人毛骨悚然：上海外滩踩踏事件、长江客轮倾覆事件、天津港爆炸事故、深圳人工堆土垮塌事故。

问题的症结在于，我们大多数人并没有真正下决心共同支付那部分确保城市安全的成本，对城市安全的要求还达不到对经济生活“一票否决”的强度。平安是暂时的侥幸，规律的报复是必然的。在追求财富与安全至上之间永远没有“最佳平衡”。正如德国作家托马斯·曼所说：“一旦城市不再是艺术和秩序的象征物时，城市就会发挥一种完全相反的作用，它会使得社会解体、碎片化的实况更为泛化。”

（此文为SORSA《海归学人》2016年第1期刊首语）

“心墙”难拆

有关破解城市问题的招数层出不穷，争议也从未消停。近日，《中共中央国务院关于进一步加强城市规划建设管理的若干意见》犹如重石落水，激起了一池涟漪，人们特别质疑的是“拆掉围墙”推广“街区制”后可能产生的安全问题，担忧业主本有的权益受到侵害，与《物权法》产生冲突，等等。

任何城市的形态以及建筑格局，一直处于不断嬗变、自我调整的状态，然而，底色难改。

笔者领衔的课题组曾做过一个调研，其中有道问题：“当您拿起相机时，最愿意将镜头对准哪里？”上海本地人士的三个选项依次为：外滩、上海弄堂、新天地；外省市人士为：外滩、上海弄堂、东方明珠；外籍人士为：外滩、豫园、上海弄堂。调查结果表明：外滩是上海历久不衰的地标性国际形象。尽管城市建设突飞猛进，上海弄堂在人们心中是抹不掉的旧日市井风情。对由“石库门”蜕变出的“新天地”，上海人情有独钟。

始于19世纪中叶的石库门，中西合璧，海派建筑风格醒目，是近代上海弥足珍贵的都市人文遗产之一。解放初期，沪上石库门里弄住宅超过20万幢，数百万人口居住其中，如今仅剩两万余幢。不少专家认为石库门、里弄是上海的肌理，“城市的空间”不能全部是现在或是未来，它的历史延脉至关紧要。倘若没有石库门，上海的文学史就读不下去，城市特征难以辨认，她的历史文脉根基也将荡然无存。

建筑大师扬·盖尔在《交往与空间》一书中特别强调了城市公共空间

设计中需考虑社会和居民心理的需求。事实上，我国封闭的住区文化，古已有之。传统的“合”，就代表了一种封闭的空间：居民向往自成一体的生活环境。一座院落就是一个世界，承载着一个家族的全部。不论是北京的四合院，还是上海的石库门，包括建于1959年的曹杨新村，还有笔者曾居住的建于1990年的“小康样板房”——康乐小区，都是一种围合型的建筑：四周见墙，划地为家，邻里相通，守望互助。从高空俯看：纵横交织的道路犹如动脉，把城市分成若干个小区，区域之内又有诸多建筑之间的小通道，密密麻麻，就像毛细血管，充满生机。它们将居住空间有条不紊地分隔成公共空间（街道）、半公共空间（总弄）、半私密空间（支弄）和私密空间（住宅内部）若干不同层次，有机地编织在一个经纬系列中，形成一个具有强烈的地域感、认同感和安全感的完整社区。

上海从源头上就不是为汽车时代而规划的，“行车难”仅是今天的痛点。我们写通信地址，甚至要触及“支弄”（branch lane）这样的毛细血管，那怎么能泊车到家呢？美国的“avenue”为南北走向的大道，“street”为东西走向的大街，“road”即一般小路，简约捷达，“BLOCK”概念由此而来。所谓BLOCK，亦可视作缩写：B-Business（商业）、L-Lie fallow（休闲）、O-Open（开放）、C-Crowd（人群）、K-Kind（亲和）。纽约、巴塞罗那、柏林、布拉格等城市常见享誉世界的BLOCK街区。

显然，城市发展到一定程度，出于土地集约利用、市政配套便利、商业网点联通等考量，必然演绎出的一种人口密集型居住方式，即街区制。这一导向将对既往城市规划、社区物业权益及管理、业主组织培育、社区治理、房产开发制度，乃至城市基础建设等产生重大影响。拆除小区围墙并不难，难的是拆除人们的“心墙”。当下亟需精准的配套政策，以期缩小群体间的社会经济差异以及城市社会空间分异。唯此，我们才能真正从封闭的居民社区迈向融合的市民社会。

（此文为SORSA《海归学人》2016年第2期刊首语）

城市的记忆：生命的张力

城市的久远记忆，往往依仗具象或抽象的标志，这样更容易辨识，更容易“回家”。

城市的记忆是不可估量的财富，代表这座城市生命的张力。城市的年岁越长，记忆的碎片越难留存。人类再聪明，也躲不掉遗忘症，况且人的寿命与历史长河相比，极为短暂。于是，物理形态的某样东西就演化成城市的记忆，鲜活而顽强。肇嘉浜路和天平路的转弯角上，竖着一根红色耐火砖砌成的烟囱，它诉说着大中华橡胶厂始于1927年的故事——曾经辉煌的橡胶品牌：“双钱”“回力”。

杨树浦是中国近代工业的发祥地，创造了民族工业的诸多“第一”，八埭头则是早期工业最集中的区域，有天章记录纸厂、杨树浦水厂、上海船厂总部码头、恒丰纱厂、正广和汽水厂、花旗烟厂等，大多建于1880—1884年。八埭头还折射出纷繁精彩的历史风云人物的声影，毛泽东、刘少奇、周恩来等在此活动频繁。1922年，爱因斯坦携夫人途径汇山码头，是在八埭头得到了荣获诺贝尔奖的喜讯。人们试图用各种方式留住八埭头的记忆，苦于时过境迁，人非物亦非也！老上海弄堂民居集聚的八埭头渐行渐远，有意思的是，东外滩以“八埭头”命名一个新楼盘横空出世，相比那些洋味十足、豪气冲天的楼盘名，似乎很“土”。不过，借此冠名蕴含的是一份浓浓的历史情怀。

1991年曾举行“上海建城700周年庆典活动”，选址为南市老城厢，旨在回眸1840年鸦片战争前的“上海之根”，那时的上海政治、文化与经济之中心。即使从元代至元二十九年（1292年）上海由镇升为县算起，至今也有700多年历史，当时的县衙门就设在老城厢内。因此，南市的旧城区是上海市区的发源地，可惜在申城文化地图上，如今“根部”已变得模糊。

闸北也如此，1900年地方绅商为抵制租界扩张，自辟华界商埠，设闸北工程总局。1911年设闸北自治公所。1912年建闸北市，设闸北市政厅。此外，闸北还有不少红色记忆。如何以具象的形态留住这些印记，确实大有讲究，至少“闸北”二字不可在某些历史场域全部抹掉。

作家陈丹燕曾抱怨：“上海历史上有很多公共雕塑，但随着时代的变化，还有战争，大部分雕塑都已经没有了。”在外滩正对延安东路的气象塔旁边，曾有一座第一次世界大战纪念碑，日本人侵占上海时拆除了，她建议政府恢复该纪念碑，这是申城的文脉传承。

《拉贝日记》的发掘，使人们知晓德国商人约翰·拉贝在南京大屠杀期间的国际人道主义壮举。而早于南京陷落，法国教父饶家驹就在今上海方浜中路、人民路内创立战时救援难民区——饶家驹区，并延续至1940年，保护了30多万中国难民。2014年11月8日“饶家驹与战时平民保护”国际学术研讨会在上海师大召开，纪念这位在中国抗战中失去右手的独臂教父。然而，有关为“上海拉贝”塑造雕像的建议却至今未果。

同样，“中西文化汇通第一人”徐光启、“衣被天下”头号功臣黄道婆等历史“大咖”“大V”的生命力指数，要靠后人的辩证历史观加上现代传播技艺予以不断提升。唯此，上海的记忆才真实而丰满。

（此文为SORSA《海归学人》2016年第3期刊首语）

我们的城市需要一个外号

如从建城角度看，上海至少有800年的历史；若从对外开放起点算起，申城已走过170多年历程。然而，遗憾的是上海这座世界闻名的国际大都会至今还没有公认的城徽、城标、城旗、城色、别号、昵称，或者吉祥物之类。从江南小城成长为大都市，30年后将进军全球城市，抱负远大，蓝图恢弘，从城市形象传播的长远效应来考量，申城应该有一个外号。

上海曾一度被称作“冒险家的乐园”“不夜城”等，时过境迁，今非昔比，这些叫法多多少少折射出旧日申城的特征与风情。也有不少域外游客把上海叫作“东方明珠”，但这很容易与“东方之珠”混淆，后者指香港。

笔者领衔的课题组曾发放1000多份问卷，在上海本地人士、外省市人士和外籍人士这三类群体中对上海城市形象展开大规模民意调查。其中有一题涉及上海的外号（或绰号、昵称），结果发现，“魔都”得票最高。由此反映出不同年龄段受众的偏好差异，受访者大多为30岁以下的年轻人，故“魔都”颇受欢迎。然而，平心而论，“魔都”调侃意味有余，阳气不足，虽夺人眼球，容易在坊间流行，但不少本地市民难以从心理上予以文化认同。再说，被世人叫作“魔都”的还有伦敦、东京、纽约等城市，不具“唯一性”。

年轻人追捧“魔都”一称，殊不知“魔都”其实就是“摩登都市”（modern city）的简称，那“摩”变这“魔”，谐音生发新意，恰巧反映出上海这座城市如同万花筒一般的善变、梦幻、猎奇、冒险等特质，确实为历史基因使然。这些源远流长的气质与秉性正是这一城市在中国历史演化中和现实发展中不断“领先、率先、争先”而催生并遗存的，小到手表，大到“商飞”，远至《共产党宣言》中文首译本，近至浦东自贸区负面清单：上海的思维，卓然不群；上海人的活儿，不同凡响，这些正与我们课题组建议的“先锋之城”（Vanguard City）在内涵及意蕴上高度契合。无论回眸历史，还是检阅现实，甚至眺望愿景，“先锋之城”恰如其分，彰显正能量，值得推广。再者，Vanguard一词源于文学流派，有一股浓浓的人文情怀。

纽约的绰号叫“大苹果”（The Big Apple）、洛杉矶的昵称为“天使之城”（The City of Angels），有时也叫“大橙子”（The Big Orange）、新加坡的外号叫“狮城”、威尼斯的雅号是“水城”、伦敦是家喻户晓的“雾都”（当然现在不是了）、巴黎俗称“花城”、捷克的哥德瓦尔多夫被称作“鞋城”、瑞士伯尔尼的别号则是“表城”……

城市形象是城市精神的外在表现，是城市文化软实力的品牌，也是城市核心竞争力和吸引力的重要支撑。著名的国际大都市，无论历史长短，地处何方，往往都有鲜明的城市形象和品牌，这类琅琅上口、过目不忘的城市符号体系是基于其历史文化的长年沉淀、价值内涵的充分揭示以及具象标志的高度凝练，并孜孜以求，持之以恒，代代相传，终成正果。

（此文为SORSA《海归学人》2016年第4期刊首语）

大都市的“痛”与“乐”

欧洲先哲亚里士多德在其名著《政治学》中指出：“等到由若干村坊组合而为‘城市（城邦）’，社会就进化到高级而完备的境界，在这种社会团体内，人类生活可以获得完全的自给自足；我们也可这么说，城邦的长成出于人类‘生活’的发展，而实际的存在却是为了‘优良的生活’……无论是一个人或一匹马或一个家庭，当它生长完成以后，我们就见到了它的自然本性。”

城市的自然本性就是“痛”与“乐”。历经数千年发展，城市变得更发达、更多彩，然而，各种城市病如影随形，到处蔓延，如首都变成“首堵”、口罩成为时尚、净水过滤器还得加装前置器。更痛心的是，人们归属感缺失、快乐感下降。诸多“城”长的烦恼正困扰着城里人。

近日，国家发改委提出长三角城市群要建成世界级城市群的规划，龙头城市——上海向社会公示《上海2040》，提出要打造90分钟出行的都市圈，其中包括上海、苏州、无锡、南通、宁波、嘉兴、舟山在内的“1+6”城市群范围，总面积2.99万平方公里，总人口5400万。

城市群并不是一个全新的理念，早在1961年，法国地理学家戈特曼在其《城市群：城市化的美国东北海岸》一书中就首次提出了城市群的概念，具体是指人口在2500万以上、密度超过每平方公里250人的特大城市。城市群是在特定的地域范围内具有相当数量的不同性质、类型和等级规模的城市，依托一定的自然环境条件，以一两个巨型城市为中心，借助交通和信息的通达性，密切城际内在联系，共同构成一个相对完整的城市集合体。目前世界公认的大型城市群有五个：美国大西洋沿岸城市群、北美五大湖城市群、日本太平洋沿岸城市群、欧洲西北部城市群、英国中南部城市群。

事实上，美国大西洋沿岸城市群涵盖40个10万人以上的中小城市，占美国面积1.5%，总人口20%；然而，制造业产值占全美70%，城市化水平达到90%以上，是世界最大的金融中心。

日本太平洋沿岸城市群占日本国土6%，总人口61%，但工业产值占全国65%，拥有全日本80%以上的金融、教育、出版、信息和研究开发机构。

欧洲西北部城市群由大巴黎地区城市群、莱因—鲁尔城市群、荷兰—比利时城市群所构成，乃欧洲实力之所在。

目前，长三角城市群发展的突出矛盾，首先在于上海全球城市功能相对较弱，国际竞争力和国际化程度差距较大，《财富》排行榜显示，2014年上海有8家500强跨国公司总部，而东京有43家，纽约有18家，伦敦有17家。高端国际资源的另一个重要指标是吸纳外籍人才的数量，纽约的海外人口占到37%，伦敦24%，东京也超过3%，而上海只有0.7%。

此外，人均地区生产总值、地均生产总值、外资金融银行的资产占比、服务全球能力等反映效率和效益的指标，明显偏低。

更为紧要的是，现代大都市不仅看它的物理性高度、广度、密度，还要看它的资源配置能力、辐射力和亲和力，以及都市圈内的一体化程度和交互联动性，更要比比谁家的河水清、空气净、社会保障好、市民跨文化交际顺畅。

因此，上海在建设全球城市的未来30年过程中，须时时考虑如何在都市群中真正成为一座先锋之城、人文之城、生态之城。

（此文为SORSA《海归学人》2016年第5期刊首语）

城市本身可以是个品牌

产品可以营销，甚至打造出品牌来促销，城市可以吗？早在1998年，美国杜克大学富奎商学院凯文·莱恩·凯勒教授在《战略品牌管理》一书中提出，像产品和人一样，地理位置或某一空间区域也可以成为品牌，实施营销。这是对城市品牌在认知上的一个重要突破。2004年，格雷厄姆·汉金森在《相关网络品牌：地区品牌概念模型》一文中对先前有关城市品牌的四种主流思想进行了归纳：1. 品牌是一种传播工具；2. 品牌是一种感觉的实体或形象；3. 品牌是价值附加者；4. 品牌是一种关系。世界营销大师菲利普·科特勒在《地方怎样纠正负面形象？》一文曾定义"地区品牌"，即"地方品牌就是人们对一个地方所持有的信念、看法和印象的综合"。

城市品牌的树立，有利于强化并推广城市形象，旨在提升城市的吸引力和影响力，这是上海建设全球城市路径中不可忽视的一个重要手段。

纵观全球，大凡世界名城都有非常鲜明的城市形象、城市品牌和城市标识。如"我爱纽约"（I Love NY），这是1977年由梅顿·戈拉瑟创作的一个图像标志。图像上方从左至右分别是大写罗马字母"I"和一个红心"♥"，图像下方从左至右分别是大写罗马字母"N"和"Y"（New York State的简称）。此标识最初是纽约州的旅游广告词和标志，后被应用为纽约市的城标。很多餐馆、旅店、服饰店、礼品店等购买它的使用权，由此带来了巨大商机与财富。"9·11"事件之后，"I LOVE NY"被赋予更深的含义：我从未如此深爱着纽约。这个简单可爱并富有生命张力的标识成为美国历史上最经典的平面设计作品之一，作为纽约精神的象征至今遍及该市每个角落。

荷兰阿姆斯特丹的城市形象整体以三个红色X的符号（圣安德鲁十字架，Saint Andrews Cross）作为视觉核心，并在它的下方为每个地区加入各自身份特征符号，这样50多个不同地区和分支机构得以协调统一。此品牌符号可溯源至16世纪，当时海洋贸易的霸主正是荷兰人，很多商船都在阿市注册，同时采用这个符号作为船旗。1505年，三个这种符号成为阿市的徽章。此外，该市在2005年还推出了城市品牌“I Amsterdam”（译作“我，阿姆斯特丹”）作为该市及阿姆斯特丹地区的标志语，旨在展现它的个性风貌，提升国际舞台上的影响力。作为一个私人化(I am)的城市代言，巧妙、清晰而自豪地推介这一城市的众多长处，阿姆斯特丹是人们的信心之选。

柏林的城市品牌“Be Berlin”（在柏林，成为柏林人）、里昂的城市品牌“only Lyon”（独一无二的里昂，字母排列巧妙）、哥本哈根的城市品牌“Open”（截取Copenhagen中第二至第五个字母而成）等都可谓形象生动、过目难忘。就连首尔也想出了一个狠招，利用首尔英语名称的谐音，摇身一变：“Seoul: the Soul of Asian（首尔：亚洲的灵魂）”。

2003年，荷兰阿姆斯特丹、比利时安特卫普、奥地利维也纳、瑞士苏黎世、西班牙瓦伦西亚五座城市共建“酷都市”营销联盟，统一打造城市品牌，整体形象设计极具创意，将五座城市最具有代表性的特色标志放在一个现代时尚女子的头上，彰显历史与现代的完美共存。

（此文为SORSA《海归学人》2016年第6期刊首语）

地球坐标上的身影

协管和分管我校对外交流和合作工作已整整六年了，每周制定会议和工作日程表时，我总习惯先把外事活动的时间、地点、人物、话题等——清晰地定格在随身携带的小本本上，以免和其他会议和活动撞车，或许突然遗忘。“外事无小事啊！”这是我们从上级领导那儿听到的最多的一句话。

外国人不远万里，来到师大，项目谈判也好，讲学交流也好，初访或回访也好，哪怕是走马看花也好，有朋自远方来，不亦乐乎。主人理应以饱满的热情、精细的安排、得体的礼仪予以款待。

有时这是一种回报，因为我们曾经也在对方的国度被视为贵宾，予以厚礼。有时这是一种期盼，因为说不定哪天我们会应邀造访客人的家乡。

平等交流，互惠互利，这是国际惯例，也是合作的基础。

其实，我们代表的不是个体，而是上海师大。一批又一批带着异域眼光、充满好奇心的外国同仁来到师大校园的学思湖和月亮湖，他们想要认识和了解的并不是接待者本身，而是一所完整、真实、满怀善意、期盼合作的高等学府。

在政治多极化，经济一体化，文化多元化的大背景下，高等教育国际化呈加速趋势，越来越多的学校领导者借此外力驱动本土开放和改革，并以不失民族特色和校本特点的姿态积极融入国际化趋势，试图在地球坐标上深深烙下属于自己的身影，最终真正迈上五光十色的世界大舞台。

多元文化的交流和发展是一个无争的历史事实。三千多年来，以苏格拉底、柏拉图、亚里士多德为代表的希腊文化，以孔子、老子为代表的中国传统文化，以犹太教先知为代表的希伯莱文化传统，还有阿拉伯伊斯兰文化传统以及非洲文化传统等始终深远广泛地影响着当代人类社会。英国哲学家罗素曾说过："不同文化之间的交流过去已被多次证明是人类文明发展的里程碑。希腊学习埃及，罗马借鉴希腊，阿拉伯参照罗马，中世纪的欧洲又模仿阿拉伯，文艺复兴时期欧洲则仿效拜占庭帝国。"

中华文化是中华民族生生不息，团结奋进的不竭动力，通过对外交流和合作，我们会更全面地了解祖国传统文化，使之与当代社会相适应，与现代文明相协调，保持民族性，体现时代性。

跨文化交流奇妙无比，跨国界合作快乐无穷，因为在此过程中，我们吸纳并传播着新思想、新理论、新知识、新技术，共享人类文明成果，推进和平发展大势。

在校党委和校行政的领导下，最近几年，我校外事工作的范围不断拓展，频率加快，接待量猛增。我和校国际交流处的同仁们工作得很辛苦，加班加点习以为常。最忙时，一天的接待和谈判有5场。我曾在球类馆一次接待过400多名来自日本的学生。

2006年的对外交流和合作格外红火，我校接待国（境）外代表团170多个，约1800人。目前已与27个国家的190所高校和机构签约建立交流合作关系。坚持不懈，扎实工作，点水成河，积沙聚塔。我们要结识更多的朋友，争取更多的项目，为师生孕育更多的海外研修充电机会。我们一直在合计着出一本记录和反映我校对外交流和合作概况的刊物，最好是半年刊，与高校一年两学期吻合，经过一段时间的酝酿筹划，终于赶在2007年1月8日我校两年一度对外交流和合作工作会议前付梓。

但愿师生们关注和喜欢这本年刊，敬请指教，不吝赐稿，也希望多送一些有质量的照片。栏目丰富，视角新颖，实例鲜活，图文并茂，这是任何一本刊物吸引读者的基本要素。我们大家一起努力吧！

（此文为上海师范大学《对外交流与合作》2007年创刊号卷首语）

和能生物，同则不继

现代大学肩负三项公认的使命：培养学生，科学研究，服务社会。如今，大学校长又纷纷把对外交流和合作视作第四项必不可少的任务，这是国际化进程中，高校跨世纪发展的特征和趋势。

20世纪90年代出现的高等教育国际化浪潮的历史渊源甚至可追溯到古希腊时代，那时的跨国“游教”和“游学”之风盛行。欧洲中世纪大学在承认知识普遍性的基础上采用一种语言（拉丁语）教学，课程设置大致相同，并互认对方授予的文凭。

尤其是1810年德国柏林大学崛起后的理念——“教学科研统一”不仅成为德国大学新精神的典型诠释，而且迅速为世界各国仿效，极大推动了高校的国际交流和合作。

二战之后，尤其是“冷战”告歇，国际关系发生诸多实质变化，高等教育国际化进入新阶段。随着通信和交通技术突飞猛进，各国各民族对话交融空前便捷和频繁，全球经济关联密切，各种文化的互相影响，彼此借鉴日趋明显。与此同时，人类面临的诸如环境、能源、健康、教育等难题和挑战呼唤并亟待各国的集体智慧和共同行动。

加拿大传播学家M·麦克卢汉提出的“地球村”概念是对当下地球——弹丸之地的“村民”，频繁往来，互为依存，同谋发展，共享文明的现实的最美妙而形象的描写。

倘若只承认文明一元论，而忽视文化多样性，将一种固定的文化模式强加给不同时代、不同地域的不同民族，并贬低其他民族的文化创造，便会陷入“欧洲中心主义”的泥潭；相反，如果片面强调文化多样性，否认文明一元论，试图用文化多样性来抵消文明内核的进步，并以民族特色为借口拒绝外来文明的交融，那便落入“文明相对主义”误区。

无论在欧洲还是在美国，到处可感受到非洲雕塑和音乐、日本版画和建筑、中国烹饪和园林的影响。上世纪20年代古埃及法老图坦克海默墓葬见底，在西方电影、爵士乐、时装款式、舞蹈服饰、珠宝设计等领域即刻涌动一股“古埃及热”。而牛仔裤、耐克鞋、可口可乐、肯德基、麦当劳、电影奥斯卡、音乐葛莱美却悄悄融入东方人的日常生活。

“和能生物，同则不继。”我们尊重并追求的是“合而不同”。正是千姿百态的文化差异构成了一个博大精深的文化宝库，诱发灵感而孕育新的文化成果。没有差异，就没有变革和借鉴，就没有文化多元现象和多元发展。

大学是文化的高地，是民族及所在城市的思想和精神的重要体现。大学文化包括物质文化、制度文化和精神文化三个层面，核心集中体现为大学精神。这是中国先进文化的重要组成部分，并对社会文化起着引领、辐射与示范作用。随着经济全球化和教育国际化进程的加快，多元文化在高校殿堂汇合、交融、碰撞、激荡、互惠。大学有责任在多元文化背景下审时度势，遵循规律，搭建多向交流平台，拓展国际合作渠道，引导师生在热爱和传承本土传统文化的同时，学会理解、尊重、欣赏、借鉴异域优秀文化，探寻和分享人类的共同文明财富。

（此文为上海师范大学《对外交流与合作》2008年第3期卷首语）

全球化1.0到3.0

地球村出现了，传统的时空定势被颠覆，人们的触角更密更广更远，加速推进世界经济一体化进程。地球村在互联网的王国中变得可能，这是IT技术的恩赐，是知识经济时代的一种集成。“全球视野”也好，“全球化”也好，体现的不只是物理或地域概念，更实质的是一种时空概念，一种认识论和方法论。

1492年至1800年是全球化的第一阶段，俗称全球化1.0。西班牙发现美洲大陆，英国殖民印度，在国家层面上，世界从一个庞大尺寸变成了中等尺寸。

全球化2.0时代从1820年或1825年开始，一直持续到2000年，在公司层面上，市场和劳动力的壁垒被打破，促成了全球化。地球从中等大小缩为小型尺码。

第三阶段，世界变成“迷你型”（miniature），此过程始于2000年。在全球化3.0的今天，整个世界的竞技场被夷平。这一阶段全球化的要素是个人，人人享有机会融入全球化过程，与他人竞争，不单是西方人，各种肤色的人都被包容在内。

全球化是20世纪80年代以来世界范围日益凸显的新现象，是当今时代的基本特征。“全球化”是一个以经济全球化为核心的多元概念，其中包含各国各民族各地区在政治、经济、文化、教育、科技、军事、安全、意识形态、生活方式、价值观念等多层次、多领域的相互联系、影响和制约。

全球化是个有争议的词语。拥护者憧憬它会给整个世界带来空前的进步和繁荣；批评者断言它会给发展中国家带来贫困、战争甚至文化灭绝。

不同的是，现代意义上的高等教育国际化的某些特征称为高等教育的“国际性”，始于第二次世界大战之后。很多欧美国家习惯于将其也称为全球化，其实它们是有区别的。

全球化指商品（包括服务）、信息和生产要素跨国流动，各国经济相互依存程度日益加深，世界经济愈发趋于一体化的过程和走向。而国际化着眼于国家间的交流和合作，注重交往中的各国自身利益，同时存在国际化与本土化以及民族化的争斗。高等教育国际化的概念随着全球化进程应运而生，联合国教科文组织（UNESCO）属下的国际大学协会（IAU）给高等教育国际化的定义为：将跨国的、跨文化的、全球的理念融入到高等教育目标和功能（教学、科研和服务）的制定及其实施中。

高等教育国际化并不意味着放弃国家主权，摒弃民族文化。因此，“国际性”“国际化”和“全球化”既有联系，也有区别。“国际性”的特征是活动范围较小或以“单向传递”为主；“国际化”注重交流合作中自身利益；“全球化”则淡化国家界限，着眼全球范围。

笔者对高等教育国际化的理解和实践归结为三个关键词：

1. 双向（多向）。国际化不等同于欧美化，不是仅仅向世界先进大学靠拢，而是彼此交融，且不失自身特色和价值；互相学习，吸纳异域或外族思想和文化精髓，同时以本土或本校教育理念和实践丰富并拓展世界高等教育的内涵。

2. 平等。任何文化和文明没有高低贵贱之分，全球化过程中，利益的切割和分配显现不平等性，而国际化强调的是在政治主权和文化利益平等均衡的前提下实现互惠互利的交流和合作。

3. 频繁。国际化有别于国际性，国际性是局部的、交往频度不高，且以单向为主。国际化追求和呈现的是高频率的全面积极的交流和合作。

（此文为上海师范大学《对外交流与合作》2009年第4期卷首语）

科学与艺术：孪生兄弟

2007年1月11日，我校首次为外籍人士演讲设立长年运行的“上海师范大学学思湖海外名师讲坛”，我们还特意借学思湖之灵感，设计了一个别致的徽标（logo），它的初始宗旨至今未变，“传递前沿资讯，拓展学术视野，磨砺科学思维，激发创新灵感”。记得当年美国哈佛大学哈佛学院前院长哈里·R·刘易斯教授作第一讲，题为“The Purpose of College Education Especially General Education”。迄今已邀请了几十个国家的120余名专家学者和社会名流登台演讲，内容涵盖文学、语言、政治、历史、宗教、教育、美术、音乐、旅游、物理、数学、生物、化学等，万千气象，无所不及，不少场次，水泄不通。师大学子感慨而言，“听君一席话，胜读十年书”。尤其是名师大家的治学精神、独特个性和精彩人生深深感染和教育着他们。这一国际化标识的讲坛正以一种多元学术文化的品牌被师大人享用和推崇。

上海师大国际艺术节则是我校国际交流的又一品牌项目，2005年创设，每两举办一次。当年定下的主题词为“融合多元文化，展示特色艺术”，宗旨是“友谊、交流、发展”。80多个国外演艺团体，百余场精彩演出，形成一道道亮丽的校园风景线。逾万中外师生，甚至还有社区居民和退休教师参与其中，倾心尽情，乐此不疲。我校第三届国际艺术节从2009年3月以印度旁遮普省歌舞团的演出拉开序幕，一直持续至12月，共计24场各类演出和展览活动，迎来7000多名包括社区居民、退休教工和中小学生等各类观众。第三届国际艺术节比前两届更加丰富，除了表演类，还增加了中外画展、书法展、外国电影赏析等形式。“国际钢琴大师班音乐周”“法国舞蹈电影周”“瑞典皇家芭蕾舞电影专场”等为多元文化交融下的师大校园添色增彩，观众数和场次又创新高。

记得在观摩我校第二届国际艺术节瑞典室内三重奏演出时，坐在我旁边的是一位从外地考入我校的专攻西方音乐史的研究生，他说这是他第一次近距离亲眼目睹外国人的器乐演奏！

2009年的第5期《对外交流与合作》，我们特意登载了2008年这两个品牌项目的运行一览表，让读者全面了解它们的内容与形式，从而知晓项目的宗旨、意义和效应。

“师范大学”一词的英文为“normal university”，1794年巴黎高等师范学校建校时由画法几何大师孟日（Morge，拿破仑的老师）和数学家拉普拉斯等人联合取名“Ecole Normal Superieure de Paris”，英译为“Super Normal School of Paris”。“normal”最早译成日语时用的中文字为“师范”。“university”一词源于“universal”，意为“宇宙”。北京师范大学是第一个把“normal university”连在一起用的中国高等学府。英文“normal”在画法几何中意为“法线”，在数学统计分析中有“正态分布”之意，是很完美、很规范的曲线。规而不拘，博能返约，从两词的演化过程足见大学文化的多元包容性以及它所赋予的引航作用的必然性。

学术是大学的脊梁和精气，决定着大学的高度和深度，艺术是大学的品位和修养，决定着大学的美感和情趣。

科学是给不同的东西起一个相同名字的艺术，而艺术是给相同的东西起一个不同名字的科学。“科学”和“艺术”降生大学殿堂，成为“孪生兄弟”。今天的大学除了要求学生学习各种专门知识，更重要的是给学生营造一种使其品性得以纯化、丰盈、充沛而舒展的校园文化，使他们懂得尊重差异、包容多样、崇尚科学、挚爱艺术。这种开放、多元、和谐的育人环境将使师大学子受益匪浅，享用一生。

（此文为上海师范大学《对外交流与合作》2009年第5期卷首语）

大学外交的要义

2010年3月18日，我校举行两年一度的对外交流与合作工作会议，全校关注，各方参与，高朋满座，群贤毕至，共商“师大外交”的大政方针和举措对策。

在经济全球化的推动下，教育国际化日益加速，各国大学重新审视和积极探索这样一个命题：21世纪国际化背景下的大学新使命是什么？后工业时代高等教育发展的新路径在哪里？培养人才、科学研究、服务社会，这是公认的高校三大任务。当今，各国大学的领导者不约而同地提出大学的新功能：国际交流与合作，即人类文明的交融和传承。

对外交流与合作是我校长期坚持的推进学校事业发展的战略之一，这一国际化办学理念的核心是引进和利用世界先进文化和优质教育资源，为人才强校战略目标服务，为学科和专业建设服务，为提高师生整体素养、增强跨文化交际能力和综合竞争力服务，使学校的内涵发展融入国际化进程，锻造和熔铸具有世界性和人类性的大学精神，提升学校的学术品质和持续发展力。同时，依托我校优势学科和特色学科，大力传播和弘扬中华文化，共享人类文明成果，推动和平发展大势。

自2008年学校召开对外交流与合作工作会议以来，在校党委和校行政的领导下，对外交流与合作取得显著成绩。其表现为：国际视野大幅拓展，互惠交流日趋频繁，合作层次明显提升，项目内容趋向多样，师生参与面广量大。

我们聚集一堂，总结经验，交流心得，强化共识，规划未来，探讨如何乘世博会东风，借教育部和上海市共建国家教育综合改革试验区之契机，进一步拓展对外交流与合作的范畴和规模，注重质量和效能，为师大人成长、成才、成功搭建更大、更宽、更高的国际平台，不断提升学校的知名度和综合实力。

《上海市中长期教育改革和发展规划纲要》指出在未来十几年中，将通过教育国际化继续学习世界各国的先进理念和办学经验，为国家培养国际化创新型人才，把上海建设成为国际教育交流的中心城市。

对照纲要提出的要求和目标，任重道远，励精图治。比较兄弟院校的理念和实践，差距较大，形势逼人。因此，会议建议：1.全校上下进一步提升对教育国际化理念的认同度；2.成立校推进国际化进程工作领导小组；3.重新审视国际化背景下师资队伍的结构比例与考量标准；4.加快构建外语授课的专业课程模块和体系，培养优质双语师资；5.筹措并设立国际合作基金和中外留学生奖学金；6.完善相关制度和体系，如海外所获学分的认定及转换、选课权限、学时折算、课程名称及内容的对接等，提供高效便捷的一体化项目服务；7.打造一支专业能力过硬的校、院两级外事工作队伍，鼓励更多专业教师参与学校对外交流与合作，融入民间外交和公共外交；8.加强外宣工作力度和效度。在公共场所设置符合国际规范的指示图识和语言标识，编制学校及各二级单位概况、课程介绍、招生宣传、人才招聘等双语版，办好英语网站，建立海外校友信息库，开发利用海外人脉资源等。

一个大学的国际形象至关重要，要有一个过程，更需汇智聚力，精心打造，逐步树立上海师大典雅、得体、亲和、公信的国际形象，以鲜明的个性与特色定位在世界大学的宏大版图上。

（此文为上海师范大学《对外交流与合作》2010年第6期卷首语）

以文化拉近距离

我校55周年校庆时，曾举办过“教师教育与教育领导两岸四地学术研讨会”，我作为组委会主任和大会执行主席，在研讨会结束时总结陈词六点，最后一点为：“就教育文化而言，沪台港澳有许多相似之处，我们的教育传统基石同属儒家思想，同时又部分地折射出不同的地域色彩，好似今天论坛会场中东道主刻意摆放的白玉兰、梅花、紫荆花和荷花，争奇斗艳，交相辉映，但都深深根植于中华黑土之中。”此语一出，四地同仁频频点头，呼应热烈。

其实，在筹备此会时，就如何体现各方平等对话的地位以及和谐融洽的气氛，作为东道主筹备组长的我颇费心思。悬挂旗帜的主意，迫于政治因素，无法做到。口号或标语之类的建议，刻板老套，再说，如用语言来表达，绞尽脑汁，也很难蹦出各方认同的精彩出挑的词语。于是，以非言语手段来传递信息不失是条路径。于是我想到了地域性花卉的象征：白玉兰—上海，梅花—台湾，紫荆花—香港，荷花—澳门，错落置放于会场中央的四盆花卉，赢得与会者的共同赞美：典雅、得体、达意、别致。

此外，我们还用简繁两种字体来设计和印制贵宾席卡及会议所有文字材料，来宾们很是感动，他们说，由此看到了上海师大作为东道主的胸怀和精细。

在对外交流与合作中如何通过各种渠道实现顺畅、得体、愉悦、有效的同文化间交际（Intracultural Communication）和跨文化交际（Intercultural Communication），这是一门学问，也是一种手段，无论在国家外交，还是民间外交，或者我们所开展的大学外交过程中，必须悉心探讨，用心体验，细心策划。这一手段拿捏得好，往往能拉近距离，博得好感，消除疑虑，达成共识。

荷兰应用科技大学中国文化体验班（InChina Cultural Expedition）在我校举行开学典礼，在致辞中我刻意把荷兰印象归纳成四样标志物：郁金香（tulip）——荷兰式爱情的魅力以及花卉业的精妙发达。风车（windmill）——荷兰低洼多风的特征以及生存本能赋予的动力智慧，有一说“上帝创造了人，荷兰风车创造了陆地”，荷兰国土的三分之一取自大海。木屐（clog）——荷兰人低洼生活习性，木屐有保暖抗湿功能。奶酪（cheese）——世上真正的奶酪王国，非荷兰莫属。荷兰人常被叫作“cheese-head”（笨脑袋），因荷兰人更多的是出售奶酪，而非自己吃。奶酪出口第一大国的荷兰反而把此语视为光荣无比的昵称。致辞中这些零星作料，看似花絮，却博得来自梵高故土的俊男靓女们阵阵掌声，得分的是上海师大。

在与来自美国的客人交谈时，我时常会提一个老问题：“什么是最典型的美国食品？”老美的回答往往是“汉堡”（hamburger）或“热狗”（hotdog）之类，甚至“比萨饼”（pizza），当然“肯德基鸡”（Kentucky chicken）还说得过去。我的经验和考证是“苹果馅饼”（apple pie），因为美国人身在其中，经常食用，熟视无睹。接着，我便侃一阵子为什么是“苹果馅饼”的道理。就像另一个老问题一样：“什么是美国最传统最典型的节庆？”山姆大叔答曰“圣诞节”（Christmas）或“复活节”（Easter），甚至“万圣节”（Halloween），其实应是“感恩节”（Thanksgiving）。

真是奇怪，不少美国人连起码的历史知识都匮乏，当你谈起他们的历史，哪怕一丁点儿，都会佩服得五体投地。当我说美国总统每逢感恩节会在白宫大赦一只火鸡时，他们会把我当作“历史学家”，甚至

“自家人”。文化的力量顿时凸显并成倍放大。接下去的谈判可能会顺利得多。

在韩国人面前我喜欢讲“泡菜”，向日本人解读“芥末”的功效，与印度人或泰国人说上海也有不少咖喱餐馆，沟通的效果也非同一般。

同样如此，当外国代表团参观了我校博物馆（这是我们接待的家常菜）后，在谈判桌上，他们会显得更温顺更主动，一个地方高校有那么多稀世珍宝，这是异域来客万万没料到的！这样的朋友他们非交不可，因为文化底蕴、历史积淀、艺术品位往往使人敬畏、敬重直至敬爱。

（此文为上海师范大学《对外交流与合作》2010年第7期卷首语）

大学外交大手笔

2004年10月，我校校庆50周年活动一结束，时任校长俞立中教授把我叫到他办公室，说以后外事工作由我分管，从“协管”到“分管”，一字之差，分量与担当非同一般。

校庆期间，党委指派我策划并全程主持师大历史上第一次主办的中外大学校长论坛，主题为“高等教育：国际合作与社会服务”，来自国内外40多所高校的70多位大学校长和专家汇聚论坛，围绕“高等院校怎样为本地培养人才”“高等院校该如何经营与管理”“高等院校如何开展国际合作与交流”等三个议题发表真知灼见。日本东京学艺大学校长鹫山恭彦、就实大学校长柴田一等当场表达扩大与我校合作的迫切意愿。德国巴伐利亚州上法兰肯区手工业管理局总裁艾格斯立即给州长写信希望政府看到中国的发展，加大与我校的合作力度。台湾师范大学校长戴嘉南连连称赞论坛是“大手笔”，说：“我为同胞的成就感到自豪。”

论坛持续一整天，闭幕时，俞校长起立提议为策划者和主持人的智慧和辛劳鼓掌致谢，曲终人散，宾客们去欢宴看戏，我累倒在座椅上，这是我大病初愈后的第一次高强度外事活动。至今我还保留着那天临场穿针引线、插科打诨的主持词速写稿。

七年光阴，弹指一挥间，时过境迁，今非昔比，师大人远见卓识，勤勉劳作，对外交流与合作如火如荼，方兴未艾。我们可用四句话来概括：国际视野大幅拓展，互惠交流日趋频繁，合作层次明显提升，项目内容趋向多样，师生参与面广量大。

2010年我们特意召开了题为“立足本土，走向世界——上海师大对外交流机构成立45周年回顾与展望”大型座谈会，师大历史上健在的各位外事老前辈和分管老领导悉数到场，追寻母校迈向世界大舞台的足迹，畅谈师大构建外事大格局的抱负：1965年5月的越南留学生办公室，1979年7月的外事办公室，1988年5月的国际交流处，1991年4月的港澳台事务办公室，1992年12月的国际交流室（隶属于校行政办公室），1995年5月至今的国际交流处和港澳台事务办公室（合署办公）。我校外交机构的今世前生，曲折艰辛，步步相连，历历在目。

师大人每一个步点，精确、有力而响亮：每一次谋划，细致、有效而普惠：举办4届上海师大国际艺术节；5年运行至今的上海师大“学思湖畔海外名师讲坛”，200多名海外学者登台演讲；教育部批准“国费生”；高校为数不多的英语网站开张；日本、博茨瓦纳、美国三所孔子学院诞生；《对外交流与合作》半年刊创刊；上海华文教育研究中心到位；我校获批首位中美富布赖特研究学者；众多师生得益的国家留学基金委教师项目与学生项目连连成功；获批加入教育部“中非高校20+20合作计划”；上海师大首届海外游学节揭幕；5年间，16个国家67所高校互认学分的交换生项目、9个国家32所高校双学位及本硕连读项目，普惠1000多名学生，践行“海外校园延伸培养”模式；外国留学生累计国别今年突破80个，留学生数年年攀高，连续几年突破两千；5年间，获国家、孔子学院、上海市政府三类奖学金的留学生达466人；外籍教师聘任数每年超一百；公派学生出国游学年均超650名，公派教师及管理人员每年约300名；校舞蹈团足迹遍及欧洲、南美、中东；2011年学校承办高规格的“第64届世界杯手风琴锦标赛”，市长到场；师大学子频频亮相联合国大会、APEC会议、南非德班气候大会等；《中国—澳大利亚旅游发展比较研究》一书海外问世、《友好汉语》非洲出版、《黄帝内经》走向世界；师大年轻学者加入日本东京大学和早稻田大学天体研究团队；双城都市文化比较国际研讨会形成品牌，落地众多世界名城；每年10多场主题广泛的国际研讨会，学校会议中心热闹非凡；师大的海外触角已延伸至32个国家与地区的228所高校及机构……

衷心感谢所有参与“大学外交”的师生员工以及中外各界人士。接力棒已交接，我会一如既往，高度关注，全力支持对外交流与合作。推进并融入教育国际化进程，这是我校持续发展的重要战略选择！

（此文为上海师范大学《对外交流与合作》2011年第8期卷首语）

海纳百川，有容乃大
——回眸与展望中国高校对外交流与合作

女士们、先生们：

综观世界，全球化进程不断加快，推进了各国社会、经济和文化的紧密联系。多元文化的传播、碰撞和融合影响着大学培养目标、发展思路、改革方向、价值取向和教育品质。全球化背景下，如何拓展高等院校的国际合作和交流，加快新思想、新理论、新知识、新技术的传播，培养学生国际视野和跨文化交际能力，增强多元文化适应性，这是大学领导者日益关注的问题，也是学校外事部门迫切考虑的问题。借中国巴西大学校长论坛，我们想与各位中外同仁共同探讨这一话题。

一、国际合作和交流：理念和使命

教育是人类文明进步与繁荣的重要标志，也是社会和经济发展的不竭动力源泉。在人类不懈奋斗、竭力前行的历史进程中，教育承担着不可替代的使命和职能。历史的脚步跨入21世纪，科学技术迅猛发展，人类社会面临深刻变革。时代赋予教育和学校全新使命和丰富内涵，也提出了前所未有的挑战。教育作为人力资源开发的主要途径，是一个国家创新体系的重要组成部分，各国政府把它视作提高现实生产力和国际竞争力的主要依托以及应对经济全球化并分享其利益的重要手段。

当前，国家和区域间的经济贸易活动不断加强，人们相互依赖和影响的程度日趋增强；各国面临诸如贫困、疾病、犯罪、环保、人口、教育等问题也日益全球化。这就需要通过国际交流和合作，共同制定破解难题方略，联手探寻和谐发展途径。在此过程中，教育发挥着基础性和先导性的作用。全球化背景下的高等教育则更依托于国际合作和交流，加快新思想、新理论、新知识和新技术的传播，实现人类成果共享，推动和平发展大势。不管大学有没有围墙，它的胸怀应当是开放的，它的视野应该是国际的，借国际化趋势促本土化改革，以民族化个性融入国际化进程，这已是当代大学发展的重要理念之一。

此外，在全球化背景下，更要关注文化多元化现象。世界是丰富多彩的，每个民族都有自己的特色，作为“地球村”一员，我们要了解，理解，进而善解和谅解异域文化，揭示共同点，包容差异性。从求同存异逐渐走向趋同化异。彼此尊重，互相欣赏，切磋交流，学习借鉴，和谐相处，共同发展。中国古代先贤早就提出“同则不继，和能生物”“合而不同”等发展哲理。大学是培养适应当今社会和未来发展的人才的高等学府，同时也是民族文化的高地和城市精神的象征，在这里，多元文化汇合，交融，碰撞，互惠。大学有责任在多元文化背景下培养学生的国际视野和胸怀，引导学生热爱本土传统文化，同时，学会理解、尊重、欣赏，借鉴异域优秀文化，探寻和分享人类的共同精神财富。从培养学生“做人”“做事”的教育理念出发，海内外大学间国际交流与合作为学生营造了不同文化交融互惠的环境，这是当今人才培养的重要途径。

从中国历史上看，对外开放，留学报国，由来已久。

1872年，清政府派遣幼童前往美国“师夷长技”，迈出中国走向世界的重要一步，带回各种知识，如海军、外交、铁路、采矿等，对中国当时的社会和经济发展产生很大影响。

1992年，邓小平先生指示扩大派遣留学生后，规模猛增，达到150年之最高潮。改革开放之年到2005年，我国各类留学生达93万，分布100多个国家，学成回国人员23万。1996年公派方法改革以来，回归率达97%，履约率99%以上。2005年出国留学人员近13万。2005年国家留学基金管委会资助的国家公派生达7245人，比2004年增加3100人。

上海出国留学人数占全国四分之一，在上海工作的海归者占全国五分之一。归国留学人员是伴随我国改革开放和社会发展进步而产生的特殊群体，他们一般具有视野国际化、专业高端化、理念现代化的优势与特征，已成为中国社会和经济发展的一支重要力量，受到党和各级政府的高度重视。81%的中科院院士、54%的工程院院士、72%的“九五”期间国家“863”计划首席科学家是海归人员。

正因为如此，上海师范大学的国际合作与交流的理念是：

首先，为社会发展服务的理念。我校处于国际大都市的地域背景，秉承50多年师范教育的传统特色，逐渐发展成一所以本科教育层次为主要任务、以各类应用型人才培养为主要目标，文科见长并具有师范特色的综合性地方重点大学。因此，我校的国际交流与合作要从学校的定位出发，从国际化大都市对人才的需求出发，围绕“科教兴市”和“人才强校”战略的成功实施，制订和落实国际交流和合作的具体目标和任务。

其次，以人的发展为本的理念。国际交流要以人的发展为本，即从大都市公民的发展出发，从国际化大都市的教师和学生的发展出发，从国际化师资队伍的建设出发，从学生综合素养的提高出发，构建双向和多向交流平台，学习和借鉴海外先进的办学理念、课程设置、教材教法、管理体系等，利用和转化国外优质课程和智力资源，为培育学生的创新精神和实践能力服务，为教师的可持续发展服务，为培养国际大都市公民的跨文化交际能力服务。

值得一提的是，近年来，我校在教师培养和考核中逐步接轨国际化考量标准，如双语能力、开设双语课程率、多元文化通晓度与适应性、域外学术经历、跨文化交际能力、一般国际惯例和规则的知情度等。

最后，弘扬中国优秀传统文化的理念。大学的国际合作和交流，是中国优秀传统文化传播和创新的重要途径。在全球化的进程中，我们要从中国文化对世界文明和社会进步多作贡献的理念出发，不仅要加强对外汉语教育，而且要提升中国文化在世界的影响力，弘扬祖国五千年历史积淀的文化精髓和优良传统，这也是国际化背景下中国高等教育发展的要求。任何民族的灿烂文化成果是全人类的宝贵财富，大学工作者乃多元文化使者：理解，传播，交融各国各民族优秀文化。

二、国际合作与交流：概况和特色

（一）我校开展国际合作与交流的现状

频繁的国际交流和合作已是高校提升国际竞争力的重要途径和考量，同时顺应高等教育国际化的趋势，提升各大学的知名度。我们注意到全球著名的英国《泰晤士报》高教副刊第一次报告评选出世界前200所最好的大学，在仅有的5项评分指标中，“国际教师比例”和“国际学生比例”各占一项。由此可见，对现代大学的评估，国际化程度是一个很重要的考量。任何交流都是双向的，我校接纳了很多留学生和外籍教师，同时我校还得派出相当量的学生和教师到海外去，这才是对等的、高质量的和有后续力的国际交流。

目前我校已与26个国家和地区的162所高校和教育机构正式签订了合作交流协议。我校采取“访留学进修”“聘任外国专家”“中外合作办学”“合作研究”“留学生教育”“举办国际会议”等多种形式，积极开展国际合作和交流。2001年至2006年11月，各类出访人员达900余人次，各类访（留）人员为146名。聘请各类长期专家143名，短期专家500多名；接待国外团组800多个，达7000多人次；1990年到2005年培养留学生7000余名，2006年一年突破2000名；以往5年派出交换留学生200多名，2006年一年突破百人；2001—2006年举办了28个国际会议；以往5年参与国际文化艺术活动10余次；中外合作办学项目目前有6个。合作科研已完成13项，正在进行13项。这些举措均取得显著成效，提高了学校国际化程度。

（二）我校国际交流与合作的特色

1. 加快师资队伍和学科专业建设，提升我校国际学术地位和声誉

近年来，公派教师在国外学习新课程、先进的科研方法和技术以及管理经验，既提高了个人能力与水平，也推动了我校办学理念、课程体系、科学研究、教学方法和管理体制现代化的进程。不少海归教师开设新课程，获得国家和省部级的科研项目，在国际学术刊物发表高水平论文。我校艺术教师应邀到海外演出和比赛、举办展览或参加各种文化交流活动，显示艺术水准，荣获诸多奖项。

国际交流合作也是培育新专业的极好途径。例如，旅游和会展在我国是新兴学科，而上海2010年世博会急需大量国际化旅游会展人才。因此，学校采取“以国际交流合作促旅游专业发展”的战略，与美国夏威夷大学、普渡大学、内华达大学、乔治华盛顿大学，澳大利亚昆士兰大学，瑞士洛桑饭店管理学院，俄罗斯国际旅游学院，韩国庆熙大学、汉阳大学以及WTO等一批国际专业组织建立了合作交流关系，互派教师，合作教学和研究，推动学科发展。后又互认课程学分，推进学生交流。最近，联合举办多次国际会议。2004年，我校举办了“国际会展教育与培训研讨会”，世界三大旅游组织的CEO和主席、10个国家和地区70多所旅游院校和组织的130多位专家学者参加，有力促进了旅游学科发展，扩大我校及旅游学科在国际同行中的影响。

2. 顺应国际都市发展，加强外语口语教学

为培养适应上海国际大都市发展需要的青年人才，提高学生综合素质能力，增强就业竞争能力，我校每年聘请大量长短期外籍教师和兼职外籍教师，承担英语、法语、德语、日语、韩语、俄语等教学工作。从2003年始率先在本科三年级及研究生一年级中开设英语口语课，英语学习四年不断线。每年投入200多万元聘请外籍口语教师，每周由外教举办“英语角”，初见成效。为提高外籍教师授课质量，规范口语教

学，年初又与国际著名的EF语言培训中心签约合作，实施本科生英语口语教学，我校合作教师参与其中，与外教共同探讨，师生反映较好，由此形成与国际大都市相对应的办学特色。

3. 弘扬中国悠久历史传统，积极开展对外文化交流

学校利用艺术学科特色和优势，加强对外文化交流，向世界传播中华文明，提升学校的影响。两次组团去埃及开罗参加第八、第十届国际演唱节，受到了组委会好评及开罗市民的热烈欢迎；行知少女合唱团赴西班牙国际音乐节参赛；大学生舞蹈团应邀请在法国里昂第九届“丝绸之路”舞蹈节上献演九场题为“中国舞韵”的专场；音乐学院、谢晋影视艺术学院师生赴法国参加“中法年”活动；万方青年交响乐团多次赴海外演出，并邀请国外著名指挥家和演奏家同台演出，自1998年建团以来，已成功举办百余场交响音乐会；爱尔兰文化艺术节在我校的系列活动“诗人与风笛”受到爱尔兰文化艺术节组委会好评；青年教师多次赴日本等国参加演唱比赛，屡屡获奖，为国增光；美术学院多次与国外学校联手举办书画展、设计展等，他们在法国的艺术工作室已正式启用；意大利艺术中心在我校建立。近年来，我们还多次邀请国外境外艺术团体到我校演出。2007年5月，我校成功举办首届国际艺术节，300多名来自六个国家的艺术家在我校献演10场，同时举办日本儿童画展，有近5000名中外观众观看表演和画展，一时成为轰动校园的文化艺术景观。本着“融合多元文化，展示特色艺术”的指导思想，这类交流既展示了我校艺术实力和艺术特色，又增进了师生与外国朋友的友谊，更重要的是，通过交流和切磋，为师生了解和融合多元文化，培养国际意识和跨文化交际能力搭建了有效的多向平台。

三、国际合作与交流：规划和思路

拓展国际合作和交流，要与学校的建设和发展紧密结合，尤其要始终围绕学校“十五”发展目标和任务。学校要制定考核和激励机制，

在政策上鼓励学院、教师积极拓展和参与国际合作交流，争取最大最优成效。

（一）分类指导，建立多层次、多元化的国际合作交流网络

围绕学校发展规划，实施分类指导，充分利用国际合作交流渠道，推动学科专业与师资队伍建设，提升教学和科研水平，扩大学校社会影响。学校利用各种学术联系和社会交往，主动出访，有计划地开拓不同类型合作项目，搭建不同层次交流平台，形成多层次、多元化的国际合作交流网络。具体是：

1. 积极探索与国际一流大学的校际交流或项目合作，争取在合作办学、合作科研、教师互访、学生交流等方面有所突破，特别要注重与我校优势学科、特色学科和新兴学科的合作，以期推动学科发展，扩大学术影响。对已签约的国际一流学校，学校有计划、有步骤地扩大交流，引进优质课程和智力资源（如哈佛大学、巴西和法国的天体物理研究中心、荷兰鹿特丹大学、日本早稻田大学、澳大利亚悉尼大学、美国纽约大学等）。

2. 努力发展与国外高水平大学的校际合作交流，在双方感兴趣的领域寻找合作伙伴，争取项目资助，开展全方位、多层次合作。

3. 继续扩大与国外一般大学的校际交流，拓展有利于我校发展的合作项目，如广开渠道招收外国留学生、进行学生交流等。

4. 争取在海外建立更多的孔子学院，并在北欧、南美、东南亚和非洲等地区开拓新的合作与交流项目，构建对外合作的均衡格局。

5. 充分利用我校艺术类学科的特色和优势，争取多参加大型国际文化艺术活动，邀请有影响的艺术团体到我校交流演出，加强国际文化艺术交流，扩大学校国际影响。

6. 学校要把对外合作交流工作列为学院综合考核的一项重要内容。学院有专人负责外事工作。学校每两年评选一次校外事工作先进

单位和个人，对在规范外事工作、拓展国际合作与交流中做出突出贡献的集体和个人予以精神与物质奖励。

7.学校每年有计划地组织各类团队出国访问。根据具体目的，由学校领导、相关职能部门、相关学院的领导和教师、外事部门等方面人员组成，有针对性地开拓国际交流渠道和合作内容，并建立出访后续工作责任制。

（二）加强国际合作办学，推动学科专业结构调整和建设

当今，高等教育发展面临的严峻问题是知识经济时代全球化和信息化发展趋势对人才素质，特别是复合型人才的需求与现行专业设置、课程体系和教学内容的冲突。上海高校都加快了专业整合和建设，积极应对上海产业结构调整带来的人才需求变化。鉴于发达国家在高等教育领域的领先优势，引进国外优质教育资源、加强国际合作办学是促进学科专业结构调整、加快新专业建设的有效途径之一（我校有38个新专业，如金融、广告、物流、设计等）。在国际合作办学方面已积累一些经验，但也存在问题。因此，在拓展国际合作办学中要统一认识，明确目标，长远规划，统筹考虑，力争取得最大效益。

1. 拓展国际合作办学要善于抓住机会，但须从学校定位出发，有所为、有所不为。合作办学的重点是：根据社会当前和未来的需要，发展新兴应用型专业，改造传统专业，特别是上海发展急需或人才短缺的专业。

2. 国际合作办学的根本目的是推动我校学科专业建设，因此，在选择合作伙伴、洽谈合作项目时，要充分利用对方优质资源，引进优势专业，推动我校新专业建设。特别要注重引进国外高水平的课程体系和课程教材，推动课程、教材和教学改革，将专业发展置于高起点上。

3. 鼓励二级学院与国外层次相当的大学合作办学，建设有特色的新专业或改造传统专业（如机电学院的汽车检测与维修专业模式），避

免重复专业，强调“一盘棋”意识，各学院相互支持，把国外优质教育资源介绍给相关学院，开展合作办学。

4. 有国际合作办学项目的学院认真学习国家有关政策法规，规范管理，做好每年年检，找出差距，同时根据市场需求及时调整培养方案。特别要重视在合作办学中逐步把国外优质资源转化为自身改造和发展的能力，建立完整的专业课程和教材体系，注重培养骨干力量，如安排中青年教师跟班旁听外籍专家课程，吸取经验。

（三）走出去、请进来，加快教师和管理干部的培养

师资队伍建设是学校发展的长期任务和永恒主题，要充分发挥广大教师的积极性，共同开拓国际合作交流渠道，提供更多机会，加快教师和管理人员的培养（我们这类大学，按要求海归人员须达到20%）。

1. 学校成立教师公派出国领导小组，根据学科与师资队伍建设规划，商议师资培训方面与国外合作的目标、领域、框架及方式，确定每年教师出国培训的数量及要求，根据“公开、公平、公正”的原则，实施网上招聘选拔机制。根据学校财力，增加相关预算，充分利用校际交流项目，有计划、有目的地选派教师出国访问进修或合作研究，提高出国进修教师的层次。建立出国进修目标考核制度，要求回国后开设新课程或启动新科研项目。对合作科研项目有成效的教师，可实行再派出制度。有计划地派遣管理人员出国进修学习，开阔视野，学习国外先进的管理经验，提高外语能力。

2. 支持国际合作科研，通过“走出去，请进来”的办法，拓宽与国外学术界的交流与合作。鼓励各学院邀请高层次专家作短期访学，举办高层次学术研讨会，探讨合作科研的途径和方法，制定长期协作计划。去国外学习进修的教师，应把开发科研合作项目作为访学的重要任务；去国外参加国际学术会议的教师也应积极寻找科研合作方向和伙伴。学校对合作科研确有成效的单位和个人，要增加资助和奖励力度。

3. 学校设立国际学术会议基金，对参加国际学术会议并作学术报告的教授每三年由学校给予资助；对各学院主办或联合主办的高层次国际学术会议给予资助。国际学术会议是开展对外学术交流和合作的重要形式，是促进学科建设，提高我校学术地位和声誉，拓展合作研究，了解国际科技、文化及教育发展动态和信息的极好途径。要充分利用国际学术论坛，加强与国外学术界交流。要把组织和参加国际学术会议作为对学院、教师考核的一项指标。

4. 每年有计划地举办教师外语培训班，充分利用外籍教师资源为培养双语教师及出国人员进修提供学习机会，储备出国选拔人选。

（四）大力发展留学生教育，提高学校的国际化程度

拓展留学生教育是提升学校国际化程度的重要方面，也是一个经济贡献。各级领导要增强关注度，积极开拓，不断扩大留学生数量，增加学历生比例，提高留学生层次。

1. 通过校际交流、留学中介等渠道，拓宽招生渠道，增加数量，尤其是要增加学历生数量，争取2007年长期生达到700人，2010年长期生达1000人。通过“走出去，请进来”的办法到国外招收学生。探讨在国外设立办学点的可行性。探讨招收国家公费生的可行性。使我校成为来华留学生教育、对外汉语教育和华文教育的重要基地。

2. 学校统筹留学生专用教室、住宿等资源，制定并落实《上海师范大学留学生住宿资源整合实施方案》。更新教学设备，建立多媒体视听室，加强网络建设，建立留学生活动中心。

3. 各学院树立办学的国际意识，通过招收相当量的留学生提高国际化办学水平。把开设适合留学生的双语课程作为学院学科建设的一部分，以吸引更多的留学生到我校学习相关专业。

4. 建立留学生奖学金制度，创设留学生英语课程模块。

5. 学校建立留学生工作协调小组，下设留学生办公室，全面协调此

项工作。

（五）拓展校际合作交流项目，提供学生成才便捷通道

学校的根本任务是培养人。针对人才市场竞争激烈的局面，我们根据社会对人才知识结构和综合能力的需求，改革培养模式，通过各种途径提升学生综合素质和就业竞争力。

1. 学校建立学生公派出国领导小组，落实《上海师范大学有关学生公派出国的实施意见》，提高学生出国选拔透明度，加强计划性，拓展学生交流项目，交流人数逐年增加，并试行与奖学金、综合测评等制度挂钩，鼓励优秀学生留学。

2. 积极创造条件为学生到国外短期实习提供机会，有计划组织学生到国外接受暑寒假外语培训。

3. 各学院每学期至少给每个学生提供一次参加外籍教师学术报告会的机会。通过与留学生、外教联谊活动等形式，提高学生外语综合素养，适应国际大都市的需要。

4. 增加外教数量，提高外教质量。学校建立外籍教师工作协调小组，视学院及优势学科、特色学科的发展需求制定优惠政策，鼓励多请外教，推动学科发展。建立聘请激励机制，学校计划每年聘请30名长期专家。对外语学院聘请的语言专家，学校给予80%的补贴（包含公共外语课），其他学院聘请文教专家，学校给予50%补贴（合作办学学院和项目除外）。对学术界有较大影响的短期专家，学校给予更优惠补贴。

5. 加强对大三及以上学生英语口语教学的管理，提高口语教学质量。学校将通过英语口语课程的交流和研讨，继续加大聘请高质量语言外教的力度。

四、国际合作与交流：困难和问题

在近年的实践中，我们也碰到一些困难和问题，恳望与同行共同探讨有效的办法和对策。

1. 如何依照有关法律和法规发展和规范中外合作办学？

2. 如何拓宽招聘外籍专家的渠道，提高外籍专家的质量？

3. 如何理顺留学生管理体制？如何拓宽留学生招生渠道，增加学历生数量？

4. 如何加强对校际交流生的管理？

5. 如何调动学院积极性，共同开展国际合作与交流？

上海师范大学的对外交流与合作虽然取得了长足的进步，但就整体而言，学校的国际化程度还不高，尤其还存在许多与上海国际大都市的地位和发展不相适应的地方。我们要进一步统一认识，顺应潮流，把握规律，积极开拓，科学规划，精心实施，尤其要学习和借鉴国内兄弟院校和巴西高校的成功经验，把我校的对外合作交流工作做得更好。

今后我校对外合作与交流的思路是：

1. 上下互动，建立多层次、多元化国际合作交流网络。

2. 内外联动，提升各学科、各专业对外合作办学潜能。

3. 进出协调，拓宽国内外师生多种形式交流互访渠道。

4. 语专并行，创设有师大特色的留学生英语课程模块。

关键词：

适应国际大都市对人才的需求

趁高教国际化趋势促本土改革

以民族化特性融入国际化进程

大学国际视野与多元文化认同

“海纳百川，有容乃大”，这是中国上海的城市精神，也是我校对外合作与交流的追求。

谢谢！

（此文为2007年首届圣保罗中国巴西大学校长论坛上的演讲）

融合多元文化，展示特色艺术
——贺上海师范大学第一届国际艺术节

春意盎然，草长莺飞，经过精心准备，上海师范大学第一届国际艺术节将于2005年5月12日开幕。

我们住的这个球儿叫“地球”，很难设想它有多大，但从太空往下看，仅是弹丸之地。随着交通和通信的日益发展，我们又更难想象它究竟有多小，于是有人给它取了个名：“Global Village”（地球村）。

经济运行一体化和科学技术（尤指电信网络）标准化迅速推动“全球化”进程，同时颠覆了地球“原住民”的时空观。对“全球化”的评价众说纷纭，然而，有一点大家是认定的：经济越是全球化，文化越是多元化。全球化使某些强势文化呈“同化”或“吞并”其他文化之势，全球化和文化多元化发展似乎很难两全。其实，若无全球化趋势，多元化问题也不可能提出。从本质上看，文化之间的互相影响和吸收不是一个“同化”和“合一”的过程，而是一个在不同环境中转化为新事物的过程，中国古话说得好，“和则生物，同则不继”。

“Culture”一词源于德语，意为“种植、耕耘”。中文的“文化”也可这样理解：“文”即“学识、文明、教养”，“化”是一个过程，通过输入学识和文明，使人得到教化，提高修养和素质。指的也是播种、培养、收获的过程。东西诠释，不谋而合。

文化和语言一样，没有高低贵贱之分。艺术既是文化的一种表现形式，也是文化的精髓，每一种艺术的出现和存在都有它的历史必然性和现实合理性。每一件称得上“艺术”的作品都有拿人之处，都试图与观众斗心眼，正所谓“情理之中，意料之外”。

城市是文化的中心，大学是文化的高地，也是多元文化碰撞、交融、互惠的高压带。作为现代大学的教师和学生，要培养和加强跨文化交际能力。在跨文化交际中常要变换视角，摆脱自我文化价值观的定势和惯性，了解、理解进而到善解和谅解异域文化，欣赏精彩之处，容忍和尊重与母语文化艺术间的差异性，甚至是那些反差极大的现象。这是确保跨文化交际顺利展开的健康心态。

“地球村”的公民既是跨文化交际者，也是母语文化使者，在借鉴和吸纳各国先进文化艺术的过程中须不失时机地向世人传播和弘扬中华文化艺术的精髓。以敏锐犀利的比较眼光和比较思维，善于解读不同点，更精于揭示共同点。通过跨文化教育以及和异域艺术的交流，培养学生传播和交融东西文化的使命感，让中国走向世界，让世界了解中国。唯此，才能在全球意识的观照下，以世纪的眼光，共享并开发人类文化宝藏。

科学是给不同的东西起一个相同名字的艺术，而艺术是给相同的东西起一个不同名字的科学。“科学”和“艺术”降生在大学殿堂，成为“孪生兄弟”。师大人历来崇尚科学，挚爱艺术。一花一国，百人百相，在这春光明媚的五月，我们将尽情享用五光十色、多姿多彩的中外艺术大菜。

来自海外的文化艺术使者们，我们以中国的微笑、师大的舞姿，欢迎光临学思湖畔、月亮湖畔。

艺术是大学的品位和修养

女士们、先生们、老师们、同学们：

大家下午好！

经过精心筹备，2011年上海师范大学国际艺术节今天正式开幕了！我谨以本届艺术节组委会的名义并代表全校师生员工，对国内外来宾的光临，表示热烈的欢迎和诚挚的谢意！

以“融合多元文化，展示特色艺术”为主题，本着“友谊、交流、和睦、发展”为宗旨的上海师范大学国际艺术节是我校为展示艺术实力和艺术特色，增进我校师生与海外合作院校师生以及外国人士的友谊，加强与国外文化交流和艺术切磋，了解不同国家的文化和艺术背景，表达我们促进相互了解，维护地球村和睦、和谐的意愿而举办的盛大艺术系列活动，两年一届，自2005年创设至今已成功举办三届。

在以往三届艺术节中，我们邀请了来自美国、法国、爱尔兰、印度、俄罗斯、日本、德国、印尼、韩国、以色列、瑞典、意大利等十多个国家的艺术家和专业人士来我校进行歌舞、器乐和声乐演出以及电影展映、美术作品展、书法展、摄影展、艺术设计展、图片展、茶道、花道、刀道和歌舞伎表演等，形式各异，内容丰富，共有50多个国外演出团队献演70余场，观众超过2万，越来越多的中外师生、外国友人以及在校留学生高度认同这一具有国际性标识的艺术名牌并积极参与。

上海师范大学国际艺术节是沪上高校中唯一独立运作，有固定logo和主题词，持续时间最长的大学国际艺术节，是我校国际文化交流的品牌项目，与“高雅艺术进校园”活动互动交融，引起广泛而热烈的社会反响。它不仅是艺术盛宴，更集中展示了我校艺术教育的优势。如果说学术是大学的脊梁和精气，决定着它的高度和深度，艺术则是大学的品位和修养，决定着它的美感和情趣。今天的大学除了要求学生学习各种专门知识和技能，更重要的是给学生营造一种使其品性得以纯化、丰盈、充沛而舒展的校园文化，使他们懂得尊重差异，包容多样，崇尚科学，挚爱艺术。这种开放、多元、和谐的育人环境将使师大学子受益匪浅，享用一生。

在今年的第四届国际艺术节中，我们将迎来比以往更为丰富多彩的展演，更为专业的演出团队。截至目前，除了开幕式这场别开生面，气势非凡的“欧非之声”大型乐队演出，还有来自我校合作院校的美国杨百翰大学、美国加州州立大学北岭分校、美国旧金山州立大学、美国华盛本大学、日本爱媛大学、英国伦敦南岸大学等的艺术团队，他们将带来合唱、器乐、舞蹈等表演。还有不少国外大学演出团队正在积极接洽中。此外，音乐大师班、大师对话、专业讲座、广告设计展、摄影展、纪录片展、电影展、戏剧展等多种形式的活动正在紧张筹备中。值得一提的是，我校人文与传播学院和法国领事馆联合举办的法国电影周系列活动，外国语学院与爱尔兰领事馆联合举办的爱尔兰戏剧节活动，都将成为本届国际艺术节的亮点。令人鼓舞的是，中央芭蕾舞团、中国京剧院等代表我国顶级表演水平的演出团体也应邀来我校演出。时空交错，东西交融，百花齐放，目不暇接，上海师大的“国际”艺术节实至名归!

我们以师大人的礼仪与微笑，热忱欢迎海内外的文化艺术使者光临美丽的学思湖畔和月亮湖畔。

衷心预祝上海师范大学2011年国际艺术节圆满成功!

谢谢各位。

现在我们请上海师范大学校长李进先生宣布本届艺术节开幕。

（此文为2011年上海师范大学国际艺术节开幕词）

教师的三术：学术、艺术、技术

2014年8月1日我在内蒙师大参加第11届全国师范大学联席会议，收到赵炳翔院长的短信和朱恒夫教授的邮件，要我为谢晋影视艺术学院即将付梓的论文集《艺术教育——通向人生美好彼岸的一座桥梁》写个序言，这是他们送给母校60华诞的厚礼。由于工作关系，我经常应邀干这一类活儿，然而，专门为艺术论文的隆重推出说几句开场白还是头一遭。估计阿炳和恒夫觉得我是一个爱艺术的人，尽管不是同行，却是一个有一定量级的“知音”。

匆匆浏览了一遍，这本论文集基本反映出谢晋影视艺术学院的现状和未来。在我眼里，此学院是上海师大的一朵奇葩。为何这么说呢？

首先，谢晋的名字如雷贯耳。若要研究或读懂中国现代电影史，谢晋是一座绕不开的丰碑。不仅于此，看他的电影，你就像是在看跌宕起伏、变幻莫测的中国一甲子命运剧，你会流泪，会哀叹，会苦笑，会激愤，而90乃至00后的后生们会纳闷，为何如此？这就是“代沟”。艺术的生命基于真实，艺术的魅力源于人性，无需，也无望以艺术的手段来弥补或填塞这种“代沟”。过去的事就是过去了，不再复制，这是我们可避免的。

余秋雨在《谢家门孔》一文中说：“他（谢晋）在中国创建了一个独立而庞大的艺术世界，但回到家，却是一个常人无法想象的天地……一个错乱的精神漩涡，能够生发出伟大的精神力量吗？谢晋做出了回答，而全国的电影观众都在点头……我觉得，这种情景，在整个人类艺术史上都难以重见。”

这个学院不仅是以谢晋的名字命名的，而且有他的基因被植入，有他的血脉在延伸。

其次，这个学院的座次很给面子。我们不能把大学的排名死死地绑在师大发展的战车上，但作为学校的头儿，总会留一只眼睛本能地、时不时地瞅着各色各样的排行榜，谢晋影视艺术学院不少专业的位子在全国同类学校中始终名列前茅。请注意“同类”二字，这才是有意义的评价。遗憾的是，“分类指导、错位发展”的理念在上级的讲话、文件、报告等中被奉若神明，具体做起来，大打折扣。对艺术不仅仅要尊重，而且要喜欢和懂得。

再者，这是个综合性很强的特色小学院。一个学院的专业布局是否多元而又均衡，关乎融会贯通、取长补短的学脉机理的构建，关乎持续发展的后劲是否充足。这本论文集折射出“谢晋人”五光十色的研究交叉点和探索兴趣点，如戏剧、影视、音乐、美术、广播主持，尤其是年轻一代的喜好，包括肢体剧、动漫等，甚至还有思政教育中的审美问题。如今，在刀光剑影的大学竞争中，有特色，才能体面而又滋润地活着；有特色，才有资格和底气讲质量。小型学院容易彰显特色，更能体现效能。

谢晋影视艺术学院首次推出论文集，对他们而言，可真是一件大事。其实，他们也是在回应一个老生常谈的话题：大学艺术教育如何贯通学术？

毋庸置疑，长期以来，大学艺术教育一直存在着实践与理论分离的现象。这种现状是由原来的教学培养模式所决定的，也是囿于中国传统文化中根深蒂固的“学术”分离观念——学是学，术是术，“学术”分家并由此产生等次关系。大学艺术教育对“学术”的理解各不相同，有的只是冠冕堂皇地说说而已，有的只注重“学”，更多的是聚焦“术”。应该说，艺术专业的师生作品包含理论和实践两个部分，也就是通常意义的“学术”。

“作品如其人，言之必有物”，中国传统经典话语依然可以解释今

天遭遇的难题。实在无法相信一个修养不高甚至品行不端的人，他的艺术作品能打动谁；也不能推崇毫无实践体验的高谈阔论者的所谓理论。艺术实践需要理论的提升，而理性思考更需要落地才能生根。

如果理论是“学”，实践是“术”，那么，“学”与“术”为何不能兼备？希望一贯重“术”轻“学”的艺术学人和学子，积极主动地去研究和探索艺术之“学”，这是做有眼光的事。何况，艺术不仅仅是个技术活儿。失去学术价值的艺术不可能持久，终会在某一时间被悄悄地、无情地忘却。

城市是人类文明发展的结果，城市也是文化的制高点和辐射源，艺术介入城市文化已成必然趋势。随着现代化的进程，“大艺术”的概念逐渐生成，并加速融入民众的生活之中，人们不仅喜欢上艺术了，高雅的、通俗的，而且在生活的细枝末节上也讲究艺术了。

我期待，谢晋影视艺术学院的同仁们，用客观的、前瞻的思维去考虑文化艺术在大学发展和建设中的作用。文化艺术需要得到实实在在的普惠和繁荣，更需要坚实的学术力量的支撑。

学术是大学的脊梁和精气，决定着大学的高度和深度；艺术是大学的品位和修养，决定着大学的美感和情趣。

科学是给不同的东西起一个相同名字的艺术，而艺术是给相同的东西起一个不同名字的科学。“科学”和“艺术”降生大学殿堂，成为“孪生兄弟”。

你们的学院要成为上海师大中传递美感，有影响力的学院。这是延续文明，获得尊严的前提。

今天，教育面临两大趋势：国际化和信息化，任何一位想在讲台上站得住脚的教师，都应成为“三术共同体”，即学术、艺术、技术。

是为序。

（《艺术教育——通向人生美好彼岸的一座桥梁》序言）

重新审视国际化进程中师资的结构整合和质量界定

高等教育国际化是建设高水平大学的必由之路，这一理念已为越来越多的大学领导者所认同。联合国教科文组织（UNESCO）属下国际大学协会（International Association of Universities，IAU）关于高等教育国际化的定义是：将跨国的、跨文化的、全球的理念融入到高等教育目标和功能（教学、科研和服务）的制定及其实施中。

要真正实现大学的三大功能，师资队伍的国际化势在必行。传统师资的人员结构和知识结构必须打破并予以大幅度整合，这支队伍的质量要素和考量指标必须顺应教育国际化的趋势，遵循现代化、开放型大学的发展规律。

首先，要坚定不移地实施以教师为主体的人才强校战略。在数量上确保专任教师和科研人员占全校教职工总人数的70%，他们的积极性和创造性决定着大学的坐标。同时，师资中的研究生学历和博士比例还需大力提升。按大学聘任的国际通则，这是教师的准入条件。

其次，学缘结构要进一步优化。“海纳百川，有容乃大”，这是上海的城市精神，理应成为我校打造国际化师资队伍的气度和胸襟，破除一切壁垒，使更多外校、外地、外国的有才有识之士以各种形式加盟上海师大，各尽所能，各得其所，推崇多样性，包容差异性。异地文化的交融和异域火花的碰撞是国际化高等学府不断前行，不断创新的源头动力。

再者，着力提升师资队伍的国际理解水平和跨文化交际能力。我们

在筹划全英语专业课程模块，以期吸引更多的外国留学生；我们在创造条件，鼓励教师带教外国硕士生和博士生；我们在酝酿和实施更多的合作科研，合作办学项目。毋庸置疑，教学和科研水平是胜任教师工作的基本功，不断修炼，永不懈怠。然而，在国际化进程中，我们是否具有与国外同行平等的学术话语权？享有这类话语权必须依托双（多）语应用能力、跨文化交际能力、多元文化的通晓度与适应性、国际学术动态，以及惯例、规则等的知情度，域外教学、科研、工作的经历和经验等，这也是当今国际化师资的质量要素和公认考量的组成部分。

最后，现代大学教师应是人类文明的传承者和优秀文化的传播者。让教师参与对外交流与合作，承担一些职责，开展具体工作，这是不少大学推行公共外交、民间外交的机制和举措，以此，拓展眼界，磨砺思维，历练才干，健全人格，融入世界。

（此文原载《东方教育时报》2010年7月7日）

构建双校区交融互动的师大校园文化

我们在深入学习贯彻校第六次党代会精神的基础上，要结合我校实际，一起来探讨，如何以更有效的方法和途径让两校区师生互相了解，加强两校区的文化交融互动，更要凝聚全校力量，努力探索在多元文化背景下如何构建具有师大特色的体现社会主义核心价值体系的校园文化。

（一）

首先，何为大学？

大学是一套创新或创造体系、一个社会思想库、一座城市的文化高地、一位民族精神的守护者和弘扬者。

大学之道，在明明德，在亲民，在止于至善。为师之道，在为人师表，在传道授业解惑，在教书育人。

在我国，大学也被视作意识形态、上层建筑，甚至社会综合实体。

毋庸置疑，国内外大学，无一例外，都努力将自己建设成具有现代科学精神、传统文化内涵和高尚艺术品位的社会组织机构。

中世纪的大学迷恋“神学”，工业革命之后的大学聚焦“物学”，IT时代的大学关注“人学”，即人与自然的关系、人与社会的关系、人与人之间的关系、人与自身的关系。

21世纪国际化背景下的大学新使命是什么？后工业时代高等教育发展的新路径在哪里？培养人才、科学研究、服务社会，这是公认的高校三大任务。当今，世界各国大学的领导者不约而同提出了大学的新功能：国际交流与合作，即人类文明的交融和传承。最近又有专家提出新名“文化传承”。因此，全球的认识是一致的：大学不仅仅是教授知识和技能的地方，更是传承人类文明和民族文化、交融多元文化的地方。

何为大学精神？

大学精神是岁月的积累，扬弃的过程，境界的追求。犹如一根根干柴，不时添加，不断燃烧，慢慢聚成一股相对稳定的不灭火焰，这就是以批判、创造和社会关怀为主要特征的现代大学精神。

何为文化？

文化的英语为“culture”，意为“种植、耕耘”。中文的“文化”也可这样理解：“文”即“学识、文明、教养”，“化”是一个过程，即通过输入学识、文明、教养，使人得到教化，提升修养，提高整体素质，也是指播种、培养、收获的过程。学子最终锻造成的是“文化人”，而非仅仅是“知识者”和“技能者”。

何为校园文化？

大学精神的构建基础是以学生为主体的校园文化，同时校园文化也是大学精神的重要表现形式。

校园文化是特定时空中的精神环境和文化气氛，它不仅仅局限于一些社团活动，还包括校旗、校标、校歌、校色、校报、校园网站、校园景观、校风学风、人际关系、舆论导向、心理氛围、行为规范、规章制度等。

由此坚信：作风清朗，富于创意，不断革新，面向未来的大学，一定能博得学子的欢心和信任。

由此坚信：优秀的师资，民主的校风，科学的氛围，多元的文化才能真正赢得学子的铭怀与感恩。

由此坚信：大学的大，不是大名鼎鼎的大，不是地大物博的大，不是高楼大厦的大，也不是仅以一两名大师而称大，而在于她心怀博大，器宇开阔，并能以文明引领世风，摒弃愚昧，以文化涵养大器，作育栋梁。大学是大彻大悟之地，更是大爱大善之处。

（二）

党的十七届六中全会研究了深化文化体制改革、推动社会主义文化大发展大繁荣若干重大问题，对推进我国文化改革发展做出全面部署。高校是传承、发展社会主义文化的重要阵地，作为立足上海、服务全国的地方重点高校，如何参与建设文化强国和推进上海文化建设的各项工作，建设富有我校特色的大学文化，是我们应该思考的重大课题。

我曾多次接待日本早稻田大学师生团，他们异口同声会唱的歌只有一首，那就是校歌，唱得热泪盈眶，声情并茂。唱完后团长问我，你们的校歌怎么唱？我无语，更是无地自容，因为我刚跟他们介绍过我们的校园文化如何精彩。

我们的校色是什么？提到哈佛大学，人们忘不了那厚重的深红色；提到耶鲁大学，人们会记得那深邃的蓝色；提到纽约大学，人们一定想起那浪漫的紫罗兰色……我们的校色如果是墨绿，那是否一以贯之，广而推行了呢？

从西体育会路441号，到桂林路100号，从漕河泾到海湾镇，上海师大走过了57年的璀璨历史；从学思湖的垂柳，到月亮湾的碧波，从沁人心脾的香樟树，到浓荫密布的梧桐叶，师大人孕育出让人流连忘返的美丽校园；从廖世承、沈德滋、马茂元，到胡云翼、朱雯、程应镠、张斌……我们如此幸运地拥有着一个又一个令人难忘的大家名师。在这里，我们有很多“历史”和“故事”可以讲述给每一个学生听。可有谁知道西部池塘边的“茂如亭”乃是为了纪念我校第一任校长廖世承先生？

公正、包容、责任、诚信，是上海重点倡导的价值取向。属于我们师大人自己的共同价值追求又是什么？廖世承先生曾经要求师范院校的每个学生“不单是要知识好、方法好，而且要有专业道德——有责任心、忍耐心、仁爱心、真诚、坦白、乐观、谦虚、公正诸美德”。而我们在57年的办学过程中，也形成了“师道永恒”的师大精神和“厚德、博学、

求是、笃行”的校训。如今，身处新形势，肩担新任务，如何挖掘老一辈教育家的教育思想，赋予时代特征与内涵，进一步凝练师大精神，使其成为全校师生员工的精神支撑和内在动力？

在校园文化建设上，我们有好多值得思考的东西。

（三）

我们有徐汇和奉贤两个校区，紧密相连，不可分割，也是我校发展进程中必然的“双子座”。其中，奉贤校区的文化建设是个老话题，研讨较多，践行不够，问题出在认识不深，责任不强，机制不活。其实，我们不必单独提奉贤校区校园文化建设，似乎奉贤是弱势校区，要过度关照，效果反而适得其反。首先要缩短心理距离，至少把它视作8小时分内工作。过分强调地理距离，会趋于功利，久而久之，那就很难摆脱讨价还价、敷衍推诿的怪圈。所以，师大人应以平等平和的姿态，探讨如何实施双校区平衡有效的文化建设与管理。

在此，我提出建立“双校区交融互动的校园文化建设与管理”这一理念和机制。因学生类别和校区功能不同，各展所长，各具特色，有分有合，互惠互利。各学院、各部处、各单位均要考虑我们为徐汇校区，同时又为奉贤校区的文化建设和学生文化需求能做什么，怎么做，什么时间节点做。比如：

更多的会议、开幕式、庆典、展览等，两校区要平衡安排；二级教授和部分三级教授的品牌讲座、“学思湖海外名师讲坛”等要在两校区同时展开，让每一位学子都有机会亲身感受名师大家的风采，拓展学术眼界。

我们的校歌至少可在新生入学教育中学唱，不要束之高阁，要组织新生、新教工参观两校区，走进校史馆、博物馆，档案馆，了解师大的历史与文化。同时，让更多的中小学生走进校园，感悟大学文化，扩大师大文化影响力。

“上海师大国际艺术节”是沪上高校中唯一独立运作，有固定Logo和主题词，持续时间最长的大学国际艺术节。它的演出要在两校区同时举行，促进多元文化交融，孕育创新灵感；校交响乐团、舞蹈团、民乐团、少女合唱团、话剧团、女教师合唱团等，每学期在两校区举行义务公演；引荐更多的高雅艺术进校园，培养师生的艺术趣味和文化品位；开学典礼和毕业典礼上，校交响乐团现场助兴配乐，让师生感觉母校的魅力和品位。

启动两校园软环境建设工程，创设“简约、典雅、亲和、得体”的校园视觉环境；广泛征集师生优秀艺术作品，统一策划，布置在两校区的一些公共区域，并标示作者姓名。

图书馆，尤其是奉贤校区图书馆，可以关闭大部分没有“生意”的电脑房，腾出更多的空间，改成典雅、宽敞的学生阅览室和工作坊，要发挥图书馆以及博物馆、校史馆、档案馆资政育人的强大文化功能等等。在两校区的校园文化建设上，我们确实有很多事可以去做！

刚刚闭幕的校第六次党代会把“加强大学文化建设，弘扬师大精神，着力提升学校文化软实力”作为今后五年的一项重要任务。我们在深入学习贯彻党代会精神的基础上，要结合我校实际，一起来探讨，如何以更有效的方法和途径让两校区师生互相了解，加强两校区的文化交融互动；更要凝聚全校力量，努力探索在多元文化背景下如何构建具有师大特色的体现社会主义核心价值体系的校园文化。

（此文为2011年9月19日“校园文化建设”研讨会的主旨演讲，后载《希望》2012年第1期）

高校博物馆的发展新趋势

上级对各类高校的博物馆建设非常重视，上海师大博物馆有幸成为上海地区高校十大博物馆之一。我校博物馆的运行采用了“三馆合一”新的工作机制，即图书馆、档案馆、博物馆三块牌子，一套班子，一个体制。从我校发展的新思路出发，三馆打通，人员交融，资源交互，这一做法已经取得了初步效能。档案馆主要从信息化的角度考虑它的发展，不单单以纸质档案作为唯一的生长点；校史馆原先图文较多，现在要从“物化”这个角度去拓展和提升；而博物馆则要从多元、小型、专题等角度去实现转型发展。上海师大博物馆不断更换主题，内外联动，引进社会上有价值的文物等展览，以飨观者，如日前举办的二战之后遗留问题图片资料展，效果很好。我校三馆合一的工作机制实为独创，试行两年多来运行良好。下面我结合工作实践谈谈当下高校博物馆发展的几个新趋势，旨在与各方专家交流沟通。

一、改革开放以来，中国各级政府对博物馆越发重视，资金投入巨大，因此博物馆发展有了大好局面。我们的任务就是维护记忆、保护历史，达到资政育人的目的，这是博物馆工作人员义不容辞的职责，也是我们三馆面临的非常严峻的任务，很具挑战性。高校博物馆的展品从点到线，再到面，最后凝练为一个专题。十大高校博物馆主题明确，以某个专题来开发和固化某一方面的特色，这是眼下发展的一个趋势。

二、从以活动为支撑提升到以学术为支撑，这是符合高校博物馆的内涵特征以及它的发展规律的。

三、从以图文为基本内容过渡到征集大量物品，甚至使用足量资金主动购买文物等的收藏意识大大加强。

四、过去把博物馆当成一个城市的大学文化形象标识，现在把博物馆作为汲取知识、传承文明、孕育审美情趣、提高鉴赏品位的公共场所，即所谓的“第二课堂”。

五、高校博物馆的受众群体在不断扩大，从学生、教师到更多类的社会群体，大门向社会敞开，让上海市民从中受益。

六、从被动的维持原有藏品到有目的的艺术化组织和运营，运用部分市场手段，充分利用多媒体的网络技术，使观众参观途径更直观、更便捷。

关于校园文化与博物馆的关系，我认为校园文化是大学精神的具体体现，校园文化是在特定时空的精神环境和文化氛围，博物馆是其中的一个重要的时空和场域，千万不能忽略。今天的研讨会促进我们更多地交流、咨询、切磋，拓宽视野，提升内涵，尤其重要的是通过现场展示来拓展我们的视域，深化我们的认知，但最关键的是探讨问题，寻找对策。在本次研讨会上，我学到了兄弟高校博物馆的有益经验，我们需积极借鉴，以期改进我校博物馆的工作，把高校博物馆事业推向一个新的高度。

（此文为2008年5月16日上海高校博物馆与校园文化建设研讨会上的发言）

孔子·孔子铜像·孔子学院

2009年4月4日，上海师范大学第一所海外孔子学院在日本广岛福山大学正式揭牌。我国驻大阪总领事罗田广出席揭牌仪式并致词，同时代表国家汉办为福山大学孔子学院和福山大学孔子学院银河孔子学堂揭牌。上海市教委副主任李骏修、校长李进、副校长陆建非、人文与传播学院院长孙逊、对外汉语学院院长齐沪扬等赴日出席揭牌仪式。上海外贸大学代表，福山通运公司董事长、我校名誉教授小丸法之，福山工商联合会会长，福山孔子学院理事长，银河学院理事长，福山大学校长等社会各界人士百余人参加了仪式。李进在仪式上致词，并向孔子学院赠送我校教师撰写的四百余本各类著述和由我校教师篆刻的孔子学院图书馆藏书章，同时向小丸法之赠送书有“泽被后世，不世之功”的锦旗，感谢他大力支持和慷慨资助孔子学院的义举。副校长陆建非向与会代表做“孔子·孔子铜像·孔子学院”的演讲。

各位来宾、女士们、先生们：

今天，我们怀着无比喜悦和自豪的心情，出席我校第一所海外孔子学院——福山大学孔子学院揭牌仪式。首先，我对参加揭牌仪式的各位来宾表示热烈的欢迎和衷心的感谢！

孔子（公元前551年—公元前479年），名丘，字仲尼，鲁国人。中国春秋末期伟大的思想家和教育家，儒家学派的创始人。孔子“十五岁立志于学，三十而立，四十而不惑，五十而知天命”。晚年致力教育，首创私人讲学风气，主张因材施教，有教无类。孔子志于道，据于德，依于仁，游于艺。聚徒讲学，从政救世。弟子三千，贤者七十余人。他为人世立道，为万代立法。孔子之学以仁作为价值之源，践仁以知天，据仁以成礼。

孔子是中国人心目中永恒的导师，是教导人们正确对待他人、善于和大自然相处、立足现实不断构建美好未来的圣人，是与释迦牟尼同时代的世界文化巨人。他所提倡的“己所不欲，勿施于人”“己欲立而立人，己欲达而达人”“四海之内皆兄弟”“和为贵”“三人行，必有吾师焉”“择其善者而从之，择其不善者而改之”等等，至今还是中国人与他人相处的原则。他所说的“吾日三省吾身：为人谋而不忠乎？与朋友交而不信乎？传不习乎？”“学而不厌，诲人不倦”等等，几千年来一直是中国人提升个人修养的准则。

孔子是中国传统文化基石的重要组成部分，他的思想和智慧不仅影响着国人的言行举止，也影响着世界教育界，“有教无类”“因材施教”“教学相长”等理念广为流传，被奉为圭臬。孔子不仅属于中国，也属于世界。

作为中国历史上两千多年前的伟大思想家、教育家、儒家学说的创始人，孔子在每个人心目中，有着不同的样貌。中国具有代表性的孔子像多是根据唐朝吴道子的孔子行教图为样本而创作的，如北京通州区青少年宫孔子像、清华大学校园孔子像、山东嘉祥环境艺术石雕孔子像等。孔子千像千面，随着对外友好交往的增多，为了利于孔子文化的对外传播，制作一个统一的、具有标志性作用的孔子像势在必行、大有裨益。

2006年9月23日，中国孔子基金会在孔子故里山东曲阜向全球正式发布了孔子标准像。这尊雕像是中国孔子基金会委托山东工艺美术学院院长潘鲁生牵头组成的创作小组，胡希佳教授主创的。雕像在神貌、服饰、姿势以孔子行教图为依据，面部表情“温而厉，威而不猛，恭而安”，在准确体现其伟大思想家、教育家及中国传统文化形象代表身份的同时，还塑造出了大家心中的孔子形象：一位慈祥、温和，有思想、有

涵养，可亲、可敬的长者。

我们将赠与中日合作举办的孔子学院一尊孔子铜像，此设计是由上海师范大学江林和李储会老师完成的。这尊孔子铜像体现了孔子睿智、端庄、大度的外貌和内涵。两位作者简介如下：

江林，男，1975年生于江西，1996就读西安美术学院雕塑系，获文学学士学位，2001年至2003年分别就职于西安建筑科技大学、川音成都美术学院，2004年攻读清华大学美术学院雕塑系文学硕士学位，2007年至今在上海师范大学美术学院雕塑系任教。

主要参与艺术活动：2002年中国西部沙雕艺术节（重庆合川）；2006年中国北京奥林匹克公园城市雕塑设计方案（北京展览馆）；第二届中国现代工艺美术展（北京中华世纪坛）；全国高等美术院校优秀毕业作品展（北京中国美术馆）；中国“西部·西部”艺术大展（西安国际展览中心）；“与历史对话”景观雕塑展（陕西茂陵博物馆）。

主要发表作品及获奖情况：《柳大纲像》（中国科学院）；《爱因斯坦像》（英国驻华大使馆）；《力拔山兮》发表于《中国高等艺术院校作品年鉴》；1999年素描《静物》《人物一》《人物二》等三幅作品发表于《现代素描》；2006年《飞舞阳光》《冲刺》，中国北京奥林匹克公园城市雕塑设计方案“雕塑梦想”优秀奖（北京，合作）；《奥运接力》，中国北京奥林匹克公园城市雕塑设计方案“雕塑梦想”入围奖（北京，合作）。2005年《海滨飞舞》获大连“星海·国宝”雕塑方案二等奖；《殇》获全国高等艺术院校优秀毕业作品三等奖。

李储会，男，1978年11月出生于山东高密，2001年就读于中国上海师范大学美术学院雕塑系获文学学士学位，2005年至今在上海师范大学美术学院雕塑系任教。

主要参与艺术活动：2003年“第三届上海青年美术大展”（上海刘海粟美术馆）；2005年“NOVO，主义”艺术展（上海莱福士广场）；2006年“江湖”当代艺术作品展（上海五五画廊），“桂林山水”雕塑作品展（上海城市雕塑艺术中心），“Shanghai Flesh”中国艺术展（Edwin画廊，印度尼西亚雅加达）；2007年《今日中国》（策展人：Tana Azzam，瑞士日内瓦）。

主要发表作品及获奖情况：2005年东方电视台（视觉、文学栏目）；《艺术世界》（2008年2月号）；《艺术鉴赏》（2008年2月号）；分别于《新民晚报》《解放日报》《外滩画报》《上海画报》《文汇报》《美术观察》《美术》《上海艺术家》发表作品；2003年“上海第三届青年美术大展”获一等奖；2005年“上海第四届青年美术大展”获一等奖。

随着孔子形象融入世界，孔子学院也在世界各地纷纷成立。孔子学院的产生有其特定背景，在经济全球化、文化多元化的当今世界，语言作为人类最重要的交流工具和文化载体，已成各国民众间增进了解和友谊的纽带，在国际交往中具有不可替代的重要作用。孔子学院的出现也是基于中国经济快速发展的背景和各国不断增长的汉语学习需求，自2004年6月第一所孔子学院在乌兹别克斯坦塔什干成立以来，作为在全球推广中国文化、普及汉语教育的重要国策，迄今为止，我国已在海外设立了200多所孔子学院。

汉语积淀和承载着绵延厚实的中国文化和璀璨博大的东方文明，异域民族格外膜拜敬重。各国学习中国语言和文化的需求急剧增长，100多个国家近3000所高校开设汉语课程和专业。汉语之所以能以一种强势语言的姿态为世人推广，这与我国综合国力和国际地位大幅提升密切相关。

孔子学院是公益性的非营利的汉语推广机构，得到中国政府支持，由中国和海外教育机构、社会组织合作举办。孔子学院的宗旨是增进世界人民对中国语言和文化的了解，发展中国与世界各国的友好关系，为促进多元文化发展、构建和谐世界贡献力量。

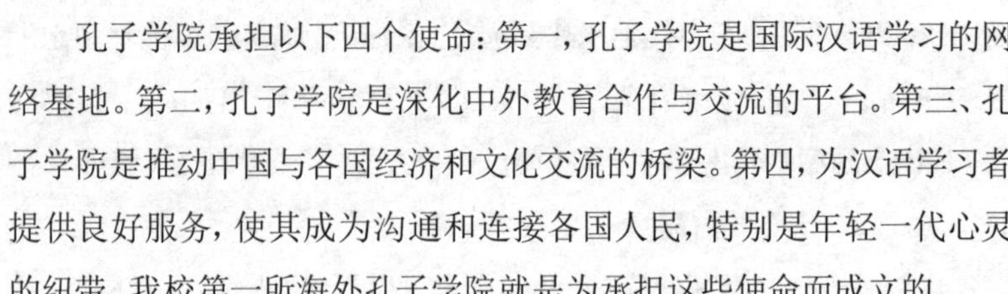

孔子学院承担以下四个使命：第一，孔子学院是国际汉语学习的网络基地。第二，孔子学院是深化中外教育合作与交流的平台。第三、孔子学院是推动中国与各国经济和文化交流的桥梁。第四，为汉语学习者提供良好服务，使其成为沟通和连接各国人民，特别是年轻一代心灵的纽带。我校第一所海外孔子学院就是为承担这些使命而成立的。

上海师范大学是上海市重点大学，是一所以文科见长并具有教师教育特色的文理工学科协调发展的综合性大学，创建于1954年，至今已有50多年历史。现有徐汇和奉贤两大校区，设有哲学、历史、经济学、理学、法学、文学、教育学、工学、管理学、农学等10大学科门类，其中比较文学与世界文学为国家重点学科，都市文化研究中心是教育部人文社会科学重点研究基地。我校现有学生4万多人，全日制本、专科学生23000多人，研究生3100多人，夜大学学生13000多人，留学生2000多人。

我校拥有一批在国内外具有一定影响的专家、学者和优秀青年学术人才，初步形成了一支以特聘教授为旗帜、有较大学术影响的学科带头人为中坚、中青年学术骨干为主体的高水平教师队伍。现有教职员工3000余人，其中专任教师1600余人，教授220多人，副教授480多人，具有博士学位的教师300多人，具有硕士学位的600多人。此外还有兼职教师700多人，外籍教师100多人。

长期以来，我校十分注重国际交流与合作，与30多个国家180余所高校和研究机构开展交流与合作。上海师范大学是上海最早开展留学生汉语教育的学校之一。1965年就成立了上海师范大学留学生办公室，从事留学生教育已有40多年历史，积累了比较丰富的对外汉语教学和留学生培养的经验，建立了一支高质量的教师队伍，其中一些教授已经成为国内语言学界的中坚力量。他们在现代汉语语法、对外汉语教学、计算语言学、应用语言学等领域的研究在国内处于领先地位。近年来承担了多项国家社科、教育部、国家汉办、上海市社科等项目，尤其是教材研发硕果累累。学校已培养了近万名分布于30多个国家的留学生，其中已经毕业的博士和硕士生成为韩国、日本众多高校的汉语教学和研究骨干。

经过两年多的不懈努力和勤奋劳作，在樱花盛开的四月，我校第一所海外孔子学院在日本广岛福山大学正式揭牌运行，可喜可贺，然而，任重道远。

上海师范大学作为一所地方高校，能直接参与实施国家汉语国际推广战略，是政府有关部门和海外高校对我校中国语言和文化的教育及研究实力的肯定，也是我校教育全面走向国际的重要一步。我校有着中国语言和文化的优秀师资和研究实力。为弘扬中华优秀文化，启蒙、普及和推广汉语，促进中日两国之间文化和教育交流和合作，提升我校国际知名度，我们要举全校之力承担这一光荣而艰巨的历史使命，在经费、人员、物质等方面做好充分准备，尤其在教师选派、教材开发、课程设置、教法研究等方面发挥关键作用。我们要严格按照孔子学院总部颁布的《孔子学院章程》有序开展各项工作，与各合作单位共商大计，同谋发展，全力办好我们大家的孔子学院。

谢谢各位！

瑰丽多彩的孔子学院

在主管学校外事工作的岁月里，我和我的团队有幸策划筹建了我校三所海外孔子学院，这是上海师大以民族特色，学校特长融入国际化进程的标志性成果。孔子学院是中外合作的非营利性教育机构，致力于满足各国（地区）民众学习汉语的需求，弘扬中华文化，融入世界文明，增进彼此理解，推动和平发展。

第一所孔子学院建立在日本广岛福山市，与日本福山大学和我国对外经济贸易大学合作，2008年4月揭牌，三校共建，实属先例。

第二所孔子学院与博茨瓦纳共和国博茨瓦纳大学共建，2008年11月揭牌。位于首都哈博罗内的博大是该国唯一一所国立综合性大学。博茨瓦纳位于非洲大陆东南，东接津巴布韦，西连纳米比亚，北邻赞比亚，南界南非。经济位列非洲第三，盛产钻石和牛肉。

第三所孔子学院2011年4月揭牌，与美国密苏里大学哥伦比亚分校合作。作为我国人民老朋友、美国著名记者埃德加·斯诺的母校，它不仅是密西西比河西岸第一所公立大学，也是美国前总统杰斐逊在路易斯安那州建立的第一所公立学校。在密苏里大学体系中，该分校学术水平最高，位于《美国新闻与世界报道》全美大学排名前100，其新闻专业闻名遐迩。

此次摄影展精心采撷的照片多角度地向您展示这三所孔子学院瑰丽多彩的风貌。

（此文为上海师范大学海外孔子学院2012年摄影展前言）

池田大作教育观：为了幸福与和平

2012年10月27日至28日，由上海师范大学与创价大学联合举办的“多元文化交融下的现代教育暨第七届池田大作思想国际学术研讨会”在上海师范大学会议中心举行。来自中国、美国、日本、比利时等国60余所高校和科研机构的200余位专家和学者欣然参会。这已形成一种惯例，每年举办一次探讨池田大作思想的国际研讨会，主题略有不同，可应时或应景，或者专门提出一个主题，大家可能奔着主题而来，更多的是为“池学”而聚，其实彼此都很熟悉。就这一领域而言，盛会可谓“高朋满座，群贤毕至”。

在筹备此会的初期，我为确定研讨会的主题颇费思量，动足脑筋，既要避开前六届曾用过的题目，哪怕是类似的文字，又要契合当下时尚，回应“池学”界的共同关切，于是就生发了“多元文化交融下的现代教育”这一主题。事实证明，此题博得众人欢心。以多元文化交流、交融甚至交锋而影响下的现代教育为视角，并紧紧围绕池田大作、陶行知的思想及中日友好展开研讨，大家有话可说，而且一发不止。

池田大作先生特意为研讨会发来致辞，他说：“现代日常生活中充满着和多元文化接触的机会，如何能精明聪慧地使其诱发出年轻生命的创造力，是教育的一个挑战。”他引用中国教育学会会长顾明远先生的话说：“人类应该认识到，文化是多元的，互相吸收的，只有互相沟通、互相理解才能共生。教育是沟通和理解的最好途径，是和平的种子。”池田大作特别期待“教育能够包容多元文化，尊重各自的多样性，能为青年的成长与连带提供宝贵的平台，也就是超越任何差异、维护

重视生命尊严的根源性平台”。

本人作为大会执行主席作了演讲，题为《多元文化交融下的当代教育理念探析——兼论池田大作国际教育观点》。我认为：多元文化将我国当代教育发展置于全球的文化与政治格局中，既是难得的发展机遇也是重大的挑战。多元文化促使教育的使命价值在个人本位与社会本位上实现了高度的契合，教育成为促进人的幸福、联结人与社会、缔造世界和平的重要途径；传统意义下教育的传递和保存文化的功能也逐渐超越“冲突”走向“整合”，超越“传递”走向“创新”；对教育改革实践来说，应选择“中和位育”的改革立场，推进以协作共享为特征的教育公平的实践，教育标准应走向多元整合，教育关系也在对话与协商中实现重构，在拓展教育空间中应注重营造和谐生态，教师能力也应从传递维持型走向批判反思型。上述观点引起与会者的热烈反响。

池田大作先生作为世界著名的哲学家、教育家、宗教学家、社会活动家和文学家，一生追求、弘扬世界和平，对人类社会的文明做出了卓越的贡献。池田大作先生的和平主义、文化主义、教育主义、人生哲学等思想体系内涵深刻，值得探究。在经济全球化背景下，文化冲突不可避免，池田大作先生的文明观、和谐共生观，值得全人类共享；池田大作先生呕心沥血于教育，为人类的教育事业做出了杰出贡献，全面、系统地研究池田大作教育伦理思想无疑具有重要的指导意义。

“池田大作思想国际学术研讨会”每年轮流在我国各大高校举办，目前已成功举办了六届，取得了丰硕的成果。应邀出席本届研讨会的专家学者100余名，共收到论文70余篇，不乏宏论妙语，真知灼见，精心编辑，汇集一书，实为一大幸事。

为祝贺本届国际学术研讨会在我校的召开，创价大学校友会特别赠送我校5棵樱花树。同时，还特别安排了“以书会友·池田精神——上海师范大学·创价大学书法交流展”。本书法交流展在我（时任副校长）

的建议和积极推动下，曾于2010年2月27日—3月5日，在我校美术学院无形画廊展出。展览以书法篆刻作品为主，书写内容以陶行知教育名言、池田大作语录，以及内容积极向上的古今诗词为主，提倡书写自己的诗词、联句，在社会上产生了积极影响。本次特重新布展，重温陶行知、池田大作先生的名言佳句，感悟字里行间的深刻内涵，以加深对本次研讨会的理解。

我应邀在研讨会闭幕式上作总结陈词时，日本朋友高桥强先生用中文速记了要点，会后发我校对，稍作修改并附录在下，一并作为此书的序言。

1. 在中日两国关系如此微妙而又紧迫的时期，本届研讨会能成功举办，实属池田先生思想魅力的结果，也是中日两国教育界同行珍视友谊，坚持交流的结果。

2. 前人为世世代代的中日友好打下了坚实的基础，今后我们要以实际行动来传承并拓展。

3. 我再次感受到文化交流是促进中日两国人民友好的最佳方法。

4. 如何宣传池田先生的伟大思想是非常重要的。在现当代人们中间普及的同时要进一步加以现实化和深化。

5. 用比较的手法探索与研究是深化的一种方式。此次通过与牧口常三郎、冯契、陶行知、鲁迅、廖承志等的比较是非常有意义的。此外，实践也是一个重要的方式，不能仅仅停留在为了研究而研究。因此，我们同样看重实验性或实证性的报告，尤其聚焦社会现实问题、中日间问题以及世界民众共同面临的问题等。

6. 为了继续发展池田思想的研究，需要将研讨会向大学以外的人员开放，另一点是需要请更多的研究生参与，力争打造成品牌性的国际论坛。

7. 由于池田思想博大精深，需要将其精髓部分加以梳理和简化。

由此提高普及度，使其能在社会上加以推广。

8. 池田思想的精髓是人本主义、文化和教育。文化具有普遍性，而教育是为了传承并创造文化。

9. 池田思想的出发点是人类的幸福和世界的和平，其落脚点也是相同的。

10. 此次专设了英语小组，这对于在世界上推介池田思想具有十分重要的意义。期待池田思想不仅在中日两国，而且在世界上也能进一步推广。

是为序。

（此文为《多元文化交融下的现代教育研究》序）

多元文化交融下的当代教育理念探析
——兼论池田大作的国际教育观点

全球化和信息化是当今世界发展的两个显著特点，世界经济的竞争与合作、政治的分化与重组、文明的冲突与融合，都在不断发生变化。在这一时代背景下，多元文化成为西方文化研究领域的重要话语，甚至作为一种意识形态，在某种程度上左右了不少西方国家公共政策（特别是教育公共政策）的价值选择和路径走向。当然，多元文化主义虽源于西方，但其影响并不仅限于西方。对已经基本形成全方位、宽领域、多层次对外开放格局的中国及中国教育来说，多元文化将我国当代教育发展置于全球的文化与政治格局中，我们既面临世界范围的激烈竞争又恰逢难得的发展机遇，如何采取一种批判和自省的立场，在比较、质疑与反思中理性借鉴多元文化交融的理念，纳其精华，为我所用，促进中国当代教育事业的发展，是值得我们深思的一个课题。

2012年是中日邦交正常化40周年，而步入不惑之年的中日关系目前因种种原因正处于颇为尴尬和困惑的境地。池田大作是中国人民的老朋友，长期致力于增进中日两国人民的交流与合作。在他的思想中，对于多元文化，对于多元文化的冲突和融合，对于多元文化背景下的教育，都有着相当深刻而独到的真知灼见。因此，重温池田大作先生具有世界眼光、博爱胸怀和人文情愫的教育思想，对于我们思考如何通过教育和文化交流破除中日关系之坚冰，对于我们思考东方文明、东方教育在西方文化强势推进的背景下如何走出有自身特色的精彩之路，无疑具有重要的启示。

一、教育使命价值的嬗变：为了“幸福”和“和平”

在东西方教育理论界，恐怕对任何一个流派的教育学来说，教育、人、社会之间的关系都是首要的并且无法回避的基本问题，以至于在漫长的教育研究与实践史中，形成了教育的“社会本位价值取向”和“个人本位价值取向”，并且两种观点反复呈现出此消彼长的状态。如从西方教育发展历程来看，古希腊三贤（苏格拉底、柏拉图、亚里士多德）主张教育对人的发展功能；而在欧洲中世纪神学主导教育的时代，则彰显教育为社会服务的功能；文艺复兴后又强调弘扬人性；之后，工业革命对规模化标准人才的需求又导致社会本位价值取向占主导地位；今天，信息时代的到来，又回归发展人之个性的人本位教育价值观。而从东西教育比较的角度来看，虽然在西方两种教育价值取向始终存在争斗，但总体而言，更偏重教育对人的发展的作用，东方（中国、日本）虽也强调“慎独”和个人修养等因素，但总的来说，教育的价值取向却是社会本位的，即个人服从于国家和民族。

可以说，纵观教育发展史，教育的使命价值一直在个人本位论与社会本位论之间呈现出一种“钟摆现象”，而社会政治、经济、文化的变革则是这种“钟摆现象”的主要诱因。在经济全球化和文化多元化这一时代动力的诱导之下，这种“钟摆现象”可能会走向新的态势，即多元文化将促使教育的使命价值在个人本位与社会本位上实现高度契合。其实，这种契合不仅是社会实践发展的要求，而且从逻辑上来看，人的全面发展与社会的和谐发展也是相辅相成的，只有人全面发展了，社会的和谐发展才有基础。同时文化的基本功能与教育的基本要义亦是一致的，即“教化”。英语的“culture”意为“种植、耕耘”，而在“种植”的过程中，外部主体可以根据需求选择在什么“土壤”里播什么“种子”，能否结出理想中的硕果，固然离不开种子内部的力量。中文的“文化”也可这样理解：“文”即“学识、文明、教养”，“化”是一个过程，即通过输入学识、文明、教养，使人得到教化，提高修养，从而提高整体素质，这正是“播种、培养、收获”的过程。所以，能否真正“种植好”“教化好”离不开外部（社会的）选择、资源输入与内部（个人的）调适、主动性发挥的有机结合。

从某种意义上来说，教育两种价值的争辩以及东西教育文化在这点上的差异为当今各国教育改革提供了“人为调控”的空间，即“在注重个人主义的西方国家，教育改革应该人为地强调社会的需要；而在注重国家与群体利益的东方国家，则应该特别强调人的全面发展和人性的充分弘扬，只有这样才不至于使人沦为社会发展的工具，不至于背离教育的根本”。池田大作作为当代著名的思想家，也敏锐地把握到这一时代需求，多次在相关论著中阐述了教育促进人的发展与社会发展相统一的观点。那么，在多元文化交融的时代背景下，教育的使命价值究竟该如何嬗变?笔者认为有三个要点：

1.教育促进人的幸福

池田大作认为，教育不能过分依附于政治、经济、军事等社会领域，不能过分重视教育的社会发展功能，而应该重视人的自由全面发展，这就要求教育要独立于政治、经济之外，具有自身相对的独立地位。“教育是文化的原动力，是构成人的形成的根干，所以我深信，教育必须根据独立于国家权力之外的独立立场来组织，并从学术上进行探讨。总之，教育的任何课题都必须从人乃至生命的尊严这一普遍立场出发，并回归到这一立场来。”他还提出“以人为本”的教育理念，即一切以人为出发点，一切以追求人自身的进步和幸福为目标。他认为教育创造价值正是通过对人的培养和改造来实现的，通过对人的改造，促进人道德的提升、智慧的开发、才能的发展、知识的增长，从而使人更好地创造价值。

笔者认同池田大作先生的观点，并认为当代教育的首要使命应是

促进人的发展，旨归人的尊严和幸福。“教育促进人的幸福”具有两层含义：一是教育过程本身应该是幸福的；二是教育应该为人的幸福作出准备和指导，亦即幸福需要教育，教育可以使人更幸福。幸福需要教育是因为提高人们对幸福的认识需要教育，“幸福”很难指标化和数字化，它其实更多的是一种自我的真实感受，是基于主体内心的标准，但也绝非阿Q般的自我满足，在此意义上，教育可以提高人对幸福的理解力和感受力。

直到现在，人类一直把追求幸福的目光投向社会变革，但事实上，至今人类并没有因此而感到幸福。自然改造、社会变革，加上人的充分发展，只有这三股力量聚合到一起才能共同打开人类幸福生活的大门。而人的充分发展必须靠教育来实现，在人类的历史进程中，教育从来不是一个被动的等待者，而是社会进步和社会变革的基本力量之一。

2.教育联结人与社会

池田大作有着朴素的生态教育思想，他除了论述人与环境之间的关系外，还指出人与社会的关系是“依正不二”的关系。人作为个体的存在，同样离不开社会环境，是他人和社会的存在使个体的存在成为人，他人和社会是个人获得幸福的源泉。他说：“人只有通过与他人的‘联结’，才能活得像人，才能感受到真正的充实、幸福。”池田大作认为教育是在人与人之间系结平等与共鸣的纽带，通过教育，使人们在相互之间确立平等、同苦和共生的思想原则。

事实上，当代教育促进人与社会的联结与教育促进人之幸福的价值观是相辅相成的，因为人的幸福无法离开社会环境和社会关系。如果说中世纪的教育聚焦“神学”，人生活在神的阴影下，无法幸福；而工业革命后的教育强调“物学”，工具理性日益膨胀，人被机器控制和异化，也无法幸福；那么进入信息时代以后，在文化多元的背景下，当代教育的使命价值就应该彰显“人学”，即通过关注、协调人与自然、人与社会、人与他人、人与自我之间的关系来引导人类走向幸福。

3.教育缔造世界和平

池田大作是一位热爱和平、追求和平的智者、仁者与勇者。他认为教育的价值除了致力于人的发展，促进人与环境、社会的和谐之外，还担负着缔造世界和平的重任。他的国际教育观点认为，教育超越国界，若放在世界范围，教育则为和平而存在。教育可以预防冲突、弥补裂痕、遏制战争、创造幸福。教育是通过知识导向创造人类和平与幸福的唯一动力，教育要发展的是生命尊严至上的倡导和平与普遍的人类之爱。池田大作特别强调，为了“幸福”和“和平”的教育不是玄虚的和不可实施的，为了“幸福”和“和平”的教育体现在一点一滴对人的培养中，贯穿于家庭教育、学校教育、社会教育和自我教育之中。内在的充实、人格的塑造等等，都关系到人的幸福和世界和平。

在当今世界的发展格局下，多元文明之间既存在广泛的交流并不时地进行着交融，也存在着尖锐的冲突。那么，在多元文化的背景下，如何实现世界和平？

教育是必由之路。这不妨从三个方面来理解：首先，教育的本质是崇善的，任何国家、任何时代、任何形式的教育的本质均是一种“爱的教育”和“善的教育”。通过教育，传播和唤起爱与善的力量是促进人类和平的重要手段；其次，和平的根本途径是促进文明的对话，而教育在促进不同文明之间的对话和理解中具有不可替代的作用，唯有求大同，存小异，才是维持和平的前提和基础；第三，当今时代，人类面临的困难、危机和挑战，乃至机遇，具有惊人的相似之处，你来我往，我来你往，你中有我，我中有你，很难特立独行地发展，也不可能“独善其身”，必须携手同进，共谋发展，追求集体智慧和共同行动，而要取得各方共识并付诸互动合作，就必须建立在不同文化对话和理解的基础上，毋庸置疑，这离不开教育。

二、教育文化功能的重构：走向“弥合”和“共生”

在多元文化的背景下，除了教育的使命价值在经历着嬗变外，传统意义下教育传递和保存文化的功能，也因面临诸多挑战亟需进行重构。

1.超越“冲突”走向“整合”

多元文化的存在必然导致文化之间的冲突。美国著名学者塞缪尔·亨廷顿提出了“文明冲突论”，他认为未来世界国际冲突的根源将主要是文化的而不是意识形态的和经济的，全球政治的主要冲突将在不同文明的国家和集团之间进行，文明的冲突将主宰全球政治，文明间的（在地缘上的）断裂带将成为未来的主要战线。当然，在亨氏“文明冲突”的主张中也包括一些“文明和谐”的因子，他虽然声称文明冲突是未来国际冲突的根源，但又声称建立在文明基础上的世界秩序才最可靠，他认为在文化和文明将人们分开的同时，文化的相似之处将人们带到了一起，并促进了相互间的信任和合作，这有助于削弱或消除隔阂。

在文化冲突的背景下，教育的文化功能不应当只停留在保存和传递上，而应当超越“冲突”走向“整合”。“整合”的要旨是在文化的各种形式、要素之间建立起相互协调、互相支持的关系，使社会成员在一定程度上共享相同的价值和思想观念，这实际上可被视作使人社会化的过程。教育可以依靠自身的整合力量，借助文化选择和文化传播等手段，将不同文化加以协调、归整，在剔除与文化中心目的相异、相斥的要素的同时，使文化各要素都能有机地结合起来，并为一定的社会成员所掌握。教育在其实施过程中，通过有目的、有意识地传递、传播文化，使得受教育者熟悉并适应所属社会的文化，认同本群体特有的价值规范和普遍观念，不仅在行为及其表现形式等外部属性上与周围的人们保持一致，而且在价值、情感、态度、意向等内部属性上与周围群体共享。

多元文化趋势为文化的整合提供了巨大的便利，但同时也提出了巨大挑战，当今社会多元文化间的共存以及文化的自主、自律倾向日益明显，而且随着各文化群体主体意识的不断提升，要求尊重和学习不同文化，特别是亚文化的呼声越来越高，这一切都促使已有的教育价值观念逐步发生变革，许多国家都在考虑如何建立一套新型的教育思想和方法体系，把本民族的优秀文化传统与其他民族的文化精华有机地结合起来。可见，文化的多元趋势必将引起教育的革命，当代教育必须充分发挥教育对文化的吸收和整合功能，唯有以此，才能使教育更好地服务于人类和平与发展需要。

2.超越“传递”走向“创新”

在多元文化背景下，教育整合化的功能需要扩展。教育不仅是对文化的选择、交流、传递、传播等，更应通过整合等手段，实现超越“传递”，走向“创新”。

文化的本质是创造的，没有创造就没有文化，人类文化如果缺乏创新，社会文明便不可能得到发展。促进文化创新的原因之一就是异质文化之间的交流、融会乃至碰撞和冲突，这也是多元文化产生的必然后果。一个民族的传统文化只有在它受到外来文化的挑战与冲击时，才会发生剧变，实现自身的更新与超越。鸦片战争以来，中国文明衰落与复兴的历程便是最好的明证，正是由于受到外来文明的影响，才促进了中华文明的发展与创新。在这一过程中，教育的作用无可替代。可以说，百多年的中华文明复兴史就是一部近现代教育的诞生与发展史。通过教育的变革，各类新式学堂不再仅仅是传授传统中华文化的四书五经，而是不断选择、整合并传播先进的文化。在这一过程中，新式教育使得中华文化不断为自身注入时代精神，促进自身的不断变革和发展，使之既立足于自身实际，又根据社会发展不断创新，始终保持其魅力与特色，屹立于世界文化之林。

可以说，由全球化和文化多元化趋势带来的社会文化的巨大变动

是历史发展的必然，而教育因其培养性、开放性、创造性和社会性等特征，能够也必将能够在“多元文化”时代充分展现它的文化传播功能、文化交流功能、文化保存功能、文化选择功能、文化整合功能和文化创新功能。随着社会的发展与进步，随着教育的大众化和普及化，教育将为人类文明的发展作出更加巨大的贡献。

三、教育改革实践的挑战：推动“变革”和“发展”

面对多元文化的挑战，当代中国教育除了在观念层面需要重新厘清教育的使命价值，并审视教育的文化功能之外，在具体的教育实践层面，也需要思考应该如何通过具体的改革措施，实现新的发展并担负起促进中华文明伟大复兴的重任。为此，可从以下几个方面思考。

1.改革立场的选择——中和位育

面临全球化的挑战，多元文化交融背景下中国教育改革的立场可用华夏文化精神中的“中和”“位育”来阐释。“位”和“育”的涵义，一是“安其所有”，二是“顺其生也”。而“中”与“和”则表示以自身的特色融入更大的系统。也就是说，中国教育首先在于找准自己的位置，在认同本民族文化的基础上，与其他文化交融发展。施特劳斯说：“每一个文化都是以与其他文化交流以自养的。但它应当在交流中加以某种抵抗，如果没有这种抵抗，那么很快它就不再有任何属于它自己的东西可以交流。”

因此，当代中国教育改革的追求应该是“和而不同”，而不是简单的“适应”和“盲从”，也不是征服别人，以一种文明取代或压倒另一种文明，应是与世界其他地区的教育相互融合、资源共享。用费孝通先生的话来说，就是要“各美其美，美人之美，美美与共，天下大同”。作为当代的中国教育工作者，应当对中华文化、中国教育的全部历史有所自觉，既要有清醒的认识，即自知之明；也要有自信，不能对我们的教育传统妄自菲薄，一切唯西方教育是从。只有这样，我们才能有文化与教育转型的自主能力以及文化与教育选择的自主地位。

2.教育公平的推进——协作共享

多元文化的交流必然带来教育的公平问题，特别是主流文化在教育中以隐性文化代码的形式控制、影响并筛选符合自己需要的学生，而教师、学生、家长等主体的心理与行为则以“隐蔽课程”的形式构成了学校教育过程的不平等，除此之外，还有资源分配的不合理等。面对这些难题，多元文化背景下的教育改革应当秉持“有教无类”的理念。应当看到，各民族文化都是人类的财富，都具有重要的教育价值。承认文化之间的平等性，不仅要从思想上充分认识不同文化都具有其自身的特色，更要从教育内容、教育手段、教育结果上保证教育对文化的保存和传递。只有承认文化之间的差异而不存在先进与否，才能使一种文化得以保存并不断传递下去。在课程设计上，多元文化课程理应打破以主流文化为中心的藩篱，在强调主流文化的同时，给予少数民族文化以相同的地位与空间。同样，多元文化不仅指不同民族的文化，也包含不同社会群体（如农村留守儿童、城市外来民工子女、女童、残障儿童等）的多元亚文化，而这些群体基本上处于弱势地位。当代教育改革要追求的是全社会教育权利和机会的均等，要求人们不受政治、经济、社会地位、民族、种族、信仰及性别等差异的限制，都享有同等受教育的权利。同时，我们应当在承认文化平等的基础上，尊重、鼓励不同文化的发展，让学生在学校中有权利和机会学习不同文化，体现社会的公平与正义。

值得一提的是，在信息化时代，我们可以通过现代教育信息技术促进文化与知识的共享与交流，如目前已在应用的远程视频广播、校校通及班班通工程、教育云计算等来共享优质教育资源，开展远程在线协作学习，从而避免和减少歧视与不公平的现象。

3.教育标准的变化——多元整合

多元文化必然导致当代中国教育标准的变化，使一种标准的教育几乎变得不大可能。在这种背景下，对孩子成材评价标准的认识将走向

多元，如多元智能理论目前受到整个社会的广泛认同，这必将导致教育观念、内容、制度等的多元化。还有，对各学校办学成效的评价也在走向多元，如目前各式各样学校办学特色的创建等就属此类，其背后彰显的正是文化上的差异。上海近年取消了各个层次各类重点学校的评选，而改为评选“新优质学校”，“新优质学校推进”项目使上海基础教育走出了狭义上“质量监控”的怪圈，评价一所学校不再只看绝对的升学率和学业成绩，而是主张每所学校不管原来的起点怎样、客观条件如何，只要真正关注到每一个学生的健康快乐成长，对学生终身的可持续发展负责，让学生在先前基础上在某些方面获得明显进步，这就是好学校。目前，像这样的多元教育标准还在不断出现，也在不断冲击着我们固有的单一教育标准观念。

从当代中西方教育的方向着眼，我们也能看到教育标准多元整合的趋势。通过中西方教育关于教育方式的控制与自由，教师中心还是儿童本位等观念的多元碰撞，中西方教育各自汲取了对方教育文化的优点，开始逐渐走向整合。如欧美各国在惊诧于“上海的PISA成绩遥居世界第一”时，也在不断地加强对基础教育的质量监控，增加了国家层面的督导和统考，原来PISA排名第一的芬兰还专门派出多批专家来上海师范大学访问学习，希望借鉴上海的教师培养和校长培训经验。而中国基础教育也没有因为这个世界第一而沾沾自喜，也看到我们对教育管控过多，人才选拔标准过于统一、死板等问题，开始推进高考选拔制度改革、放开对课程设置和教材编写的管控、不断对基层学校和教师实施赋权增能，期望能学到西方教育的开放、宽松、自由、活泼等优点。

笔者认为，经过一段时间的努力探索，当代中国教育能够而且必定会产生整合中西优点的新教育标准，以此促进国家教育质量的卓越提升和个人素养的充分发展。当然，也应看到，不管这种标准发展趋势如何，多元整合到什么程度，作为教育的最好标准和最大质量应当体现出“适应性”和

"持续性"的基本特征，即"对社会的适应"和"人生成长的持续性"。

4.教育关系的重构——对话协商

多元文化也导致了当代教育关系的重构，特别是代表成人文化的教育者与代表儿童文化的受教育者之间的关系，即师生关系、亲子关系等。多元文化带来的多元价值观，要求教师与家长在对孩子的教育中，不能施行价值灌输和约束。如在我国传统的课堂教学过程中，师生关系主要围绕知识教学展开，教师对学生实施填鸭式的、注入式的教学，师生之间忽视对话交流和良性互动，由于缺乏对话，师生双方阻隔在两个不同的世界。这样的师生关系除了维持机械的、反复的、最低程度的线性"教授—接受"关系之外，根本不可能形成满足师生情感需要的和谐的人际关系。

在新时期多元文化交融背景下的教育变革中，无论是教师，还是家长都应当以对话的方式，促进成人文化与儿童文化的沟通与理解，教育者的具体策略和路径应是"价值尊重—价值协商—价值引导"。特别是在学校教育教学中，教师更应该"蹲下来与孩子对话"，对教室里、课堂上每个活生生的生命个体都应存有敬畏之心，摒弃"唯师是从"的单向关系，构筑基于生命相融、拥有共同话题的对话关系。

在对话关系中，师生双方都是有思想、有感情、有个性的人，每一方都应把另一方看成可与之平等交流的对话者。双方都有对话的权利和对话的能力，都是作为完整的人开展对话，都应敞开心扉，接纳对方，积极碰撞对方思想，拓展胸怀和眼界。在这种情境下，课堂不再是名词，而是动词，成为一个动态的生命场，成为一个不断变化不断丰富的过程，成为一个个生命不断成长的过程。

5.教育空间的拓展——生态和谐

在文化多元化和教育国际化的现状下，当代中国的教育空间也得到了新的扩展，不仅有一般意义上的教育交流、访学留学，而且中外学校

在境外互办分校也已成为事实，不少学校由于招生来源的变化，办学空间的拓展，本身就面临着多元文化如何融合的问题，这就需要在办学中考虑如何构建和谐的学校文化生态。

以上海师范大学的人才选拔与培养模式改革为例，学校推出了“海外校园延伸培养模式”，提出了“厚基础、重实践、国际化”的学生培养目标。学校将学生的成才和就业与学校的对外交流与合作有机地结合起来，拓展“互认学分、互授学位”的学生海外学习、实习、实践、考察等项目，为孩子同时提供“严进宽出”和“宽进严出”两种选拔文化和教育文化；同时充分利用国际优质教育资源，在学生完成学业的同时，形成国际视野，提高他们的外语应用能力、跨文化交际能力和独立生活能力，而这些能力正是多元文化背景下地球村村民的必备素养。

当代中国教育应当充分利用多元文化交融下教育空间拓展的这一有利契机，有效推进“世界公民教育”来提高中国学生的国际意识，其中包括思维方式的国际化倾向、社会交往的国际化能力、观察问题的国际化视野以及未来发展热点的国际化预测，从超越个人及自我利益的角度和观点考虑问题，全面了解和深刻认知外部世界，关注和包容多元社会价值取向及个体间的差异存在，保持对每个社会成员文化特性的尊重和理解，让学生在国际化的教育环境中学会学习、学会交往、学会生存、学会做事。

6.教师能力的提升——批判反思

多元文化也对教师的能力提出了更高的要求。在传统状况下，师者文化主要是一种与教师作为“文化传递者”角色相对应的维持型文化，这种文化是教育发展长期积累的产物，在一定程度上契合了教育的需要与现实。教师作为文化传递者这一传统角色定位不仅在教师与文化之间形成一种线性的制约机理，使教师完全被圈定在现有文化的框架之内，而且从本体上将教师设定为工具，在其不断地、反复地、不加怀疑与批判地复制、传递文化的过程中，一方面在普及、保存、弘扬文化，但另一方面也在封闭、技术化这种文化，致使其日趋保守，从而使教师缺乏自觉的自我调整及创新的发展机制，而在不断地防御和抵制“异端”的过程中作茧自缚。

多元文化的背景下，教师面对喷涌如潮的文化现象，首先，要从维持型走向批评反思型，要学会如何在纷繁复杂的文化内容中择取适当的教育内容；其次，当代社会需要具有批判精神的公民，反对以精英文化压制大众文化，承认并容忍文化的多元性、异质性。在教学情境中，“教育者要有批判的意识，对教育中现存的、司空见惯的一切（从教育制度到课程教材中隐含的意识形态），以及整个社会的文化系统要具有反省能力和建设性批判精神，通过自身主体性的发挥以促进教育与整个社会的公正与合理”。

对教师能力提升的要求不仅来自多元文化内容的冲击，还来自当今教育对象的不断发展变化。传统教育中，教师是教育资源的绝对控制方，学生要获得知识内容，不得不服从于教师的标准与权威；而在信息时代“泛在学习”模式日显端倪的今天，教育正走向“平坦化”，学生可以通过互联网等途径随时获得、储存、编辑、表现、传授、创造知识，教师对资源的绝对控制权几乎丧失殆尽。这就要求教师必须具有批判反思的自觉意识，不断包容多样、规而不拘、吐故纳新、与时俱进。

总之，多元文化交融及其发展趋势对当代中国教育改革具有重要意义，它不仅为我们的教育改革提供了广阔空间，还指明了发展方向，提供了重要的方法论支撑。为了满足多元文化交融背景下教育改革与发展的需要，需培育新型的教育文化，即以尊重多元、包容差异、深化理解、追求平等为内核和基础，敬畏自然、热爱生活、融入社会、崇尚创造，引领人们不断走向真正的幸福。

（此文为2012年10月27日“多元文化交融下的现代教育暨第七届池田大作思想国际学术研讨会”主旨报告，后载《教育发展研究》2013年第3期）

上帝与我们约会，不会在老地方等待

教育是一个恒古久远的话题。人类教育实现了和正在实现着三个历史性跨越，从原始教育到学校教育，从精英教育到大众教育，从课堂教育到虚拟教育。人类文明史的进程，每一步都踏在教育的点上。法国社会学家利托尔诺和英国学者沛西·能甚至认为人类社会产生之前，教育现象就已存在，教育活动根植于人的生物性。直到今天，我们还依然记得孔夫子两千多年前的话语“有教无类”“因材施教”“教学相长”等，眼下涉及教育的新词新语许多都是老祖宗箴言的翻版。

教育是一个世界性的话题。国际政坛上，你方唱罢我登场，无论是竞选演说还是国情咨文，头头脑脑们对教育的承诺从来输不起，各国而且历届政府高度重视，舆情民意异常关注。物质资源的争夺仍是今日世界动乱的本源，但人力资源的意义在知识社会中愈发紧要。物质资源终会枯竭，人力资源用之不尽。唯有教育方能撬开人才井喷的盖儿，教育铸造人才强国。

教育是一个持续高温、众说纷纭的话题。审视教育领域，精彩纷呈而又险象丛生，新潮连连而又怪象频频，英雄辈出而又鱼龙混杂。这里已不再是一个纯净和宁静的地方，绿茵不复，百花竞放。教育问题社会化，社会问题怪教育，孰是孰非，值得深刻反思。E-时代激励创新，然而，教育的本色需坚守，教育的功能需复位，教育的规律需遵循，教育的真谛需追寻。我们将在党的十八届三中全会精神指引下，深化教育领域的综合改革。

《城市导报·当代教育周刊》即将正式面世，声势不大，场面一般，但有话要说，说一些教育行当里的大事，说一些学校里的故事，说一些老师圈里的真事，说一些孩子和家长的心事。

读报人读的就是印着字的纸，所谓“力透纸背”，就是把纸作为承载思想的物质载体。如真是蔡伦发明了纸，那公共阅读的实现，头功归他。不料，计算机问世后，电子阅读破了传统阅读的圭臬，阅读的疆域、时效、程式，包括群体都变幻莫测，难以驾驭。《当代教育周刊》采用现代信息技术，推行报纸与网络的无缝对接，读者在某些版面找到指定的二维码标识，即可融入对话与互动中来。通过云技术，让静态方块字活起来，深化和拓展报纸内容，使读者的触角链接更多有价值的信息源。这是个大胆的尝试，纸媒与新媒携手打造教育资讯新平台。

读者是报刊存在的理由，我们希冀刚刚降生的《当代教育周刊》能吸引更多大大小小的知音和知己。你们是上帝，上帝与我们约会，不会在老地方等待。

作者和记者是报刊价值理念表达的主角，我们企盼更多的学生、老师、家长、市民参与办报，莫问来自何方，无论从事哪行、职位高低，不分辈分座次，赐稿赐教，用你们的笔墨烹制出五光十色的教育大餐。

编者是刊物酝酿和运行的大厨和猎头，每期文图的设计、编排、润色、调味、发行等，全凭大厨的敏感、睿智和灵气。踏破铁鞋无处觅，好稿就在云雾里，质量上乘、不同凡响的稿子是等不来的，也不能只靠约，猎头的本事就是找、挖、诱。

伴随着《城市导报·当代教育周刊》的成长、成熟和成功，她一定会发出好声音、真声音、响声音。

（此文载于《城市导报·当代教育周刊》2014试刊第1期）

可喜可贺，更可敬

——写在《新民晚报社区版·当代教育》100期之际

《新民晚报社区版·当代教育》（前为《城市导报·当代教育周刊》，以下简称《当代教育》）创刊于2014年3月8日，弹指一挥间，如今迎来2017年元月朝阳，《当代教育》已刊发100期了，可喜可贺，更可敬。眼下，纸媒的行情持续走低，复苏乏力，令人悲观，而《当代教育》却特立独行，坚忍不拔，不断吸引更多的中小学师生读者，开拓了近300所中小学校阅读基地，靠的是精确定位、凝练特色，靠的是脚踏实地、辛勤耕耘。

《当代教育》是一份“服务学校，服务教师，服务学生，服务家长”的教育类报纸，开设有“校长铭言”“高级教师改作文”“少年中国说”“红烛刚刚点燃”“非遗专版”“学生作品展示”等品牌栏目，已在读者群中留下了较深的印象和较好的口碑。

“高级教师改作文”，令人眼睛一亮，学生看到了老师如何操刀改作文，敏捷思路下的妙笔生花，叹为观止。众多出自孩子作文的实例，经师者点拨和润色，令读者心悦诚服。写作不再痛苦，写作是一种自然而快乐的心灵袒露。

“少年中国说”，让您一睹当代少年的风采，这里不乏卓越学子、文学天才、科技达人、体育王者、学生领袖。少年强，则中国强。

“学生作品展示”，是学生自己的地盘，绘画、手工、设计、摄影、作文、吟诗……我们看到了一个个鲜活的生命，创造并享受着属于他们自己，也属于未来世界的五光十色，令人目不暇接。

“红烛刚刚点燃”，让读者体味从教数年的青年教师的酸甜苦辣咸，目睹他们如何从一名青涩的大学毕业生，成长为一名优秀的人民教师，内心也许彷徨迷茫甚至想放弃，但他们依旧坚守课堂，哺育青苗，呵护幼小生命，艰难而又快乐地和孩子们一起慢慢成长、成熟，最终成功。

“非遗专版”，使读者了解非遗进校园的现状。每一个民族的文化复兴，都是从总结自己的遗产开始的。一个国家的文化遗产，代表着这个国度精神层面上“根”与“魂”。非遗传承与保护是实现中国文化自觉的一条有效路径，既在全球化进程中弘扬中华文化，又依托民族文化软实力促进整体国力的提升，战略意义不可小觑。中小学生是非遗传承的中坚力量，迈进这个园地，我们看到了中华传统文化代代相传，生生不息的希望。

“当代教育微信”，同步刊发100期，报道过近六百所学校。跟踪学校特色发展，传递校长名师教育理念，采撷教师教育硕果，描摹学子时代风采；同时，当代教育微信公众平台和网站协同刊登相关内容，文字、图片、视频，各种手段，立体展现。通过微信平台与教育工作者、家长、学生在线互动。尤其是“每日一诗”“每日一课”“家庭教育”等微信栏目，广为关注，圈住粉丝六万多。

“当代教育活动”，与100期齐头并进，种类各异的线下活动彰显《当代教育》的张力和气场，如“六一”当代小诗人评选、阅读小明星评选、写春联大赛、足球游戏评比、闹元宵·做汤圆等，其中最有影响力的要数“六一”当代小诗人评选活动。2016年第二届小诗人评选活动不到2个月，上海、江苏、浙江、山东、福建、广东、黑龙江、新疆等20个省、市、自治区少年儿童献上诗作近万首，小诗人或引吭高歌，或低吟曼唱，透视出五彩斑斓、生机盎然的儿童内心世界。评选出全国十佳“当代小诗人”、61位“当代小诗人”，122位“当代小诗人”获提名。《“六一”的诗·诗的“六一”——2016年当代小诗人诗选》由中国文联

出版社推出。诗歌不再是冷门的“奢侈”，而是普通生活的再现。

在《当代教育》创刊100期之际，我们对未来的中国教育充满信心和希冀。教育从本质上说，就是促进生命、美化生命、升华生命的事业。人的生命正是有赖于教育的点化和润泽，才逐步从蒙昧走向文明，从蛰伏走向觉醒。教育促进人的幸福，教育联结人与社会，教育缔造世界和平。《当代教育》将以立德树人作为根本任务，契合社会发展需求，遵循学生成长规律，以社会主义核心价值观为指导，从政治认同、国家意识、文化自信、公民人格等维度贴近学生，特别关注基层学校如何以体教结合改革，促进学生体质健康；以文教结合改革，提升学生美育和人文素养；以学科德育推进德育与诸育有机融合，促进知识体系与价值体系有机统一、学科内容与科学方法有机统一。

新年伊始，《当代教育》将褪去创刊初时的稚嫩，以成熟典雅的姿态重新出发，为我们共同的教育事业贡献一份力量。

创新能力不是课堂上教出来的

眼下，“创新能力”已成热词，人人讲，天天讲，处处讲，不讲似乎就要OUT。

什么叫“创新能力”，各种归纳，层出不穷。当然，过度泛化，生搬硬套的也不少，比如，有的学校一度狠抓教学质量，要求老师开设每一门新课时必须要有syllabus（教学大纲），每周要有office hour（答疑时间），领导将这一举措称之为创新能力的体现，令人啼笑皆非。这是为人之师的“应有之义，应尽之责”啊，如以前没有做到，现在抓了以后做到了，那叫“遵循教育规律，回归教学原本”，毫无“创新”意义，哪怕一丁点儿。

纵观我国上千年的教育发展史，不乏一些简单而朴素的创新能力培养的思想和方法。例如，两千多年前，老子在《道德经》中说“天下万物生于有，有生于无”，对这句名言的理解与诠释，关键是把握好“持续存在的客观现实”与“瞬间存在的客观现实”间的关系，即“器”与“道”之关系，方可认识世界的本源。

孔子曰：“不愤不启，不悱不发。举一隅不以三隅反，则不复也。”此话今天读来有点晦涩，其实他的意思很简单：“如果不是心里想了却想不明白，就不要去启发；如果不是能说却说不清楚，就不要告诉他答案；如果给学生举出一方面的例子他却不能回答出另外几方面的问题，就不要再教给他更多的东西了。”这便是孔子的教育理念。

1919年，陶行知第一次把“创造”引入教育领域。他在《第一流教育家》一文中提出要培养具有“创造精神”和“开辟精神”的人才，这

关乎国家盛衰和民族兴亡。

创新能力是课堂上教出来的吗？为什么我们培养创新能力那么难？

首先，中国传统文化推崇“中庸”之道，讲究“人道合一”，这种心理惯性减弱了人的内在创造冲动，遏制大胆质疑的批判思维，求稳趋同，鲜有冒险，孩子“乖”即好，以“听话”为楷模。

其次，应试教育无疑是阻隔创新人才出现的一大屏障。从某种意义上说，它既是传统科举教育的“现代版”，又是苏联教育范式的“中国版”。刻板的应试指标、灌输的教学方法、复制的记忆模式、反复的残酷竞争，逐渐销蚀天真、好奇、灵动、幻想等孩童特征，而这些本真天性恰恰是创新能力形成的源泉。

当然，激发青少年创新的物质条件和社会机制是否完善和成熟，也是培养创新能力的关键所在。在美国，中小学三分之一的课时是在博物馆、天文馆、标本馆、水族馆、美术馆、图书馆完成的。十多岁的美国儿童都会上互联网，人称“网上一代”“网络原住民”。最近，经济合作与发展组织（OECD）发布PISA“2012基于计算机的问题解决”测评结果，上海学生与其他国家（地区）数学、阅读和科学成绩相当的学生相比，使用计算机解决问题的表现显著欠佳。上海学生解决静态问题比互动问题好，获取知识比运用知识好。上海属全国最发达地区，尚且如此，而我国绝大部分地区尚处于普及九年义务教育阶段，学业主要是在教室里由老师传授，教育基础设施建设的严重滞后大大影响青少年创新能力的培养。政府、学校、社会、家庭，对青少年一代的培养确实面临着教育目标重新定位、教育方式重新选择、教育效果重新评估等棘手难题。这类深层次问题不解决，鼓励创新的激励机制和社会氛围就难以形成。

笔者认为，一个民主、和谐、稳定的社会政治生活环境，既是知识分子、青少年人才健康成长、发挥积极作用的政治基础，也是创新意识、创新精神和创新能力发育、发展并转化为现实生产力的基本前提。只有政通人和，百废俱兴，才能为激发创造欲望提供牢固的社会政治前提。

诚然，“人们从事的一切活动，都同他们的利益有关”，这是马克思主义的普遍真理。就创新活动的条件而言，经济因素在根本上起着决定性作用，因此，经济基础是青少年创新能力培养的必要社会条件和物质动因。

值得注意的是，现代的文化观已超越了仅把文化简单地视作社会意识形态的阶段。文化与经济、政治三位一体，构成社会的有机系统和基本结构，以知识、科技、信息、教育为基础的知识经济的兴起，标志着人类社会真正的文化时代的来临，多元交融，和而不同，这是新一代创新能力培养的社会文化基质和内在精神动力。

说到底，人是社会动物，他（她）的一切活动绝不可单纯地解释为个体的活动，而是与社会政治、经济和文化空间即时互动，密切关联。受到内在和外在的社会规则、思维方式、价值观念的约束、激励和推动，受到其他社会成员的交互影响。所以，青少年所处的社会的整体科学文化素质，特别是创新素养生长发育的现实状态、具体文化环境和交往情境，就成为他们创新意识、创新精神和创新能力培养的重要社会条件或制约因素。

一颗智慧的种子的命运取决于土壤、水分、空气、阳光，还有养料。种子虽小，却关乎根本，这是一个宏大而急迫的话题，值得持续探究。

（此文载于《城市导报·当代教育》2014年创刊号）

“驻马店共识”的现实落差与持续革新

由应用技术大学（学院）联盟和中国教育国际交流协会主办的产教融合发展战略国际论坛2014年春季论坛于4月25日至26日在驻马店举行。闭幕前，与会的178所高等学校共同发布了《驻马店共识》，旨在落实国务院常务会议做出的“引导部分普通本科高校向应用技术型高校转型”的战略部署，以产教融合发展为主题，探讨“部分地方本科高校转型发展”和“中国特色应用技术大学建设之路”。

在国家教育部发出探索施行“技能型”与“学术型”两种模式高考的信号不久，《驻马店共识》又一次引发社会的持续热议。在点赞教育界好戏连台的同时，人们还是冷静地看到我国教育生态的巨大落差。为“壮士断腕”式的改革叫好，但对“涉险滩”“趟深水”的种种艰难曲折估计不足，还未达到信心满满、志在必得的程度。

挣脱传统人才观的沉重枷锁

长久以来，我们对人才的定义和定位僵化刻板，并未真正把握规律，更谈不上与时俱进，其中最大的失误就是偏激，刻意将“某类人”定为一尊。无论是古代的科举还是当今的应试教育，要么“捧杀”，要么“骂死”。上世纪60年代刮起呼啦啦的“文盲神圣”之风，“知识越多越反动”，交白卷是英雄。70年代末重拾高考，本来是件大好事，即刻被强大的惯性推向“唯学历论”“唯职称论”的单轨之上。连纯粹的民间文艺也时时偏于一尊，有的越是没文化越走红，有的则残酷博弈高学历、高职称。眼下，即便同属高教圈，大学也是三六九等，壁垒森严，说是“分类”，实为“分层”。人财物等资源的配置从上至下、等第分明，轻重缓急、从约定俗成变成金科玉律，连毕业生打分都得看师出何门，一分之差，一生之痛或一生之恨的例证并非少见。

中国的传统人才观，还有一个致命弊病：个人功利的目的性太强，追求短期效应。此外，“学而优则仕”“劳心者治人，劳力者治于人”等观念根深蒂固，长此以往，至多只能培养出合格的、批量生产的“普适人员”，而很难造就出个性化的“专业强员”，更不用说“技术大师”了。办公室的白领办事员成了当下职场上的香饽饽。乱读书不只是输掉钱财，而是输掉了个人的时间和国家的命运。

在坚持广义人才论，即只要有一定的知识和技能，从事创造性劳动，推动社会发展的都是国家需要之才的同时，我们应不唯学历与资历，而要把品德、知识、能力和业绩作为衡量人才的主要标准。尤其要倡导人人都能成才的观念，即强调人才依附民众，人才来自实践，这是当代马克思主义的科学人才观。

人才观的经义要旨是“知”和“行”的统一，并力求两者优化。唯有在实践中才能检验是否为“人才”，因此适用性是首要考量。真正的适用性人才必定是两种必备因素的总和：一是内在潜能的发现和发挥，二是接受过正确外力的规范和培养。关键是我们使用的“养”，在方式上有太多值得商榷之处：“特养”，如古代依据门第、等级和当年依据阶级出身而进行的选才；借助前辈或种种社会关系遴选人才，俗称“荫养”；更有花钱读重点学校或海外镀金式的成才，这是“商养”；诚然，“圈养”不在少数，将学生关进学校只喂养书本知识就觉得会成才；今日又时兴“宠养”，只要有高学历、高级职称或在什么大赛上获了奖，就将此人视为特殊人才，捧若至宝。时代呼唤我们必须打破一切不合理的选人用才体制，摒弃和超越种种模式化的人才观，立足于培养出适应经济社会发展需求的“爱学习、爱劳动、爱祖国”的人才，这是一个期待学术人才辈出，更盼技术大师云集的年代。

找回丢失的“威斯康辛思想”

20世纪初发端于美国的“威斯康星思想”(Wisconsin Idea) 成为当代大学的第三职能，即服务社会。威斯康星大学在教学和科研的基础上，通过培养人才和输送知识两条渠道，打破大学的传统封闭状态，努力发挥大学为社会服务的职能，积极促进全州的社会和经济发展。直接为社会提供服务，使大学与社会生产、生活实际的连接更为紧密，同时，高等农业教育的社会服务职能同步得到强化。1904年该校校长范海斯提出“威斯康星计划”，赋予威斯康星大学两项重大使命——帮助州政府在全州各个领域开展技术推广和函授，普惠本州公民。该计划被描绘成“把整个州交给大学”，“大学对本州人民的作用就如同人的头脑对人的手、脚和眼的作用”，“大学要给人民以信息、光明和指示”。威斯康星大学以其卓越的社会成就备受赞誉，世界各高校纷纷效仿。这也是该校成为世界名校的理由。

毋庸置疑，学术是大学的精气和脊梁，代表它的高度和深度。但这不能成为大学远离现实，脱离实际搞学问的借口，更不能独善其身、孤芳自赏，金字塔和象牙塔式的学府绝对不是人民满意的大学。重道轻术，或有道无术，这是当下实体经济不实诚，制造工业不坚挺的重要根源之一。

学术与技术区别何在？学术重在“学”字，根植于学科，研究的是理论上的可行性，不太顾及现实的可能性和可行性，崇尚的是理性思维的突破。

技术落脚在“技”字，“技”是带提手的，讲究的是现实中的可行性，动手能做出来，派得上用处。技而优则才，能工巧匠本该赢得社会认同的荣誉感和成就感。应用技术与学术成就，两者本无高低贵贱之分，仅是社会分工不同而已，况且到了后工业时代，常常是彼此交融，伯仲难分。

时常看到一些谩骂国内学术的帖子，诋毁专家，嘲笑学者。这种现象一方面由于学界个别心术不正者违规违法和管理不善不严所致，另一方面或许由于部分公众对大学和科研院所所承载的内容产生理解错位。当然，个别专家和学者科学伦理缺失，自我感觉膨胀也会闹出许多让公众耻笑的话柄。

一言以蔽之，学术是技术之源，技术是学术之体。学术理论需要技术的强力支持，反复检验，那才是真正的科学。因此，社会应公正客观地评价技术院校及技术人才在经济社会发展过程不可替代的地位与作用。

人们惊叹爱马仕工艺，但你知道吗？那些只有在法国著名皮革学院毕业后，并在爱马仕皮革学校完成两年以上学徒式学习的工匠，才能进入爱马仕工厂。莫斯科鲍曼国立技术大学是一所闻名遐迩的学府，在俄国近代史上地位相当于中国的“清华”。上世纪五六十年代，中国诸多院士、资深教授均毕业于这所学校。但该校的中文宣传材料封面上既称自己是“国家高等职业教育机构”，又是“国家研究型大学”。在中国，“研究型大学”和“职业教育机构”简直是水火不容的两个概念！

担心“分类”异化为新一轮“分层”

2014年，全国应届高校毕业生将达727万人，又创新高。然而，就在“更难就业年”，人才市场内不少企业门可罗雀，火不起来，一线技术人才的短缺几近50%，产业经济界大呼：“我们要的人才在何处？”每一名求职大学生的苦恼影响着一个家庭，深层危机不仅在于经济的持续繁荣、高等教育的颜面，更与人民安居乐业攸关。

为何大学生一职难求，而职场却难觅合适人才。学生是上帝，上帝与我们约会，我们却在老地方等他。产生人力资源市场悖论现象的主要原因是教育与社会需求脱节。很多大学不了解产业对人才的数量质量需求，封闭办学，自定目标，自我评价，“自娱自乐”，造成高等教育无法满足学生、产业和国家这3个关键利益相关者的要求。因此，中央提

出“加快现代职业教育体系建设，深化产教融合、校企合作，培养高素质劳动者和技能型人才”的教育改革战略。

“技能型”与“学术型”两种模式高考的信号发出不久，不少高校，尤其是一些新本科院校和职业技术院校纷纷作出回应，赞赏和认同，为下一步人才培养方案的调整和改革积极备战。但还有一些院校担忧，高考模式的变化和《驻马店共识》的颁布，会不会挨一刀，接受新的分层手术，落到技术族群内，没有“学术“标签，没有“研究”名分，好像低人一等，更担忧社会认可度下降，优秀师资流失，甚至资源配置不公。种种此类担忧不无道理。因此，《驻马店共识》更需要政府的首肯和社会的助推，在相关政策的制定和制度的安排上，要提前谋划，精心设计，也要在价值观和文化观的匡正和引领上下功夫。劳动尽平等，唯有敬业、擅业、乐业才比得出真正的高低。政府要给这类院校吃定心丸，各安其位，各尽其能，各得其所，回归技术教育本源，触碰职业培养本真，不图虚名，务实进取。即便重点或名牌大学，其实也有相当一部分专业属于技术技能型的，要坚守本色，敢于接招，回应需求。

在欧美，尤其是西北欧，综合技术大学（polytechnic）很多。在这些地区，综合技术大学与我们所说的综合性大学（university）是并列的。对polytechnic的“偏见”令欧美人惊讶和好笑，正如芬兰高等教育结构的示意图所示：在教育部下面，并排着university和polytechnic。在二者的下方，分别列出综合性大学和综合技术大学的名称。这两类高校承担着培养不同类型人才的任务。以管理教育为例，polytechnic以培养工商管理职业人才为主，即BBA（bachelor of business administration）和MBA（master of business administration），而像管理科学、管理工程等学科，多数就设在university。在学生人数上，polytechnic也多于university，充分体现了人才培养的不同性质和类型，最大限度地满足经济社会发展对高等教育的多元化需求。当下我国正在实施的以建设现代职业教育体系为重点的教育结构战略性调整，正是顺应大势，与国际接轨的重要举措。

期待“立交桥”蓝图早日竣工

上个世纪90年代，韩国为终身学习“立交桥”设计了一张行之有效的蓝图，始称学分银行。它是模拟或借鉴银行的某些功能与特点，通过学分储存和积累、认证和转换，使学习者能够自由选择学习内容、学习时间和学习地点。它是学分制发展到一定阶段的产物，也是现代教育管理模式的典范。由此，学分银行构成的终身学习“立交桥”主线图在欧美亚很多国家得以陆续施行。

在实现《驻马店共识》的同时，必须大力推进基础工程的早日竣工，那就是建立起统一规范、灵活便捷、公平包容的“学分银行”，这样才能使各类各级的普通教育、职业教育与继续教育等融会贯通，实现不同类型学习成果的互认和衔接。这一庞大复杂、精准流畅体系的构建亟需政策、标准、规范、技术、资源、文化等要素的支撑，还涉及“质量与社会认同”“公益与利益驱动”“公平与法制环境”等社会影响。因此，学分银行的建设绝不可能一蹴而就，而应从顶层设计、法规建设、公益性手段、质量规范等现实问题入手，夯实终身学习“立交桥”基础。政府及媒体要从根本上打消人们的顾虑和不安，教育有类别之异，但绝无层次高低优劣之分，适应性的可持续发展的教育是最好的教育。能从容自主地选择何时何地接受何种教育，那是老百姓再幸福不过的事情了。“有教无类，因材施教”，老祖宗的遗训不只是反复念诵的口头禅。

“双元制”的德国教育不仅构建了德意志民族独特的教育体系，而且为制造业强国奠定了坚实的人才基础。企业承担了大部分经费和主要责任，学生在企业受训的时间要双倍甚至更多于在职业学校学习的时间。企业是实施职业教育最重要的场所，学生在企业里的身份是学

徒，而且日后并不影响就读普通高校的机会，只要你愿意。

美国教育行政权力分属各州，各州均制定本州适用的学分转移政策，共性较多，便于操作，如设有转移院校的认证类型、按照衔接协议或转移协议实施评估、考量转出院校（包括海外）与接收院校课程的相似度等。

以学分、课业负荷量、等级为要素的欧洲学分转换与累积系统（ECTS），始终将学生置于中心，为其提供了一整套跨校、跨国、跨文化的学分互换规章制度，凸显学习成果与现实能力。

我国早在2001年首先在职业教育领域开始学分银行的探索，2004年千余所职业学校试行这一制度。随着终身教育思想的广泛认同与践行，学分银行开始跳出职教框架，走向各类教育。但立交桥的双向乃至多向流动功能并未真正形成，应用技术型大学的师资远未形成坚强的方阵，具有效度和信度的中国式“应技养成模式”及其文化氛围仅是雏形，其社会地位的取得还需更多时日。要使“共识”化为现实，任重道远，不容乐观，然而，这确确实实关乎中国能否以一个令人信服的“制造大国”身份迈向“智造大国”，甚至“创造大国”的更高境界。

（此文部分内容后载2014年8月12日《光明日报》，题为《转向应用技术型：本科怎样起步》）

让“教学做合一”成为我们的教学信念

信念是人类重要的精神支柱，人类的认知活动离不开信念。爱因斯坦曾说：“由百折不挠的信念所支持的人的意志，比那些似乎是无敌的物质力量具有更大的威力。”人们依赖信念去定向、预测、调动和激发潜意识，不断向新知识领域挺进，进而迸发出强大的创造力和意志力。

科学发现和发明离不开科学家的科学信念，历史上由于坚定的信念而发现或发明了前人无法想象的东西，这类例证屡见不鲜。教学改革同样离不开教师的教学信念。教师的教学信念指教师对于学生、学习、教学、教习、教材、教程、教学环境、教师角色等的看法。越来越多的国家对教师的教学信念给予普遍关注和特别研究。

教师的教学信念影响着教师在教学过程中的表现、思考与决定。大凡在教育教学领域取得成功的名师无不有自己的教学风格。教师要形成自己的教学风格，需要在一定的教学信念指导下，提出自己的教学主张，探索符合自身个性特点的教学方式、方法和技巧，进而在持之以恒的坚守中形成自己的教学风格。一名没有教学信念的教师，即使不断向专家、名师学习，也难以形成自己的教学风格，只会在这一过程中逐渐迷失自我，丧失个性。

随着新课程改革的不断推进，教师的重要性正不断凸显，任何没有教师参与的教育改革都不能取得成功。观念是行动的先导，教师要投身教育改革洪流，迎接实践挑战，首要的是要改变传统的教育教学观念，主动吸纳、理解、践行新课程理念。抚今追昔，我们发现，陶行知当年提出的“教学做合一”理念没有过时，新课程设计思想与之深

度交融。

首先，新课程的核心理念与“教学做合一”一脉相承。

新课程对传统教育过于强调接受学习、死记硬背、机械训练等弊端提出批判，倡导学校教育要“以生为本，主动发展”。传统状况下，师者文化主要是一种与教师的“文化传递者”角色相对应的维持型文化。维持型教师文化是教育发展长期积累下来的产物，在一定程度上契合了教育的需要与现实。多元文化背景下，教师面对喷涌如潮的各种各样文化现象，自身要从维持型走向批评反思型，要学会如何在纷繁复杂的文化内容中择取适当的教育内容。此外，当代社会需要具有批判精神的公民，反对以精英文化压制大众文化，承认并容忍文化的多元性、异质性。陶行知也对传统旧教育提出了批评，他认为传统教育“先生教死书，死教书，教书死。学生读死书，死读书，读书死”。为了改变学生被动学习，陶行知要求教和学都要建立在“做”之上，并将“教授法”改为“教学法”。这在当时是个了不起的进步，充分体现了“以生为本，主动发展”的教育理念。

其次，新课程的核心目标与“教学做合一”高度契合。

新课程改革的核心目标是“培养学生的创新意识和实践能力”。多元文化背景下教育整合化功能需要扩展，教育不仅是对文化的选择、交流、传递、传播等，在新的历史条件下，通过整合等手段，可以实现超越“传递”，走向“创新”。陶行知也十分重视创造教育，他曾宣扬“处处是创造之地，天天是创造之时，人人是创造之人”。从教、学、做三者的关系看，做是根本，是关键。“做”是一种以行动为基础、思想为指导、创造为目的的实践活动，是知与行的统一。为了让学生更好地做，陶行知还提出了“六大解放”，对新课程改革具有借鉴意义。

第三，新课程倡导的学习方法与“教学做合一”肌理相通。

多元文化必然导致当代中国教育标准的变化，一种标准的教育几乎不可能。对孩子成材评价标准认识将走向多元，如多元智能理论目前受到整个社会的广泛认同，这也必然导致教育和学习的观念、内容、方法、制度等多元化。新课程倡导学生主动参与、乐于探究、勤于动手，倡导自主学习、合作学习与探究学习。这个过程应体现开放、交互、宽松、自由、活泼等特点。“教学做合一”的“做”，不是盲目行动，而是“劳力上劳心”，突出了学生学习的主动性和探究性。陶行知还十分重视“小先生制”，学生“既当学生，也当先生”，教师也要“既当先生，也当学生”，教学的过程是“师生合作、相互促进、共同提高”的过程，即“教学做是一件事，不是三件事”。这与新课程强调的教学过程与学习方法在肌理上完全相通。

第四，新课程倡导的师生关系与“教学做合一”不谋而合。

在多元文化交融背景下的新时期教育变革中，无论是教师，还是家长都应当以对话的方式，促进成人文化与儿童文化的沟通与理解，教育者的具体策略和路径应是“价值尊重—价值协商—价值引导”。特别是在学校教育教学中，教师应该“蹲下来与孩子对话”，对教室里、课堂上的每个活生生的生命个体都应存有敬畏之心，摒弃“唯师是从”的单向关系，构筑基于生命相融、拥有共同话题的对话关系。

基于此，新课程倡导建立民主、平等、对话的师生关系，而陶行知的“教学做合一”同样重视民主的师生关系。陶行知在论述创造教育时指出，“创造力最能发挥的条件是民主”。他在论述“六大解放”时强调了“一大条件”，即实行民主，形成和谐、愉快的教学氛围。他一再警示教师：“你的教鞭下有瓦特，你的冷眼里有牛顿，你的讥笑里有爱迪生。”陶行知与四颗糖的故事至今仍为我们津津乐道。

陶行知的“教学做合一”，是在吸收西方杜威等教育理论的基础上，历经国内几十年的实践和完善，是充满真知灼见的本土教育思想，具有旺盛的生命力，产生了广泛的社会影响，并对推进当前新课程改革

有着重要的现实意义。可以说，对我们每一个教师而言，学透、用好陶行知“教学做合一”教育思想，是落实新课程的重要途径。在新时期，“教学做合一”理应成为我们每一位教师的教学信念，来规范我们的教学行为，提升我们的教学思想，提炼我们的教学主张，这不仅是教育转型的要求，更要成为我们每一位教师的自觉行动。

是为序。

（此文为2016年长三角地区陶行知教育思想进课堂主题论坛《宝山教育》特刊序言）

名师的故事使师大美景更富神韵

冠以响当当"师道永恒"之名的《上海师范大学名师列传（三）》在校庆之际正式出版，至此，我校已有60位杰出教授被收入列传。

毫不夸张，《名师列传》实属师大人物传记的精品力作，可圈可点；更是献给母校60华诞的一大厚礼，可喜可贺。

衷心感谢以吴祥兴教授为首的百余人撰写团队，五载春秋、持之以恒，斟字酌句、恪尽职守，焚膏继晷、殚精竭虑，终于完成三卷本，逾150万字，将60位师大杰出名师描摹得有血有肉，刻画得栩栩如生。他们是上海师大的学术丰碑和精神立柱，代表着这所大学的高度和厚度，传递着这所大学的品位和情趣。

这60位教授集中折射出中国当代知识分子的特征和秉性，真实还原了这一群体的情感和命运。

中国的知识分子历来将学术视作生命，解机析理，探幽发微，生命不息，求索不止。60位名师，学有所长，术有专攻：有的云程发轫，奠基立业；有的著作等身，堪称大家；有的滴水成流，厚积薄发；有的屡辟蹊径，石破天惊；有的沉醉科学，痴迷发明。

这60位师大学人的第一身份是"教师"。大学之道，在明明德，在亲民，在止于至善。为师之道，在为人师表，在传道授业解惑，在教书育人。教师的天职是教书育人，立德树人。他们悄悄地坚守着，默默地奉献着，三尺讲台，红烛传薪，含英咀华，呕心沥血。"拳拳之心"，感同身受，"殷殷之情"，溢于言表。这些文字与其说是人物传记，倒不如说是这些名师的修身育人史，更是他们与弟子们的共同成长史。教书铸就

了他们平凡的伟业，育人演化成他们快乐的源泉，讲台带给他们一茬又一茬的“粉丝”，还有为数众多的能掏心窝的忘年之交。

纵观历史，中国知识分子的命运向来坎坷不平，甚至悲惨凄凉。读着他们的传记，我不禁想起秦到汉，汉转唐，再看宋元明清，直至近现代，知识分子始终演绎着一部部悲壮而激奋的命运交响曲。他们的命运似乎不在自己手里，起伏跌宕，曲折离奇，变化莫测，五味杂陈。然而，不管途经何地，无论身处何时，他们一直苦苦地抗争着命运。一个人的真正幸福常常不是待在光明里，而是从远处凝望光明，朝它奋力奔去，矢志不移。他们将祖国的前途、民族的希望、大众的期盼与自己的生涯紧紧相连。中国知识分子学成报国的情怀，“天下兴亡，匹夫有责”的志向，在名师身上展露无遗。改革开放的新时代为中国知识分子开辟了一个快速疾跑、大显身手的精彩舞台，这个舞台通向世界。

阅读《名师列传》是一种享受，因为这是个细细咀嚼日子、慢慢品味人生的过程。书中大部分人物为我熟知，有些已经作古。即便有些并无交往，甚至从未谋面，但从各种渠道略有知晓，不少前辈在我上世纪70年代就读上海师院时就已见过或听说过。而《名师列传》鲜活平实的文字又再次为我提供足量的信息，从头开始，拜见一个个师大人物。他们是名师，他们也是普通的人，喜怒哀乐，个性迥异，甜酸苦辣，经历不一。他们过着普通的日子，做着伟大的梦，因学习而改变，因行动而成功。

大凡名师，总有人格的魅力，作为后辈或学生的我们，点滴的改变抑或长足的进步，常常源于导师的吸引力和感召力。名师更具道德的力量，不以恶小而为之，不以善小而不为，黑白分明，乐善好施，尤其对学生的爱，无私、浓烈、持久。铁肩担道义，妙手著文章，功成名就，实至名归。他们是校训“厚德、博学、求是、笃行”最忠实的践行者。

由此坚信：作风清朗，富有诗意，不断革新，引领世风，面向未来的大学，一定能博得学子的欢心和信赖。

由此坚信：卓越的师资，民主的校风，科学的氛围，批判的思维，多元的文化才能真正赢得学子的铭怀与感恩。

由此坚信：大学的大，不是大名鼎鼎的大，不是地大物博的大，更不是高楼大厦的大。大学之大，在于她始终拥有一批又一批来自各个年代，但属于同一核心文化——大学文化的名师大家，心怀博大，器宇开阔，以其雨露孕育青苗，以其精神感化世人，摒弃愚昧，追求光明，涵养大器，培育栋梁。老师使大学成为大彻大悟之境地，大爱大善之天地。

英国第22届“桂冠诗人”约翰·梅斯菲尔德曾说：“世间很少有事物比大学更美。”

师大校园以其四季独特的美景时常为人津津乐道，名师的故事使美景更富神韵。先哲的文脉将延续，前辈的精神将传承，后人不会也不敢有丝毫懈怠。举一贤人则群贤毕至，见贤思齐就蔚然成风。名师们美丽而久远的往事已深深融入师大60年的历史，故事的述说不会消停，并一定会有新的篇章……

[此文为《师道永恒：上海师范大学名师列传（三）》代序一]

母校好似一棵参天香樟

上海师范大学迎来建校55周年华诞，半百光阴，满弓韧劲，青山不改，绿水长流。

55年沧海一粟，55年风雨兼程，55年变化万千，55年与时俱进。

2008年，在与校档案馆馆长张惠达、馆长助理洪玲商议着如何编写一些文字庆贺母校生日时，我们不约而同提议是否在编著师大正史的同时，采撷趣闻奇观，盘点掌故轶事，以校史上的“之最”或“第一”为切入点，广为征集，聚焦凝练，公允可信，以飨后人。

于是，就有了这本名为《校史钩沉》的史外史，毕恭毕敬地献给亲爱的母校！

历史是人民创造的，校史是师大人写就的。纵观校史：时空交错，跌宕起伏；人来客往，精彩纷呈；风云变幻，师道永恒。

母校像一棵参天香樟，一代代师大人辛勤浇灌，倾心呵护，根深足见底蕴，挺拔彰显骨力，长青孕育生机，包容不失自我。

我们不会忘却学校发展轨迹上最先烙下的每一个点和每一条线，没有开拓者的胆略、勇气、眼光、智慧和血汗，就不可能有以这些点和线而延展生成的母校如此健全丰满的机体和四通八达的脉络，更不可能铸就母校卓尔不群、独树一帜的思想灵魂。

我们不可忽略先行者迈出第一步的复杂时代背景和艰难生活环境，以今日的眼光和条件审视当年的“之最”或“第一”，也许有人不以为然，但是，没有昨天，哪来今天，没有西体育会路的“师专”，哪来桂林路的“师大”。唯有感恩先辈，传承祖业，攻坚克难，不辱使命，才能以我们自己的双手开创更美好的明天。

为追寻久远依稀的记忆，重拾散落四处的光阴片段，定格时空坐标，呈现瞬间原貌，编撰同仁呕心沥血，锲而不舍，有时为了考证一个细节，不厌其烦，来回奔波，苦苦寻觅，翻阅资料不计其数，可谓“字字计较，事事探源”。

值得一提的是，附录提供的我校二级学院和机关部处的沿革图表以及折射楼宇场馆变迁的“光影中的今昔”，经年累月，分合盈缩，来龙去脉，一览无余。实属苦心之作，也是一份弥足珍贵的史料。

万分感谢所有参与此书编写的同仁和提供宝贵资料、照片、线索等的热心人。

（此文为2009年《校史钩沉》序）

“游学”“游教”
——教师阅历新拼图

如何在高等教育国际化进程中，打造一支高水平的国际化师资队伍，这是中国大学当今面临的一大紧迫课题。所谓的国际化师资是指具有国际视野、国际观念和意识，有国际教育背景和跨文化教育背景的多元化、多民族化的教师队伍，这支队伍的内涵和实力是建设高水平学科，确保教育教学质量，开展国际交流合作，提高国际影响力的坚实基础，也是高校在全球化背景下实现可持续发展的重要保证。

古希腊时，跨国“游教”和“游学”之风就相当盛行，眼下“地球村”格局形成：我来你往，你来我往，更是便捷；你中有我，我中有你，互为依存。当然，现在的“游学”“游教”的意义和范畴与昔日相比，已呈翻天覆地之变。上海师大一直致力于开发与各国高校互派教师研习教学的项目，品种多样，与日俱增，成全了众多教师，尤其是青年教师的出国梦，每年有数百名教师走出国门，融入世界，拓展眼界，提升自我，肩负使命，学成报国。

本期开始，《上海师大报》开设专栏，陆续刊登师大教师游子在海外学习生活或教学实践中的所见所闻、所思所悟的文字，与世界共舞，与读者共享，这是他们人生阅历新拼图，生命的长度无法确定，生命的宽度与厚度可以拓展和加大，在海外的经历肯定是职业生涯的宝贵财富。

我们很期待。

条条游学路，选择你做主
——贺上海师范大学首届海外游学节

2010年3月15日上海师范大学举办首届海外游学节，集中推介81个中外合作培养学生项目，这些项目分布在20个国家和地区，共有150余所海外大学和教育机构缔约成为我校合作伙伴。这是我校近年来艰辛开拓、逐渐积累的国际教育资源。

游学并非当代人的发明，早在古希腊时代，跨国游学之风极为盛行，只是当时这类交流范围甚小。眼下大千世界已变成“地球村”，你来我往，我来你往，你中有我，我中有你，经济全球化趋势加速了教育国际化进程，各国大学间的交流与合作推动了新思想、新理论、新知识、新技术的传播。多元文化交融，人类文明共享。

利用海外优质教育资源，在精彩纷呈的国际大平台上合作培养学生，这是我校国际化办学理念的重要举措。每年有600多名学生走出国门，遨游知识海洋，探索人类文明，提高外语应用能力，跨文化交际能力和独立生活能力，拓展眼界，磨砺思维，历练才干，蓄势待发。

我们期待并支持更多的师大学子融入教育国际化进程，条条游学路，选择你做主。

多元文化交融中的大学文化

如何建设和发展在世界多元文化交融中的大学文化，这是当前各国大学面临的一大课题。

三千多年来，以苏格拉底、柏拉图、亚里士多德为代表的希腊文化传统，以老子、孔子为代表的中国文化传统，以犹太教先知为代表的希伯莱文化传统，阿拉伯伊斯兰文化传统以及非洲文化传统等始终深深影响着当代人类社会。

倘若只承认文明一元论，而忽视文化多样性，将一种固定的文化模式强加给不同时代、不同地域的不同民族，并贬低其他民族的文化创造，便就陷入“欧洲中心主义”的泥潭；相反，如果片面强调文化多样性，否认文明一元论，试图用文化多样性来抵消文明内核的进步，并以民族特色为借口拒绝外来文明的交融，那便落入“文明相对主义”误区。

无论在欧洲还是在美国，到处可感受到非洲雕塑和音乐、日本版画和建筑、中国烹饪和园林的影响。牛仔裤、耐克鞋、可口可乐、肯德基、麦当劳、电影奥斯卡、音乐葛莱美却悄悄融入东方人的日常生活。

“和能生物，同则不继。”我们尊重并追求的是“合而不同”。正是千姿百态的文化差异构成了一个文化宝库，诱发灵感而孕育新的文化成果。没有差异，就没有变革和借鉴，就没有文化多元现象和多元发展。

大学文化包括物质文化、制度文化和精神文化三个层面，核心集中体现为大学精神。它是中国先进文化的重要组成部分，并对社会文化起着引领、辐射与示范作用。随着经济全球化进程和教育国际化进程的加快，多元文化在高校殿堂汇合、交融、碰撞、激荡、互惠。大学有责任在多元文化背景下因势利导，搭建多向交流平台，拓展师生国际视野，在热爱和传承本土传统文化的同时，学会理解、尊重、欣赏异域优秀文化，探寻和分享人类的共同精神财富。

（此文原载《青年报》周刊《Young时代·华山论剑·文化》2009年4月15日）

大学发展进程中的三个里程碑

各位同学：

大家好！

开讲之前，有必要回顾一下大学发展进程中的三个里程碑：

第一个里程碑是博洛尼亚传说。1088年，世界上第一所大学——意大利博洛尼亚大学的诞生，开创了以培养人为宗旨的大学传统。博洛尼亚大学在中世纪就是欧洲重要的学术中心，吸引着整个基督教界的众多知识分子。

第二个里程碑是洪堡理念。1809年，德国柏林大学引入了科学研究。其创始人洪堡认为大学立身的根本原则是："在最深入、最广泛的意义上培植科学，并使之服务于全民族的精神和道德教育。"洪堡所说的科学是"纯科学"，是建立在深邃的观念之上，不追求任何身外的目标，进行纯知识、纯学理研究的科学。洪堡提出了"由科学而达至修养"的教育原则，认为科学研究是培养人的手段，不通过科学研究，大学就培养不出"完人"。科学涵养人才的思想连同"学术自由"的主张成为近代大学的原则和标志，对世界高等教育曾产生过重要影响。

第三个里程碑是威斯康星思想。1862年，美国《莫雷尔法案》的颁布，对美国高等教育的发展产生了重要影响，崛起了一批现代大学。创办于1848年的威斯康星大学，把大学社会服务职能推向了顶峰，时任校长范·海斯一句名言"州的边界就是大学校园的边界"，对威斯康星思想作了精辟的概括。该大学首创高校要为农业、工业服务，为经济发展服务的理念，得到其他大学的积极响应，大学正式与社会主动结合，形成“直接为社会服务”的职能。

有鉴于此，今天，我国把大学的使命归结为四个方面：人才培养、科学研究、服务社会、文化传承创新（胡锦涛同志在清华大学百年校庆上的讲话中首次明确）。这些使命既来自于中国传统教育的文化积淀，也体现了对世界高等教育发展规律的科学把握。

人才培养，强调大学要坚持把促进学生健康成长作为学校一切工作的出发点和落脚点，着力增强学生服务国家服务人民的社会责任感、勇于探索的创新精神、善于解决问题的实践能力。

科学研究，强调大学要开展国家急需的战略性研究、探索科学技术尖端领域的前瞻性研究、涉及国计民生重大问题的公益性研究。

服务社会，强调大学要积极发挥思想库和智囊团作用，自觉参与推动战略性新兴产业加快发展，自觉参与推动区域协调发展，自觉参与推动学习型社会建设。

文化传承创新，强调大学是优秀文化传承的重要载体和思想文化创新的重要源泉，要积极发挥文化育人作用，扬弃旧义，创立新知，并传播到社会、延续至后代，不断培育崇尚科学、追求真理的思想观念。

（此文为《大学精神与校园文化建设》讲座开场白）

海纳百川，有容乃大：国际化进程中的大学追求

高等教育国际化是21世纪高等教育发展的几个主要趋势之一。全球著名的英国《泰晤士报》高教副刊第一次报告评选出世界前200所最好的大学，在仅有的五项评分指标中，“国际教师比例”和“国际学生比例”各占一项。由此可见，对现代大学的评估，国际化程度是一个很重要的考量。

城市是文化的中心，随着城市化的加速，都市文化对周边地区的辐射增强，影响加重。大学是培养适应当今社会和未来发展的人才的高等学府，同时大学也是文化的高地和城市精神的象征，在这里，多元文化集聚、碰撞、激荡、交融、互惠。多元文化及跨文化交际已经成为高校学术研究的聚焦点之一。

随着交通工具和通信技术的飞速发展，地球日益变小。由于世贸组织的影响和规约，经济趋于一体，但是世界依然五光十色，多姿多彩，古代先哲说得好：“同则不继，和能生物。”我们尊重并追求的是“合而不同”。

不管大学有没有围墙，它的胸怀是开放的，它的视野是国际的，它的学脉是多元的，借国际化趋势促本土化改革，以民族化个性融入全球化进程，这是当代大学发展的重要理念之一。

我们要在全球化进程中，依托国际交流和合作，加快新思想、新理论、新知识和新技术的传播，实现人类成果共享，推动和平发展大势。作为新世纪的学生和学者都要学会了解、理解，进而善解异域文化，同时，积极传播和弘扬中华优秀文化，揭示共同点，包容差异性，彼此认同，互相欣赏，切磋交流，学习借鉴，和谐共处，共谋发展。

上海师大地处国际化大都市西南部的徐家汇，此处曾是东西文化川流的交汇地，如今依旧人文荟萃。在多元文化滋养下，我校形成一种开放办学的精神，建立了多层次、多格局的国际合作网络，拓宽了国内外师生多种形式的交流互访渠道，规模在扩大，档次在提高，目的就是提升学科和专业水平及知名度，为增强教师和学生国际对话水平和跨文化交际能力构筑更宽更高的海外平台。2007年推出两项重大活动：第二届上师大国际艺术节和2007学思湖海外名师讲坛，旨在融合多元文化，展示特色艺术，快递前沿资讯，磨砺科学思维，它们以一种多元文化的品牌被师大人欣赏、享用、推崇、记忆。

“海纳百川，有容乃大”，这是我们城市的精神，也是国际化进程中的大学追求。

（此文载于《上海师大报·时评》，2007年6月20日第191期）

“和而不同”却非面面接轨

——陆建非教授谈大学教育国际化与民族化

编者按　作为一种全球性趋势，“教育国际化”在促进各国教育资源的共享，跨国界、跨民族、跨文化沟通交流方面，发挥着越来越重要的作用。但与此同时，教育国际化进程中的“国际化与民族化”“特殊与普遍”“单一与多样”等矛盾也令人们感到困惑。高等教育国际化是教育国际化的急先锋，为此《中国社会科学报》记者采访了高等教育国际化的理论研究者和实践者，上海师范大学党委书记、校务委员会主席陆建非教授。

《中国社会科学报》：您如何理解“大学教育国际化”？

陆建非：“大学教育国际化”有时也称之为“高等教育国际化”。原初是指欧洲中世纪大学所具有的一个特点。当时的大学选择拉丁语为共同的语言，所以在英国英语中，16世纪以拉丁语为主课的学校有时也称为Grammar School（易被误译成语法学校），由共同的宗教联袂实施大学招生，聘请教师不分国别、地域、民族和种族，学生可到各地大学研习共同课程，具有一定程度的“国际性”。因此，“游学”“游教”（现代意义的“留学”“访学”“海外讲学”等）初见端倪并日渐时兴，然而，这时期大学的国际化并未成为一个热点话题。现今，国际化从边缘逐渐成为大学规划、管理、培养目标和课程设置的核心要素之一。国内外学者对这一命题高度关注，但对高等教育国际化的理解与诠释并不一致，其概念与内涵也没一个清晰而明确的界定，说法有以下几种。

第一种理解是指高等教育的交流与合作。其主要表现为高等教育发展的世界性援助增多，国家间高校学者和师生交流加强，高校间科技与文化国际交流合作频繁，高校积极参与国际事务并强调外语教学。还有学者从创办世界一流大学的角度，主张招收大批外国学生，招聘外国教授和访问学者，研究世界最前沿课题和最重要国际事务，从而在大学的教学与研究的主战场实现其国际化。

第二种理解认为，高等教育国际化就是与国际接轨。有学者从参与国际高等教育运行的角度，认为大学的国际性主要是指大学要对外开放，要符合国际标准，与国际惯例接轨。所谓的“教育与国际接轨”，即为教育质量、水平、效益与国际接轨，教育与国际教育主流衔接，教育必须符合国际上的教育惯例（如国际通用的专业术语与统计标准）等三种涵义。

第三种理解是，它是一种必然趋势。持这种观点的学者认为，各国、各地区的高等教育具有共同规律，即高等教育的“国际性”。尤其是在国际经济技术竞争过程中，通过国际交流与合作，在高等教育办学思想、管理体制、人才培养、科技发展等方面彼此借鉴、互为渗透、部分同化，也可将这类“国际化”视作各国高等教育在发展中为了保持与生产力发展、科技进步、社会前进的一致性和同步性而必须经历的自我改革、自我完善、自我发展的过程。

我更认同第三种理解，因为它超越了一个国家或地区的局限，将教育的国际视野从本国扩展到其他国家乃至整个世界，从高等教育的各项活动中抽象出最一般的高教问题，揭示出高等教育普遍的共同规律；同时，辩证地将当代各国高等教育借鉴学习他人与自我调整统一起来，使各国高等教育伴随着各种价值的相互渗透，管理制度间互换性增大，机构处在不断调整中，使各国高等教育能在更多方面实现沟通与对话，通过自我改革与调整，在诸多方面与更多国家取得更广泛的一致。

联合国教科文组织属下的国际大学协会关于高等教育国际化的定义是：将跨国的、跨文化的、全球的理念融入到高等教育目标和功能（教学、科研和服务）的制定及其实施中。这一定义与第三种理解异曲同工。

《中国社会科学报》：有时“国际化”与“全球化”混用，它们用在教育上有区别吗？

陆建非：两者是有区别的。全球化指商品（包括服务）、信息和生产要素跨国流动，各国经济相互依存程度日益加深，世界经济愈发趋于一体化的过程和大势，淡化国界，放眼全球；而国际化注重的是，在维护各国自身利益基础上，开展国家间的交流与合作，当然也时常存在着国际化与本土化和民族化的争斗。因此，在说到教育时，我们一般用“国际化”，不说“全球化”。

《中国社会科学报》：有人说，国际化和民族化是现代大学教育的两个维度，您对此怎么看？

陆建非：从世界范围看，20世纪70年代以来，整个教育事业明显呈现两种互为补充的发展趋势，即国际化和民族化。许多发达国家一方面采取各种措施大力推进本国高等教育的国际化，另一方面也强调保持其教育的民族性；而不少发展中国家，特别是那些曾因照搬西方模式而陷入窘境的欠发达国家，都把教育的民族化作为教育改革的主导思想，同时也十分注重教育的国际交流与合作。20世纪80年代以来，我国高等教育界对高等教育国际化也高度关注，并为探求国际化途径与模式作了理论和战略对策上的种种努力。但相形之下，对高等教育民族化并未给予应有的足够重视。

所谓的“高等教育民族化”，即在国际学术交流中，以本国国情和民族特性为基点，以促进大学教育现代化为目标，对外来文化的导入精心甄别、有意选择、为我改造，使其适应本国土壤，并与本土文化的优良因素互为依存、相容交融，形成既有时代特点又有本国特色、国际性与民族性相统一的高等教育理论和制度，简而言之，不失民族特色地融入国际化进程。

其实，高等教育民族化现象是伴随着波及世界范围内的政治多极化、经济一体化、科技现代化、教育国际化、社会信息化的潮流而产生的。高等教育现代化的历史和现实表明，所有在现代化过程中取得某种程度成功的国家无一不在对外开放、吸纳异域文化的过程中清醒而特别努力地开展艰苦细致的民族化工作。

这不是偶然的，而是有着客观必然性与现实必要性的。理由在于，首先，教育现代化模式肯定要受具体国情的制约，这一客观规律不可改变，民族化问题不可避免。其次，高等教育民族化是巩固和发展民族成员，特别是高级专门人才的自尊、自主、自信为主要特征的民族意识的需要，凸显归属感，坚守使命感。第三，高等教育民族化是民族成员的身心发展受民族特性的制约这一客观规律所要求的。

乍一看，高等教育民族化与国际化两种趋势似乎相斥：一个力求各国教育的个性，另一个则努力使教育超越政治与文化的界限，在更为广阔的天地中发展。然而，由于这两种趋势对一个国家的高等教育的现代化都具有历史和逻辑的必然性及现实必要性，两者有内在必然联系，表现出互为依存性。民族化作为外来文化与本土文化相交融的一种整合机制，是国际化现象得以存在和发展的必要条件。民族化与国际化是互为补充和互相支撑的。

《中国社会科学报》：在全球化趋势下，中国传统教育理念受到了欧美国家，特别是美国的教育理念的冲击，您如何看待？

陆建非：中国是有着几千年文明史的教育大国，在国际上有举足轻重的地位。两千多年前的孔子可谓“互动式讲学”的鼻祖，其思想至今仍然影响着全球。世界上许多现代教育思想、教育教学模式和方法都是在不同程度地吸收和借鉴我国优良的传统文化和教育思想的基础上形成的。

教育的本质、时代发展的特征和本国本民族的具体情况，决定了高等教育国际化并非完全照搬、面面接轨。高等教育改革与发展进程中的国际化与民族化（本土化）是对立统一、共存共融的，“和”是必须的，“不同”也是必然的，如果我们老祖宗的经典思想和精髓智慧被所谓的“欧美化”冲垮的话，那是不应该的，也是不可能的。教育的本质、时代发展的特征以及中国的国情决定了高等教育“西方化”或“某国化”在理论上行不通，在实践上也是无效的，“和而不同”则是中国高等教育国际化的必然选择。

《中国社会科学报》：请您从教育实践层面上谈谈目前高等教育国际化进程中，我们面临的问题，应采取什么相应举措？

陆建非：目前我们面临的首要问题是，国际化发展的自觉意识不强、动力不足。国际化交流大多停留在学校层面的活动，院、系和学科的国际化战略意识和自觉意识缺乏，没有形成“海外校园延伸培养”的理念以及给学生提供“两种或多元教育文化”的体制与机制。第二是，国际化方法不多、有效举措较少。大部分集中在请专家开讲座和互派交换生上，在互聘导师、合作办学、合作研究等方面都很薄弱。第三是，很多学校虽然同境外高校或机构签订了合作协议，但其中保持密切联系并开展实质性、高层次的合作为数不多。第四是，推进和实施高等教育国际化的专门人才匮乏，不是懂一点外语就能在一线与海外高校洽谈细致复杂的各类交流合作项目。

我认为应采取的相应举措是，我们不仅要树立正确可行的国际化办学理念与意识，而且要探索如何在多元文化背景下构建国际化师资队伍，并要拓展学生国际化视域和加强跨文化交际能力的培养，同时构建国际化课程体系和教材体系——这是至关重要也是颇为困难的方面。当然，还需多层面推动科研合作的国际化，提升大学核心竞争力。值得一提的是，加强“管理国际化”的意识和实践，这是高等教育国际化易被忽略的部分。最后，大力加强与国际组织的合作，毋庸置疑，这是推进教育国际化的重要资源。

（此文原载《中国社会科学报》2013年5月22日）

大学培养的是"文化人"

尊敬的各位专家、各位领导、各位前辈、嘉宾们：

大家上午好！

今天我们很荣幸，承蒙中国老教授协会和上海老教授协会的委托，协助承办这次论坛。在座各位都是全国各地、各领域德高望众的专家和前辈，许多老同志不远千里来到上海师大，正所谓"高朋满座，群贤毕至"，这是对师大人的厚爱和支持。同时，作为一所追求教师教育特色鲜明、文理工协调发展的高水平的综合性大学，全校上下在文化建设和文化育人方面有着高度的认同和丰富的实践。此次论坛的主题与我校的价值取向不谋而合，相得益彰，通过承办如此高规格的论坛，有助于我们营造更浓厚更精彩的校园文化氛围。首先，我谨代表学校，向莅临上海师大的各位嘉宾致以热烈的欢迎！

大学文化是高等学府的灵魂和生命。大学文化是大学思想、制度和精神层面的一种过程和氛围，是学校全体成员普遍认可的、经过长时间的积淀形成的，是相对固定的，同时具有鲜明的自身特色。长期以来，大学普遍被认为有三项基本功能，即人才培养、科学研究和社会服务。进入新世纪后，世界各国大学的领导者不约而同地提出了大学的新功能，即"文化传承"。文化传承与创新既是高校在社会有机体中确保自身地位的根本生命力；同时也是创造社会理想，并把这些理想传递给社会成员使其变成现实的神圣使命。

大学的文化传承与创新对于提升高校教育教学质量起到至关重要的作用。2011年4月，胡锦涛同志在清华大学发表重要演讲，讲话指出，全面提高高等教育质量，必须大力推进文化传承创新。我非常认同这个观点。高等教育的质量很大程度上体现在人才培养的质量上，反映了我们所培养的学生是否具有高尚的品德修养、厚实的文化素养和卓越的创新能力。在整个育人过程中，文化育人是不可或缺的重要组成部分。比如，我们通过加强社会主义核心价值体系建设，扬弃旧义，创立新知，不断培育学生崇尚科学、追求真理的思想观念；通过开展对外文化交流，增进学生对国外文化科技发展趋势和最新成果的了解，增强他们对世界文明的理解及与之对话的能力。上海师大58周年校庆之际，我们制定了三年文化建设行动方案，旨在推动学校文化发展、提高人才培养的质量，借此机会，希望各位专家和前辈多提宝贵意见，关注我校的文化建设和文化育人的工作。我们也真诚地邀请各位在三年之后再到上海师大做客，看看我校的文化是如何变化的。

作为立足上海，服务全国的地方重点高校，我们理应建设富有师大特色的大学文化，并积极参与文化强国、文化兴市、文化育人的各项工作。对此，我们始终围绕以下四个问题进行探索和研究：

第一，关于大学文化和大学精神的普世价值探讨。“大学精神”是大学自身存在和发展中形成的具有独特气质的精神形式的文明成果。在世界文化呈现多极化、多元化且社会不断发展的背景下，我们应如何在批判、创造和社会关怀等主要特征的基础上，进一步阐述和凝练大学文化和大学精神的普遍意义以及普世价值。

第二，关于大学文化的继承和创新。从某种意义上说，大学是时代精神的代言人，大学的文化要体现所处时代的文化特征。值得思考的是，我们该如何处理好一对关系，也就是如何在纵向上进一步继承并弘扬优秀的传统文化，而在横向上又如何拓展具有时代特色的新型文化。

第三，关于大学文化体系的构建导向。在高等教育国际化进程加速、校园多元文化交融的背景下，我们应避免出现主流文化价值观西化

或欧化的倾向。一个重要的课题，就是如何以社会主义核心价值观以及它的体系为主导，构建具有民族特色的大学文化体系。

第四，关于文化育人的载体和方法。文化体现在校园的各个角落和各个方面，既有外显部分，也有内隐元素，我们应如何挖掘和整合这些功能，通过科学的方法将其蕴含在系统的理念机制中，培植在品牌活动里，渗透在学科课程内，勾勒在环境设施上，意向与具象合一，抽象与形象交融，以达到文化育人、提高教育质量的目的。我们培养的不仅仅是“知识者”或“技能者”，而是“文化人”。

“大学的文化传承创新与文化育人”是一个常话常新、值得深入探究的问题，在座的各位专家和前辈都有着深厚的理论功底和丰富的实践经验，相信此次论坛一定能形成新思路、产生新办法，为高等教育的科学发展、内涵发展和特色发展提供新动力。

最后，衷心预祝本次论坛取得圆满成功，也诚挚地祝愿各位专家、前辈和嘉宾身体健康，诸事安顺！

谢谢！

（此文为在中国老教授协会2012上海论坛开幕式上的致辞）

无法想象没有精神的大学

有人曾统计，世上现有大学9000多所，其中欧洲有些大学将近1000岁。从中世纪象牙塔醉心“神学”到工业革命后聚焦“物学”乃至今日探索“人学”，大学殿堂本身始终在默默地孕育和苦苦地恪守着一种“精神”。这是自身存在和发展中具有独特气质和风骨的文明成果，并烙下所处时代的深深印记。

中国大学在超常规拓展疆域的同时，承载着不堪重负的社会功能，既要传递伟大传统，又要直面信息世界。短短100年的中国大学史，变迁剧烈，动荡不断，尚未完全拥有基本的独立精神和学术自由。当毫无表情的水泥围墙代替了爬满青藤的栅栏，大学精神不见了。当然，也不是几位书生闭门从故纸里拼凑几句校训朝校门上一写就铸就了一个什么大学精神。大学精神是岁月的积累、扬弃的过程、境界的追求。

大学精神的构建基础是以学生为主体的校园文化，同时校园文化也是大学精神的重要表现形式。校园文化是特定时空中的精神环境和文化气氛，它不仅仅局限于一些社团活动，还包括校旗、校标、校歌、校色、校报、校园网站、校园建筑、校园景观、校风学风、人际关系、舆论导向、心理氛围、行为规范、规章制度等。这就是以批判、创造和社会关怀为主要特征的大学精神。

纽曼说过：“如果一所大学不能激起年轻人的一些诗心的回荡，那么它的缺乏感染力就可想而知了。”其实，这种感染力就是大学精神和校园文化。无法想象没有精神的大学，更无法忍受没有校园文化的大学。

（载于《上海师大报·时评》2008年6月20日“校园文化建设专辑”）

“跨界合作，协同管理”
——从理念到制度、机制乃至境界

1765年珍妮纺纱机的发明标志着第一次工业革命的端倪，这不仅是一场生产技术上的革命，也是一次深刻的社会革命，激发了生产关系的重大变革。

19世纪70年代到20世纪初，伴随着资本主义经济的迅猛发展和自然科学研究的重大进展，第二次工业革命如期而至，各种新技术、新发明层出不穷，并迅速应用于工业生产，促进经济大发展。

20世纪40年代开始，在原子能、计算机、微电子技术、航天技术、分子生物学和遗传工程等领域取得重大突破，促成了人类历史上第三次技术革命，不仅极大推动了社会、经济、政治、文化等领域的变革，而且直接影响着人类的生活方式和思维方式，推动现代化向更高境界发展：加速转化科学技术为直接生产力；“科”与“技”密不可分，互相渗透，彼此促进。一方面，学科日趋增多，分工越来越细，研究越来越深。另一方面，学科之间的关联越发密切，相互渗透的程度愈见深入，科学研究朝着综合性方向发展。

众说纷纭、厚积薄发的第四次工业（或称技术）革命会以什么为核心呢？笔者以为，所谓核心，必然属于更广泛的基础性领域，自然会呈现更多的全新视域内的大合作、大交融、大格局。

身处这样的时代大背景，作为高等学府，它的思维模式、管理方式、架构形式理应是跨界的、交叉的、集成的。单打独斗不行，一枝独秀不成，唯有拆除屏障，打破藩篱，凝练共识，汇聚合力，方能谋大略、成大器、做大事、获大胜。诺贝尔奖获得者、美国麻省理工学院华裔物理学家丁肇中在日内瓦欧洲核子研究中心率领的阿尔法磁谱仪项目团队取得惊世成果：发现40万个正电子或许来自同一个源头——人们一直苦苦寻觅的暗物质。这个团队庞大而庞杂，凸显各种肤色的大合作。每位奥斯卡大奖斩获者的“获奖感言”措辞迥异，逻辑归一：除了谢天谢地，还得谢谢团队中的每一位成员，包括跑龙套的，没有Teamwork（团队协作），就没有蹿红的票房和惊艳的谢幕。“合作共赢”成了东西南北大大小小“利益共同体”的本能追求。

近年来，有一门新兴学科叫作“大协调学”，主要研究人类各种活动及其同自然界各种物质运动怎样协调发展的问题。笔者把这一概念借过来，运用到我们的管理工作中，就是指跨界合作和跨部门运作。以前雷锋曾说过：“我是一颗螺丝钉，党把我拧在哪儿，我就在哪儿闪闪发光。”这话说得很动人，讲的是服从分配，做好本职工作。然而，学校是一个整体、一个系统，尽管有条块之分、职责之别，但并不意味着占山为王、各自为政。很多部门的工作不能说不努力，确实在干事，但相互之间缺乏经常性的心灵和实务上的沟通、协调和配合。我们更希望看到的是：几个部门联袂出台的文件、几个部门联手处理某个事件、几个部门联席召开的会议。“合署办公”也好，“几块牌子，一套班子”也好，“大部制”“大平台”也好，讲的就是“分工不分家”的道理，这既是事物发展的客观规律，也是现代管理的必然趋势。

我们要使“跨界合作，协同管理”的理念变成一种制度，融会贯通在学校建章立制的全过程之中，增强规约性和执行力；我们要将这些协作性的管理条规变成一种机制，演化成依法治校、民主管理的脉络和精气，顺畅而活跃；我们最好把这一机制逐渐化为师大人的一个习惯：唇齿相依，彼此关照；乃至一种境界：舍伊其谁，殊途同归。

（载于《上海师大报·时评》2013年4月20日第334期）

白玉兰、蜡梅、紫荆花、荷花：争奇斗艳，交相辉映

本次研讨会的演讲，视角各异，精彩纷呈，既有基础理论或法规政策的研究，又有来自教学和管理现场的实证研究，发人深省，受益匪浅。总结如下：

1.“教师教育与教育领导”既是一个宏大的、长期的课题，也是一个具体的、紧迫的话题。我们有太多的教育现象要剖析，有太多的教学实例要告知，有太多的失策教训要反思，有太多的职业感悟要分享。这是身处后工业化、信息化和全球化时代的教育工作者对传统教育的慎重检阅和对教育新春的殷切期盼。论坛主题的核心就是学校如何为社会发展和民族振兴提供更多的可持续发展的各级各类人才，这是国家竞争力之所在。

2.校长的作用至关重要，他主导着学校的轨迹，决定着学校的品级，甚至影响着教职工的职业生涯。校长的伦理道德是整体素养的内核，他的专业水平和价值取向决定他能否成为“文化校长”。成功的校长拥有得力的领导团队并公平善待每位成员。

3.领导的实质是实施有效管理和践行人性服务，管理的水平体现出学校的秩序、规范与效能。两岸四地的学校管理风格受到历史渊源、地域文化、政治制度、人口结构等的影响。管理文化日渐成为学者研究热点。西方的制度文化和东方的和谐文化可互补互惠，相得益彰。

4.什么样的教师是合格的？怎样成为一名合格教师？这些命题永远鲜活。教师的专业知识和教学技能必须与经济社会同步发展。教师

是一份职业，因此要讲职业操守和职业精神；它也是一门专业，由学术—技术—艺术三要素构成；同时，它更是一项事业，与供职学校的发展和家庭幸福指数紧密相连。对教师的最高评价为“敬业爱生”。教师职业的自尊感、自豪感和敬畏感是教师守护岗位的精神动力，尤其在物欲横流的商业化社会和人生逆境之中。

5.很多演讲者都是从问题出发，进而发现问题、梳理问题、分析问题，并试图找到解决问题的路径和方法。我们非常欣赏和推崇这种治学态度。本次研讨会的宗旨：传递前沿资讯，拓展学术视野，切磋实践经验，反思失误教训，探索教育真谛。从理论上找答案很难，觅得答案付诸实施更难，这需要智慧，更需要勇气和魄力。教育工作者和研究者要向政府部门反映实况，澄清事实，进言献策，用科学的成果影响他们的决策，调试度量，导引方向，使教育少走弯路。

6.就教育文化而言，沪台港澳有许多相似之处，我们的教育传统基石同属儒家思想，同时又部分地折射出不同的地域色彩，好似今天论坛会场中东道主刻意摆放的白玉兰（沪）、蜡梅（台）、紫荆花（港）和荷花（澳），争奇斗艳，交相辉映，但都深深根植于中华黑土之中。

我们期待以后再相会，再交流。

（此文为2009年两岸四地教师教育与教育领导研讨会总结陈词）

第三只眼睛看伊朗

应伊朗高校及研究机构的邀请，经伊朗教育部、中伊友好协会、伊朗驻沪领事馆的安排，我率团于2011年12月先后访问了伊朗社会科学研究院、Alzahra女子大学、德黑兰大学、Allameh Tabataba'i大学、伊斯法罕大学、设拉子大学，这是我校首次在该地区开拓交流合作项目。代表团成员有人文学院副院长及女子文化学院院长朱易安教授、国际交流处副处长夏广兴教授、人文学院李丹副教授。

在与伊朗社会研究院院长Hamidreza Ayatollahy教授的会谈中，双方就波斯文化学、宗教学、语言学、汉学、古代中国与波斯民族交流史、亚洲研究等领域的交流与合作科研达成积极意向。该研究院在波斯文化学、语言学、社会学等领域取得一系列高水平研究成果，享誉中东，研究院特向代表团赠送部分出版的研究成果。

Alzahra女子大学是伊朗唯一一所文理工综合性女子大学，是中东地区最大的女子高等学府，该校设有八个学院，涉及文学、语言学、神学、体育学、经济学、教育学、心理学、艺术学、工学等，并建有女性学、国际伊斯兰经济学、历史学、儿童与青少年研究、诗歌与文学等研究机构，在校学生一万多名，本科专业39个，硕士专业42个，博士专业12个。校长Mahlouleh Molasheri博士表现出与中国合作的渴望，特别希望尽快在该校开设中文课程并逐步建立中文系，双方举行了正式的合作签约仪式。

在伊朗教育部的安排下，12月26日上午代表团有幸造访了世界名校德黑兰大学，在考察该校人文学院时，与院长Farajollah Ahmadi博士就互换学者和教师、合作科研、共同举办研讨会等意向进行了积极有效的磋商。

在中东地区以人文学科著称的Allameh Tabataba'i大学是我校代表团访问的第四站，学校主要领导和各学院院长悉数到场，隆重接待了代表团。该校建有高级翻译学院、波斯文学与外语学院、教育与心理学院、伊朗研究中心等为重点的一系列人文见长的教学与研究机构。双方就互设汉语课程与波斯语及波斯文化课程、互派学者和学生、合作科研等议题展开了积极而详细的会谈，达成广泛共识。两校正式签署了合作备忘录。

具有悠久历史及古老传统的伊斯法罕大学占地达250公顷，是伊朗面积最大的一所大学，除本科教学外，该校还建有50个硕士授予点，27个博士授予点。该校校长M.H.Ramesht博士向代表团详细阐述了与中国高校交流合作的观点和建议，并特别希望我校协助开设中文课程。经积极磋商，双方正式签署了交流合作备忘录。

坐落于伊朗南部高原的设拉子大学是我们到访的最后一站，该校的宏大规模，优势凸显的农学、工学、兽医学、能源学、环境学、气候学、生物学等给代表团留下深刻印象。人文学院院长Jalal Rahimian博士就合作开设汉语和中国文化课程、波斯语及波斯文化课程表现出浓厚兴趣和积极愿望，双方就校际合作诸事项进行了积极的探讨。

伊朗是具有五千年历史的文明古国。公元前6世纪，古波斯帝国盛极一时，成为世界上第一个地跨亚非欧三大洲的帝国，为该地区诸多民族的融合、人类文明的发展做出重大贡献。公元前4世纪起，伊朗曾先后遭到希腊人、阿拉伯人、突厥人、蒙古人、阿富汗人及英俄殖民者等的入侵和统治。波斯帝国的起落兴衰，多元民族的交融衍化，造就了波斯文化的多样性、独特性和坚韧性。

本次展览采撷了部分摄影作品，即“第三只眼睛”所看到的真实

伊朗：高等学府的前世今生，宾主交往的情感愿景，风土习俗的别致多彩，城镇村落的市井百相，帅哥美女的举手投足，贵人庶民的衣食住行，宗教信仰的具象礼仪，波斯文化的璀璨绚丽……

伊朗驻沪领馆也热心提供了一些值得观赏的摄影作品，以飨观众。在此，深表谢意。

借助此次访伊的第三只眼睛，我还想表达的是，20世纪70年代初，中美关系解冻，大力驱动历史车轮，帮助促成一个亚洲大国的崛起与人类命运的逆转。我们有充足的理由认定，摆在伊朗人与部分西方人面前的更大历史机遇将有赖于双方直视对方的眼睛，而非当下一直在做的那样，躲在厚重的历史迷雾之后，在想象中把对方异化为面目狰狞的“他者”。在“信息市场”上，我们过多引进洋货，因而造成巨大“信息赤字”，对伊朗的印象不能过多依附欧美话语，唯“眼见为实”。

（此文为“伊朗之行”2012年摄影展前言）

共同走过的日子

2008年10月24日我代表李进校长应邀参加美国新任驻沪总领事康碧翠女士举行的大学校长午餐会。

康碧翠总领事1983年进入美国国务院，曾先后在美国驻中国、泰国、匈牙利和瑞典等地使、领馆工作过。她是第一位美国驻华女性总领事。

康女士敏捷、健谈、热情、干练，一看就是个职业外交家，到任不久，马上约见上海高校领导，足见她对上海的教育以及中美教育交流与合作的高度关注。

席间，大家不约而同地把话题聚焦到中美建交30周年这件大事上，感慨万千，谈兴甚浓。我们议论着如何庆贺这个世人瞩目的纪念日，略加思索，我向康女士提出一个与其他大学不同的建议：我校有意举办一个上海师大与美国文化教育交流合作30周年图片回顾展，她饶有兴趣地听完我的设想后，十分赞同和欣赏，当场表示愿接受邀请剪彩并发表演讲。

这便是题为“共同走过的日子”图片展的由来。

从小球转动大球的“乒乓外交”，到尼克松总统“跨越大洋的握手”，到第一张由邓小平副总理送出的中国股票，再到美国游泳运动员菲尔普斯在北京奥运会上的微笑……中国是世界上最大的发展中国家，美国是世界上最强的发达国家，中美交往历经坎坷，饱经风霜，但终于持续稳定发展成重要的战略合作伙伴。

1979年到2009年，中美贸易额从不足25亿美元到3078.2亿美元；从1000多名在华美国人到近2万名在华美国留学生；从相互隔绝到建立

145对姊妹城市。改革开放30年来，中国出国留学人员总数达121万人，其中大多数人去了美国。

这两个地处世界最辽阔海洋两端、每天有5000多人往返于太平洋两岸的东西大国，今天在全球和地区事务中的密切合作，已经成为维护世界和平和稳定的不可替代的重要力量，共同肩负人类和平与发展的崇高事业，中美关系的意义和影响远远超出双边范畴。

上海师范大学与美国文化教育交流和合作源远流长，硕果累累。据不完全统计，30年间，我校接待美国各类代表团570余批次共3900多名各界人士，聘用美国专家170余位，注册美国留学生80多名，我校到美国访学进修的教师近800名，教育部批准的中美高校合作办学项目2个，我校与美国肯特州立大学合办的孔子学院即将挂牌，与我校签订交流合作协议的美国学校和机构达62所。因为双方有诚意，有远见，互惠互利，共谋发展，因此，规模不断扩大，项目逐年增加，形式日益多样，效果越发明显，加速我校融入国际化进程，为学校和师生的发展创造了许多良机。

为追寻久远依稀的记忆，重拾散落的光阴片段，定格时空坐标，呈现瞬间原貌，参与图片展筹备工作的师生几乎是翻箱倒柜，四处寻觅。在此向他们深深致谢，因为他们不厌其烦，辛勤劳作，使得这一展览增加不少看点，有些照片甚至极具史料价值，弥足珍贵。

基辛格博士对中美关系的未来曾作精辟论述：今后30年，中美关系将发生比过去30年更加戏剧性的变化。世界在改变，中美关系在改变，但是两国关系一直是世界发展中重要的稳定性力量。

（此文为上海师范大学与美国文化教育交流合作30周年图片展前言）

欢迎美国驻沪总领事季瑞达先生来上海师大演讲

Ladies and Gentlemen, our dear students,

Good afternoon!

Today we are very glad to have our distinguished guest, U.S. Consul General in Shanghai, Mr. Kenneth Jarrett here to deliver a lecture on topic of American President Election.

First of all, on behalf of Shanghai Normal University and also in the name of myself, I would like to extend our cordial greeting and warm welcome to Mr. Kenneth Jarrett, and all of us feel grateful to you for your special trip to our campus.

International Scholars Forum of SHNU which began last year has been branded as a multicultural event as well as an updated academic information channel. Over the last year more than 40 well-known foreign scholars and top-tier speakers have stepped on the platform to have thought-provoking talks with our teachers and students and what they talked about here stirred up our curiosity about what was happening in the related area and, in particular, intensified our interest in what would be happening in the near future.

Ethics, social responsibility and diversity of thought are some of the qualities of our university education. We try our best to create a kind of welcoming and challenging atmosphere in which students find

themselves equally treated and highly motivated. They are encouraged to share their passions and ideas with other students and professors who know that each person can, and should make a difference in the world. Therefore, they should first know how different the world is and what are the differences in the world. This Forum is just to show our students a different but colorful world and to let them know the persons who think differently but live on the same globe.

As a matter of fact, the International Scholars Forum has, as expected, broadened our faculty and students' vision, provided them with the latest information, improved their foreign language proficiency and equipped them with the cross-cultural communicative competence.

Before the lecture I'd like to make a very brief introduction of Mr. Kenneth Jarrett, a very different person, whose Chinese name is 季瑞达 and who has tried many different jobs. A native of New York, Kenneth Jarrett is a graduate of Cornell University (B.A., history), Yale University （M.A., modern Chinese history) and the National War College (M.A., strategic studies). He has also studied at the Hopkins-Nanjing Center at Nanjing University, the Taipei Language Institute and New Asia College at the Chinese University of Hong Kong. Before joining the Foreign Service, Mr. Jarrett was an English teacher from 1979-1981 at the Shanghai Foreign Languages Institute.

Since he joined the Foreign Service in 1982, Mr. Jarrett's assignments have included overseas postings in Manila, Chengdu, Singapore, Beijing and Hong Kong. He has also had domestic assignments at the U.S. Mission to the United Nations in New York, the State Department's Office of Chinese Affairs, and the Office of Israel and Arab-Israeli Affairs. Mr. Jarrett worked from 2000-2001 as Director for Asian Affairs at the National Security Council, with responsibility for issues related to China, Taiwan, and Mongolia. Mr. Jarrett is married to Ms. Ann Yen. They have two daughters.

Now let's ask Mr. Jarrett to tell us how USA President comes about: a simple fact but a very complicated procedure.

(Conference Hall, Shanghai Normal University, Jan. 3rd, 2008)

留住学长别样风采

欧美同学会的前身是建于1905年的寰球中国学生会，该会曾帮助周恩来、邓小平、陈毅、聂荣臻、蔡和森、赵世炎等赴法勤工俭学。1913年10月，顾维钧、梁敦彦、詹天佑、蔡元培、严复、颜惠庆、王正廷、周诒春等人发起，联合京津两地同学会，创建欧美同学会，梁敦彦为首任会长，提出"修学、游艺、敦义、励行"的协会宗旨。1919年6月，上海欧美同学会成立，时任复旦大学校长、寰球中国学生会首任会长李登辉为会长。1984年9月，上海市欧美同学会恢复成立。2007年12月，增冠"上海市留学人员联合会"新会名。2013年欧美同学会将迎来百岁盛年。

欧美同学会是中共中央书记处领导的、中央统战部代管的全国21个群众团体之一，这是一个具有悠久历史和爱国主义传统的民间组织，曾在近代中国的新文化运动、五四运动、"一·二九"运动、抗日战争以及新中国的成立和建设中发挥过特殊作用，闻名遐迩，影响广泛。党和国家领导人十分重视这一组织的发展，有些老同志亲自担任欧美同学会的主要领导。

新时期欧美同学会的宗旨是：继承爱国主义传统，团结留学归国同学，广泛联系海内外学人，修学敦谊，相互切磋，成为与广大海内外留学人员密切联系的桥梁和纽带，共同为中华民族伟大复兴做出贡献。办会方针为：团结合作，勇于奉献；尊重历史，放眼未来；加强交流，广交朋友；积极参与，民主办会。

我校欧美同学会成立于1997年，现有会员205名，年龄最大的98岁，最小的20岁刚出头，涉及留学国家20多个。

1872年清政府选派幼童前往美国“师夷长技”，迈出了走向世界的重要一步，带回的知识和成果对当时社会的影响举足轻重。

1992年邓小平同志关于扩大派遣留学生的指示下达后，留学规模空前，达到150年来的最高潮。

归国留学人员是伴随改革开放和社会发展进步而产生的群体，一般具有视野国际化、专业高端化、理念现代化的优势和特征，该组织是一个丰富的信息库和人脉矿，已成为推动中国社会和经济发展的一支重要力量，受到广泛重视。

为了让师大人更深入、更全面地了解欧美同学会情况，我们收集了大量珍贵历史资料与照片，从中采撷部分精彩时光片段，回眸百年历史风云，多侧面、多角度地领略和欣赏这个留学人员大家庭的别样风采。

（此文为2013年欧美同学会百年回眸展前言）

停步经行处，天地有大美

欧美同学会的同仁对域外文化有独到感悟和难解情结，因为我们人生的某个片段曾在远离家乡的异质土壤定格，汲取了那儿的水分和养料，在多元文化碰撞和跨文化交融的特定历史背景下，开拓眼界，丰富阅历，磨砺思维，吸纳精髓。

拳拳报国心，殷殷民族情，母体强大磁性使我们成为新时期的别样一族：海归派。

自有生以来第一次出国留学后，海归派中有不少学长经常出国游学、游教、游历、故地忆旧，或涉足新域，这已是我们融入世界、对话自然、探究文明、体验人生、升华精神的生活和工作的一种方式，同时也为上海师大对外交流和合作作出了卓有成效的业绩。

出门远行的行囊中，相机是必备的，也是必需的。少数高智商的绝顶数码人才使我们大多数人变成傻瓜，所以乐意，当然也善于用“傻瓜机”观察周围的动静。信息技术的突飞猛进使影像摄入程序化、自动化，技术要件与要素的差距在缩短，因此，个体的洞察力、欣赏力、想象力，乃至活力、动力、耐力和体力在摄影过程中显得尤为重要。

呈献在各位眼前的是欧美同学会上师大分会的学长们拍摄的海外精选照片，谈不上是什么杰作，也不奢望获奖，只是告诉你，我们在海外看到了些什么。

相机是触角，是眼睛，相机也是我们的记忆匣。

让我们一起分享这一小部分的精彩聚焦、美好瞬间、难忘掠影……

（此文为2007年欧美同学会海外见闻摄影展前言）

走进非洲博茨瓦纳

博茨瓦纳位于非洲中南部，于1966年脱离英国殖民统治而独立。那时它是全世界十个最贫穷国家之一。然而，40多年稳定的民主制度、强力的社会政策、良好的经济管理，已经把博茨瓦纳变成非洲最具活力的经济体。它的经济主要依赖矿业加工和钻石开采，这两个产业的产值占国民生产总值的三分之一以上和70%的出口创汇。旅游、金融服务、养牛业是另外三个重要的产业。它拥有广袤的土地，超过581730平方公里，属于半沙漠向沙漠过渡的气候。该国稳定的多党派民主制度为该地区提供了一个良好的民主政府范本。国际透明组织（Transparency International）将博茨瓦纳列为全非洲最不腐败的国家。2009年，博茨瓦纳被评为非洲和平指数最高的国家。博茨瓦纳也积极参与非洲联盟（包括联盟的维和行动）和联合国的事务，南部非洲发展共同体（SADC）的总部就设在博茨瓦纳。博茨瓦纳于1975年与我国建立外交关系。

教育在博茨瓦纳的社会经济发展中占有优先地位，其国民生产总值的8.7%用于教育经费。适龄儿童皆可参加10年免费学校教育，成人识字率超过80%。妇女接受教育的比例也很高，例如在博茨瓦纳大学有55%的学生是女生。

博茨瓦纳大学建校于1982年，地处博茨瓦纳首都哈博罗内(Gaborone)，它是全国唯一的综合性大学，按惯例，总统或卸任总统担任该校的校长。办学目标是成为非洲乃至世界的一流大学，各类学生15000多人，教师2600多人。学校有七个学院：商学院、教育学院、工学

院、医学院、文学院、理学院、社会科学学院。学校共有60个本科专业，40个硕士专业，30个博士专业。另外学校还设有研究生院，硕博士学生占全校学生的10%。2008年学校制定了八年计划，其战略目标包括增加学生数量，提高教学质量，教学科研的发展及学生的培养目标等，并明确提出要培养对国家经济和社会发展有益的具有国际视野的一流人才。为此，学校积极发展与世界各国的交流与合作，目前与20多个国家的70多所大学建立了校际交流关系。

2008年11月，我校与博茨瓦纳大学合作举办孔子学院。2009年7月正式启动汉语学习班，迄今，累计学生近500人次。目前孔子学院正以丰富多彩的文化活动和汉语教学吸引越来越多的当地民众认识中国，了解中国文化，帮助当地企业培养与中国合作的汉语人才，协助博茨瓦纳大学制定汉语本科教学计划，培养合格汉语教学师资。

为落实中非合作论坛第四届部长级会议发表的《沙姆沙伊赫行动计划（2010-2012年）》有关中国政府倡议实施“中非高校20+20合作计划”的承诺，进一步推动中非教育合作向务实、高效的方向发展，教育部开展了“中非高校20+20合作计划”项目的遴选工作。举全校之力，经专家评审，2010年6月教育部核准上海师范大学等20所学校为“中非高校20+20合作计划”入选学校。我校的合作伙伴就是博茨瓦纳大学。

本图片展旨在让我校师生更好地认识博茨瓦纳、了解博茨瓦纳大学和博茨瓦纳孔子学院，并希望有更多的师生积极参与两校的交流与合作。

（2010年“走进博茨瓦纳”摄影展前言）

游历·摄影·人生

伊莎贝拉·柏德（1831—1904），一位英国近代历史上了不起的女性，世上屈指可数的大旅行家。她的海外之旅始于1854年22岁，到1900年的近50年内，她以亚洲为中心，启动了壮丽的环球旅行，足迹遍布南美、南极之外的世界各地。

柏德的中国之旅始于1878年，那一年，她首次游历了日本和中国的广州、香港；其后在1894至1897年间，她在三年两个月内漫游远东。这一时期，她不仅访问了北京、沈阳以及华中、华南的一些沿海城市，还花了半年时间溯长江而上，一直深入川藏高原上的梭磨藏区，这对西洋人来说，实属史无前例之创举。

柏德的游记，不仅对那年代的事件、景观、人物的刻画栩栩如生，而且充溢着时代的气息。因此，她的许多作品，在当时就是畅销书；她的文艺声名，在20世纪的英国女性作家群中，唯有阿加莎·克里斯蒂可以比肩。有感于柏德游记在历史及地域史上的探索价值以及对当代地理学创新发展的研究价值，日本京都大学大学院人类环境学研究科金坂清则教授，数十年如一日孜孜以求，全面解读了这位女性旅行家的生涯和游记，为我们了解柏德的人生、感悟她那魅力四射的大旅行提供了弥足珍贵的史料和多维视角的启示。

本次摄影展，是以“读游记，就是要阅读构建游记背景与本质的旅程、旅人、旅地以及旅行的时代”这一金坂先生的独创理念为基础，选取了他追溯柏德20年旅行生涯的100件摄影作品，同时引用与这些摄影相关的柏德游记中的记述加以展示。此外，在这次上海展中，金坂先生还

特别追加了与中国相关的14件摄影作品以及与柏德相关的3幅老照片。

2005年至今，金坂教授在柏德的祖国英国（5地）、日本与美国（各2地）举办摄影展，获得很高评价。此次能邀请金坂教授来我校举办他在中国的首场展示，我们深感荣幸。衷心希望借助此类活动以及之后他在韩国、日本等地的巡展，增进大众对游记这类文献的阅读和研究兴趣，并以金坂先生所倡导的“再现之旅”的形式开展新型旅行体验，不断深化我们对游记的赏析，对时代的理解，对人生的反思。

（此文为“再验之旅：追寻伊莎贝拉·柏德的足迹”摄影展前言）

城市·生活·人

先哲亚里士多德曾说过，人们为了追求美好生活，集聚到城市，因为那儿的机会更多一些。

急速的城市化进程使世界上一半以上的人在城市生活，这是人类文明的重要里程碑。与此同时，由城市引发的各类问题又变成人类生存的普遍问题。

城市变得更多，更大，更杂，甚至集群围圈：都市群、都市圈。

然而，生活依旧五味：酸、甜、苦、辣、咸。

人是城市的构建者，他把他的思想与情感融入其中的一砖一瓦，城市不仅是他的生存空间，更是他的一种表达形式。

日月风雨渗透到城墙的每个角落，历史长河浸润着市井的每条脉络。

在城市这个舞台上，生活是永恒的主题。

人，莫问来自哪里，不管男女老幼，无论以何为生，他们永远是鲜活的主角。

上海师大欧美同学会的摄影爱好者在此与大家分享凝固的瞬间，定格的精彩。

城市是有形的，生活是多样的，人乃万物之灵。

（此文为上海市欧美同学会上海师大分会2010年摄影展前言）

《槐市人》：种田人

《槐市人》杂志邀我写几句话，作为本期卷首语。

这本杂志好似一畦绿油油的实验农田，未来的编辑出版人在此松土、间苗、除虫、浇水、追肥，“头戴草帽肩荷锄”，为的是“手挎竹篮采果蔬”。尽可能地试着做，尽可能遵循业内规范和准则。

谁发明了纸？据说是东汉的蔡伦首先把纸的样品献给皇上，争论还在继续。但读书人读的就是印着字的纸，所谓“汗牛充栋”“力透纸背”等都把纸作为承载思想的物质加以称颂和描绘。如真是蔡伦发明了纸，那公共阅读可能性的实现，头功归他。

不料，计算机问世后，电子阅读破了传统阅读的圭臬，改变了阅读的疆域、时效、程式。

然而，读报读书读杂志——这一传统阅读方式的神圣地位没有因为8级地震而有所撼动，原因颇多，恕不赘述。有一点坚信不移，纸是为思想而生的。我曾在随笔《随便翻翻》里讲到阅读的感觉：“看书有时好似休闲，背靠沙发，双腿跷起，香茗一杯，干果数枚。飘着墨香的书页从十指间沙沙滑过，如能借得什色斑斓的阳光涂抹在片片‘书叶’上，那真是一种天堂鸟的感觉。更实在更通俗地说，是冰淇淋透心凉的甜，是青橄榄苦涩后的蜜。这是在直面空壁、正襟危坐读书时根本无法体验得到的。”

问题是由功利诱导和驱动的浅阅读泛滥不止，本色阅读缺失乃至消歇，文化创造力难以为继，甚至绝子断孙。我们这个自称荣耀的时代会留下什么可为后人仰慕乃至敬畏的阅读刊物？

看似多元繁荣的出版帝国，人文主义缺失，精神底气虚弱，跟风、炒作、哄抬、拼贴、复制、抄袭，此起彼伏，欲罢不能。说到底，具有创造力和想象力的作者和编者严重匮乏。当然，具有职业素养和现代市场运行知识和技巧的出版人也是凤毛麟角。

按传统的说法，编辑是替他人作嫁衣的，书市营销者是替作者吆喝的。但干这一行也必须以学术、技术和艺术为支撑，任何值得一读或百看不厌的刊物离不开这三个要素。

浅阅读说到底不能一味怪罪读者，除了作者，编辑出版专业人员理应肩负起提供有价值的公共阅读料理的重任和使命。

文化土壤和教育园地是否能孕育出一批批有批评精神、创造活力、人文底蕴和社会意识的编辑出版专业人才，这是我们应该回答的问题和迎接的挑战。

愿上海师大以及《槐市人》能够交出一份满意的答卷。

（此文为《槐市人》2008年3月号卷首语）

一个文化自觉、自信的平台

丙申初春，万象更新，《非遗传承研究》正式创刊了，可喜可贺，可圈可点。

从表面上看，全国各地刊物林立，竞相争艳，然而出版业确实时运不济，命运多舛，正在奋力转型升级，力图站稳脚跟，在深度信息化的今天，占有一席之地。在这种情势下，上海市教卫党委、上海市新闻出版局以超常的速度批准了我校中国非物质文化遗产传承研究中心创办一本专业期刊杂志的申请，足见政府主管部门和社会公众对《非遗传承研究》倾注着真诚的关爱、寄托着莫大的希望、期待着丰厚的收获。

本刊为季刊，每季末出版，由上海师范大学主办、上海师范大学中国非遗传承研究中心承办。开设的栏目有：法规解读、理论研究、调查与报告、传承项目、传承人风采、非遗进校园、非遗在社区、信息平台、史料与掌故等。

作为一本专业性、公益性的非遗传承与保护的刊物，《非遗传承研究》将始终以“搭建平台、守望非遗、传承文脉、共享成果”为宗旨，立足上海，面向全国，放眼世界，通过建设一个宽广、多元、互动的交流和服务平台，全面真实地反映本市及周边地区非遗传承与保护的现状；不断跟踪本市具有代表性的非遗项目，关注和研究它们的生命力表征和指数；联合大中小学及社会力量不断探索非遗传承的机制、路径、载体、方法等。特别是推动非物质文化遗产在国民教育体系中的体验与传习，以此有力推进社会主义核心价值观在学校教育中的培育、涵养和践行，从根本上帮助年轻一代确立中华民族的文化认同感，增强民族凝聚力和国家向心力。同时为未来的保护发展提供前瞻性思考，激发社会公众的责任感与使命感，为政府相关决策提供智力支撑。

读者是刊物赖以生存的基础，但愿《非遗传承研究》能吸引更多的知音与知己。

作者是刊物灵魂表达与价值传递的主角，期盼更多的优质文稿。

编者是刊物酝酿的大厨和运行的管家，我们将坚守职业操守，激发专业灵感，秉承读者第一、质量至上的理念，不负众望，不辱使命，烹制出原汁原味的传统文化的美味佳肴。

衷心期待社会各界人士的关注和支持，欢迎踊跃投稿并不吝赐教。

（此文为《非遗传承研究》发刊词）

有感于《人文与传播学院周刊》100期

苏志良院长要我为《人文与传播学院周刊》第100期写几句话，看了98与99期，便有了以下文字：

在西方，星期一常被戏谑地称为“Black Day”，因为特别忙乱，人文与传播学院在周一以电子周刊的形式将繁杂多元的各项大小事务盘点梳理得脉络清晰，简繁有致，使人文的学人与学子始终有一种周期方向感和学院亲切感。“备忘录”的友情提示、“一周志”的要事圈点、“迟到新闻”的喜怒哀乐，足以证明寥寥数页的电子周刊为何能活到100期，而且还要走下去！

夏娃的苹果孕育了人类，砸在牛顿头上的苹果使我们认知了真实的世界，乔布斯那个被咬掉一小口的苹果改变了人们的记忆和交流方式。我们只有即时而精要地知晓外面的动静和圈内的动向，才能产生快捷而有效的共鸣和互动。这一小微电子周刊的价值就在于此。

2012年3月11日星期日晚

校友·校友会·校友文化

校友会同仁邀我写一短文作为本期卷首语，其实，文章越短越难写。我从2009年9月开始分管校友会工作，时间不长，只能谈一些感想。

校友会是现代大学制度的必然产物，校友会机制是个名副其实的舶来品，而英语的“校友”也是舶来品，借用拉丁语，男校友单数为alumnus，复数为alumni；女校友单数为alumna，复数为alumnae。在传统的拉丁语中，男性复数的alumni可包括两性，如校友会Alumni Association。

从历史上看，校友会机制对西方学校，尤其是名校的发展起着至关重要的作用。首先，这是一种荣誉、身份和地位的象征。有些百年老校的校友，上了年纪还佩戴着当年毕业学校的校徽，时不时津津乐道自己曾是牛津大学的棒球队队长等，这种共同的荣誉感像黏合剂一般将各地、各业、各届校友紧紧地聚集在一起。再者，校友会机制是一种社会资源。对学生而言，这是某个社交圈的准入证，可借助这一机制广交朋友，创造机遇，获得成功；对学校来说，毕业生向母校捐赠、推荐优秀生源、提供就业或实习机会等，无疑，双方都乐此不疲。

通常情况下，西方的校友体系只认本科，硕士及以上学历的学生一般不列入。有些人只讲自己硕士或博士在什么名校念的，对本科母校三缄其口，只因本科的学校不怎么样，这种掩饰有悖校友文化的惯例和通则，忠诚度大打折扣。其实大可不必，求学之途路漫漫，跌宕起伏，在所难免，然而，扬帆起航的港湾，一生难忘。

在亚洲，韩国的校友会力大无比，韩国娃呱呱坠地就注定要归属

某个圈子，特别是自我无法选择的“三缘”：血缘、地缘和学缘。学缘受志同道合的影响，在韩国人生活中始终扮演着重要角色，他们最看重高中和大学的校友会。“高丽大学校友会”“湖南老乡会”和“海军陆战队战友会”号称最具凝聚力的三大圈。2002年韩国举行大选，当时的韩国中央选举管理委员会发布命令，禁止大选期间举行校友会等辞旧迎新聚会，以避免可能对大选产生的不当影响，虽然该命令后被部分修订，但由此可见校友会在社会中举足轻重的作用。

美国的校友文化尤为兴旺发达，长盛不衰，其根本原因在于美国学生对母校普遍具有较高的认同感，易于形成一股凝聚力量。这与美国高中生有充分的权利和自由选择大学不无关联。美国大学类型多样，社区大学、州立大学、市立大学、私立大学等，应有尽有。美国的大学各具特色，错位竞争，在世界范围内招生，活得都很快乐且滋润。不少普通学校历史悠久，文化独特，社会声望很好，既注重综合排名，更看好特色排名和专业排名，很多学生就是被特色或兴趣而非虚名或功利所驱动，学生进入他们喜欢的高校，实现人生道路上的一个重要理想，由此萌生对母校的天然好感。学生在没干扰的情况下选择了学校，然后学校根据学生的个性和特长塑造了学生，这一互相吸引的浓浓情怀便一直保持在毕业之后的漫长岁月中，所以很多学生把成功首先归因母校的培养，这绝非套话、官话。报答和反哺母校，情真意切，发自内心。这就是母校文化的力量。

捐资助学是美国校友的一种通常善举，然而，捐钱盖大楼的只是少数，更多的校友则是捐钱请大师，或捐钱设讲堂，即捐钱资助某一课程或系列课程（program或project），以捐赠者名字来命名是常有的事。当然，美国校友乐于捐赠，这也与美国纳税制度有关，因为捐钱可以免税，也可抵消相当一部分其他税款。另外，高额遗产税也促使更多有实力的校友萌生捐赠甚至裸捐母校的念头，特别是那些耄耋老人。

克莱尔蒙特大学经济学院有一位80多岁的老校友，毕业后一直从事小学教育工作，生活极为简朴，他用大部分积蓄做了两件事，一是为所在城市的公共图书馆捐资设立一个图书角；二是出钱为母校聘请一位著名的客座教授，其课程以这位老校友及他当年的导师的名字共同命名。这位老校友还立下遗嘱，身后将大部分遗产捐献母校。

涓涓细流成大海，点点心意表真爱，有力出力，有钱出钱，捐赠不拘形式，不分多寡，母校都应视若珍宝，按捐赠者意图，规范处置。我在国外出差时，看到有些校园草坪上放置着一些极为普通的休闲长椅，背面庄重地镌刻着捐赠者的名字。我校会议中心装饰的几幅美术作品下方也标明了作者兼捐赠者的大名。这是对校友和校友文化的最好诠释。

校友文化带动的校友捐赠成为很多大学持续发展的重要支撑，这种文化并非简单地积淀人脉和获取捐助，而是深刻影响着大学的教育制度。有了足量而持续的校友自发捐赠，大学教育可摆脱对权贵的依赖，避免商业利益对教学的干扰，使大学在金钱社会中保持难能可贵的独立和自主。此外，校友文化还把母校变成一种文化认同，志同道合的求学生涯、甜蜜多彩的青涩追忆、难以割舍的师生情感将社会精英集聚起来，成为推进社会发展的有益力量。

中国实施现代大学制度的时间并不长，由于受到传统观念和经济制度的影响和制约，校友会制度和校友文化还处于初始阶段，任重道远，但前景看好。对校友会在现代大学制度中的地位和功能的认同还需强化，对校友的重视和尊重应始终如一。此外，在募集的机制与方法、捐赠的管理与使用等方面有待深入而有效的探讨。

我心目中的上海师大校友会应是广大校友资讯交流的平台、人脉集聚的智库、心灵栖息的港湾。

（此文为《学思湖》2011年9月第8期卷首语）

就叫《天年源地》

这本刊物原先叫《退管简讯》，退管会同仁说，在新年来临之际取个新名，请我出主意并题写，而且要快，元旦放假结束须付印。

于是，就有了《天年源地》，这是在2009年1月1日星期四早晨第一缕阳光爬进我的卧室时突发奇想而得。

“天年”指人的自然寿命，如“尽其天年”“安享天年”“颐养天年”。

“源地”，而非通常的“园地”，突出发源之地。

据权威统计，过去的30年间，上海人口平均预期寿命从64.05岁上升到81.8岁，延长了17岁。本市户籍老人（60岁及以上）占户籍总人口比例首次突破20%，而且80岁及以上的户籍老人有46.78万人。太平盛世多人瑞，每10万人口中，约有5.5位百岁老人，2007年达758人，25年间增加了36.9倍。大城市，尤其像上海这类特大型都市面临人口老龄化和高龄化的双重趋势和压力，这是现代都市科学进步，法制成熟，精神文明，人文关怀的结果。

很多人把老年时光比作“晚霞”“夕阳”，当然也有较乐观的比喻，如“金色时光”（可能源于获1982年奥斯卡奖，叙述老人生活的美国电影《金色池塘》）、“银发族”、“桑榆”（引自唐代诗人刘禹锡的诗句“莫道桑榆晚，为霞尚满天”）。

日本当代著名作家在新作《熟年革命》中把老年人称作“白金一代”！他说：“白金一代，虽不能像黄金那样炫目华丽，也不会像白银那样素朴无华。白金一代，是外在不花俏，内在有花头。”所以他把经历了漫长人生和蹉跎岁月的磨砺，心灵深处潜藏着光芒的人们称作“白金一代”。

2005年，我提出退管工作“要把人道关爱、人情关切、人文关怀送到每一位退休同志的心坎上”的理念。每个人都会变老，关键是选择什么方式变老。对退休的知识分子群体而言，人文关怀至关重要，用文化的力量和养料支撑和滋润暮年的精神世界。

颐养天年的基础是“老有所养，老有所医”；对退休后生命价值的追求则体现在“老有所教”和“老有所学”；尤其重要的是，通过“老有所为”而“老有所乐”，真正融入社会发展的主流，触摸时代跳动的脉搏。

这本刊物旨在传递退管资讯，切磋保养心得，讲述旅途故事，研习文经诗律，抒发生命感悟。

愿《天年源地》成为我校退休教职员工快乐、充实、美妙的生活之源。

（此文为《天年源地》2009年第1期卷首语）

从摇篮到寝园

2002年我校退管会创办了《退管简讯》，2009年《退管简讯》更名为《天年源地》，版式与栏目作了很大调整。2010年适逢我国第23届敬老节，该刊再次更动了版式和栏目，编辑请我写几句话，权作聊天。

尽管是本内部刊物，它却是我校退休教职员工自己的天地，他们爱读这本刊物，他们爱在这本刊物上抒发人生感悟，分享旅途愉悦，传递健康奥秘。版式和栏目一改再改，既体现了读者对刊物的呵护和期许，也表明了编者对刊物的雕琢和追求。

退管工作的目标是“老有所养、老有所医、老有所学、老有所乐、老有所教、老有所为”，这24个字被首次印制在封面封底上，这是郑重的昭示，更是退管工作的金律。敬老爱老是我们民族的精神，更是国家的责任，社会的义务，学校的担当。

有张获普利策摄影大奖的照片，拍摄的是一位少妇推着一辆童车，里面坐着个娃娃，孩子把头伸出来，好奇地四周张望，外面是一片肃穆典雅的墓地，这张照片折射出完整的人生轨迹：摇篮到墓地（from Cradle to Grave）。在西方，有寝园文化，很讲究，许多墓园就建在豪宅别墅旁，装扮打点得像天堂似的。我们从中得到启示，人生苦短，来去匆匆，生死相伴，合二为一。暮年生活中的黄金价值所剩无几，需不断追求生命真谛，丝毫不要看淡、看轻这段光阴，乐观向上，勇敢面对人生各种困惑、痛苦和挑战。善待他人就是善待自己，尊重老人就是尊重生命。愿《天年源地》为更多的师大长者带来更丰盛的精神食粮。

（此文为《天年源地》2010年10月第3期卷首语）

选择什么方式变老

2010年年末，我校退休教师协会和老教授联谊会举行例行总结会，邀我参加，老同志们在发言中提到了《天年源地》这本自撰自编、自娱自乐的退休教职工的刊物。大家给予较高的评价，并纷纷为如何提高质量、提升品位进言献策。

人的生命像是漫长起伏的旅程，幼年、童年、少年、青年、中年、老年，一个驿站，一片光阴，一段记忆，环环相扣，丝丝相连。人世间天天确有很多冤屈不公的事发生，但造物主在创造人类的同时，设定了新陈代谢天律，无一例外。宋代大诗人陆游有言："春盘春酒年年好，试戴银幡判醉倒。今朝一岁大家添，不是人间偏我老。"还有一句讲得更好"人间公道惟白头"。人人都会变老，这没错，问题是我们选择什么方式变老。

许多退休教职工离开了课堂，离开了岗位，他们的眼光依旧犀利，思维依然敏捷，对人事气象的感悟源源不断，对时代发展和社会变迁始终保持着一种好奇和探知的情趣的心态。他们获悉的信息与在岗的人基本对称，他们的存在没有被边缘化。这些无疑得益于他们退而不休，敞开心扉，用脑、用口、用笔长久保持着与社会和周围人们的交流，有滋有味、乐此不疲地倾述着自己的感受，《天年源地》就是这一群体耕耘的田地和交际的渠道。

写稿的乐趣和益处很多，比如，就像农民种田、工人上班一样，写稿是一种耕耘、一种劳动，种瓜得瓜，种豆得豆，付出的心血与汗水，必有收获。你要向某一报刊投稿，首先必须认真研读，细细琢磨它的版

面、栏目、内容、特色和风格等，钻研透了，对上号了，写出的稿件才有针对性，命中率会提高。因为要写，必须逼着自己看更多的书报杂志，浏览相关网站，甚至要读懂某人、某些人和某段人生。看到自己的文稿见诸报刊，心中的愉悦和酣畅犹如生儿育女。

写稿也是一种高层次的脑力劳动，在一些人看来好像很苦很累。然而，正是这种苦和累，使人的神经系统保持敏锐和亢奋状态，磨砺思维，开发激情，对生活充满感恩，对社会始终保持一种童贞般的新奇感。刀越磨越亮，脑越用越灵，“精”“气”“神”贯通集聚而旺盛不衰，思想水平和认识水平也随之提升。不会东想西想，杞人忧天；不会唉声叹气，为老所累。

英国哲学家罗素曾写过一篇文章，题为《论老之将至》，说他的外祖母80多岁了，精力依旧不减，原因是“她根本就没有工夫去留意她在衰老”。经常思索，时常写稿，不为发表，只想充实，动起来了，忙起来了，用人文精神自我赡养，选择这种方式变老，老就不会变得太快，晚晴照样熠熠生辉。

我们期盼更多的老同志关注并赐稿《天年源地》，也谢谢“退教协”和“老教协”的前辈们参与并继续参与这本刊物的编辑工作。

根植于区域历史文化的校本课程

2015年的9月11日，我应上海市陈鹤琴教育思想研究会的邀请，参与了陈研会的基地学校——上海市霍山学校举办的一次纪念抗战与世界反法西斯战争胜利70周年的活动，当天的会议给我留下了深刻的印象。

霍山学校以编写校本课程的特别方式来纪念中国人民抗日战争暨世界反法西斯战争胜利70周年，内容即取材于学校所在的提篮桥地区，讲述反法西斯战争期间犹太人避难提篮桥的历史，更难能可贵的是，在编写的过程中，竟然发现学校的前身曾是收留犹太难民的避难所。纪念活动中，霍山学校的王晨校长就课程开发做了详尽的介绍，陆文静老师做了精彩的微课展示，一所基层学校对于区域历史有如此的深入挖掘令我吃惊不小。会后，与学校的吕晔书记进行了多次交流，对于学校的历史、校本课程的开发有了进一步的了解。

霍山学校是由我国著名教育学家陈鹤琴先生创办的，基于陈老先生提出的“大自然、大社会都是活教材”的课程理念，霍山学校从学校所在的提篮桥地区入手，深入挖掘区域资源，开发以犹太人、提篮桥监狱与下海庙为主要内容的《提篮桥文化》校本课程，我不禁为学校的这一做法拍手叫好。

了解中国的历史，两千年看西安，一千年看北京，一百年看上海。西安、北京因其久远、厚重的历史闻名于世，相形之下，上海显得十分独特。她的魅力更多在于其文化的多元性、包容性。在我看来，“海派”一词是对上海城市文明的最佳注解。而提篮桥地区恰好是海派文化的一个典型缩影，犹太文化、监狱往事与宗教文化构成了三元交汇的独

特区域文明内涵。如今，由身处其中的霍山学校透过课堂内外的学习、实践，将提篮桥的多元文化一代代传承下去，是一件很有意义的事情，孩子们也会从中真正感悟到上海这座城市的文化精神。

《提篮桥文化》校本课程的第二部《探寻提篮桥监狱》已经出炉。相比第一部的《提篮方舟与犹太文化》，《探寻提篮桥监狱》的题材、内容更难把握，可霍山学校编写组的老师们却独辟蹊径，从提篮桥监狱的历史沿革讲述近代中华民族的曲折历史，让孩子们通过一个个鲜活的历史人物，了解革命先贤对于理想的执着追求，认识正义终会战胜邪恶，感悟人生的价值，这无疑有助于孩子们健全人格的养成。

我预祝霍山学校《提篮桥文化》校本课程的三部曲获得成功，能引起更多的关注，将提篮桥所代表的海派文化内涵传承下去。

是为序。

（此文为《提篮桥文化》校本课程之序）

童双春新书发布会致辞

尊敬的童双春先生，

各位领导、各位来宾、各位同学：

大家下午好！

首先，请允许我代表上海师范大学中国非物质文化传承研究中心并以我个人的名义，欢迎各位光临上海师大，并对“海派滑稽与师范生的语言艺术暨《满园春色关不住——童双春滑稽艺术人生》”新书发布会在我校召开表示热烈祝贺。今天会场里特别热闹，大家是奔着海派滑稽而来的，就这个圈子而言，可谓高朋满座，群贤毕至。

我校非遗中心是2014年10月16日成立的，上海市教卫工作党委书记陈克宏出席揭牌仪式并发表讲话，对中心的传承研究工作给予厚望。成立非遗中心是我校贯彻落实党中央培育和践行社会主义核心价值观精神的重要举措，也是我校联合社会力量，推动优秀传统文化和非物质文化遗产在国民教育体系中传承发展的重要尝试。非遗中心的主要任务是：致力于非物质文化遗产研究，保护非物质文化遗产，保存民族文化记忆，促进和提高民族文化认同和民族凝聚力。致力于组织、开展推动非物质文化遗产持续传承的各类活动，特别是在国民教育体系中的各类传承活动。

根据联合国教科文组织《保护非物质文化遗产公约》定义：非物质文化遗产（intangible cultural heritage）指文化遗产的各种实践、表演、表现形式、知识体系和技能及其有关的工具、实物、工艺品和文化场所。通过传承使其具有一种认同感和历史感，从而促进文化多样性和激

发人类的创造力。非物质文化遗产是以人为本的活态文化遗产，它强调的是以人为核心的技艺、经验、精神，其特点是活态流变。我觉得，上海滑稽戏以及“双字辈”的传习模式就是一个范例。

众所周知，我校是上海较早开展非物质文化遗产传承研究的高校。谢晋影视艺术学院等在全国高校中首个采用“90后”大学生集体传承的方式，将上海非遗“码头号子”“海派魔术”“舞龙”和“皮影戏”等传承人请进校园，手把手教学生，积极肩负起高校保护非物质文化遗产的责任。美术学院学生组成团队以“民间糖画”参加大学生挑战杯，获得上海市一等奖。音乐学院研究生用了3年时间调查上海田间山歌的生存与保护，获得了全国大学生“挑战杯”二等奖。人文与传播学院的学生创办三月三女儿节重温传统文化，等等。今天的活动又是非遗传承的一大力举。

我是研究和教学英语和跨文化交际学的。前一阵子，时常听到“保卫上海话”的呼声，就我的个人感受而言，这不是危言耸听。根据联合国教科文组织的《语言活力与语言濒危》文件，通过衡量语言生命力九要素之首的“代际之间传承”，上海话的现状基本处于3级肯定濒危型（该语言不再是孩子在家庭里学习的语言）和2级严重濒危型（祖父母辈使用的语言，父母辈即便会讲，也不会对子女讲）之间。

我曾去过德国高校访问，德国也有保卫方言的争论和呼声，跟上海比较接近。在大都市，这种“接近”现象更明显。巴伐利亚的一些“方言悲观论者”认为，“巴伐利亚语”濒临死亡，根据是，在慕尼黑，说方言的年轻人几乎没有了。上海情况有些类似，虽然不那么严重。据调查，在两代都出生与生长在上海的家庭里，约15%的家庭基本使用普通话，约40%的家庭同时使用上海话和普通话，只有45%的家庭以上海话为主。年轻上海人不会说上海话，或者上海话说得不地道不纯正，已不是少数。就拿最简单的“我”来说，很多年轻人吐字不准，变成了“吾”

或“窝”。曾流传一个笑话，一个杭州人和一个南京人都在沪呆了十年，认为自己的上海话说得蛮好了。一日，一个上海人要考考他们，两人对答如流、毫无破绽。最后上海人问：“人行道，用上海话奈能讲？”两人面面相觑，小心翼翼地试探道：“是勿是叫‘人（nin g）行（yin g）道（d ɑɔ）’？”

不仅仅上海闲话正在被遗忘、异化，这种语言的流失还殃及地方文化。沪剧、昆曲、评弹说书等原来在江浙一带广为盛行的地方曲剧，越来越边缘化，就连曾一度被国人誉为海派特色的上海滑稽戏，也正在逐渐丧失它的文化地位，甚至与年轻一代“绝缘”。

上海话退化原因诸多，主要是两个。作为地方方言，四川话、广东话都有一个稳定的生存环境，四川话在影视剧中常常听到，是老革命们的标志性语言。广东话的出挑与它在香港和海外唐人街盛行相关。但上海话却没有得到有力的保护。首先是内因，越来越多的年轻人在思想、观念上排斥上海话；其次是外因，作为一个海纳百川的大都市，普通话理所当然成为人们的通用语言，上海话使用场合和生存环境越发紧缩。电台沪语组招聘主持人，两个星期的寻寻觅觅，竟然招不到能讲一口“正宗”上海话的节目接班人。第三代“阿富根”叶进说，大部分“土生土长”的上海年轻人对沪语的发音普遍把握不准，他们的上海闲话越来越接近“上海腔”的普通话。对于上海话的保护，不得不及早树立危机意识。最首要的是要尊重方言，在传媒和文娱演出、电视、广播中可适当开放方言的空间；第二，积极在青少年中推广，比如在学校里适当开展上海话的教育，从兴趣着手，发掘具有上海话特色的文学作品，开展滑稽戏、沪剧、昆曲、评弹说书等兴趣活动。方言的价值并不仅仅在于交流，更多的是其背后的文化价值，之所以要重视上海话的运用和教育，因为语言是文化的载体，其最终目的是传承上海的地方文化。

我曾在上海语言博览会的演讲中呼吁政府要制定更加务实高效的

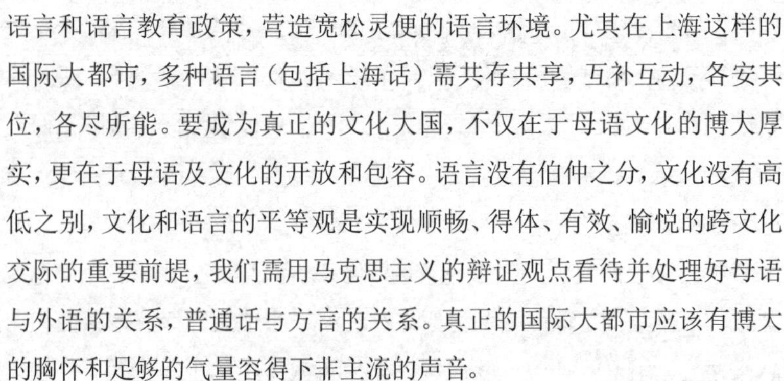

语言和语言教育政策，营造宽松灵便的语言环境。尤其在上海这样的国际大都市，多种语言（包括上海话）需共存共享，互补互动，各安其位，各尽所能。要成为真正的文化大国，不仅在于母语文化的博大厚实，更在于母语及文化的开放和包容。语言没有伯仲之分，文化没有高低之别，文化和语言的平等观是实现顺畅、得体、有效、愉悦的跨文化交际的重要前提，我们需用马克思主义的辩证观点看待并处理好母语与外语的关系，普通话与方言的关系。真正的国际大都市应该有博大的胸怀和足够的气量容得下非主流的声音。

作为土生土长的上海人，我对上海话情有独钟。上海话又称“上海闲话”，是“吴语”的一种，但实际上，上海作为一个移民城市和开放城市，各地方的人在一起和睦相处，因此上海话融合了各种方言包括外来语，但我觉得受苏州话和宁波话的影响尤为明显，比如“白相”（玩）、“地脚印”（地址）等。

上海人比较精明，购物一般要货比三家，而且善于讨价还价，一般很少有受骗上当的经历，正因如此，偶尔碰到一次，肯定切齿痛恨，所以上海话里把购物受骗上当用了一个“宰”字（如宰得血淋哒滴），既把宰客者杀气腾腾的神态表露无遗，又把挨宰者的痛苦表情淋漓尽现。

上海的女孩有一个特点，比较喜欢撒娇、喜欢黏、喜欢喋喋不休，有时有点无理取闹，用上海话讲叫“作”，几乎没有第二个字可以将如此复杂的神态和行为完整地表达出来，既言简意赅，又生动形象，上海男人经常会讲的一句话是：“这个女孩作起来真吃不消。”

“糨糊”一词近年流行甚广，既可用来表示那些办事不力、装疯卖傻、圆滑或故弄玄虚等行为，如“老糨糊”“糨糊深”等（近似“夜壶蛋”），又可用来形容乌烟瘴气的场所，如“糨糊地方”“格里厢有糨糊”等。最近我又听到有人讲，捣糨糊不算本事大，“捣柏油”更厉害。不过随着时代的变迁，一些上海话已经消亡或被淘汰，对年轻一代的上海人来说也不知所云。比方说，我的学习成绩一直“扎出侬”，很多年轻的上海人不一定听得懂。我们的下一代在听滑稽戏时，常常笑不出来，尽管听懂了上海话，这里面的文化背景也不甚了解。

上海闲话中用数字生成的俗语或习惯表达也是交关有味道的，如一家一当（全部家当）、一只鼎（最拿手）、两样生（不一样），两面黄（一种海派面点）、三日两头、三头六面、五颇六肿（严重受伤）、五斤吼六斤（非常生气的样子）、七荤八素、瞎七搭八、弗二弗三（不正经）、弗三弗四（不正经）、老三老四、狠三狠四、瞎三话四、三钿弗作两钿（贱卖）、投五投六（莽撞）、绕七绕八、老里八早（很早）、老茄三千（一本正经，像是很内行）、乱话三千（瞎说）等。

小辰光，我最喜欢去两个地方，少年宫和大世界。少年宫里可以走“小红军道路”，看儿童剧；大世界里照哈哈镜，看滑稽戏。我总觉得，上海闲话在上海滑稽戏里体现得最出彩，回味无穷。上海滑稽戏是一种新兴的汉族戏曲剧种。在抗日战争中期，由上海的曲艺独角戏接受了中外喜剧、闹剧以及江南各地方戏曲的影响而逐步形成。它流行于上海、江苏、浙江的许多地区，受到广大观众的欢迎。《三毛学生意》《七十二家房客》《白相大世界》《玲珑塔》等百看不厌、百听不腻。

在研究和传承人类语言的时候，我们千万不能小看或忽略各地各类方言，有一句话特能说明方言的力量，“少小离家老大回，乡音未改鬓毛衰”，乡音是黏合剂，老乡见面泪汪汪。方言更是区域文化（亚文化）的载体。你说你是上海人，怎么来证明？户口簿是法理层面的书证，只有娴熟纯正的上海闲话才能在文化层面上定格你的上海归属。中国有56个民族，有80多种不能彼此通话的语言和地方方言，光以语系论，就有汉藏语系、阿尔泰语系、南岛语系、南亚语系、印欧语系几大类。讲汉语的人最多，然而汉语里究竟有多少种方言，几乎到了无法统计的地步，因为这是可大可小的。少数民族地区另当别论。仅以汉语区而论，

真正因方言而爆发“新闻”的，其实主要是两个地区，一个是上海，一个是广东。难怪有些外国人甚至误认广东话就是普通话，因为唐人街里都说这话。

随着全球化进程的加速，文化和语言的多元趋势不以人的意志向前发展。尤其在东西糅杂、五方麇集、时空交错、多元交融的今天，不忘祖宗，不忘家乡，首先要不忘母语、不忘乡音。上海师大60%以上的教师、70%的本科生、85%的研究生来自全国各地，要想理解和融入上海文化，首先要慢慢听懂上海话，接着要开始艰难地学说上海话，不然，在认知和融入上海的过程中，你们与你们出生在上海的后代之间肯定会产生新的代沟。勿容置疑，观看并欣赏上海地方戏剧和曲艺是一个很好的学习机会和融入机遇。

以前，有些学生学习英语，用上海话注音，可谓巧学，如education（阿舅开心），toothbrush（兔子不拉屎）。当然，这并不是一个好方法，任何相似的方言注音总不能替代标准的48个国际音标。其实，上海话并不是一个封闭的系统，它也吸纳了各地方言，甚至外国语言，如康乐球（corner ball）、水门汀（cement）、混“腔司”（chance）、嗲（Dear）、邋遢（litter）、“老虎”窗（roof window）、席梦思（simons）、时髦（smart）、十三点（society，“十三点”以前也有“交际花”的意思）、沙发（sofa）、促掐（trick）。普通话里最典型的两例：幽默（humor），基因（gene）。可见，学好上海话，对学英语也有好处。各种语言的互相关照，彼此借鉴是常见的现象，倘若领悟了这一点，就可触类旁通，巧妙切换，收到事半功倍的效果。

我校师范生仅占到23%，但是教师教育是我校的起家之本、立身之本，更是发展之本，师范生的培养路径和方式必须与时共进。师范生的语言能力至关重要，如何借助曲艺的要领和特点，寻找契合点，增强师范生的文化内涵，提升他们的语言表达水平，这也是本次活动主办方的一个重要考量。

童双春老师的表演，我很喜欢，在各种场合常有欣赏。上海滑稽戏是一门有吸引力的地方曲艺，除了内容雅俗共赏、老少咸宜之外，更要点赞的是，它能使我们开心，使我们发出笑声，使我们忘掉烦恼，使我们能够重温原汁原味生活中的艺术乐趣，了解平凡人物的不平凡的伟大，培育向真、向善、向美的价值观。

今天推出的童老的这本书不同于一般的演员传记，文字通俗易懂，且图文并茂。内容不仅仅局限于舞台上下的逸闻趣事和人物生平的记录，而是以童双春本人的艺术经历作为线索，贯穿整个独脚戏艺术的发展脉络。通过对童双春每一个曾经参演过的经典节目的回忆，重点勾勒出独脚戏艺术和滑稽戏艺术的表演特点、结构、方法以及历史价值和人文价值。此书集学术性、艺术性、趣味性于一体，很有参考价值。文如其人，戏即人生。我们期待一睹为快，并在此深表祝贺和谢意。

北京高考英语降分，我有话要说

“上海教育·第一教育”微信号编者按

“得英语者得天下”，这是夸大事实，因为语言没有高低贵贱之分，英语只不过很多人能说、在说、容易说而已。

但如果拿英语开刀来证明一种文化自信，也是夜郎自大。不管你学不学这门国际通用语，世界都不可阻挡地朝着这个方向发展，过一段时间，你就会感到落后。

陆建非，上海师范大学校党委书记、教授。此篇文章为陆教授在2013年12月27日“基于我国高考英语科目调整变化后英语教学的趋势与对策”研讨会上的演讲（根据录音整理而成）。

各位来宾、各位老师、各位同学：

大家下午好！

首先要表明，今天我参加这个会议的身份是一个老师，是一个教英语的老师和一个英语研究者，不是党委书记的身份，为什么呢，因为这是一个平等的学术研讨会。

因此，以这样的身份发言呢，我觉得可能更得体一点。

会议的由来，我想是中共中央十八届三中全会公报以及决定颁布之后，在教育界引起轩然大波，正所谓一石激起千层浪。

在公报颁布之初，海外媒体不太看好，只觉得好像是“只听楼梯响，不见人下来”，或者叫作“雷大雨小”，但三天之后颁布了中共中央的决定之后，海内外媒体非常看好，国内的民众也叫好，因为在整个的决定当中，提出了全面深化中国的改革开放，这预示着一种站在历史新高度上的新出发，并将深刻而广泛地影响着我们几代人。

尤其是在第十二大板块第四十二条有关中国教育的改革，大概有723个字。其中有一段话讲到“外语等科目社会化考试一年多考”，就这么一句话，其实说的是“外语”，没说“英语”，但是大家把矛头就指向了英语，媒体和公众，包括不少行政部门就是冲着外语中的英语，发起一场大论战。

再说，大家对什么叫“社会化考试”，什么叫“一年多考”等等，解读也各不相同。因此我想，不管怎么说，我们国家的英语教育和教学又一次被推进了公众的视野。

正所谓媒体热议，众说纷纭。有些媒体知道我也是教英语的，纷纷来采访。由于工作实在太忙，没时间静心地思考一些问题，也就匆匆忙忙在2013年12月12日《文汇时评》上发了一篇文章，叫《母语退化不能只怪英语》，马上各大网站纷纷转发。

后来15日晚上教育电视台《教育山海经》栏目播出我参与的访谈节目，和上海大学副校长叶志明一起来谈论英语教育的话题，一下子这个话题又被炒热了。

今天上海师范大学外国语学院率先在全市开展论辩，至少据我所知，好像第一次以外语专业教育机构的身份把这个话题推向公众。

我们请了很多兄弟院校的领导、专家、教师，还有大学生，还请了合作伙伴英孚同仁（EF），还有中小学的专家和老师，一起在上海师范大学相聚，继续谈这个问题。

主持人请我先做一个开场白，暖暖场，那就把我的一些思考和看法先提出来，仅作参考，只能说是抛砖引玉吧。

首先我想讲一下公众和媒体对这个问题的一些看法，高考改革方案公布之后，特别是网民对此问题热议不断，众说纷纭。有些网民提出

要把英语从神坛上拉下来，神坛啊，英语的地位够高的。

还有很多人表达了自己的担忧。更多的人认为，英语的这样一种变化，无非是考试的变革和变化，是好还是坏呢？

当然，这中间也有些误读。更多的人担心英语的地位被削弱，我想这“更多的”中间必定有我们更多的英语老师和喜欢英语的学生，民众不会有更多的人说这话。

在我国教育体制中，英语究竟扮演什么角色。在与世界接轨的今天，我们到底如何正确对待英语这样一个世界公认的国际性语言的工具。

不仅仅是高考，其实中考也在改革，因此“高考英语改革”“北京高考”“高考改革”等关键词在网上搜索量不下有上百万条。

我查了一下，原教育部新闻发言人、语文出版社社长王旭明在微博中写道：“喜闻北京出台2016高考改革要点，语文从150分上调到180分，英语从150分下调到100分，真好！很少表扬北京，这次不仅表扬，而且大赞并发自内心。削弱英语教学的刚性要求，降低英语考试权重分值，增加母语教学刚性要求和提高母语考试权重分值，应该是下一步考试改革方向之一，坚持！”这个论调出来之后，在网上也引起了议论。就我本人而言，完全不赞成。因为他的身份是语文出版社社长。

当然也有些网民比较理智，说应该标本兼治，关键在于体制变革，有些网民提出基础教育阶段应该加强国学教学和国学的学习，英语是国际通用的交流语言，不能忽视其重要性。

这个评价我觉得还是比较客观的。当然也有很多人问，英语为什么会变成全民学习的哑巴语言？是不是实行社会考、一年多考可以解决这个问题呢？

有一些同志提出外语退出统一高考不是我们学习和借鉴西方文化的步子变小，而是一种“以退为进”的举措，这种观点也是蛮新奇的。

所谓“以退为进”，便是外语从高考当中先退出，但却要从现实当中再前进一大步，那就是使外语学习变得更加多元，尤其是要成为一种辅助性的语言，成为一种兴趣，成为一种梦想等等。

11月3日，21世纪教育研究院颁布了《2013年英语教育网络的调查报告》，有45758名网民参加。调查结果显示，超过九成的家长认为我们的孩子要学语文，学习传统文化比学习英语更重要。但是孩子在学习英语当中投入的精力依然超过语文。有七成的家长认为，孩子学习英语就是为了要升学，非常功利。

另外根据调查，儿童接触英语的年龄也越来越提前。47.38%的孩子从3岁到6岁开始接触英语，12岁及以后接触英语的孩子比例仅为6.56%，3岁以后开始接触英语的比例最高，达到16.23%。86.39%的家长称自己的孩子在上幼儿园和小学一年级的时候就开始学英语了。

我想从3岁一直学到博士后，甚至在工作的时候仍然坚持学，中国孩子学英语的时间，确实占了相当长的时间，而且年龄跨度比较大，确实体现了一种终身学习的志向和一种反复折腾的现状。

当然，也有一些是反对的声音，比方有网民说，如果英语退出高考的话，会使中国失去许多搞高端科技的潜力人才。凡是高深科学技术的知识，哪样文献不是用英语的？尤其是理工科的。也有网民说："你（指英语）是一种信仰，给我带来力量：现在英语依旧是国际通用语言，学好以后会有很多好处。"

反而高等数学算什么？谁用得到那个东西啊！有个叫刘达的网民说："取消了英语也不会学好语文。国学回归传统，因为我们的教育方式有问题，学习时间再多也没用。"

还有个网名叫姚远，他说："不喜欢外语，但如果外语退出高考，那将是中国的一种悲哀，竟然把最实用的一门语言给取消了，为孩子的前途而感到担忧。读书的时候不好好学，到了真正要找工作的时候就该发愁了。"

他那个工作我估计是指外资、合资公司的工作，也包括在海外的企业。还有个网民说：“气死人了，为什么把我最喜欢的英语给取消了，每次考试我数学最不争气，英语最给我长脸。虽说已经毕业了，但这个举措还是理解不了，取消的原因是什么？”

另外一个情况令人惊叹，尽管英语遭遇不平，退出高考，不少人试图给英语降降温。但是今年英语培训老师的岗位反倒成了大热门。

根据我们现在所掌握的一些数据，从韩国三星、中铁十二局到新东方等八十余家用人单位有上千个工作岗位。由于这是外语类的专场招聘会，人们注意到用人单位多提供的是培训教师、驻外工作人员、外事翻译等岗位。短缺量还是很大的，尤其以英语为主，当然还有西班牙语、韩语、阿拉伯语等小语种也受到热捧。

这些培训机构对英语老师开出的底薪是每月5000元以上，工作一年以后，月薪全部可以达到1万元，最高的可以到3万元。

一名前来求职应聘的英语专业的学生充满信心地说，现在的教育模式不发生大的变化，英语教师肯定还会继续火下去，干好了肯定有前途。

因此，我想现在要回答的问题是，后高考时代，或者叫后高考年代，提升英语学习的关键是什么。

根据网上的调查，其实有不少人认为是效益和效率的问题，而并不是考试本身出什么问题，任何一项大规模的考试，不可能做到完全主观化，即不可能相当准确地全面测量和描述我们的实际状况，尤其是语言考试。当然，尽可能地放大或调动应试者的主观能动性、实际应用能力等，文化因子也可多一些，但是摆脱不了标准化的模式，无奈是一把尺子，全世界都是这样的。

所以沪上一些高校的专家、学者接受记者采访的时候，表示除了要改革高考英语之外，大学四、六级的考试以及大学公共英语课的教学，都应该实施真刀真枪的改革。

有鉴于此，我想这个也是今天开研讨会的一个目的吧。高考不考，学校少教，那么，今后中小学英语课堂的教学会不会放水，一些中小学的担忧是必然的。

大学的招生从来都是实行选拔性考试，讲区分度的，不管高考也好，其他类型的考试也好，都需要提供一个科学的参考标准，来帮助大学鉴别学生的能力。如果英语不考，拿什么去鉴别他们，或者说，大学怎么来鉴别他们语言综合能力，他们的外语情况到底怎么样，这是老师和专家担忧的问题。

媒体现在也逐渐地从以前的一种误读，一些盲目的报道，聚焦到一种共识，即针对英语教育应试化的改革应该成为重中之重。

我想，即便不是英语教育行当里面的，他们也都提到了应试教育其实并不是只在英语这个学科里，其他学科也有，这是当下中国一个显而易见的通病，所谓通病就是常见的，很多地方都出现的一种毛病。

仅仅把语文的分数提高，把英语的分数降下去，能解决问题吗？或者，有些省市喊英语滚出高考，甚至还有一些省市提出我们要考中国历史，因为我们爱国等等。这样的宣泄和愤懑能解决问题吗？

我注意到有一家媒体说：世界是平的，在全球化的背景下，英语已经不仅仅是一门交流语言，更成为世界经济、文化与科学的重要载体。只有将中华文化根植于大文化的背景下，我们的文化、艺术、科学、经济等领域才能真正走出去，世界经济、文化、科学等领域的精华才能真正学回来。

事实上，很多人不管英语退不退出高考，都利用晚上时间，花重金去恶补，去充电，去实现自己的理想和梦想。所以有些评论讲改革层面不应该传递英语不再重要的信号，我非常赞成这个观点。

主导改革的层面，无论是领导也好，专业机构也好，学校也好，不

应该传递英语不再重要的信号，我想今天这个研讨会，大家从各个视角和维度提出真知灼见，非常及时和必要，特别是要形成一个认知的高度。

有些省市把英语的听力给取消了，这是很可惜的。因为在我国，对英语考试听力部分的探索是艰辛而长期的，走到这一步相当不易，而且很成功。

口语考的人就更少了，其实大学四、六级英语考试是有口语考试的，但是蛮难测定的，因为要充分激发应试者的主观能动性不那么容易，这里还有一种心情和心理的影响，包括交际对象身份的高低、现场的氛围、个人性格，甚至音量、肢体动作、表情、眼神、教师的引导等等。

因此很难设定区分度。口试甚而是一种表演，是一种即兴的表演。但是把听力取消了，很多专家觉得很窝囊。如果“听”都不考量的话，那你怎么开口“说”。首先是听懂，听不懂对方的话语，你怎么启动交际和保持沟通呢?

而且至少“听”是一种receptive skill，即接受性的能力，如果没有receptive skill，那么你怎么来培养自己productive skill，即复用和产出的能力。取消听力，非常无知。原先是一大进步，中国是考听力的，很多国外的英语考试，如在欧洲，是不考听力的。但是欧洲人的听力比我们要强一点，因为英语相对而言，与他们的语系更接近一些。

上述信息供大家了解，特别是媒体很关注这次大学英语四、六级的改版，或者说“变脸”，其中增加“译”的内容，是“汉译英”而非“英译汉”，如果我没说错的话。

实际上设计者考虑到“英译汉”相对容易，因为汉语是母语，读懂英语后组织汉语相对容易一些。但“汉译英”更能看出一个人真正的水平，在更多的场合我们需要的是“汉译英”的人才。而只有“汉译英”的人才多了，中国的传统文化才能走向世界，孔子学院的生命力更强。不然你说，中国的文化走向世界，中国要成为文化大国，却没人把中国的一些传统经典翻译成英语，传播全球，那怎么办？

我一直很佩服中央有这样一个举措，就是要花重金把中国国学一些经典著述翻成英语，推向世界。

如果问莫言为何得诺贝尔奖，我觉得除了他的文学功底很好，更要感谢那些把他那些非常土的山东方言、那些来自高密县的精品，翻成了欧洲的语言，尤其是译成了英语，才得以使他和世界拉近距离。所以莫言在得奖的时候，非常感谢那些翻译工作者，这是高手，而不是那些借助于有道词典在网上捣鼓、乱弄、骗骗钱的人。正是那些甘于坐冷板凳，吃冷饭团，一个字一个字把它翻译成英语或是欧洲某国语言的天才，才使莫言能够圆我们中国人的诺贝尔之梦。

四、六级改版变脸后的第一次考试结束后，考生出来了，看上去他们很窝囊，觉得很闷，没考好，我觉得只是不习惯而已。

以后如果坚持的话，把汉语翻成英语，应该不成问题，但现在觉得很难。面对这样一个“汉译英”的改革，我们也有很多人反对，当然，更多的是外行的反对。

当然，也有人说语文素养的全面下降与英语的强化是同步的，此消彼长，不能把英语得分的分值与数学、语文同等对待，这一观点也是比较偏激的。

他们认为语言有高低贵贱之分，就是要把母语的分数提高，可能想表达一种自信，一种文化的自信，特别要故意把英语的分值下降一些，就像浇一盆冷水，至少可以使你降降温。

那么提这方面意见的专家也好，老师也好，确有不少，但几乎没有是在教英语或研究英语这个行当中的，所以有更多的英语专家和老师说高考降低英语分值难撼应试教育之本。

接着，我想表达这样几个观点。第一，英语仅是一门国际语言，这

是我一个很独特的观点。

16世纪末，莎士比亚活着的时候，讲英语的人500万不到，今天把英语作为母语的人大概有4亿；把英语作为第二语言并经常使用的人差不多有3.5亿；把英语作为外语而且能够流利使用的人，差不多有1亿；大家知道有70多个国家把英语作为官方语言或者半官方语言，而这些国度里居住着差不多16亿人。

进入新世纪，媒体统计过，学英语的人至少在10亿及以上；全球差不多有五分之一的人具有不同程度的英语交际能力；世界上有三分之一的人，是在看英语播出的各种各样的电视节目；70%到80%的网站使用的是英语；80%以上的经贸信息在网上传播的语言是英语。

有一个例子更能说明英语确确实实是一门国际语言，欧洲自由贸易协会最终决定以英语作为其工作语言，尽管六个成员国没有一个将英语作为官方语言。

欧洲语言很多，投票不可能由西班牙语或葡萄牙语等主宰，结果大家不约而同地把票数投给了英语。我想讲的就是英语仅仅就是一门国际的通用语言，掌握这样一门语言对当代人，尤其是青年人来说，非常必要。

在眼下的全球化进程中，学习和掌握英语与国家发展、劳动力素质提高等都有积极相关性。

倘若说“得英语者得天下”，或者拿英语开刀，来证明一种文化自信，这两种观点，我觉得都是极端的观点，都不可取。

“得英语者得天下”，这是夸大事实，语言没有高低贵贱之分，况且还有很多地方语在起着很大的作用，英语只不过很多人能说、在说、容易说而已。

或者说拿英语开刀来证明一种文化自信，我觉得是夜郎自大，也就是说你不学这门国际通用语，其实世界也不可阻挡地朝着这个方向发展，过一段时间，你会感到落后。

特别值得一提，英孚的“English Proficiency Index”（《英孚英语熟练度指标》）为我们提供了许多很有意思的数据，比方，2013年，抽样调查的国家和地区有60个，中国位列第34名，得分50.77分，属于低熟练程度。

当然这比2012年略有提升，在2012年的54个国家和地区当中，我们国家的排名是36名，49分，更早的2007年版，中国的得分更低，47.62分。短短几年当中，整整提高了3.15分，而且抽样调查的是成年人，而不完全是学生。

当然，还有一些局限性，因为这是测评那些能够上网的人，有些人无法上网，有些人自认为英语很好，不上网，这些人就漏掉了。我想中国是这样，国外也是这样，所以，它整体的可信度和有效度还是可以参照的。

《2012年美国中央情报局世界实情书》讲到，英语技能与人均出口产值呈正相关（以能源经济为支柱的国家，比如沙特阿拉伯除外）。

所以提升英语熟练程度，便被视为出口强国的必要前提，而中国正是一个外贸出口的大国。中国30年的改革开放，靠的是什么，我想首先靠的是人口红利，其次是外贸红利，现在这两个红利都吃得差不多了，接下来要吃制度的红利，就必须要改革阻碍生产力发展的制度。

但是现在却把外贸红利得利于英语这个重要事实给否认掉，接着回过头来挤压或贬低英语的话，我觉得这不符合历史事实。

英孚还有一个指数和联合国人类发展指数有点吻合，我探究了一下关联度。英语技能低下的国家，社会发展各不相同。但是英语技能良好的国家，社会发展水平必然处于高端。

大家仔细去看一下它们的经济状况，例如一些以英语作为第二语言（the second language）的国家和地区，当然，作为官方语言（official

language）的就更不用说了。

改革开放初期，我们更多的年轻人是为了出国留学、移民或者打工而恶补英语或者外语，现在我觉得整个社会对英语的需求量很大，目的各不相同，有升学、就业、晋级等，甚至还有些人是为了旅游而学英语，尤其是那些退休的老年人。

对13亿人口的泱泱大国而言，我们取得如此伟大的跨越式发展，其实和国民英语水平的普遍提高（尽管很缓慢）密不可分，而且借助于英语，我们看到了、触摸到了真正的世界。

因此，我觉得中国作为一个大国应该有清醒的认识，政治大国毋庸置疑，军事大国也当仁不让，经济大国已成定局，但是更重要的是要成为一个文化大国，文化大国除了中国文化要强大、要有吸引力之外，还有一个目标就是要使中国文化真正成为世界文明中的一朵奇葩，一个重要的组成部分，这里就必须借助于各种外语。

作为文化大国来讲，对中外语言须同样地认可，主动积极地交融，这也是一种积极开放、包容多样、勇于向前的姿态。

第二个话题，我想讲讲“中国的英语教学怎么啦”。也有许多人提出类似的问题，学习外语的年龄越来越小，时间越来越长，考试越来越繁（烦），效果却不尽如人意，这确实是事实。

说实话，这里忽略了一个问题，人类先天语言能力是生物遗传的结果，所以我们说语言学的本质是认知心理学，因为语言讲到底，很多疑点和难题还未真正攻克，最后科学家想要取得突破性的成果，一定是在生物学领域内取得的，而不可能在语言学本身取得，这已成定论。

伟大的语言学家乔姆斯基从研究人类这一最高等生物大脑机制出发，来研究语言，建立了生成语言学。语言能力其实就是一种天生的机制，它具有遗传性，它必须要尽早地暴露在反复刺激的环境中，反复刺激而被激活，关键时间是青春期前。

这就是语言为什么要从小时候开始抓，别的什么东西从娃娃抓起，大家可能不太相信，如足球从娃娃抓，毛笔字从娃娃抓，计算机从娃娃抓，但是语言确确实实需要从娃娃抓起。

但现在有许多人无视这个科学道理，实在令人不解。我们要从一种职业的敏感性和教师的良知出发，必须把这个问题提出来。

正因为这样，在亿万母语为非英语的学习者中，真正能够实现无障碍地跨文化交流的，不会超过5%。绝大多数人的外语水平只是熟练程度不同而已，有段时间经常练就熟练了，不练了就不熟。这和母语有点不一样，而且开发期一定是在青春期之前，而不是青春期之后。

所以，我今天和大家讲这样一个观点，我们花了很多时间和金钱去学英语或外语，结果大失所望，责怪自己的孩子沟通能力不行，老师没水平，等等，其实，不要去怪孩子，更不要去怪老师，就是这么回事。

如果你怪他母语学得不好、说得不好是有道理的，这是老祖宗的东西，没传承好。但是学外语原本就只有5%的人可以真正实现毫无障碍地跨文化交流，更多人只是流利程度不同而已，但基本上还是可以达到交流目的的，有那么三斧头五斧头的。

现在问题出在什么地方呢？那就是英语考试已经率先实现了“四化”：等级化、标准化、行政化、产业化。等级化是一种趋势，因为要淡化分数，一分之计较，有时很残酷。

A、B、C、D，分成等级，不要锱铢必较。当然你考了89分，可能要计较了，79分的时候可能你也不服气，还要去考，这就很折腾人。等级也是一个没办法的办法。

但是你说考试不设等级，行吗？不可能的。标准化也是没办法的办法，任何考试都是标准化考试，如果没有标准的话，你怎么做到相对的公平呢？哪怕表面的、大体的公平。舍弃标准化，公平很难做到。

我们的问题出在什么地方呢？出在过度解读考试的成绩，用行政

化的手段使它成为敲门砖。

可怕就可怕在这个地方。英语一旦考了之后，什么地方都要英语证书了，处处挂钩，考职称要英语，我校招聘辅导员要6级。你说有道理吗？说没道理也有道理，因为要遴选，只能设定更多的证书关卡。

学中国古典文学要不要英语，学中医要不要英语，等等，这些其实都在探讨，但至少在我校涉外专业、涉外学科、涉外学院、涉外的教师要看英语水平，那是理所应当的。

比如比较文学、中外教育比较、外贸、国际导游、跨文化交际学等专业，我想英语肯定是要的。如果有人要否定四、六级考试的话，我也不太同意。

在中国，比较成功的外语类等级考试，非四、六级莫属，可以说是建国以来所有语言考试中最成功的，因为下的成本最大，科学研究的含金量也是最高的。

主观题尽量在增加，文化的因子越来越多，综合应用能力的测试题在不断出现，甚至关注到试题各部分的时间配置的合理性和试卷印制的科学性等问题。

时有变化，隔几年就有。如果没有四、六级的推动，我很难想象，现在的大学生能够有那么多一批批出国的。我们学校每年差不多有600多名学生出国，300多名教师出国。这都得益于英语四、六级。当然四、六级的成绩你如果过度地去解读，那就糟了。这个成绩只是表明你某个时期的英语水平。

如果你在20岁时通过了六级，到45岁评教授，你外语免考，因为六级已经通过了，但那是25年前的事情了。很教条地去运用考试成绩，证书就变成敲门砖。

问题就出这儿，而不是考试本身，这是我的观点。考试本身没错，关键是你怎么去解读、运用考试的成绩，这是我们政府的事，是行政上的权力。所以我觉得，去四级化的实质就是去行政化。

也有人讲英语必然成为一种产业，但全世界都是这样，在美国不是产业吗？在英国不是产业吗？也是产业。我们在海外办孔子学院的时候，宣布是无利可图的，是公益性的，但是外国人在孔院赚了不少钱。反过来，为何很多老外从汉语的初级班学起，而且老是在初级班反反复复地学，因为老外学习汉语比我们学习英语更痛苦。大量培训机构应运而生，成为一种产业，这是不可避免的。

关键是我们学校如何抢占市场，如何把学生从市场上、从社会上（新东方、华尔街、昂立什么的）这些地方抢回来，抢回我们的学校，这是我们的地盘，我们不争气，搞不过人家。

语言培训变成了产业，可以不可以，对不对？做产业的人就是做生意的人，生意人无孔不入，只要什么地方有生意，他们绝对不会放过，钱是个好东西，但又不是个东西，被它缠住，很难摆脱。

我觉得哑巴英语其实和我们的语言政策也是有关系的，至少可以这么说，我国把英语作为FL，就是外国语言（Foreign Language），不作为SL，即第二语言（Second Language），甚至永远不可能作为OL，即官方语言（Official Language）。在语言政策上，至少是维护了我们国家的政治主权、语言主权，你要和新加坡、印度、巴基斯坦以及中国的港澳地区这些前英联邦国家或者殖民地的英语水平相比，那是不太可能好于他们。为什么呢？ 因为他们打官司的时候用的是双语，平时辩论的时候更多使用英语，很多政府文件也是用英语写成的，他们的“语义场”很宽阔，我们仅是在课堂上教英语，出了课堂，就变成汉语了。

当然，我无意评说语言政策，我只是说一些客观原因。政府的语言政策，在前提上规约了英语不可能“广种博收”。

毋庸置疑，汉语和英语同是两种强势语言，进行双语教学也好，进行双语或双语文化比较也好，很有缘分，这是巧合，也是“天择”。一般认

为，英语是西方语言的代表，也是西方文化的代表，而东方的代表肯定是中国语言文字和汉文化，而这两者恰巧处于比较坐标上的两级，差异大于或多于类似和相同。对跨文化交际学的研究而言，这提供了一个很大的空间和平台来开展比较性的探索，如何交融和互补，珠联璧合、相得益彰。我们应该热衷于这类研究，特别是如何在不牺牲母语的前提下把英语学好，这是我们英语教学工作者和研究者应该考虑的问题。

汉语属于汉藏语系，英语属于印欧语系，分别是东西文化的典型代表，差异性还是蛮大的。

有趣的是，经过近30年的潜心研究，中国学者刘志一教授提出了震惊海内外的见解：英语的“爷爷”是中国古彝文，被西方学者公认是西方表音文字直接源头的西亚的苏美尔线性文字比古彝文还要晚3500年。

英国著名的语言学家大卫·葛拉多尔（David Graddol）在1996年《英语的未来》这本书中预测，到2050年英语的普及率可能不如中文、不如印度的普尔度语（Hindi-Urdu），甚至阿拉伯语，当然这只是一种预测，他比较看好汉语。

以汉语为母语的民族来学英语，我觉得是一种双倍获益，应双重自豪。现在回过头来讲，把英语妖魔化之后，将母语退化的责任归咎于英语，我觉得这实在没道理，英语成了冤大头，板子打错了。

仔细想想，现在我们母语水平的整体下滑、国学的弱化，其实和我们的“浅阅读”“少阅读”有关，和我们“娱乐性”“快餐式”文化产品的泛滥有关，和我们急功近利的价值观有关，而和英语没什么直接的关联。

2011年，我国18—70周岁国民人均阅读传统纸质图书4.35本，这是中国新闻出版研究院第九次全国国民阅读调查报告中的数据，比韩国的11本、法国的20本、日本的40本、以色列的64本少得多。

一段时间以来，这个论断被各种媒体反复引用，说它令我们感到振聋发聩甚至痛心疾首，并不为过，我国实际上已经成为世界上成年人年均读书量最少的国家之一。

诚然，数字阅读是有价值和意义的，应该给予高度关注，但是目前全球的研究者认为不能简单地说数字阅读好或者坏，数字阅读目前还不能取代传统阅读，因为其还有明显缺憾，比如：可能损害儿童的视力；往往因超链接的存在，不断分散读者注意力，使其无法专注于阅读本身；数字阅读也容易导致碎片化和浅阅读。

几年前，iPad刚刚出现时，有人曾经说：iPad是阅读的杀手。在某种意义上，也许这并非危言耸听。

因此，我们现在要避免情绪化的抱怨、宣泄和误判。我跟市教委相关领导讲到，我的意见是，在上海这样一个国际化大都市当中，对于英语的认识必须要非常理智和冷静，三十年改革开放所取得的业绩和成果，千万不能小看英语在这里面所起的作用。

因此，作为改革开放的前沿，甚至是排头兵的上海，对国际性语言的认同和推广非同小可，对全国来讲是一种动向和引领，海外媒体也非常关注。

既然今天是个研讨会，我想还有几个问题也一并提出来，大家一起来思考和探索。

第一个问题是：“英语是什么？”

我觉得，现在问题的主要症结是很多人不明白什么是语言，什么是英语，尽管这是老生常谈的问题。我们在讲授语言学这门课时，反反复复地说“语言是思维的形式，交际的工具”，但第三句话更重要，“文化的载体”。当下讲“文化的载体”讲得太少，仅仅把它当作思维的一种形式，交际或者教学和科研的一种工具。

有很多专家，当然这些专家并不是英语的专家，说英语的工具性就体现了它的功利性，我非常反对这句话，哪一种语言不是工具啊！中文

不是工具？也是工具啊！但中文的魅力在于什么？在于它的厚重无比的文化积淀，五千多年的文化渊源啊，在于它独特的方块字的表形兼表意的功能。

所以“文化的载体”确实重于前两句话。我的观点是，英语仅仅就是一门国际性语言，当然它主要承载着英语民族的文化，还夹杂着许多其他民族的文化。

第二个问题：什么叫社会化考试？

误读的人蛮多的，他们认为社会化等同于托福、雅思或者公务员、会计、教师资格证书这类考试，无数次的报名，无数次的培训，无数次的考试，甚至为了多1分要考一生。

我觉得这是对社会化考试的一种泛读。至少教育部现在还没拿出一个方案。我的感觉是，基本上逃脱不了在教育部的指导之下，由大学和中学一起来商量怎么考，基本上还在政府的掌控之中，它只不过把一年一度的高考变成与高考分离的一年几考的统一考。

我甚至想好了一个英语名称，叫“Separate Unified Test”。如果真正变成像雅思、托福这类由社会第三方来操作的考试，目前在中国不太可行。

如真是如此，那学校在中学英语教学中扮演什么角色呢？我希望大家在这个问题上，跟政府支支招。我认为，无论怎么变，绝对不能为难穷孩子，那些有天赋的、爱英语的穷孩子。

既然语言学习多少带有遗传，农村孩子语言遗传基因好的也有啊，怎么会没有，就像有钱人的家里也会有呆子的情况一样，农村孩子中的天才也蛮多的，因为各类遗传基因的分布是呈正态的。

当然有钱可以强化后天的教育，补先天之不足。如果英语变成奢侈品的话，真正苦的是穷孩子、农村的孩子，因为他们没有那么多的钱来支撑。

第三个问题：什么是中学英语学业考试？什么是英语应用能力考试？

现在有人提出要参考中学英语学业成绩的综合评价。观点提出来很容易，但很难做到。

中国各地的中学差距很大，即便在上海，各中学之间差距也很大，如上海中学的分数和一般中学的分数怎么能比，在读期间的考试题目都不一样，你怎么来设定能涵盖所有中学的的英语学业水平的分数。我觉得很难，以至于我现在还在揣摩，怎么来理解高中学业水平考试，学业考试要和课本紧紧结合，而政府如要推出的是英语能力考试，那就要脱离课本进行考试，你怎么考，有难度。

所以我们坚持说要推行社会化考试，最后实施的只不过是变相的高考，只不过变成一年考两次，甚至三次，我个人觉得意义不是太大，为什么？因为为了1分，他可以考三次，一回一回来。

另外，如果不从内容、题型、分数、考试模式及教学方法等方面去改革，基本上原有的套路很难摆脱。

第四个问题：学外语的年龄到底几岁为宜？

这也是一个大家探讨的问题，以前的观点是越小越好，青春期或者青春期前为宜。

现在又有专家讲小时候千万不能学英语，小时候要学汉语，英语要到中学去学，小学里不要学习外语，不然会影响母语的学习，等等。这样的话，我觉得如何开发左脑的语言功能，就又变成千年之难题。

在欧洲，很多国家的中小学生同时学几门语言，都讲得很溜啊，母语一点儿都没受到负面影响。上海有很多国际学校，那些老外的孩子中文学得相当快，讲得和我们没差别，他们在家里说母语的时候没发现有什么异样。在欧美地区，儿童成长过程中的双语甚至多语的切换和共用的现象非常普遍。

第五个问题：如何在教和学的过程中同时培养和强化跨文化交际

能力？

语言能力不代表跨文化交际能力，解放前有很多国际水手，英语没有经过专门的培训，讲的是洋泾浜英语，但在交流时绝对没有心理和文化上的障碍，他们的跨文化交际能力很强，但语言水平不高。

而我们现在恰恰是语言能力很强，或者说语言考试能力很强，但是跨文化交际能力很弱。因此在英语教学中如何培养和强化一种顺畅、得体、愉悦、有效的跨文化交际能力，这是个重要的命题。

第六个问题，也是个老生常谈的问题：到底多少词汇量为好？

因为在座的各位都是学外语的，语言掌控的最高境界，如要得心应手，除了文化，第二就是词汇了，因为基本的语法差不多。尤其是写，还有很多时间可以思考和查验语法之类。你讲的时候差一点，外国人也愿意听，总是说你讲得好。但是我觉得词汇的多寡，确确实实有较大差别。

一般来讲，英国一个普通农民的话语中，词汇量不会超过1000个单词，属于不太识字的程度，在16、17世纪的时候，基本上500到800个单词就可以交流了，但现在看来不行，现在我们要有8000个单词才初步具备专业学习能力和应用能力。

复旦大学搞了一个English for General Academic Purposes（EGAP），试图要领军，来培养academic English competence（学术英语能力），这是一个理想，挺难的，但至少要8000个单词。

原先高中要掌握大概3500个单词，如果我没记错的话，现在退到了3080个单词。大学要补5000个单词，才可以达到复旦推出的所谓的English for General Academic Purposes，这样就无疑把大学生用英语作为工具，纳入所谓的专业学习的时间给推迟了，因为在大学里还得要补全5000个单词，重任就落到了大学。而大学的时光是非常短的，仅四年，实际上就三年，最后一年忙着找工作。

1932年民国时期，高中英语就是8000个单词的要求，其中复用词汇量5300个。我查了一下，日本的高中词汇量是5900个，俄罗斯更厉害，8000个。中国台湾也有6600个。

我们现在降到了3000出头一点，我觉得怎么赶得上国际化程度？根据英孚提供的资料，2013年我们成年人的英语熟练程度第一次比俄罗斯，甚至比越南还要低。

我提出了以上六个问题，大家一起来思考，当然可能还有更多的其他问题，也希望听听专家、学者、老师包括学生的意见。

以上这些问题如果解决的话，这次研讨会试图提出的所谓对策也就可找到一些答案。当然，接着还要讲趋势，这个会议的主题之一是要判断趋势，我想大概有八个趋势：

第一，外语尤其是英语依然火爆。

第二，外语培训机构的生意依然红火。为什么？因为有需求，尤其是在上海等大城市，英语的需求与经济全球化的趋势加速有关。

第三，公众和行政部门对外语尤其是英语的看法趋于冷静和理智。这一点倒是可以看得到，尤其是有关职能部门今后对成绩、等级、证书之类的解读和运用将会趋于合理。

第四，要念好学校，外语依然是一块敲门砖。你要上世界外国语中学、小学，包括复旦、交大、同济、华师大，包括我们上海师大部分专业，如果外语不好的话，你肯定是进不来的。另外，不能说你不喜欢外语就不学了，就放弃了，迫于大潮流的推动，你想不学外语还不行呢。肯定不行。

第五，英语作为更多学科的教学语言的趋势越发强劲，尤其在大学里，双语课程、全英语课程等越来越多，即Teaching in English。

第六，对外语课程体系、教学理念和教学方法的改革将成为改革成败的试金石。“慕课”（MOOC）将抢占市场并扮演重要角色。

第七，喜欢外语的富家孩子会有更多机会；喜欢外语的穷家孩子需更努力；不喜欢外语的孩子，机会减少，但压力也小；外语的普遍水平依然低迷。

第八，外语应用性人才特别稀缺。我这里指的是应用性人才，如高级口译、同声翻译、汉译英专门人才、科学技术翻译者、外国文艺作品的翻译者等。还有，今天在场的英语报社，比如《China Daily》《Shanghai Daily》等，招聘专门的记者，不是上师大外语毕业生都可以去干这个活的，这是外语真正的应用型人才，依然稀缺，而且是弥足珍贵的。

以上这些想法，只是抛砖引玉，供各位参考。

谢谢大家！

给上海教育电视台副台长张伯安的回信

伯安：

新年好！

上次到贵台做《教育山海经》节目，劳驾您在海外牵挂并致短信关照，甚是感动。节目播出后反响热烈，外语教育在诸如上海这样的国际大都市，从来都是热门话题。

十八届三中全会后，教育改革势头很猛，英语科目是“冲头”，备受质疑和挤压，我在上海师大及时组织了一个大型研讨会，来了不少校内外专家、教师和学生，还有一些社会外语培养机构的老总等，媒体很感兴趣，搞出了一些动静，见附件资料，供了解。

上海的高考方案还未最终定局，我曾与市教卫和教委的领导沟通，建言上海千万不要跟风，尤其不要学北京的做法（据说，上海至少不会刻意降低英语分数的权重），不然，海内外会“耻笑”我们“大上海”（可能说重了）。

海派文化的精髓就是“海纳百川，有容乃大”，上海从开埠至今所取得的成就，和这一城市精神密不可分，其中“多语兼容，东西交融”成了上海重要特征之一。即便如此，我想，上海教育电视台也应关注这一话题，引领争辩，促成共识，为领导科学决策建言献策。

今年3月6日我应邀将去牛津大学参加EF全球论坛并做演讲，上海只有两位专家受邀，谈的也是公众英语的那些事。

也请您参阅复旦大学老教授，闻名遐迩的英语专家陆谷孙在《东方早报》的访谈录《陆谷孙谈中国人学英语》。

去年上海师大又有新突破，在国内较权威的武书连大学排行榜上由前年的96位，上升至90位；在上海市高校行风评比“社会满意度”测评中连续第二年名列第一。全校很振奋，作为出色校友的您，想必也高兴吧。

有机会请常回上海看看，到师大来聊聊或做讲座。

祝马年诸事顺意。

陆建非

2014年2月5日星期三

为《英语角》开栏八十期而作

1992年，校报编辑请我写一个有关学习英语口语的小专栏。这着实是个钻火圈的苦活儿，要准时交货，春夏秋冬都得记住“信誉”两字。感谢有兴趣的读者（据说有人在收集此专栏的小文章），“该怎么说？”在第2版的一隅之地自说自话了5个年头，至今已刊出80期。

有人戏言英语为当代青年的一只翅膀（另一只翅膀是电脑），有了它（们），“天阔任鸟飞”。确实，在今日“地球村”里生活，懂一门外语的重要性无论怎么夸大也不嫌过分。

说一个人懂外语或会外语，听、说、读、写、译是一个全才的要求，也是一个近似于苛刻的要求。由于某些主客观条件的限制，大多数学习者仅在一两个方面稍有作为；有的人离开课本便瞠目结舌。就我的切肤体验而言，学任何一门语言，“说”是第一要求，亦是最实用的要求。但在母语占绝对统治地位的环境中要习得一口流利得体（fluent and appropriate）的英语绝非易事。

外语是一个堡垒，攻克它必须是全方位地下功夫：听广播和录音、看原版电影、学唱外语歌曲、上用外语上的课、与外国人闲聊（不要胆战心惊，把他当“对讲机”）或通信，甚至不要放过偶然闯入眼帘的招牌、广告、罐头等上的洋文。随时随地随意地吸纳、调动和刺激各种感官的积极性。尤其是说的本领不是一朝一夕可以练就的，须下极大的死功夫。大声念、大量背、大胆说（包括自说自话）。无“捷径”可循，无“速成”可求（尽管广告中说可以）。“懂”并不代表“会”，“会”并不意味“熟”。而“熟”则来自于不断地“练”，特别是口语，耳熟能详，熟

能生巧，烂熟于心，并由此获得“语感”（language feeling）。得体的口语以语感为依托（而非语法），时而会进入一种“知其然，未必知其所以然”的境地。脱口而出的东西往往是顺耳的。

编写“该怎么说？”不是我说了算，而是介绍一种原汁原味的英语口语。我极力回避多数人熟识的教科书中现成的东西。搜索的是那些看似简单但中国学生极易犯错的典型口语实例或表达形式，提供一些有洋味的句子或句型，剖析和比较英汉口语的某些异同，提醒读者不该忽略的语境。这些内容仅是我平时在语言实践中的所见、所闻、所思、所录，琐碎且随意，但愿对读者有用。

英语教学50年，为何还是“低熟练度”

近日的“英语熟练度指标”里，中国是“低熟练度国家”，很多人会生出问号：新中国成立后，英语作为我国学校教育的“第一外语”存在50年，为何我们还是“低熟练度”？我想说，与其说冷静地看待这份报告，不如冷静地看待我国的英语教育。

中国整体英语水平依然属于“低熟练程度”，与民族及语系关联度相关。

这份指标中，上海得分53.75，超过香港的52.5。超过香港的内地城市还有北京(52.86分)、天津(52.73分)。但，中国（50.15分）整体落后于日本（52.88分）、越南（51.57分），属低熟练水平。

相比之下，欧洲始终保持英语高熟练度的水平，这次排名前22名的国家里，19个位于欧洲。原因诸多，一个重要原因一直被忽略，那就是民族及语系的关联度。

设想一下，汉语熟练度在海外哪个地区最高？肯定是东南亚。英语亦然。研究显示，大部分欧洲语言比如古希腊语、古德语、古拉丁语起源于原始印欧语。虽然拉丁语不再出现在人们的口头交流中，但演变成了西班牙语、法语和意大利语。古德语演变成了荷兰语、丹麦语、德语、挪威语和瑞士语，其中一种就演变成了英语。

几百年前，欧洲北海岸的入侵者多次进犯不列颠群岛，在他们带去的风俗中，语言是很重要的部分。正是在漫长的欧洲发展进程中，欧洲多种语言交融相济而生英语。因此，欧洲人说英语如同在说他们伯伯和舅舅的语言。这就是为何欧洲英语流通度保持高位的历史原因。

回头看中国的表现，其实总体水平在提高，只是其他地区的水平上得更快。缓进，有时也意味着退步。这也解释了这次香港的数据，说北京、上海、天津的英语水平全面超过香港，未必，只是大家的水平都在进步，香港进步得慢了。

中国目前至少有两亿人在学英语，可谓人类外语学习史上之最，能否成为世界英语教学强国，离不开经济背景。

面对有声音认为不应投入精力在英语上，我认为不智。《2012年美国中央情报局世界实情书》讲到，英语技能与人均出口产值呈正相关（以能源经济为支柱的国家，如沙特阿拉伯除外）。提升英语熟练程度，被视为出口强国的必要前提。中国是外贸出口大国，30年改革开放成果的取得很大部分靠的是人口红利，其次是外贸红利。现在却把外贸红利得益于英语这个重要事实给否认掉，不符合历史事实。世界银行和国际金融公司的商业经营难度指数发现，在英语不是官方语言的国家里，英语熟练度越高，商业经营越容易。各项分析都指向一个结论：能有效使用英语，是经济全球化和个人发展的要求。

中国英语教育始于19世纪初在中国的英国传教士，中国人自己的英语教育则一般以1862年京师同文馆的成立为开端。到1903年，我国大中学校开始普遍开设外语课。新中国成立后，于1964年制定了《外语教育七年规划纲要》，首次在我国的正式文件中提出英语为我国学校教育的第一外语。

21世纪伊始，随着北京申奥成功、中国加入世贸组织、上海申办世博会，国人学英语的第三次高潮已到来。中国目前至少有两亿人在学英语，以同一母语和同一文化背景学习同一外语而论，可谓人类外语学习史上之最。中国已成为“外语教学的超级大国”，能否成为世界英语教学强国，需各方努力。

此次英语熟练度指标与一系列社会经济指标进行了比较研究。比如，外向型经济的国家或城市，英语水平会高一些；小班化教学有利于外语教学。可想一想，小班化的模式与学校设定的生师比相关，政府投钱越多，学费越高，生师比就越小。与其说这与教育观有关，不如说与经济实力相关。

这些研究结论进一步强化了我们的一个共识，即语言及语言教育不能独善其身，一定与经济、政治、教育、文化等领域的发展密切相关。这个经济纬度解释了现阶段我国的英语水平。

最后，来说说教学。根据这份英语熟练度指标，过去6年，金砖四国、亚洲数国的成人英语水平均在提升，最显著的是印度尼西亚（53.44分）和越南（52.27分）。相反，日本和韩国投入巨大，英语能力却有所退步。

在中国，56%的非英语专业大学生把大部分时间花在英语学习上，但仅有少于5%的大学生能真正实现无障碍英语交流。这是只重应试教育，英语偏重词汇和语法死记硬背的必然结局。

像上海这样的沿海城市，在基础教育阶段已意识到交际英语的重要性。相比之下，日韩依然在走中国的老路。日本由于教育体系的“非交流模式”，使学生缺乏充分机会应用知识。韩国在个人英语学习上的投入近乎是中国大陆的2倍，培训项目却未能达到预期效果。可见，英语培训投入上，有智慧的投资才能有预期的回报。

我认为，政府要营造宽松的语言环境。尤其在上海这样的国际大都市，要向全球城市的方向发展，多种语言需共存共享。我们要成为真正的文化大国，也不仅在于母语文化的博大厚实，更在于母语及文化的开放和包容。

近年来，我国对外语课程进行了全面改革，成效有目共睹。我想在全民中普及英语，基础在学校，核心要素是听说培养。2017年高考将设听力和口语测试，方向对，有助消除“哑巴英语”。

说到这里绕不开一个具体问题：到底要掌握多少词汇量为好？这是当前学术界争论较多的话题。

我查了一下，日本的高中英语词汇量是5900个，俄罗斯更厉害，8000个。我们现在降到3000出头，如何赶上国际化程度。其实，不要低估青少年记忆能力的开发，这一年龄段人的语言记忆储存空间，即“布罗卡斯区”很大。当然，光靠死记硬背不行，一个新单词要在六个不同的语境中碰到，才会在大脑语言中枢留下印痕。做老师的能耐就是尽量以熟词带新词，创设各种场景和语境激励、引诱孩子多听、多说、多读、多写。

（此文载于2014年11月8日《文汇报》）

《上海教育》封面文章：十问英语

上海师范大学党委书记、中国跨文化交际研究会上海分会会长陆建非
英孚青少儿英语中国区总经理、执行副总裁白皎宇

《上海教育》：最近一个时期以来，有关英语教育的问题备受关注，引发社会上对于英语教育的价值、与母语的关系以及如何考试、如何改革等问题的热议。在全球化的今天，您认为该如何看待英语学习的价值？

陆建非：英语学习的价值是由其语言使用的国际性而客观体现的。16世纪末，莎士比亚活着时讲英语的人还不足500万，而今天把英语作为母语的人约有4亿，把英语作为第二语言并经常使用的人约有3.5亿，把英语作为外语且能流利使用的人约有1亿，有70多个国家把英语作为官方语言或半官方语言，这些国家内居住着约16亿人。据估算，跨入新世纪时全世界英语学习者至少达10亿人，全球约有五分之一的人具有不同程度的英语交际能力，世上约有三分之一的人经常观看用英语播出的电视节目，70%—80%的网站使用的是英语，输入全球计算机网络的经贸信息有80%是以英语显示的。欧洲自由贸易协会最终决定以英语作为其工作语言，尽管它的6个成员国无一把英语当作本国官方语言。英语语言国际性的客观事实已被广泛认可，并成为人们学习英语的主要理由。尤其在经济全球化驱动下，跨国度、跨民族、跨文化交际变得平常和必需，掌握一门共同语言成为当代人的必要素养。

而且英语教育的价值不仅仅是为了交流、获取信息，还对人的智力

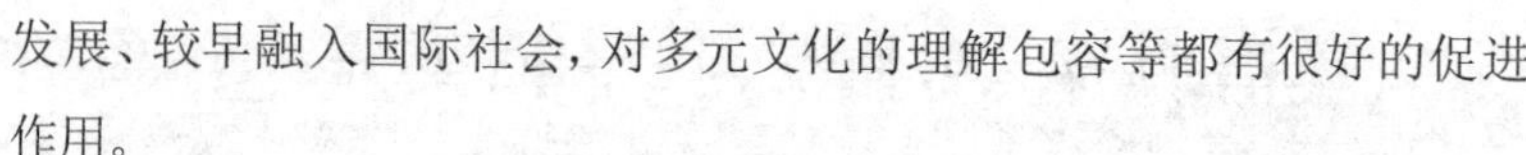

发展、较早融入国际社会，对多元文化的理解包容等都有很好的促进作用。

白皎宇：第二语言学习，特别是英语的学习对儿童的成长有着独特的价值。根据科学研究显示，越早学习语言对其获得纯正、地道语言发音越有帮助。同时科学研究也表明，早期的语言学习还能够促进儿童认知水平的提高和思维的发展。与学习单语言的儿童相比，学习双语言的儿童较早地发展了分析语言本身结构的能力，他们能较早地意识到言语表征与语义是分离的。他们在学习语言时注意力更加集中在语义上，而不是仅仅在形式上。而在认知的发展上，学习双语的儿童也往往在思维的流畅性、灵活性、创造性和心灵性方面都优于学习单语言儿童。

此外，英语的学习还有利于儿童社会化发展，有利于他们在世界多文化的环境中进行交流和认知世界。

《上海教育》：英语的学习会影响母语的学习吗？您如何看待英语与母语的关系，两者是相互对立，还是互补共进？

白皎宇：母语的学习和英语的学习不是此消彼长、相互对立的而是相辅相成、互补共进的。国外学者对儿童学习母语和第二外语做过研究，结果表明，从大脑的发展来看，人在学习英语的时候大脑将外语储存在布罗卡斯区，该区是大脑中负责语言学习的部位，在人的幼年时期发展得非常灵敏，他们的母语也存储在这儿。随着年龄的增长，该区的灵敏性会呈现下降趋势。成人在学习外语时已无法将外语储存在该区，只能在大脑的另外部分重新建立记忆结构。而新的记忆结构没有在布罗卡斯区时灵敏，在使用时还需要与布罗卡斯区建立联系。也就是说越早让儿童接触双语，儿童内在学习的语言机制就会越早接受两种不同的语言刺激而独立地发展起来，对今后的学习大有益处。研究还表明，不论是成人还是儿童熟练掌握第二外语或多种语言，对其母语的科学学习也非常有帮助。

陆建非：文化在全球化的趋势之下，必然是多元的，语言没有高低贵贱之别。文化平等观是我们实现跨语言交流和跨文化交际的重要前提，而理解和传播乃至交融是跨文化能力的核心要素。

《上海教育》：我国国民的英语水平在全球处于一个什么样的位置？英语有被过度学习和消费的倾向吗？

陆建非：改革开放以来，中国的国民英语水平得到普遍提高，推动中国更快更深地融入全球化进程，这对于拥有13亿人口的泱泱大国而言是很了不起的。但从全球来看，我国的国民英语水平还不高，特别是高水平的英语人才还很缺乏。

改革开放初期，很多年轻人为了出国留学、移民或打工而恶补英语，如今，除了上述原因，还加上升学、就业、晋级、旅游等因素，使得学习英语的目的多元交叉，持续升温。中国孩子学习英语确实占了相当长的时间，而且年龄跨度比较大，确实呈现出一种终身学习的志向和一种反复折腾的现状。但与英语学习热潮相比，我们更应思考的是，如何提升英语学习的效率。

白皎宇：英孚教育《英语熟练度指标》报告（EF English Proficiency Index）创始于2011年，每年发布一次，为比较不同国家、不同时期的成人英语熟练程度提供了标准化工具。2013年新版《英孚英语熟练度指标报告》对全球60个国家和地区成人的英语熟练度进行排名，同时亦首次对过去6年近500万成人的测试数据和英语熟练度的趋势变化进行综合分析。从全球范围内来看，瑞典以68.69的高分稳居第一。而中国大陆以50.77分排名34位，属“低熟练度”。与其他金砖四国相比，中国仅以微弱优势高于巴西，而在2007年，印度和俄罗斯的分数均低于中国。而与其他亚洲国家相比，中国的英语熟练度也仅高于泰国。英语是经济发达的重要因素之一，不管是对国家还是个人而言均是如此。英语熟练度越高，收入就越高，出口与创新越多，并能创造更好的商业环境。

《上海教育》：2013年11月3日，21世纪教育研究院颁布了《2013年英语教育网络的调查报告》，其中有45758名网民参加。调查结果显示，超过九成的家长认为学习传统文化比学习英语更重要。但是孩子在学习英语当中投入的精力依然超过语文。有七成的家长认为，孩子学习英语就是为了要升学，非常功利。另外根据调查，47.38%的孩子从3岁到6岁开始接触英语。一边是学习英语的人越来越多、年龄越来越小，但另一边却是英语教育的不断被诟病。为什么英语教育会给人造成哑巴英语、应试英语的印象？英语教育到底哪儿出了问题？

陆建非：原因是多重的。英语考试的等级化、标准化、行政化、产业化问题，使得英语的应试愈演愈烈，死记硬背、枯燥的机械性练习、教学方式的单一、语言环境资源的不足等都使得英语教育失去了它的本义。语言是思维的方式、交际的工具，更是文化的载体，任何类别的语言教学实质上是人文素养的教育，魅力在引导人们向真、向善、向美，使学者“习得”而非“死记”活生生的话语，渐渐地敏于观察、善于思考，乐于交际。

我认同这样一句话：对高考语言学科分值的调整不应是对某种语言学科工具作用的贬值，而应是对某种社会倾向的纠偏。

其次，语言学家乔姆斯基指出，人类先天语言能力是生物遗传的结果，语言学的本质是认知心理学，而且最终是生物学的一个部分。据统计，在亿万母语为非英语的学习者中，真正能实现无障碍地跨文化交流与沟通的人不会超过5%，绝大多数人的外语水平只是熟练程度不同而已，有段时间经常练就熟练了，不练了就不熟。这便使得花了大本钱的学习者以及家长大失所望。

白皎宇：英语学习一个误区就是把它当作外语去教。任何语言的学习如果把它当作母语去教，就会容易很多。比如在英孚，一些小朋友在中文还不流利的情况下就进入了全英语的环境，课堂从第一分钟开始到结束用的都是英语，没有中文翻译，有的只是一些孩子熟悉的情境和物品，但只需要不长的时间，孩子们就都能听懂，然后照着老师的要求去做，这就是用母语的方式来教英语。我们传统的翻译教学法是比较落后的。

同时，我们要改变现在的教学方式，将原先以应试为主的教学方式转变为以应用为主的教学方式，大量地输入，大量地听、阅读和书写而不是更多地做题。

《上海教育》：人们抨击英语学习负担重的其中一大因素就是要背大量的单词？我们目前英语教育的词汇量确有过量吗？到底多少词汇量为宜？

白皎宇：我认为，目前学校教育要求的英语词汇量不是太多了，而是太少了。到高考时还只有3000左右的词汇量。如果要成为一个可以用英语进行交流的人，学生至少需要达到6000以上的词汇量。如果再要做学术研究，那到研究生阶段要达到10000以上的词汇量。

陆建非：我国高考对英语词汇的要求总体偏少，最高要求仅为3500词。而且，现在还有部分省市打算减少高考英语词汇。但事实上，适度足量的英语词汇是顺畅有效交际的必要前提。1932年民国时期，那个时候的高中就是8000个单词的要求，日本的高中英语词汇量是5900个，我国台湾地区的高中英语词汇是6600个，而俄罗斯的高中英语词汇是8000。青少年的记忆储存空间特别大，只要有良好的语言学习环境和科学的词汇学习方法，较大幅度地扩大高中英语词汇量是可行的。

在16、17世纪的时候，英国一个普通农民基本上500到800个单词

就可以与人交流了，但在“知识爆炸”的信息化时代，我认为至少要有8000个单词才算初步具备专业学习和应用能力。

《上海教育》：语言学习的黄金期是什么时候？

陆建非：是在青春期之前，所以在拉丁语盛行的时候，一些国家会把学习外语当作是青春期的仪式。

白皎宇：科学研究已经证明，大脑的语言中枢越早开发，它的位置区面积越大，孩子今后的学习越能事半功倍。同时，越早接触到纯正的、正规的语言，孩子的发音就越标准，而习得发音的关键期就在幼年时期。但早接触多语言环境，并不等于让儿童多识字。

《上海教育》：您认为提升英语学习水平的关键是什么？

陆建非：关键之一就是接触语言的频度，这也是课余民办培训机构在大中城市迅速发展的原因之一。我们现在英语学习的“语义场”太窄，没有宽阔的“语义场”，仅是在课堂上教“课本英语”，规约了英语的接触范围，因此不可能“广种博收”。而语言学习的先天潜质是要在后天、及时地暴露在反复刺激的语言情境中才能被激活。

另外，词汇量和阅读量也是语言学习的关键所在。老一辈知识分子中之所以许多人英语水平很高，一个很重要的原因就在于当时他们学习英语就是大量阅读原著，尤其是小说。

白皎宇：英语要学习得好，关键之一在多“听”。听是语言学习的第一要素，是语言学习的规律，是至关重要的。要提供给学生多方位的语言环境，输入足够的“听”的素材，按照级别逐渐加深。听完后还要输出，要互动。这个输入和输出的过程需要一定的时间和一定的资源。

从教师授课本身来说，关键在于要充分调动孩子们学习的热情和兴趣。每个孩子学习的兴趣点是不一样的，有的孩子可能是视觉型的，有的孩子可能是运动型的，这就要求教师去研究每个孩子，用不同的方法去激发他们的学习兴趣。课后还可以组织各种各样的生活俱乐部，为孩子创造在生活化的情境中实地运用语言的环境，并且将更多跟语言相关的知识融入其中，比如历史、习俗、地理等，因为语言的学习是文化的习得，而不是单纯的文字的认知。

《上海教育》：在外语的学习方面其他国家有什么好的经验？

白皎宇：比如瑞典和挪威是《英孚英语熟练度指标》报告中排名第一和第二位的国家。他们的学校除了本国语言以外对于英语教师有着明确的要求。比如，在小学任教的英语老师，必须具备四年以上的英语专业的学习经历，而其他学科的老师在本国中其实只有三年专业学习经历；高中英语老师的任教必须是获得英语专业硕士学位的人。

其次，教学方法更加注重以应用为主，大力鼓励课内课外的大量阅读。另外，除了学校，社会给予了良好的双语环境。当地的电视、电台和网络基本上都是以英语为主的。引进的各种电视剧和电影也很少进行本国语的翻译，本国语只上字幕。

《上海教育》：您认为英语教育的未来路在何方？

陆建非：中国的英语教育过去是以应试教育为主，今天是应试教育和能力教育并行，将来应该是以能力教育为主，这也是英语学习的回归之路，回归到了符合语言学习和语言教育规律的正确道路上来。我们不断地向社会呼吁英语学习回归本源，希望英语培训机构避免过度的功利和投机，最终希望培养的下一代是能够真正掌握和使用英语的国际化精英。

同时，文化大国的崛起必是以语言作为根基的，因此，我们只看到母语的博大和厚实还不够，还要使我们的母语更开放、更包容。文化平

等观是我们实现跨语言交流和跨文化交际的重要前提，而理解和传播乃至交融是跨文化能力的核心要素。所有教育的最后和最高境界应该是共享、共用、共存。

《上海教育》：您对英语教育的未来发展有什么预判？

陆建非：可以预见，外语尤其是英语学习依然火爆，这与全球化进程呈加速度有关；公众和行政部门对于外语的看法会趋于冷静和理智，对英语的成绩、等级、证书之类的解读和应用会趋于合理；对英语课程体系和教材体系、教学理念、教学方法的深入改革将成为外语教学改革的牛鼻子，成败也就在于此。

而真正的外语应用性人才，如高级口译、同声翻译、汉译英专门人才、外国文艺作品的翻译者等，依然稀缺，而且弥足珍贵。

语言背后是文化，懂交流胜过会考试

脑科学的研究证明，3到12岁是人学习语言的黄金时期。有些家长认为孩子过早地学习外语会干扰其对母语的理解，我觉得这是杞人忧天了。妨碍孩子语言学习的最大问题是方法。

问：对一个孩子（未成年人来说）学习英语的最佳时期是什么时候？为什么？

陆建非：据科学实验证明，人的大脑中有个“布罗卡斯区”专门负责语言功能，幼儿3至12岁期间学习语言直接储存在此区域内，12岁之后学习语言，语言信息就无法直接储存到布罗卡斯区，只能存到记忆区，使用语言时，布罗卡斯区必须和记忆区进行联系。布罗卡斯区在人的幼年时期发展得非常灵敏，但随着年龄的增长，该区的灵敏性渐呈下降趋势，所以3到12岁期间尤其是前半段，常被人们认为是学习语言的黄金时期。

打通布罗卡斯区是学习语言的“捷径”，但走捷径并不轻松。真正要让孩子把英语作为第二母语，形成母语思维必须得有科学的方法和大强度、高频率、持续的刺激，真正作用于布罗卡斯区，形成母语思维，因此，决不能把母语和外语的学习方法完全割裂开。

学习语言要有较大强度、较高频率和较强刺激度的练习，只有这样，才能当孩子学习外语时，在其布罗卡斯区形成母语思维。不能把学习母语和学习外语完全割裂开来。

问：家长在给孩子进行英语教育启蒙时容易走入哪些误区？（如低

龄化、学科/应试化……）

陆建非：其实，低龄化的现象是自觉或不自觉地受到了布罗卡斯理论的泛化影响，低龄并非越小越好，也有个适宜的低龄。说到家长走入应试化的误区，这是难免的，几乎无人能独善其身，不受到现行教育体制的影响和传统教育观念的熏陶。在全球化的背景下，很多家长认为学习掌握英语是一种出人头地的门道，拿着这块敲门砖，可跻身精英社会，这是目前普遍存在的误导理念。

实际上，布罗卡斯区的打通不是一朝一夕的事，无论是学母语还是学外语，都不是一件轻松的事。据权威统计，真正能实现无障碍地跨文化交际者只占学习者的5%左右。我国的优质教育资源既匮乏又不均衡，竞争异常激烈，家长抱着跟风从众、不能输在起跑线的心态让孩子尽可能早地学习英语，但绝大多数家长不懂外语，缺少时间督促孩子的学习，缺乏帮助孩子巩固和强化课堂外语的课外同道。不同于母语，外语的语义场非常有限，一旦没有持续的强化和刺激，外语学习就不会获得好的效果。只有大量的记忆输入，才可能实现少量的记忆输出。记忆对英语的学习必不可少，学习外语就是同遗忘作斗争。

随着“深度信息化”时代的来临，浅阅读、泛阅读、碎片化的阅读的现象越来越严重，人们的逻辑思维、辩证思维等功能退化，再也没有耐心阅读长文章，深入缜密的思考少之又少，这样的学习惯性也会影响英语的学习。

实践证明，如何打通教英语和学英语的屏障、课堂英语和生活英语的藩篱，这是一门大学问，实际上就是要疏通“学得”和“习得”的关系，尽可能在教学英语时，多采用一些“母语习得”的方法和途径，这对于英语的学习是至关重要的。

如何扫除教学英语、课堂英语和生活英语的学习障碍，如何打通学得和习得的关系这对于英语的学习都是至关重要的。

问：现在的中小学生在学习英语上存在哪些问题？

陆建非：在应试化的背景下，现在的孩子学习英语都是围绕着教学计划以升学考试为目的，并不是出于交流沟通的需要和兴趣使然，这恰恰背离了语言学习的真谛。

从学习方法上看，中高考的英语是选拔的工具，没有人和生活的意义，语言学习中很多随意即兴的交流往往是其魅力所在。“学得”与“习得”是不一样的，“习得”更自然，更生活化，容易吸纳，不容易忘记。其实学习语言是为了实现跨文化交际，而实现交际的基础是无障碍的交流能力，需要孩子掌握丰富的词汇量，至少要达到8000词的标准，而现在的高中生一般词汇量在3500左右，大学生即使到了毕业的时候能够达到8000词汇标准的学生也不足一半，在语言沟通方面就存在着不小的阻力。

从思维方式上看，东西方人存在着不小的差异。西方人比较注重逻辑思维，而东方人比较注重辩证思维。学习英语的好处是可以让我们的思维方式更加综合化，既讲辩证又有逻辑性。由于所强调的思维方式不同，东西方人的关注重心也不尽相同。西方人更注重个人的自主作用，而中国人更看重环境对自己的影响，在观察事物的视点上明显不同。在思想方法上，西方人思维比较开放，而中国人比较保守。在写作上外国人关注事情本身，而中国人关注语境。在学习英语的同时，不只是学习语言本身，我们还要了解语言背后的文化差异，彼此借鉴，相互关照的这种人文情怀也十分重要。

外语的学习是一种终身的学习，需要不间断地强化，它不只是一种考试的工具，不要过于功利。

学习外语时应该让孩子保持适度的压力感和焦虑感，但要把握好

度，还要注意营造宽松融洽的语言学习环境。

问：如何让孩子和家长正确对待英语，如何在孩子小时候进行有效的英语启蒙，培养他们对语言的兴趣？

陆建非：在学习中会发现女孩的成绩往往要好于男生，这与我们目前的选拔机制有关系。女孩在语言学习上的天赋其实是优于男孩的，女孩开口说话早，在表达上占优势。

对于语言学习来说，兴趣是最好的老师。有兴趣就会保持持续的关注度，也不会觉得累。可以采用“以情拴情”的方法提升孩子的学习兴趣，老师的作用时常是隐形的，关键在于要“蹲下来”和孩子对话，与学生保持平等的关系，对学生多采取“隐形”的指导，把课堂还给学生。老师在教学过程中要充分调动自己全身的热情和激情吸引孩子的注意力，故意地关照暂时居后的孩子，经常给予孩子鼓励。我主张，比如作文的批改上要多给孩子提建议，让学生自己修改，老师不要包办或者大量地标红批改，这样无形中会使学生心理产生挫败感，降低英语学习的兴趣。外国老师在作文的批改上顶多提出几条修改意见，首先给予学生肯定。在我们课堂上老师往往不舍得表扬，批评的多。课堂上老师尽量不要评价孩子的对错，多采取“同伴”评价，在现在的竞争关系中，来自同伴的肯定和表扬十分缺少。学生的相互评价有助于在可控状态下营造合理竞争的氛围，效果远远好于老师的评价。

在课堂上，要多给孩子展示、“露一手”的机会，如果学生可以用英语表述清楚自己的一件事是很了不起的，长期坚持自我表述对英语的表达帮助很大。

对于低幼孩子来说游戏对英语学习的帮助也是很大的，要提倡随时随地随意的学习，在不经意间习得的知识往往记忆深刻。不要放过任何一个生活中学习英语的机会，比如商标上的英语单词、药盒上的英语说明，都可以从中吸纳积累词汇。一个单词只有在不同的语境中见到过6至7次，才能真正地记住。

还要让孩子保持适当的竞争和适度的焦虑，对于英语的学习保持紧张感也可以促进英语学习的迅速进步。营造一种英语学习的氛围，把西方主要国家的地图、报纸、杂志等在特定区域内进行展示，让孩子了解西方国家的文化，氛围的营造可以让孩子产生文化的认同感和刺激感，同时还应加入国外的体育活动进行体验。兴趣应是多方位持续性的刺激，当孩子兴趣处于低潮时也不要逼迫他，可以采取适当的放松，等到适当的时机再调动起来就好。多鼓励孩子体验多重感官的刺激，多看外国的动画片、电影等，能看懂外国的电影是很不简单的，既增添了学习的有趣性，同时还可以锻炼孩子听说读的能力。

从政府层面上说，应该制定更加健全高效的语言政策，营造一种宽松灵便的语言环境。对于一个文化大国而言，母语与英语是托起它的两个翅膀，缺一不可。对于个人发展也是如此，母语和外语同样是助力现代人前行的两个翅膀。

问：近年来，全国多地的高考改革方案中，均有增加语文分值和降低英语分值的规定。对此，你怎么看？在你看来英语学习和母语学习有什么关联？

陆建非：我认为英语是学校教育中必不可少的语言基础课，其实也就是外国语文课，属于通识课（genernal course）或者博雅课（liberal course）范畴。现代信息化社会的浅阅读、泛阅读、快阅读会导致母语退化的后果。此外，母语退化还得归因于语言教育的理念与方法，与学不学或多学少学英语的关系并不大。作为一个开放的国家，英语是必须要学习的语言。考试能占到多少分不是关键问题，重要的是能否树立正确的语言观和文化观。而且英语教学的方式方法要改进，打通“学得”和“习得”的关系，尽量多创造语言交流的活环境，为孩子学习外语开创多种渠道。完成阶段性的英语学习后，大可不必硬性要求所有的人“深造”英语，我建议有相关工作需要的人可以继续深造，事实证明，能够熟练掌握英语技能的人在工作上的机会更多一些。

不管是学英语还是学其他语言，对于开发孩子的心智都是有好处的。

问：语言学习对于一个人的能力发展与培养，有何影响？

陆建非：不管是学英语还是学其他语言对于开发孩子的心智都是有好处的。心智首先是表现在认知上面，学语言是把抽象的符号与具体的事物联系起来。学英语又是社会性的早期体现，英语学习注重交流，同时可以开发不同的话题，对孩子早期了解社会很有帮助。学英语还有助于孩子逻辑思维的成熟，因为英语是讲究逻辑性的语言。通过学习外语，可以使孩子的性格开朗，更外向一些，也有利于身心健康。学习语言贵在坚持，需要语言环境的熏陶。在课堂教学中我比较反对默读，在学习的初级阶段要大声地朗读，读出声来，在读英语的过程中可以训练听、说、读的综合能力。大量阅读的同时还要适当地背诵，厚积才能薄发，在母语的环境中学英语，背诵就显得尤为重要。

学习语言本身应该是一件快乐的事，学习效果如何，情绪起着很重要的作用。

问：如果孩子在学习语言方面遇到困难而产生抵触情绪，家长要怎样去调节孩子的心情和自己的情绪？

陆建非：情绪其实是态度的体现，在外语学习时家长要关注孩子的情绪变化，情绪稳定且处于积极的状态下，肯定有利于语言的学习，反之则效果甚微。如果孩子认为自己具备学习和分享的能力，在这样的状态下，学习的主动性会更强，学习的效果会更好。老师要给学生适当的展示机会，关注学生学习的状态，并适时地给予鼓励与恰当地引导，这些对学生积极情绪的培养和保持都有极大的帮助。

老师的个人素养对学生的语言学习也有影响，要善于保护和关照学生的自尊心，这样可以提升孩子学习英语的自信心。老师和学生之间要建立起融洽民主的师生关系，以期减少学生在学习过程中的焦虑感。据观察，学习外语对人养成好的性格、良好的行为习惯都有积极的促进作用。

（此文为2015年5月25日《东方教育时报》采访录，记者：赵晓军，实习生：李婷）

跨语言交流是为了跨文化交际

据中国人民大学舆论调查所在我国100个城市随机抽取3000人进行外语学习情况的面访调查，提到外语，97%的中国人首先想到的是英语。从接触经历看，学过英语的最多，占74%，目前正在学的占44.6%。在今后想要学的语言中，首选英语的人为47.6%。在回答“对学习哪一种外语最感兴趣”的问题时，对英语感兴趣的为59%。然而，在国内苦读20多年书可英语开不了口的博士多得是。更糟的是，很多学生爱学英语，却无视、漠视或轻视英语赖以存活的英语文化。拿跨文化交际学的行话来说，就是缺乏一种跨文化交际的敏感和意识（a lack of sensitivity to and awareness of intercultural communication），脱离英语文化来学或教英语是学不到或教不了英语精髓的，也违背语言的自然属性：跨语言交际为了跨文化交际。

英语语言的国际化决定了英语文化的国际化，有目共睹，随着交通工具和通信手段的飞速发展，世界日益变小，“地球村”是形容这一状况再好不过的字眼。其实，英语的世界性不只是体现在众所周知的国际政治、经济、商贸、科技等方面，而且早已凸显在文化领域。1987年王佐良先生在谈到当今世界文学的“走向”时就指出“也许英语文学的国际化才是真正的‘走向’”。越来越多的人在用非母语的英语作为自己表达思想的语言：以同一种语言形式表达各自的民族个性，负载多种不同的文化。这是一种妙不可言的现象。

掌握一门语言意味着必须掌握它的基本要素（语法、词汇、语音）和基本技能（听、说、读、写、译）。在社会生活中语言能力和语用能力是相辅相成的。语言能力是交际能力的基础，然而，具备了语言能力并不等于具备了交际能力。文化知识是组成交际能力的一个极其重要的方面，促进对目的语文化的理解和沟通是现代语言学习的重要目的之一。

越来越多的专家、学者和教师认为在学习外语的同时，必须实施文化能力的学习和培养，这才是真正意义上的外语学习。这种文化能力也有人称之为跨文化交际能力或社会能力（即和不同文化背景的人们进行合适交际的能力）。

沃尔森（1983）曾说过："在与外国人接触中，讲本国语的人一般能容忍语音或语法错误。相反，对于讲话规则的违反常常被认为是没有礼貌，因为本族人不大会认识到社会语言学的相对性。"要做到语言得体，首先应该了解和掌握相关的文化知识，由于缺乏文化能力而导致交际失妥、失体、失真或失败的例子不胜枚举。

人们通常所指的文化能力就是对文化知识，特别是交际文化知识的掌握能力以及在跨文化交际活动中对目的语文化和母语文化间的差异的对比和识别能力。这类文化知识掌握得越多，那么文化能力也就越强。

在学习英语的同时，应该对礼仪习俗、风土人情、典故逸闻、词语表征、时事政治等表现出较大的兴趣，这就是"文化"。正如有的人类学家所说，文化是一种近似（approximation），一种倾向（tendency），一种抽象（abstraction）。对异域文化的了解、理解和善解是需要时间的，是要经过反复接触、体察、对比、探究、反思、感悟、归纳、积累的。只有了解、理解、善解异域文化的特质，一旦遭遇文化冲撞，才能做到"谅解"二字。诚然，了解和学习异域文化并非等同灌输和崇拜异域文化。在跨文化交际中我们应树立文化平等观，加强文化传播和文化交融的主动意识，这是学习外语，培养跨文化交际能力时必须注意的问题。

（此文为《英语知识》2002年第3期刊首语）

双语教学与跨文化交际

双语教学与跨文化交际主要涉及语言和文化，因此，有必要从语言环境，或者国际大都市语言环境讲起。

眼下上海正在利用举办世界博览会之机，试图创设一个国际语言环境。世博会是一个历史悠久、闻名遐迩的综合性国际展览会，也是展示人类高新科技和多元文化的盛会。上海是一个世人皆知的大都市，构建适合世博会的国际语言环境应该和上海作为一个建设中的国际大都市的语言环境相一致。举办世博会是一个千载难逢的城市发展和建设的契机，更是提升城市软实力，熟识和践行国际通则，融合多元文化的良机。政府有关部门先是倡导百万家庭网上行，接着动员百万家庭学法律，现在又鼓励百万家庭学礼仪。笔者觉得还有必要调动民众，组织专家审视和整治一下我们城市的语言环境，不能熟视无睹，更不能视而不见。语言环境与生态环境同等重要，语言无论从语言学的角度，还是从文化学、教育学或社会学的角度去看，它是思维的形式、交际的工具、文化的载体。上海外国语大学有个学生组织，叫“啄木鸟”，对上海的国际语言环境进行深入广泛的明察暗访，最终打分为5分中的3.5分，确实不尽如人意。针对世博会语言环境，我想谈如下几个问题。

一、适应世博会的国际性语言环境的特点

我们认为，适应世博会的国际语言环境应体现五个“性”：

1. 国际性：多语种，以汉语和英语为主；海纳百川，有容乃大。而上海方言不应也不会作为国际语境中的语言工具，乡音的力量和局限分别表现为对内黏合，对外屏障。

2. 广泛性：文字语言，含书面语和口语，其中也包括招牌、广告、机构设施等的名称、公共标识系统、口号、服务接待用语、媒体用语等。

例如很多公厕都标上“W.C”，其实这是个不雅之词，此缩略语的意思是“water closet”(抽水马桶)，更可笑的是有时居然还出现W.C(女厕所)、M.C(男厕所)的标示。

又如空中小姐笑盈盈地问乘客：“先生，你是要饭还是要面？”——“要饭”歧义难免产生。

很多人接听电话首先问：“喂！你是谁？”按国际惯例应先报自己的身份或单位的名称。

歧视性语言随处可见，如：“严禁小贩、小商、捡破烂的入内！”“禁止在车厢内卖报、卖唱、乞讨！”

非文字语言也是语言环境的重要组成部分，其中包括手势、身势、声频、眼神、表情、体距、体触、服饰、打扮、时空观念、审美倾向等。高声喧哗、中途插队、随地吐痰三大高发陋习应作为重点整治范围。

3. 规范性：语言既有约定俗成，也有明文规定，必须遵循范式和规律。现在媒体书面语“的、得、地”不分，白字、别字、错字频繁出现，简繁体混用。

以下为2005年《咬文嚼字》编辑部公布的100个常见高频错别字，收录如下仅供参考（括号中为正确用法）：

按(安)装，气慨(概)，不落巢(窠)臼，甘败(拜)下风，一股(鼓)作气，烩(脍)炙人口，自抱(暴)自弃，悬梁刺骨(股)，打腊(蜡)，针贬(砭)，粗旷(犷)，死皮癞(赖)脸，泊(舶)来品，食不裹(果)腹，兰(蓝)天白云，脉博(搏)，震憾(撼)，鼎立(力)相助，松驰(弛)，凑和(合)，再接再励(厉)，一愁(筹)莫展，侯(候)车室，老俩(两)口，穿(川)流不息，迫不急(及)待，黄梁(粱)美梦，精萃(粹)，既(即)使，了(瞭)望，重迭(叠)，一如继(既)往，水笼(龙)头，渡(度)假村，草管(菅)人命，杀戳(戮)，防

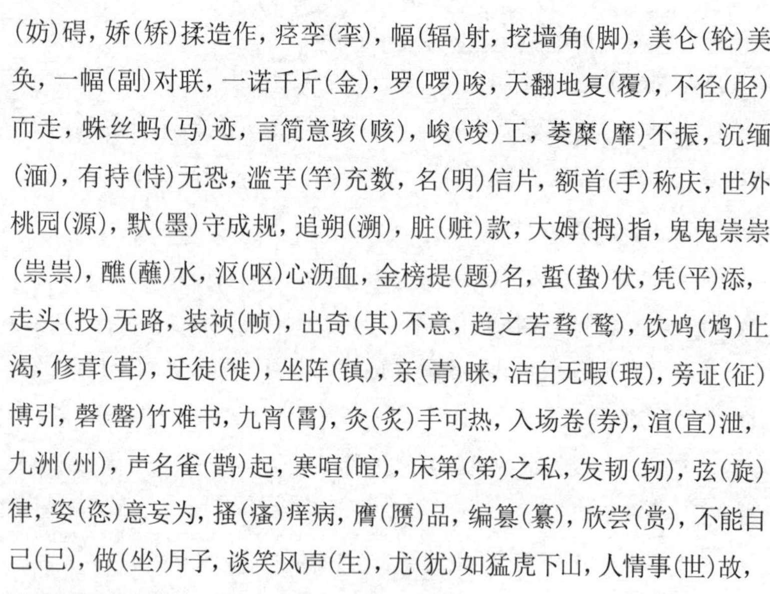

(妨)碍，娇(矫)揉造作，痉孪(挛)，幅(辐)射，挖墙角(脚)，美仑(轮)美奂，一幅(副)对联，一诺千斤(金)，罗(啰)唆，天翻地复(覆)，不径(胫)而走，蛛丝蚂(马)迹，言简意骇(赅)，峻(竣)工，萎糜(靡)不振，沉缅(湎)，有持(恃)无恐，滥芋(竽)充数，名(明)信片，额首(手)称庆，世外桃园(源)，默(墨)守成规，追朔(溯)，脏(赃)款，大姆(拇)指，鬼鬼崇崇(祟祟)，醮(蘸)水，沤(呕)心沥血，金榜提(题)名，蜇(蛰)伏，凭(平)添，走头(投)无路，装祯(帧)，出奇(其)不意，趋之若鹜(鹜)，饮鸠(鸩)止渴，修茸(葺)，迁徒(徙)，坐阵(镇)，亲(青)睐，洁白无暇(瑕)，旁证(征)博引，磬(罄)竹难书，九宵(霄)，灸(炙)手可热，入场卷(券)，渲(宣)泄，九洲(州)，声名雀(鹊)起，寒喧(暄)，床第(笫)之私，发韧(轫)，弦(旋)律，姿(恣)意妄为，搔(瘙)痒病，膺(赝)品，编篡(纂)，欣尝(赏)，不能自己(已)，做(坐)月子，谈笑风声(生)，尤(犹)如猛虎下山，人情事(世)故，竭泽而鱼(渔)

此外，异化成语和俗语随意编造，如果说从头做起（美发广告语），一毛不拔（牙刷广告语）是佳作，那么“鸡”不可失（三黄鸡推销广告），知“足”长乐（足浴广告）就不敢恭维了。

中文式的英语标示令人莫名其妙，如：

小心阴沟（Take care the sewer! 误）（Watch your step! ）

当心碰头（Look after you head! 误）（Lower of clearance! ）

外宾楼（Guest Building误）（guesthouse）

全球华人除夕文化大餐——春节晚会4小时，差错30多处，平均每十分钟出一个文字差错，成为遗憾汉语大展示。《咬文嚼字》编辑部对此纠错，战果累累，如：

“神舟六号”误为“神州六号”、“招呼”误为“招乎”、“搅和”误为“搅合”、《“打工”幼儿园》写字板上“红掌拨清波”误为“红掌拨青波”、“我赔得起吗？”误为“我赔得起嘛？”、“入场券”误读为“入场卷”、“甲乙丙丁”误为“甲已丙丁”等。

大陆普通话的规范和习惯不断受到港澳台地方语以及港澳台式普通话的影响，如：

拿捏（把握）、提升（提高）、构建（建构）、愿景（愿望+远景）、计程车（出租车）、香港用鬼妹和鬼佬（大陆、台湾用老外）、国语（普通话）、土豆（花生）、洋芋（土豆）、检讨（总结）、化妆间（厕所）、修养质量（道德品质）、干（搞）、太太（爱人）、外子（丈夫）、经商（下海）等。

4. 得体性：语言要得当、恰当、恰如其分、恰到好处、符合即时场景。

例如中国公交车中礼貌标志语“给老、弱、病、残、孕者让座”。（There special seats for the old, the weak, the sick, the disabled and the pregnant on the buses.）在西方人眼里反而不够礼貌，他们的措辞更委婉。“老”，the old = the elderly, the senior citizens, the golden aged。“残”，the disabled = the handicapped, the physically disadvantaged, the physically challenged。避开“残疾”“脑残”等词，更多场合倾向于用“体障”“脑障”。“病”和“孕”更是极为私密性的事，法国已故总统密特朗、巴勒斯坦已故领袖阿拉法特的病情，以色列前总理沙龙的体重，西方王室成员的生育信息等均为国家一级机密。因此，与国际接轨的表述是：“Offer seats to those who need help.”（给需求者让座。）

有不少称号似乎还留存着战争年代的色彩，如新长征突击手、三八红旗手、师德标兵等，如何称呼新时期楷模方显时代特征和中国特色，值得探讨。

5. 持久性：不是搞一个论坛、几次活动就能铸就一个成熟的国际性语言环境，在都市文化和公民意识的培育过程中时时处处、点点滴滴的教化和渗透，使国际语言理念内化，并持续长效，最终成为人们的一种素养。所谓“成熟”，就是语言的个性与共性和谐并存，既有时代感，又有审美情趣。例如，“谁动了我的奶酪”原是一个书名，后来“谁动了

我的……”竟成为一个老套句型，屡屡见诸报刊标题。“将革命进行到底”源于毛主席语录，不少人又跟着说“将……进行到底”。邓小平同志说：“计算机要从娃娃抓起。”眼下只要一提到小孩的培养话题，都套用“……从娃娃抓起”。偶尔用一下，图个新鲜感，用久了，不免有拾人牙慧或盲目跟风之嫌，语言的个性荡然无存。

二、双语教学与国际性语言环境建设

任何一个政府或者教育机构在国际性语言环境的建设过程中都不约而同地实施双语教育或双语教学，“双语教学”因此也成了我国当前教育教学改革中的一个热点话题，这是对经济全球化、政治多极化、教育国际化、文化多元化的积极回应，是“地球村”公民的知识、技能与素养全面协调发展的需求，也是社会进步和时代发展向教育提出的挑战。

（一）何为“双语教学”

从教育的全球视点看，“双语教学”并非是一个全新的教育理念。它最先是殖民主国家把语言作为殖民地种族同化的一种工具，从20世纪后半叶开始，“双语运动”迅速发展。

《朗曼应用语言学词典》的诠释为：“双语教育是指在学校里使用第二语言或外语进行各门学科的教学。它有三种形式：1）浸入型双语教学；2）保持型双语教学；3）过渡型双语教学。”

美国教育理论家鲍斯顿（Paulston）对“双语教学”的界定为：“所谓双语教学，就是对同一学生群体，运用两种语言（母语和一门外语，通常是英语）进行各门学科的教学。其中包括学习与母语相关的历史与文化。一个完美的双语教学应该培养学生的自我认同感（self-identification）与对两种不同文化的自豪感（pride in bi-cultures）。”

“双语教学”的功能和定位并非简单划一的，在不同的国家和地区以及不同的时期，它具有不同的内涵和功能。

1. 早期殖民地的“双语教学”的目的是殖民主国家对殖民地国家实

行种族及文化同化的工具，能否运用宗主国的语言成为获取国籍和公民权利的标准。（社会意图：同化；母语地位：非法或不应出现；长期结果：文化疏离，如印第安人、爱斯基摩人以及他们的语言和文化就是如此。）

2. 20世纪后半叶，传统的殖民地纷纷独立，但在政治和经济上还不能完全脱离原宗主国，这些新生的国家在普遍强调母语的同时仍然保留外来语。（社会意图：过渡或中和；母语地位：法定；长期结果：文化沟通和混合，如同东南亚、非洲、南美中的一些国家和地区的状况。）

3. 一些发达国家，尤其是美国，为了吸引移民，使不谙英语的移民尽快适应当地环境，建立所谓自我认同感，在移民中普遍实行母语教育。（社会意图：同化和综合，旨在多元化；母语地位：容忍、可贵但非法定；长期结果：文化碰撞但互相包容，如同英国、美国、法国等国家。）

4. 在一些存在两种语言地区的国家，例如加拿大，实行双语教学是为了促进地区间的经济和文化交流，维持国家统一的需要。（社会意图：综合兼容；母语地位：法定；长期结果：沟通并混合，如加拿大的魁北克地区、俄罗斯的某些德语地区就是如此。）

5. 我国少数民族地区长期来有效地实行着民族语言和汉语的“双语教学”，既是为了保护和发展民族文化，也是为了促进民族地区经济和文化的发展，使各民族融入到中华大家庭中。（社会意图：中和但非同化；母语地位：法定；长期结果：文化沟通。）

6. 19世纪，近代科学刚刚传入我国时，学校中自然科学的教学大多采用英语原文，其原因就是我国的语言文字还未建立起自己的科学术语的规范和体系。

显而易见，“双语教学”的背景和时代各有差异，功能定位各不相同，但有一共识，“双语教学”不是单纯的语言教学，它包含了对多元文化的认同。因此，目前我们所说的“双语教学”是指用两种不同的语言作为教学语言的教学，一般是指用非母语进行部分或全部非语言类课

程的教学，其具体内涵因国家或地区不同而存在差异。如在加拿大，“双语教学”一般是指在使用英语的地区用法语授课的教学形式，或在使用法语的地区（如魁北克）用英语授课；在美国，“双语教学”一般指用西班牙语进行的学科教学；在澳大利亚，“双语教学”是指用非母语进行的部分学科教学；在欧洲，“双语教学”的情况更为复杂一些；我国及不少亚洲国家和地区正在探索的“双语教学”，通常是指用英语进行学科教学的一种实践。目前上海等地开始实验并推广的“双语教学”也属于这一范畴。

（二）从相关学科的视角看“双语教学”

1. 语言学

①语言的本质是工具，它既是人类认识世界的工具，也是人类思维的工具。

②“双语教学”既是“语言教学”（目的），也是“教学语言”（手段）。

③在中国，“双语教学”中与汉语对应的另一门语言，其地位只能是“外语”（foreign language），而非第二语言（second language）。

2. 文化学

语言是人类思维和交际的工具，更是文化的载体，文化的主要特征集中体现在语言上。“双语教学”不是针对哪个社会或经济群体的教学，而是一种公众素养教育，换言之，文化教育。

3. 教育学

国内外教育背景及理念发生了许多质的变化，不少国家和地区推广的国际理解教育、地球村公民教育、多元文化教育等均为这些变化的产物，而“双语教学”也应摆脱单纯的语言教学，顺势成为上述这些教育的有机组成部分。因此，“双语教学”其实也是一种素质教育(quality-oriented education)，是一种具有鲜明时代性和社会性的以人为本的教育。

（三）“双语教育”与“双语教学”

教育：①培养新生一代准备从事社会生活的整个过程，主要是指学校对儿童、少年、青年进行培养的过程。②用道理说服人使照着（规则、指示或要求等）做，如说服教育。

教学：教师把知识、技能传授给学生的过程（当然，也有教学相长的情况）。

教育与教学的目的是使学生具有从事和适应社会生活的知识、技能和素养。光有知识，无“能”不行。仅有知识和技能，没有素养，不“厚”无“爱”更不“善”。

“双语教育”是指用两种语言作为教学媒介的一个教育大系统；“双语教学”是指用两种语言实施部分学科或阶段性教学的具体实践。

笔者倾向于用“双语教学”这个说法，因为“双语教学”是目前我们想做的，而且在局部范围内是可以做得到的，而“双语教育”涉及面诸多，如立法、国情、民族心理、文化包容度等。这是一个理想的语言教育大环境、大格局、大体系，目前不可能实行。

双语教学的宗旨：将学生的外语或第二语言，通过系统教学和训练以及环境熏陶，逐渐接近母语的表达与应用水平，使双语共存共享共用，而非取代其中之一。因此，双语教学不是强化的外语教学，也不是中外语言翻译教学，更非牺牲母语的外语教学。总之，不是纯语言教学，而是对多元文化的认同过程。

（四）汉语和英语均为强势语言

100多年前，西方一些学者认为汉语是人类的“婴儿语”，而现在世界语言学家公认汉语是成熟的先进语言。过不了多久，将有1/2的网络使用者在线使用非英语。中国网民即将突破1亿，汉语可能超过英语而成为全球互联网使用最广的语言。

汉字是注重审美形象的文字体系，字本位，词根语，表意兼表

形，用拼音系统无法替代，不然传统书法的魅力无非跃然纸上。如“鱼”“月”“草”“人”“门”“口”等。又如“鲜”，有一说：南有鱼，北有羊，涮羊肉锅底鱼为上。

“和谐”一词盛行，意为人与人、人与自然环境、人与制度、人与物质生活、人与自身等的和睦协调。如从此词的字的笔画结构也可引出一说：口+禾，皆+言，人人有饭吃，个个敢讲话。

操作电脑时，如用拼音输入法，一音多字的局限表现明显。笔者在输入自己名字的声母时，跳出的是“龙卷风”；在输入姓名完整拼音时，出现的是“陆减肥”。

汉字由于字本位，独立成义，有时会产生歧义：

李鹏飞/抵香港；李鹏/飞抵香港

上海/市长/江大桥；上海市/长江大桥

敏感性/题材；敏感/性题材

由/杨校长签署后生效；由杨/校长签署后生效

毋庸置疑，在众多强势语言中，汉字（实为语素）的构词能量堪称一绝，例如“眼”，首先是考虑它的字本位，有独立含义，第二位的问题才是“一只”还是“一双”，或者“多只”眼的考量，那是有关眼的数量的认知。“眼”再派生出“眼神、眼球、眼圈、眼界、眼力、眼光、眼角、眼帘、眼量”等概念，再转用或发挥作“心眼、眼波、眼色、慧眼、开眼、天眼、打眼（放炮）、饱眼福、养眼、斗心眼、贼眼、眼馋、眼尖、眼浅、眼拙、红眼病、眼开眼闭、转眼间、白眼、眼巴巴、小心眼、睁眼瞎、眼中钉、眼花缭乱、眼面前、着眼（于）、眼皮子底下、眼疾手快、眼高手低、好汉不吃眼前亏、有眼不识泰山”等。

讲汉语的人口有10多亿。另据统计，有100多个国家、2500多所大学、不计其数的中小学及民间机构开设汉语课程，学生达3000多万。中国大陆有400多所大学（占高校总数三分之一）设有对外汉语课程，

5000多名教师从事对外汉语教学，已经接受来自150多个国家和地区的留学生累计近40万人，仅非学历汉语教育培训的年收入就达20亿元人民币。汉语水平考试（HKS）瞬间吸引世人，在40个国家设立了超过150个考点，已有40多万考生参加了这一考试。特别是近两三年来考生人数增幅迅速。有人把它称为中国“托福”，与美国“托福”、英国“雅思”相提并论，视作闻名遐迩的语言类考试。200余所以推广汉语和传播中国文化为宗旨的“孔子学院”在世界各地纷纷成立，汉语似呈国际化趋势（the globalization of the Chinese language）。汉语风靡全球，“孔子”周游列国。巴黎街头有一则广告：“学汉语吧，那意味着你未来几十年内的机会和财富。”

不可否认，多元文化对语言的影响越发迅捷明显，如外来语“入侵”汉语的势头丝毫不减，每年约1000多个，吃的有“汉堡”（hamburger）、喝的有“可乐”（Coca-Cola）、玩的有“保龄”（bowling）、乐的有“派对”（party）、穿的有“茄克”（jacket）、行的有“巴士”（bus）。于是，有些人不止一次地郑重提出要维护汉语的纯洁性。其实，外来语不可能对博大精深汉语文化和绵延厚实的汉字体系形成威胁。再说，当今世界，任何一种语言都是在自我更新和对外交融的过程中不断得到发展的，闭锁的思维必然导致钙化的机体。况且，许多外来语已逐渐汉化，人们在使用它们时，几乎不会想到它们的来龙去脉，如“沙发”、“引擎”、“沙龙”、“幽默”（林语堂译语）、“基因”（谈家桢译语）等。

还有些外来语是汉英交融的新生儿，如“比萨饼”“三明治”“番茄沙司”。

中式英语丰富了英语词汇库，词汇爆破式的递增得益于中式英语和其他60多种将英语和民族语言相结合的语言（如西班牙式英语、日式英语、印度式英语等）得到越来越广泛地应用，尤其通过互联网的

传播，英语单词已达到986120个。最近新增的两万个单词中，20%来自中式英语。

汉语和英语两大强势语言作为中国“双语教学”的两种语言，这既是巧合，也是天泽/择（天赐良机）。说母语最多的是汉语，说语言最多的是英语。汉英文化分别位于东西文化差异坐标的两极，是东西文化最典型的代表。汉语属汉藏语系汉语族，英语属印欧语系，如能交融互补，可谓珠联璧合，相得益彰。

三、“双语教学”的核心目标是实现跨文化交际

在国内苦读20多年书可英语开不了口的博士多得是。更糟的是，很多学生爱学英语，却无视、漠视或轻视英语赖以存活的英语文化。从跨文化交际学视点看，就是缺乏一种跨文化交际的敏感和意识，脱离语言文化来学或教语言是学不到或教不了语言精髓的，也是违背语言的自然属性的：跨语言交际为了跨文化交际。要做到语言得体，首先应该了解和掌握相关的文化知识，由于缺乏文化能力而导致跨文化交际失败、失当或失体的例证不胜枚举。

1. restroom这个英语单词仅从表层去理解，是“休息室”的意思，但在美国英语中就指“厕所”。在公共建筑物里，休息场所应用“lobby”或“lounge”。

2.《反分裂国家法》英译本出台时，如何翻译“分裂”，选择很多，颇费脑筋，如separation、division、split、secession等，最后选定secession，因这个英语单词有美国历史文化的特定含义：脱离联邦（指美国内战时南方11个州为反对林肯解放黑奴政策于1860—1861年相继脱离联邦），译者用意不言而喻。

3. 布什、希拉克在国际场合向对方夫人行吻礼之别、苏联领导人赫鲁晓夫访美时手背对着观众的错误V手势、查尔斯王子访澳遇“裸胸尴尬”等非言语交际案例说明跨文化交际能力在国际外交场合的重要性。

4. 颜色也是一种语言的表述，象征主义的始作俑者是戴着可怕红帽子的法国大革命时期的革命者，而现在每场革命必有一个象征符号，意味着政治文化的颠覆，如1974年葡萄牙的“康乃馨革命”，捷克斯洛伐克1989年的“天鹅绒革命”，2003年格鲁吉亚的“玫瑰革命”，乌克兰2004年的“橙色革命”，叙利亚的“雪松革命”和吉尔吉斯斯坦的“郁金香革命”等。

英语语言的国际化决定了英语文化的国际化，随着交通工具和通信手段的飞速发展，世界日益变小，“地球村”是形容这一状况再好不过的字眼。其实，英语的世界性不只是体现在众所周知的国际政治、经济、商贸、科技等方面，而且早已凸显在文化领域。早在上世纪的1987年，著名学者王佐良先生在谈到当今世界文学的“走向”时就指出“也许英语文学的国际化才是真正的‘走向’”。越来越多的人在用非母语的英语作为自己表达思想的语言：以同一种语言形式表达各自的民族个性，负载多种不同的文化。这是一种妙不可言的现象。

一种语言就是一种生活方式，甚至是存在方式。它的表面凝聚着历史，深层积淀为文化。爱斯基摩语中几十种各不相同的“雪”的表达词语与该地区特殊的生态文化相关，中国语言里复杂细腻的“堂”“表”亲之别源于亲情裙带观念。英语中涉及“牛”的词汇何其多也，ox、bull（-fight）cow、calf、buffalo、cattle、beef、veal（小牛肉，幼小的菜牛）、butter、milk、cheese等，从中可见牛在西方人生存环境的地位。“雨后春笋”在英语中的对应表达，只能把“笋”换成“蘑菇”，“spring up like mushrooms”，不然，外国人不知所云。外语能力不等于跨文化交际能力，跨文化交际能力的培养必须贯穿双语教学的全过程，跨文化交际能力的高低强弱是衡量国际大都市市民素质标尺之一，是现代地球村村民必备素养。

美国既是个移民国家，又在海外不断扩张，移民、驻外人员和军队

都需要了解和适应当地的语言和文化环境，跨文化交际学应运而生。上世纪60年代至70年代在美国政府机构、情报机构和军队首先对涉外人员实施跨文化交际培训，后来又逐渐演变成大学里的正式课程。随着各领域国际化进程的急速推进，跨文化交际培训和研究越来越广泛和深入。我国实行改革开放政策后，人们也逐渐注重强化和培养跨文化交际意识和能力，上世纪90年代初，一些大学也开始教授这类课程，它属于应用语言学范畴，也可视作宏观语言学，有些专家称之为文化语言学，它是一门交叉性学科。

下面重点谈谈跟跨文化交际有关的几个概念及其对双语教学的影响。

（一）"文化能力"及"文化"

"文化能力"是近几年外语界频繁使用的新术语，由于视角、背景、观念、族裔等的差异，人们对它的意义及内涵的理解和表述往往各有侧重，有时甚至各不相同。

人们通常所指的文化能力就是对文化知识，特别是交际文化知识的掌握能力以及在跨文化交际活动中对目的语文化和母语文化间的差异对比和识别能力。这类文化知识掌握得越多，那么文化能力也就越强。在学习英语的同时，应该对礼仪习俗、风土人情、典故逸闻、词语表征、时事政治等表现出较大的兴趣，这就是"文化"。正如有的人类学家所说，文化是一种近似（approximation），一种倾向（tendency），一种抽象（abstraction）。对异域文化的了解、理解和善解是需要时间的，是要经过反复接触、体察、对比、探究、反思、感悟、归纳、积累的。诚然，了解和学习异域文化并非等同灌输和崇拜异域文化，而是欣赏和尊重优秀文化。在跨文化交际中我们应树立文化平等观，加强文化传播和文化交融的主动意识，这是学习外语，培养跨文化交际能力时必须注意的问题。

然而，要以十分简洁确切的言辞来解释"文化"这个字眼很不容易。在英语中，“culture”也是一个难以解释的词，毫不夸张，它是英语中最难处理的两三个名词之一。一是因为此词在欧洲几种语言中经历了纷繁复杂的历史演变，内涵和外延愈加丰富；二是由于它在几个不同的学科里均被视作重要概念，使用频率越来越高。

“Culture”意为“种植、耕耘”。中文的“文化”也可这样理解：“文”即“学识、文明、教养”，“化”是一个过程，即通过输入学识、文明、教养，使人得到教化，提高修养，提高整体素质，也是指播种、培养、收获的过程。

早在1871年，英国人类学家爱德华·泰勒（Edward Tylor）在《原始文化》一书中曾给文化下了一个后生们认为是颇具权威性的定义：“文化是一个复合的整体，其中包括知识、信仰、艺术、法律、道德、风俗以及人作为社会成员而获得的任何其他的能力和习惯。”这一说法至今仍被公认为涵盖面最广且最准确的定义之一。值得注意的是，泰勒所强调的是知识、能力、习俗、道德等，而非具体的实物。此后，许多专家和学者跃跃欲试，动足脑筋，花了大量的笔墨纷纷对文化进行诠释，一方面表白自己的悟性和看法，另一方面又显露出对别人的解释或定义存有程度不同的疑惑。

有的西方学者把文化分为三个层次，即高层次文化（high culture），其中包括哲学、文学、音乐、宗教等；大众文化（popular culture），其中包括风俗、习惯、礼仪、生活方式（指居室、衣着、饮食、人际间各种行为等）；深层次文化（deep culture），其中包括美的概念、邪恶的定义、恭谦的观念、时间的安排、工作的节奏、集体决策的程序、解决问题的途径，涉及年龄、阶层、职业、亲族、身势语等的角色或地位。

有的西方学者把文化分为三类：第一类是指人类完美状态或过程的观念；第二类为智力和思想活动的主体记录；第三类就是文化的社会

定义，它是一种生活特殊方式的描述，表示某种意义和价值，不仅仅局限于艺术和学习的范畴，也包含普遍行为方面。

还有的西方学者认为文化包含三大类，即一个文化群体共享的思想、行为和产品。思想是指信念、价值观和制度等；行为说的是语言、风俗、习惯、饮食等；产品则指文学、美术、音乐、工艺等作品。值得注意的是此处提到了“物化文化”（materialized culture或 substantialized culture）。

不少学者试图用一句话来概括“文化”这个既广泛抽象又模糊不清的概念，于是就出现了布朗(1978)的定义：“文化是居住在特定的地理位置的人们所共有的信仰、习惯、生活方式和行为的总和。”科尔士(1979)的定义：“文化是指特定的群体所共有的生活方式，它包括一个群体的思维方式、言谈举止及各种行为。”

目前人们普遍认同或经常引用的定义是：文化分为两大类，一类是高雅文化（highbrow culture）或大写的文化（Culture with a big C），它包括文学、艺术、音乐、建筑、科技、哲学、历史、地理、教育等。另一类是习俗文化（lowbrow culture）或小写的文化（culture with a small c），它包括风俗习惯、礼仪节庆、生活方式、行为准则、价值标准、宗教信仰、人际关系、社团组织等。

中国学者对于文化的界定也各不相同。远在上世纪初，梁漱溟认为：“文化是生活的样法。”“文化，就是吾人生活所依靠的一切。”“文化之义，应在经济、政治，乃至一切无所不包。”而陈独秀的说法则比较狭窄，文化的内容“是文学、美术、音乐、哲学、科学这一类的事”。

《现代汉语词典》对文化做出的定义为三条：①人类在社会历史发展过程中所创造的物质财富和精神财富的总和，特指精神财富，如文学、艺术、教育、科学等。②考古学用语，指同一历史时期的不依分布地点为转移的遗迹、遗物的综合体。同样的工具、用具，同样的制造技术等，是同一种文化的特征，如仰韶文化、龙山文化。③指运用文字的能力及一般知识：学习文化、文化知识。

总体而言，一个国家或民族具有一个宏观意义上的特征性文化，如同是东亚国家，中国——“忍”的文化；韩国——“恨”的文化；日本——“膀”的文化。就色彩而言，红色中国、原色韩国、杂色日本。

我们常说浪漫的法国人、保守的英国人、严谨的德国人、奔放的西班牙人、散漫的意大利人、精明的瑞士人、爱酒的俄国人等，尽管比较随意，但他们的文化特征，从中可见一斑。

事实上，不能笼统地说一个国家或民族只有一种文化，文化范畴的划定可大可小，可泛可严，受诸多因素或变数的影响和制约。

如按地域划分，这就有了所谓的“黑非洲文化”“长江文化”“都市文化”等。

若以历史年代为依据，便有了“古希腊文化”“商周文化”“30年代文化”等。

假如按族裔归类，便有“汉文化”“盎格鲁撒克逊文化”“日耳曼文化”等。

社会组织形式似乎也可作为分类标准，这就出现了“企业文化”“社区文化”“家庭文化”等。

“基督教文化”“佛教文化”“原教旨主义文化”是按宗教类别来划分的。

职业或阶层也可作为分类的视角，于是出现了“蓝领文化”“中产阶级文化”“游牧文化”等说法。

“网络文化”“影视文化”“会展文化”等是由传播手段而得名的。

按实物归类的话，那一定会有层出不穷的文化“品种”，如新近常常看到的“玩具文化”“筷子文化”“扇子文化”“豆腐文化”“茶文化”之类。当然，茶文化确实拥有久远丰富的历史，日本人叫88岁的老人为

“米寿”，而108岁的老人则被称为“茶寿”。

有时人们按场所来分类，“橱窗文化”“墓园文化”“厕所文化”等说法即源于此类。

欧美人甚至把现代社会某些荒诞怪异的现象也冠以文化之雅号，比如“gay culture”（同性恋文化，欧美有些国家已给予同性恋者某些法律上的保障）、“drug culture”（毒品文化，世界上第一家正式注册的毒品注射室在澳大利亚开张）、“violence culture”（暴力文化，西方世界的新生代尤为崇尚），至于“sex culture”（性文化），古今中外早已有之。

上海的交通问题日益严重，公私小车越来越多，于是又引出了一个“交通文化”的话题。交通不仅是人类生活、生产的基本需求，也是一种文化。交通文化在物质层面靠的是科技创新，要开发出节能、环保、高速的新型交通工具和发展智能交通系统；交通文化在制度层面靠的是制度创新，要制定出保证公交优先和城市交通安全的一系列法律、法规并付诸实施；交通文化在思想层面靠的是道德调节和理论创新，要提倡交通伦理，弘扬先进的交通文化。交通文化中的一个重要观点是要求人们为自己的交通消费行为负起社会责任，只要可能，就要把有限的道路资源让给大多数人和最急需的人使用。因此，从这个意义上讲，新加坡公众认为乘坐公交车上下班的人是道德高尚的人。买车无法阻挡，也无可非议，但如何使用大有讲究，“上下班乘公交车，周末休闲开自备车”，这是欧洲许多国家倡导的风尚。遵守交通规则是从小就应培养的交通文化素养。

世界五个城市“申博”答辩时陈述主题语实际上就是城市/都市建设的文化理念：

中国上海：城市，让生活更美好

韩国丽水：大海与土地相遇造就一个新的社会

墨西哥克雷塔罗：以人为本

波兰弗洛茨瓦夫：文化、科学及传媒

俄罗斯莫斯科：资源、技术、思想——奔向统一世界的道路

因此，通俗而言，文化无处不在，文化随处可见。文化是个大篮子，什么都能往里装。然而，仅有极少数的文化内容是显性的，起码90%的“文化”是隐性的，犹如巨大的冰山，顶端一小部分露出洋面，绝大部分则静悄悄地躺在水下。

文化之所以有如此巨大的力量，是因为文化主导着人们的思想，影响着人们的潜意识，决定着人们的行为模式和生活方式。

（二）“交际能力”及其由来

在论及交际能力之前，首先应对“交际”的内涵作一诠释。

上世纪初，文化人类学界用得较多的是“传播”（diffusion）一词，而非“交际”（communication）。“diffusion”通常被认为是具有支配力的概念，并由此产生过文化传播学派，他们表现出对世界上不同文化传统以及文化族群之间的互相影响的研究兴趣。这种兴趣往往与西方资本主义的殖民背景、地缘文化和种族意识互相交织在一起。在文化传播学派视野里的所谓“创新—播撒”模式，实际上是从“文化中心”向“文化边缘”扩张渗透的概念图式，“西方中心论”和“种族优劣论”的痕迹十分凸显。上世纪30年代之后，“功能”和“结构”的概念逐渐成为文化人类学的中心概念，“diffusion”一词的地位显得不那么重要了。当然，“diffusion”更注重的是不同文化的横向传递、扩散、碰撞、涵化、变迁的情形，与后来逐渐取代它的“communication”一词涵义有别，后者既可以从宏观来理解，也可以从微观来体察，它与前者的根本区别在于其更强调信息的交流和关系的互动。

有些中国学者认为“传播”和“交际”源于同一个英语词汇“communication”，无论是前者还是后者，讲的是同一个概念，之所以在汉语中使用了不同的词汇，主要是由于学者们具有不同的学术背景。

有语言背景的学者大多使用“交际”一词，而从事传播学教学和研究的学者则喜欢采用“传播”一词。

当然，对于如何翻译“communication”一词，中国学者的见解也各不相同。从词源看，“communicate”与“common”相仿，具有“共同”“共享”的意思。从学科定义讲，“communicate”包括“传”和“受”两个方面。若从信息科学的角度来体察，“communication”似乎还可译成“传递”。如突出“沟通”的含义，有人建议译成“传通”或“交通”。甚至还有人干脆把它译成“传学”。在讲大众传播时，“传播”一词较为通俗适宜。而在涉及“intrapersonal communication”（内向传播）时就令人费解，难道一个人在自言自语时也能称之为“传播”！？因此，在很多情况下，应根据“communication”的具体语境来翻译。如“The Bank of Communications”（复数），通常的标准汉译名为“交通银行”，而与英语的“transportation”毫不相干。著名学府“交通大学”的通常英译名为“Jiao Tong University”，其实此处的“交通”和该校的专业渊源及创办者历史背景有关，即含“transportation”的意思，在英译时，历史上就一直沿用汉语拼音。当然，现在的交通大学已发展成一所综合性大学。

最早提出“交际能力”的是美国社会语言学家、人类学家戴尔·海默斯（Dell Hymes）。他给“交际能力”下的定义是一种“什么时候该说话，什么时候不该说话，对谁在何时何地以何种方式谈什么内容”的能力。交际能力涉及四个特性：1.语法性（possibility），相当于语言能力；2.可行性（feasibility），即可接受的程度；3.得体性（appropriateness），语言要符合即时场景，恰到好处；4.现实性（performance），的确是实际生活中使用的语言。由此可见，一个人的交际能力是集语法、心理、社会文化和词语概率等要素的综合能力。

卡纳勒和斯温(1979，1980)的看法与海默斯基本相同，他们认为交际能力包括：1.语言能力(linguistic competence),即语法和词汇能力；2.社会语言能力(sociolinguistic competence),即知晓相关语言的社会及文化背景；3.语篇能力(discourse competence)，即理解篇章框架结构的来龙去脉和相关内容的能力；4.策略能力(strategic competence)，即应对和把握各种交际场合的能力。

以上这些有关交际能力的较具权威性的诠释中所提到的可行性、得体性、现实性、社会语言能力、策略能力等均涉及“文化”，相当于对交际文化的掌握能力。交际文化是指两种文化背景不同的人进行交际时，直接影响信息准确传递（即引起偏差、误解、失真等）的语言和非语言的文化因素。

文化能力直接影响交际效果，其中涉及的文化知识的范围是极其广泛的，各种因素和变数又异常复杂，这在跨文化交际中尤为突出。学习和掌握一门语言意味着必须学习和掌握它的基本要素（词汇、语音、语法）和基本技能（听、说、读、写、译）。在社会生活中，语言能力和语用能力是相辅相成的，语言能力是交际能力的基础，然而，具备了语言能力并不等于具备了交际能力。文化知识是组成交际能力的一个极其重要的方面，促进对目的语文化的理解和沟通是现代语言学习的重要目的之一。越来越多的专家、学者和教师认为，在学习外语的同时，必须实施文化能力的学习和培养，即在目的语的教学过程中，采用比较和比照异同点的方法，有意识地导入相关目的语的文化知识、背景材料、语境特征、语用规则、思维图式等，这才是真正意义上的外语学习。这种文化能力也有人称之为跨文化交际能力或社会能力（即和不同文化背景的人们进行顺畅、得体、有效的交际的能力）。

在任何一种语言材料中，字、词、句、篇章以及语言思维的模式、言辞表达的语法规则、逻辑推理的惯常形式等无不包含着本民族的文化信息，从这个意义上讲，语言是文化的载体，语言教学发生的同时文化

教育也发生了。因此，语言教学与文化教育必须平行共进，相辅相成，融会贯通。

当然，非语言交际能力（nonverbal communicative competence）也应视作跨文化交际能力的组成部分，包括手势、身势、眼神、表情、体距、体触、服饰、打扮、沉默、时空观念等。其中体态语（body language）是最重要的。值得一提的还有副语言（paralanguage），亦称伴随语言，包括音质、音幅、音量、语速以及某些在会话中发出的非语言的声音。

下面以几个具体的案例来说明交际能力与文化的关系问题。

1. 词语案例

同一个词语在不同的文化背景中有不同的涵义，汉语和英语中体现差异较为突出和典型的一个词是“龙”（dragon），从语言角度来看，它们的指向是同一动物。但从文化角度来说，它们的内涵截然相反。“龙”在中国历史上常被视作一个吉祥的图腾形象，古代传说中的龙是一种兴云降雨的神奇动物。在封建时代，龙象征帝王和权贵。在汉语中，龙总是用于褒义，如“龙凤”喻指才华出众的人，“龙虎”比喻英雄豪杰，不少汉语人名都带有“龙”字，期盼出众、发达。然而，在英语中，“dragon”所引起的联想与它的中文寓意大相径庭。在西方神话里，“dragon”是一只巨大的蜥蜴，长有翅膀，全身盖鳞，拖着长长的蛇尾，巨嘴喷火。在中世纪，“dragon”是罪恶的象征。圣经故事里同上帝作对的恶魔撒旦（Satan）被称为“the great dragon”。所以，在英语文化背景下说某人像“dragon”，对方一定大怒。同样，倘若把中文成语“望子成龙”译成英语，那就必须考虑跨文化的差异，不能照实译为“to hope one's son becomes a dragon”，而应译成“to hope one's son has a bright future”较为合适。类似“dragon”的词语在英语中还有许多，如仅从语言层面理解和翻译，那必然导致跨文化交际的失败。

上海东方电视台的“东方新闻”（Oriental News）改为“龙的新闻”

（Dragon News），我不敢苟同。为奥运会建成的巨型游泳馆，也有人建议取名“龙宫”，最后定名为“水立方”，就是出于避免跨文化理解误差的考虑。“亚洲四小龙”译成英语为“four Asian tigers”，“龙”改“虎”了，可见对“龙”颇有微词。也有人建议，给为奥运会兴建的国家体育场取名“凤巢”，从中国文化的角度体味此名，相当不错，但在西方文化中，“凤凰”是“不死鸟”的意思，含“死灰复燃，重生复苏”寓意，而“鸟巢”是东西文化共同接受的佳名。

约翰牛（英国的象征）、北极熊（俄罗斯的象征）、美洲鹰（美国的象征）等是历史和地缘文化积淀的产物。“狗”“象”“乌龟”“山羊”等的寓意在东西文化认同中的偏差相当大，使用时需格外小心。

2. 语法案例

在培养跨文化交际能力时，我们不应低估文化对语法的影响，不要就语法教语法，要分析和研究受文化制约和影响的语法现象，变一种机械的语法能力为一种内在的文化能力。如英美人常说“I was told...”，中国人则往往说“有人告诉我……”（Somebody told me...），以主动语态替代被动语态。中文里一般没有“我被告诉……”这类句型。究其原因，其中隐含着英汉文化思维方式的差异：英美文化的自我中心意识（ego-centrism）和汉文化的群体观念（group-oriented）均十分突出。英美文化强调个体，突出自我，自然就把受事者的第一人称置于主要位置，至于谁是动作的施事者无关紧要。而以群体文化为特征的汉文化将整体放在个体之上，强调整体功能，突出他人作用，在中国人眼里，动作的发出者比动作的接受者更重要，所以就有了把动作的实施者第三人称“someone”放在主要位置（主格），把受事者第一人称“me”放在次要位置（宾格）的语法结构。

3. 篇章案例

结合篇章导入文化，介绍相关的政治、经济、历史、社会、教育、法律等文化知识，点明作者的写作意图和观点，旨在提高跨文化交际能力，这已是外语教学中常常采用的方法。如在讲解《大学英语》第一册第五课“The Present”一文时，有必要给学生解释一下“the old lady”为何把女儿寄来的作为生日礼物的支票撕碎。在中国，子女孝敬父母，亲朋之间送礼，实物和钱都可以表示一种敬意或礼仪。而在英美国度，老年人面临的最大问题是孤独，急迫需要子女的关心和问候，精心挑选的实物型礼品当然要比支票更受老人们的喜爱。所以，在生日之际，“the old lady”盼来的仅是一张支票，大失所望，于是，气愤之极，就把它撕成碎片。当然，这是可以理解的。通过中西文化对比分析，学生可以体察到篇章隐含的深层文化信息。

尤其是幽默和调侃话语，文化承载量较大，有时较难理解。

中式笑话

甲：结婚真幸福，你结婚了吗?

乙：结什么婚，一碰到女的我就头昏。

（“婚”的字型结构）

老师：一山容不得两虎。

小学生：那么一只雄虎和一只雌虎呢?

老师：照斗。

小学生：为什么?

老师：因为你还没结婚。

（“雌老虎”在中国文化的寓意）

美式政治笑话

美国哥伦比亚广播公司戴维·莱特曼主持的《晚间话题》节目：

——“女士们、先生们，好消息，我们终于找到大规模杀伤性武器，它就是迪克·切尼。”

——“但这里有点令人悲哀，这次狩猎之旅前，（国防部长）唐纳德·拉姆斯菲尔德曾拒绝这个家伙（受害人哈里·惠廷顿）要求提供防弹衣的申请。”

——“我们无法抓住本·拉丹，但我们击中了一名78岁的律师。”

——“被射中的家伙是共和党律师，还是共和党捐款大户，幸运的是，突然射来的子弹遇到一叠洗过的现金之后偏离了要害。所以他还好。”

俄式政治笑话

“如果上帝想惩罚美国人，就让他们遭受台风、海啸、洪水和水灾。而上帝若是想惩罚其他民族，那就派美国人去。”

在俄罗斯决定切断对乌克兰的供气后，俄媒体说：“他们应该立刻给乌克兰人送一批橙色围巾来保持体温。”

4. 思维案例

对中西间思维逻辑的差异的敏感度也是跨文化交际能力的重要组成部分。一般认为，西方人的思维逻辑呈归纳型（inductive），思路是从具体到普遍，从部分到整体，从小到大；而东方人的思维逻辑呈演绎型（deductive），方向正好相反，即分别从普遍、整体、大局到具体、部分、个体。尽管中英文句子的基本词序相同：S+V+O（主语+谓语+宾语），但由于受到上述思维逻辑的左右，有时，词序的差异性还是较为明显的，例如：

At ten o'clock on the morning of 20 June, 1998, the train started back to London.

*1998年6月20日上午10点*火车返回伦敦。

Peter lives at *3 Rose Avenue, Cambridge, Massachusetts, U. S. A ..*

彼得住在*美国马萨诸塞州剑桥玫瑰大街3号*。

（三）跨文化交际能力的理念内涵

跨文化交际能力既是一种特殊的交际能力，也是一种现代社会理念在多元型生活中的具体体现，同时也可视作微观层面上一种世界观、

哲学观、文化观和社交观。具体来说，支撑跨文化交际能力的理念内涵主要是：

1. 文化在全球化大趋势下必然多元化

多元文化的发展是一个无争的历史事实，三千多年来，以苏格拉底、柏拉图、亚里士多德为代表的希腊文化传统，以老子、孔子为代表的中国文化传统，以犹太教先知为代表的希伯莱文化传统，阿拉伯伊斯兰文化传统以及非洲文化传统等始终深深地影响着当代人类社会。文化发展依赖于人类学习的能力和将文化知识传递给下一代的能力。在这个漫长的过程中，每一代人都会为他们生活的时代增添一些新的内容，其中包括他们吸收的东西、创造的东西以及受外来文化影响所产生的东西。既有纵向的继承，也有横向的开拓。前者是对主流文化的“趋同”，后者是对主流文化的“离异”；前者起整和作用，后者起开拓作用，两者对文化发展来说都是必不可少的，横向开拓尤其重要。对一门学科来讲，横向开拓意味着外来的影响、对其他学科知识的利用和对原先不受重视的边缘文化的开发，这三种因素均为并时发生，同时改变着纵向发展的方向。

三种因素中，最值得重视、最为复杂的是外来文化的影响。以今天的西方文化为例，无论是在欧洲还是在美国，到处可以感受到非洲的雕塑和音乐、日本的版画和建筑以及中国园林布局和装饰的影响。至于上世纪20年代随着古埃及法老图坦克海默墓葬的出土，在西方电影、爵士乐、时装款式、舞蹈服饰、珠宝设计诸方面涌动着的古埃及热就更不用说了。直到上世纪90年代，埃及金字塔还是美国最著名的游乐场所拉斯维加斯艺术设计思想最重要的灵感资源。英国哲学家罗素曾说过：“不同文化之间的交流过去已被多次证明是人类文明发展的里程碑。希腊学习埃及，罗马借鉴希腊，阿拉伯参照罗马，中世纪的欧洲又模仿阿拉伯，文艺复兴时期欧洲则仿效拜占庭帝国。”又如，中国文化也是不断吸收外来文化而得到发展的。印度佛教传入中国，极大地促进了中国的哲学、宗教、文学、艺术等的发展，中国文化受惠于印度佛教，同时佛教又在中国发扬光大，其成就远远甚于印度本土。新的佛教宗派后来又传入朝鲜半岛和日本，给那里的文化带来巨大的影响。正是不同的文化差异构成了一个文化宝库，诱发灵感而孕育新的文化成果。没有差异，就没有变革和借鉴，就没有文化的多元现象和多元发展，也就没有现在多姿多彩的人类文化。

从另外一个角度看，文化是一个国家的身份证，一个民族的价值不仅仅取决于它丰厚的物质积累和充足的现实财富，更取决于它能在什么高度上给自己的经历打上永恒的印记，而文化正是这种印记的承载者和记录者。文化疆域里一直进行着一场看不见硝烟的战争。

全球化一般是指经济体制的一体化，科学技术（尤指电信网络）的标准化，全球化使某些强势文化呈“同化”或“吞并”其他文化之势，全球化和文化的多元化发展似乎很难两全。其实，这只是问题的一个方面。另一方面，如果没有全球化的趋势，多元化问题也就不可能提出。从本质上看，文化之间的互相影响和吸收不是一个“同化”和“合一”的过程，而是一个在不同环境中转化为新事物的过程，正如中国古话所说“和则生物，同则不继”。

因此，我们应在全球意识的观照下，以世纪的眼光，培养和加强民众的跨文化交际能力，开发人类共有的文化资源，积极参与人类文化建设，各国联手，着力解决世人面临的共同文化问题，并以此作为本民族文化发展的主要方向。

2. 文化平等观是实现跨文化交际的重要前提

在跨语言交际和跨文化交际过程中，如何正确看待外来文化和自身文化间的关系至关重要。文化和语言一样，没有高低贵贱之分（存世的约有6000多种语言），每一种文化的出现和存在都有它的历史必然性和现实合理性。民族和种裔的特性使得世界千姿百态，丰富多彩。人也如此，一花一国，众人百相。地球无我照转，世界因我多彩：一堆人在抢球，美国人；一堆人在玩牛，西班牙人；一堆人在洗澡，日本人；一堆人抢着付账，中国人。

所谓的强势文化只是相对而言，并不具有时空的永恒性。所谓的弱势文化也只是相对而言，并不时以自身的某些特点和特色影响着其他文化（包括强势文化，当今欧美文化中折射出非洲文化的闪光点，如爵士音乐、图腾装饰等。韩国服饰和打扮深深影响着我国的新生代，即所谓的“韩流南下”现象），并在世界文化领域里占有一席之地。日风、韩流、欧美潮、中华热，推波助澜，此起彼伏。以历史辩证唯物主义观点看，世界文化潮流的发展规律是不以人们的意志为转移的，正所谓“三十年河东，三十年河西”。

有些政府对外来文化的渗透极为敏感，对外来语的“入侵”通过立法予以反击，或通过行政干预进行设防。譬如法国文化部每年要颁布必须予以清除的外来语“黑名单”（主要是英语），旨在维护他们眼里高贵优雅的法兰西语言的纯洁性。韩国政府通过议会表决将首都的名称由“汉城”改为“首尔”，使之更接近英语“Seoul”的谐音，很多韩国人不能容忍首都的名称由地道的汉字组成并出现“汉”字。此外，韩国政府也责成有关部门清扫中小学课本中的汉字，尽量以韩语字来替代。当然，这些国家中也有不少有识之人士对堵击清剿外来文化和外来语的过度反应和欠妥举措予以抨击和批评。我们应借鉴日本及北欧一些国家对待外来语的开放包容态度。

由于近代西方国家的快速发展，一些发展中国家的青年一代盲目崇拜和过分羡慕西方的所谓物质文明和精神文明，认为人家什么都比自己强，连外国的月亮都比自家的圆，极力模仿西方文化的一招一式，同时不遗余力地贬低和摆脱母语文化，其结果必然是既不为也不可能为目的语文化所接受，很难跻身主流社会。与此同时，又逐渐失去了母语文化的归属感与认同感，成了文化边缘人或文化流浪汉。母语是祖国文化的半径，母语在掌，就是故乡在握。

由华裔名人组成的百人会在美国首都华盛顿公布了一项民意调查结果显示，25%的美国人对华裔存在根深蒂固的偏见和持否定态度，23%的美国人反对亚裔竞选美国总统，24%的美国人不赞成与亚裔通婚，7%的美国人不愿意他们公司的行政总裁是亚裔。此项调查还对美国人对华裔与亚裔的看法进行了比较，其结果几乎完全一样。可以说，对华裔的偏见大致适用于对亚裔的偏见。这种偏见实质上是一种文化歧视。百人会会长邓兆祥评论说："民意调查的结果令人吃惊。调查显示，相当一部分美国人对美国的亚裔存在严重偏见（尽管美国亚裔并非是没问题的模范少数民族），反对给他们以均等的机会和权益，这种偏见会阻碍美国成为一个更强大、更和谐的国家。"

另一方面，也有少数人盲目陶醉于祖国五千年灿烂的文明史，排斥华夏文化以外的任何其他文化，疏于交流，自我封闭，唯我独尊。这种狭隘的文化观十分有害，康乾盛世后中国社会走下坡路的惨痛教训与此类文化观不无关联。因此，妄自菲薄和妄自尊大的文化观均不利于跨文化交际能力的培养和拓展。

3. 理解、传播、交融是跨文化交际能力的要素

跨文化交际中的理解并不局限于理解某一特定文化中那些不同于母语文化的现象，也不是力求获得对世界各民族文化的彻底了解，事实上也不可能。价值观念是文化的核心，它与文化其他部分的关系犹如纲与目的关系。大量调查显示，东方文化中的社会价值至上和西方文化中的个人价值至上是产生诸多差异或诧异的主要原因。在教学实践中我们看到，经常由外籍教师教授或经常与外国人接触的学生极大多数能自觉变换视角，跳出社团价值至上观的束缚，用个人价值至上的

观念来看待和评价外国人的所作所为，他们对域外人的某些言行不仅理解，而且还加以欣赏和赞赏。跨文化交际中所说的理解是指交际双方变换视角，摆脱自我文化价值观的定势和惯性，以对方的文化价值观来审视和评价，从了解、理解进而到谅解和善解对方的言行，设身处地，见怪不怪，容忍和尊重异域文化与母语文化间的差异性，甚至是那些反差极大的文化现象。这是确保跨文化交际顺利展开的健康心态。

比如饮食文化差异极大，如西谚所言："One man's meat is another man's poison."但这不是原则问题，只是习惯而已。影片《赛沙和赞》中一印度青年到西班牙的旅行纪事与感受就说明了这个道理。刚到西班牙，他什么都不适应，看不惯，通过东西文明的近距离接触，逐渐改变了对另一文明的成见，不再觉得对方别扭，仅是风俗习惯不同而已，不会互相猜忌、仇恨甚至动武，文化间的交流和交融后会皈依人类原本属性，激发人类原始爱心和慈悲、亲情、和善、关爱，尊重自然、尊重传统、尊重和谐秩序，休戚与共，和睦相处。

跨文化交际能力的另一个要素就是传播。早在上世纪30年代，吴宓先生为清华大学外文系制定的五个培养目标之一便是"会通东西之精神而互为介绍传布"。许国璋先生也一再批评那些"没有知识，没有看法，不能连贯地谈论正经事，只会几句干巴巴英文的的外国鹦鹉"。一个外语学习者实际上是一个跨文化交际者，同时又是一个母语文化使者，在引进和介绍世界先进文化的过程中不失时机地向世人传播和弘扬中华文化的精髓。这是一种特殊的双向型能力，其中包括明锐犀利的比较眼光和比较思维，善于诠释不同点，更精于揭示共同点，通过跨文化教育，培养学生传播和交流东西文化的使命感，让中国走向世界，让世界了解中国。

在跨文化交际过程中，文化的交融不仅体现出一种思想境界，而且也是一种科学的、符合历史发展规律的大文化观。文化的交融不是一个孤立的过程，它产生于理解，丰富于传播，交融过程就是继承和丰富祖国文化遗产、推动世界文明进程的过程，通过各个层面的快流通、大交融，打造现代世界的新型文化人。任何一个民族如果仅仅固守自身文化的纯洁性，抵制外来文化或异质文化的先进成分，她前进的步伐必然放慢。此外，母语和目的语水准的提高相得益彰，对母语和目的语文化的理解互相促进，在双语教学中学习者的各种潜能必然得到极大的发掘，人格与素养更趋完整和完善。

记住以下跨文化交际的楷模：

马可·波罗：中西文化交融的开拓者

徐光启：中西文化会通第一人

林语堂：国学大师，西学大家

李安：中西合璧，中庸称王

（《双语双文化论文集》代序，此文根据笔者2005年9月在上海“世博会语言环境建设国际论坛”上的演讲整理而成）

跨文化交际与跨文化交际能力
——地球村的常态与必需

无论是国家或是族群之间的交流，还是在同一民族文化之下的各个亚文化或区域文化之间的交流，跨文化交际现象自古以来就一直伴随着人类社会的文明进程，但作为一个学科，跨文化交际约莫在20世纪中叶才初见端倪。

1959年，美国人类学家爱德华·霍尔在其《无声的语言》（The Silent Language）一书中首次提出了“跨文化交际”（intercultural communication）这一概念,它标明了不同文化接触时出现的特定交际群体。《无声的语言》是跨文化传播（交际）学的奠基之作，视域宏阔，洞见深邃，思辨犀利，观点清晰。霍尔按知觉程度将文化分为显性、隐性和技术性三个层次，按内部构造将文化分为元素、集合和模式。他对“文化教学示意图”的讲授，可谓“解机析理，探幽发微”。尤其从文化变革的视角切入，大胆提出“文化即是交流”的命题，掷地有声，想象无限。他首倡“时间语言”和“空间语言”，旨在帮助人们在文化层面上挣脱桎梏，不落窠臼，在“和谐世界”的构建中树立文化自信与自觉，激励各国民众消除藩篱，摈弃猜疑，彼此尊重，互相借鉴。

跨文化传播（交际）学之父爱德华·霍尔筚路蓝缕的精心之作前无古人，达到了后人难以企及的高度，学术魅力经久不衰，越来越多的学者和学人投入到跨文化交际学的研究与实践中来。

然而，对于“跨文化交际”的定义，学者们却有着不同的观点，就如同对“文化”（culture）一词的诠释，不下几十种，包括各抒己见、视角不一的界定。然而，定义迭出，学者们还是乐此不疲，足见只要冠以“文化”之名的研究，其影响一定久远。

萨摩瓦尔（Samovar）和波特（Porter）于1999年提出：所谓跨文化交际,就是指不同文化背景的人们在交流过程中多元文化的接触和互动。（1999:19）之后，拉斯体格（Lustig）和凯斯特（Koester）在2003年提出另一个定义：跨文化交际是一个象征性的过程，在此过程中，来自不同文化背景的人建立共享的意义。通常当重大的文化差异造成对有关如何沟通产生不同的解释和期望时，跨文化交际就产生了。（2003:49）而乔特（Jandt）则在2004年对此定义进行了拓展：跨文化交际不仅仅存在于不同文化的个体交流中，同时，也存在于不同文化的群体交流中。（2004:4）当跨文化交际学传入我国后，著名外语教育家胡文仲教授亦根据众多理论提出了自己的观点:具有不同文化背景的人从事交际的过程就是跨文化交际。（1999:23）

19世纪50年代末60年代初期，研究者开始聚焦跨文化交际能力（intercultural communication competence，简称ICC）的研究，当时仅是为了解决跨文化交际中存在的实际问题，例如跨文化商务咨询、跨文化培训等。鲁本（Ruben，1989）提出，许多关于跨文化交际能力的研究都是为了解决包括个人海外生活、工作以及海外机构建立在内的众多实际问题。从这一角度定义主要专注于跨文化能力的直接行为表现。因此，这类定义通常被认为较为片面、肤浅，并且缺乏一定的理论基础，难以被广泛地接受。

在众多对跨文化交际能力的定义中，施皮茨贝格（Spitzberg）于1989年提出了最为普遍且被人们广泛接受的定义，即：“跨文化交际能力是一种为实现特定的目标，以一种特定方式在交流干扰出现时相互交流的能力。”2002年他又修正了这一定义，认为“跨文化交际能力是指在具体环境中，人们感知到的行为的得体性和沟通的有效性”。这个

具有文化特殊性的动态定义解释了跨文化交际能力的本质是交流的合适以及高效。

在国外学者对于跨文化交际能力的广泛定义中，我们应关注陈国明和斯塔罗斯塔（Starosta）提出的定义（1998）。他们认为，跨文化交际能力是在一种特定的环境下，有效且合适地管控交流行为以实现预定交流目标的能力。这个定义显示，有能力的交流者不仅应当知道如何在特定环境中与人进行有效且合适的交流，也应当知道如何运用自身能力来实现他们的交流目标。据此、跨文化交际能力可以被划分为三个维度：跨文化意识、跨文化敏感性、跨文化熟练度，同时也代表着跨文化交际能力的三个方面：认知、情感和行为。这个定义以及维度的划分独特新颖，而且在实际应用中十分灵便。

总体而言，国外对于跨文化交际能力的研究主要集中在组织间交流、文化冲击、文化适应、跨文化培训、跨文化管理以及外国学生咨询等方面（怀斯曼，2002），国外的研究者们业已从不同的角度对跨文化交际能力的内涵进行理解，这便导致了对跨文化交际能力的不同定义。

笔者在向研究生教授《跨文化交际与双语教学》课程时反复强调，无论学者们对“跨文化交际”以及“跨文化交际能力”如何解读或诠释，来自不同文化背景的人们在交流时都持有某种期待和预判，概括而言，就是四个关键词：顺畅（smooth）、得体（appropriate）、有效（effective）、愉悦（enjoyable）。这也可视作为跨文化交际成功与否的要素或标准。（陆建非 2012，2014，2015）

从上述不同定义，我们看出，不同的研究者对跨文化交际学有着不同的兴趣点和着重点，而这些兴趣点和着重点逐渐演变成了目前跨文化交际学的研究内容。特别在全球化进程加速的大背景下，随着新一轮的科技革命、产业变革和文化冲突与融合，人类面对越发增多的共性问题，亟需达成更多的共同诉求，跨文化交际探索的疆域因此不断拓展，形形色色的关系以及各种各样的利益的碰撞、调适与整合，在很大程度上，为跨文化交际的研究者和实践者提供了更大的空间、更多的机遇。

波特和萨摩瓦尔在1988年最先提出了跨文化交际重点研究的三个方面。一是思维交流,包括信念、态度、价值观、世界观和社会组织等；二是言语交流，包括语言和思维方式；三是非言语交流，包括非言语行为和时空概念。不久，波特在1990年又列举了影响跨文化交际的八大因素：态度、社会组织、思维模式、角色和角色期待、语言、空间、时间、非言语表达。他指出，这八大因素并非独立存在的，而是在跨文化交际过程中相互影响。2000年，波特和萨摩瓦尔又对自己的理论进行调整，将之前的三个方面、八大因素浓缩为四个要素：观念、言语、非言语和语境。尽管不同文化背景的人都会使用非言语方式进行交流，但不同文化的非言语行为通常所代表的意义不尽相同，甚至大相径庭，这也就是为什么非言语成为跨文化交际学研究的重点之一，而且越来越受到人们的重视。

2015年6月4日笔者领衔召开了题为“城市跨文化交际能力——全球城市的重要考量”的研讨会，专家学者围绕这一主题，展开了广泛而深入的探讨，会议持续四个小时，气氛热烈，意犹未尽，几十家主流媒体作了报道。作为主持人，我在开场白中说：“今天研讨的话题就是上海如何在未来30年成为全球城市这样一个愿景下，把我们城市的多元文化营造好，使海派文化、中国传统文化、异域优秀文化在人类共同文明的平台上交流交融，在上海都可以找到它们的缩影，展示各自的景象。因此，我们首次清晰提出了‘城市跨文化交际能力’这一概念，并将它视作全球城市的重要标杆。可能有的同志会问跨文化交际能力到底指什么？这种能力指的就是两个文化背景不同的人实现顺畅、得体、愉悦、有效的交流的能力。放大到城市层面，就是一种城际的跨文化交际

能力。上海作为一个正在崛起中的世界城市，积极培育和提升城市的跨文化交际能力，对于塑造良好的城市形象，凸显城市品牌个性，增强城市文化的亲和力和吸引力，具有重要意义。”

亚里士多德曾说过“城邦正是若干公民的组合”，“若干公民集合在一个政治团体以内，就成为一个城邦”。从城邦到城镇再到城市，眼下发展到（大）都市，甚至都市圈（群），人类城市化的进程与现代化的进程始终是齐头并进的。当今世界超过一半的人口居住在城市，并且很快将会有更多人在城市生活。世界将不得不面临如何让城市更适合人类居住这个问题。城镇化的速度迅猛异常，1950年，全世界只有30%的人口生活在城市。2014年，这一比例已升至54%。到2050年，三分之二的人口将居住在城市。全球共有28个人口超千万的城市，中国占了六席。在某种程度上，一个国家综合实力的体现和竞争，说到底，就是看几个大都市的底气足不足。讲到文化软实力，讲到文化包容、沟通、调适的能力，不也是从都市的角度俯视，更着边际，更得要领吗？本文集收入的《城市跨文化交际能力——全球城市的重要标杆》一文，是笔者和研究生、青年教师对这一问题的探究所得。

本文集主编之一戴晓东博士在跨文化交际领域中研习不止，硕果颇丰。尤其是他花了很大功夫，精心策划筹办两年一度的跨文化交际国际研讨会，于2008、2010、2012、2014年成功举办了四届国际研讨会，主题分别是“认同与跨文化交际”“跨文化适应与转化”“跨文化能力与互动”“冲突管理与跨文化和谐”。每届会议都以“高学术水准、明确的主题、多元化的视角和深度的研讨”为宗旨，吸引国际跨文化交际研究学会与机构的领导者以及众多海内外专家学者参会，他们纷纷从不同的角度解析并探讨该领域内的各种热点、焦点、交叉点，推动了跨文化交际学科的发展，成为上海师大一个具有品牌效应的国际论坛。本文集中的不少杰作来自最近的研讨会。

随着广播、电视和其他电子媒介的出现，人与人之间的时空距离骤然变短，整个世界紧缩成一个“村落”。加拿大传播学家M·麦克卢汉的“地球村”（global village）概念，打破了传统的时空观念，使人们与外界乃至整个世界的联系更为紧密，你来我往，我来你往，你中有我，我中有你，人类相互间变得更为了解、理解、善解、谅解。地球村现象的产生颠覆了我们以往的交际观和发展观，唯有唇齿相依，求同存异，携手共进，方能分享成果，和平共处。由此，跨文化交际形成常态，跨文化交际能力成为必需。反观我国现状，不容乐观，甚至十分堪忧。由笔者领衔的课题组开展了大规模社会调研，从问卷中发现，在回答“是否修过跨文化交际课程或接受过跨文化交际方面的培训”这个问题时，外籍人士回答“是”的占50.63%，上海本地人士选“否”的占62.56%，在沪外省市人士选“否”的占73.97%。数据显示，一半以上的在沪外籍人士选修过跨文化交际方面的课程或接受过跨文化交际方面的培训，而大部分上海本地人士和外省市人士则没有接受过这方面的教育和培训。跨文化交际类的课程与实践活动在国外很多高校的课程设计中必不可少，课时量也较大，而在我国高校，即便位于发达程度较高的开放性城市，这类课程也并未纳入学校的必修或重要课程之列。中国作为一个最大的发展中国家，上海作为一个正在崛起的世界城市，对民众开展有针对性的跨文化交际方面的教育与培训，增进国际社会的理解和认同，推进与各国各民族的交流合作，显得尤为重要和迫切。

彭世勇对2000年至2010年10年间发表在我国CSSCI类528种学术期刊和外语类核心期刊上的1043篇有关跨文化交际的论文进行数量对比分析后发现，跨文化交际研究在我国还没有成为主流性的学术研究。在这10年间，发表在CSSCI类学术刊物上的跨文化交际论文只占全部已发表的跨文化交际论文总数的13.5%。我国绝大多数跨文化交际论文（86.5%）都是刊登在非核心、非主流或不知名的学术刊物上，而在我

国不少大学职称评审时都被列为“不算数”的论文。正因为有“算”与“不算”之标准，我们便遭遇一个难以化解的矛盾。如果不积极努力地提高我国跨文化交际研究的学术地位，我们的研究水平和成果将永远落后于国际主流研究。（彭世勇 2010）

不少学者对中外跨文化交际研究的主要内容的差异进行比较后还发现，中国跨文化交际研究文章中（如2006—2009年），占最大比例的是跨文化翻译，其次是跨文化语用学，然后是跨文化交际与外语教学，而国外跨文化交际研究趋势则表明，有关跨文化交际的文章中，占比最大的是文化适应与跨文化培训。（杨健 2014）

杨健的研究还把国内跨文化研究内容分为七大类，分别是综述、跨文化交际能力、文化比较、跨文化交际与外语教学、跨文化翻译、跨文化语用学、专题；国外跨文化研究内容也可分为七类：理论与研究方法、文化比较、文化适应与跨文化培训、跨文化交际与外语研究、种族歧视、跨文化交际能力、专题。（杨健 2014）

此外，从研究方法审视，我们可以发现国内跨文化交际研究主要是非实证研究，缺乏严密的科学方法。长期以来，在中国学术界，以演绎、归纳为主的非实证研究被广泛接受，但是随着西方研究概念、研究方法的引进，如今以观察和实验法为主的实证研究快速增长。尽管实证研究的比例相对较小，但越来越多的中国学者尝试开展跨文化交际学的实证研究。与此相反，国外此类研究主要是实证研究，国外学者更相信实证研究，特别是定量研究中数据的运用更为可靠，实证研究在信度和效度上均胜于非实证研究。此外，在跨文化交际的实证研究中，国外还强调定量研究，因为西方学者更注重精确的科学研究方法，而国内主要是定性和定量的混合研究，并认为以此可增强研究的信度和效度。（杨健 2014）

杨健对2006—2009年发表的国内外部分学术期刊论文开展了调

查，按照实证和非实证研究进行统计，总计100%，国内的实证研究占14.71%，非实证研究85.29%，非实证研究占了绝大多数。实证研究又分为定性、定量、混合定性定量三类，总计100%。其中定性研究占20%、定量研究25%、定性和定量的混合研究55%。由此可见，国内研究中，绝大多数为混合定性定量研究。同样按照实证、非实证研究进行统计，总计100%，国外学者的研究中实证研究占86.11%、非实证研究13.89%。显而易见，国外大量的研究都是实证研究，非实证研究仅是一小部分。另据统计，在国外研究中，定性研究占9.03%、定量研究76.77%、定性和定量的混合研究14.19%。可以看出，国外研究中定量研究占绝大多数。

我认识一个朋友，叫邓文东，是荷兰皇家热带学研究院（Koninklijk Instituut voor de Tropen，KIT）驻中国总代表，我请他在研讨会上演讲，说说荷兰值得借鉴的经验。荷兰皇家热带学研究院这个名字本身就透露出浓厚的跨文化色彩。该机构早在1910年就已成立，在殖民地时代，是宗主国的遗产，主要任务是为荷兰殖民地的贸易和工业发展提供研究支持。如今荷兰皇家热带学研究院已演变成一家旨在促进国际及跨文化合作的非营利机构，存留的业务主要是促进国内外交流、文化交流和合作、跨文化交流和跨文化培训。KIT早在1917就第一次举办了印度学讲座，培训那些来自政府部门及殖民地公司的工作人员。现在，培训对象主要是著名荷兰跨国企业和政府部门，所有派往世界各地的高管都会在临行之前带着他们的小孩甚至家人到该机构接受培训，旨在更好更快地适应新的地方的生活与工作。该机构的专家网络遍布全球60多个国家和地区，每年的全球项目超过500个。还出版过不少相关书籍，如《怎么对付荷兰人》，20年来版本不断更新，每个到荷兰去的人都可买到这本书。邓先生多次提到阿姆斯特丹的包容性，由于很多前殖民地的居民移居荷兰，大多在该市，使得阿姆斯特丹成为最多元化的欧洲城市，其半数居民为外国人，来自179个国家或地区。因

此市政府想方设法打通管道，建立平台，把各个族裔的文化展示出来，让市民了解生活在周边不同肤色、不同信仰的人的文化，以此推动多元化建设，提升彼此的认知度和接受度。

除了收录一些有价值的同行感兴趣的老话题论文，如跨文化翻译、跨文化语用学、跨文化交际与外语教学等外，本文集还特别关注国内外跨文化交际研究的新动态，如赴海外专业人员和来华留学生的文化适应问题的研究、跨文化传播与交际中城市的角色研究，尤其在非言语交际方面，如公共空间的行为文化、域外者集中的社区管理、都市跨文化公共服务体系的建立、跨文化沟通顺畅愉悦的新旅游产品的设计、城市跨文化识别体系的完善等。有些论文聚焦青年学生和志愿者跨文化意识和能力的培养，这也极具现实意义。实证研究一直是国内研究的弱项，故我们收录了好几篇拿数字说话，以案例讲理的论文，令人耳目一新，其中有几篇是我的研究生的毕业论文。写文章切忌自说自话、自娱自乐，因此，不少作者大胆真诚地建言献策，为政府支招，彰显强烈的社会责任感。如此行文，笔者称之为“顶天立地”，“顶天”即拥有全球视野、“立地”就是紧贴当地的社会现状。

是为序。

2015年暑假于上海师大六教楼

（此文为《跨文化交际研究新动态2015》代序）

建议政府为生活、工作在上海的外国人搭建平台，使他们尽快融入上海

到2012年底，上海市常住外国人共17.3万余人，占全国四分之一。然而，从荷兰皇家热带学研究院（KIT）的采访调研中发现，他们跟中国人交朋友的几率非常小，基本上还是生活在自己的圈子里，个中原因涉及语言障碍、文化差异、社交方式等多方面。陆建非教授领衔的研究课题组开展了大量调研，问卷调查发现，当外籍人士被问及“在上海用英语与当地人交流时觉得是否顺畅”时，选择“不是很顺畅，很难与对方交流”和“根本无法和对方交流”两项的合计百分比是73.84%。可见，上海建设全球城市对市民的外语能力提出了更高的要求。

此外，采访也发现，在上海生活超过5年的外国友人一致认为，上海人对外国人的友善程度正在持续降低。原因有三：一是中国经济发展使得民众的国家自豪感上升；二是近两年的经济危机迫使不少层次较低的年轻外国人来上海找工作；三是外国人的一些低素质行为造成的坏印象。

课题组的问卷调查也显示，居住上海的外籍人士对中国邻居的印象中，选择“热心仁爱”的、“友好”的分别为16.03%、35.86%，“不太交流”的、“不友好，难交流”的分别为40.51%、7.59%。

KIT的采访发现，在外国人决定是否定居上海的关键因素中，最重要的三个是商业机会、个人职业和家庭发展。三个负的因素则依次为空气质量、食品安全和教育水平。因此，政府在改进或改善外国友人提出的上述问题的同时，有必要为生活、工作在上海的外国人搭建更有效的平

台，以使他们尽快地融入上海，从而达到建设真正的全球城市的目标。

我们可以借鉴荷兰的经验。根据2014年阿姆斯特丹市政厅的调研，该城市居住了来自179个国家的外国人，是欧洲最多元化的城市。其多元化不仅源于对文化、信仰与生活方式的开放及容忍的精神，也由于当地政府将平等和个人融入定为政策的主要目标。从其历史来看，荷兰以贸易立国，讲究务实精神。上世纪90年代之前，政府通过拨款、咨询机构建立了与少数群体（如穆斯林群体、土耳其人群体）的良好沟通渠道。90年代开始，他们的多元化或者跨文化的政策开始转变，不再强调群体，"平等"和"个人融入"则成为政策的主要目标，开始提供免费的荷兰语课程。到2000年政策再次转变，从针对少数族群的融入转向推动多元化，强调the power of diversity，以促进不同种族或不同文化之间的沟通。换言之，他们不再把一种文化完全融入到另外一种文化当中去，而是着重推动多元化的建设。例如，在瓦格宁根市政府免费为外国居民提供讲座，帮助他们融入荷兰社会。又如他们呼吁白人家长把孩子们送到有少数族裔学生的小学中，以促进理解与交流。莱顿大学则每年都会举办一次最佳方案评比，政府拨款，请大家提建议，如何促进在荷兰国际学生和荷兰本国学生间的交流。

根据荷兰新闻网2015年的调查，约84%的外国居民对在荷兰的生活感到满意。就其旅游业的发展来说，阿姆斯特丹虽然说只有八十几万的人口，但是在2014年接待了530万的国际游客，被评为欧洲"最佳好客城市"。一个典型的案例是荷兰皇家热带学研究院跨文化机构与荷兰赌场所进行的针对中国游客的跨文化沟通。他们通过调研了解接待中国游客需要注意什么，中国的游客喜欢什么，大陆、香港、台湾的游客的区别是什么。他们特地根据中国的春节、端午节举办特定的类似中国游客免费入场的活动，甚至还引进了中国的斗地主和麻将的竞赛。针对中国人不喜欢4、喜欢8的习惯，他们甚至对衣服的存衣券号码都做了改变，把不好的号码全部去掉。这些工作都显示了荷兰人对外国文化与习俗的尊重。

为此，我们建议：

1. 成立专门机构负责平台的搭建，加强已有对外机构的建设，建立更有效的与外国人社区的沟通机制与渠道，以期加深理解，避免孤岛现象；

2. 加强跨文化交际培训，提高企业和政府官员的跨文化意识，课程中引入足量的正反案例，是受训者感受到跨文化交际能力的重要性；

3. 招募更多的跨文化交际志愿者，安置到外国人较为集中的社区，开展有针对性的服务，以增强上海生活的吸引力；

4. 对一些公共外交、民间外交发展新趋势与新特征进行跟踪研究，及时推出有效对策。

（上海统一战线 www.shtzb.org.cn 2015年10月29日）

建议政府应加强力度培养世界科技研究最新成果的翻译人才

近日，在“城市跨文化交际能力——全球城市的重要标杆”研讨会上，陆建非教授（原上海师范大学党委书记、上海市欧美同学会·上海市留学人员联合会常务副会长、上海师范大学分会会长）建议政府应加强力度培养世界科技研究最新成果的翻译人才。现将有关观点专报如下：

在日本东京等城市，大量人才的汇集与流动，为该国的发展注入了活力和动力。日本几乎所有的大学都有很多外国教授，他们可能在日本呆了十几年甚至几十年，并把自己了解的国外研究前沿的资讯都带到了日本。同时，东京也有很多研究所，一直长期关注国外科技最新的动态和动向。日本之所以成为世界上学习外国先进技术最快的国家，除了研究人才力量雄厚之外，另一个不可忽视的原因，就是日本有大量研究人员能够将国际上最新的科学技术以最快的速度翻译成日语，为外语稍差的科研同行服务，同时也为社会的科普工作奠定基础。不容忽视的是，日本早期的快速发展很大程度上是得益于模仿、消化、改良西方的先进成果，“外译日”功不可没。

此外，早在1982年，日本科学技术厅将机器翻译系统的研究作为课题列入三年计划中，指定工业技术院电子技术综合研究所和东京大学等四个机构合作，研究文献翻译实用系统。日本科技情报中心(JICST)每年有46万篇国外科技文献需要翻译成日文，做成文摘，收入文献速报中，组织2500名业余翻译者参与此项工作。因为大部分文献为英文,所以后来考虑采用机器翻译方式。

日本的这类人才正是上海所缺失的。在上海，真正致力于科技翻译工作的人才可谓凤毛麟角。科技翻译的研究机构、研讨会、杂志等更是少得可怜。1978年我在上海师大外语系读书时，作为文科学生还修过“科技英语”这门课程，现在的大学课程体系中几乎很少有这类课程。通常，出于盈利目的，我们对于文学作品，尤其是翻译国外热销的文学作品（如获得诺贝尔文学奖或引起争议的作品）的速度较快，当然质量颇有瑕疵，但是对于翻译国际上最先进的理工科技术与成果往往非常滞后。这种现象与某些政策导向不无关系，例如，翻译科技书籍，除了翻译稿酬较低，在理工科教学科研人员评职称时都不算成果。我们常常鼓励学生多看原版，但是真正看得懂的毕竟不多。如何迅速、准确地将大量的国外最新科技成果译成汉语，对于上海建成全球有影响力的科创中心至关重要。

长期以来，不少人对翻译的认识存在一种误区，不承认它是创作，只是演绎。这是对翻译这种跨文化的精神劳动缺乏了解所致。从科技成果看，翻译确是对原著文字的演绎，但这种演绎，不是延用原著相同的文字与思维逻辑来对科技作品进行某种注释和延伸，而是要规范得体地运用与原著不同的文字，实现顺畅转换与准确表达，还要针对传播中接受美学的要求，对原创的科技思想进行恰当的诠释，同样应有“信、雅、达”的标准。这种脑力劳动的过程，需要大量的智力和时间的投入，还需有文学素养和丰富的科技知识的支撑。

翻译人才是人类文明成果的信息传递员，政府应加强培养世界科技研究最新成果翻译人才的力度。一方面，针对最新的尖端科技成果翻译不够活跃的现状，加大投入，提高翻译的速度，追求时效性；另一方面，在面向市民、学生的大众科普类作品的翻译上要进一步强调感受度和准确性。此外，不少科技成果并非以英语发布，因此也要加快培养多语种的专门科技翻译人才。

（上海统一战线 www.shtzb.org.cn 2015年10月29日）

建议进一步推动上海中小学生非遗教育工作

近日，陆建非（上海师范大学中国非物质文化遗产传承研究中心主任，市欧美同学会常务副会长）领衔课题组研究发布《上海市中小学非遗传承与保护研究报告（2014—2015）》（以下简称《报告》），指出非遗传承在上海初等教育中存在区域资源分布不均、种类频次差异明显、师资匮乏等问题，并对上海中小学非遗传承提出建议。现专报整理如下：

非遗保护是一个完成中国文化自觉的路径。非遗传承与保护有着众多现实意义，既在全球化进程中弘扬中华文化，又依托民族文化软实力促进整体国力的提升，具有重要的战略意义。中小学校作为非遗文化传承的中坚力量，在基础教育阶段全面铺开，充分发挥了非物质文化遗产对广大未成年人进行传统文化教育和爱国主义教育的重要作用。

《报告》通过对上海10个区的15所学校1500余名中小学生问卷调查，排摸了目前上海市非遗进校园推进情况。目前在上海中小学非遗传承和保护方面。存在以下问题：

1. 学生的非遗概念较模糊，传承与保护的热情不高。中小学生对“非遗”概念有普遍认知，但对于非遗具体内容的理解却参差不一，特别对历史性、空间性非遗认知度不高。如不能认知南京大屠杀属于“记忆性”非遗，大运河属于“历史空间性”非遗。同时，因电子产品、网络、各种培训班、活动等挤占学生很多时间，动手参与非遗实践活动的机会不多，54.54%的学生对非遗并没有很浓厚的兴趣。

2. 本地小众非遗知晓率不高。调查发现，学生对舞龙（狮）、皮影戏、沪剧等在国内外都有一定影响力的大众非遗代表比较熟悉，对于具有地域性的打莲湘、顾绣、徐行草编等小众类非遗知晓率很低。

3. 非遗教育资源分布不均衡。调查发现，本市目前只有16%的学校开展非遗传承教学，各区非遗进校园的数量和质量有很大差距，出现分布不均衡的现象。如，原闸北区开展非遗教育的中小学数量只占全市的5%，人口导入区闵行区也仅占11%，有较多区的比例在平均值之下。在教育资源比较集中的重点中小学的非遗教育普及率也没有一般中小学高。这和非遗的地域性明显相关，如浦东说书、嵩明山歌、金山农民画等，受制于文化的地域局限，仅在小范围内传播。地域的分布较多集中在郊区，中心城区非遗项目较少，非遗资源分布的不均衡，使不少学校难以获得传统文化资源。

4. 非遗种类频次差异凸显。在进校园的非遗项目中，名列前十位的多集中在传统美术类、传统戏剧和曲艺类，而民俗类、民间文学类、传统音乐类等则因学习门槛较高和场地、经费等因素不适合中小学生学习和学校开展，较少受到青睐和关注。就全面继承和保护非遗而言，这样的分布格局不尽合理，确有很多其他项目值得和需要学校引进，以期提升这些项目的生命力指数。

5. 人力财力投入不足。目前，绝大多数开展非遗项目的学校都没有专门的经费来源，很大程度上影响了非遗在校园中推广的力度与深度。此外，目前中小学还没有建立一支基本的非遗教研师资队伍，这是制约非遗进校园的主要瓶颈问题。学校聘请足量的专门教师的条件尚未成熟，邀请传承人直接进校园的渠道不够畅通，本市非遗传承人的数量远远不能满足学校的需求。很多传承人年龄偏大，无法承担较重的教学培训任务。

6. 非遗文化教育缺乏统一部署。非遗引入校园后，如何有机地根植到现有的校园文化和既有教学体系中，是一个极为重要的问题。目

前，大部分学校的非遗项目是自主申请的，处于各自为战的状态，人为造成中小学脱节，无法形成连续性的非遗传习机制。如，小学开展了剪纸项目，但是小学对口的中学并未开展该项目，进入中学后不能一以贯之，只得半途而废，十分可惜。

因此，建议：

1. 组建相关机构，实现统一调配。目前，非遗传承工作是由宣传部门协调，缺乏权威性和专业性，学校处于各自为战，或可有可无的状态。建议由宣传部牵头，组建能指导和统筹教育领域非遗传承与保护工作的相关机构如市教委、文广局、文化发展基金会等部门制定长远规划、有效整合和配置非遗资源；同时，组成区域联盟，促进不同项目学校之间的交流合作，增强非遗传播的气场和效能，如将各学段非遗研习课程衔接起来、鼓励开发校本课程、推动非遗课程交际互换、引导传承人在更大范围内发挥作用等，由此提升上海中小学非遗传承和保护的整体水平。

2. 创设多媒体读物，展现上海非遗。上海介绍非遗的纪录片等文化项目极少。因此，上海亟需推出系统介绍本市非遗项目的系列纪录片、相关读本、媒体主题策划等让人们直观了解上海非遗概貌。此外，建议通过文化基金等扶持手段，鼓励市场、高校、研究单位等出版适合中小学生阅读的非遗读本、体验课程，系统而又扼要地介绍上海非遗特色、传承人、项目历史、基础知识等。

3. 重视队伍建设，提高传承效率。非遗传承人属于稀缺人才，目前极为匮乏，中小学非遗传习能否有效开展，很大程度上取决于这支队伍。因此，建议政府主管部门尽快摸清家底，建立传承人登记、聘任、管理机制，既能在校园内开展传承教育，又能对学校教师统一施训，由此提高传承人使用效率。同时也要提高他们的待遇，给予必要的荣誉激励。

4. 嫁接职业教育，推动非遗产业。建议遴选部分工艺美术学校优秀毕业生留校进行1—2年“高职后”学习，培养一批非遗传人。部分高校适时适度开设非遗专业，特别是选修课，不仅加强技能传习，也要不断深化非遗研究，如非遗文化、科技研究、保护方法研究、管理研究、跨文化的非遗比较研究等。相关专业的开设能促进中小学校开展非遗项目的热情，逐渐形成一条新专业及新职业的导向链，促进非遗事业健康发展。

（中共上海市委统战部《统战专报》第428期，2016年8月15日）

上海公共空间亟待实施规范化精细化管理

编者按： 城市公共空间管理是城市安全管理的重要方面，上海要建设全球城市，必须解决公共空间的规范问题。近日上海师范大学和上海交通大学的专家针对上海在城市公共空间管理方面存漏洞和缺失，建议政府应借鉴国外经验，对上海的公共空间实施规范化、精细化管理。现将有关观点整理如下，供市领导参考。

一、近年来公共空间人群涌现呈现新特点

在传统节庆日，群众在一些典型性公共开放空间的涌现体现了老百姓对于传统文化和地方记忆的一种强烈情感。但近几年来，公共空间人群涌现呈现出新的现象，给城市公共空间与突发事件的应急管理带来了巨大的风险与挑战。

一是人群涌现可能是无组织的，或者依托网络云平台瞬间出现的自（他）组织，类似的活动形式也越来越多样化，如圣诞集市、音乐派对、美食秀、灯光秀、水幕音乐秀、地铁约会、嘉年华、体育赛事等等（甚至是不法行为），这些活动与其人群涌现并非完全在政府管理部门意料与掌控之中。

二是这些活动场所的空间边界往往是开放的，不是封闭式管理的景区，而是在城市之中，没有固定的入口大门，没有明确的园区围栏等等，人群的涌现是变动、不可控的，活动高潮与其情感共鸣时空却是非常特定的、瞬间的、唯一的，而相对应的物质空间的尺度与容量却常常是有限度的（一个小广场、一座桥等）。大客流聚集在这些特定节点场

所，非常容易发生突发事件。

上述新情况新特点给城市公共空间管理提出了新要求。

二、上海在公共空间行为管理上存在严重缺失

2015年元旦的外滩踩踏事件是公共空间行为的“出轨”，反映出上海在公共空间行为管理上存在着严重缺失。

一是缺乏公共空间管理规范。上海作为一个国际化大都市，在公共空间管理上暴露出很多明显的短板：缺失如何识别可能出现的踩踏，从而规避风险的专题教育与培训；没有通过组织者、公安人员、障碍物或标志、扬声器等在现场及时发布可能发生踩踏事件的最早迹象；没有充分研究人流密度在静态、动态及超大客流量时的标准参数以及节庆会场/现场的平均值等；缺乏最合理标准参数与管理调适的有效手段；缺失人群密度的计算方法、密度的风险级别及预报机制等。这些和现代化国际都市显然是不相匹配的。

按照国际惯例，“景点室内达到1人/㎡、室外达到0.75人/㎡，要立即启动应急预案”，折合成人群密度，则为景点室内达到1人/㎡，室外达到1.3人/㎡，则需要启动应急预案。日本、德国、美国等发达国家对合理安全的静态人群密度都有明确的规定。例如，《德国联邦聚集法》规定，从安全撤离的基本要求考虑，对建筑类内人群密度要求保持不大于2人/㎡；根据交通法，巴士内站立空间可放宽至8人/㎡。针对公众自由进出型节事会场，本地人群密度从少于0.5人/㎡到5—6人/㎡波动。因此，人群持续最大密度理论上为2—3人/㎡。德国将节事会场静态人群密度定为2人/㎡，原因在于更多关注“场地多少人可以没有风险”，而非“这个场地可以容纳多少人”。如果人群密度有明显风险，例如遇瓶颈区或者撤离时，在德国通常设定为6人/㎡；而在日本则是8人/㎡。这种严谨的态度，精细的规定使得这些国家的出事率很低，即便出事死亡率也很低。而上海在公共空间管理方面，远远不够规范与精细，往往是“人多了多放点，

人少了少放点”，为此付出了外滩踩踏事件中的惨痛代价。

二是缺乏公共开放空间设计标准和审核机制。目前，我国对于建筑设计中的安全疏散等均有详细的量化的规范（如国家标准《建筑设计防火规范》《高层民用建筑设计防火规范》等），并且有严格的审核部门与其审核机制。而对于城市公共开放空间的容量控制、安全疏散规范以及相关的设计规范趋于概念化。尽管有《城乡规划法》《风景名胜区暂行管理条例》《中华人民共和国自然保护区条例》《森林公园管理办法》以及场地设计相关的国家安全标准、消防规范与规定等，但是对于公共开放空间中的安全疏散尚没有明确的细化与量化的标准（如疏散梯段的宽度、梯段中间的扶手设置等等），设计单位往往对于安全疏散等缺乏深入的量化研究与人性化设计，而管理部门职权重叠，通常没有对于建筑消防疏散设计的质量把控、标准审核那样重视。

三是缺乏城市公共开放空间人群流量监测与预警机制。目前，国家现有的游客容量控制与预警机制主要针对有物理边界、设置“票闸”的旅游景区、大型主题公园等，这些相对比较容易监测与管理，例如在世博会期间我们已经开始运用一些高新技术对封闭式园区中的人流进行实时监测与预报，这方面已经有了一定的经验与尝试。但是，对于处于城市开放性公共空间中的游客容量如何设定、如何分区、如何分级，目前尚未发现相关细化与量化的分级预警机制。同时，目前对于城市公共开放空间的实时监控存在着一些盲点，如沿江堤岸观光平台、亲水台阶、开放绿地内的人流聚集广场、台阶坡道处以及一些三不管地段等。公安部门比较注重对于道路网络中的车辆及其流量进行实时监控；旅游部门主要对旅游景区内的容量控制与管理；绿化管理部门负责对公园绿地的出入口进行监控，或者对于有组织的重大节庆活动进行审批管理；而物业与开发商只负责街区（小区）内部的监控与管理，但是对于各自权责边界的空间区域以及重要的公共开放空间、步行交通突变处的实时监控存在疏漏，也不够重视：有的设施不到位，有的管理不到位，有的数据没有共享。此外，现有的监测手段主要通过摄像技术，其获得的只是有限视野内的现场局部信息，还没有获得区域内整体行人流量数据，也没有对于公共开放空间系统中人流演变趋势进行预测与分析，更缺乏对于潜在风险及其特殊情景进行常态化、全方位监测与精细化评估。

四是缺乏公共空间行为规范。公共空间行为的一个最基本的原则是：每个人的利益最大化。例如，西方人的观念认为开车者是强势群体，占有较多的公共空间，且铁甲裹身，而行人是弱势群体，占有很小空间，脆弱无力，极易受到伤害，所以车要让人。德国人上下电梯也有独特的次序，上电梯时，遵守“先来后到”之次序，而下电梯时，里面的人先下，外面的人后下，因为里面的人上电梯时是先来的，理应继续“领先”。日本人乘自动扶梯时，遵守的则是靠左的规范，右面的空间让有急事的人用。过横马路时，日本一般也自觉地排成几个纵列，不会朝前挤成一堆。这些都是公共文化行为的体现。然而，上海城市公共空间却存在诸多乱象。如公共场所大声喧哗、大声接听手机、公共交通空间内抢座或进食、不按次序上下巴士、地铁、电梯等、公共区域内无适度体距感、公共场所吸烟、乱丢垃圾、随地吐痰、不按规矩排队、随意拍照、衣冠不整、车不让人、抢道超车、乱闯红灯、抢占公路紧急通道、乱鸣喇叭、向车外扔物、运输车扬尘、乱停车、乱搭建、乱堆放、高空抛物、随意张贴“牛皮癣”小广告、随意晾晒衣被、广场舞过于喧闹等等。目前，上海已出台《文明居住行为规范》，定义了10 类不文明行为，但很少从公共空间文化上作出定义并推介宣讲。

三、相关对策建议

1. 建议公共空间管理的规范化制度

加快对公共空间行为及管理规范的建章立制进度，提升科学化水

平，包括动态、静态、高峰态的人群密度以及人群密度的计算方式、密度的风险级别、高峰限流措施等。

2. 尽快建立一个精细化、常态化的城市公共开放空间人群流量监测与预警机制

这一监测预警系统必须覆盖整个城市的公共空间系统，可分区、分节点、分级设计，不仅要将现有的城市摄像系统整合起来，还要充分利用智慧城市的信息技术，对处于点、线、面上的公共开放空间建立人群涌现流量数据库平台，为上、下级政府间（纵向）、不同部门以及服务商之间（横向）共享使用，进行常态化的监测与预警。在这一数据库平台中，根据空间数据、人流数据以及综合评估，可设定绿色、黄色以及红色等不同级别的预警信号，然后设定相应的对策机制，包括指标控制、区位控制、节点控制等。一旦某一个公共空间、活动区域、节点空间、交通疏散点的人流流量达到其最大承载量的80%，就自动呈现红色信号，然后通过各种媒介向各职能部门以及相关区域发出报警信息，并立刻采取相应的、快速有效的限流、分流、疏散以及准备急救的响应机制。这方面美国纽约、英国伦敦的经验值得我们学习。

3. 进一步完善公共开放空间的设计标准与审核机制

无论是旧城改造还是新区建设，都要将城市公共开放空间的规划审批、设计质量控制、图纸审核、竣工验收等纳入到相关部门的重要工作与议程之中。公共开放空间设计不能只停留在形态上的美学问题，要将公共安全性摆在第一位，要将其支撑的节庆活动、人流组织及其管理可控性结合起来考虑，将公共开放空间与城市周边环境统筹布局，体现人性化、安全性与系统性。特别是要建立城市公共开放空间的安全性设计与评估的专项审查。建议：

一是排摸城市中各类人群聚集的场所以及人流涌现的公共开放空间，例如宗教性、纪念性、仪式性、庆典性、历史性场所与传统商业街、

大型活动区域、中心商业区、地下公共空间、开放绿地以及公共安全敏感区域等等，对于这些人流涌现的公共开放空间要建挡建库。

二是通过事实分析、长期监测、模拟实验等手段，科学合理确定上述相关公共空间的交通、管理、心理、游客等容量，对于重点地段、节点空间进行特殊情景拥挤度与疏散模拟分析等，为城市公共安全/风险管理、节庆活动预警机制提供可靠依据。

三是完善现有公共开放空间中交通节点的科学选址、分布及其疏散设计，对于人流涌现密集的场所，要适当设立安全疏导缓冲区，提升其人流集散的安全性。

四是增补或者完善安全出入口和安全通道及其标志标识系统，增配应急广播、照明设施、监控设施以及安全技术防范设备设施等。

4. 针对重点区域、人流集聚的节点空间采取常态化的理性预防措施

一是把活动集聚区域、重要节点空间分隔为若干个不同层次的小区域（核心区、协调区、外围区或者A区、B区、C区等），每一个小区域之间设置互通互联的紧急疏散通道（即生命通道），由标识符号、临时性/可调控的栅栏、协管员甚至警力守卫。

二是在易发生群众拥挤踩踏事件的高危地点、交通节点（最佳观赏点、祭祀活动平台、上下楼梯、桥、坡道、分叉点、复杂地形以及有危险障碍物处），设立警示牌、语音指识系统，并在特殊时间段设专人值守。

三是建立常态化的公共开放空间的PPP协作机制与志愿者服务机制，一方面有助于降低政府的运行成本，另一方面也可以对于自组织人群涌现现象建立形成上下联动的快速反应机制。

5. 提高城市公共空间的文明水平和管理水准

一是加强对市民进行长期而有针对性的宣传教育。可以从公共环境、公共秩序、公共交往、公共道德、公益活动等方面对《文明居住行为规范》定义的10类不文明行为予以分类，包括交叉或重叠的“出轨”

行为（如公共场所大声喧哗既违背了公共交往的礼仪，也违背了公共空间设定的声响分贝的标准），有针对性地进行教育培训，并制定具体指标体系，定期对城市公共空间的文化行为和文明水平实施考评，即时监管，及时整改。

二是强化市民的“公共空间意识”，使既往的“公共空间行为”脱离原有的“路径依赖”，更加符合国际惯例。建议在考驾驶证、办房产证、入职入校教育、成人仪式、节事宣传等环节中实施此类教育，增设培训课程。从小事做起、从今天做起、从我做起。

原稿来源：上海师范大学陆建非

上海交通大学陆邵明

执笔整理：市政府发展研究中心信息处张明海

（上海市人民政府发展研究中心《专家反映》第43期2015年8月3日）

上海城市形象、城市跨文化交际能力问卷调查评析

编者按： 城市跨文化交际能力是全球城市的重要标杆。为了加快提升上海全球城市的品牌形象，实现国际社会的理解与认同，必须以问题为导向，从实际出发，对上海城市跨文化交际能力的现状进行定量研究，并找出差距所在，从而为制定更有效的战略举措提供有力有效的数据保障。2014年下半年，以上海师范大学陆建非教授领衔的研究课题组就上海城市形象、上海城市跨文化交际能力等在上海本地人士、外省市人士和外籍人士这三类人群中展开了问卷调查。发出1000份问卷，收回面向上海本地人士的问卷195份，面向外省市人士的问卷292份，面向外籍人士的问卷237份，共回收问卷724份。调查内容包括受访者对上海的总体印象、上海的文化影响力、国际化程度与跨文化交际能力等各方面。以下为问卷部分内容的评析，由陆建非教授撰写。

在被问及“你喜欢上海吗？”这个问题时，接受访问的外省市人士中，64.73%的人选择了“喜欢”，4.11%的人选择了“不喜欢”，另外有31.16%的人选择了说不清楚。针对同一问题，外籍人士选择“喜欢”“不喜欢”“说不清楚”的比例分别为86.08%、3.8%和10.13%。根据问卷调查显示的结果，生活在上海的大部分外省市人士和外籍人士对上海这个城市的整体印象不错。

在被问到“如果您喜欢上海，那么上海最吸引您的地方是哪里？”这个问题时，三类人群不约而同地选择了“机会多，发展空间大”和“国际

化程度高、文化多元”这两项。上海本地人士和外省市人士不喜欢上海的原因主要集中在“生活节奏快、竞争压力大”和“交通拥堵、环境污染严重、市容不整洁”两项上。而外籍人士则首选了“交通拥堵、环境污染严重、市容不整洁”和“市民文明素养不够”这两项。上海市民在公共空间所展示的文明素养，是上海城市形象的窗口所见，而市民的文明素养正是通过很多非语言交际的行为体现出来的。上海要建成全球城市，必须提升城市公共文明水平，需要对全体市民进行长期而有针对性的宣传教育，增强广大市民建设全球城市的自觉性和责任感，使他们积极参与到世界城市和城市公共文明建设的各项活动中来。我们可以从公共环境、公共秩序、公共交往、公共道德、公益活动等方面定期对城市公共文明水平实施有力有效的考评，即时监管，及时整改。上海建设全球城市必须积极改善交通拥堵的状况、多管齐下改善城市综合环境，并在市容的视觉美感和亲和力上下功夫，以期打造一个宜居乐居的生态与人文环境。

在被问及英语口语能力如何时，选择“非常流利”和“比较流利”的被访上海本地人士达60%，外省市人士这两项加在一起的比例是42.46%。但是当外籍人士被问及在上海用英语与当地人交流时觉得是否顺畅时，选择“不是很顺畅，很难与对方交流”和“根本无法和对方交流”两项的合计百分比是73.84%。国人与外国人对市民外语交往能力的评价有较大落差，被问者自我感觉不错，外国人觉得不够顺畅。市民的语言交往能力是城市跨文化交际能力的基础和核心。上海建设全球城市对市民的外语能力提出了更高的要求。全球城市是国际活动的聚集地，是世界文明交流融合的多元文化中心。全球城市国际人口所占比重较大，具有人口多样化的特点。全球城市的各项衡量指标既包含对高素质外语复合型人才的要求，也包括对普通市民外语水平尤其是英语普及程度的要求，英语作为世界通用语在国际交往中发挥着重要作用。提高市民特别是窗口行业以及公共服务机构工作人员的英语水平，使他们能够比较流利地用英语进行表达交流，就能为来沪和驻沪外籍人士提供一个便捷的学习、工作和生活环境，从而使他们对上海这个城市产生文化亲近感。而科技、教育、商务、管理等领域的专业人士，如能精通英语，就可及时了解和顺畅交流各专业领域的前沿资讯。当然全球城市的建设还需要大量各个语种的高端翻译人才。语言是交流的工具，更是文化的载体。在上海市民中普及英语，基础需在学校中夯实，这个基础的核心要素是听说能力，2017年上海高考将设听力和口语测试，这个方向是对的，必将有助于消除“哑巴英语”，真正实现与外国人的交流互动，同时也能增强上海市民了解异国文化的欲望和能力，构建“全球视野”。在上海市民中普及英语还应特别包括对汉语言文化“英语惯用法”（idiomatic usage）的教授，这样，大多数上海市民能在对外交往中成为中华文化和海派文化传播的使者。

对于“是否修过跨文化交际课程或接受过跨文化交际方面的培训”这个问题，外籍人士回答“是”的占50.63%，上海本地人士选“否”的占62.56%，在沪外省市人士选“否”的占73.97%。调查显示，一半以上的在沪外籍人士修过跨文化交际方面的课程或接受过跨文化交际方面的培训，而上海本地人士和外省市人士大部分则没有接受过这方面的培训。上海作为一个正在崛起中的世界城市，培养市民跨文化敏感度，提升城市的跨文化交际能力，对于塑造良好的城市形象，凸显城市品牌个性，增加城市文化的亲和力，增进国际社会的理解与认同，具有非同一般的意义。对市民进行跨文化交际方面的培训因此显得尤为重要和迫切。

在问到“您是否阅读外文书籍、杂志、报纸或浏览国外网站等？”时，上海本地人中16.92%回答“经常”、40%是“有时”、38.46%是“很少”、4.62%是“从未”；外地人的回答分别为12.67%、36.64%、42.47%、8.22%。由此可见，市民运用外语获取资讯的能力并不看好。

问卷中关于上海海派文化的调查结果则显示，不论是上海本地人士、外省市人士，还是外籍人士都一致认为最能反映上海海派文化的

是上海的建筑文化（本地人士160/195、外省市人士201/292、外籍人士150/237）与饮食文化（本地人士130/195、外省市人士156/292、外籍人士106/237），二者都拥有相当高的得票率。与之形成明显反差的是上海的书画文化（本地人士8/195、外省市人士17/292、外籍人士44/237）与音乐文化（本地人士15/195、外省市人士45/292、外籍人士14/237），得票率比预想的低得多。诚然，华洋糅杂的建筑风格和五方麇集饮食文化的确是上海的特色与魅力所在。然而，如果上海海派文化的魅力仅止于视觉与味觉方面，其文化基因的传承则未免过于单一和单薄，艺术气息和人文底蕴略显不足。因此，如何进一步发掘、弘扬既往的城市艺术人文特色，丰富和发展全球城市文化建设的新亮点新特色将有助于上海缩短与全球城市的差距。

在被问及“当您拿起相机时，最愿意将镜头对准哪里？”时，上海本地人士的三个选项依次为：外滩、上海弄堂、新天地；外省市人士三个选项依次为：外滩、上海弄堂、东方明珠；外籍人士的三个选项依次为：外滩、豫园、上海弄堂。这一调查结果表明：外滩是上海历久不衰的地标性国际形象。尽管城市建设突飞猛进，上海弄堂在人们心中是抹不掉的旧日市井风情。对由“石库门”蜕变出的“新天地”，上海人情有独钟。东方明珠对外地来客独具魅力，而老外更喜欢有历史感的古董建筑——豫园。

调查结果也发现，在关于上海的别称选择上，“魔都”的得票率最高。“魔都”其实有时就被当作“摩登都市”（modern city）的简称，此简称生发又一新意，但恰恰反映出上海这一城市如同万花筒一般所具有的善变、梦幻、猎奇、冒险等特质，这也正是这座城市的历史基因使然。就其精神实质而言，这些特点正是上海这座国际大都市在中国历史进程中和现实发展中不断“领先、率先、争先”的写照，体现出她的独特性及与众不同的气质。这与“先锋之城”（Vanguard City）在内涵意义上可谓一致。“魔都”在问卷调查中的高得票率则反映了不同年龄层受众的偏好差异。受访者大多为30岁以下的年轻人，因而“魔都”一说颇受欢迎。然而，就文字冠名习惯而言，“魔都”调侃意味有余，正气不足，稍欠妥当。再说，被世人视作“魔都”的还有伦敦、东京、纽约等城市，不具“唯一性”。而“先锋之城”一名则更能彰显正能量，值得推广。

另外，在上海城市归属感的调查上，仅36.64%的外省市人士表示愿意留在上海，高达48.97%的人选择了“不确定”。外籍人士中虽然愿意留在上海的有45.99%，但也有43.04%的受访者表示“不确定”。这一结果出人意料，却也在情理之中。一方面，这反映了上海在全国，尤其是周边城市当中的领先优势已不如往日那般明显，不少城市发展迅速，它们与上海的差距正在日益缩短。另一方面，意向中的下一个生活工作的城市基本都在上海周边地区，这一结果也表明以上海为龙头的长江三角洲都市群概念的日渐确立。人们喜欢这一都市群，但不一定想长久留在都市群的竞争中心，相反，会逐渐转向周边与外围发展，尤其是那些生活环境较为安静、压力适中、工资收入又不低的二线城市。

在被问到“上海人口中外来人口的比例越来越高，对于上海人口构成的日益多元化，您怎么看？”时，25.64%的上海本地人说“很好”，62.05%的本地人说“可以，但要提高门槛”，4.62%的本地人持“无所谓”态度，仅有7.69%的本地人说“不喜欢”。上海市民对外来人口的接纳度和包容度还是很高的，但对外来移民的期待值也同时提高。外地移民与上海本地人的“和谐融洽”者和“相处一般”者分别为24.32%和72.26%。

外地新移民居住在上海，遇到困难或感到不方便的主要方面（语言交流、饮食习惯、交通出行、休闲娱乐、文化活动、子女教育、医疗保险、就业等）的前三项为语言交流、交通出行、饮食习惯。26.37%的新移民感到没什么困难。对于“上海闲话”（沪语）的掌握程度，51.71的移居者“完全不会”，20.55%的人“会一点”，23.29%的人“不会说，但能基本听懂”，只有4.45%的人“已经比较熟练”。

居住上海的外籍人士对中国邻居的印象，“热心仁爱”的、“友好”的分别为16.03%、35.86%；“不太交流“的、“不友好，难交流”的分别为40.51%、7.59%。外籍人士在8个（组）英语单词中选择3个（组）来描绘上海，名列前三的是international（国际化）、modern & fashionable（现代与时尚）、vibrant & dynamic（充满生气与活力）。

在被问及“您认为上海在城市品牌塑造、城市形象的包装、策划、推广方面与纽约、巴黎、东京等全球城市相比如何？”时，上海本地人中有38.46%认为“做得很好，不相上下”、54.36%的人认为“做得一般，没有特色或特色不鲜明”、7.18%的人认为“基本上听不到上海的声音”；外地被访谈者中持上述感觉的人分别为28.77%、58.22%、13.01%；外籍人士则分别为42.62%、35.86%、21.52%。上海本地人和外省市人中有超过一半的人认为上海城市品牌的特色还不够鲜明。外籍人士中相对有更多的人觉得上海在品牌建设方面与其他国际大都市不相上下。

高达86.08%外籍人士和51.37%外省市人不知道上海的市花是什么。

三类受访者在被问及“上海的文化节日，您认为比较成功、知名度比较大的是哪些？”时，问卷提供了7个选项，上海本地人与外省市人的选项排列完全一致，即上海国际电影节、上海旅游节、F1上海站中国大奖赛、上海国际马拉松赛、上海国际艺术节、城隍庙元宵庙会、上海之春国际音乐节。外籍人士选项的排列为上海国际电影节、F1上海站中国大奖赛、上海国际马拉松赛、上海国际艺术节、上海旅游节、上海之春国际音乐节、城隍庙元宵庙会。调查结果表明，最早创办的上海之春国际音乐节的知名度不如其他选项，它前身是创办于20世纪60年代的上海之春音乐舞蹈月和始于20世纪80年代的上海国际广播音乐节，这两项活动于2001年正式合并为上海之春国际音乐节。此外，值得关注的是颇具地方民俗特色的城隍庙元宵庙会要为世人瞩目，尚有很长的路要走。

（上海统一战线 www.shtzb.org.cn 2015年10月29日）

上海跨文化交际能力调查及其相关对策建议

编者按：城市市民跨文化交际能力是全球城市的重要标志。为了加快实现国际社会的理解与认同，上海要在调研数据基础上，形成有效的政策措施，提升上海全球城市的品牌形象。近期，上海师范大学陆建非教授的课题组开展了“上海城市形象、上海跨文化交际能力调查”调研，对上海本地人士、外省市人士和外籍人士三类人群进行了问卷调查展开。本次调查共发放1000份问卷，有效回复724份。现将调查主要结果整理如下，供市领导决策参考。

一、外来人士对上海总体印象良好

调查显示，外省市人士和外籍人士选择“喜欢”上海的占各64.73%和86.08%，表明在上海生活的大部分外来人士对上海的整体印象不错。

（一）优越的综合环境是最主要的吸引力

吸引外来人士的主要是以下两个因素：一是上海是有较其他二三线城市更高的资源和信息密集优势，机会多，发展空间大，为个人发展提供了更为广阔的平台。二是上海人口复杂，文化融合，呈现了快速国际化的发展趋势。

（二）城市形象提供了不同的想象空间

历史和现代的城市形象在上海同时并存。以建筑为例，上海包括两类标志性建筑：弄堂、豫园、外滩等有老上海风貌的历史建筑和东方明珠、新天地等的现代建筑。调查显示，三类受调查人员都认为外滩是上海的重要形象。同时，本地人士认为弄堂是抹不掉的旧日风情，对

“石库门”及其蜕变出的“新天地”情有独钟。外省市人士对东方明珠情有独钟。外籍人士更青睐豫园。不同建筑给不同的人群提供了不同的想象空间。

（三）“魔都”概括了不同人群对上海的印象

在上海的别称中，三类人群都认同了“modern city”音译的“魔都”的称呼（可能受访者大多为30岁以下的年轻人因素影响）。这一别称概括了不同人群对上海在我国发展中“领先、率先、争先”地位的印象，也反映了对上海善变、梦幻、猎奇、冒险等特征印象。

二、市民跨文化交际能力仍然比较薄弱

（一）跨文化交际能力仍然比较薄弱

1.外语交流水平不高

本地和外省市人士与外国人对市民对外交往能力评价有较大落差，60%的上海本地人认为自己英语口语能力“非常流利”和“比较流利”，42.46%的外省市人士认为“非常流利”和“比较流利”。但是，73.84%外籍人士认为自己“在上海用英语与当地人交流时”，觉得“不是很顺畅，很难与对方交流”或“根本无法和对方交流”。

2.跨文化交际培训缺乏

一半以上（50.63%）的外籍人士接受过跨文化交际方面的课程或培训；大部分上海本地人士（62.56%）和外省市人士（73.97%）没有接受过这方面的培训。

3.获取外语信息能力欠缺

上海市民不能灵活运用外语获取国外信息。上海本地人中选择“经常”和“有时”“阅读外文书籍、杂志、报纸或浏览国外网站”的只有16.92%和40%；外省市人士分别只有12.67%和36.64%。

（二）文化底蕴不够厚实

三类人群一致认为最能反映上海文化的是建筑文化与饮食文化；

认为是书画文化与音乐文化很少，低于预期。上海市民的人文艺术底蕴略显不足。

（三）城市品牌特色不够明显

有超过一半本地人士和外省市人士认为上海城市品牌的特色不够鲜明。只有38.46%上海本地人士认为“上海在城市品牌塑造、城市形象的包装、策划、推广方面”做得很好，与纽约、巴黎、东京等全球城市相比“不相上下”，54.36%人认为“做得一般，没有特色或特色不鲜明”。外地人士持上述观点的人分别为28.77%和58.22%。高达86.08%的外籍人士和51.37%的外省市人不知道上海的市花是什么。在上海文化节日7个选项中，上海本地人与外省市人的选项排列完全一致，外籍人士有所差异，发人深思的是最早创办的上海之春国际音乐节知名度不及其他的，城隍庙元宵庙会仍未为世人瞩目。

（四）吸引外来人口的动力不足

1.比较优势不明显

仅36.64%的外省市人士表示愿意留在上海，45.99%外籍人士愿意留在上海，两者都有近一半的人士表示“不确定”。不喜欢上海的原因，外省市人士认为主要是“生活节奏快、竞争压力大”和“交通拥堵、环境污染严重、市容不整洁”，外籍人士认为主要是“交通拥堵、环境污染严重、市容不整洁”。上海对周边城市的相对优势正在缩小。

2.外来人士的居住困难

外来人士在上海居住，前三项困难或不方便是语言交流、交通出行、饮食习惯。51.71%的外来人士“完全不会”上海话，只有4.45%的人已经比较熟练掌握。

3.与本地人的融合障碍

有24.32%外来人士能与上海本地人“和谐融洽”；72.26%“相处一般”。外籍人士不喜欢上海市民的主要原因是“市民素养”不高，只有

16.03%外籍人士认为上海市民“热心仁爱”；35.86%认为“友好”的；而40.51%认为“不太交流”和7.59%认为“不友好，难交流”。同时，上海本地人表现了对外来人士一定的接纳和包容态度：有25.64%本地人士完全接受（认为“很好”）“外来人口的比例越来越高”的趋势，62.05%本地人认为“可以，但要提高门槛”。

三、提升跨文化交际能力的对策建议

上海要以问题为导向，制定有利于提升上海全球城市品牌形象的政策措施。

（一）提升市民公共文明意识

上海市民在公共空间所展示的文明素养，是上海城市形象的窗口。市民的文明素养是通过各种交际行为表现出来的。提升上海的国际形象，必须对市民进行长期有针对性的宣传教育，提升公共文明自觉性和责任感。可以从公共环境、公共秩序、公共交往、公共道德、公益活动等方面定期对城市公共文明水平实施有力有效的考评，即时监管，及时整改。

（二）加快消除“哑巴英语”

要提高市民特别是窗口行业以及公共服务机构工作人员的英语水平，使他们能够比较流利地用英语进行表达交流，为外籍人士提供便捷的学习、工作和生活环境，产生文化亲近感。如果科技、教育、商务、管理等领域的专业人士精通英语，更能及时与外籍人士交流专业领域的前沿资讯。上海要夯实市民英语普及基础教育，在学校教育中要强调听说能力，实现与外国人的交流互动。要强调中国文化在英语中“惯用表达”（idiomatic usage）的传授，用外国人听得懂的方式传播“中国智慧”和“民族故事”等中华文化。

（三）加强跨文化交际培训

要对市民进行跨文化交际方面的专业培训，提高本地人士对域外文化的敏感度。同时，要把更多外籍人士、外地来沪人员纳入社区文化建设，开展不同形式的“熏陶”“融合”活动，促使外来人士成为社区文化建设的参与者和分享者，提高他们对上海城市的认同度和归属感。

（四）形成有人文和宜居特色的城市环境

充分挖掘城市文化特色，丰富和发展全球城市文化建设的新亮点。打造个性鲜明的城市品牌，进行城市形象的包装、策划、推广。精心创作并打造可以长期连续演出的大型本土文化艺术表演（如音乐剧、歌剧、歌舞剧、肢体剧等），形成类似百老汇的世界艺术传统名牌。同时，要在市容美感和亲和力上下功夫，整治城市综合环境，打造宜居乐居的生活环境；增加绿地空间和休闲场所，有效控制大气、水体污染，缓解交通拥堵状况。

原稿来源：上海师范大学陆建非等

执笔整理：上海外国语大学谢艺

市政府发展研究中心改革处钟灵啸

（上海市人民政府发展研究中心《决策参考信息》第49期，2015年12月29日；后载《科学发展》2016年第3期）

文汇时评：先锋之城
——上海未来全球城市形象

核心观点：2015，深化改革的关键之年。新常态带来新机遇，新发展催生新愿景。真正从战略角度来展望未来30年上海城市发展，一个十分紧要的研究内容就是城市形象和品牌。

上海需要有高度凝练过目不忘的城市形象

城市形象是城市精神的外在表现，是城市文化软实力的品牌，是城市核心竞争力和吸引力的重要支撑。著名的国际大都市，无论它们的历史长或短，往往都有鲜明的城市形象和品牌，如纽约、伦敦、阿姆斯特丹、新加坡等，这些高度凝练、过目不忘的城市形象有效提升了城市的竞争力和吸引力。当前，上海正在组织相关力量开展未来30年的研究，其中一个十分紧要的内容就是未来上海城市的整体形象和品牌。

上海曾一度被视为或称作"冒险家的乐园""不夜城"等，时过境迁，今非昔比，这些名称多多少少折射出旧日上海的特征与风情。眼下不少年轻人将上海戏谑地称作"魔都"，此名称夺人眼球，容易在坊间流行，但不少上海市民难以从心理上和文化认同上予以接受。其实，也有相当一部分外地和境外的游客把上海叫作"东方明珠"，但这很容易与"东方之珠"混淆，后者指香港。

上海西部早在6000年前就已成陆，市区成陆约在10世纪前叶全部形成，至13世纪逐渐发展为城镇。1843年11月17日上海正式开埠。如从建城角度看，上海至少有800年的历史；若以对外开放视角而论，已有

170多年。然而，遗憾的是上海这座世界闻名的国际大都市至今还没有公认的城徽、城标、城旗、城色、别号、昵称，或者动物吉祥物之类。上海从一个江南小县城成长为一座举世闻名的国际大都市，未来将走向全球城市，从城市形象的角度我们需首先揭示其价值内涵，才能在此基础上转化成为城市形象的符号、口号等外在形式。无论回眸历史，还是检阅现实，甚至眺望愿景，我们以为她的称呼似应定位在“先锋之城”（Vanguard City）。

敢于领先、敢于率先、敢于争先

上海作为“先锋之城”，表现在敢于“领先”。元末黄道婆将纺织技术从海南岛黎族百姓手上带到了上海乌泥泾，使原本濒临海岸、碱土遍地的上海成为我国棉花种植业最重要的地区，从此“衣被天下”，纺织业也成为上海早期民族工业最重要的产业之一。中国现代化中许多“第一”在上海纷纷出现。上海是中国共产党诞生之地，但在“一朝分娩”之前，有一个“十月怀胎”的过程，老渔阳里2号（今天的南昌路100弄2号）在其中扮演了重要角色。1915年9月陈独秀创办《新青年》，这里就是编辑部所在地。最早的中文全译本《共产党宣言》也在此处出版。二战期间，上海因其接纳众多犹太人而获得世界赞誉。上海作为“先锋之城”，也表现在敢于“率先”。1991年邓小平同志在上海说“抓紧浦东开发，不要动摇，一直到建成”，“思想更解放一点，胆子更大一点，步子更快一点”。小平同志还说“上海开发搞好了，不但能带动长江三角洲，还可以带动内地”。党的十四大报告正式确立了上海发展的战略定位：“以上海浦东开发开放为龙头，进一步开放长江沿岸城市，尽快把上海建设成国际经济、金融、贸易中心之一，带动长江三角洲和整个长江流域地区经济的新飞跃。”

上海作为“先锋之城”，更表现在敢于“争先”。百舸争流，奋楫者先。2014年5月习近平总书记在上海视察时强调，上海作为全国最大的

经济中心城市，在国家发展大局中占有重要位置，要抓住机遇，锐意进取，继续当好全国改革开放排头兵、科学发展先行者。习近平总书记指出，自贸区应把制度创新作为核心任务，形成可复制、可推广的制度成果。要发挥上海在长三角地区合作和交流中的龙头带动作用，参与丝绸之路经济带和海上丝绸之路建设、推动长江经济带建设等国家战略，继续完善长三角地区合作协调机制，努力促进长三角地区率先发展、一体化发展。因此，争先创新，不仅是国家对上海的要求，也是上海对国家的责任。

打造知识创新、创意设计、文化多元和智慧生活中心

作为城市形象的价值内涵，“先锋之城”兼备抽象和具象的特征。先锋之城首先是指一座城市的精神内涵，诠释上海海纳百川的历史基因和文化特质；其次，先锋之城虽然并不意味着上海城市发展的每一个方面都是首位，但也要求它站在新的历史高度，在未来的发展进程中，力争使知识创新、创意设计、文化多元和智慧生活等四个重要方面居于国际领先水平。

知识创新是全球城市区别于一般城市的价值体现。“海纳百川”的城市精神所孕育的勇于率先、敢于争先的城市气质和市民风貌，尤为突出地表现在商业、教育、艺术、文化等方面，因此，未来的上海一定会在产学研结合、高新技术研发等方面走在世界前列。

创意设计必然为城市发展提供更多的创新动力和灵感源泉，它不仅催生高附加值的科技产品的设计，也带动现代管理与经营的创意设计。把上海打造成为设计之都，必将快捷有效地提升城市的产业发展力。

上海从来就是一个移民城市，城市的多元文化生态既是现实，也是趋势。上海面临如何提升“城市跨文化交际能力”的重要命题，重中之重是提高“对于其他文化的认知程度”和“对于文化差异的接受程度”，集聚世界优秀人才为上海建设全球城市贡献智慧和才能。

当前智慧城市建设已经成为世界各国城市发展的重要导向。“乐居”源于“易居”，才能生成更多的“宜居”。发展智慧生活，不仅是产业发展和政府管理将更多地运用信息技术和信息手段，更重要的是以人为本，为城市居民创造智慧化的生活环境和生活方式。

未来30年，上海将继续朝着全球城市的目标迈进，这座伟大的“先锋之城”将勇于争先，积极打造知识创新中心、创意设计中心、文化多元中心和智慧生活中心，为“中国梦”的实现作出更大贡献。

（此文原载《文汇报》2015年1月5日，与高峻合作撰写）

城市跨文化交际能力
——全球城市的重要标杆

1959年，美国人类文化学家爱德华·霍尔（Edward Hall）在《无声的语言》一书中首次使用了跨文化交际（intercultural communication）一词。跨文化交际指的是不同文化背景的个人或群体之间发生的信息传递与交流活动。它主要包括人际交往、组织交流和国际交流三个层面。作为人类交际活动的重要组成部分，跨文化交际的过程是人类各文化要素在时空中的传递、共享和互动的过程。人类社会的生存和发展以及人类的进化和文明都离不开跨文化交际。我国历史上著名的丝绸之路、玄奘取经、郑和下西洋等都是跨文化交际的典范。全球化的浪潮使得跨文化交流变成人类社会生活的常态。

城市的跨文化交际能力（intercultural communication competence）是全球城市的重要标杆。上海作为一个正在崛起中的世界城市，积极培育和提升城市的跨文化交际能力，对于塑造良好的城市形象，凸显城市品牌个性，增加城市文化的亲和力和吸引力，具有重要意义。

城市的跨文化交际能力由两个维度构成：城市文化的创造者——市民的跨文化沟通能力和城市文化的载体——城市环境的跨文化传播能力。而市民的跨文化交际能力又可以分为市民的语言交际能力（verbal communication ability）、市民的非语言交际能力（non-verbal communication ability）和市民的文化能力（cultural competence）三个层面。诚然，城市跨文化交际并不局限于人际之间的交流。作为人们的主要生活平台，上海的城市环境也承载并诠释着这座城市的文化，不可避免地参与着跨文化交际的过程。这里的环境既包括地理位置、自然环境等“硬环境”，也包括对外宣传、公共服务等“软环境”，二者均为城市文化“信息流”的载体，滚动传递着不计其数的资讯，是跨文化沟通必不可少的桥梁。

城市的跨文化交际能力	市民的跨文化沟通能力	语言交往能力 非语言交际能力 文化能力
	城市环境的跨文化传播能力	硬实力：地理位置、自然环境等 软实力：对外宣传、公共服务等

市民的语言交往能力——跨文化交际能力的基石

市民的语言交往能力是城市跨文化交际能力的基础和核心。上海建设全球城市对市民的外语能力提出了更高的要求。全球城市是国际活动的聚集地，是世界文明交流融合的多元文化中心。全球城市国际人口所占比重较大，具有人口多样化的特点。全球城市的各项衡量指标既包含对高素质外语复合型人才的要求，也包括对普通市民外语水平尤其是英语普及程度的要求。

英语作为世界通用语在国际交往中发挥着重要作用。提高市民特别是窗口行业以及公共服务机构工作人员的英语水平，使他们能够比较流利地用英语进行表达交流，就可以为来沪和驻沪外籍人士提供一个便捷的学习、工作和生活环境，从而使他们对上海这个城市产生文化亲近感。而科技、教育、商务、管理等领域的专业人士，如能精通英语，就可以及时了解和顺畅交流各专业领域的前沿动态。当然全球城市的建设还需要大量各个语种的高端翻译人才。

语言是交流的工具，更是文化的载体。在上海市民中普及英语，基础需在学校中夯实，这个基础的核心要素是听说能力，上海高考将设听

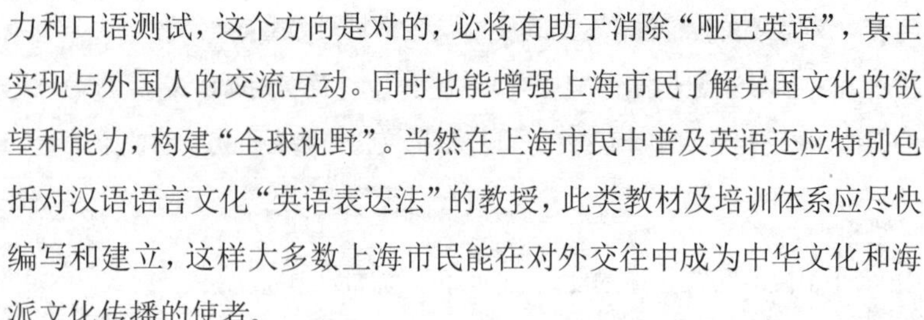

力和口语测试，这个方向是对的，必将有助于消除“哑巴英语”，真正实现与外国人的交流互动。同时也能增强上海市民了解异国文化的欲望和能力，构建“全球视野”。当然在上海市民中普及英语还应特别包括对汉语语言文化“英语表达法”的教授，此类教材及培训体系应尽快编写和建立，这样大多数上海市民能在对外交往中成为中华文化和海派文化传播的使者。

市民的非语言交际能力——城市公共文明水平的表征

一切不使用语言进行的交际活动统称为非语言交际，忽视非语言交际行为的文化差异和影响，往往会产生跨文化交际中的误解和导致文化冲突（cultural conflicts）。非语言交际包括手势、身势、面部表情、眼神、服饰、沉默、身体的接触、体距、话语音量、时空观念、对空间的使用、审美取向等。

美国加州大学洛杉矶分校的一项研究表明，高达93%的沟通有效性取决于非语言线索。20世纪50年代研究肢体语言的先锋阿尔伯·特麦拉宾认为，一条信息的影响力来源于：55%的肢体语言（body language）；38%为声音（voice），包括语音、音调及其他声音；仅有7%来自语言文字（voice）。

上海要提高城市公共文明水平，需要对全体市民进行长期而有针对性的宣传教育，增强广大市民建设全球城市的责任感，使他们积极参与到世界城市和城市公共文明建设的各项活动中来。我们可以从公共环境、公共秩序、公共交往、公共道德、公益活动等方面定期对城市公共文明水平实施考评，即时监管，及时整改。

2010年上海世博会的成功离不开将近200万世博志愿者184天的无私奉献和优质服务。世博志愿者的精神辐射并影响着上海的城市风貌，也为城市文明建设注入了新的活力。但不能老是借助“盛事聚会”来开展突击性宣传教育，需细水长流，润物无声，外塑形象，内化于心。

人是城市的灵魂，市民素质是塑造城市形象的关键因素。上海在城市发展中必须不断增强市民的法制观念和社会公德意识，培养市民的跨文化交际能力，在国际文化大都市的建设中应该充分发挥广大市民的主体作用和首创精神。

提升城市跨文化交际能力必然要求提升市民的“公共空间意识”，使市民的“公共空间”行为脱离原有的“路径依赖”，更加符合国际惯例，使得“公共空间”更具面向多民族、多文化的开放性，成为可以兼容不同文化的公共空间，充分体现尊重他人即尊重自己的“使所有人利益最大化”的原则，以此来提高城市整体跨文化交际能力。

文化能力——城市交际者灵活性(flexibility)和适应性(adaptability)的体现

文化能力是指交际者与来自不同文化和社会经济背景的人进行有效沟通和互动的能力。交际者的文化能力包括交际者对自我文化、本族文化、异族文化的感知，对本族文化和外来文化的认知水平，对待文化差异的态度以及交际者跨文化交际的技巧等。

上海要在建设全球城市的进程中提升城市的亲和力，就需要在跨文化交际的过程中，协调各种文化身份，使跨文化沟通得以顺利进行。文化身份是一个文化群体对自身文化归属的认同感。当来自不同文化背景的人进行交流时，他们不同的文化身份会对传播内容和方式产生明显影响。若人们在交际中遇到文化差异，一味以自我为中心，而不愿从另一方的视角来考虑问题势必引起文化冲突（cultural conflicts），甚至出现“文化休克”（culture shock）现象。因此，跨文化交际进而体现为对于其他文化的认知、在不同语境集中的转换，以及对于文化冲突的避免、调适和处理。跨文化交际能力包括其对其他文化的认知水平（即国际化视野）、语言交际能力、非语言交际能力、对文化冲突的把握和处理能力等。

人类文化的个性和共性构筑了跨文化交际的基础层面。上海在城

市跨文化交际中，需积极主动地推介传播富有个性的城市品牌。城市品牌是由一个城市各种资源优势、地方特色、人文积淀、城市发展规划等要素长期积累并塑造而成的。跨文化传播中对文化差异的处理不当会引起文化冲突，但同时来自异文化的人们也会因为文化上的差异而被吸引。强调个性和特质的对外城市文化传播，能让异国受众留下深刻的印象。在传播地域特色文化的同时，我们也应观照并兼容人类文化的共性，让异域来客油然而生一种亲近感和归属感。人类文化的共性是指世界各国文化所普遍认同的人类优秀品质和价值取向，如对真、善、美的向往，对正义、公平、仁爱的追求，倡导人的乐观、进取精神，注重社会和谐、法制完善和科技进步等。

构建跨文化的身份认同，在跨文化传播中注意共性和个性相结合的原则是上海城市跨文化交际增加亲和力的有效策略。

宜居性与亲和性——上海城市环境的硬实力

一座城市的地理自然环境也影响着人们的行为。一般来说，城市的环境包括地理位置、空气、阳光、温度、湿度、水质等各种因素。优越的地理位置和良好的自然环境能够吸引其他文化群体的进入并互动，反之则在一定程度上制约着城市的全球化进程。上海独特的地理位置和四季分明的气候一直是上海引以为傲的天分，然而，城市环境污染状况不容乐观，时不时地困扰着上海。还上海一片清澈的天空、一汪干净的水源是上海当前刻不容缓的任务。

除此之外，改善噪音和扬尘污染也是值得关注的议题。《广州市公园条例(草案)》对在公园内开展健身、娱乐活动产生的噪音作出明确规定，噪音值超过80分贝的应立即采取措施减小音量，或停止使用扬声设备、乐器。事实上，城市的噪音污染不仅仅是广场舞造成的，乱鸣喇叭、在公共场所大声喧哗等都是噪音的来源。为了营造“干净”“安静”的宜居环境，上海需加大力度，制定更为合理有效的规范制度，并提高市民的素养。

为提升城市环境的亲和性，气象预报也应进一步完善各类涉及生活和生产的相关预报，如紫外线指数、出行指数、旅游指数、洗晒指数、水质水文状况、污染指数等，以更系统更真实的方式，为人们提供便捷亲民、趋利避害的服务。

规范化与国际化——上海城市公共服务的软实力

城市公共服务是指为满足该城市群体在衣食住行、工作和娱乐等各方面的需求而提供的各种设施与服务，其规范化和国际化程度决定着生活在这座城市里的各文化群体的认同度与幸福感。

城市标识及其翻译。目前上海的不少公共标识，无论是路标、路牌、门牌还是指示牌、导览图都存在符号不清晰、语言不通顺或者翻译不恰当等问题。例如，有的公厕门上男女标识因日久褪色而模糊不清，或者为显创意，将男女标识设计得过于抽象，导致难以辨认，进错卫生间的尴尬时有发生。另外，因缺乏跨文化意识，忽视文化差异，公共标识也存在用词、文体和语气不当等失误。广东省质监局曾于2009年发布《公共标志英文译法规范》省地方标准，对全省行政区划与市政交通、旅游景点、商业服务业、体育场馆、医疗卫生等领域公共标志的英文译法进行规范。上海，作为未来的全球城市，城市标识也应顺应国际宏观要求和受众微观需求，以规范化、国际化、人性化为准则，力求既简约、醒目，又典雅、得体，这样才能提升跨文化沟通的实效。

城市信息的对外速递。城市跨文化交际的主要载体是外宣文本、报刊杂志、网站、电视、电台等。由于英文媒体是外籍人士认识了解上海的主要途径之一，因此，上海首先要进一步规范英文媒体，强化它的辐射能量，提升跨文化速递沟通能力。例如，在部分电视节目中增加中英双语字幕；在公共场所、大型文化教育楼宇、旅游景区提供准确的双语指南与导览等。除现有的“*Shanghai Star*”（《上海英文星报》）、

“*Shanghai Daily*”（《上海日报》）和ICS（上海外语频道）外，上海还应创设更多的英文媒体，建设并规范各类英文网站，及时更新。在涉外写字楼、国际酒店、公共交通工具中加载双语电子媒体，以适应信息化时代的需求，最大范围地接近传播对象。同时，上海也有必要组织专人绘制双语文化地图，并设立专门的管理、审核、检查机构，承担起规范净化国际语言环境的职责。另外，上海也应扩大以上海历史文化与社会人文为主题的英文书籍的出版与发行，这也是消除目前文化交流逆差的最佳途径之一。当然，根据跨文化交际对象的不同，除英语外，上海还需适当增加法语、西班牙语、德语、俄语、日语、韩语等跨文化交际中较常接触的其他语种的宣传，为建设全球城市奠定必要的语言基础，从而打破“交际壁垒”，多语种共存共享，互补互动，各安其位，各尽所能。要成为真正的全球大都市，不仅在于母语文化的博大厚实，更在于母语及文化的开放度和包容度，对中外语言需同样地认可，主动积极地交融，创设多语种兼容并蓄、交流相融的国际语言氛围，始终坚守一种主动开放、尊重差异、海纳百川的城市精神，提升上海的城市整体形象。

城市公共服务设施的配置。城市的公共服务设施也以无声的方式，传载着上海的城市文化形象。目前，上海在道路多向指示牌设立与残疾人无障碍化服务方面做得比较好，但仍在一些地方亟待改善。例如，不少公共交通工具仍缺乏残疾人辅助设施或者标识不明显，商场停车场也大多没有设置专门的残疾人停车位。在垃圾分类处理方面，上海则与东京等全球城市存在较大差距，一些社区虽然设有废旧电池及过期药品投放箱，却没有配置分类垃圾桶；有的社区即便安装了分类垃圾桶，也并未实现真正的垃圾分类处理。另外，公厕分布不均衡，“蹲位无门”“厕内无纸”已让许多来沪外国人颇感尴尬和无奈，更不用说那始终难以让人恭维的卫生状况。值得关注的还有城市的各种小摊位，大多给人一种脏乱的印象。笔者在纽约注意到，如报亭之类的小摊位是由纽约相关机构统一设计布点的。最近，上海强生出租推出的英伦“土豪金”TX4多功能出租车开始迎来送往，优先满足残障人士约车，今后总数将达200辆，尤其要求司机穿西服马甲并系领带，这一举措确实给人一种舒适的感觉。

勿庸置疑，为各宗教信仰族群提供标准的设施和服务也应纳入全球城市建设的规划考量之中。

城市公共设施对人们的生活起支撑和辅助作用，符合国际惯例的、合理的公共设施配置能大幅提高城市跨文化交际中的美誉度和吸引力，使其成为一道流动的风景线，从而美化城市的形象。

结语

城市跨文化交际能力是上海城市吸引力的重要组成部分，它有以下四个重要的考量标准：顺畅性（smoothness）、得体性（appropriateness）、愉悦性（enjoyableness）和有效性（effectiveness）。理想的跨文化交际可以为居住者提供城市生活的享受感并激发对未来的美好憧憬，也能增强来访者重游故地欲望，“回头客”比例不断攀升。

在城市跨文化交际的过程中，提升自身的文化竞争力（cultural competitiveness）和文化亲和力（cultural affinity）是维持城市独特性和竞争优势的核心要素，在城市发展中占主导地位，起引领作用，这也是构建和提升城市品牌的必由之路。同时，增强上海城市的文化软实力和跨文化交际能力，有助于城市亲和力的形成和升温，这是建设全球城市的重要标杆。

（此文系2014年上海市人民政府“面向未来30年的上海”发展战略研究课题之一“上海提升全球城市品牌与增强城市吸引力研究”部分成果，与颜晓晔、王丽敏合作撰写）

《中国社会科学报》电话采访：如何提升城市跨文化交际能力

近年来，跨文化交际学界逐渐开始探讨“组织跨文化交际能力”，其中就包含城市的跨文化交际能力，就是如何关照和管理城市内部的文化多样性，提升不同文化群体与机构之间交流与沟通的能力。它涵盖三个维度，即情感、认知和行为，和两个行为主体，即个人与组织的跨文化交际能力的发展与实践。

情感维度是指城市的开放性，以及对文化多样性的感知。具有跨文化能力的城市应该对不同族群、区域和国家的文化实施充分开放的政策，敏锐地感知它们之间的异同。认知维度是指城市学习多元文化知识，超越文化沙文主义和中心主义，形成跨文化视野的能力。行为维度是指城市在对外开放，形成跨文化视野的基础上，与其他文化进行全方位互动与交流、建立友好的文化关系的能力。

个人主要是指市民与城市各层组织与机构的工作人员。组织除了各级政府组织、公立学校、医院、报社和电视台等，当然还包括民间组织，如各种协会、俱乐部和文化团体等，以及政府组织。

刚刚结束的研讨会在我校召开，主题为“城市跨文化交际能力——全球城市的重要标杆”。较以往的研讨内容和视角有三个明显的转变：一是从个体（如留学生、旅游者、移民等）的跨文化交际能力的加强转变为城市跨文化交际能力的建设，并将它作为全球城市的重要标杆；二是从以前较多地论及语言的交际转变为更多地关注非言语的交际，如公共空间的行为文化、域外者集中的社区管理、都市跨文化公共服务体系的建立、跨文化沟通视域下旅游产品的设计、城市跨文化识别体系的完善、年轻市民跨文化意识和能力的培训、倡导多语种的国际语言环境等；三是更多的演讲者从上海国际大都市的视角转变为对上海未来30年将成为新崛起的全球城市宏大愿景的展望。因此，演讲者的建言献策更具有全球视野，更契合上海实际。

如何发掘和发展城市跨文化交际能力呢？

从文化发展大战略导向而言，应该推进“同质化，内循环”文化生态向“纵横交流、多元交融”大文化格局转变，打造以跨文化交际为引领，以“国际文化包容、国际文化沟通、国际文化融入、国际文化深化”等为核心因子的“全球多元文化中心”。多元文化有利于上海建设国际文化大都市，促进文化复兴，形成包容、开放的多样文化软环境。

从策略上讲：

第一，要有计划地实施对市民尤其是年轻市民的跨文化交际能力的培训，增强跨文化敏感性和对异域文化的包容度，提升广大市民建设全球城市的责任感，使他们积极参与到世界城市和城市公共文明建设的各项活动中来。

第二，政府要制定更加务实高效的语言政策和语言教育政策，营造宽松灵便的语言环境。尤其在上海这样的国际大都市，多种语言（包括上海话）需共存共享，互补互动，各安其位，各尽所能。若要成为真正的文化大国，不仅在于母语文化的博大厚实，更在乎母语及文化的开放和包容。语言没有伯仲之分，文化没有高低之别，文化和语言的平等观是实现顺畅、得体、有效、愉悦的跨文化交际的重要前提。

第三，提升市民的“公共空间意识”，使既往的“公共空间行为”脱离原有的“路径依赖”，更加符合国际惯例。上海的“公共空间”更应具有面向多民族、多文化的开放性，成为兼容不同文化的公共空间。充分体现尊重他人即尊重自己的“使所有人利益最大化”的原则，以此

来提高城市整体跨文化交际能力，在考驾驶证、办房产证、入职入校教育、成人仪式、节事宣传等环节中强化此类教育，增设培训课程。从小事做起、从今天做起、从我做起。

第四，在公共空间的规划设计时遵循“典雅、得体、人性”的原则，提升宜居性与亲和性。在公共区域配置足量均衡的公厕、垃圾箱、哺乳室、儿童专区/专座、候车亭/室、自行车棚、残障设施等，在具象设计、制造工艺、材料、形状、色彩等方面体现出高水准、高品位。

第五，完善相关信息沟通机制，强化公共服务体系中的跨文化意识，提升城市环境的亲和力与吸引力。如医疗咨询、安全求助、导游指引等系统中的多种语言的免费服务。传统意义的气象预报应进一步完善各类涉及生活和生产的相关预报，如紫外线指数、出行指数、旅游指数、洗晒指数、水质水文状况、污染指数等，依托大数据平台，以更系统更真实的方式，为人们提供便捷可靠、趋利避害的服务。

联合国2014首届世界城市日全球论坛开幕词

女士们、先生们：

"世界城市日"是联合国认可的国际日，它来源于2010年中国上海世博会的精神遗产，以"城市，让生活更美好"为主题。"世界城市日"具有鲜明的时代特色，对人类社会的可持续发展具有重大意义。

上海师范大学是一所文科见长的综合性高校，以教师教育为其最鲜明的特色。自成立时开始，上海师大不仅见证着上海的发展，也为这座城市的发展作出独特的贡献。作为坐落在上海西南部徐家汇——史称"东西交融第一窗"附近的一所颇具影响力的大学，我们选择了将上海和其他国际大都市的开放性比较研究作为学校研究主题之一。2013年，我们建立了城市发展研究院，这是我们学科结构战略调整的一个里程碑，也是教育体系的一次变革。它的教育和科研活动涵盖了多种不同学科，包括地理、人文、经济、商业和旅游业等。在未来发展中，我们将会持续关注城市研究，努力将上海师范大学建成一个培养城市发展人才的基地，为政府决策提供咨询参考的基地。

上海师范大学城市发展研究院是一个向全球各大学和研究机构开放的研究平台。2006年，上海师范大学和鹿特丹伊拉斯谟大学共同成立了中欧城市比较研究中心，这也是上海师范大学在城市研究方面的首个国际性合作研究平台。在这之后，我们也开始与其他国家的研究机构合作，如澳大利亚、日本等。我们希望这类合作能够进展顺利，带来更多的有益成果。

2014年，我们参与了上海市政府"面向未来30年的上海"系列研

究，负责其中一个课题“上海提升全球城市品牌形象与增强城市吸引力研究”。对上海来说，未来竞争力的提升不仅依赖于经济发展水平，也和城市软实力紧密相关。文化因素和城市品牌对于增强城市吸引力具有重要意义。我们期待通过这项研究，能够对上海建设全球城市发挥积极的促进作用。

“上海2050：崛起中的全球城市”这一全球城市论坛是由联合国发起的2014年“世界城市日”系列活动之一。我们非常荣幸有机会邀请到许多城市研究方面的著名专家和研究人员，一起讨论关于上海如何转变为全球城市的这一重要战略议题。这些讨论对于上海未来发展的战略思想的确立和实现路径的选择至关重要。在迈向全球城市过程中，上海将广泛学习国际先进经验，取长补短，相互借鉴。世界城市日带给我们无限的希望和憧憬，让我们共同铭记这一天。

（此文后载《上海2050：崛起中的全球城市——联合国首届世界城市日全球城市论坛实录》）

联合国2014首届世界城市日全球论坛主旨演讲：城市跨文化交际能力

今天的话题是全球城市（global city），或者叫世界城市（world city），这改变了我们原先的一个说法，就是上海是国际化都市（international city），今后我们须明确，上海试图要建成的是一个全球城市。我今天要跟大家交流的，就是从跨文化交际的角度来看待如何建设全球城市。

上世纪50年代，美国人类文化学家爱德华·霍尔在其具有里程碑意义的著作《无声的语言》中首先提出了“intercultural communication”这个词，就是跨文化交际或者交流。来自不同文化背景的个人和群体之间怎么进行交流？今天到了全球化的时代，我想城市的跨文化交际能力应该进一步明确提出。城市的跨文化交际能力，首先是市民的跨文化沟通能力，包括语言交往能力、非语言交往能力、文化能力。此外，城市本身的一些能力值得关注，涉及城市的硬实力，如地理位置、自然环境等，还有软实力，如对外宣传、公共服务等。

市民的语言交往能力肯定是非常重要的，所以我觉得这是跨文化交际能力的一个基石。上海的外籍人员覆盖了214个不同的国家和地区，这是最新的数据，而外籍常住人口超过千人的城市，它们所覆盖的国家达到20个。全球城市的衡量指标既包括对高素质外语复合型人才的要求，也包含对普通市民外语水平尤其是强势语言英语的交往能力的要求。英语作为一个世界通用语言，在国际交往中起了很大作用，所以通过市民英语水平的提高，就可以更好地为来沪外籍人士提供便捷的学习、工作和生活环境。当然，专业人士如果精通英语，也可以及时了

解和交流各个领域的前沿动态。

这里我想谈一点，就是从全球城市角度来说，我们的语种不能太单一。现在最多的就是三种话：上海话，普通话，再加上英语，这显然是不够的，也要有很多其他语言活跃在所谓的全球城市，如法语、西班牙语、葡萄牙语、德语、阿拉伯语、日语等等。要在市民中普及英语，我觉得基础需要在学校里面夯实。以前有一个争论，英语该不该退出高考，最后结果是英语不但没有退出高考，在上海地区，英语和数学以及语文紧紧地捆绑在一起，继续在6月考。上海到2017年还要把口语测试、听力测试和笔试捆绑在一起，我觉得也是一个巨大的进步。另外还有一点，在语言交流当中，我们经常讲“understand and be understood”，你懂人家，但现在更重要的是，中国的智慧如何用世界的表达进行传播，我们民族的故事如何讲给世界各国的人听，让他们听得懂。这不仅仅是语言的问题，其实是跨文化交际过程中，你对对方的语言文化以及外国人对我们的语言文化的通晓程度。

市民的非语言交际能力也是非常重要的。一切不使用语言进行交际的活动统称非语言交际。在日常交往中，其实肢体语言所占比重要超过一半，其余38%是有声音的，8%是真正的文字、书面语。这些非语言交际方式比如手势、身势、面部表情，对空间的使用、审美情趣等，如果处理得不好，会发生一些文化误解、文化冲突。我觉得上海市民在公共空间所展示的文明素养，实际是上海城市形象的一个窗口。如果市民有一些不文明的行为，肯定会给城市形象蒙上阴影，使域外者产生一种不适感。这在日常生活当中也是挺常见的，比方大声喧哗，无适度的体距感，公共场所吸烟，乱扔垃圾，随地吐痰，随意拍照，车不让人，乱鸣喇叭，等等。上海在全球城市的建设过程当中，要强化市民的法制观念和公共道德意识，要提高跨文化交际能力，充分发挥广大市民的主体作用，就要从具体某一方面抓起，比如提高公共空间的意识，这是一个非常关键的环节。

文化能力如果用得好的话，实际上体现了城市交际者的灵活性和适用性。这种交际能力是指交际者与不同文化和社会经济背景的人进行有效沟通和互动的能力，包括交际者对自我文化、本族文化、异域文化的敏感度，对本族文化和外来文化差异性的认知水平，特别是对待文化差异的态度以及出现一些文化上的碰撞，乃至休克时如何去理解、适应并适当处置。我觉得上海在建设全球城市的过程当中，一定要提升城市的亲和力，使域外的人到了上海感觉好像到了家乡。上海在城市跨文化交际中，需要积极主动地推介和传播富有个性的城市品牌。上海有很多的优势，包括地方特色、人文积淀，城市规划做得也相当不错，但是我们在个性方面、在特质方面的酝酿和构建显然还不够，给外国人留下的印象不是十分深刻。在传播地域特色文化的同时，我们既要关照和兼容人类的共性、城市的共性，也要产生或者制造一些惊喜、惊奇，这样就会使外来客油然而生一种新鲜感和亲近感。

宜居性和亲和性是城市环境的硬实力。上海四季分明，地处海滨，但污染情况不容乐观，经常困扰着四方来客。这方面我觉得有不少工作要做，特别是治污规划和一些指标体系要超前，不能和内地相比较，因为我们要向全球城市迈进。此外，在气象预报方面要进一步完善指标体系，比方说紫外线指数，夏季旅游者对此非常关注，还有出行指数、洗晒指数、水文水质状况、污染指数等等。

规范化和国际化是城市公共服务的软实力，它决定了生活在这座城市的各个文化群体的认同感和幸福感。如果一些做法违反了通常的国际惯例，人们可能就不太接受，甚至有一些局促不安。

城市信息的对外速递也是很重要的，“速递”就是要快，翻译是来不及的，上海要创设更多的英语媒体，建设更多的英语网站，及时更新。在涉外写字楼、国际酒店、公共交通工具中电子屏幕也要用双语。另外要组织专人绘制双语的交通地图、文化地图，而且要有专门机构

进行审核、检查，这样就提高了国际化语言环境的纯度。像法语、西班牙语等语言以后也应该在上海大力鼓励使用。

上海的公共服务设施基本还是可以的，但是在无障碍化服务方面还亟待改善，包括停车、行走、专座等等还可进一步改善。垃圾分类与东京相比距离相当大。最近强生推出了英伦“土豪金”出租车，非常受欢迎，它好在什么地方呢？一是宽敞，二是及时，第三，司机穿西装、系领带、戴白手套，服务有点像英国出租车。因此大家除了惊喜之外，愿意付同样的钱或者稍微贵一点，来接受这种标准的国际化服务，从而产生一种舒适的感觉。

关于城市跨文化交际能力，我觉得有四个重要的考量：第一是顺畅，就是到了这个地方办事很顺，没有障碍，这个不仅仅是手续上的顺，还有情感上的顺，语言上的顺。第二是得体，不亢不卑，非常自如。这也是上海今后在市民教育中，在城市文化构建中要提倡的。第三是愉悦，就是非常高兴，有一种回到本土的感觉，有一种回头再来访问的冲动，有一种憧憬，一种美好的回忆。最后一个就是有效。我们很多服务设施其实还没有达到精算的程度，例如，可能讲到厕所有点不登大雅之堂的感觉，但是上海厕所的规划不行，有些地方偏密、太多，有些地方又非常少。尤其是男女厕所的比例在繁华拥挤的地方，显然失调。

总之，在城市跨文化交际中，提高自身的文化竞争力和文化亲和力是一个两重性的问题，但又是一脉相承、相互关联的问题。我们一方面要讲文化竞争力，另外一方面又要提升中华文化的亲和力，给人的感觉不是咄咄逼人的，而是能够回忆、能够接受、能够欣赏和分享的。因此，我觉得在如何提升城市跨文化交际能力这个问题上，要进行深入研究，这是建成全球城市的一个标杆，对于提升城市品牌非常重要，也有助于城市吸引力和亲和力的形成。

（此文后载《上海2050：崛起中的全球城市——联合国首届世界城市日全球城市论坛实录》）

联合国2014首届世界城市日全球论坛总结词

刚才大家围绕城市发展谈了许多很好的看法。上海当初能够成功申办世博会的原因有很多，其中一个就是上海提出的主题“城市，让生活更美好”（Better City, Better life.），反映了人们的愿景和理想。从城市到大城市，从大城市到大都市，从大都市到大都市圈，这是一个现代化进程中的标志，尤其对发展中国家来讲，城镇化越加速，现代化越凸显。但高度集中的城市也带来城市病的问题，例如贫困、暴力、流行病、雾霾、污染、拥堵、车祸、抢劫、卖淫等，所以，一方面是现代化的表征，一方面又是一个悖论，有人将城市视作现代人类的“万恶之源”。因此，在这样的背景下，上海想出了一个非常巧妙的主题，“Better City, Better Life”，在好多国家竞标的时候，这样一个宏大的命题吸引了很多投票者，顺势获得了世博会的主办权。当然，我并不是说获得高票数完全是这个原因，但至少是有利于得分的。还有，联合国宣布51%的人口居住在城市，这也是人类现代化的重大进展。所以，细细考量大家所讲的这些问题，我们应该不仅仅把城市日作为一个纪念日，更重要的要把城市日看作一个反思日、展望日，反思我们在城镇化过程中所犯下的错误，展望人类更美好的城市蓝图。

在今天的发言中，不少学者的演讲都涉及对全球城市或世界城市的展望。怎样才称得上是一个全球城市？如何构建一个真正的全球城市？很多专家从各个角度，试图在指标、参数、标准、要素、体系方面来论证，我想这样的论证还会持续下去，只是角度不一样。有的从产业角度，有的从旅游角度，有的从文化角度，还有的从人口角度，角度各不

相同，但条条大道通罗马，这个罗马就是我们所讲的全球城市。因此，我觉得非常有趣，也非常多样，这给城市学这个领域增添了多元光彩，提供了很多新鲜的调料，也开辟了一些独特视角。

我印象很深刻的是，大家更聚焦的是全球城市的辐射力、全球城市的支配力、全球城市的创意、全球城市的活力、全球城市的多样性，以及全球城市的宜居性。大家的发言不太关注GDP了，更关注文化软实力了！有专家讲到全球城市的品牌如何塑造、如何构建；讲到人口不仅仅是人口的多少，还讲到人口的多样性、人口的素养、人口的跨文化交际能力；也有一些专家讲到人口的年轻化、人口的老年化，这也为全球城市人口结构、人口分布提供了颇具见地的思路，这也是非常有意义的。另外，大家在演讲中不约而同地讲到全球城市不一定在首都，全球城市不一定沿海，全球城市不一定规模很大，全球城市也不一定历史悠久，这些观点也给我们带来了很多有益的启示。

总结今天研讨会的所思所言，我想提供三点建议。

第一，明确我们所处的时代是一个城市时代，是人类发展史上的新里程碑。联合国讲到51%的人居住在城市，难道不就是城市时代的到来吗？国家的竞争实际上就是城市之争，因此，围绕城市理论、城市视野、城市治理、城市历史、城市基因以及城市精神的讨论，为我们以后的探索和实践提供了更多的视角。

第二，今天的研讨会完全符合联合国提出的人类要实现可持续发展的目标。联合国提到的可持续发展是三个要素的协调，一是经济，二是社会，三是环境，这是一个比较大的维度，城市的治理和发展始终以这三个维度为准。

第三，无论是上世纪80年代费尔德曼提出的理论，还是上世纪90年代萨森提出的理论，或是1996年卡斯特尔提出的理论，他们都同时碰触了一个世纪性的难题，那就是我们如何去破解全球化城市构建的难题，并以此带动其他城市的发展。今天的专家来自世界各地，以后此类研讨会还要进一步扩大范围，要用一种更宏观的视域和更坚韧的毅力来审视和迎接我们面临的诸多挑战，以集体的智慧和共同的行动，把握规律、规划未来、分享经验、共谋发展。城市发展是各方利益博弈的结果，这个结果显示的应是向善、向美、向真的价值观。唯有如此，和平与发展才能真正成为当今国际社会的共同主题。

（此文后载《上海2050：崛起中的全球城市——联合国首届世界城市日全球城市论坛实录》）

文化外交的蕴意与实现路径

近年来，文化外交作为一个概念和热词，已成为理论工作者和外交官员研究的热点之一，但是，面对蓬勃发展的各国外交实践，有关文化外交的研究和讨论仍在不断深入和发展。一方面，我想从文化的共有性和民族性，文化外交的理性认知和“柔性”特征，文化外交的广泛实践和成功案例三方面探讨文化外交的蕴意与实践。另一方面，从中国外交的“和平”原则与追求，中国文化外交的“和合”思想与特质，中国文化外交的典型案例与蓬勃发展的三个视角来分析中国文化外交的发展与特色，总结中国文化外交的经验借鉴，并指出发展路径。

一、文化外交的蕴意与实践

1.文化的共有性和民族性

文化是当今国际学术界最为广泛流行的概念之一，对文化的界定迄今仍是众说纷纭，莫衷一是。许多名人曾经为文化下过定义，这些定义归纳起来已经有400多种。英国人类学家泰勒认为，文化和文明，就其广义的民族学而言，是包括知识、信仰、艺术、道德、法律、习俗和任何作为一名社会成员而获得的能力和习惯在内的复杂整体。美国人类学家克鲁柯亨和凯利认为，文化是历史上所创造的生存式样的系统，既包含显性形式，又包含隐性形式，并具有为整个群体或在一定时期为其某个特定部分所共享的倾向。德国的雅斯贝尔斯则认为，文化是一种生活方式。它的支柱是精神的训诫，即思想能力，其范围包括系统的知识。其主要内容是对曾经存在的东西的形态的关注，对事物的认识，对词语的通晓。还有的学者认为，文化的根本属性是人的创造性，人类的创造和所创造的一切，无论是物质的创造及其产品还是精神的创造及其产品，都属于文化范畴。

尽管文化的定义很多，但是可以将其简约地归为三类：一类是广义的成果说，文化指一切人所创造的文明成果；一类是中义的模式说，文化是人们的生活方式，包括思维取向、行为模式和制度导向；还有一类是狭义的信仰说，文化主要指基本信念或意识形态。简言之，文化指的是那些被共享的价值观和被普遍认可的文化规范。或者说，文化是社会化的共同知识和行为准则。

我无意于选择认同某一位学者的文化定义，或者对文化概念做出自己的阐释，只想从文化外交的角度指出，文化不仅仅是社会共有知识，也是民族与国家之间区别的主要标识。换而言之，文化不仅具有共有性，也具有民族性。一种民族文化的形成经历了漫长的历史过程，构成其主要内容的基本价值观超越个体的生命和具体的历史时代而持续地延存下去。一代又一代人的生活方式、行为方式、思维方式等等都不可解脱地与本民族的文化传统联系在一起。这种文化传统塑造出了他们在人类活动中的最基本的特征，也成为民族或国家相互区别开来的一个主要标志。

在跨语言交流和跨文化交际过程中，如何正确看待外来文化和自身文化间的关系至关重要。文化和语言一样，没有高低贵贱之分（存世的约有6000多种语言），每一种文化的出现和存在都有它的历史必然性和现实合理性。民族和种裔的特性使得世界千姿百态、丰富多彩。人也是如此，一花一国，众人百相。地球无我照转，世界因我多彩。所谓的强势文化只是相对而言，并不具有时空的永恒性。所谓的弱势文化也只是相对而言，并不时以自身的某些特点和特色影响着其他文化，并在世界文化领域里占有一席之地。日风、韩流、欧美潮、中华热，推波助澜，此起彼伏。以历史辩证唯物主义观点看，世界文化潮流的发展规律是不以

人的意志为转移的，正所谓“三十年河东，三十年河西”，各领风骚。

正是文化的共有性和民族性相互统一的特征，使得国家之间、民族之间的文化交流有了必要的前提、相互的需要，从而为文化外交提供了实际的可能、打开了广阔的空间。

2.文化外交的理性认知和“柔性”特征

外交也是一个在学术界饱受争议的概念。“外交”一词最早来源于希腊文dipIoun，原意是“折叠”或“证书”。古代指一国君主颁布的折叠文件，后借代为处理外部事务。《牛津英语词典》给“外交”下的定义是：“外交是经过谈判来处理国际关系，并由大使和使节调整或处理这些关系的方法。外交是外交官的业务或艺术。”英国外交家萨道义认为：“外交是运用智慧和机敏去处理各独立国家的政府之间的官方关系。”这两个定义认为外交只是外交官的事情，强调外交是建立在智慧和机敏等外交过程的基础之上，而没有把它上升到国家战略的高度。国内学者认为：“外交是国家对外政策的工具。”这一思想在《辞海》里得到进一步的阐述：“国家为实现其对外政策，由国家元首、政府首脑、外交部、外交代表机关等进行的诸如访问、谈判、交涉、发出外交文件、缔约条约、参加国际会议和国际组织等对外活动。”

从外交的定义不难看出，外交主要处理国际关系和对外活动，长期以来，国与国之间需要处理、谈判的事务主要集中在军事和政治领域，因而我们常常在外交之前，加上军事、政治作为限定，形成军事外交、政治外交之类的称谓。冷战结束以后，国际关系中的经济因素上升，各国致力于发展本国经济，加强国际经济往来和合作，提高本国经济在国际上的战略地位，为此，经济外交大行其道，在外交事务当中的比重逐步上升。新世纪伊始，政治多极化和经济全球化两大潮流不断冲击着旧有的世界格局和国际秩序。在国家与国家、国家与集团之间关系调整过程中，综合国力的竞争日趋激烈。综合国力是主权国家赖以生存和发展，包含物质和精神两种力量在内的全部实力及国际影响力。经济实力和国防实力无疑是综合国力的重要内容，但文化实力也是其显著标志。尤其在经济一体化的这一不可逆转的大趋势下，各国各民族对自身文化身份的坚持与文化特征的强化显得越发关注，始终担忧文化话语权要么被弱化，要么被剥夺。在国际关系转换中，文化实力的作用不断上升，影响日益加强。

在这样的背景下，对文化因素地位上升的一些影响广泛的理论认知，促进了文化外交潮流的形成。其中，有两种理论特别突出：一是塞缪尔·亨廷顿的文明冲突论，亨廷顿抛弃了对于国际关系的原有解释范式，从文明角度，也可以说就是文化的角度，重新解释冷战后的国际政治，认为文化是现代世界冲突的主要力量，文化冲突正在破坏文明的断层，因此，文明之间的冲突将是现代世界冲突演化过程中的最新阶段。尽管这一理论被无数学者批驳，但是，至少他将文化因素带到了国际关系的核心视域之内，使之成为一个世界性话题。二是约瑟夫·奈的软实力理论，他把文化、价值观、意识形态的吸引力以及国家形象视为一国软实力的基础，并且认为，冷战之后的国际政治竞争在很大程度上取决于软实力的竞争。2012年4月25日他在北京大学做了关于软实力的报告，特别将软实力与硬实力作了比较，认为软实力有三大特点：一是成本较低，不像军事干预和金元外交那么昂贵；二是效果更好，威权和收买只能起到暂时效果，而做到让别人心服口服，则是长久之策；三是较难操作，因为软实力并非单靠政府一己之力所能完成，需要社会和民间长期积累，是一个潜移默化的过程。

可以说，这两种理论直接将文化因素推上了当今世界国际关系观念的中心地位，催生了彰显当今时代特征的“文化外交”这一全球产儿。

“文化外交”一词最早见诸于1934年的《牛津英语大词典》，即“英国议会创造了一种新的文化外交手段，就是致力于海外英语教学”。

这个概念具有明显的时代局限性，后来美国外交史学家拉尔夫·特纳（Larf Turner）在20世纪40年代对这一概念加以丰富，从文化服务于政治的目的上来解读，并由美国外交史学家弗兰克·宁科维奇（Frank Ninkovich）系统地阐述和发展，这标志着文化行为已经正式纳入美国整体外交活动中。文化外交普遍作为国家外交工作的有机组成部分，得益于1961年《维也纳外交关系公约》的规定：各国使领馆的职责之一就是"促进派遣国与接受国间之友好关系，及发展两国间之经济、文化与科技关系"，由此，文化外交得到了国际法的确认。

但是，文化外交的内涵并不仅限于《维也纳外交关系公约》规约的使领馆职责，而被越来越多地引入国家的对外政策中，与传统的政治外交、经济外交相辅相成，在国家整体外交实践中共同担负起实现国家利益的重任，成为外交事务及活动的一个重要领域和分支。许多欧洲国家习惯把文化外交称为"第三外交"，把对外文化关系作为国家对外政策的"第三根支柱"（在政治、经济之后）。美国官方和学界则将文化事务（继政治、经济、军事之后）当作"第四外交"。也就是说，文化外交逐步获得了独有的内涵、外延及特征，它的蕴意超出我们原先的想象。

中国文化部副部长孟晓驷曾经将文化外交定义为围绕国家对外关系的工作格局和部署，达到特定目的，以文化表现形式为载体或手段，在特定时期，针对特定对象开展的国家或国际间公关活动。从这一定义可以看出，文化外交必须具备以下几个基本特性：一是以维护国家利益、实现国家对外战略目标为根本出发点的外交行为；二是以政府为主导，面向对象国政府和民众的官方行为，其行为主体是一国政府，政府是文化外交活动背后的主推手；三是以文化为表现形式，通过和平的、非武力手段加以实现的公关活动。

毋庸赘言，作为外交的一种活动形式、手段和策略，文化外交也是服从和服务于以维护和发展国家安全利益为核心的整体外交战略的。

然而，与传统的政治、经济和军事外交相比，文化外交最大的特征就是它代表了一个国家的文化软实力，具有“和平性”“柔软性”的重要特征。在国际关系领域,学者一般把文化概括为“软权力”,以区别传统意义上的政治、军事等“硬权力”。在世界多极化和全球化的格局下，软权力在国际竞争中的作用愈来愈突出。正如有的学者所说：“文化成为一个舞台，各种政治的、意识形态的力量都在这个舞台上较量。文化不但不是一个文雅平静的领地,它甚至可以成为一个战场，各种力量在上面亮相，互相角逐。”但是,这种角逐或战争是不见硝烟的。一方面因为其终极战略目标遥远而显得非功利性,另一方面，其手段的选择因文明而显得和平，可以说，“和平性”或者说“柔软性”是文化外交最为显著的特点。

3.文化外交的广泛实践和成功案例

作为新一轮文化软实力竞争的积极推动者,美国、英国、法国、意大利、日本等发达国家和韩国、印度等新兴国家中的文化大国都在调整对外文化方针政策，一方面制订国家文化发展战略，加强文化建设，一方面加大资金和人力投入，大力开展人文交流和文化外交，以期不断增强文化软实力。如今，美国的迪士尼、英国的莎士比亚、日本的机器猫、德国的歌德学院、俄罗斯的普希金学院、法国香榭丽舍大街的时尚等，或家喻户晓，为普罗大众所喜爱，或享誉全球，被各国精英所热捧。它们不仅成为传播本国文化的符号和载体，在推动本国与世界各国的经济合作、文化互动和人文交往方面，也发挥了巨大的作用。当然，文化交流是双向的，除了输出之外，吸收与运用也极为重要，西方一些发达国家将非洲不少部落文化的符号，比如图腾，融入到自己的文化比如流行服饰当中，又如对非洲原生态音乐的借鉴与发展等等，也为其文化外交助力良多。

笔者长期从事教育和外事工作，关注一些发达国家的文化外交战

略和政策，尤为关注文化外交中的语言推广和形象代言。因为，语言除了是思维的模式、交流的工具外，更重要的是文化的载体。而形象则是文化的高度具象或抽象的结果，成功塑造的形象具有过目不忘、易于传播的效能。

从语言推广来说，法国非常注重法语在国际社会的传播。1883年，法国建立了法语联盟，以促进法国殖民地及世界其他地区的法语教学活动。经过一百多年的发展，法语联盟已经形成一个遍及全球的教学网络，在全世界136个国家和地区建立了1040个法语联盟，接收了近4万名学员。所有的法语联盟都坚持采用不同的形式介绍法国文化，并致力于与所在国开展文化交流。但是，法语联盟的设立和运行主要接受法语联盟基金会的监督，其办学章程中规定，理事会的工作不取报酬，不介入当地的政治、宗教和种族争议，与一所当地大学结为合作伙伴等条款，确保了其各级法语课程的高质量。它颁发的学习证书得到了法国国民教育部的承认，也获得了一些欧洲组织，如ALTE（欧洲语言测试协会）的认可，拥有极佳的口碑。这为法语联盟推广法语地区文化和“文化交流计划”提供了可能和基础。

从文化外交的形象代言来说，与中国的大熊猫相比，日本的哆啦A梦则更具时代性和文化性，运作也非常成功。1979年，《哆啦A梦》在日本首播，播出后随即掀起热潮。时至今日，“蓝胖子”在全球35个国家播出过，包括美国。2002年，“蓝胖子”被美国《时代》周刊评选为十大“亚洲英雄”之一，是唯一一个入选《时代》排行榜的日本虚拟角色。为此，日本发动并开展了所谓的漫画外交,试图运用动画片和漫画书向世界推广日本文化，设定的对象真可谓“老少咸宜”。2008年，日本外务省任命哆啦A梦为日本史上首位“动漫文化大使”，2013年，哆啦A梦又成为日本申办2020年夏季奥运会的“特殊大使”。时至今日，从凯蒂猫到“蓝胖子”，从《铁臂阿童木》到《千与千寻》，这些动漫在征服各国观众的同时，也为日本的国家形象塑造，以及旅游和外交事业发展立下了显赫战功。

从上述案例可以看出，文化外交是当今国家外交的重要组成部分，在一个国家的外交战略中，占据着不可或缺的地位，发挥着不容小觑的作用。正因为如此，习近平总书记曾经语重心长地指出：正是不同文化的彼此交流，才让不同国度的人们知道了中国的孔子、德国的歌德、英国的莎士比亚。通过加强世界各国各民族的文化交流，推动建设和谐世界，已经成为中国新时期总体外交的重要任务之一。

二、中国文化外交的发展与特色

1.中国外交的“和平”原则与追求

尽管近代中国饱受战争的创伤，但是，自新中国建立以来，中国外交就始终高举和平的旗帜。即便有局部的战争，我们的目的仍然是毛泽东同志所说的，是为了“以斗争求和平”，而不是为了霸权。即便我们在冷战背景下为了生存权发展了核武器，但中国开发核武器只是为了自卫，并不是为了争霸，因此中国政府历来坚持绝不首先使用核武器，以及不向无核国家和无核区使用核武器的原则，同时积极参加国际军控和裁军进程，先后签署了包括《不扩散核武器条约》和《全面禁止核试验条约》在内的多项国际条约，彰显了中国核实力的和平本质。

众所周知，早在1953年12月，周恩来总理在会见来访的印度代表团时就提出了和平共处五项原则。1955年，在万隆会议上，中国同印度、缅甸共同倡导了和平共处五项原则，即：相互尊重主权和领土完整、互不侵犯、互不干涉内政、平等互利、和平共处。同时，周恩来还提出了求同存异方针。1957年，毛泽东主席在莫斯科向全世界庄严宣告，中国坚决主张一切国家实行和平共处五项原则。1963年底至1964年初，周恩来出访亚洲、非洲和欧洲14个国家时，提出了中国经济援助的八项原则，把五项原则扩展到经济领域。1974年，邓小平同志在联大特别会议

上再次强调国家之间的政治和经济关系都应建立在和平共处五项原则的基础上。1988年，邓小平同志又率先明确提出以五项原则为准则建立国际政治经济新秩序的主张。2000年7月，江泽民同志在访问土库曼斯坦期间，就关于建立国际新秩序阐述了中国一贯坚持的四项原则，即维护和平、反对武力，相互尊重、主权平等，自主选择、求同存异，互利合作、共同发展。2013年习近平主席在对俄罗斯进行国事访问期间，提出各国应共同推动建立以合作共赢为核心的新型国际关系，各国人民应该一起维护世界和平、促进共同发展。2014年习近平总书记在中央外事工作会议上强调，推动建立以合作共赢为核心的新型国际关系，要把合作共赢体现到政治、经济、安全、文化等对外合作的方方面面。他在多个场合反复强调：走和平发展道路是中国的战略选择，不是权宜之计，不是外交辞令，而是从历史、现实、未来的客观判断中得出的结论，是思想自信和实践自觉的有机统一。中国将始终做世界和平的建设者、全球发展的贡献者、国际秩序的维护者。

时至今日，上述原则已为世界所熟知，被越来越多的国家所接受，成为处理国与国之间关系的基本准则。在积极倡导这些原则的同时，中国始终致力于建设一个持久和平与共同繁荣的和谐世界，坚持奉行独立自主的和平外交政策，坚持走和平发展道路，坚持互利共赢的对外开放战略；中国积极推动世界多极化，倡导国际关系民主化和发展模式多样化，促进经济全球化朝着有利于各国共同繁荣的方向发展；中国积极倡导多边主义和树立以互信、互利、平等、协作为主要内容的新安全观，反对霸权主义和强权政治，反对一切形式的恐怖主义，推动国际秩序向更加公正合理的方向发展；中国坚持与邻为善，深化与发展中国家的互利合作，进一步发展同发达国家的关系，积极参与多边外交，维护和加强联合国及安理会的权威和主导作用，努力在国际事务中发挥建设性作用。可以说，中国外交的和平主旨已被大多数国家所认同，中国的国际形象和国际地位有了大幅度的提升。

2.中国文化外交的“和合”思想与特质

进入新世纪以来，尤其是自十七届六中全会及“十八大”以来，文化建设在中国特色社会主义总体格局中的地位日益凸现，作为文化建设的重要一环，文化外交也在新时期取得了长足的发展。正如文化部前部长孙家正所指出的那样，文化外交已经成为我国继经济、政治外交之后的第三大支柱。同时，他还对“文化外交”做了进一步阐述：文化外交的实质是与世界各国人民之间心灵的沟通和情感的交流，在沟通、了解的基础上达到理解与尊重。我们通过文化外交的途径和方式，通过深入人心和争取人心，为维护世界和平与促进共同发展，为全面建设小康社会争取和平良好的国际环境和周边环境，发挥经济、政治外交所难以替代的作用。

与其他西方大国不同的是，中国文化外交的柔性特征呈现出鲜明的东方文明古国特色，从“文化多样性”“和谐世界”到“人类命运共同体”，无不体现了中国传统文化的深邃智识和价值追求。中国领导人在多个外交场合反复强调：“由于各民族在历史发展、社会背景、文化传统、生活方式等方面有差异,存在一些矛盾和分歧是难免的”。“不同文明应该在平等的基础上开展对话和交流,彼此借鉴,取长补短,在发展和丰富自己的同时推动人类文明走向新的繁荣。”2005年9月,在联合国成立60周年首脑会议上,胡锦涛发表题为“努力建设持久和平、共同繁荣的和谐世界”的讲话,提出构建“和谐世界”的新理念。这是中国第一次在代表世界最高权威的讲坛上,以国家最高领导人的名义,向全世界推广从中国传统文化和当代政治中演绎出来的政治、社会和文化理念——“和谐世界”理念。2012年11月29日，习近平在参观《复兴之路》展览时，提出实现中华民族伟大复兴的“中国梦”。此后，在一系列重要外交场合，习近平深入阐述中国梦内涵及其世界意义，指出中国梦是追求和

平的梦、追求幸福的梦、奉献世界的梦，中国梦同世界各国人民的美好梦想息息相通；中国梦不仅造福中国人民，而且造福世界人民。2015年3月28日，习近平主席在博鳌亚洲论坛2015年年会上发表主旨演讲。在题为“迈向命运共同体开创亚洲新未来”的演讲中，习近平主席提出通过迈向亚洲命运共同体，推动建设人类命运共同体重大理念。在这一理念的指导下，他积极倡导建立平等相待、互商互谅的伙伴关系；营造公道正义、共建共享的安全格局；谋求开放创新、包容互惠的发展前景；促进和而不同、兼收并蓄的文明交流；构筑尊崇自然、绿色发展的生态体系。他反复阐述，迈向命运共同体，必须坚持各国相互尊重、平等相待；必须坚持合作共赢、共同发展；必须坚持实现共同、综合、合作、可持续的安全；必须坚持不同文明兼容并蓄、交流互鉴。形成了打造人类命运共同体“五位一体”“四个坚持”的总路径和总布局。

上述指导外交和文化外交工作的重要理念，充分体现了中国传统文化中“和合”思想的精髓。“和”是指和谐、和睦、和平，“合”则有结合、融合、联合之意。“和合”思想不仅包含了“和为贵”，“君子和而不同，小人同而不和”，“言必信，行必果”，以及“己所不欲，勿施与人”等传统，更为重要的是，由“和合”思想衍生出的“和而不同”和“协和万邦”理念则是一种具有传统东方文化底蕴的、和平的、平等的、建设性的国际文化思想，是中华民族处理不同文化交融与碰撞的指导性的原则，也是中国和平外交思想的起源。英国历史学家汤因比曾说过：“人类已经掌握了可以毁灭自己的高科技文明手段，同时又分处于极端对立的政治意识形态壁垒，最要紧的精神就是中华文明的精髓——和谐。”从这个角度上来说，中国提倡各种文明相互间共处而不冲突，对话而不对抗，交流而不封闭，兼容而不排斥，互相学习，共同发展，建设“和谐世界”和“人类命运共同体”的主张，不仅反映了冷战结束后中国融入全球化过程中对世界未来发展的基本态度，也是推动人类文明发展进步的济世良药。

3.中国文化外交的典型案例与蓬勃发展

谈到中国文化外交的典型案例，很多人首先想到的一段佳话是：中国于1971年4月通过邀请美国乒乓球队访华，对改善中美关系进行试探性接触，即所谓"乒乓外交"。结果"小球震动了大球"，两个月后基辛格秘密访华，为尼克松总统访华和两国关系的正常化铺平了道路。可以说，文化外交结束了新中国成立以后中美之间20多年的持续对立，为双方的国际战略调整做出了贡献。实际上，早在新中国成立之初，周恩来总理就运用"烤鸭外交"，签订了《中缅边界条约》，使中缅边界问题得到合理解决，成为运用和平谈判方式解决此类问题的第一个成功范例，也是流传于外交界的一段佳话。

当然，文化外交不是一段段佳话的汇编，而是有思想指导和完整框架的政策实践。进入新世纪以来，中国政府在国内积极推动文化的保护、复兴与发展，以此为基础，在国际上积极开展对外文化交流，早在10年前，中国就与123个国家签定了有效期5年的文化合作协定，签署了430个年度文化交流执行计划，与160多个国家和地区有不同形式的文化交往，与世界数千个文化组织保持着各种联系，涉及文学、艺术、文物、图书、博物馆、广播、卫生、教育、工、青、妇等诸多方面。每年经文化部批准的文化交流项目有1200多起，22000多人次。通过与不同的国家协议举办互惠的"文化节""文化周""文化季""文化年"等活动，展现了中国文化的丰富内涵和魅力，增加了中国人民和其他国家人民对相互文化的了解，成为巩固中国与相关国家友谊的重要途径。

除了奥运会、世博会这两个重大的文化交流与合作的平台之外，汉语言的推广和孔子学院的创办更具有基础性和长远意义，已经成为提升中国软实力的有效途径。截至2015年12月1日，国家汉办在134个国家（地区）建立了500所孔子学院和1000个孔子课堂。孔子学院设在125国(地

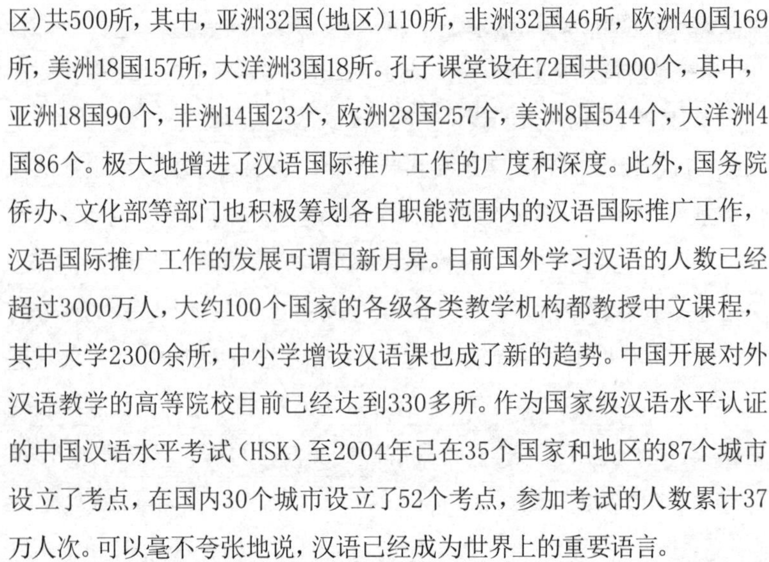

区)共500所，其中，亚洲32国(地区)110所，非洲32国46所，欧洲40国169所，美洲18国157所，大洋洲3国18所。孔子课堂设在72国共1000个，其中，亚洲18国90个，非洲14国23个，欧洲28国257个，美洲8国544个，大洋洲4国86个。极大地增进了汉语国际推广工作的广度和深度。此外，国务院侨办、文化部等部门也积极筹划各自职能范围内的汉语国际推广工作，汉语国际推广工作的发展可谓日新月异。目前国外学习汉语的人数已经超过3000万人，大约100个国家的各级各类教学机构都教授中文课程，其中大学2300余所，中小学增设汉语课也成了新的趋势。中国开展对外汉语教学的高等院校目前已经达到330多所。作为国家级汉语水平认证的中国汉语水平考试（HSK）至2004年已在35个国家和地区的87个城市设立了考点，在国内30个城市设立了52个考点，参加考试的人数累计37万人次。可以毫不夸张地说，汉语已经成为世界上的重要语言。

通过上述数据可以看出，新时期我国文化外交的规模持续扩大,内容不断丰富,对外文化关系进一步加强；在98个驻外使领馆设立了文化处和海外中国文化中心，海外中国文化建设和阵地建设不断加强，为文化外交工作向纵深化发展奠定了坚实基础；文化外交工作越来越着力于宣传我国文化价值理念，提升我国在国际文化事务中的话语权；尤其令人欣慰的是，文化外交越来越得到高层重视，手段日益娴熟,方式日趋活跃,中华文化品牌效应显著增强。可以期许，我国的文化外交必将在总体外交格局中发挥更大的作用，赋予中国外交更多的中国特色。

三、中国文化外交的经验借鉴和发展路径

1.值得借鉴的海外经验与教训

如上所述，中国在汉语言推广方面有了良好的开端，与国外的文化交流也在蓬勃开展，我们的文化外交有深厚的文明底蕴，发展势头喜人。但是，我们也必须借鉴国外的有益经验，包括吸取他们的失败教训，处理好以下三对关系。

一是“走出去”与“请进来”的关系。在跨国际的文化交流过程中，必须要有文化自信，要“走出去”，让世界了解和喜爱中国的文化传统特质，这也是当前我国文化外交的重点，唯有如此，才能让中国文化在未来全球文化版图上占据一个有影响力的地位，否则，将难以达到文化外交的目的，甚至有可能失去民族文化的特性和国家的文化身份认同。但是一味强调“走出去”，也有弊端，似乎有着过于明显的“扩张意图”，这一点已常为国际社会所曲解和诟病。因此，我们也要加大学习力度，把国外的优秀文化“请进来”，以开放包容的心态大胆吸收其他国家和民族的优秀文明成果，以之作为重构中国社会核心价值观的新鲜要素，使我们的文化更具有国际性和现代化色彩，从而更好地获得世界认同，转化为软实力。比如，孔子学院除了推广汉语、传播中国文化之外，也要有“学习意识”，况且，孔子也说过“教学相长”，以孔子学院载体，适当引进外国文化，互相学习与欣赏，何乐而不为。这点歌德学院做得很不错，他们很注意请中国的诗人、作家群体去德国交流，加强中德双方的互动，让双方的利益相关群体都有意愿参与到交流过程中去。

二是传统文化和当代文化的关系。谈到中国文化，很多人都会强调“五千年悠久的历史文明”，诚然,我们有非常伟大的古代文明,但我们不能总活在古代。现当代的中国文化成果在哪里？我们今天的发展在哪里？实际上，很多当代的中国学者、文学家、艺术家也是出类拔萃的，但他们缺少展示的平台。比如，莫言的文学作品，一开始并不为国内所重视，经由意大利、西班牙语等高端小语种的翻译、推广，就赢得了国外学者的认可，获得了诺贝尔文学奖。据不完全统计，他的作品现在已被译成40多种外国语。所以，我们不能言必称孔子，或者老子，总是谈论中国五千年以前怎样，两千年以前如何，要对中国今天的文化发展给予更多的关注。

三是政府主导与民间交往的关系。对比中欧间的文化交流，欧洲

更倾向于民间交往，重视人与人的沟通，这是保持文化多元性的重要方式。中国当前开展较多的是官方主导下的文化交流项目，这样容易带来一定的生硬感和疏离感，甚而至于，有时候会形成场面上很热闹、细节上不走心的虚无感。我们常常讲的，美国的三片：薯片、大片、芯片，就是从个体上抓住人心、功能上输出文化的成功样板。因此，中国政府应积极创造条件，鼓励更多、更广泛的民间交流，通过政策法规杠杆等，鼓励文化企业通过符合国际惯例的市场运作走向世界，通过“长流水、不断线”的文化外交，和风细雨，润物无声，增强与周边国家之间的互相信任，扩大与西方发达国家之间的互相了解，巩固与发展中国家之间的传统友谊。

2.关于文化外交发展路径的思考与建议

近代以来的西方优先发展及其扩张的历史，也建构了西方价值观的世界性强势地位，使其他文化的价值观处于结构性弱势之中。在这样的现实背景下，我国的文化外交能否将文化转化为软实力，关键在于文化价值观能否被认同，对于中国来说，自身文化的独特性使得我们对于以西方制度为普世准则是不予完全认同的，我们可以做的，就是通过争取更大的国际话语权来重新阐释中国文化价值观的世界性意义。那么，如何争取更大的话语权呢？撇除国家实力这一基础不谈，笔者更看重学术上的理论研究、语言上的教育推广，以及传播上的媒介创新。

一是要加强理念层面的理论阐发和研究。文化外交不仅是一种外交类型，而更应是一种外交理念。直到目前为止，我们谈论的“文化外交”，基本仍停留在所谓的政治（军事）、经济（金融）、文化（教育）等三分层面。但文化固然有其作为等分领域的概念属性，更有其涵盖人类文明各领域的大属性。尤其是在政治、经济、社会各领域的发展中，真正运用“文化”思维和眼光去看问题，实现从依靠文化到为了文化的转变，才可以更好地发挥文化的柔性强势。中国本就有“怀柔远人”“仁义之道”的传统，如何以传统文化为理论资源，推动文化外交理念创新发展，给世界带去一种新的声音，不仅有助于消除所谓的“中国威胁论”，更将有力地推动中国在世界思想领域的实质占位。就现状而言，目前中国文化外交的理论研究与蓬勃发展的实践相比,仍显单薄和滞后。无论是文化外交概念本身，亦或是软实力、文明冲突论等理论，都是舶来品，我们国家率先提出的和谐世界、人类命运共同体等概念，亦缺乏学理层面的阐发和研究。需要进一步引入社会和学术界的力量，加强对于文化外交工作内涵和外延的深入研究，逐步形成实践丰富理论,理论指导实践的良性互动。

二是加强基础层面的汉语教育和文化交流。语言作为文化的传播工具，在国际文化交流中发挥着不可替代的作用。借鉴西方发达国家的经验，我个人认为，可以借助民间资本和力量，派遣更多优秀的师资，创办更多的孔子学院、孔子课堂和其他汉语教学组织，强化民间各种基金会、研究会等社会组织的作用，只要做好办学章程的审定和办学过程的监督，既可以扩大力量，又可以弱化官方特色，减少一些持异见者的杂音，应该是可行的。甚而至于，可以在适当时候考虑筹建老子学院、达摩学院等，使得文化外交执行机构多元化，不仅能与西方哲学进行学术对话，也能与佛教界开展宗教文化交流，展现中国文化的多元气象、有容乃大的“大度包容”，一定程度上也可以回击西方人所谓“孔子学院”是中国人来传教的说法。

三是加强操作层面的形象和媒介创新。文化交流与文化外交，本质上都是人际、族际、域际等的文化互动，它是有情感和温度的，它需要有趣的形象和美丽的载体，而不是冷冰冰的说教，也排斥乏味的形式。在这方面，中国是减分的。从宏观上来说，中国提出了很多的外交理念和主张，但是对国家形象，还缺乏一个非常具体、明晰的概括，我们的民族特质，还不够鲜明，对于一些不了解中国的其他国家而言，对

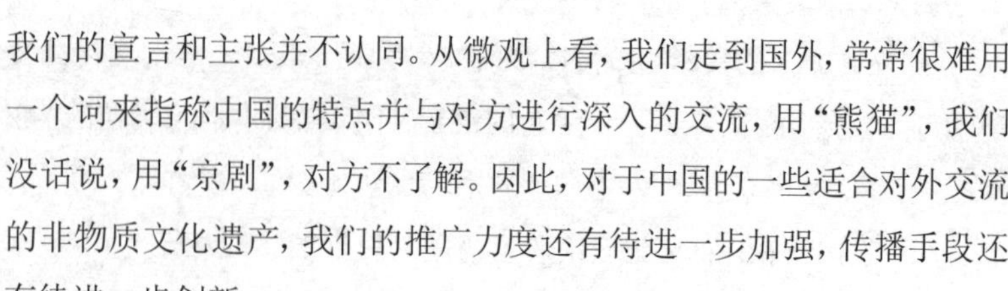

我们的宣言和主张并不认同。从微观上看，我们走到国外，常常很难用一个词来指称中国的特点并与对方进行深入的交流，用“熊猫”，我们没话说，用“京剧”，对方不了解。因此，对于中国的一些适合对外交流的非物质文化遗产，我们的推广力度还有待进一步加强，传播手段还有待进一步创新。

自上世纪末至今，在同一时期，“文化自觉”的概念在中国学界从出现到流行，非物质文化遗产的概念从联合国提出到中国热烈响应。

“文化自觉”是费孝通先生于1997年在北京大学社会学人类学研究所开办的第二届社会文化人类学高级研讨班上首次提出的，目的是为了应对全球一体化的势必发展，而提出的解决人与人关系的方法。也就是要树立与来自异域的文化打交道的正确态度，要有宽广的胸怀和对他人的理解，同时要对自己的文化懂得反思，明白它的来历，这样才能取长补短，促进世界和平。费先生还以他在八十岁生日所说的一句话“各美其美，美人之美，美美与共，天下大同”，作为“文化自觉”历程的概括。这是费先生身后的最大心愿。

《保护非物质文化遗产公约》于2003年10月在联合国教科文组织第32届大会上通过，旨在保护以传统、口头表述、节庆礼仪、手工技能、音乐、舞蹈等为代表的非物质文化遗产。

有学者注意到这两个重大文化事件的历史相遇，呼吁学界研究二者内在的关联，认为非遗传承与保护是一个完成中国文化自觉的重要路径。

总之，随着我国改革开放和经济建设取得巨大成就，中国越来越受到全世界的瞩目，中国文化走出国门正值千载难逢的历史机遇，但同时也面临着一系列的严峻挑战。目前西方文化在话语权方面占据优势，中国文化对外传播的亲和力、感召力亟待加强，我国文化产业发展尚处于起步阶段。如何讲好中国故事，促进世界了解、接受中国文化，如何在交流中借鉴、学习国外的优秀文化成果，最终繁荣中国文化事业，这些问题，需要学者以高度的文化自觉和文化自信，立足现实，潜心研究，贡献更多的智慧和力量。

（本文为在上海市社会科学界第14届（2016）学术年会学科专场“中非合作中高等教育的文化外交作用”上的主旨演讲。此文部分内容后载《文汇报》2017年2月6日；《社会科学报》2017年2月9日，题为《争取更大的国际话语权来推行文化外交》）

图书在版编目（CIP）数据

碰撞与融合：跨文化笔谈 / 陆建非著 . 一上海：上海文化出版社，2017.6
ISBN 978-7-5535-0728-6

Ⅰ . ①碰… Ⅱ . ①陆… Ⅲ . ①随笔—作品集—中国—当代 Ⅳ . ① I267.1
中国版本图书馆 CIP 数据核字 (2017) 第 091510 号

碰撞与融合 ——跨文化笔谈

责任编辑：蒋逸征
装帧设计：王怡君

出　版：上海文化出版社　上海咬文嚼字文化传播有限公司
地　址：上海市绍兴路 7 号二楼
印　刷：上海文艺大一印刷有限公司
规　格：890×1240 1/32
印　张：23.125
版　次：2017 年 7 月第 1 版 2017 年 7 月第 1 次印刷
书　号：ISBN 978-7-5535-0728-6/I.223
定　价：88.00 元（上、下卷）

告读者：如发现本书有印刷质量问题请与印刷厂质量科联系
电　话：021-57780459